KB118357

북과 남

세계문학전집
229

Elizabeth Gaskell : North and South

북과 남

엘리자베스 개스켈 장편소설

민승남 옮김

문학동네

일러두기

1. 번역 대본으로는 *North and South*(Elizabeth Gaskell, W. W. Norton & Company, 2005)를 사용했다.
2. 주석은 모두 옮긴이주다.
3. 본문 중 고딕체는 원서에서 이탤릭체로 강조한 부분이다.
4. 성서 인용은 대한성서공회의 개역개정판에 따랐다.

차례

1부

1부

1장

“서둘러 결혼식에 가세”

청혼과 결혼, 그리고 그 모든 것.*

“이디스!” 마거릿이 살며시 불렀다. “이디스!”

하지만 그녀의 짐작대로 이디스는 잠들어 있었다. 푸른 리본이 달린 하얀 모슬린 드레스를 입은 채 할리 스트리트에 있는 집의 뒤쪽 응접실 소파에 웅크리고 누운 이디스는 무척이나 사랑스러웠다. 티타니아**가 푸른 리본이 달린 하얀 모슬린 드레스를 입고 뒤쪽 응접실의 진홍색 다마스크 소파에서 잠든 게 아닌가 착각할 정도였다. 마거릿은 사

* 18세기에 만들어진 작자 미상의 춤곡 제목으로, 이 곡은 결혼식 날 연주되곤 한다. 이 소설을 연재할 때는 제사로 앨프리드 테니슨의 시 「윌 워터프루프의 시적 독백」 중 한 구절인 “하지만 진정 선한 결과를 위해서라면/ 모두가 협력한다”를 인용해 이 소설의 사회적 주제를 강조했다. 책을 출간하면서 제사를 수정한 것은 작가가 마거릿의 이야기를 이 소설의 주제로 여겼음을 의미한다.

** 셰익스피어의 희곡 「한여름밤의 꿈」에 등장하는 요정의 여왕.

촌의 아름다움에 새삼 매혹되었다. 그들은 어릴 적부터 함께 자랐고, 그동안 다른 사람들이 모두 이디스의 미모에 감탄했을 때도 마거릿은 이디스가 아름답다고는 느끼지 못했다. 하지만 며칠 전부터 동무와 작별할 날이 머지않았다는 생각이 들고 나서야 이디스의 모든 사랑스러운 점과 매력이 그녀에게 부각되기 시작했다. 두 사람은 이디스의 결혼에 대해 이야기를 나누었다. 웨딩드레스, 결혼식, 레녹스 대령, 그의 연대가 있는 코르푸*에서 이디스가 맞이할 미래에 대해 그가 들려준 이야기, 피아노를 잘 조율된 상태로 유지하는 일의 어려움(이디스는 그걸 결혼생활에서 자신에게 닥칠 수 있는 가장 무시무시한 일 중 하나로 여기는 듯했다), 결혼 직후에 가게 될 스코틀랜드에서 입을 드레스 선택 등등. 하지만 이디스의 소곤대는 목소리가 점점 나른해지는가 싶더니 이윽고 몇 분간 침묵이 흘렀다. 모슬린과 리본과 비단결 같은 곱슬머리로 이루어진 부드러운 공처럼 몸을 동그랗게 말더니 만찬 후의 평화로운 낮잠에 빠져든 것이다. 옆방의 소란스러움에도 아랑곳하지 않고.

마거릿은 지난 십 년간 쇼 이모네 집을 자기 집으로 여기고 살아오긴 했어도, 부모님이 계신 곳이자 늘 빛나는 휴가를 보내는 장소였던 시골 목사관에서 새로 맞이할 미래의 삶에 대한 꿈과 계획을 사촌에게 이야기하려던 참이었다. 하지만 이디스가 잠드는 바람에 이야기를 들어줄 사람이 없어지자, 앞으로 자신에게 펼쳐질 삶에 대해 혼자 조용히 생각할 수밖에 없었다. 다정한 이모, 소중한 사촌과 기약 없는 이별을

* 그리스 케르키라섬. 1815년부터 1864년까지 영국 보호령으로 있으면서 중요한 군사기지 역할을 했다.

하게 된 건 마음 아팠지만, 미래에 대한 생각에 마음이 행복으로 가득했다. 헬스톤 목사관에서 외동딸이라는 중요한 자리를 채울 생각으로 기뻐하고 있을 때, 옆방에서 나누는 대화가 토막토막 그녀의 귀에 들려왔다. 그 방에서는 쇼 이모가 부인 대여섯 명과 만찬을 마친 후 담소중이었고, 그 남편들은 아직 식당에 있었다. 그들은 쇼 부인의 이웃으로 다른 사람들보다 더 자주 모여 식사를 하고 볼일이 있으면 오찬 전이라도 거리낌없이 서로의 집을 방문할 수 있는 각별한 사이라, 쇼 부인은 그들을 친구라고 불렀다. 이 부부들은 이디스의 결혼을 기념하는 작별만찬에 친구로 초대되었다. 레녹스 대령이 저녁 늦게 기차 편으로 도착할 예정이라 이디스는 이 만찬에 반대하는 입장이었다. 하지만 그녀는 응석받이로 자라긴 했어도 자신의 주관을 강하게 관철하기엔 성격이 너무 무심하고 태평했다. 그래서 어머니가 작별만찬의 과도한 슬픔을 달래는 데 효과가 좋다고 알려진 계절 별미들을 주문해놓은 걸 알게 되자 순순히 고집을 꺾었다. 식사 자리에서 이디스는 의자에 등을 기대고 앉아 접시의 음식을 뒤적거리며 심각하고 멍한 모습을 보이는 데 만족했다. 한편 주위 사람들은 모두 그레이 씨의 재치 있는 입담을 즐기고 있었다. 그레이 씨는 쇼 부인의 만찬에서 늘 말석에 앉았으며, 이디스에게 응접실에서 연주를 좀 들려달라고 부탁하곤 했다. 그는 이날 만찬 자리에서 유난히 기분이 좋았고, 남자들은 평소보다 아래층에 오래 머물렀다. 마거릿은 지금 옆방에서 들려오는 대화 내용으로 보건대 남자들이 아래층에 남아 있어 다행이라고 생각했다.

"나도 많이 힘들었어요. 돌아가신 우리 장군님과 무척 행복하지 않았던 건 아니지만, 그래도 나이 차이는 문제가 되잖아요. 이디스만큼은 나이 차이 나는 결혼을 시키지 않겠다고 결심했는데. 물론 그 아이가 일찍 결혼할 것 같다는 생각은 했거든요. 내 딸이라서가 아니라 객관적으로 봐도 그랬죠. 사실 난 그애가 열아홉 살이 되기 전에 결혼할 거라는 말도 자주 했거든요. 레녹스 대령을 만났을 때 예감이……" 쇼 부인이 목소리를 낮추어 소곤거리는 바람에 그다음 말은 들을 수 없었지만 마거릿은 무슨 이야기가 이어졌는지 쉽게 짐작할 수 있었다. 이디스의 진실한 사랑은 놀라우리만큼 순조롭게 이루어졌다. 쇼 부인은 그녀 자신의 표현을 빌리자면 예감에 굴복해 딸의 결혼을(이디스를 아는 많은 사람들이 젊고 예쁜 상속녀인 그녀의 결혼에 걸었던 기대에는 미치지 못했지만) 서둘렀던 것이다. 그러면서 하나뿐인 딸이 사랑으로 결혼해야 한다고 말하며, 자기는 장군과 사랑으로 결혼하지 않은 걸 강조하듯 한숨짓곤 했다. 쇼 부인은 이 약혼의 로맨스를 당사자인 딸보다 더 즐겼다. 이디스는 약혼녀로서 레녹스 대령을 몹시 사랑했지만, 그가 코르푸에서 말해준 운치 있는 삶보다는 확실히 벨그라비아*의 훌륭한 저택을 선호했다. 이야기를 듣는 마거릿의 얼굴을 달아오르게 한 그 부분에서 이디스는 몸을 떨며 진저리를 치는 척했다. 사랑하는 연인의 설득으로 싫은 것까지 받아들이게 된 데 대한 쾌감 때문이기도 하고, 임시변통으로 사는 집시 같은 삶에 대한 진짜 혐오감 때문이기도 했다. 하지만 훌륭한 저택과 땅, 높은 지위를 가진 남자가 나타난다고 해도 이디스는 레녹스 대령을 선택할 터였다. 그 남자가 떠나면 미련이 남아, 레녹스 대령이 그녀가 원하는 모든 걸 갖추지 못한 데 대한 유감을 숨기

* 런던 하이드파크 남쪽의 고급 주택 지구.

지 못할 테지만 말이다. 사실 그런 점에선 그 어머니에 그 딸이라고 할 수 있었다. 이디스의 어머니 역시 쇼 장군의 인품과 조건만 보고 결혼했으면서도 사랑을 느끼지 못한 남자와 결합한 자신의 쓰라린 운명을 조용히, 그러나 끊임없이 한탄하며 살아왔으니까.

"혼수 비용은 아끼지 않았어요. 게다가 장군님이 내게 준 아름다운 인도 숄과 스카프도 다 딸아이 몫이죠. 난 이제 안 쓸 거니까요." 뒤이어 들려온 쇼 부인의 말이었다.

"이디스는 복도 많죠." 다른 목소리가 들렸다. 마거릿은 그 목소리의 주인을 알 수 있었다. 몇 주 전에 결혼한 딸을 두고 있어서 이 대화에 다른 부인들보다 곱절로 관심이 많은 깁슨 부인이었다. "헬렌도 인도 숄을 무척 갖고 싶어했는데, 가격이 얼마나 비싼지 사줄 수가 없었다니까요. 이디스에게 인도 숄이 있다는 걸 알면 무척 부러워할 거예요. 어떤 숄이에요? 델리산? 예쁜 테두리 장식이 있는 거?"

마거릿은 다시 이모의 목소리를 들었는데, 이번엔 반쯤 누운 자세로 앉아 있다가 일어나서 그 방보다 조명이 어두운 뒤쪽 응접실을 들여다보며 말하는 듯했다. "이디스! 이디스!" 쇼 부인은 딸을 부르더니 그 정도 움직이고 지치기라도 한 듯 맥없이 의자에 앉았다. 마거릿이 대신 나섰다.

"이모님, 이디스는 잠들었어요. 제게 시키셔도 될 일인가요?"

이디스의 이 안타까운 소식을 들은 부인들은 입을 모아 "가련하기도 하지!" 하고 탄식했다. 쇼 부인의 품에 안긴 작은 개가 그 동정어린 탄식에 흥분한 듯 짖어대기 시작했다.

"쉿, 타이니! 요 버릇없는 녀석! 네 주인 아가씨 깨겠다. 뉴턴한테 가서 숄 좀 가지고 내려오라 전하라고 불렀는데, 마거릿 네가 좀 가줄 수 있겠니?"

마거릿은 꼭대기층에 있는 옛 육아실로 올라갔다. 그곳에선 뉴턴이 결혼식에 필요한 레이스를 준비하느라 분주했다. 뉴턴이 이날 벌써 네댓 번은 내보인 숄들을 가지러 툴툴거리며 나간 사이 마거릿은 육아실을 둘러보았다. 숲에서 마음껏 뛰놀며 자라다가 구 년 전 사촌 이디스와 한집에서 살며 함께 놀고 공부하기 위해 이곳으로 온 후 처음으로 정이 든 방이었다. 마거릿은 근엄하고 격식을 중시하는, 특히 깨끗한 손과 찢어진 옷에 지독하게 집착하는 유모가 관리하던 어둡침침한 런던 육아실을 떠올렸다. 그 방에서 처음 차를 마시던 기억도 났다. 아버지와 이모는 그녀와 떨어져서 끝도 없이 이어진 계단 아래 어디선가 식사중이었는데, 어린아이 생각으로 자신이 하늘에 있는 게 아니라면 그들이 지하 깊숙한 곳에 있는 게 분명했다. 집에서는, 그러니까 런던 할리 스트리트로 오기 전에는 어머니의 옷방이 육아실이었으며, 시골 목사관에서는 가족 모두가 일찍 자고 일찍 일어났기에 마거릿은 늘 부모님과 함께 식사를 했다. 아아! 키 크고 당당한 열여덟 살 숙녀는 그 첫날 밤 아홉 살 소녀가 이불 속에 얼굴을 감추고 흘린 뜨거운 슬픔의 눈물을 생생히 기억하고 있었다. 이디스 아가씨가 깬다고 유모가 울지 못하게 했던 것도, 그래서 소리 죽여 서럽게 울었던 것도 다 기억났다. 그러다 처음 만난 아름답고 기품 있는 이모가 헤일 씨에게 그의 잠든 어린 딸을 보여주려고 조용히 육아실로 올라왔을 때, 마거릿은 울음을 그치고 이미 잠든 것처럼 가만히 누워 있었다. 자신의 슬픔이 아버지 마음을 아프게 할까봐 두려웠고, 이모 앞에서 슬픔을 표현할 용기도 없었던 것이다. 게다가 가족 모두가 오랫동안 바라고 계획하고 추진해 온 끝에 성사된 런던행인지라, 그런 감정을 느끼는 것 자체가 잘못이라는 생각이 들었다. 런던행이 결정되자 더 화려한 세상에 맞춰 새 옷도 장만했고, 아버지는 딸을 런던에 데려다주느라 며칠씩이나 교구를 비워야 했다.

이제 텅 비워진 방이지만 옛 육아실을 사랑하게 된 마거릿은 사흘 내로 이 방과 영원히 작별해야 한다는 생각에 고양이처럼 아쉬움에 젖어 사방을 둘러보았다.

"아, 뉴턴! 정든 방을 떠나야 하다니, 우리 모두 섭섭할 거예요." 마거릿이 말했다.

"아가씨, 전 그렇지 않아요. 제 눈이 예전만큼 밝지 못한데다 이 방이 어두워서 창가에 앉아 레이스를 수선해야 하는데 창가 외풍이 얼마나 센지…… 감기 걸려 죽기 십상이라니까요."

"하긴, 나폴리에 가면 햇살도 좋고 날씨도 따뜻할 거예요. 그때까지 바느질거리는 최대한 모아두세요. 뉴턴, 고마워요. 내가 갖고 내려갈게요. 뉴턴은 바쁘니까."

마거릿은 숄을 한아름 안고 내려오며 그 동양의 향기를 마셨다. 이디스가 아직 자고 있어서 이모가 그녀에게 대신 숄들을 둘러보라고 했다. 아무도 그런 생각은 못했지만, 아버지 쪽 먼 친척이 돌아가셔서 검은 실크 드레스를 입고 있는 마거릿의 큰 키와 호리호리한 몸매 덕에 화려한 숄들의 길고 아름다운 주름이 돋보였다. 이디스가 그 숄을 걸쳤다면 반쯤은 파묻혔을 터였다. 마거릿은 이모가 숄 주름을 매만지는 동안 샹들리에 바로 아래에 얌전히 서 있었다. 그러다 가끔 몸을 돌려 벽난로 선반 위 거울에 비친 자신을 얼핏 보고는, 공주 복장을 한 낯익은 얼굴에 미소를 지었다. 그녀는 자신을 감싼 숄을 살며시 만졌고 부드러운 감촉과 눈부신 색깔에 기쁨을 느꼈다. 화려한 숄을 두르고 있자니 기분이 좋아서 입가에 흡족한 미소를 머금고 어린아이처럼 그 순간을 만끽했다. 바로 그때 문이 열리더니 하인이 갑작스럽게 헨리 레녹스 씨의 도착을 알렸다. 몇몇 부인은 옷에 대한 관심을 보여서 부끄러운 듯 뒤로 물러섰다. 쇼 부인은 새로 온 손님을 향해 손을 내밀었다. 마거릿은 숄을 걸치는 역할이 아직 끝나지 않았을지도 모른다는 생각에 그대로 서서는, 레녹스 씨가 갑자기 들이닥치는 바람에 우스꽝스러운 꼴이 된 자신의 처지를 그도 이해하리라 믿는다는 양 밝고 즐거운 얼굴로 그를 바라보았다.

마거릿의 이모는 만찬에 참석하지 못한 헨리 레녹스 씨에게 신랑인 그의 형과 신부 들러리를 맡은 그의 누이(결혼식에 맞춰 스코틀랜드에서 레녹스 대령과 함께 오는), 그리고 레녹스 가문의 다른 식구들 안부를 묻느라 여념이 없었다. 마거릿은 이제 숄걸이 역할이 끝났음을 깨닫고 잠시 이모에게 잊힌 다른 손님들을 즐겁게 해주는 데 전념했다. 뒤쪽 응접실에서 자던 이디스가 바로 그때쯤 득달같이 달려왔다. 환한 빛에 눈을 찡그리고 깜빡거리며 살짝 헝클어진 곱슬머리를 뒤로 젖히는 모습이 영락없이 방금 꿈에서 깬 잠자는 숲속의 공주였다. 잠결에도 레녹스가 자신의 잠을 깨울 가치가 있는 존재임을 본능적으로 느낀 것이다. 그녀는 아직 한 번도 만나본 적이 없는 시누이 재닛에 대해 물어볼 게 너무도 많았다. 이디스가 재닛에 대한 애정 표현을 아끼지 않아서, 마거릿이 자존감이 높아 망정이지 그렇지 않았다면 베일에 싸인 그 라

이벌에게 질투를 느꼈을 터였다. 이모가 부인들과 대화하기 시작하자 뒷전으로 물러난 마거릿은 헨리 레녹스가 자기 옆에 있는 빈 의자에 시선을 두는 걸 보고 그가 이디스의 질문 세례에서 풀려나는 즉시 그 의자에 와서 앉겠구나 확신했다. 이모가 그와 한 약속에 대해 애매하게 얘기해서 그가 오늘밤에 올지 오지 않을지 몰랐던지라, 마거릿은 그가 와서 놀랐고 이젠 오늘밤이 즐거워지리라는 확신이 들었다. 그녀와 헨리 레녹스는 좋아하는 것과 싫어하는 것이 거의 비슷했다. 마거릿의 얼굴이 아무런 숨김 없이 환하게 밝아졌다. 얼마 안 있어 그가 다가왔다. 마거릿은 수줍음이나 자의식이 전혀 없는 미소로 그를 맞이했다.

"흠, 다들 사무가 한창이시더군요. 여자들의 사무 말입니다. 진짜 법을 다루는 내 사무와는 사뭇 다르지요. 숄을 다루는 것과 합의서를 작성하는 건 달라도 많이 다르니까요."

"아, 우리 여자들이 장신구에 넋이 빠진 걸 보고 얼마나 재미있어하셨을지 알아요. 하지만 인도 숄은 정말로 완벽하답니다."

"분명 그럴 겁니다. 가격까지 완벽하니까요. 부족함이 없지요."

남자들이 한 사람씩 들어오면서 시끌벅적한 웅성거림이 더욱 굵직해졌다.

"오늘이 마지막 만찬 맞지요? 목요일까지 더이상 없죠?"

"네. 오늘밤이 지나면 편안해질 것 같아요. 몇 주 만인지 몰라요. 적어도 손이 할 일은 더이상 없고, 머리와 가슴이 필요한 행사를 위한 건 전부 준비가 끝났으니까요. 이제 생각할 시간을 갖게 되어 기뻐요. 이디스도 분명 그럴 거고요."

"글쎄요, 이디스는 어떨지 모르겠지만 마거릿, 당신은 그렇겠군요.

요즘 당신을 볼 때마다 다른 사람들이 만든 회오리에 휩쓸려다니는 것 같았으니까요."

"맞아요." 마거릿은 벌써 한 달 넘게 사소한 일들을 둘러싸고 끊임없이 일어났던 소동을 상기하며 슬프게 말했다. "결혼이란 걸 하려면 레녹스 씨가 회오리라고 부른 과정을 꼭 거쳐야 하는 건지, 아니면 조용하고 평화롭게 치르는 경우도 있을 수 있는지, 그런 의문이 드네요."

"신데렐라의 대모도 혼수를 주문하고, 결혼 피로연을 준비하고, 초대장을 썼겠지요." 레녹스 씨가 웃으며 말했다.

"하지만 이 모든 수고를 들일 필요가 있을까요?" 마거릿은 그를 똑바로 보며 물었다. 지난 육 주간 이디스가 아름다운 결혼식을 위해 절대적인 권한을 휘두르며 바쁘게 추진해온 모든 준비에 대한 형언할 수 없는 피로감이 지금 그녀를 짓누르고 있었다. 그렇다보니 그녀에게는 유쾌하고 조용한 결혼에 대해 생각하도록 도와줄 사람이 간절히 필요했다.

"아, 그럼요." 레녹스 씨가 심각해진 목소리로 말했다. "반드시 거쳐야 할 형식과 절차가 있지요. 자신을 만족시키기 위해서라기보단 세상의 입을 막기 위해서요. 세상의 입을 막지 못한다면 만족스러운 삶을 누리기가 힘들잖아요. 마거릿은 어떤 결혼식을 원해요?"

"오, 그런 생각을 많이 해보진 않았지만 아주 화창한 여름 아침이었으면 좋겠어요. 그리고 나무 그늘을 지나 교회로 걸어가고 싶어요. 신부 들러리는 너무 많지 않게, 결혼 피로연도 안 하고 싶고요. 이번에 저를 정말 힘들게 한 일들은 절대 안 할 작정이에요."

"그럴 것 같네요. 품위 있는 소박함은 마거릿의 성품과 잘 어울리니까요."

마거릿은 이런 대화를 좋아하지 않는데다, 레녹스 씨가 전에도 그녀의 성격과 행동거지를 대화의 주제로 삼았던(그는 찬사를 보내는 역할을 맡으며) 기억이 나서 더 움찔했다. 그녀는 좀 퉁명스럽게 대꾸했다.

"제가 마차를 타고 포장도로를 달려 런던 교회로 가는 것보다 헬스톤 교회로 걸어가는 생각을 하는 건 자연스러운 일이에요."

"헬스톤 얘기 좀 해주세요. 마거릿은 그곳 얘기를 자세히 들려준 적이 없잖아요. 할리 스트리트 96번지가 우중충하고 더럽고 따분한 폐가처럼 보일 때 마거릿이 살고 있을 곳이 어떤 데인지 알고 싶군요. 우선, 헬스톤은 마을인가요, 아니면 도시?"

"그냥 작은 마을이에요. 사실 마을이라고 부를 수도 없죠. 교회가 있고, 그 근처 공유지에 장미꽃으로 뒤덮인 집, 아니 오두막 몇 채가 있을 뿐이니까요."

"그리고 사시사철, 특히 크리스마스에 꽃이 핀다면…… 그림이 완벽하겠군요." 레녹스 씨가 말했다.

"아뇨." 마거릿이 조금 화난 목소리로 대답했다. "전 지금 그림을 그리는 게 아니에요. 헬스톤의 모습을 있는 그대로 묘사하는 거라고요. 그런 식으로 말씀하시면 안 되죠."

"미안합니다. 현실보다는 이야기 속에나 등장하는 마을 같아서요."

"그건 그래요." 마거릿이 열성적으로 말했다. "뉴포리스트*에 비하면 제가 본 영국의 다른 곳들은 너무도 거칠고 따분한 느낌이었어요. 헬스

* 영국 남부 햄프셔주와 윌트셔주에 걸쳐 있는 넓은 삼림지.

톤은 시에 나오는 마을 같죠. 테니슨의 시요. 하지만 이제 그만 얘기할래요. 헬스톤에 대한 제 생각을 말하면 당신이 그저 비웃을 테니까요. 그게 헬스톤의 진짜 모습인데."

"절대 비웃지 않을게요. 하지만 말하지 않기로 결심한 것 같군요. 흠, 그럼, 목사관 얘기만 해주세요. 그것만은 꼭 알고 싶으니까요."

"오, 저희 집에 대해선 설명할 수 없어요. 고향집이니, 그 매력을 말로 표현할 수가 없죠."

"항복이에요. 마거릿, 오늘은 좀 엄격하네요."

"어떻게요? 전 그런 줄 몰랐어요." 마거릿이 고개를 돌려 크고 부드러운 눈으로 그를 똑바로 보며 물었다.

"아, 내가 말실수를 했다고 헬스톤 얘기도, 당신 집 얘기도 해주지 않으려 하니까요. 내가 그 둘 다, 특히 뒤쪽 것에 대해 얼마나 듣고 싶은지 말했는데도요."

"하지만 정말로 저희 집에 대해선 뭐라 말할 수가 없어요. 레녹스 씨가 저희 집을 알고 있지 않는 한, 레녹스 씨와 얘기할 만한 게 아니라서요."

"그럼," 레녹스 씨는 잠시 말을 멈췄다가 이어서 말했다. "그곳에서 뭘 하는지 얘기해주세요. 여기선 오전에는 독서를 하거나 수업을 받거나 아니면 다른 식으로 정신수양을 하고, 점심식사 전에는 산책을 하고, 점심식사 후에는 이모님과 마차를 타고 나가고, 저녁때는 사교활동을 하잖아요. 헬스톤에서는 뭘 하나요? 말이나 마차를 타나요? 아니면 산책을 하나요?"

"그야 산책이죠. 저희는 말이 없어요. 아버지도요. 아버지께선 교구

끝까지 걸어다니세요. 그곳은 길이 얼마나 아름다운지 마차를 타고 달리기가 부끄러울 정도랍니다. 말을 타는 것도 그렇고요."

"정원도 많이 가꾸게 될까요? 시골에선 정원 가꾸기가 젊은 숙녀들에게 좋은 소일거리가 될 텐데."

"모르겠어요. 전 그런 힘든 일은 좋아하지 않을 것 같네요."

"활쏘기 파티, 소풍, 경마 무도회, 사냥 무도회는요?"

"오, 아녜요!" 마거릿이 웃으며 말했다. "아버지는 수입이 아주 적거든요. 그리고 전 형편이 된다고 해도 그런 데는 안 갈 것 같아요."

"알겠어요. 아무것도 말해주지 않으려 하는군요. 이것도 안 한다 저것도 안 하겠다는 말만 하고요. 아무래도 휴가가 끝나기 전에 직접 찾아가서 당신이 무얼 하는지 봐야겠는데요."

"그러시면 좋죠. 그럼 헬스톤이 얼마나 아름다운지 직접 확인하실 수 있을 테니까요. 전 그만 일어나야겠어요. 이디스가 연주를 하려고 피아노 앞에 앉네요. 전 악보를 넘겨줄 수 있을 만큼은 음악을 알거든요. 게다가 이모님이 우리가 얘기하는 걸 안 좋아하실 거고요."

이디스는 눈부신 연주 실력을 보여주었다. 하지만 연주 도중에 문이 반쯤 열리고 레녹스 대령이 들어올까 말까 망설이는 모습을 보자 그녀는 음악을 내팽개치고 밖으로 달려나갔다. 그 바람에 어쩔 줄 몰라 얼굴이 붉어진 마거릿은 놀란 손님들에게 이디스가 갑자기 자리를 뜬 이유를 설명해야 했다. 레녹스 대령이 예상보다 일찍 도착한 것이다. 아니면 벌써 밤이 늦은 걸까? 손님들은 손목시계를 확인하더니 적당히 놀라며 집으로 돌아갔다.

그다음에 이디스가 기쁨으로 상기되어서는 반쯤은 수줍고 반쯤은 자랑스럽게 자신의 키 크고 잘생긴 대령을 이끌고 들어왔다. 헨리 레녹스가 형과 악수했고, 쇼 부인은 부드럽고 다정하게 사윗감을 맞이했다. 레녹스 대령을 대하는 그녀의 태도에는 늘 서글픔이 어려 있었는데, 자신을 흡족하지 못한 결혼의 희생자로 여기는 오랜 습관에서 나온 것이었다. 이제 장군도 세상을 떠나고 남부러울 것 없는 삶을 누리게 된 그녀는 슬픔은 아닐지라도 마음속에서 불안감을 발견하고 당혹감에 젖었다. 하지만 최근에는 그 불안감이 건강 문제에서 비롯되었다는 결론을 내리게 되었고, 그 생각을 할 때마다 신경질적인 잔기침을 했다. 그러던 중에 환자의 비위를 맞출 줄 아는 의사가 딱 그녀가 소망하는 처방을 내려주었다. 이탈리아로 가서 겨울을 보내라는 처방이었다. 쇼 부인은 대부분의 다른 사람들처럼 이런저런 간절한 소망을 갖고 있었지만, 그 소망이 자신의 쾌락과 기쁨을 위한 거라고 솔직하게 인정하고 싶어하지 않았다. 다른 사람의 명령이나 바람에 따라 부득이하게 자신을 만족시키는 걸 더 선호했다. 그녀는 외부의 강한 요구에 굴복하고 있다고 스스로를 납득시켰으며, 그래서 실제로는 늘 자신이 원하는 대로 하면서도 고상한 태도로 불평할 수 있었다.

쇼 부인은 자신의 이탈리아 여행에 대해서도 그런 식으로 레녹스 대령에게 이야기하기 시작했고, 대령은 장차 장모 될 분의 모든 말에 의무적으로 장단을 맞춰주었으나 눈은 이디스에게 가 있었다. 그가 저녁을 먹은 지 두 시간도 안 됐다고 몇 차례나 말했는데도, 이디스는 다과 테이블을 새로 차리고 좋은 것은 다 가져오라고 지시하느라 분주했다.

헨리 레녹스 씨는 벽난로 선반에 기대서서 그런 가족의 풍경을 즐겁게 감상하고 있었다. 그는 잘생긴 형 가까이에 있었는데, 인물이 출중

한 집안에서 혼자 평범한 편이었지만 그래도 지적이고 예리하게 생겼으며 표정도 풍부했다. 마거릿은 이디스와 자신이 하는 일을 말없이, 그러나 약간 냉소적인 흥미를 갖고 지켜보는 그가 속으로 무슨 생각을 하는지 궁금했다. 그의 냉소는 쇼 부인과 형의 대화에서 비롯된 감정으로, 그가 눈으로 보고 있는 광경이 불러일으킨 흥미와는 별개의 것이었다. 그는 테이블을 새로 차리느라 분주한 두 사촌의 모습이 보기 좋다고 생각했다. 이디스는 대부분의 일을 자기 손으로 직접 할 작정이었다. 자신이 군인의 아내 노릇을 얼마나 훌륭하게 해낼 수 있는지 연인에게 보여주고 싶었던 것이다. 그녀는 찻물이 식은 걸 발견하고 하녀에게 주방의 대형 찻주전자를 가져오라고 지시했다. 하지만 찻주전자가 너무 무거웠기에, 문가에서 찻주전자를 받아서 들고 오다가 모슬린 드레스에는 검은 얼룩이 묻고 작고 흰 손에는 찻주전자 손잡이 자국이 나고 말았다. 그녀는 마치 다친 아이처럼 입을 삐죽거리며 레녹스 대령에게 그것들을 보여주러 왔다. 그 두 가지 문제의 해결책은 물론 같았다. 마거릿이 재빨리 준비한 알코올램프가 가장 효과적인 대책이 되었다. 이디스가 병영생활과 가장 비슷하다고 여기는 집시야영지 풍경과는 거리가 좀 있었지만 말이다.

그 저녁 후로 결혼식이 끝날 때까지 정신없이 부산한 나날이 이어졌다.

2장

장미와 가시

숲속 빈터의 부드러운 초록빛에,
그대 어릴 적 뛰놀던 이끼 덮인 둑 위에,
처음 사랑에 빠진 그대 눈이
가지 사이로 여름 하늘을 바라보던 마당의 그 나무에.*
—히먼스 부인

마거릿은 다시 결혼식 예복 차림으로 아버지와 조용히 집으로 가고 있었다. 아버지가 결혼식을 도우려고 런던에 왔던 것이다. 어머니는 어설픈 이유를 잔뜩 늘어놓으며 집에 남았는데, 아무도 그 이유를 납득하지 못했지만 헤일 씨는 예외였다. 그는 낡지 않았지만 새것도 아닌 아내의 회색 새틴 드레스를 열심히 옹호했으나 결국 그 노력이 허사로 돌아간 일을 잘 알고 있었던 것이다. 그에겐 아내를 머리부터 발끝까지 새로 꾸며줄 돈이 없었고, 바로 그 이유로 아내는 하나뿐인 동생의 하나뿐인 자식 결혼식에 참석하지 않으려고 했다. 헤일 부인이 남편과 함께 결혼식에 참석하지 않은 진짜 이유를 쇼 부인이 짐작했더라면 언니

* 19세기 초에 활동한 영국 시인 펠리시아 히먼스의 시 「고향집의 마법」.

에게 드레스 세례를 퍼부었으리라. 하지만 쇼 부인은 가난하고 아름다운 베리스퍼드 양 시절과 작별한 지 이십 년 가까이 되다보니, 그녀가 족히 반시간은 한탄할 수 있는 나이 차 많은 결혼의 불행을 제외한 모든 슬픔을 까마득히 잊고 있었다. 그녀의 사랑하는 언니 마리아는 나이 차가 여덟 살밖에 나지 않고 성품이 무척이나 다정하며 너무도 보기 드문 푸른빛 도는 흑발을 가진 사랑하는 남자와 결혼했다. 헤일 씨는 쇼 부인이 아는 목사 중 가장 유쾌한 인물이었고 교구목사의 완벽한 모범이었다. 아마도 이 모든 전제에서 끌어낼 수 있는 대단히 논리적인 추론은 아니었겠지만, 쇼 부인은 언니의 운명에 대해 생각하며 그녀다운 결론을 내렸다. '마리아 언니는 사랑으로 결혼했으니 이 세상에서 뭘 더 원하겠어?' 쇼 부인이 그런 속마음을 말했다면 헤일 부인은 이미 준비된 목록을 댔을 것이다. '은회색 글라세 실크*, 흰 밀짚 보닛, 오! 결혼식에 필요한 수십 가지 물건과 집에 필요한 수백 가지 물건.'

마거릿은 어머니가 사정이 있어서 못 왔다고만 알고 있었고, 할리 스트리트의 이모 집이 아닌 헬스톤 목사관에서 어머니를 만나게 된 것이 유감스럽지도 않았다. 사실 지난 이삼일 동안 할리 스트리트의 이모 집은 북새통이었고, 피가로** 역할을 맡아야 했던 그녀는 모든 곳에서 동시에 원하는 존재로서 몸이 열 개라도 모자랄 정도로 바빴다. 그리고 지금 지난 사십팔 시간 동안 자신이 했던 모든 행동과 말을 떠올리며 몸과 마음으로 아파하고 있었다. 오랜 세월 정들었던 것들과 너무 급하

* 매끄럽고 광택이 좋은 실크.

** 로시니의 오페라 〈세비야의 이발사〉에 등장하는 하인. 피가로의 아리아 〈나는 이 마을의 팔방미인〉은 자신이 너무 유능한 탓에 모든 곳에서 자기를 찾는다는 내용이다.

게 작별을 고했다. 그 시절은 다시는 돌아오지 않으리라고 생각하니 애석함이 밀려들었다. 그 시절이 어땠는지는 중요하지 않았다. 그 시절은 영영 가버렸으니까. 수년간 그토록 갈구하던 자신의 집과 그곳에서의 삶으로 돌아가고 있는데도(그땐 정말이지 온종일—밤에 잠들면서 날카로운 감각들이 희미해지기 직전까지—집을 향한 그리움에 사무쳐서 살았다) 뜻밖에도 마음이 무거웠다. 그래서 억지로 과거의 기억을 떨쳐버리고는 희망찬 미래에 대한 밝고 평온한 상념에 젖어들었다. 그녀의 눈이 지나간 과거의 환상들이 아닌 앞에 있는 것을 보기 시작했다. 기차 안에서 좌석에 편히 기대어 자는 사랑하는 아버지. 푸른빛 도는 검은색이던 머리가 이제 잿빛으로 변해 성글게 이마를 덮고 있었다. 얼굴뼈가 확연히, 아름답다기엔 너무 확연히 드러나 있었다. 수려하다곤 할 수 없지만 기품 있는 얼굴이었다. 아버지의 얼굴은 평안했는데, 평화롭고 만족스러운 삶에서 온 평온함 덕이 아니라 지쳐버린 후 맞은 휴식 덕이었다. 마거릿은 아버지의 지치고 걱정스러운 얼굴에 고통스러운 충격을 느끼며, 습관적인 괴로움과 우울함을 적나라하게 드러낸 주름의 원인을 찾으려고 아버지의 삶에서 알려진 상황들을 되짚어보았다.

마거릿은 한숨지으며 생각했다. '가엾은 프레더릭 오빠! 아! 오빠가 해군에 들어가 가족을 떠나지 않고 성직자가 되었더라면 얼마나 좋았을까! 오빠 일을 다 알았으면 좋겠어. 이모님에게 들은 얘기로는 이해가 잘 안 돼. 오빠가 그 끔찍한 사건 때문에 영국으로 돌아올 수 없다는 게 내가 아는 전부잖아. 가엾은 우리 아버지! 너무 슬퍼 보이셔! 이제 집에 돌아가 아버지, 어머니를 가까이서 위로할 수 있게 되어 얼마나

기쁜지 몰라.'

아버지가 잠에서 깼을 때 마거릿은 피로의 흔적이 남아 있지 않은 밝은 미소로 아버지를 대할 수 있었다. 아버지도 마주보며 미소를 지었지만, 특별한 노력을 요하기라도 한 듯 약한 미소였다. 그의 얼굴에는 도로 습관적인 걱정의 주름이 지어졌다. 그는 말하려는 것처럼 입을 반쯤 벌리는 버릇이 있었고 그랬기 때문에 입술 모양이 계속 바뀌어서 결단력 없는 사람 같은 인상을 풍겼다. 하지만 눈은 딸처럼 크고 부드러웠으며, 눈동자는 궤도 안에서 천천히, 당당하게 움직였고 투명한 흰 눈꺼풀에 잘 가려졌다. 마거릿은 어머니보다 아버지를 더 닮은 편이었다. 가끔 사람들은 그토록 인물 좋은 부모 밑에서 일반적인 미인과는 너무도 거리가 먼 딸이 태어난 걸 의아하게 여겼고, 마거릿이 전혀 아름답지 않다고 말하는 이들도 있었다. 마거릿은 입이 컸다. '네'나 '아니요', '당신만 좋으시다면요' 같은 말을 할 수 있을 정도로만 살짝 벌어지는 장미꽃 봉오리가 아니었다. 그러나 부드러운 굴곡을 이룬 입술은 탐스럽고 붉었으며, 피부도 백옥같이 희진 않았지만 상앗빛을 띠고 매끄러우며 섬세했다. 얼굴 표정은 어린 나이에 비해 대체로 지나치게 위엄 있고 조심스러웠지만, 아버지와 대화중인 지금은 아침처럼 밝았다. 보조개가 패었고, 눈빛엔 어린애 같은 기쁨과 미래에 대한 무한한 희망이 가득했다.

마거릿이 집에 돌아온 건 7월 하순이었다. 숲의 나무들은 녹음이 짙었고, 나무 아래 양치식물은 비스듬한 햇살을 받고 있었으며, 날씨는 후텁지근하고 바람 한 점 없었다. 마거릿은 아버지와 나란히 숲길을 걸을 때면 양치식물이 자신의 가벼운 발 아래에서 맥없이 꺾이며 특유의 향기를 뿜어내는 걸 느끼면서 잔인한 즐거움을 느끼곤 했다. 따스하고 향긋한 빛이 비치는 넓은 공유지로 나가면 햇살과 햇살이 키워낸 풀과 꽃을 즐기며 야생의 무수한 자유로운 생명체를 볼 수 있었다. 이런 삶, 적어도 이런 산책은 그녀의 기대에 부합했다. 그녀는 자신의 숲에 자긍심을 갖고 있었다. 헬스톤 사람들은 그녀의 사람들이었다. 그녀는 그들과 진실한 친구가 되어 그들의 독특한 말들을 배우고 즐겁게 사용했으며, 그들 안에서 자유를 맛보았다. 아기들을 보살펴주고, 노인들에게 천천히 또박또박 말하고 책을 읽어주었으며, 환자들에게 맛있는 음식을 가져다주었다. 그러다 얼마 안 있어 학교에서 가르치는 일을 하기로 결심했다. 아버지는 날마다 학교에 나가는 걸 사명으로 여겼지만, 그녀는 녹음이 우거진 숲속 오두막에 가서 남자든 여자든 아이든 친구를 만나고 싶다는 지속적인 충동을 느꼈다. 그녀의 집밖에서의 삶은 완벽했다. 하지만 집안에서의 삶에는 몇 가지 문제점이 있었다. 어린애다운 건강한 수치심 때문에 그녀는 모든 게 완벽하지 않다는 사실을 감지하곤 하는 자신의 예민함을 탓했다. 그녀에게 늘 지극히 친절하고 다정한 그녀의 어머니는 이따금 현실이 너무도 불만족스러운 듯했다. 어머니는 주교가 자기 직무에 소홀해서 헤일 목사에게 더 나은 삶을 제공하지 않는다고 생각했다. 그래서 주교에게 현재의 교구를 떠나 더 큰 교구를 맡고 싶다는 뜻을 전하지 못하는 남편을 탓하곤 했다. 그럴 때면 헤일 목사는 한숨을 내쉬며 자신은 이 작은 헬스톤에서 해야 하는 일만 잘해낼 수 있어도 감지덕지라고, 자신은 날이 갈수록 일이 힘에 부치고 세상은 점점 더 당혹스러운 곳이 되어간다고 대답했다. 마거릿은 어머니가 아버지에게 더 높이 올라갈 방법을 찾아보라고 강요할 때마다 아버지가 점점 더 위축되는 걸 보고, 어머니가 헬스톤을 좋게 생각하도록 애썼다. 헤일 부인이 집 주위에 나무가 너무 많아서 건강에 해롭다고 말하자, 마거릿은 아름답고 넓은 고지대에 위치해 있어 태양의 빛줄기가 비치고 구름 그림자가 지는 공유지로 어머니를 데려가려고 애썼다. 그녀는 어머니가 거의 실내에서만 살고 교회와 학교, 군락을 이룬 이웃 오두막들 너머로는 거의 발걸음을 하지 않는다는 걸 알고 있었다. 그 방법은 한동안 효과가 있었지만, 가을이 다가오면서 날씨가 변덕스러워지자 헬스톤이 건강에 좋지 않다는 어머니의 생각은 더 강해졌다. 이웃 교구의 흄 목사와 홀드워스 목사는 더 큰 곳으로 옮겼는데 흄 목사보다 학식이 높고 홀드워스 목사보다 훌륭한 교구목사인 당신은 왜 그렇게 못하느냐고 남편에게 불평하는 일도 전보다 더 잦아졌다.

이렇듯 가정의 평화를 깨는 어머니의 끊임없는 불만은 마거릿이 전혀 예기치 못했던 일이다. 많은 호사를 포기해야 한다는 건 이미 알았지만, 할리 스트리트의 이모 집에서 누린 호사는 그저 자신의 자유를 구속하는 장애물이었기에 오히려 잘된 일이라고 생각했었다. 그녀가 모든 감각적 쾌락을 열정적으로 즐길 수 있었던 건, 불가피한 경우 그것들 없이도 살 수 있다는 의식적인 자부심이 그만큼 강했기 때문이다. 하지만 먹구름은 우리가 지켜보는 쪽에서 다가오지 않는 법이다. 마거릿이 런던에 살며 집으로 와서 휴가를 보낼 때도 어머니는 헬스톤과 남편의 지위에 대해 사소한 불평을 하고 가끔 후회하기까지 했으나, 그땐 전반적으로 행복한 시간을 보냈기에 유쾌하지 못한 사소한 부분은 쉽게 잊혔던 것이다.

9월 하순에 접어들면서 가을비와 폭풍이 찾아왔고, 마거릿은 집에 머무는 시간이 많아질 수밖에 없었다. 헬스톤은 교양을 갖춘 사람들과 좀 거리가 있는 위치에 자리잡고 있었다.

헤일 부인이 슬픔에 젖은 목소리로 말했다. "여긴 영국에서 제일 벽지라고 할 수 있지. 네 아버지가 어울릴 만한 사람이 없다는 게 난 늘 안타깝구나. 네 아버진 시골구석에 처박혀 농부나 노동자밖엔 못 보며 살고 있어. 교구 저쪽 편에만 살았어도 이야기가 달랐을 텐데. 거기선 스탠스필드가家까지 거의 걸어서도 다닐 수 있을 정도로 가까우니까. 고먼가에는 확실히 걸어서 다닐 수 있고."

"고먼가라면, 사우샘프턴에서 장사로 부자가 된 사람들 아닌가요? 오! 전 그들 집에 안 가고 싶어요. 장사치들은 별로예요. 가식 없는 농부들, 노동자들만 알고 지내는 게 훨씬 낫다고 생각해요." 마거릿이 대답했다.

"얘야, 마거릿, 그렇게 까다로우면 못써!" 어머니는 흄 목사 집에서 한번 만난 적이 있는 젊고 잘생긴 고먼 씨를 염두에 두고 딸을 나무랐다.

"아뇨! 제 취향은 전혀 안 까다로운데요. 전 땅과 관련된 직업을 가진 사람은 다 좋아요. 군인, 선원, 그리고 사람들이 삼대 학문적 직업*이라고 부르는 직업 종사자도 좋고요. 어머니, 제가 푸주한, 빵장수, 촛대 제조업자 같은 사람들을 존경하길 바라시진 않잖아요, 안 그래요?"

"고먼가 사람들은 푸주한도 빵장수도 아냐. 존경할 만한 마차 제조

* 신학, 법학, 의학계를 말함.

업자지."

"좋아요. 그래도 마차 제조는 장사나 마찬가지고 전 그 직업이 푸주한이나 빵장수보다 훨씬 쓸모없다고 생각해요. 오! 날마다 쇼 이모님 마차를 타고 다닐 때 얼마나 지루했는지 얼마나 걷고 싶었는지 몰라요!"

마거릿은 악천후를 무릅쓰고 걸어다녔다. 아버지와 나란히 걷고 있노라면 바깥에 있는 게 너무 행복해서 춤이 절로 나왔다. 황무지를 지날 때 등뒤에서 서풍이 불어오면 가을바람에 실려가는 낙엽처럼 사뿐히 둥둥 떠다니는 듯했다. 하지만 저녁 시간을 기분좋게 보내기는 쉽지 않았다. 아버지는 차만 마시면 곧장 작은 서재로 들어갔고, 마거릿은 어머니와 단둘이 남았다. 원래 책에는 취미가 없는 헤일 부인은 신혼 초에 그녀가 일하는 동안 큰 소리로 책을 읽어주고 싶어하는 남편의 열의를 꺾어놓았다. 한때 심심풀이로 주사위놀이도 했지만, 헤일 씨가 학교와 교구민에게 더 많은 관심을 기울이게 되면서 일 때문에 주사위놀이가 중단되는 경우가 생기자, 헤일 부인은 그걸 고난으로 받아들였다. 그런 일이 있을 때마다 남편 직업의 당연한 조건으로 받아들이지 않고 한탄하며 맞서려 했다. 그래서 아이들이 어릴 때부터 헤일 씨는 집에서 저녁 시간을 보내는 날은 서재로 들어가 자신에게 기쁨을 주는 사변적이고 형이상학적인 책을 읽게 되었다.

마거릿은 휴가를 보내러 집에 올 때면 선생님들이나 가정교사가 추천해준 책을 커다란 상자에 가득 가져왔고, 런던으로 돌아가기 전에 그 책들을 다 읽어내느라 여름날이 너무도 짧게 느껴졌었다. 지금 그녀에겐 응접실의 작은 서가를 채우기 위해 아버지 서재에서 추려낸, 제본이 잘되어 있고 거의 읽히지 않은 영국 고전들밖에 없었다. 그중에서 톰슨의 『사계』, 헤일리의 『윌리엄 쿠퍼의 생애』, 미들턴의 『키케로의 생애』가 단연 가장 가볍고, 가장 새롭고, 또 가장 재미있었다.* 응접실 서가에는 많은 책을 꽂을 수 없었다. 그래서 마거릿은 저녁 시간에 어머니에게 런던 생활에 대해 자세히 이야기했고 헤일 부인은 때로는 흥미와 호기심에 차서, 때로는 동생의 풍족하고 여유로운 삶과 헬스톤 목사관의 궁핍함을 비교하며 딸의 이야기를 들었다. 마거릿은 이야기하다가 문득 멈춰서는 작은 내닫이창 창틀에 똑똑 떨어지는 빗소리에 귀기울이곤 했다. 그 단조로운 소리를 헤아리며 기계적으로 가슴속 깊이 묻어둔 질문을 꺼내볼까 망설인 적도 한두 번 있었다. 지금 프레더릭 오빠는 어디서 무얼 하는지, 소식은 언제까지 들었는지…… 그러나 프레더릭이 마거릿은 자세히 들은 적도 없으며 아무래도 슬픈 망각 속에 묻힐 운명인 듯한 반란 사건에 연루된 후로 어머니가 건강도 안 좋아지고 헬스톤을 노골적으로 싫어하게 되었다는 생각에 번번이 그 문제를 그냥 덮어두게 되었다. 어머니와 있을 때는 아버지에게 묻는 게 나을 듯했고, 아버지와 있을 때는 어머니에게 이야기를 꺼내기가 더 쉬울 듯했다. 아마 새로 전해들을 소식도 별로 없을 터였다. 할리 스트리트의 이모 집을 떠나기 전에 아버지가 프레더릭에 관한 편지를 보낸 적이 있긴 했다. 프레더릭 소식을 들었는데 아직 리우에 있고, 아주 건강하게 잘 지내고 있으며, 누이에게도 안부를 전해달라고 했다는 내용이

* 제임스 톰슨의 시집 『사계』, 윌리엄 헤일리가 쓴 전기 『윌리엄 쿠퍼의 생애』, 코니어스 미들턴의 『키케로의 생애』는 모두 18세기 중반쯤 출간된 책으로, 헬스톤을 연상시키는 시골 생활에 대한 묘사를 담고 있다.

었다. 하지만 그건 마거릿이 고대하던 생생한 소식이 아니었다. 프레더릭은 어쩌다 이름이 언급될 때마다 '불쌍한 프레더릭'이라고 불리곤 했다. 그의 방은 떠날 때 모습 그대로 보존되어 있었고, 헤일 부인의 하녀 딕슨이 정기적으로 먼지도 털고 정리도 했다. 다른 집안일에는 손도 대지 않는 딕슨은, 존 베리스퍼드 경의 집에 부인과 러틀랜드셔 최고 미인인 두 딸의 시중을 드는 하녀로 들어간 날을 결코 잊지 못했다. 딕슨은 헤일 씨를 베리스퍼드 양의 빛나는 미래를 망친 인물로 여겼다. 베리스퍼드 양이 그렇게 서둘러 가난한 시골 목사와 결혼하지 않았더라면 어떻게 되었을지 모른다는 것이다. 하지만 딕슨은 고통과 나락(일명 결혼생활)에 빠진 베리스퍼드 양을 버리고 떠나기엔 너무도 충성심이 강했다. 그래서 그녀 곁에 남아 그녀를 위해 헌신했으며, 헤일 씨라는 위험한 거인을 막아내는 역할을 하는 착한 요정을 자처했다. 프레더릭 도련님에 대한 애정과 긍지도 남달라서, 매주 그의 방에 들어가 그가 당장 오늘 저녁에 집으로 돌아오기라도 할 것처럼 정성스레 정리했다. 그리고 그때마다 평소의 근엄한 표정과 태도가 조금은 부드러워지곤 했다.

마거릿은 아버지만 알고 어머니는 모르는 프레더릭에 관한 새 소식이 있고 그 때문에 아버지가 근심과 불안에 시달리고 있다고 믿을 수밖에 없었다. 헤일 부인은 남편의 표정이나 행동에서 아무런 변화도 발견하지 못하는 듯했다. 헤일 씨는 성품이 다정하고 온화해서 다른 사람들의 안 좋은 일에 쉽게 영향을 받는 편이었다. 임종을 지켜보거나 범죄 소식을 들으면 여러 날 침울해지곤 했다. 그러나 마거릿이 보기에 지금은 얼이 빠져 있는 듯했다. 어디엔가 정신이 팔려 있었고, 상을 당한 사람들을 위로하거나 미래 세대의 악을 줄이고자 학교에서 아이들을 가르치는 것 같은 일상적인 활동을 하면서도 고민에서 헤어나지 못하는 듯했다. 교구민을 방문하는 횟수가 줄고, 서재에 틀어박혀 있는 시간이 많아졌으며, 우체부를 간절히 기다리곤 했다. 우체부는 부엌방 덧창을 두드려 방문을 알리곤 했는데, 전에는 그 시간에 그가 오는 걸 신경쓰고 있다가 바로 문을 열어주는 사람이 없어서 몇 번씩 덧창을 두드릴 때가 많았다. 하지만 이제는 헤일 씨가 아침에 날씨가 좋으면 정원에서 어슬렁거리며, 궂은 날에는 서재 창가에 꿈꾸듯 멍하니 서서 우체부를 기다렸다. 우체부는 전해줄 소식이 없을 때는 목사에게 정중하면서도 은밀하게 고개를 저어 보이며 길을 내려갔고, 헤일 씨는 우체부가 들장미 울타리 너머 커다란 아르부투스*를 지나갈 때까지 지켜보다가 고민 탓에 무거워진 마음이 고스란히 드러난 모습으로 하루 일과를 시작하러 방으로 들어갔다.

하지만 마거릿의 나이에는 사실을 알게 되어 생긴 것이 아닌 두려움은 화창한 날씨라든가 외부의 행복한 상황으로 쉽게 잊힐 수 있었다. 찬란한 10월의 날씨가 열나흘이나 이어지자 모든 근심이 엉겅퀴 홀씨처럼 날아가고, 그녀는 숲의 아름다움에 대해서만 생각하게 되었다. 고사리 수확이 끝나고 비도 지나가자, 7월과 8월에는 수풀 사이로 들여다보기만 할 수 있었던 깊숙한 빈터로 들어갈 수 있었다. 이디스와 함께 그림을 배운 마거릿은 궂은 날씨가 이어지는 동안 숲의 아름다움을 한가하게 감상만 하자니 안타까워, 겨울이 본격적으로 시작되기 전에

* 주로 관상용으로 심는 상록수.

스케치를 해보자고 결심했다. 그래서 아침에 분주히 화구를 챙기는데, 하녀 세라가 응접실 문을 활짝 열어젖히며 손님의 방문을 알렸다. "헨리 레녹스 씨가 오셨습니다."

3장

“급할수록 천천히”

여자의 믿음을 얻는 법을 배우라
그것이 숭고한 일인 양 고결하게,
생사가 걸린 양 용감하게,
충실하고 엄숙하게.

그녀를 호화로운 파티에서 이끌고 나와
별이 총총한 하늘을 보게 하라
그녀를 지켜주라
구애의 아부가 아닌
진실한 말로.*
—브라우닝 부인

‘헨리 레녹스 씨.’ 그러잖아도 마거릿은 좀전에 헨리 레녹스를 생각하며, 헬스톤 집에서 무슨 일을 하며 보낼 거냐며 그가 캐묻던 기억을 떠올리던 차였다. 파를레 뒤 솔레유 에 롱 앙 부아 레 레용.** 화구를 내

---

* 엘리자베스 배럿 브라우닝의 시 「여자의 수락」. 이 시는 여자가 청혼을 수락했다 번복하는 내용으로 시작한다.

** parler du soleil et l’on en voit les rayons(해 이야기를 하면 햇살을 보게 된다). 프랑스 속담으로 어떤 얘기를 꺼내면 그와 관련된 일이 생긴다는 뜻이다.

려놓고 그와 악수하러 다가가는 마거릿의 얼굴이 햇살처럼 환해졌다. "세라, 어머니한테 말씀드려요. 레녹스 씨, 어머니와 전 이디스에 대해 물어보고 싶은 게 너무도 많답니다. 이렇게 와주셔서 정말 감사해요." 마거릿이 말했다.

"내가 이곳에 와봐야겠다고 말하지 않았던가요?" 레녹스 씨가 마거릿보다 작은 목소리로 물었다.

"하지만 머나먼 스코틀랜드 북부에 계시다고 들어서, 이곳 햄프셔까지 오실 수 있으리라곤 생각지도 못했어요."

그러자 레녹스 씨가 가볍게 말했다. "아! 우리의 젊은 부부께서 어찌나 어리석은 장난을 즐기고 온갖 모험에 뛰어들던지. 이 산에 오르고, 저 호수를 건너고. 사실 난 그들을 보살펴줄 멘토가 필요할 거라고 생각했는데, 그 생각이 맞았어요. 연로하신 우리 숙부께선 그네들을 감당 못해서 하루 이십사 시간 중 열여섯 시간을 공황 상태로 보내셨다니까요. 난 둘만 놔두면 안 된다는 걸 깨닫고, 두 사람이 안전하게 플리머스에서 배에 오를 때까지 그 곁을 떠나지 않는 게 내 의무라고 생각했지요."

"플리머스에 다녀오셨어요? 오! 이디스는 그런 얘긴 없었는데. 최근엔 편지를 급히 쓰는 것 같더라고요. 진짜 화요일에 배를 탔나요?"

"진짜 탔지요. 그 덕에 내 책임이 많이 줄었고요. 이디스가 당신에게 전해달라고 한 말이 무척 많았어요. 메모해둔 게 어디 있는데…… 아, 여기 있군요."

"어머나! 감사해요." 마거릿은 그렇게 외치고, 그 메모를 아무도 안 보는 데서 혼자 읽고 싶은 마음에 어머니에게 레녹스 씨의 방문을 알리러 가야겠다고(아무래도 세라가 심부름을 제대로 하지 못한 것 같다고) 핑계를 댔다.

마거릿이 응접실에서 나가자 레녹스 씨는 특유의 세심한 태도로 주위를 둘러봤다. 작은 응접실은 아침햇살 속에서 최고의 상태로 보였다. 중창이 열려 있어서 무리 지어 핀 장미꽃과 진홍색 인동덩굴이 모퉁이 너머로 살짝 보였고, 작은 잔디밭은 갖가지 밝은 색깔을 띤 제라늄과 마편초로 화사했다. 하지만 바깥의 찬란함이 실내의 색깔들을 초라하고 퇴색해 보이게 했다. 바닥의 카펫은 새것과는 거리가 멀었고, 친츠* 커튼과 가구 덮개는 여러 번 세탁한 듯했다. 사실 목사관 전체가 여왕처럼 우아한 마거릿의 집으로 그가 예상했던 모습에 비해 작고 초라했다. 그는 테이블에 놓인 책 가운데 하나를 집어들었다. 단테의 『신곡』 중 「천국」 편이었는데 옛 이탈리아 방식으로 하얀 피지**와 금으로 제본되어 있었다. 그 옆에는 사전이 놓여 있었고 마거릿의 필체로 단어들이 쓰여 있었다. 지루한 단어들의 목록일 뿐이었지만 그 단어들을 보는 건 즐거웠다. 그는 한숨을 지으며 책과 사전을 내려놓았다.

'마거릿이 말한 대로 소박하게 살고 있는 게 분명해. 이상하군. 베리스퍼드는 명문가인데.'

한편 마거릿은 어머니를 만났다. 하필이면 오늘은 헤일 부인의 기분이 오락가락하는 날 중 하나였다. 이런 날 헤일 부인은 만사를 고난으로 여기는지라, 레녹스 씨가 찾아와준 걸 속으론 흐뭇하게 생각하면서도 그의 등장 역시 고난으로 받아들였다.

---

* 기하학적인 무늬나 꽃무늬가 날염되고 광택이 나는 면직물.

** 송아지 가죽으로 만든 얇고 결이 고운 피지.

"이렇게 운이 나쁠 수가 있나! 오늘은 일찍 점심을 먹고 하인들에게 다림질을 시키려고 했는데. 집에 냉육밖에 없고. 이디스의 시동생인데 당연히 만찬을 대접해야 하잖니. 게다가 오늘 네 아버지 기분이 얼마나 저조한지 몰라. 도대체 무슨 일로 저러는 건지. 방금 아버지 서재에 갔었는데 얼굴을 손으로 감싸고 테이블에 엎드려 있더구나. 그래서 헬스톤의 공기가 나쁠만 아니라 네 아버지한테도 안 맞는 거라고 얘기해줬더니, 고개를 번쩍 들고는 제발 헬스톤에 대한 비방 좀 그만하라고, 더 이상 참고 들을 수가 없다고, 지상에서 사랑하는 곳이 한 군데 있다면 바로 헬스톤이라고 하는 거야. 하지만 헬스톤의 습하고 나른한 공기 때문에 그러는 게 분명해."

마거릿은 먹구름이 자신과 태양 사이를 가로막는 듯한 기분을 느꼈다. 그녀는 어머니가 속마음을 시원히 털어놓으면 좀 진정될까 싶어 참을성 있게 들어줬지만, 이제 어머니를 레녹스 씨에게 모시고 가야만 할 시간이었다.

"아버지는 레녹스 씨를 좋아하세요. 결혼 피로연 때 두 분 마음이 아주 잘 맞았거든요. 레녹스 씨가 와서 아버지께 도움이 될 거예요. 그리고 어머니, 만찬 걱정은 하지 마세요. 오찬엔 냉육만 내도 훌륭하고, 레녹스 씨는 두시 만찬을 오찬으로 여길 테니까요."

"하지만 그때까지 어떻게 시간을 끈다니? 이제 열시 반밖에 안 됐는데."

"제가 그림 그리러 나가자고 할게요. 레녹스 씨는 그림 그리기를 좋아하거든요. 그러니까 어머니는 신경 안 쓰셔도 돼요. 하지만 지금은 그 사람을 만나러 가셔야 해요. 안 그러면 이상하다고 생각할 테니까요."

헤일 부인은 검정 실크 앞치마를 벗고 얼굴을 매만졌다. 그녀는 거의 친척이라고 할 수 있는 상대에게 마땅히 보여야 할 다정한 태도로 레녹스 씨를 맞이했는데, 그 모습이 무척이나 아름답고 숙녀다웠다. 레녹스 씨는 헤일 부인이 하루 묵고 가라고 청하자 기다렸다는 듯 흔쾌히 응했다. 헤일 부인은 그런 그를 보며 소고기 냉육에 다른 요리까지 곁들일 수 있으면 얼마나 좋을까 생각했다. 레녹스 씨는 모든 걸 만족스러워했다. 마거릿과 함께 그림 그리러 나가자는 청에도 기뻐했고, 헤일 씨는 금방 식사 자리에서 만날 테니 지금은 절대 그의 일을 방해하지 않겠노라고 했다. 마거릿이 자신의 그림 도구들을 꺼내 레녹스 씨에게 고르게 했고, 그가 적당한 종이와 붓을 골랐으며, 두 사람은 세상에서 가장 즐거운 기분으로 출발했다.

"우리 여기서 잠깐 쉬었다 가요. 이 오두막들은 비 내리던 지난 이 주일 동안 제 마음을 떠나지 않았답니다. 자기들을 그려주지 않는다고 저를 원망하면서요." 마거릿이 말했다.

"무너져서 사라져버리기 전에 말이죠? 그림처럼 아름다운 이 오두막들을 그리려면 내년으로 미루지 않는 편이 좋겠군요. 그런데 어디 앉을까요?"

"오! 스코틀랜드에서 두 달 머무르다 오신 게 아니라 템플*의 사무실에서 바로 오신 것 같군요! 이 아름다운 나무둥치를 보세요. 나무꾼이 빛을 받기 좋게 남겨놨잖아요. 이 위에 격자무늬 천을 깔면 숲의 왕좌

---

* 런던에 있는 유서 깊은 법률 지구.

가 될 거예요."

"그 웅덩이에 발을 담그면 왕의 발판이 되고요! 그대로 있어요, 내가 움직일 테니, 그럼 당신이 이쪽으로 더 가까이 올 수 있으니까. 이 오두막들에는 누가 살죠?"

"이 오두막들은 오륙십 년 전에 무단거주자들이 지었어요. 하나는 빈집이고 다른 집엔 할아버지 한 분이 살고 계시는데, 그 할아버지가 돌아가시면 삼림감독관들이 허물어버릴 거예요. 불쌍한 할아버지! 저기 그 할아버지가 계시네요. 가서 얘기 좀 해야겠어요. 할아버지가 귀가 먹어서 당신이 우리 비밀을 다 듣겠는데요."

햇살 아래에서 노인은 모자도 쓰지 않고 오두막 앞에서 지팡이에 의지해 서 있었다. 마거릿이 다가가서 말을 걸자 노인은 딱딱한 얼굴을 부드럽게 풀며 천천히 미소를 지었다. 레녹스 씨는 부리나케 두 사람을 스케치하고 풍경을 배경으로 넣었다. 마거릿은 나중에 집으로 돌아갈 시간이 되어 그림 도구를 정리하고 서로에게 자신의 그림을 보여줄 때에야 그 사실을 알게 되었다. 그녀는 얼굴을 붉히며 웃었고, 레녹스 씨는 그런 그녀를 지켜보았다.

"너무해요. 오두막 역사에 대해 아이작 할아버지한테 물어보라고 해놓고 우리를 그리실 줄은 정말 몰랐어요."

"불가항력이었어요. 그게 얼마나 강한 유혹이었는지 모를걸요. 내가 이 그림을 얼마나 좋아하게 될지 당신에게 감히 말하기가 힘들군요."

레녹스 씨는 마거릿이 팔레트를 씻으러 개울로 가기 전에 자신이 마지막에 덧붙인 말을 들었는지 알 수 없었다. 마거릿은 발그레한 얼굴로 돌아왔지만 아무것도 모르는 듯 무심해 보였다. 레녹스 씨는 그녀가 그렇게 반응하자 기뻤다. 그 말은 자신도 모르게 튀어나왔는데, 늘 깊이 생각한 후에 행동하는 그에겐 무척 드문 일이었다.

집에 돌아와보니 분위기가 밝았다. 때마침 이웃에서 잉어 두 마리를 가져다준 덕에 헤일 부인의 얼굴에 드리워졌던 그늘이 말끔히 걷힌 것이다. 헤일 씨는 오전 교구 순방을 마치고 돌아와 정원으로 통하는 쪽문 밖에서 손님을 기다리고 있었다. 낡고 해진 코트와 모자 차림의 그는 완벽한 신사로 보였다. 마거릿은 아버지가 자랑스러웠다. 아버지가 초면인 사람들에게 좋은 인상을 주는 걸 볼 때마다 새삼스럽게 애정 가득한 자랑스러움을 느끼곤 했다. 하지만 재빨리 아버지 얼굴을 살핀 그녀는 손님을 맞으면서도 완전히 떨쳐버리지 못하고 그저 한옆으로 밀어둔 심상치 않은 동요의 흔적을 찾아냈다.

헤일 씨가 두 사람의 그림을 보자고 했다.

"초가지붕 색을 너무 어둡게 칠한 것 같구나, 안 그러니?" 헤일 씨가 마거릿에게 그림을 돌려주며 말했다. 그는 레녹스 씨에게도 그림을 달라고 손을 내밀었고 레녹스 씨는 잠시 주저하다가 그림을 건넸다.

"아녜요, 아버지! 너무 어둡게 그린 게 아녜요. 비가 와서 바위솔과 꿩의비름 색이 아주 진해졌거든요. 이 그림, 실물과 비슷하지 않나요, 아버지?" 마거릿은 아버지가 보고 있는 레녹스 씨의 그림을 아버지 어깨 너머로 들여다보며 물었다.

"그래, 아주 비슷하구나. 네 모습과 자세를 훌륭하게 담아냈어. 아이작이 류머티즘 걸린 긴 허리를 구부리고 뻣뻣하게 서 있는 모습도 그렇고. 그런데 나뭇가지에 걸려 있는 이건 뭐지? 새둥지는 분명 아닌데."

"아! 제 보닛이에요. 보닛을 쓰고서는 그림을 못 그리겠더라고요. 머리가 너무 뜨거워서. 저도 인물화를 그릴 수 있을지 모르겠네요. 이 동네에 그리고 싶은 사람들이 너무 많은데."

"마음이 간절하면 그릴 수 있지요. 난 의지의 힘을 굳게 믿어요. 나도 그래서 당신을 잘 그릴 수 있었던 거고요." 레녹스 씨가 말했다. 헤일 씨는 먼저 집으로 들어가고 마거릿은 만찬 자리에서 입을 드레스를 장식할 장미꽃을 꺾으려고 정원에 남았다.

'런던 아가씨라면 내가 한 말의 숨은 의미를 알아챘을 텐데. 젊은 남자가 하는 말의 아리에르팡세*를 찾아내려고 단 한 마디도 허투루 듣지 않으니까. 하지만 마거릿은 다르지.' 레녹스 씨는 그렇게 생각하며 마거릿에게 외쳤다. "잠깐만요! 도와줄게요." 그는 마거릿의 팔이 닿지 않는 곳에 핀 벨벳 같은 진홍색 장미꽃 몇 송이를 꺾어 자신의 옷 단춧구멍에 두 송이를 꽂고 나머진 마거릿에게 건넸다. 마거릿은 기쁘고 행복한 마음으로 드레스를 장식하러 집에 들어갔다.

만찬 자리에서 대화는 조용하고 기분좋게 흘러갔다. 그들은 이탈리아에 머물고 있는 쇼 부인의 최근 소식과 목사관의 꾸밈없는 소박함에 대해 서로에게 질문할 것이 많았다. 마거릿 가까이에 앉은 레녹스 씨는 처음 이곳에 왔을 때 아버지가 무척 소박하게 살고 계신다던 마거릿의 말이 사실이었음을 깨닫고 좀 실망했던 일을 까맣게 잊었다.

"마거릿, 디저트로 먹을 배를 좀 따올 걸 그랬구나." 손님을 위해 특별히 준비한, 새로 디캔팅**한 포도주가 식탁에 놓이자 헤일 씨가 말했다.

---

* arrière-pensée. 프랑스어로 '숨은 의미'라는 뜻.

** 포도주를 다른 병에 옮겨 침전물을 제거하고 향을 살리는 일.

헤일 부인은 디저트가 목사관에서는 즉흥적이고 이례적인 것인 양 허둥거렸다. 헤일 씨 역시 뒤를 돌아봤더라면 사이드보드*에 비스킷, 마멀레이드 등이 격식에 맞게 준비된 걸 볼 수 있었을 테지만, 그는 배 생각에 사로잡혀 있었다.

"남쪽 담 근처에 갈색 뵈레** 몇 개가 달려 있다. 그 어떤 외국 과일이나 저장식품보다 훌륭한 디저트지. 마거릿, 얼른 달려가서 몇 개 따오렴."

"그럼 정원으로 자리를 옮겨 그곳에서 먹는 게 어떨까요? 햇빛을 받아 따뜻하고 향긋한, 아삭하고 물 많은 과일을 깨물어 먹는 것보다 더 맛있게 먹을 수는 없으니까요. 뻔뻔스러운 말벌들이 같이 먹자고 덤벼들면 낭패겠지만요." 레녹스 씨가 말했다.

그는 이미 문밖으로 사라진 마거릿을 따라가기라도 할 것처럼 의자에서 일어나 헤일 부인의 승낙이 떨어지길 기다렸다. 헤일 부인은 만찬이 정식으로 마무리되기를 원했다. 지금까지 모든 과정이 순조롭게 진행되었고, 쇼 장군 부인의 언니로서 위신이 떨어지지 않도록 딕슨과 함께 창고에서 핑거볼까지 꺼내놨던 것이다. 하지만 헤일 씨까지 바로 일어나 손님을 따라갈 채비를 하자 그들의 뜻을 따를 수밖에 없었다.

"난 칼을 챙겨야겠군. 레녹스 씨 말처럼 원시적으로 과일을 먹는 시절은 내겐 끝났으니까. 난 껍질을 벗기고는 사등분을 해야 먹을 수 있거든." 헤일 씨가 말했다.

마거릿이 비트 잎으로 배를 담을 접시를 만들었는데 초록빛 잎 위에

---

* 식탁에 낼 음식을 얹어두는 작은 탁자.

** 당도가 높은 배 품종.

서 배의 금갈색이 감탄스러울 정도로 돋보였다. 레녹스 씨는 배보다 그녀를 더 많이 보았다. 헤일 씨는 근심으로부터 빠져나온 시간 동안 즐거움과 완벽함만 선별해서 누리고 싶은 마음에 제일 잘 익은 배를 꼼꼼히 골라서는 느긋하게 맛을 즐기려고 정원 벤치에 앉았다. 마거릿과 레녹스 씨는 벌들이 아직 벌집 속에서 웅웅거리며 분주히 일하는 남쪽 담장 아래 작은 계단식 산책로를 거닐었다.

"당신은 이곳에서 정말이지 완벽한 삶을 살고 있는 것 같군요! 사실 그동안 '산속 오두막에 살고 싶어라'* 같은 소망을 노래하는 시인들을 좀 경멸했는데, 지금 생각해보니 난 런던토박이보다 나을 게 없는 사람이었어요. 어려운 법 공부에 매달린 이십 년이 이렇게 아름답고 평화롭게 지내는 일 년의 삶으로 충분히 보상될 것 같네요. 저 하늘!" 레녹스 씨는 하늘을 올려다보며 말했다. 그러고는 정원을 둥지처럼 감싸고 있는 숲의 커다란 나무들을 가리켰다. "저 진홍색과 호박색 잎사귀. 어쩌면 저리도 미동조차 없는지!"

"우리의 하늘이 늘 지금처럼 짙푸르진 않다는 점을 기억해주셨으면 해요. 여기도 비가 내리고, 나뭇잎은 떨어져 흠뻑 젖는답니다. 그래도 전 헬스톤이 세상 어느 곳 못지않게 완벽하다고 생각하지만요. 할리 스트리트에서 어느 날 저녁 제가 헬스톤에 대해 말했을 때, 당신이 '이야기 속에나 등장하는 마을'이라고 비웃었던 일을 기억하시나요."

"비웃다니요! 마거릿, 그건 좀 심한 말이군요."

"그럴지도 모르죠. 다만 전 그때 제 머릿속을 떠나지 않는 것들에 대

* 영국 낭만주의 시인 새뮤얼 로저스의 시 「소망」의 한 구절.

해 당신에게 말하고 싶었는데, 당신은 헬스톤에 대해 그저 이야기 속에나 등장하는 마을이라고—비웃음이 아니면 뭐라고 해야 할까요?—함부로 말했다는 건 알아요."

"다시는 그러지 않겠어요." 레녹스 씨가 따뜻하게 말했다. 그들은 모퉁이를 돌았다.

"마거릿, 난 말이에요……" 레녹스 씨는 말을 꺼내놓고 주저했다. 달변 변호사인 그에게선 너무도 보기 드문 일이라 마거릿은 약간 의아해하며 그를 올려다봤다. 다음 순간, 그녀는 어머니나 아버지에게로, 그에게서 벗어날 수 있는 곳이라면 어디로든 도망치고 싶은 충동을 느꼈다. 그가 자신이 대답하기 곤란한 말을 꺼내리란 확신이 들었던 것이다. 하지만 이내 그녀의 강한 자존심이 레녹스 씨에게 들키고 싶지 않았던 그 갑작스러운 동요를 제압했다. 그가 무슨 말을 하든 대답할 수 있었다. 똑바로 대답할 수 있었다. 그게 무슨 말이든 들어보지도 않고 지레 움츠러드는 건 딱하고 비열한 짓이었다. 그녀가 지닌 미혼 여성의 위엄으로 당당히 맞설 힘이 없다는 뜻이니까.

"마거릿." 레녹스 씨가 기습적으로 다시 입을 열며 느닷없이 손을 잡는 바람에, 마거릿은 심장이 덜컹거리는 자신을 경멸하며 잠자코 서서 그의 말을 들을 수밖에 없었다. "마거릿, 난 당신이 헬스톤을 너무 좋아하지 않았으면 합니다. 이곳에서 너무도 평온하고 행복하게 지내지 않았으면 좋겠어요. 난 지난 석 달간 당신이 런던을, 런던 친구들을 조금이라도 그리워하는 모습을 보게 되기를 바랐거든요. 당신이 내 말을 더 친절하게 들어줄 수 있도록요." 마거릿은 조용히, 그러나 단호히 그에게서 손을 빼려고 애썼다. "난 당신 앞에 내놓을 게 별로 없어요, 사실이에요. 미래의 전망밖에는. 하지만 마거릿, 난 당신을 사랑합니다, 나 자신도 어쩌지 못할 정도로요. 마거릿, 많이 놀랐나요? 말해봐요!" 마거릿이 금세라도 울음을 터뜨릴 것처럼 입술을 떨고 있었던 것이다. 마거릿은 마음을 진정시키려고 안간힘을 다했다. 침착하게 말할 수 있을 때까진 절대 입을 열지 않을 작정이었다. 이윽고 그녀가 대답했다.

"놀랐어요. 절 그렇게 생각하시는 줄은 몰랐거든요. 전 늘 당신을 친구로 생각해왔고, 부탁인데, 앞으로도 그러고 싶어요. 방금 하신 그런 말은, 듣고 싶지 않네요. 당신이 원하는 대답을 해드릴 순 없는데, 혹시 저 때문에 괴로우시다면 정말 죄송해요."

레녹스 씨는 마거릿의 눈을 들여다봤고, 마거릿도 지극한 신의와 그에게 고통을 주고 싶지 않은 마음이 담긴 솔직한 눈으로 그를 마주 응시했다. 그는 '마거릿, 다른 사람을 사랑하는 건가요?'라고 물으려 했지만, 그런 질문은 마거릿의 맑은 눈빛에 대한 모욕이 될 듯했다. "용서해줘요! 내가 너무 갑작스러웠죠. 벌을 받았네요. 부디 희망만은 갖게 해줘요. 한 가지 작은 위안만이라도 주세요. 당신이 아직 마음을 줄 만한 사람을 만나지 못했다고……" 다시 침묵이 흘렀다. 레녹스 씨는 말을 맺지 못했다. 마거릿은 그에게 고통을 안겨준 자신을 책망했다.

"아! 그런 마음이 생기지 않았더라면 정말 좋았을 텐데! 당신을 친구로 생각하는 것이 제겐 커다란 기쁨이었거든요."

"하지만 마거릿, 언젠가는 당신이 나를 연인으로 여기게 될지도 모른다는 희망을 가지면 안 될까요? 지금은 아니란 걸 알지만, 급할 거 없어요…… 언젠가……"

마거릿은 마음속의 진실을 발견하기 위해 잠시 침묵을 지킨 후에야 대답했다.

"전 당신을…… 친구로밖에는 생각해본 적이 없어요. 친구로 지내는 건 좋지만, 다른 존재로는 절대로 생각할 수 없을 것 같아요. 우리 이런," (마거릿은 '불쾌한'이라는 말이 나오려는 걸 얼른 삼켰다.) "대화가 있었던 걸 잊었으면 좋겠어요."

레녹스 씨는 잠시 침묵을 지키다가, 습관적인 차가운 목소리로 대답했다.

"물론, 당신 마음이 그토록 확고하고 이 대화가 당신에게 불쾌했던 게 분명하니 기억하지 않는 편이 낫겠지요. 고통스러운 일은 깨끗이 잊는 게 이론상으로는 멋지고 훌륭한데, 적어도 내겐 행동에 옮기기가 좀 어려울 것 같군요."

"제가 고통을 드린 듯한데, 어쩌면 좋죠?" 마거릿이 슬프게 말했다.

그녀가 진심으로 슬퍼하는 것처럼 보여서 레녹스 씨는 애써 실망감을 떨쳐버리고 쾌활하게 말했지만 목소리가 아직 좀 굳어 있었다.

"마거릿, 내 굴욕감을 이해해줘요. 사랑에 빠진 남자의 굴욕감만이 아니라 로맨스와는 거리가 먼, 신중하고 세속적이라는 평을 얻고 있는 남자로서의 굴욕감까지도요. 내가 그만 격정에 휘말려 평소와는 다른 모습을 보이고 말았어요. 그 얘기는 더이상 하지 않기로 했지만…… 내 마음 깊은 곳의 진실한 감정을 발산할 수 있는 배출구였는데, 그만 거절당하고 말았네요. 그러니 내 어리석음을 비웃으며 마음을 달랠 수밖에요. 생활고에 시달리는 변호사가 결혼 생각을 품다니!"

마거릿은 그 말에는 아무 대답도 할 수 없었다. 그 말의 전체적인 어조가 불편했다. 그동안 종종 그에게 반감을 느끼도록 만든 그와의 모든 차이점이 거기 고스란히 들어 있는 듯했기 때문이다. 그는 더할 수 없이 유쾌한 사람이고 가장 마음이 잘 통하는 친구, 할리 스트리트에서 그녀를 가장 잘 이해해준 사람이었는데도 말이다. 그녀는 그를 거절한 괴로움에 약간의 경멸이 섞여드는 걸 느꼈다. 그녀의 아름다운 입술이 멸시로 뒤틀렸다. 다행히 그들은 정원을 다 돌자 그동안 까맣게 잊고 있었던 헤일 씨와 마주쳤다. 헤일 씨는 아직 배를 먹고 있었다. 껍질을 은박지처럼 얇게 한 번에 벗겨서 맛을 천천히 음미하는 중이었다. 마법사가 시키는 대로 물에 잠깐 머리를 담갔는데 그동안 평생을 경험하게 되었다는, 동양의 어느 왕이 겪었다는 이야기 같았다. 마거릿은 충격이 가시지 않아서, 아버지와 레녹스 씨가 나누는 사소한 대화에 낄 만큼 침착해질 수가 없었다. 그녀는 심각했고, 대화를 나누고 싶지 않았다. 지난 십오 분 동안 벌어진 일에 대해 조용히 생각해볼 수 있게 레녹스 씨가 빨리 떠났으면 좋겠다는 초조한 마음만 가득했다. 레녹스 씨도 그녀 못지않게 빨리 떠나고 싶은 마음이 간절했지만, 상처받은 허영심 혹은 자존감을 조금이라도 회복하려면 잠시나마 가벼운 대화를 이어가지 않을 수 없었다. 아무리 힘들어도 꼭 해야만 할 일이었다. 그는 이따금 마거릿의 슬프고 수심에 찬 얼굴을 훔쳐보며 속으로 생각했다.

'난 지금 마거릿이 생각하는 것처럼 마음이 완전히 식지 않았어. 희망을 버린 게 아니야.'

십오 분도 지나지 않아 레녹스 씨는 런던과 시골의 삶에 대해 조용하고 냉소적인 태도로 얘기하고 있었다. 그는 냉소적인 또하나의 자아를 의식하며 그런 자아를 두려워하는 듯했다. 헤일 씨는 당혹스러웠다. 레녹스 씨가 이디스의 결혼 피로연과 오늘의 만찬 자리에서 보았던 모습과는 사뭇 다른, 가볍고 영악하고 세속적인 인물로 돌변한 탓에 도무지 마음이 통하지 않았던 것이다. 이윽고 레녹스 씨가 다섯시 기차를 타려면 지금 가야겠다고 말했을 때, 세 사람 모두 안도감을 느꼈다. 레녹스 씨가 헤일 부인과 작별인사를 나눌 수 있도록 세 사람은 집으로 들어갔다. 마지막 순간에 레녹스 씨의 진짜 자아가 껍질을 뚫고 나왔다.

"마거릿, 나를 경멸하지 말아요. 아무짝에도 쓸모없는 인간처럼 떠들어댔지만, 내게도 마음이 있으니까. 그 증거로, 지난 삼십 분 동안 당신이 내 말을 들으며 멸시하는 태도를 보였는데도, 지금 난 그 어느 때보다 더 당신을 사랑한다고 믿고 있답니다. 당신을 증오하는 게 아니라면요. 잘 있어요, 마거릿…… 마거릿!"

4장

회의와 고난

황량한 바닷가에 저를 던지소서,
그저 서글픈 난파선 흔적이나
찾을 수 있는 곳,
신께서 그곳에 계신다면, 바다가 포효해도,
더 조용한 평온을 간청하지 않겠나이다.*
—해빙턴

레녹스 씨가 떠났다. 저녁이 되어 목사관 문이 닫혔다. 짙푸른 하늘도, 진홍색과 호박색 잎사귀도 더이상 볼 수 없었다. 이른 저녁에 마거릿이 차를 마시기 위해 옷을 갈아입으러 위층에 올라가보니, 딕슨은 바쁜 날 손님이 찾아온 게 못마땅해서 잔뜩 심통이 나 있었다. 빨리 헤일 부인의 시중을 들러 가야 한다는 핑계로 마거릿의 머리를 빗겨주는 그녀의 손길이 사뭇 거칠었다. 하지만 결국 마거릿은 응접실에서 어머니를 한참이나 기다려야 했다. 응접실 불가에 혼자 앉아, 뒤에 있는 테이블의 촛불도 켜지 않은 채 지나간 하루를 돌아보았다. 행복했던 산책과 그림 그리기, 유쾌하고 즐거웠던 만찬, 그리고 정원에서의 불편하고 비

* 17세기 영국 시인 윌리엄 해빙턴의 시 「캐스타라」.

참했던 산책.

남자들은 여자들과 달라도 너무 다르다! 그녀는 본능적으로 레녹스 씨의 구애를 거절할 수밖에 없었던 일 때문에 아직도 심란함과 슬픔에서 헤어나지 못하는데, 그는 인생에서 가장 심각하고 신성한 것이었을 프러포즈를 거절당하고 몇 분도 지나지 않아 일, 성공, 그리고 그 피상적인 결과인 좋은 집과 영리하고 유쾌한 상류사회만이 자신의 욕망의 대상인 듯 말할 수 있다니. 오, 세상에! 정말이지 레녹스 씨가 그런 태도를 보이지 않았더라면 그를 사랑할 수도 있었을까. 그렇게 저속한 사람처럼 굴지 않았더라면 말이다. 하지만 다시 생각해보면, 그의 경박함은 쓰라린 실망감을 감추기 위해 일부러 꾸민 것일지도 모른다. 그녀 자신도 누군가를 사랑하는데 그 사랑을 거절당한다면 실망감이 가슴에 낙인처럼 찍힐 테니까.

그런 어수선한 생각이 정리되기도 전에 어머니가 응접실로 들어왔다. 마거릿은 낮에 있었던 일들을 머릿속에서 억지로 떨쳐내고, 딕슨은 다림질용 모포가 또 타버렸다며 불평해대고 수전 라이트픗은 보닛에 조화를 달고 나타나서 허영기 많고 경박한 여자인 걸 스스로 증명하더라는 어머니의 푸념을 다정히 들어주었다. 헤일 씨는 정신을 딴 데 판 채 조용히 차만 마시고 있어서, 마거릿 혼자 어머니 말에 응대해야 했다. 마거릿은 아버지와 어머니가 레녹스 씨에 대해 일언반구도 없는 걸 보며 오늘 왔다 간 손님인데 어쩜 그리 까맣게 잊을 수 있을까 의아해했다. 레녹스 씨가 부모님께 프러포즈한 게 아님을 잊었던 것이다.

헤일 씨는 차를 다 마시고 일어나 벽난로 선반에 한쪽 팔꿈치를 짚고 그 위에 머리를 괸 채 깊은 생각에 빠져서는 이따금 무거운 한숨을 내쉬었다. 헤일 부인은 가난한 사람들의 겨울옷에 대해 딕슨과 상의하러 나갔다. 마거릿은 어머니의 뜨개질거리를 잡으며 어서 긴 저녁 시간이 지나서 잠자리에 들어 오늘 일어난 사건을 다시 정리하고 싶다고 생각했다.

"마거릿!" 헤일 씨가 갑작스럽게 불렀다. 아버지의 절박한 목소리에 마거릿은 흠칫 놀랐다. "그 뜨개질 급한 거니? 거기 놔두고 내 서재로 좀 갈 수 있겠니? 너한테 할 말이 있다. 우리 모두에게 아주 심각한 문제야."

'우리 모두에게 아주 심각한 문제.' 레녹스 씨는 프러포즈를 거절당한 후 아버지와 단둘이 이야기할 틈이 없었지만 분명 그 일은 아주 심각한 문제였다. 마거릿은 무엇보다 자신이 어느새 결혼의 대상이 될 만큼 성숙한 여인으로 자란 것이 죄스럽고 부끄러웠다. 그리고 부모의 허락도 없이 마음대로 레녹스 씨의 프러포즈를 거절한 데 대해 아버지가 노여워하지는 않을지 걱정스럽기도 했다. 하지만 아버지가 오늘 갑작스럽게 벌어진 일 때문에 복잡한 고민에 빠져 자신과 이야기하고 싶어할 것 같진 않았다. 헤일 씨는 그녀를 옆에 있는 의자에 앉힌 다음, 벽난로 불을 뒤적이다 촛불을 끄고 한두 번 한숨을 쉰 다음에야 결심하고는 불쑥 말했다. "마거릿! 헬스톤을 떠나게 됐다."

"헬스톤을 떠난다고요? 아버지, 왜요?"

헤일 씨는 잠시 침묵을 지켰다. 그는 초조하고 혼란스러운 모습으로 테이블 위의 종이들을 만지작거리며 몇 번이고 입을 뗐었다가도 진실을 말할 용기를 내지 못하고 도로 다물었다. 마거릿은 자신보다 아버지에게 더 고통스러울 그 긴장감을 견딜 수가 없었다.

"왜요, 아버지? 말씀 좀 해보세요!"

헤일 씨가 갑자기 고개를 들고는 딸을 보며 애써 차분하게 말했다.

"난 이제 더이상 영국국교회 목사 자리에 있으면 안 되니까."

마거릿은 처음에는 아버지가 헬스톤을 떠나게 되었다고 말했을 때 어머니의 간절한 소망이 마침내 이루어져 도시의 교구로 옮기게 된 모양이라고 생각했다. 그래서 아름답고 소중한 헬스톤을 떠날 수밖에 없게 됐고, 대성당이 있는 여러 도시에서 가끔 본 엄숙하고 조용한 거리로 가서 살게 된 모양이라고. 그 거리들은 웅장하고 인상적이었지만, 만일 거기로 가야 해서 고향 헬스톤을 영원히 떠나야 한다면 그건 슬프고 긴 고통이 될 터였다. 하지만 그 고통은 아버지가 방금 한 말에서 받은 충격에 비하면 아무것도 아니었다. 저 말이 대체 무슨 뜻일까? 도무지 어떻게 된 일인지 알 수가 없어서 더는 견디기가 힘들었다. 자식에게 자비롭고 인도적인 판결을 간청하는 듯한 아버지의 애처롭고 고통스러운 얼굴을 보고 있자니 갑자기 속이 울렁거렸다. 혹시 프레더릭 오빠가 한 일에 아버지도 연루된 걸까? 프레더릭은 범법자였다. 만일 아버지가 아들에 대한 사랑 때문에 죄를 방조하는……

"오! 무슨 일이에요? 말씀해주세요, 아버지! 왜 더이상 목사 자리에 있을 수 없다는 거죠? 우리가 프레더릭 오빠에 대해 알고 있는 사실을 모두 주교님께 말씀드리면, 그 가혹하고 부당한……"

"프레더릭과는 상관없는 일이다. 주교님과도 마찬가지고. 순전히 내 문제야. 마거릿, 다 얘기하마. 지금은 무슨 질문에든 대답하겠지만, 오늘밤 이후로는 이 문제에 대해 다시는 얘기하지 말자. 나의 고통스럽고 참담한 회의의 결과는 받아들일 수 있지만 내게 그토록 큰 고통을 준 것에 대해 말하기는 참으로 힘겹구나."

"회의라고요! 종교에 대한 회의요?" 마거릿은 더 큰 충격을 받았다.

"아니! 종교에 대한 회의는 아니다. 그런 회의는 조금도 없어."

헤일 씨는 말을 멈췄다. 마거릿은 새로운 공포에 직면한 듯 한숨을 쉬었다. 헤일 씨가 정해진 임무를 수행하려는 것처럼 빠르게 말했다.

"내가 말해도 네가 다 이해할 수는 없겠지만, 지난 몇 년간 내 마음속에선 교회의 권위에 대한 회의가 들끓었고 난 그 회의를 억누르며 과연 내가 이대로 성직에 남을 자격이 있는지 고민해왔단다. 오! 마거릿, 난 교회에서 쫓겨날 몸이지만 신성한 교회를 얼마나 사랑하는지 모른다!" 그는 잠시 말을 잇지 못했다. 마거릿도 말문이 막혔다. 아버지가 이슬람교로 개종이라도 하려는 듯한 도무지 이해할 수 없는 상황으로 보였다.

헤일 씨가 희미한 미소를 머금으며 말했다. "오늘 난 교회에서 쫓겨난 이천 명의 인물에 대해 읽었다.* 그들의 용기를 훔치고 싶어서. 하지만 아무 소용이 없구나. 아무 소용이 없다는 걸 절감할 수밖에 없어."

"아버지, 충분히 생각하신 거예요? 세상에! 너무 끔찍하고 충격적이에요." 마거릿은 갑자기 울음을 터뜨렸다. 고향집과 사랑하는 아버지라는 듬직한 기반이 마구 흔들리는 듯했다. 그녀가 무슨 말을 할 수 있을까? 어떻게 해야만 할까? 딸이 고통스러워하는 모습을 본 헤일 씨는 용기를 내어 딸을 위로하려고 했다. 그는 가슴에서 치밀어오르는 메마른 흐느낌을 꿀꺽 삼키고, 책꽂이로 가서 최근에 자주 읽은 책 한 권을 꺼

---

* 1662년 영국은 모든 교회에서 영국국교회 기도서를 사용해야 한다는 법을 만들었고, 많은 성직자들이 여기에 저항하다 파문당했다.

냈다. 그가 결심을 실행에 옮길 수 있도록 힘을 준 책이었다.

"마거릿, 들어봐라." 그가 한 팔로 딸의 허리를 감싸안으며 말했다. 마거릿은 아버지의 손을 꼭 잡았지만 고개를 들 수가 없었다. 마음속에 폭풍이 휘몰아쳐 아버지가 읽는 책에 집중할 수도 없었다.

"이건 나처럼 시골 교구목사였던 사람의 독백이다. 백육십여 년 전 더비셔 카싱턴의 목사였던 올드필드 씨가 쓴 글이지. 그의 시련은 끝났어. 그는 멋지게 싸웠지." 그는 마지막 두 문장을 혼잣말처럼 조그맣게 말했다. 그러고는 책을 읽기 시작했다.

"그대 주님의 명예와 종교의 이름을 더럽히거나, 그대의 고결함과 양심, 평화를 망치거나, 그대의 구원을 위태롭게 하지 않고 일을 계속할 수가 없다면, 다시 말해, 그대의 일을 계속하는 것이 죄가 되고 주님 말씀에 의해 정당화될 수 없다면 주님께선 그대의 침묵, 중단, 면직, 그만둠을 주님의 영광과 복음을 위한 전진으로 여기시리라 믿어도 된다. 아니, 믿어야만 한다. 주님께선 그대를 이런 방식으로 쓰지 않더라도 다른 방식으로 쓰실 것이다. 주님을 섬기고 예배하기를 갈망하는 영혼에겐 그것을 행할 기회가 얼마든지 있다. 이스라엘의 거룩하신 분께서 그대를 통해 자신을 영광되게 하는 방법이 단 하나뿐이라고 그분께 제한을 두어선 안 된다. 주님께선 그대의 설교뿐만 아니라 그대의 침묵을 통해서도 자신을 영광되게 하실 수 있다. 그대가 일을 계속하는 것뿐만 아니라 그만두는 것을 통해서도 마찬가지다. 주님을 위한 가장 큰 일을 하고 가장 중대한 임무를 수행하는 것으로 죄를 사할 수는 없다. 우리에게 그 임무를 수행할 기회를 준 아주 사소한 죄라고 할지라도 말이다. 오, 나의 영혼이여! 만일 그대가 주님께 드리는 예배를 더럽히고 그대의 서약들을 저버리면서 그것이 목사직을 계속하기 위해 꼭 필요한 일인 양 행동한다면, 그대는 감사함을 얻지 못할 것이다."

헤일 씨는 그 글을 읽으며, 그리고 읽지 않은 더 많은 부분을 힐끗 보며 결심을 더욱 굳혔다. 스스로 옳다고 믿는 것을 용감하고 단호히 행할 수 있을 듯한 기분을 느꼈다. 하지만 읽기를 마치자 마거릿의 소리 죽인 발작적인 흐느낌이 들려왔고 그의 용기는 날카로운 고통 아래로 가라앉았다.

그가 딸을 가까이 끌어당기며 말했다. "얘야, 마거릿! 옛날 순교자들을 생각하렴. 고통을 겪은 수천 명의 사람들을 생각해."

마거릿이 눈물에 젖은 상기된 얼굴을 번쩍 들며 말했다. "아버지, 옛날 순교자들은 진실을 위해 고통을 겪은 거잖아요. 하지만 아버진…… 오! 사랑하는 아버지!"

"난 양심을 지키기 위해 고통을 겪는 거야." 헤일 씨가 위엄 있는 목소리로 말했다. 그 목소리가 떨린 건 그의 예민한 감수성 때문이었다. "난 양심의 명령에 따라야만 한단다. 내 마음이 무기력하고 비겁한 탓에, 자책만 하면서 너무 오래 버텨왔어." 그는 고개를 저으며 말을 이었다. "가엾은 네 어머니의 허황된 희망이 결국 이루어져 이런 위기를 초래하고야 말았구나. 허황된 희망은 우스꽝스러운 결과로 이어지기 마련이지. 소돔의 사과*처럼 말이다. 난 그 점에 감사해야만 하고 감사하고 싶단다. 한 달 전쯤 주교님께서 내게 다른 교구로 옮길 것을 제안하셨어. 그 제안을 받아들이면 서임식에서 예배식에 따르겠다고 선언해

* 보기엔 먹음직스럽지만 손에 쥐면 연기가 되어 사라진다는 과일.

야만 하지.* 마거릿, 난 더이상 높은 자리에 오르기를 거부하고 이곳에 조용히 멈춰 있는 것에 만족하려고 했어. 지금까지 그랬던 것처럼 내 양심을 억누르려고 했단다. 주님, 저를 용서하소서!"

그는 벌떡 일어나 방안을 서성이면서 소리 죽여 자책과 굴욕의 말을 웅얼거렸고, 마거릿은 그 말이 거의 들리지 않는 것에 감사했다. 이윽고 그가 말했다.

"마거릿, 아까 한 슬픈 말을 다시 해야겠구나. 우린 헬스톤을 떠나야 해."

"네! 알겠어요. 언제요?"

"주교님께 편지를 보냈다. 이 얘기를 너한테 했던 것도 같은데 기억이 잘 안 나는구나." 헤일 씨는 현실에 대한 이야기를 꺼내면서 금세 의기소침한 태도로 돌아갔다. "목사직을 사임하겠다는 뜻을 전했지. 인정 많으신 주교님은 내 마음을 돌려보려고 나무라기도 하고 타이르기도 하셨지만 소용없었어. 아무 소용 없었지. 나도 이미 스스로한테 그렇게 해봤지만 소용이 없었거든. 난 사임하고 나서 주교님을 직접 찾아뵙고 작별인사를 할 생각이다. 그건 시련이겠지만 그보다 더 힘든 건, 훨씬 더 힘든 건 나의 사랑하는 교구민들과 헤어지는 일이지. 기도문을 읽을 부목사도 임명되었어. 브라운 씨라고. 그 사람이 내일 올 게다. 다음 주일엔 내 고별설교가 있을 거고."

그렇게나 빨리? 마거릿은 그런 생각이 들었지만 어쩌면 그 편이 나을지도 몰랐다. 미적거려봐야 고통만 더 커질 테니까. 충격으로 멍한

* 영국국교회 성직자는 새 교구에 임명되면 기도서의 내용에 따를 것을 재천명해야 한다.

상태에서 아버지의 이야기를 듣고 있자니 이미 일이 거의 마무리된 게 오히려 다행스럽기도 했다. "어머니는 뭐라고 하세요?" 그녀가 깊은 한숨을 쉬며 물었다.

놀랍게도 헤일 씨는 바로 대답하지 않고 다시 서성이기 시작했다. 이윽고 그가 걸음을 멈추더니 말했다.

"마거릿, 난 천하의 겁쟁이야. 다른 사람에게 고통을 주는 걸 견딜 수가 없어. 네 어머니가 나와 결혼해서 기대에 미치지 못하는 삶을 살아왔다는 걸 난 잘 알고 있다. 네 어머니가 결혼생활에 걸었던 기대는 모두 합당한 것이었지. 이 일을 알면 네 어머니는 엄청난 충격을 받을 거야. 그래서 도저히 말을 못하겠구나. 하지만 이젠 알려야겠지." 헤일 씨는 수심에 찬 눈빛으로 마거릿을 바라보았다. 마거릿은 일이 여기까지 진행되었음에도 어머니가 아직 아무것도 모르고 있다는 사실에 넋이 나갈 지경이었다!

"그럼요, 당연히 그래야죠. 어쩌면 어머니는…… 아뇨! 어머니는 분명 충격받으실 거예요." 어머니가 받을 충격을 생각하니 자신이 받은 충격이 다시 밀려왔다. "그럼 우린 어디로 가는 거죠?" 이윽고 그녀가 물었다. 미래 계획에 대한 궁금증이 고개를 들었던 것이다. 아버지에게 미래 계획이 있다면 말이지만.

"북부의 밀턴."* 헤일 씨가 짐짓 무심하게 대답했다. 그는 딸이 아버지에 대한 사랑으로 지금까지 자신에게 매달려 위로해주려고 애썼지만, 딸 또한 가슴이 저리도록 아프리라는 걸 알고 있었던 것이다.

---

* 맨체스터를 모델로 한 가상의 도시. 18세기에 랭커셔 지방에서 산업혁명이 진전됨에 따라 맨체스터에서 면공업이 크게 발전했다.

"북부의 밀턴! 다크셔의 공업도시 말인가요?"

"그래." 헤일 씨가 최대한 의기소침하고 무관심한 목소리로 대답했다.

"아버지, 왜 거기죠?" 마거릿이 물었다.

"거기 가면 식구들을 먹여 살릴 수 있으니까. 더구나 거긴 아는 사람도 없고 거기 사는 사람들은 헬스톤을 모르니, 아무도 내게 헬스톤 얘기를 하지 않을 테고."

"식구들을 먹여 살린다고요? 전 아버지와 어머니 재산이……" 마거릿은 아버지의 얼굴이 어두워지는 걸 보고 가족의 미래에 대한 자연스러운 관심을 억누르며 입을 다물었다. 하지만 직관적인 공감능력이 뛰어난 헤일 씨는 딸의 얼굴에 거울처럼 비친 자신의 우울을 보고 애써 그 우울을 떨쳐냈다.

"마거릿, 다 말해주마. 그전에 부탁이 하나 있는데, 네 어머니에게 알리는 걸 도와다오. 다른 건 다 해도 그것만은 못하겠구나. 네 어머니가 고통스러워할 생각을 하니 두려움에 속이 다 울렁거려서 말이야. 내가 모든 걸 말해줄 테니 네가 내일 어머니에게 전해주면 좋겠다. 난 낮에 농부 돕슨과 브레이시 공유지의 가난한 주민들에게 작별인사를 하러 나갈 거니까. 마거릿, 혹시 어머니에게 알리는 일을 맡는 건 몹시 싫니?"

물론 싫었다. 지금까지 살아오면서 억지로 해야 했던 그 어떤 일보다 싫었다. 마거릿은 갑자기 말문이 막혔다. "마거릿, 정말 싫은 모양이구나, 그렇지?" 아버지가 말했다. 그제야 마거릿은 마음을 다잡고, 밝고 강한 표정을 지으며 말했다.

"고통스러운 일이지만 해야만 하니까 제가 최선을 다해 해볼게요. 아버지는 다른 고통스러운 일도 많이 하셔야 하잖아요."

헤일 씨는 절망적으로 고개를 저으며 고마움을 담아 딸의 손을 꼭 쥐었다. 다시 울음이 터지려고 해서, 마거릿은 다른 데로 생각을 돌리려고 이렇게 말했다. "아버지, 이제 말씀해주세요. 우리의 계획에 대해서요. 아버지랑 어머니는 목사 봉급 말고도 수입이 있긴 하지요, 안 그런가요? 쇼 이모는 있던데요."

"그래. 매년 170파운드쯤 나오지. 그중 70파운드는 프레더릭에게 보내고 있다. 그애가 외국으로 간 뒤부터 쭉. 그애에게 그 돈이 다 필요한지는 모르겠구나." 헤일 씨는 주저하면서 말을 이었다. "에스파냐 군대에 있으니 거기서 나오는 돈이 좀 있을 거야."

마거릿이 단호하게 말했다. "오빠는 외국에서 사는데 고생하면 안 되죠. 고국에서 그런 부당한 대우를 받았는걸요. 그럼 100파운드는 남잖아요. 우리 셋이 아주 싸고 조용한 데로 가면 일 년에 100파운드로도 살 수 있지 않을까요? 오! 그럴 수 있을 거예요."

"아니! 그건 해결책이 안 된다. 난 뭐든 일을 해야만 해. 바쁘게 움직여야 병적인 생각에서 벗어날 수 있거든. 게다가 시골 교구로 가면 헬스톤이, 이곳에서의 내 임무들이 생각나서 너무 괴로울 것 같구나. 마거릿, 난 그걸 견딜 자신이 없어. 일 년에 100파운드로는 많이 부족할 거야. 꼭 필요한 생활비에다, 네 어머니에게 습관이 되어 꼭 누려야만 하는 여러 편의에도 돈이 드니까. 아니, 우린 반드시 밀턴으로 가야 해. 그건 이미 결정된 문제야. 난 사랑하는 사람들의 영향을 받지 않고 혼자 생각해야 더 나은 결정을 내리지." 헤일 씨는 가족에게 알리지도 않고 단독으로 일을 진행한 걸 사과하듯 말했다. "반대가 있으면 견딜 수가 없더구나. 누가 반대를 하면 도무지 결정을 내릴 수가 없거든."

마거릿은 침묵을 지키기로 결심했다. 그들이 맞이한 엄청난 변화에 비하면 어디로 떠날 것인지는 중요하지 않으니까.

헤일 씨가 말을 이었다. "몇 달 전, 내 마음속의 회의를 누군가에게 말하지 않고는 도저히 견딜 수가 없어서 벨 선생님께 편지를 썼단다. 마거릿, 벨 선생님 기억하니?"

"아뇨. 전 뵌 적이 없는 것 같아요. 그러나 누군지는 알아요. 프레더릭 오빠의 대부이고 옥스퍼드에서 아버지의 은사셨죠?"

"그래. 그분이 그곳 플리머스대학 특별연구원으로 계시지. 아마 그분 고향이 밀턴일 거다. 어쨌든, 그분 소유지가 거기 있는데 밀턴이 큰 공업도시로 발전하면서 땅값이 아주 많이 올랐어. 하지만 아무래도 그 이야기는 안 하는 게 나을 듯해서 아무 말 안 했지. 아무튼 그분은 내 마음을 알아줄 거라는 확신이 들었어. 그분이 내게 큰 힘이 되어줬는지는 모르겠구나. 평생 대학에서 편안하게 살아온 분이니까. 그래도 그분은 더할 나위 없이 친절하셨단다. 그분 덕에 우리가 밀턴으로 가게 된 거고."

"어떻게요?" 마거릿이 물었다.

"벨 선생님은 거기가 너무 번잡하다고 싫어하시지만, 그곳에 땅과 집, 공장 들을 갖고 계셔서 관계를 유지하실 수밖에 없거든. 그분이 거기 좋은 개인교사 자리가 있다고 말씀해주셨고."

"개인교사요?" 마거릿이 경멸어린 표정으로 말했다. "도대체 제조업자들이 고전이나 문학, 신사의 소양을 배워서 뭘 하겠다는 거죠?"

"오, 그들 중엔 옥스퍼드의 많은 사람 이상으로 자신의 부족함을 잘 아는 훌륭한 이들도 있는 것 같더구나. 그래서 이미 어른이 되었는데도 배움에 대한 의지가 굳건한 사람들이 있어. 어떤 사람들은 자식만큼은 자신보다 더 잘 교육시키려 하고 말이다. 어쨌거나, 방금 말했다시피 개인교사 자리가 하나 났다. 벨 선생님이 자기 임차인 손턴 씨에게 나를 추천해주셨는데, 편지들을 보니 대단히 지적인 사람이야. 마거릿, 난 밀턴에서 행복한 삶은 아닐지라도 바쁜 삶을 살 거고, 거기 가면 사람들과 풍경이 완전히 다를 테니 헬스톤 생각이 안 날 거야."

마거릿의 마음속에도 바로 그런 은밀한 동기가 있었다. 그곳은 다를 것이다. 그녀는 영국 북부에 대해, 그곳의 제조업자들과 주민들, 거칠고 황량한 분위기에 대해 지금까지 전해들은 모든 것에 반감을 갖고 있었지만, 그래도 그 한 가지만은 마음에 들었다. 헬스톤과는 달라서 사랑하는 헬스톤을 연상시킬 만한 것이 없으리란 점.

"그럼 언제 가요?" 짧은 침묵 끝에 마거릿이 물었다.

"정확히는 모르겠다. 그러잖아도 그 문제에 관해 너와 상의하고 싶었어. 네 어머니가 아직 아무것도 모르지만, 내 생각엔 두 주 안에 떠나야 할 것 같구나. 사직서를 제출한 이상 여기 남아 있을 자격이 없으니까."

마거릿은 정신이 아득해졌다.

"두 주요?"

"아니, 아니, 꼭 그 날짜에 맞춰야 하는 건 아니야. 정해진 건 아무것도 없어." 눈에 슬픔이 엷게 깔리고 안색이 돌변하는 딸을 본 헤일 씨는 걱정되어 주저하며 말했다. 하지만 마거릿은 금세 안정을 되찾았다.

"그래요, 아버지, 아버지 말씀대로 빨리 확실하게 결정하는 편이 나아요. 다만 어머니가 아무것도 모르고 계시잖아요. 그게 제일 곤혹스러워요."

"가엾은 마리아!" 헤일 씨가 다정하게 말했다. "가엾고 가여운 마리아! 오, 차라리 내가 결혼을 안 했더라면…… 이 세상에 나 혼자뿐이었다면 얼마나 쉬웠을까! 마거릿, 난 네 어머니에게 도저히 말할 용기가 안 나는구나!"

"네." 마거릿이 슬프게 대답했다. "제가 할게요. 내일 저녁까지 시간을 주세요. 오, 아버지." 그녀는 간절히 애원했다. "이게 다 악몽이라고 말해주세요. 진짜 현실이 아니라 끔찍한 꿈이라고! 아버지가 망상에, 유혹에 이끌려 교회를 떠나시겠다니…… 헬스톤을 포기하고…… 어머니와 저도 떠나버리고 싶으시다니…… 그럴 리 없어요! 그게 아버지 진심일 리 없잖아요!"

헤일 씨는 엄격하게 미동도 하지 않고 앉아 있었다.

그러더니 딸의 얼굴을 바라보며 쉰 목소리로 천천히, 침착하게 말했다. "마거릿, 진심이다. 내 말이, 내 결심이 사실이 아닐 거라고 자신을 속이지 마라." 그는 말을 마친 후에도 여전히 냉담하게 딸을 응시했다. 마거릿 또한 그게 돌이키지 못할 일임을 스스로 받아들일 수 있을 때까지 애원이 담긴 눈으로 아버지를 마주보았다. 이윽고 그녀가 일어나서 아무 말 없이 문 쪽으로 걸어갔다. 문고리를 잡았을 때 헤일 씨가 불렀다. 헤일 씨는 잔뜩 웅크린 채 불가에 서 있다가, 딸이 가까이 오자 어깨를 곧게 펴고 꼿꼿이 서서 딸의 머리에 두 손을 올리고는 엄숙하게 말했다.

"딸아, 주님의 은총이 너와 함께하기를 빈다!"

"그리고 주님이 아버지를 교회로 다시 돌아오게 해주시길 빌어요." 마거릿이 성심을 다해 기원했다. 하지만 다음 순간 아버지의 축복에 대한 자신의 응답이 불손하고 잘못된 것일 수도 있다는, 딸의 기원이기에 아버지에게 상처를 줄 수도 있다는 두려움에 아버지의 목을 끌어안았다. 헤일 씨는 딸을 꼭 안아주었다. 그러고는 혼잣말처럼 웅얼거렸다. "순교자들과 고해자들은 이보다 더 큰 고통을 견뎠어. 난 움츠러들지 않을 거야."

밖에서 헤일 부인이 딸을 찾는 소리가 들리자 두 사람은 흠칫 놀랐다. 그들은 자신들 앞에 놓인 현실을 분명히 자각하고 서로에게서 바로 떨어졌다. 헤일 씨가 황급히 말했다. "마거릿, 가보렴, 얼른. 난 내일 종일 밖에 있을 거다. 밤이 되기 전에 어머니에게 말해야 해."

"네." 마거릿은 그렇게 대답하고는 얼이 빠져 멍한 상태로 응접실로 돌아갔다.

5장

결정

저에게 사려 깊은 사랑을 주소서,
늘 현명하게 지켜보며,
즐거운 미소로 기쁨을 맞이하고,
눈물을 닦아주고,
위로하고 공감해줄
여유로운 마음을 갖게 하소서.
—작자 미상*

마거릿은 가난한 교구민의 생활을 조금이나마 안락하게 해줄 어머니의 작은 계획들을 성심껏 들어주었다. 그 하나하나의 새로운 계획이 비수가 되어 그녀의 가슴을 찔렀지만 잠자코 들을 수밖에 없었다. 첫서리가 내리기 전에 그들은 헬스톤에서 멀리 떠나갈 텐데. 사이먼 할아버지는 류머티즘이 도지고 시력도 더 나빠질 텐데, 집에 찾아가 그에게 책을 읽어주거나 따뜻한 수프와 레드플란넬**을 가져다줄 사람도 없을 터였다. 그럴 사람이 있다 해도 낯선 이일 것이고 노인은 헛되이 그녀를 기다리겠지. 메리 돔빌의 어린 불구 아들 역시 헛되이 문으로 기어

* 여기에서는 '작자 미상'으로 되어 있으나, 실은 웨일스 찬송가 작가 애나 래티샤 워링의 『찬송가와 명상』 중 「아버지, 저는 알고 있습니다」에서 인용한 부분.

** 비트, 감자, 양파, 고기 등을 다져서 볶은 요리.

가 숲에서 나오는 그녀를 기다릴 터였다. 그 가엾은 친구들은 그녀가 왜 자신들을 저버렸는지 결코 알지 못하겠지. 그들 외에도 많은 사람들이. "아버지는 목사 봉급은 늘 교구민들을 위해 써오셨단다. 다음 봉급까지 당겨써야 할지도 모르지만, 겨울에 혹독한 추위가 올 것 같으니 늙고 가난한 우리 교구민들을 돕자꾸나."

"오, 어머니, 우리가 할 수 있는 건 다 하도록 해요." 마거릿은 신중하게 생각하지 않고 이번이 교구민들을 도울 마지막 기회라는 점만 염두에 두며 열성적으로 말했다. "우린 여기 오래 못 있을 수도 있으니까요."

"얘야, 어디 아프니? 창백하고 피곤해 보여. 이곳의 눅눅하고 습하고 건강에 좋지 않은 공기 때문이다." 헤일 부인은 헬스톤에 계속 살 수 있을지 불확실하다는 마거릿의 암시를 잘못 이해하고 걱정스럽게 물었다.

"아니, 아니에요, 어머니. 그게 아니에요. 이곳 공기가 얼마나 달콤한데요. 할리 스트리트의 매연 속에서 살다 오니 이곳 공기는 그렇게 신선하고 향긋할 수가 없는걸요. 하지만 피곤하긴 해요. 잠자리에 들 시간이 다 되어가는 모양이에요."

"그렇긴 하지. 아홉시 반이니까. 얘야, 얼른 가서 자는 게 좋겠다. 딕슨한테 귀리죽 좀 끓여달라고 해. 네가 잠자리에 들면 바로 가서 보마. 감기에 걸린 건 아닌지 모르겠다. 아니면 고여 있는 연못에서 올라온 나쁜 공기가……"

"오, 어머니, 전 괜찮아요. 저 때문에 걱정하실 필요 없어요. 그냥 피곤해서 그런 거니까요." 마거릿은 어머니에게 키스하며 엷은 미소를 지었다.

마거릿은 위층으로 올라갔다. 그리고 어머니의 걱정을 덜어주려고 억지로 귀리죽을 먹었다. 침대에 힘없이 누워 있는데 어머니가 자기 방으로 자러 가기 전에 들어와서 마지막으로 몇 가지 질문을 하고 키스해주었다. 마거릿은 어머니 방의 문이 잠기는 소리가 들리자마자 침대에서 벌떡 일어나 가운을 걸치고 방안을 서성이기 시작했다. 그러다 방바닥이 삐걱거리는 소리에 자신이 깨어 있는 걸 들킬까봐 우묵하게 들어간 작은 창문 밑의 긴 의자에 웅크리고 앉았다. 오늘 아침 창밖을 내다보았을 때는 화창한 날씨를 예고하는 밝고 맑은 햇살이 교회탑을 비추는 걸 보고 심장이 뛰었다. 그런데 기껏해야 열여섯 시간밖에 안 지난 지금은 가슴에 슬픔이 가득해서 울음도 안 나오는 상태로 이렇게 앉아 있었다. 무디고 차가운 고통이 그녀의 가슴속 젊음과 쾌활함을 영원히 몰아낸 듯했다. 헨리 레녹스 씨의 방문과 프러포즈는 그녀의 현실 밖에 있는 하나의 꿈 같았다. 그녀 앞에 놓인 냉혹한 현실은 아버지가 회의에 굴복해 분리파*가, 이단자가 된 것이다. 그로 인한 모든 변화가 그 엄청난 절망적인 사실을 둘러싸고 있었다.

마거릿은 시야 한가운데에 짙푸르고 투명한 심연을 배경으로 네모반듯하게 뻗은 교회탑의 어두운 잿빛 윤곽을 바라보았다. 그 너머 심연을 보니 영원히, 매 순간 더 먼 곳을 응시해도 신의 계시를 발견할 수 없을 것만 같았다! 그 순간 그녀에겐 지상이 무쇠 돔에 둘러싸인 것보다 더 황량한 듯 느껴졌다. 무쇠 돔 너머엔 전능하신 신의 소멸 불가능

---

* 영국국교회 개혁을 요구하고 국교회와의 분리를 주장한 급진적 청교도.

한 평화와 영광이 존재할 수도 있으니까. 고요한 청명함을 지닌 저 끝모를 심연의 공간은 그 어떤 물질적 경계보다 더 심하게 그녀를 조롱하는 듯했다. 지상에서 고통받는 이들의 울부짖음은 저 무한한 광대함 속으로 빨려들어가 신이 계신 곳에 도달하기도 전에 영원히 길을 잃고 사라져버리겠지. 마거릿이 그런 생각에 빠져 있는 동안 아버지가 소리도 없이 들어왔다. 달빛이 환해서 헤일 씨는 이례적인 장소에 이례적인 모습으로 앉아 있는 딸을 볼 수 있었다. 그는 딸에게 다가가 어깨를 어루만졌고, 그제야 마거릿은 아버지가 들어온 걸 깨달았다.

"마거릿, 네가 아직 안 자고 움직이는 소리를 들었다. 그래서 함께 기도하자고, 주기도문을 외우자고 부탁하러 올 수밖에 없었단다. 그게 우리 둘 다에게 도움이 될 테니까."

헤일 씨와 마거릿은 창가 의자 옆에 무릎을 꿇고 앉았다. 아버지는 위를 올려다보고, 딸은 겸허한 수치심에 고개를 숙였다. 신이 그곳에서, 그들 가까이에서 아버지의 조용한 기도를 듣고 있었다. 마거릿은 이런 생각이 들었다. '아버지는 이단자일지도 몰라. 하지만 나 자신도 오 분 전에 절망적인 의심에 빠져 아버지보다 훨씬 더 지독한 회의론자가 되지 않았던가?' 그녀는 아무 말도 하지 않았지만 아버지가 방에서 나가자 죄지은 아이처럼 침대로 숨어들었다. 세상이 복잡한 문제들로 가득한 곳이라면, 그녀로선 모든 걸 신의 뜻에 맡기고 그저 당장 필요한 한 걸음만을 볼 수 있길 바랄 뿐이다. 레녹스 씨의 방문과 프러포즈에 대한 기억은 그후에 일어난 사건들 때문에 그녀의 마음속에서 무작스럽게 내팽개쳐졌다가 그날 밤 꿈에서야 나타났다. 그가 까마득히 높은 나뭇가지에 걸린 그녀의 보닛을 갖고 내려오려고 나무에 오르다가 떨어지고 말았다. 그녀는 그를 구하려 애썼지만 보이지 않는 강력한 손에게 저지당했다. 결국 그는 죽었다. 그러다 장면이 바뀌어, 그녀는 예전처럼 할리 스트리트 이모 댁 응접실에서 그와 담소를 나누고 있었는데 그런 중에도 그가 나무에서 떨어져 죽은 걸 계속해서 의식하고 있었다.

비참하고 꿈자리도 뒤숭숭한 밤이었다! 내일을 위해 충분한 휴식도 취할 수 없었다! 마거릿은 흠칫 놀라 잠에서 깨어서는, 개운하지 못한 상태로 지난밤 열에 들뜬 악몽보다 끔찍한 현실을 의식했다. 현실이 고스란히 돌아왔다. 슬픔뿐만 아니라 그 슬픔 속의 모순된 감정까지도. 그녀는 아버지가 악의 유혹인 회의에 이끌려 도대체 얼마나 멀리까지 간 것인지 묻고 싶은 마음이 간절하면서도 결코 그 대답을 듣고 싶지 않았다.

화창하고 상쾌한 날씨 덕에 헤일 부인은 아침 식탁에서 기분이 무척 좋았다. 그녀는 남편의 침묵과 딸의 단답형 대답에도 아랑곳없이 마을 사람들을 도울 계획에 대해 떠들어댔다. 헤일 씨는 식탁을 치우기도 전에 일어나서 몸을 지탱하기라도 하듯 한 손으로 식탁을 짚었다.

"저녁때는 되어야 들어올 거요. 브레이시 공유지에 가서 농부 돕슨에게 저녁을 얻어먹고 올 참이오. 일곱시 차 마시는 시간에 맞춰 오겠소."

그는 아내도 딸도 보지 않고 말했지만, 마거릿은 아버지가 한 말이 무얼 뜻하는지 눈치챘다. 일곱시까지는 어머니에게 사실을 알려야 한다는 뜻이었다. 헤일 씨였다면 여섯시 반이 넘을 때까지 미뤘겠지만, 마거릿은 아버지와 성격이 달랐다. 온종일 마음의 짐을 지고는 견딜 수가 없었다. 매는 빨리 맞는 게 나았다. 어머니를 위로하려면 하루해가 짧을 터였다. 하지만 그녀가 창가에 서서 하인이 방에서 나가기를 기다리며 어떻게 이야기를 꺼낼지 궁리하는 사이, 어머니는 학교에 갈 채비를 하러 위층으로 올라가버렸다. 이윽고 어머니가 옷을 차려입고 평소보다 활기차게 아래층으로 내려왔다.

"어머니, 오늘은 저와 정원 산책 좀 해요. 한 바퀴만 돌죠." 마거릿이 어머니의 허리를 한 팔로 감싸안으며 말했다.

그들은 정원으로 나갔다. 헤일 부인이 뭐라고 말했지만 그 말이 귀에 들어오지 않았다. 마거릿은 꿀벌 한 마리가 긴 종 모양의 꽃 속으로 들어가는 걸 보고 꿀벌이 약탈품을 가지고 나올 때 이야기를 시작하기로 했다. 그걸 신호로 삼기로 한 것이다. 꿀벌이 나왔다.

마거릿은 불쑥 말했다. "어머니! 아버지는 헬스톤을 떠나실 거예요! 교회도 떠나실 거고, 북부 밀턴에서 살 거예요." 힘들게 말한 세 가지 냉엄한 사실이었다.

"왜 그런 소릴 하는 거니? 누가 너한테 그런 말도 안 되는 소릴 해?" 헤일 부인이 놀라움과 불신에 찬 목소리로 물었다.

"아버지가 직접요." 마거릿이 대답했다. 그녀는 어머니의 마음을 달래줄 따뜻한 말을 하고 싶었지만 그런 말이 도무지 떠오르지 않았다. 그들은 정원 벤치 가까이에 있었다. 헤일 부인이 벤치에 털썩 앉아 울기 시작했다.

"네 말을 이해할 수가 없구나. 무슨 착오가 있었거나 아니면 내가 네 말을 제대로 알아듣지 못한 거겠지." 헤일 부인이 말했다.

"아니에요, 어머니. 착오 같은 건 없었어요. 아버지가 주교님께, 마음의 회의 때문에 양심상 영국국교회 성직자로 남아 있을 수가 없고 헬스톤을 포기해야만 한다고 편지를 보내셨대요. 그리고 벨 선생님과 의논해서, 프레더릭 오빠의 대부님 말이에요, 어머니. 북부의 밀턴으로 가서 살기로 결정하신 거예요." 마거릿이 말하는 내내 헤일 부인은 딸의 얼굴을 올려다보고 있었다. 그녀의 안색이 어두워진 것으로 보아 딸이 한 말을 믿기 시작한 듯했다.

이윽고 헤일 부인이 말했다. "그게 사실일 리가 없어. 네 아버지는 일이 이 지경이 될 때까지 나한테 말하지 않을 분이 아니니까."

마거릿은 아버지가 어머니에게 진작 사실을 알렸어야 했다는 생각이 강하게 들었다. 어머니가 그동안 아무리 불평불만이 많았더라도, 남편의 중대한 심경 변화와 새로 맞이할 삶에 대해 자식의 입을 통해 듣게 한 것은 아버지의 커다란 실수였다. 마거릿은 어머니 옆에 앉아 어머니의 거부하지 않는 머리를 가슴에 안고 부드러운 뺨을 다정히 어머니 얼굴에 댔다.

"사랑하는 어머니! 아버지와 전 어머니한테 고통을 주는 것이 너무 두려웠어요. 아버지도 신경 많이 쓰셨고요. 어머니는 강한 분이 아니잖아요. 미리 알았더라면 무척 마음 졸이셨을 거예요."

"마거릿, 넌 아버지한테 언제 들었니?"

"어제요. 저도 어제야 알았어요." 마거릿은 어머니의 질투를 감지하고 얼른 대답했다. 그러곤 어머니가 아버지의 고통에 연민을 느끼도록 이렇게 외쳤다. "가엾은 아버지!" 헤일 부인이 머리를 들었다.

"그런데 아버지가 회의를 품게 되었다는 건 무슨 뜻이니? 설마 자신은 생각이 다르다고, 자신이 교회보다 더 잘 안다고 여기는 건 아니겠지?"

마거릿은 고개를 저었다. 어머니가 슬픔의 뇌관을 건드리자 그녀의 눈에 눈물이 가득 고였다.

"주교님이 네 아버지를 바로잡아주실 수 없을까?" 헤일 부인이 조바심을 내며 물었다.

"안 될 것 같아요. 하지만 그건 묻지 않았어요. 아버지 대답을 듣는 걸 견딜 수가 없어서요. 어쨌든 다 끝난 일이에요. 아버지는 두 주 안에 헬스톤을 떠날 거예요. 아버지가 이미 사직서를 보냈다고도 하신 것 같아요."

"두 주 안에!" 헤일 부인이 외쳤다. "이건 정말 이상한 일이야. 절대 옳지 않아. 정말이지 무정한 일이야." 그녀는 눈물로 마음을 달랬다. "네 아버지가 회의를 품고 목사직을 포기했단 말이지. 내겐 의논 한마디 없이. 처음 회의가 생겼을 때 내게 말했다면 내가 그 싹을 자를 수 있었을 텐데."

마거릿은 아버지의 처신에 잘못이 있었던 건 인정해도 어머니가 그에 대해 비난하는 건 듣고 싶지 않았다. 아버지의 잘못이 어머니에 대한 애정에서 비롯된 것임을 알았기 때문이다. 비겁할지언정 무정하다곤 할 수 없었다.

그녀가 잠시 침묵하다가 말했다. "어머니, 전 어머니가 헬스톤을 떠나게 된 걸 기뻐하실지도 모른다는 희망을 품고 있었어요. 어머니에겐 이곳 공기가 안 맞잖아요."

"북부 밀턴 같은 굴뚝과 먼지뿐인 공업도시의 매연 자욱한 공기가 이곳 공기보다 좋을 순 없지. 이곳의 공기는 너무 눅눅하고 나른하긴 해도 맑고 달콤하니까. 공장들과 공장 사람들 틈에서 산다고 생각해 봐! 물론 네 아버지가 교회를 떠난다면 우린 어딜 가든 사교계에 발을 들일 수 없겠지만. 그런 망신이 어디 있니! 불쌍한 우리 아버지 존 경! 돌아가셔서 이런 꼴을 안 보셔도 되니 망정이지! 내가 어릴 적 베리스퍼드 저택에서 네 이모와 함께 살 때 우리 아버지는 매일 저녁식사 후 첫 건배를 들며, '교회와 폐하를 위해, 그리고 잔류파 타도를 위해!'*라고 외치셨건만."

마거릿은 어머니가 남편이 마음속 가장 깊은 곳의 진실을 자신에게 숨겼다는 사실에 주목하지 않는 것이 기뻤다. 그녀에겐 아버지가 품은 회의의 본질에 대한 심각한 걱정 다음으로 그 점이 가장 고통스러웠던 것이다.

"어차피 여기도 사교계랄 게 없잖아요. 가장 가까운 이웃인 고먼가만 해도 서로 만날 일도 거의 없고 북부 밀턴 사람들처럼 장사꾼인 걸요."

그러자 헤일 부인이 분개한 목소리로 말했다. "그건 그렇지만, 고먼가는 이 지역 상류층 절반의 마차를 만들어주면서 그 사람들과 교유할 기회를 얻었어. 하지만 공장 사람들 경우는, 아마亞麻옷을 입을 여유가 되는 사람 중에 도대체 누가 면을 입겠니?"

"어머니, 전 방적업자들을 옹호하는 게 아니에요. 제겐 그 사람들도 다른 장사꾼들과 똑같아요. 다만, 우린 그네들과 아무 상관 없이 살 거

---

* 17세기 영국의 종교분쟁과 관련된 전통적인 건배. '교회와 폐하를 위해'는 교회의 수장이 왕임을 강조하는 문구이며, '잔류파'는 의회를 해산시킨 찰스 1세에 맞서 잔류파 의회를 결성한 의회파 의원들을 말한다.

라는 거죠."

"네 아버지는 도대체 왜 살 데를 북부 밀턴으로 정한 거니?"

"그건, 그곳이 헬스톤과 완전히 다르기 때문이고, 벨 선생님이 그곳에 개인교사 자리가 있다고 알려주시기도 했대요." 마거릿이 한숨지으며 말했다.

"밀턴에서 개인교사를 하다니! 왜 옥스퍼드로 가서 신사들 개인교사를 하면 안 되는 거지?"

"어머니, 잊으셨어요? 아버지는 회의 때문에 교회를 떠나시는 거잖아요. 그러니 옥스퍼드에 가서 좋을 게 없어요."

헤일 부인은 한동안 말없이 울기만 했다. 그러다 마침내 말했다.

"그리고 가구는…… 도대체 이사는 어떻게 하지? 난 평생 이사를 해 본 적이 없어. 그런데 두 주밖에 시간이 없다니!"

마거릿은 어머니의 근심걱정이 이 정도 선까지 내려온 것에 말로 다 할 수 없는 안도감을 느꼈다. 이런 문제는 그녀에겐 너무도 사소한 것이었고 얼마든지 해결할 수 있었다. 그녀는 아버지의 의도를 더 확실히 알게 될 때까지 할 수 있는 일은 다 해놓기 위해 이런저런 계획을 세우고 약속을 하면서 어머니를 잘 이끌었다. 하루종일 어머니 곁을 떠나지 않으며 어머니의 변화무쌍한 감정을 일일이 맞춰주려고 혼신의 힘을 다했다. 특히 저녁이 다가오자 피로와 고통에 지쳐 귀가할 아버지에게 따뜻하게 반겨주는 가정이 기다리고 있음을 보여주고 싶은 마음이 더욱 간절해져서, 더 애를 썼다. 그녀는 아버지가 오랫동안 홀로 얼마나 고통스러웠을지 누누이 말했지만, 어머니는 남편이 진작 자신에게 비밀을 털어놓았어야 했다고, 그럼 고민을 해결해줄 조언자를 갖게 되었을 거라고 차갑게 대꾸했다. 이윽고 현관에서 아버지 발소리가 들리자 마거릿은 졸도할 듯한 기분을 느꼈다. 어머니가 질투하고 화낼까봐, 아버지에게 달려가 자신이 오늘 온종일 무얼 했는지 말해줄 수도 없었다. 아버지가 밖에서 시간을 끄는 소리가 들렸다. 마거릿이 나오거나 무슨 신호를 보내기를 기다리는 듯했다. 하지만 그녀는 움직일 엄두도 못 내고 어머니 눈치만 살폈다. 어머니도 남편이 귀가한 걸 알았는지 안색을 바꾸고 입을 비죽거렸다. 방문을 연 헤일 씨가 안으로 들어가도 되는지 모르겠다는 듯 그 자리에 서 있었다. 그의 얼굴은 창백한 잿빛이었고 눈은 소심하고 겁에 질려 있었다. 남자의 얼굴로는 보기 딱한 모습이었지만 그 의기소침한 망설임이, 그 정신적 육체적 무기력이 아내의 심금을 울렸다. 헤일 부인은 그에게 다가가 품으로 뛰어들며 외쳤다.

"오, 리처드, 리처드, 나한테 진작 말했어야죠!"

마거릿은 그제야 눈물을 흘리며 어머니 곁을 떠나 위층으로 달려올라갔다. 그녀는 침대에 몸을 던지고, 온종일 억눌렸다가 마침내 터져나온 히스테릭한 흐느낌을 감추려고 베개에 얼굴을 묻었다.

그렇게 얼마나 오래 누워 있었는지 알 수 없었다. 하녀가 방 정리를 하려고 들어왔지만 그녀는 알지 못했다. 마거릿을 보고 깜짝 놀란 하녀가 발끝으로 살며시 방에서 나가 딕슨에게 헤일 양이 심장이 터질 듯 울고 있다고, 그런 식으로 계속 울다간 큰 병이 날 거라고 전했다. 그 결과 마거릿은 누군가 자신을 만지는 걸 느끼고 흠칫 놀라 일어나 앉게 되었다. 눈에 익은 방의 모습과 그림자 속 딕슨이 보였다. 울어서 퉁퉁 붓고 잘 보이지도 않는 헤일 양의 놀란 눈에 자극을 주지 않도록 딕슨이, 촛불을 조금 뒤로 들고 서 있었던 것이다.

“오, 딕슨! 들어오는 소리를 못 들었네요!” 마거릿이 흔들리던 자제력을 되찾으며 말했다. “시간이 많이 늦었나요?” 그녀는 힘없이 두 발을 바닥으로 내려뜨렸지만 침대에서 완전히 내려오지는 않고, 눈물 젖은 헝클어진 머리카락을 쓸어올리며 아무 문제 없는 양, 그냥 잠들었던 양 행동했다.

딕슨이 슬픈 목소리로 대답했다. “저도 몇시인지 모르겠어요. 아까 차 마실 시간에 맞춰 마님 옷시중을 들다가 마님께 끔찍한 소식을 전해들은 뒤로 시간 개념이 사라졌네요. 이제 우리 모두 어떻게 되는 건지 모르겠어요. 아가씨, 방금 샬럿한테 아가씨가 울고 계신다는 말을 듣고 전 당연하다고 생각했답니다. 불쌍한 아가씨! 주인어른께서 비국교도로 전향할 생각을 하시다니. 사실 뭐 잘나가는 목사님은 아니었지만 그렇다고 못하신 것도 없는데. 아가씨, 제 사촌 중에 나이 오십이 넘어서 감리교 목사가 된 사람이 있거든요. 평생 재단사로 일하다가요. 그치야 재단사 노릇을 할 때 바지 한 벌 제대로 못 만들었던 위인이라 그럴 만도 했지만, 주인어른께서 그러시다니! 전 마님께도 이렇게 말씀드렸어요. ‘존 경께서 아셨다면 뭐라고 하셨을까요? 원래부터 마님이 헤일 씨와 결혼하는 걸 좋아하지 않으셨는데 일이 이 지경이 될 줄 아셨다면 그 어느 때보다 심한 욕을 하셨을 거예요. 그게 가능하다면요!’”

딕슨은 마님 앞에서 헤일 씨의 행동을 품평하는 게 습관이 되었던지라(헤일 부인은 기분이 내키면 들어주고 안 내키면 무시해버렸지만), 마거릿의 눈에서 불이 일고 콧구멍이 커지는 걸 눈치채지 못했다. 하인이 자기 앞에서 아버지에 대해 감히 그런 식으로 말하다니!

“딕슨!” 마거릿은 몹시 흥분했을 때 내는 낮은 목소리로 말했다. 멀리서 위협적으로 으르렁거리는 폭풍이 느껴지는 목소리였다. “지금 누구 앞에서 그런 말을 하는 거예요!” 이제 그녀는 두 발을 굳게 딛고 꼿꼿이 서서 흔들림 없는 명민한 눈으로 하녀를 똑바로 보고 있었다. “난 헤일 씨 딸이에요. 나가요! 딕슨은 이상한 실수를 했고, 나중에 올바른 정신으로 다시 생각해보면 후회할 거예요.”

딕슨은 바로 나가지 않고 잠시 머뭇거렸다. 마거릿이 다시 말했다. “딕슨, 나가요. 나가줬으면 좋겠어요.” 딕슨은 그 단호한 말에 화를 내야 할지 울어야 할지 판단이 서지 않았다. 마님에게라면 둘 중 어느 쪽이든 할 수 있었지만, 그녀는 이런 생각을 하고 있었다. ‘마거릿 아가씨는 악마 같은 데가 있어. 불쌍한 프레더릭 도련님도 마찬가지고. 그건 누굴 닮은 거람?’ 상대가 그토록 오만하고 단호한 태도로 말하지 않았더라면 화를 냈겠지만, 풀이 죽은 딕슨은 반쯤은 겸손하고 반쯤은 상처받은 목소리로 말했다.

“아가씨, 드레스는 안 벗겨드려도 될까요? 머리 빗겨드리는 건요?”

“아니! 오늘은 됐어요. 고마워요.” 마거릿은 근엄하게 그녀를 방에서 내보내고 문을 잠갔다. 그뒤로 딕슨은 마거릿에게 복종하면서 존경심을 보였다. 말로는 불쌍한 프레더릭 도련님과 너무 닮아서라고 했지만, 사실 딕슨도 다른 많은 사람들처럼 강력하고 과감한 존재의 지배를 받는 걸 좋아했기 때문이다.

마거릿은 딕슨이 행동으로 도와주고 입은 다물어주기를 원했다. 딕슨은 한동안 주인 아가씨에게 되도록이면 말을 아끼는 것으로 자신의 모욕감을 표현하는 것이 자신의 의무라고 여겼고, 그래서 말보다 행동에 힘을 쏟았다. 그런 큰 이사를 준비하기에 두 주는 너무도 짧은 기간이었다. 딕슨은, "신사라면, 사실 다른 신사들은 거의 다……"라고 운을 떼다가 마거릿의 솔직하고 준엄한 이마를 보고 나머지 말을 기침으로 삭였다. 그러곤 마거릿이 건네는 박하사탕을 받으며 "목구멍이 간질거려서" 사탕을 먹어야겠다고 핑계를 댔다. 하지만 그렇게 짧은 기간 내에 헬스톤 목사관에서 가져갈 가구를 옮겨놓을 집을 북부 밀턴에서(거기뿐만 아니라 어디든) 구하기란 쉽지 않다는 걸 알 정도의 현실 감각은 실제로는 헤일 씨를 제외한 다른 사람들은 거의 다 갖고 있었다.

헤일 부인은 즉시 결정하고 처리해야 할 문제가 한꺼번에 닥치자 감당하지 못해 병이 났고, 마거릿은 어머니가 몸져눕는 바람에 자신이 모든 일을 떠맡게 되자 안도감을 느꼈다. 몸종 역할에 충실한 딕슨은 마님 곁을 떠나지 않았으며 가끔 헤일 부인의 방에서 나올 때면 고개를 흔들며 혼잣말을 웅얼거렸다. 마거릿은 그 말을 듣지 않았다. 그녀 앞에 놓인 단 한 가지 분명한 사실은 헬스톤을 떠나야 한다는 것이었다. 헤일 씨의 후임이 임명되었고, 어쨌든 결정이 내려진 이상 외부 상황은 물론 그 자신을 위해서도 더이상 미적거리지 않는 게 좋았다. 모든 교구민에게 일일이 작별인사를 하기로 작정한 헤일 씨는 저녁에 교구민들을 만나고 돌아올 때마다 점점 더 침울해져갔다. 마거릿은 이사와 관련된 구체적인 일을 경험해본 적도 없고 누구에게 조언을 청해야 할지도 몰랐다. 다행히 짐 싸는 일은 요리사와 샬럿이 열심히, 씩씩하게 해줬고, 마거릿은 놀라운 감각으로 최선의 방법을 생각해내고 하인들에게 지시를 내릴 수 있었다. 하지만 어디로 가야 한단 말인가? 일주일 내로 목사관을 비워야 했다. 밀턴으로 바로 갈 것인가, 아니면 어디로 가야 할까? 그 결정에 너무도 많은 일이 달려 있어, 마거릿은 어느 날 저녁 피곤에 지치고 기분도 저조한 아버지에게 그 결정에 관해 묻지 않을 수 없었다. 그러자 아버지가 대답했다.

"얘야, 그 문제를 결정하기 위해 생각할 것이 너무 많았다. 네 어머니는 뭐라던? 어떻게 했으면 좋겠대? 가엾은 마리아!"

그러면서 한숨을 쉬었는데, 그보다 더 요란한 한숨이 메아리처럼 날아왔다. 딕슨이 헤일 부인에게 차를 한 잔 더 가져다주려고 들어오다가 헤일 씨의 말을 듣고는 그를 방패삼아 마거릿의 비난어린 눈길을 피하며 과감히 한마디 했다. "불쌍한 우리 마님!"

"오늘 더 나빠진 건 아니겠지." 헤일 씨가 얼른 돌아보며 말했다.

"그건 제가 말씀드릴 수 있는 일이 아니지요. 제가 판단할 일이 아니니까요. 마님은 몸보다 마음의 병이 더 심각한 것 같습니다."

헤일 씨는 몹시 괴로운 얼굴이 되었다.

"딕슨, 차가 식기 전에 얼른 갖다드리는 게 좋겠어요." 마거릿이 조용한 권위가 담긴 목소리로 말했다.

"어머, 죄송해요, 아가씨! 제가 그저 불쌍한…… 마님 생각을 하느라 그만."

"아버지! 이렇게 결정을 미루는 상태는 두 분 모두에게 안 좋아요. 물론 어머니는 아버지의 생각이 바뀐 걸 이해하셔야 하죠. 어쩔 수 없어요." 마거릿은 부드럽게 말을 이었다. "이제 우리 길은 확실해요. 적어도 어느 선까지는요. 어떤 계획을 세워야 할지 제게 말씀해주시면, 제가 어머니 도움을 받아서 계획을 세울 수 있어요. 어머니는 어떻게 했으면 좋겠다는 의견을 말씀하신 적은 없고, 불가능한 것만 생각하고 계시거든요. 우리, 밀턴으로 바로 가는 거예요? 거기 집은 구해놓으셨어요?"

"아니. 일단 셋집에 들어갔다가 집을 알아봐야지."

"그럼 집을 구할 때까지 가구는 기차역에 보관할 수 있도록 짐을 싸야겠네요?"

"그래야겠지. 네가 최선이라고 생각하는 대로 해라. 단, 앞으로는 쓸 수 있는 돈이 많이 줄어들 거란 사실은 명심하고."

마거릿이 알기론, 그들은 돈이 풍족했던 적이 없었다. 그녀는 갑자기 엄청난 짐을 지게 된 듯한 기분이 들었다. 넉 달 전만 해도 그녀가 내려야 할 결정은 만찬 자리에서 입을 옷을 고르고, 집에서 열리는 만찬에서 누가 누구의 기를 죽일 것인지 이디스와 명단을 짜는 것 정도였다. 그녀가 살았던 가정은 많은 결정이 필요한 곳이 아니었다. 레녹스 대령의 청혼이라는 커다란 사건을 제외하면 모든 일이 시계처럼 규칙적으로 진행되곤 했다. 일 년에 한 번씩 이모와 이디스가 휴가를 와이트섬으로 갈 것인지 해외로 나갈 것인지 스코틀랜드로 갈 것인지를 두고 긴 토론을 벌였지만, 마거릿은 고민할 필요 없이 집이라는 조용한 항구로 돌아가게 되어 있었다. 그런데 레녹스 씨가 찾아와 갑작스러운 결정을 내리게 만든 그날 이후로, 그녀는 날마다 자신과 사랑하는 사람들을 위해 중대한 결정을 내리게 된 것이다.

헤일 씨는 차를 마신 후 아내에게 올라갔다. 마거릿은 응접실에 혼자 남아 있었다. 그러다 갑자기 촛불 하나를 들고 아버지 서재로 들어가 커다란 지도책을 꺼내 응접실로 들고 와서는 영국 지도를 꼼꼼히 살펴보았다. 이윽고 아버지가 아래층으로 내려오자 그녀는 밝은 표정으로 고개를 들었다.

"아주 멋진 계획이 떠올랐어요. 여길 보세요. 다크셔에, 밀턴에서 제 손가락 너비만큼도 안 떨어진 곳에 헤스턴이 있어요. 북부에 사는 사람들한테 거기가 해수욕장으로 유명하다는 말을 많이 들었거든요. 어머니와 딕슨을 거기로 보내놓고 아버지와 전 밀턴으로 가서 집을 구하는 게 어떨까요? 어머니는 거기 가서 편안히 바닷바람을 쐬면서 겨울을 날 준비를 할 수 있고, 딕슨은 어머니를 보살피는 걸 좋아할 테니까요."

"딕슨도 우리와 함께 가는 거니?" 헤일 씨가 무력한 당혹감을 보이며 말했다.

"오, 그럼요! 딕슨도 그러고 싶어하고, 어머니도 딕슨 없이는 지내기가 힘들 거예요."

"하지만 거기 가면 지금과는 아주 다른 생활을 견뎌야 할 거야. 도시에서 살면 모든 게 아주 귀하지. 딕슨이 그걸 편하게 여길지 모르겠구나. 마거릿, 솔직히 난 가끔 그 여자가 오만하다는 생각이 든다."

"그건 사실이에요, 아버지. 딕슨이 지금과는 다른 생활을 견뎌야 한다면 우리도 딕슨의 오만함을 견뎌야겠죠. 그게 더 힘들겠지만요. 하지만 딕슨은 진심으로 우리 가족을 사랑하고, 우리를 떠나면 불행해질 거예요. 특히 이런 변화의 시기에는요. 전 어머니를 위해서, 그리고 딕슨의 충직함을 봐서, 딕슨도 우리와 함께 가야 한다고 생각해요."

"좋아, 그러자. 받아들이마. 헤스턴은 밀턴과 얼마나 떨어져 있지? 네 손가락 너비라니 정확하게 감이 오지 않는구나."

"아마 30마일쯤 될 거예요. 먼 거리는 아니죠!"

"먼 거리는 아니지만…… 아니다! 네 어머니한테 좋다면 그렇게 결정하도록 하자."

그건 큰 발전이었다. 이제 마거릿은 진짜로 계획을 세우고 행동에 돌입할 수 있었다. 헤일 부인도 바닷가로 간다는 기쁨에 무기력에서 벗어나 자신의 진짜 고통을 잊을 수 있었다. 다만 한 가지 아쉬움이라면, 헤스턴에서 머무는 두 주 내내 남편이 곁에 있어줄 수 없다는 점이었다. 결혼 전 토키에서 부모님(존 경과 베리스퍼드 부인)과 함께 살 때 헤일 씨와 약혼하고 헤스턴에 두 주 동안 머문 적이 있었는데, 그때는 두 주 내내 둘이 함께 있었던 것이다.

6장

작별

지켜보는 이 없이 정원 나뭇가지는 흔들리고
보드라운 꽃잎은 하늘하늘 떨어지리,
사랑받지 못하는 너도밤나무는 갈색이 짙어지고
단풍잎은 스스로 불타 사라지리.

사랑받지 못하는, 해바라기, 둥근 씨앗 얼굴
불꽃에 둘러싸여 환히 빛나고,
지천으로 핀 장미 카네이션
윙윙대는 공중에 여름 향을 선사하리.

* * *

정원과 야생에서
새로운 만남의 꽃 필 때까지,
그리하여 해가 갈수록 풍경이
낯선 이의 아이에게 익숙해질 때까지.

해마다 일꾼이 땅을 갈거나
숲속 빈터 나뭇가지를 쳐내고
해가 갈수록 우리의 기억
그 산골에서 희미해지리.*
—테니슨

* 영국 시인 앨프리드 테니슨의 시 「인 메모리엄 A. H. H.」.

마지막날이 왔다. 가까운 기차역으로 실려갈 짐이 집에 가득했다. 집 옆 예쁜 잔디밭마저 열린 문과 창문들을 통해 바람에 날려간 지푸라기들 때문에 흉하고 지저분해 보였다. 텅 빈 방들에선 이상한 메아리가 울렸고, 커튼 없는 창들로 들어오는 햇살은 너무 강했다. 집이 벌써 낯설고 이상하게 느껴졌다. 헤일 부인의 옷방은 마지막까지 손을 대지 않았고, 거기서 그녀와 딕슨은 옷을 싸면서 이따금 잊힌 보물들(프레더릭과 마거릿의 어릴 적 유물의 형태를 한)을 발견하고 탄성을 지르거나 애정어린 눈길로 자세히 살펴보며 서로의 작업을 방해했다. 그러다 보니 작업 속도가 더뎠다. 아래층에선 마거릿이 요리사와 샬럿을 거들기 위해 불려온 남자들에게 언제든 조언을 해줄 수 있을 만한 침착하고 냉정한 모습으로 서 있었다. 요리사와 샬럿은 틈틈이 울면서 젊은 주인 아가씨가 마지막날 어쩜 저리도 잘 버틸 수 있는지 의아해하다가, 런던에서 오래 살아 헬스톤에 별로 정이 없는 모양이라고 결론지었다. 마거릿은 몹시 창백한 얼굴로 조용히 서서, 크고 진지한 눈으로 사소한 것도 놓치지 않고 세심하게 지켜보고 있었다. 요리사와 샬럿은 그녀의 심정을 헤아리지 못했다. 지금 그녀는 가슴이 너무나 아팠고, 결코 한숨으로 가벼워질 수 없는 무거운 마음의 짐을 안고 있었던 것이다. 금방이라도 고통의 절규가 터져나오려는 걸 분별력을 총동원해 겨우 버티고 있었다. 그녀가 무너지면 누가 행동에 나서겠는가? 그녀의 아버지는 교회 제의실에서 서기와 함께 서류, 책, 기록 같은 것을 확인하고 있었고, 그 일이 끝나면 자신의 책을 싸야 했다. 책만큼은 자기 손으로 싸야 성에 차서, 남에게 맡길 수 없었다. 게다가 마거릿이 모르는 남자들 앞에서(심지어 요리사와 샬럿 같은 집 식구들 앞이라 해도) 무너질 사람이던가? 아니다. 하지만 이윽고 일꾼 네 명이 부엌으로 차를 마시러 들어가자, 마거릿은 너무도 오래 서 있던 복도에서 뻣뻣한 몸을 천천히 움직여 메아리 울리는 텅 빈 응접실을 지나 11월 초순 저녁의 황혼 속으로 걸어들어갔다. 아직 해가 완전히 지지 않아 부드러운 안개가 얇은 베일처럼 사물을 덮으니 모든 게 라일락의 옅은 자색 빛깔로 보였다. 울새 한 마리가 노래하고 있었다. 아버지가 늘 겨울 애완동물이라고 부르며 서재 창가에 둥지까지 손수 만들어준 그 울새인지도 몰랐다. 나뭇잎들은 그 어느 때보다 아름다웠지만 첫서리가 내리면 모두 땅에 떨어질 터였다. 비스듬하니 약한 햇살 속에서 벌써 호박색과 황금색 낙엽이 한두 개씩 끊임없이 팔랑거리며 떨어지고 있었다.

마거릿은 배나무가 있는 담장 옆길을 걸었다. 헨리 레녹스와 함께 걸은 후로 처음 발을 들인 것이다. 이곳 백리향 깔린 길에서 그는 지금 그녀가 생각해서는 안 되는 것들에 대해 이야기했더랬다. 마거릿은 그때 그의 말에 대답하려고 애쓰며 저 늦게 핀 장미를 보고 있었고, 그가 마지막 문장을 말하는 중에 깃털 같은 당근잎의 선명한 아름다움에 대해 생각했다. 그게 불과 두 주 전 일이었는데! 그사이에 모든 게 너무도 많이 변해버렸다! 지금 그는 어디 있을까? 런던에서…… 오랜 일과대로 할리 스트리트의 나이든 사람들이나 자기 또래의 젊고 쾌활한 친구들과 저녁을 먹고 있을 것이다. 바로 지금, 그녀가 주위의 모든 것이 떨어지고 희미해지고 썩어가는 어스름 속에서 습하고 음울한 정원을 처량하게 걷고 있는 이 시각에, 그는 하루 일을 만족스럽게 마친 뒤 기쁜 마음으로 법률서적들을 치우고 템플 가든을 달리며 스스로 재충전하는 중일 수도 있었다. 가까이에 있지만 보이진 않는 무수한 바쁜 사람들의 거대하고 불분명한 함성을 들으며. 모퉁이를 돌 때마다 강 깊은 곳에서 올라오는 도시의 불빛들을 보면서. 자주 그런다고 말했으니까. 그는 공부와 저녁식사 사이에 짬을 내서 얼른 즐기는 산책에 대해 그녀에게 자주 이야기하곤 했다. 그는 최고의 시간에 최고의 기분으로 그런 이야기들을 했고, 마거릿은 그런 일들을 생각하는 게 즐거웠다. 이곳엔 아무 소리도 없었다. 울새도 밤의 광막한 정적 속으로 사라져버렸다. 이따금 멀리서 오두막 문이 열렸다 닫히는 소리가 들렸다. 하루 일을 마친 주인을 집으로 받아들이는 소리. 하지만 그 소리는 너무도 멀리 있었다. 순간 정원 너머 숲에서 마른 낙엽 위를 몰래 살금살금 걸어가는 소리가 들려왔는데, 마치 바로 옆에서 나는 소리 같았다. 마거릿은 밀렵꾼이 낸 소리라는 걸 알 수 있었다. 올가을에 촛불을 꺼놓고 침실에 앉아 하늘과 땅의 엄숙한 아름다움을 감상하다가 밀렵꾼들이 소리 없이 정원 담장을 훌쩍 뛰어넘어서는 이슬과 달빛에 젖은 잔디밭을 총총히 가로질러 검고 고요한 어둠 속으로 사라지는 광경을 여러 차례 목격했던 것이다. 그때마다 마거릿은 거친 모험과 자유로 가득한 그들의 삶에 매료되어 그들의 성공을 빌었으며, 그들을 전혀 두려워하지 않았다. 그런데 오늘은 겁이 더럭 났다. 이유는 알 수 없었다. 샬럿이 정원에 사람이 나간 줄도 모르고 밤 문단속을 하느라 창문을 닫는 소리가 들렸다. 가까운 숲가에서 작은 나뭇가지가 무겁게 떨어지는 소리가 들렸다. 썩은 나무에서 저절로 부러진 것일 수도, 누가 꺾은 것일 수도 있었다. 마거릿은 카밀라*처럼 쏜살같이 창문으로 달려가 급박하게 창

* 로마신화에서 아이네이아스와 싸운 전사.

문을 두드려, 안에 있는 샬럿을 놀라게 했다.

"들여보내줘! 나 좀 들여보내줘! 샬럿, 나야!" 응접실로 무사히 들어와 창문을 닫아걸고 친근한 벽에 안전하게 둘러싸인 후에도 벌렁거리는 가슴이 진정되지 않았다. 마거릿은 짐짝에 앉아 있었다. 텅 빈 응접실은 칙칙하고 싸늘했다. 불도 피우지 않았고, 빛도 샬럿이 들고 있는 긴 초 한 자루가 발하는 빛밖에 없었다. 샬럿이 놀란 눈으로 마거릿을 보고 있었다. 그 시선을 느낀 마거릿은 몸을 일으켰다.

그녀가 어색한 미소를 지으며 말했다. "샬럿, 내가 밖에 나간 걸 모르고 문을 다 잠그는 줄 알았어. 부엌에 있으면 내가 부르는 소리가 안 들릴 테고, 길과 교회로 나가는 문도 오래전에 잠겨서."

"오, 아가씨, 전 아가씨가 안 계시다는 걸 바로 알았을 거예요. 일꾼들이 여쭤볼 게 있다며 아가씨를 찾았을 테니까요. 그리고 차는 주인님 서재에 준비해놨어요. 거기가 제일 편안한 방이라."

"고마워, 샬럿. 넌 친절한 아이야. 너와 헤어지게 되어 정말 섭섭해. 나한테 부탁할 일이나 의논할 일 있으면 꼭 편지해. 헬스톤에서 온 편지는 뭐든 반가울 거야. 주소가 정해지면 꼭 알려줄게."

서재에 차가 준비되어 있었다. 벽난로에선 불이 활활 타오르고, 탁자엔 불을 밝히지 않은 초들이 놓여 있었다. 마거릿은 양탄자 바닥에 앉았다. 습한 저녁 공기 때문에 옷이 축축해졌고 피로로 오한이 나서, 몸을 따뜻하게 하려는 목적도 있었다. 그녀는 무릎을 세워 감싸안고 몸의 균형을 유지하며 고개를 떨구었다. 마음 상태가 어떻든 그건 낙담이 담긴 태도였다. 하지만 밖에서 자갈길을 밟는 아버지의 발소리가 들리자 그녀는 흠칫 놀라 일어난 다음 무거운 검은 머리를 황급히 뒤로 젖혀 자신도 모르게 뺨에 흘러내린 눈물을 닦아내고 나서 문을 열어주러 나갔다. 아버지는 그녀보다 훨씬 더 침울해 보였다. 마거릿은 매번 이게 마지막이라는 생각으로 아버지의 흥미를 끌 만한 화제들을 꺼냈지만 도무지 아버지의 입을 열 수가 없었다.

"오늘 많이 걸으셨어요?" 아버지가 음식에 손도 안 대는 걸 보고 그녀가 물었다.

"포덤 비치스까지 갔다 왔지. 홀몸으로 자식을 키우는 몰트비 부인을 만나고 왔는데 너한테 직접 작별인사를 못하는 걸 무척 슬퍼하더구나. 어린 수전이 지난 며칠 동안 눈이 빠지도록 너를 기다렸대. 아니, 마거릿, 왜 그러니, 응?" 아이와 한 약속을 잊어서가 아니라 집을 떠날 수 없어서 그 어린것을 그렇게 기다리게 하고 그렇게 실망시켰다는 생각에, 마거릿은 마지막 남은 인내심마저 동이 나버려 심장이 터질 듯 흐느끼기 시작했다. 헤일 씨는 괴롭고 당혹스러워서 자리에서 일어나 초조하게 서성였다. 마거릿은 자제하려고 애썼지만, 평정을 되찾을 때까지는 말하고 싶지 않았다. 아버지가 혼잣말처럼 웅얼거리는 소리가 들렸다.

"견딜 수가 없어. 다른 사람들의 고통을 지켜보는 게 너무 괴로워. 나만의 고통은 인내할 수 있었는데. 오, 지금이라도 돌이킬 방법이 있을까?"

마거릿은 아버지를 똑바로 응시하며 낮고 흔들림 없는 목소리로 말했다. "아뇨, 아버지. 아버지가 잘못하셨다고 믿는다면 슬픈 일이죠. 하지만 아버지가 위선자라고 알게 된다면 훨씬 더 끔찍한 일일 거예요." 그녀는 아버지에게 '위선'이라는 말을 쓰는 것이 불손하다고 여긴 듯,

마지막에 목소리를 낮췄다.

그녀가 말을 이었다. "그리고 전 지금 너무 피곤해서 이러는 거예요. 제가 아버지 때문에 고통받고 있다고 생각하지 마세요. 우리 둘 다 오늘은 그 이야기는 못할 것 같아요." 자신도 모르게 눈물이 쏟아질 수도 있다는 걸 알기에 한 말이었다. "전 어머니께 차나 한 잔 더 갖다드려야겠어요. 아까 제가 바쁠 때 너무 일찍 차를 드셔서, 지금 한 잔 더 가져가면 좋아하실 거예요."

이튿날 아침, 기차 시간이 그들을 사랑스러운 헬스톤에서 억지로 떼어놓았다. 그들은 떠나면서 월계화와 피라칸타*로 반쯤 뒤덮인 낮고 길쭉한 목사관을 마지막으로 보았다. 그들의 사랑을 듬뿍 받던 여러 방의 유리창이 아침햇살에 반짝여 그 어느 때보다 정다워 보였다. 기차역까지 태워다주러 사우샘프턴에서 온 마차에 오르면서 그들은 영영 헬스톤을 떠나게 되었다. 마거릿은 가슴이 아파서 나무숲의 물결 위로 낡은 교회탑이 보이는 모퉁이에 이를 때 마지막으로 그 모습을 한번 더 보려고 했지만, 아버지도 똑같은 심정인 걸 알고 자신보다는 아버지가 더 자격이 있음을 인정하며 교회탑이 보이는 창문을 양보했다. 그러고는 뒤로 기대앉아 눈을 감았다. 가득 고인 눈물이 잠시 속눈썹에 매달려 반짝이다가 뺨을 타고 흘러내려 옷으로 떨어졌지만 그녀는 신경쓰지 않았다.

그들은 런던에 들러 조용한 호텔에서 밤을 보낼 계획이었다. 가련한 헤일 부인은 거의 종일 울었고, 딕슨은 잔뜩 골이 나서는 자기 페티코

---

* 장미과에 속한 상록 관목.

트가 헤일 씨에게 닿지 않도록 계속 날카롭게 신경을 쓰는 것으로 슬픔을 보여주었다. 그녀는 헤일 씨가 이 모든 고통의 근원이라 여기고 있었으니까.

그들이 탄 마차는 런던의 유명한 거리들을 지났다. 그들이 자주 방문했던 집들, 중요한 결정을 내리지 못하고 속절없이 시간만 보내는 이모 옆에서 마거릿이 초조하게 서성이던 상점들, 그리고 아는 얼굴들이 보였다. 그들에겐 그 오전이 너무도 길었던 탓에 밤의 휴식을 위해 이미 오래전에 하루를 마감해야 할 듯 느껴졌지만, 그들이 도착했을 때 런던은 11월의 가장 분주한 오후 시간이었던 것이다. 런던에 오랜만에 와보는 헤일 부인은 아이처럼 들떠서 주위를 두리번거리며 상점들과 마차들을 구경하고 탄성을 질렀다.

"어머, 저기 해리슨 상점이 있네. 나 결혼할 때 저기서 혼수품을 얼마나 많이 샀는데. 어머나! 몰라보게 달라졌어! 엄청나게 큰 판유리들을 달았잖아. 사우샘프턴의 크로퍼드 상점보다 더 크구나. 어머, 저기 저건…… 아니, 아냐…… 아니, 맞아…… 마거릿, 방금 헨리 레녹스 씨를 지나쳤어. 어딜 가는 걸까? 이 상점가에서?"

마거릿은 화들짝 놀라 앞으로 몸을 내밀었다가 자신이 그렇게 갑작스러운 동작을 취한 데 쓴웃음을 지으며 얼른 뒤로 기대앉았다. 지금 그와는 300피트쯤 떨어져 있었지만 마거릿에게는 왠지 그가 파란만장했던 그날의 화창한 아침을 연상시키는 헬스톤의 유물처럼 느껴져서, 그저 그를 볼 수만 있었더라면 좋았으리라는 생각이 들었다. 그의 눈에 띄지 않고 그와 대화도 나눌 필요 없이.

아무 약속 없이 호텔방에서 지내게 된 저녁 시간은 길고 견디기 힘들었다. 헤일 씨는 책방에도 들르고 친구도 만난다고 나갔다. 그들이 본 모든 사람이, 집에서나 거리에서나 바삐 움직이고 있었다. 누군가의 집에 초대받아 가거나 손님을 기다리는 듯했다. 오직 그들만이 친구도 없이 쓸쓸한 것 같았다. 호텔에서 1마일 거리 안에는 마거릿이 아는 집이 수두룩했다. 그녀와 어머니를 반가이 맞아줄 집들이었다. 그녀와는 아는 사이고, 어머니는 쇼 부인의 언니니까. 그들이 기쁜 얼굴로, 적어도 평온한 마음으로 찾아간다면 말이다. 하지만 슬픔에 차서, 지금과 같은 복잡한 문제를 안은 채로 위안을 얻기 위해 찾아간다면, 가까운 지인이지만 친구까지는 아닌 그 모든 집에서 그림자가 된 듯한 기분을 느낄 터였다. 런던의 삶은 너무도 분주하고 역동적이어서, "밤낮 칠 일 동안 그와 함께 땅에 앉았으나 욥의 고통이 심함을 보므로 그에게 한마디도 말하는 자가 없었더라"*에서 욥의 친구들이 보여준 그런 깊은 침묵은 단 한 시간도 용인되지 않는다.

* 「욥기」 2장 13절.

7장

새로운 풍경과 얼굴들

햇살을 가린 안개
매연에 그을린 난쟁이 집들
사방에서 우리를 에워싸고 있네*
—매슈 아널드

이튿날 오후, 그들은 북부 밀턴에서 20마일쯤 떨어진 지점에서 헤스턴으로 가는 작은 지선철도로 들어섰다. 헤스턴은 해안과 평행을 이루며 길고 불규칙하게 뻗어나간 하나의 거리로 이루어져 있었다. 대륙과는 다른 개성을 지닌 영국 남부의 여러 작은 해수욕장과는 또다른 개성을 지니고 있었다. 스코틀랜드식으로 표현하자면 모든 것이 더 '목적에 맞게' 보였다. 짐마차들은 마구에 쇠를 더 많이, 나무와 가죽은 더 적게 썼고, 거리의 사람들도 쾌락을 즐기면서도 마음은 분주했다. 색깔도 더 우중충하고 오래가는 것들이라, 그리 화사하고 예쁘지가 않았다. 스목** 입은 사람들도 보이지 않았다. 거추장스럽고 옷자락이 기계에

* 영국 시인이자 비평가 매슈 아널드의 시 「위안」.

** 품이 넉넉한 일자형 작업복으로, 주로 농부들이 입었다.

걸리기 쉬워서 시골 사람들조차 안 입게 된 모양이다. 그리고 마거릿이 영국 남부 도시들에서 본 점원들은 손님이 없을 때는 문간에서 어슬렁거리며 신선한 공기도 쐬고 거리를 위아래로 훑어보기도 했는데, 여기선 손님이 없어도 상점 안에만 있었다. 정 할일이 없으면 돌돌 감아놓은 리본을 쓸데없이 풀었다 다시 말았다 하더라도. 다음날 아침 어머니와 함께 셋방을 구하러 나선 마거릿은 그 모든 차이점을 발견할 수 있었다.

호텔에서 이틀 밤을 보낸 비용이 헤일 씨의 예상보다 많이 들어서, 그들은 처음 본 깨끗하고 쾌적한 셋방을 기꺼운 마음으로 선택했다. 마거릿은 그곳에서 여러 날 만에 처음으로 편안함을 느꼈다. 그곳에서 휴식을 취하니 꿈같은 분위기 덕분에 더 완벽하고 호사스러운 기분을 즐길 수 있었다. 멀리 모래해변에서 들려오는 규칙적인 파도 소리, 그보다 가까이에서 들리는 당나귀꾼 소년들의 외침, 앞에서 그림처럼 움직이는 색다른 풍경들(그녀가 나른한 상태에서 굳이 완벽하게 파악할 필요를 못 느낀), 11월 말인데도 아직 따뜻하고 부드러운 바다 공기를 마시러 해변으로 나가는 산책, 옅은 빛깔 하늘과 맞닿은 안개 자욱한 길고 거대한 수평선, 창백한 햇살 속에서 은빛으로 변해가는 먼 보트의 흰 돛. 마거릿은 멍하니 몽상에 잠기는 호사를 누리며, 과거와 미래에 대한 생각은 잊고 오직 현재 속에서만, 인생을 꿈꾸듯 살아갈 수도 있을 듯했다.

하지만 미래는 반드시 맞이해야 하는 것이었다. 아무리 가혹한 미래라 하더라도 말이다. 어느 날 저녁, 마거릿과 아버지가 다음날 북부 밀턴으로 가서 집을 구하기로 결정이 났다. 벨 씨의 편지를 서너 통, 손턴 씨의 편지를 한두 통 받은 헤일 씨는 밀턴에서 자신에게 주어질 자리와 성공 가능성과 관련해 자세한 사정을 확인하고 싶어 안달이 났으나, 손턴 씨를 직접 만나야 그걸 알 수 있었다. 마거릿은 밀턴으로 이사를 해야만 한다는 건 알지만 공업도시에 대한 반감이 있는데다 어머니가 헤스턴의 공기 덕을 보고 있다고 믿었기에, 밀턴에 집 구하러 가는 걸 미루고 싶은 마음이 간절했다.

그들은 밀턴에 도착하기 몇 마일 전부터 밀턴 방향 지평선에 짙은 납빛 구름이 걸려 있는 걸 보았다. 그 구름은 창백한 회청색 겨울하늘과 대비되어 더 검게 보였다. 헤스턴에서 첫서리가 내릴 징조가 있었으니 때는 이미 겨울이었다. 밀턴에 더 가까워지자 공기에서 매연의 맛과 냄새가 희미하게 느껴졌다. 어쩌면 어떤 맛이나 냄새가 났다기보다는 그저 초목의 향이 사라진 것인지도 모르지만 말이다. 그들은 규칙적으로 지어진, 모두 작고 벽돌로 된 집이 늘어선 길고 곧게 뻗은 끔찍한 거리들을 빠르게 내달렸다. 여기저기에 많은 창이 달린 거대한 직사각형 공장이 병아리들을 거느린 암탉처럼 서서 '의회 방침에 어긋나는'* 검은 매연을 내뿜고 있었다. 마거릿이 비를 예고하는 먹구름인 줄 알았던 지평선의 구름이 왜 생겼는지 알 수 있게 해주는 광경이었다. 기차역에서 호텔로 가는 길에 더 크고 넓은 거리들을 지날 때는, 짐을 잔뜩 실은 사륜마차들이 그리 넓지 않은 대로를 꽉 메운 탓에 빈번히 멈춰야 했다. 마거릿은 런던에서 이따금 이모와 함께 마차를 타고 시내에 가곤 했었다. 하지만 런던 시내의 덩치 크고 느린 운송수단들은 목적과

---

* 1847년에 매연 배출을 규제하는 법이 선포되었지만 거의 효력이 없었다.

의도가 다양해 보였던 데 비해, 이곳에선 모든 종류의 화물차가 자루에 든 원료 상태의 면이나 방직된 옥양목 상태의 면을 싣고 있었다. 인도엔 사람들이 북적였는데, 대부분 좋은 옷을 입고 있었지만 옷차림이 단정치 못했다. 런던의 같은 계층 사람들이 초라하고 낡은 옷이라도 맵시 있게 입은 것과는 사뭇 대조적이었다.

"뉴 스트리트야. 이곳이 아마 밀턴 중심가일 거다. 벨 선생님이 이 거리 얘기를 자주 했지. 삼십 년 전에 이 거리가 작은 도로에서 대로로 커지면서 그분 땅도 엄청나게 값이 올랐거든. 손턴 씨 공장이 이 근방에 있을 게다. 그는 벨 선생님 임차인이니까. 창고였을 때부터일걸."

"아버지, 우리 호텔은 어디예요?"

"이 거리 끝에서 가까울 거다. 점심을 먼저 먹을까, 아니면 〈밀턴 타임스〉에서 골라둔 집들부터 볼까?"

"오, 일 먼저 봐요."

"좋아. 그럼 혹시 손턴 씨가 쪽지나 편지를 남겼는지 확인하고 가자. 그 집들에 대한 정보를 얻으면 나한테 알려주겠다고 했거든. 이 마차를 계속 타는 게 좋겠다. 길을 잃고 오늘 오후 기차를 놓치는 것보다 그 편이 더 안전하니까."

그를 기다리는 편지는 없었다. 두 사람은 집을 보러 나섰다. 그들이 매년 집세로 낼 수 있는 돈은 30파운드였고, 햄프셔에서라면 그 돈으로 널찍한 집과 쾌적한 정원을 가질 수 있었다. 그런데 이곳에선 기본적인 거실 두 개, 침실 네 개짜리 집도 구하기 어려웠다. 목록에 있는 집을 하나씩 보러 갔지만 하나같이 마음에 들지 않았다. 더이상 볼 집이 없자 그들은 당혹스러운 눈길로 서로를 응시했다.

“두번째 본 집에 다시 가봐야겠어요. 크램프턴에 있는 집 말예요, 교외라고 했던가요? 거기 거실이 세 개였잖아요. 침실이 세 갠데 거실이 세 개라 우리가 웃었던 거 기억나시죠? 제가 계획을 다 세워놨어요. 아래층 앞쪽 방은 아버지 서재 겸 우리 식당으로 쓰는 거예요(가여운 아버지!). 어쩔 수 없어요. 어머니에게 최대한 쾌적한 거실을 드려야 하니까요. 끔찍한 파란색과 분홍색 벽지에 육중한 천장 돌림띠 장식이 있는 위층 앞쪽 방 말예요. 그 방은 전망이 아주 좋아요. 평원이 펼쳐져 있고, 그 아래로 멋지게 굽이진 강인지 운하인지가 보이더라고요. 전 뒤쪽에 있는 작은 침실을 쓰면 돼요. 계단 위 돌출부에 있는 방, 주방 위쪽요. 아버지랑 어머니는 응접실 뒤에 있는 침실을 쓰세요. 지붕 밑 벽장이 멋진 옷방이 될 거예요.”

“하지만 딕슨과 새로 구할 하녀 방은?”

“오, 잠깐만요. 저한테 이런 뛰어난 능력이 있었다니, 흥분을 억누를 수가 없네요. 딕슨은…… 가만있자, 아까 생각이 났었는데…… 뒤쪽 거실을 쓰면 돼요. 본인도 좋아할 거예요. 헤스턴에서 계단을 오르내리기 힘들다고 불평이 많았거든요. 하녀는 두 분 방 위쪽에 있는 경사진 다락방을 주는 거예요. 그러면 되지 않을까요?”

“그러면 되겠구나. 하지만 벽지 말이다. 취향하고는! 그런 집을 색깔 있는 벽지와 그런 육중한 천장 돌림띠 장식으로 과하게 꾸며놓다니!”

“신경쓰지 마세요, 아버지! 집주인을 잘 구슬려서 한두 방의 도배를 새로 하면 돼요. 응접실하고 두 분 침실요. 어머니가 그 방들을 제일 많이 쓰실 테니까요. 그리고 아버지 책꽂이들이 식당의 천박한 벽지를 많이 가려줄 거예요.”

"그게 최선이라고 생각하니? 그렇다면 내가 지금 당장 가서 던킨 씨라는 사람을 만나보는 게 좋겠다. 광고에 그 사람한테 문의하라고 나와 있으니까. 우선 너를 호텔에 데려다줄 테니 거기서 점심을 주문해놓은 다음 쉬고 있으렴. 점심식사가 준비될 때쯤엔 나도 도착할 거야. 새로 도배를 할 수 있었으면 좋겠구나."

마거릿도 말은 안 했지만 같은 심정이었다. 그녀는 그 자체로 우아함의 뼈대가 되는 소박함과 단순함보다 장식을 더 좋아하는 취향이 마음에 들었던 적이 없었다.

아버지는 그녀를 호텔 안까지 데려다주고 계단 아래에서 헤어져 그들이 선택한 집의 주인을 만나러 갔다. 마거릿이 호텔방 문을 열려는데 웨이터가 급히 따라왔다.

"실례하겠습니다. 헤일 씨께서 너무 빨리 나가시는 바람에 말씀드릴 시간이 없었어요. 아까 두 분께서 떠나신 직후에 손턴 씨께서 오셨는데, 헤일 씨 말씀으로 미루어 두 분이 한 시간 안에 돌아오실 듯해 손턴 씨께 그렇게 전해드렸더니 오 분 전쯤 다시 오셨습니다. 헤일 씨가 오실 때까지 기다리겠다고요. 지금 객실에 계십니다."

"고마워요. 아버지는 곧 돌아오실 거니까 오시면 말씀드리세요."

마거릿은 문을 열고 몸에 밴 꼿꼿하고 대담하며 위엄 있는 자세로 걸어들어갔다. 사교계 생활에 익숙했기에 전혀 어색하지 않았다. 손턴은 아버지와의 일 관계로 찾아온 손님이고 그동안 아버지에게 친절을 베풀어왔기에, 그녀로선 예의를 다해 응대할 준비가 되어 있었다. 손턴이 그녀보다 훨씬 더 놀라고 당황한 듯했다. 조용한 중년의 목사 대신에 젊은 여자가, 지금까지 보아온 대부분의 여자들과는 다른 젊은 여자가 솔직하고 당당한 모습으로 들어왔기 때문이다. 그녀의 옷차림은 무척 소박했다. 최고급 재질에 모양도 최상이고 흰 띠로 테를 두른데다 머리에 꼭 맞는 밀짚 보닛, 가장자리 장식도, 주름 장식도 없는 검은 실크 드레스, 여왕이 휘장을 두른 듯 길고 육중한 주름들을 이룬 커다란 인도 숄. 손턴은 그 검소하고 꼿꼿하며 태연한 모습, 그가 방에 있는데도 아름다운 얼굴에 거리낌을 드러내지 않고 창백한 상앗빛 안색이 놀라움으로 붉어지지도 않는 모습을 보며, 그녀가 누군지 눈치채지 못했다. 헤일 씨에게 딸이 있다는 말은 들었지만 아직 어린 줄로만 알고 있었던 것이다.

그가 예기치 못한 상황에 말문이 막혀 침묵을 지키자 마거릿이 먼저 인사했다. "손턴 씨 되시죠! 앉으세요. 아버지가 저를 문까지 데려다주셨는데, 유감스럽게도 당신이 와 계시다는 말을 못 듣고 볼일을 보러 다시 나가셨어요. 하지만 금방 돌아오실 거예요. 당신이 두 번씩이나 오셨다고 들었어요."

손턴은 권위가 몸에 밴 사람인데도, 왠지 그녀가 단박에 그를 지배하게 된 듯했다. 그녀가 나타나기 전까지만 해도 장날 시간을 뺏기는 것에 조바심을 내고 있었으나, 이제 그는 그녀가 시키는 대로 침착하게 의자에 앉았다.

"헤일 씨가 가신 곳이 어딘지 아십니까? 제가 찾으러 갈 수도 있어서요."

"커뉴트 스트리트에 있는 던킨 씨에게 가셨어요. 아버지가 계약하려고 하시는 크램프턴에 있는 집의 주인이에요."

손턴 씨도 그 집을 알았다. 헤일 씨를 힘닿는 데까지 도와달라는 벨 씨 부탁으로, 그리고 헤일 씨 같은 상황에서 목사직을 포기한 사람에 대한 개인적인 관심으로, 광고를 보고 직접 가서 집을 둘러봤던 것이다. 손턴은 크램프턴의 그 집을 둘러보며 집이 좀 천박하긴 해도 헤일 씨 가족에게 잘 맞을 거라고 생각했으나, 무척 품위 있는 마거릿의 행동거지와 차림새를 보고 나자 그런 생각을 했던 게 부끄러웠다.

마거릿에게 자신의 외모는 어쩔 수 없는 것이었다. 그녀의 살짝 말린 얇은 윗입술과 위로 치켜든 둥글고 당당한 턱, 고개를 든 자세, 행동거지, 부드러운 여성적 저항심이 가득한 태도는 처음 보는 사람들에게는 오만한 인상을 주었다. 그녀는 지금 피곤해서 침묵을 지키며 아버지가 계획한 대로 휴식을 취하고 싶었지만, 숙녀로서 이따금 손님에게 정중히 말을 건네야만 했다. 솔직히 고백하자면 밀턴 사람들과의 거친 교류에 익숙해서 대단히 교양 있고 세련되었다고는 할 수 없는 손님이었지만. 손턴은 그녀가 말을 걸 때마다 무뚝뚝한 대답으로 일관했고, 그녀는 그가 거기 그렇게 앉아 있지 말고 처음에 말한 대로 그냥 가버렸으면 좋겠다고 생각했다. 마거릿은 숄을 벗어 의자 등받이에 걸어놓고 있었다. 손턴과 마주앉은 그녀는 정면에서 빛을 받고 있어서, 아름다움이 그의 눈에 고스란히 보였다. 둥글고 하얀 탄력적인 목이 풍만하면서도 유연한 몸 위로 솟아 있었고, 입술은 말할 때조차 거의 움직임 없이 사랑스럽고 오만한 곡선을 유지해 차갑고 평온한 얼굴 표정을 흐트러뜨리지 않았으며, 부드러운 우울이 담긴 눈은 미혼 여성의 조용한 자유로움으로 그의 눈을 마주 응시했다. 그는 대화가 끝나기도 전에 그녀가 마음에 안 든다는 결론을 내리며 굴욕적인 감정을 달래려고 애썼다. 그가 도저히 억누를 수 없는 감탄의 눈빛으로 그녀를 본 반면, 그녀는 그가 품위나 세련됨과는 거리가 먼 거칠기 짝이 없는 인간이라도 된다는 듯이 오만하고 무관심한 시선을 보냈던 것이다. 그녀의 조용한 냉랭함을 경멸로 해석한 그는 극도로 화가 나서 당장이라도 벌떡 일어나 나가버리고 싶은, 오만한 헤일 가족과 더이상 상대하고 싶지 않은 충동을 느꼈다.

대화할 거리가 동났을 때(대화라고 부르기도 뭣한 몇 마디 안 되는 짧은 이야기들이 오갔을 뿐이지만) 마침 마거릿의 아버지가 들어왔고, 그의 유쾌하고 정중한 사과 덕에 손턴은 그와 그의 가족에 대해 다시 호감을 품게 되었다.

헤일 씨와 손님은 그들의 친구인 벨 씨에 대해 할말이 많았고, 손님을 접대하는 의무를 마친 마거릿은 기쁜 마음으로 창가에 가서 색다른 거리의 모습을 눈에 익혔다. 그녀는 바깥 구경에 정신이 팔린 나머지 아버지가 하는 말을 듣지 못했다. 헤일 씨가 다시 말했다.

"마거릿! 집주인이 그 끔찍한 벽지가 좋다고 끝까지 우기는구나. 아무래도 그냥 두어야겠어."

"어머나! 아쉽네요!" 마거릿은 자기 그림들로 벽지의 일부라도 가려볼까 궁리했지만 오히려 역효과만 날 것 같아 포기했다. 한편 헤일 씨는 시골 인심으로 손턴에게 점심을 같이 먹자며 권유하고 있었다. 손턴에겐 그것이 무척이나 불편한 일이었지만, 마거릿이 말이나 눈빛으로 아버지의 초대에 응해달라는 의사 표시를 했다면 그럴 수밖에 없었을 터였다. 하지만 마거릿이 그런 의사 표시를 하지 않자, 다행스럽다 싶으면서도 은근히 부아가 치밀었다. 그가 떠날 때 마거릿은 머리를 깊이 숙여 정중히 인사했는데, 그는 평생 그렇게 어색한 기분과 자의식에 휩싸인 적이 없었다.

"마거릿, 빨리 점심 먹으러 가자꾸나. 주문은 했니?"

"아뇨, 아버지. 그 사람이 와 있어서 그럴 기회가 없었어요."

"그럼 아무거나 빨리 먹자. 손턴 씨가 오래 기다렸겠구나."

"너무나 긴 시간이었어요. 숨이 넘어갈 것 같은 순간에 아버지가 들어오신 거예요. 그 사람, 대화가 안 되더라고요. 묻는 말에도 짧고 퉁명스러운 대답만 하고."

"말을 간단명료하게 하는 거지. 아주 명석한 사람이야. 손턴 씨 말이(너도 들었니?) 크램프턴은 자갈땅이고 밀턴 근처에서 제일 건강에 좋은 지역이라더구나."

헤스턴으로 돌아간 그들은 헤일 부인에게 낮에 있었던 일을 설명해야 했다. 헤일 부인은 질문이 많았고, 그들은 차를 마시며 대답해주었다.

"당신과 편지를 주고받던 손턴 씨는 어떻던가요?"

"마거릿한테 물어봐요. 내가 집주인을 만나러 간 동안 둘이 오래 대화를 나눴으니까."

"오! 전 그 사람이 어떤 사람인지 잘 모르겠는데요." 마거릿이 나른하게 대답했다. 너무 피곤해서 자세히 설명할 기력이 없었던 것이다. 하지만 이내 기운을 끌어내서는 말했다. "키가 크고 어깨가 넓어요. 나이는…… 몇 살이죠, 아버지?"

"한 서른쯤 됐을 거야."

"서른쯤 됐고…… 얼굴은 못생겼다고도 잘생겼다고도 할 수 없던데요. 특별한 점은 없어요. 그리 신사는 아닌 듯한데, 그건 예상했던 일이잖아요."

"그래도 천박하거나 저속하진 않지." 밀턴에서 생긴 유일한 친구가 멸시받는 걸 못마땅하게 여긴 헤일 씨가 나섰다.

"오, 그건 그래요! 그렇게 결단력과 힘이 있는 얼굴은 잘나진 않더라도 천박하거나 저속할 수는 없죠. 그 사람하고 흥정할 일은 없었으면 좋겠어요. 융통성이라곤 전혀 없어 보이더라고요. 그 일에 꼭 맞는 사람 같던걸요. 영리하고 강하고 뛰어난 장사꾼에 잘 어울려요."

"마거릿, 밀턴의 제조업자들을 장사꾼이라고 부르지는 마라. 그들은 장사꾼과는 다르니까." 헤일 씨가 말했다.

"그런가요? 형태가 있는 물건을 파는 사람들은 다 그렇게 부르는데, 아버지께서 그런 호칭이 옳지 않다고 생각하신다면 안 그럴게요. 하지만, 어머니! 천박함과 저속함에 대한 얘기가 나와서 말인데, 이사갈 집 응접실 벽지에 관해서라면 각오를 단단히 하셔야 할 거예요. 분홍색과 파란색 장미꽃 무늬예요. 이파리는 노란색이고요! 천장엔 육중한 돌림띠 장식이 있더라고요!"

그러나 막상 밀턴의 새집으로 이사를 가보니 그 불쾌한 벽지는 보이지 않았다. 집주인은 도배를 새로 해주지 않겠다는 결심을 스스로 꺾기라도 한 듯 헤일 가족의 감사인사를 아주 태연히 받았다. 밀턴에선 아무도 모르는 헤일 목사의 요청에는 신경도 쓰지 않았으나 부유한 제조업자 손턴이 짧고 날카롭게 항의해오자 기꺼이 도배를 새로 했다는 사실을 굳이 헤일 가족에게 말해줄 필요는 없었으리라.

8장

향수병

고향, 고향, 고향
나 가고픈 곳은 고향.*

그들이 밀턴을 받아들이기 위해선 예쁘고 밝은 벽지가 필요했다. 아니, 그들이 가질 수 없는 더 많은 것이 필요했다. 헤일 부인이 새집에 도착했을 때는 11월의 노란 안개가 자욱이 껴서, 멋지게 굽이져 흐르는 강이 만든 골짜기 평원의 경치가 전혀 보이지 않았다.

마거릿과 딕슨이 이틀 동안 부지런히 짐을 풀고 정리했지만 아직은 집안 전체가 어수선해 보였다. 밖에선 짙은 안개가 창문까지 다가와 문을 열 때마다 숨막히는 흰 안개가 휘몰아쳐 들어왔다.

"오, 마거릿! 여기서 살아야 하는 거니?" 헤일 부인이 경악해서 물었다.

* 스코틀랜드 시인 앨런 커닝엄의 시 「고향, 고향, 고향」.

마거릿의 마음도 어머니의 목소리처럼 음울했다. 그녀는 가까스로 자제심을 되찾고 말했다. "참, 런던의 안개는 이보다 훨씬 더 심할 때도 있는걸요!"

"하지만 그때 넌 안개 속에 런던이라는 곳과 거기 사는 친구들이 있다는 걸 알고 있었잖니. 그런데 여기는! 너무 외롭구나. 오, 딕슨, 무슨 이런 데가 다 있지!"

"그러게요, 마님, 이러다 얼마 못 살고 돌아가시겠어요. 전 알아요, 그럼 누가…… 잠깐만요! 아가씨, 그건 아가씨가 들기엔 너무 무거워요."

"전혀요, 고마워요, 딕슨." 마거릿이 차갑게 대꾸했다. "우리가 어머니를 위해 할 수 있는 가장 좋은 일은 어머니가 잠자리에 드실 수 있게 침실을 정리해드리는 거예요. 난 어머니에게 드릴 커피를 준비하겠어요."

헤일 씨 역시 풀이 죽어 마거릿에게 위안을 구하러 왔다.

"마거릿, 여긴 건강에 좋지 않은 곳 같구나. 네 어머니나 네 건강이 나빠질 걸 생각하니…… 웨일스의 시골로 갈 걸 그랬어. 여긴 정말 끔찍해." 그가 창문을 향해 걸어가며 말했다.

그런데 위안을 얻을 것이 없었다. 일단 밀턴에 자리를 잡았으니 당분간 매연과 안개를 견뎌야만 했다. 다른 삶은 형편이라는 짙은 안개에 완전히 차단된 것만 같았다. 바로 어제 헤일 씨는 이사 비용과 헤스턴에서 두 주를 지내는 동안 쓴 비용을 합산해보았다가 수중의 얼마 안 되는 돈을 거의 다 써버렸음을 알고 당혹감에 빠졌던 것이다. 일단 밀턴에 왔으니 여기서 사는 수밖에 없었다.

밤에 마거릿은 그 사실을 깨닫고 좌절감에 주저앉고 싶었다. 집 뒤쪽의 길고 좁은 돌출부에 자리잡은 그녀의 침실은 매연 가득한 무거운 공기에 감싸여 있었다. 그 길쭉한 돌출부 가장자리에 난 창문은 10피트도 채 떨어지지 않은 비슷한 돌출부의 맨벽을 향해 있었다. 안개 속에서 어렴풋이 보이는 그 벽이 희망을 가로막는 거대한 장벽처럼 느껴졌다. 방안은 어수선하기만 했다. 지금까지 어머니 방 정리에만 매달린 탓이다. 마거릿은 상자 위에 앉았다. 상자에 붙은 주소 안내장을 헬스톤에서 쓴 일이 문득 생각났다. 아름답고 사랑스러운 헬스톤! 그녀는 음울한 생각에 빠져들었다가 현실에 대해선 잊자고 결심했다. 아침에 정신없이 바빠서 반쯤밖에 읽지 못한 이디스의 편지가 문득 떠올랐다. 코르푸 도착을 알리는 편지로 지중해 항해, 음악, 선상에서 춘 춤, 자신에게 열린 즐거운 새 삶, 격자세공 발코니가 있는 자신의 집, 흰 절벽들과 짙푸른 바다가 펼쳐진 전망에 대한 이야기가 담겨 있었다.

이디스의 편지는 그림처럼 너무 상세한 것만 빼면 유려하게 잘 쓴 글이었다. 그녀는 풍경의 핵심적이고 특징적인 요소들을 잘 잡아냈을 뿐만 아니라 마거릿이 알아서 파악할 수 있을 만큼 그 특징들을 마구잡이로 잔뜩 열거했다. 레녹스 대령은 최근에 결혼한 다른 장교와 함께 바다 위로 돌출한 아름다운 절벽 위 빌라에 살고 있었다. 그들은 연말이라 뱃놀이나 소풍 같은 야외활동을 즐기며 하루하루를 보내고 있었고, 이디스의 삶은 구름 한 점 없는 깊고 푸른 하늘처럼 느껴졌다. 그녀의 남편은 훈련에 참가해야만 했고, 그녀는 그곳에서 음악을 가장 잘 아는 장교부인으로서 군악대장을 위해 최신 영국 음악에서 새롭고 대중적인 곡조들을 베껴야 했다. 그것이 그녀에겐 가장 힘들고 고된 임무였다. 이디스는 레녹스 대령의 연대가 코르푸에 일 년 더 주둔하게 되면 마거릿이 놀러와 오래 머물다 갔으면 좋겠다는 애정 넘치는 희망을 피력했다. 그리고 열두 달 전에 레녹스 대령을 처음 만난 날 이야기를 하며(그날 런던에 종일 비가 내렸고, 따분한 디너파티에 새 드레스를 입고 가기가 정말 싫었다고, 마차를 타러 가면서 드레스가 다 젖었다고, 그런데 바로 그 파티에서 레녹스 대령을 만나게 되었다고) 마거릿에게 그날을 기억하는지 물었다.

그랬다! 마거릿은 그날을 똑똑히 기억했다. 이디스와 쇼 부인이 먼저 디너파티에 갔고, 그녀는 저녁때 합류했다. 그 파티의 화려함이, 멋지고 호화로운 가구들과 커다란 집, 편안하고 평화로운 손님들이 생생히 떠올라 자신의 현실과 묘한 대비를 이루었다. 잔잔한 바다 같은 옛 삶은 아무런 이정표도 남기지 않고 문을 닫아버렸다. 습관적인 디너파티, 방문, 쇼핑, 댄스파티. 이제 이디스와 쇼 이모는 거기 없는데도, 그 삶에서는 그 모든 것이 지속되고 있다. 영원히. 그리고 그 세계에서 물론 마거릿은 이디스와 쇼 이모만큼의 존재감도 없었다. 그 옛 삶에서 자신에 대해 생각하는 사람이 헨리 레녹스 빼고 하나라도 있을까 싶었다. 헨리 레녹스 역시 그녀를 잊으려 애쓰고 있을 것이다. 그녀에게 큰 상처를 받았으니까. 그는 자기가 불쾌한 생각을 떨쳐버리는 능력이 탁월하다고 종종 자랑하곤 했다. 그런데 마거릿은 그 일에 대해 더 깊숙이 파고들었다. 만일 자신이 그를 남자로 좋아해 연인으로 받아들였다면, 그리고 아버지의 개심으로 지금과 같은 사태가 벌어졌다면, 레녹스 씨는 분명 견디지 못했으리라. 아버지의 개심은 그녀에게 쓰라린 굴욕이었지만 그래도 꿋꿋이 견딜 수 있었다. 아버지의 목적이 순수하다는 사실을 알았기 때문이다. 그렇기에 아버지의 과오가 중대하고 심각하다고 판단하면서도 그걸 견딜 힘을 얻을 수 있었다. 하지만 레녹스 씨라면 세상이 그녀의 아버지를 타락자로 매도하는 것에 대해 중압감과 분노를 느낄 터였다. 그런 생각을 하자 마거릿은 지금의 현실이 고마웠다. 그녀의 가족은 지금 바닥까지 떨어진 상태였고 더이상 나빠질 수 없었다. 이디스와 쇼 이모가 보내올 편지에 담긴 충격과 경악은 용감하게 받아들여야 할 것이다. 마거릿은 앉아 있던 상자에서 일어났다. 이미 밤이 많이 늦었지만, 그녀는 천천히 옷을 벗으며 온종일 허둥거린 후의 느긋함이라는 호사를 마음껏 즐겼다. 그녀는 빛을 (내적으로든 외적으로든) 희망하며 잠이 들었다. 하지만 그 빛이 찾아오기까지 얼마나 오랜 시간이 걸릴지 알았더라면 무척이나 절망했으리라. 그 계절은 마음뿐만 아니라 건강에도 가장 해로운 시기였다. 마거릿의 어머니는 심한 감기에 걸렸고 딕슨마저 몸이 안 좋은 게 분명했다. 그렇다고 마거릿이 도와주거나 보살펴주려 한다면 딕슨에겐 그보다 큰 모욕이 없을 터였다. 딕슨을 보조할 하녀를 구하는 일도 힘들었다. 다들 공장에 다녔고, 하녀로 지원한 아가씨들도 주제를 모르고 신사의 집에서 일할 수 있으리라 생각했다고 해서 딕슨에게 심한 꾸지람을 들었다. 그래서 거의 매일 오는 파출부를 두어야 했다. 마거릿은 샬럿을 부르고 싶은 마음이 간절했지만, 이제 그런 유능한 하녀를 둘 경제적 여유도 없는데다 헬스톤과 거리도 너무 멀었다.

헤일 씨는 벨 씨와 그보다 더 직접적인 영향력을 지닌 손턴이 추천해준 제자들 몇 명을 만났다. 그들 대부분이 아직 학교에 다닐 나이였지만 밀턴 사람들 사이에 널리 퍼져 있고 근거도 확실한 듯한 인식에 따르면, 훌륭한 장사꾼이 되기 위해선 어릴 적부터 공장이나 사무실,

창고의 삶에 익숙해져야 했다. 스코틀랜드의 대학*에 보내도 상업에 뛰어들기에는 불안한 상태로 돌아오는데, 열여덟 살이 되어야 입학할 수 있는 옥스퍼드나 케임브리지는 오죽하겠는가? 그래서 제조업자들 대다수가 아들에게 열네 살이나 열다섯 살 때부터 일을 배우게 했다. 모든 힘과 정력을 상업에만 쏟도록 문학이나 고도의 정신계발 방면의 싹을 가차없이 잘라버린 것이다. 하지만 개중엔 현명한 부모들과, 자신의 부족함을 알고 그것을 채우려는 노력을 할 만큼 똑똑한 청년들도 있었다. 아니, 그중 몇 명은 더이상 청년이 아닌 인생의 전성기에 있는 성인이었고, 자신의 무지를 인식하고 어렸을 때 배웠어야 했던 것들을 늦게라도 배우고자 하는 준엄한 지혜를 지니고 있었다. 손턴은 헤일 씨 제자 중에서 가장 연장자라고 볼 수 있었다. 그리고 확실히 헤일 씨에게 가장 총애받는 제자였다. 헤일 씨가 입만 열었다 하면 손턴의 의견을 인용하며 높이 평가하는 바람에, 교습 시간에 그렇게 많은 대화를 나눴으면 수업은 도대체 언제 한 거냐는 말이 헤일 가족의 작은 농담거리가 되었다.

마거릿은 어머니가 남편의 새 우정에 질투를 느끼는 걸 감지하고, 아버지와 손턴의 관계를 그렇게 가볍고 유쾌한 시선으로 보는 분위기를 독려했다. 헤일 부인은 헬스톤에서 남편이 오로지 책과 교구민에게만 시간을 바쳤을 때는 남편을 많이 못 보아도 별로 신경쓰지 않았지만, 이곳에 와서 남편이 손턴과 교유하는 시간을 손꼽아 기다리자 마치 처음으로 남편이 자신을 소홀히 대한 것처럼 상처받고 분노했다. 헤일

* 19세기 스코틀랜드의 대학은 잉글랜드의 대학보다 입학 연령이 낮았으며, 커리큘럼도 더 현대적이었다.

씨의 과도한 칭찬은 듣는 이들에게 과도한 칭찬에 흔히 따르는 역효과를 불러왔고, 헤일 부인과 마거릿은 늘 의인이라고 불리는 아리스티데스*에게 약간 반발심이 들었다.

이십 년 넘게 시골 목사관에서 조용한 삶을 살아온 헤일 씨는 엄청난 고난들을 쉽게 극복하는 밀턴의 에너지에, 밀턴에 있는 기계의 힘, 사람들의 힘에 현혹되었다. 그 장대함에 감복한 나머지 그 힘이 어떻게 행사되는지 자세히 알아보려고도 하지 않고 그대로 굴복한 것이다. 하지만 마거릿은 아버지보다는 기계와 사람들이 있는 밖에 나갈 일이 적다보니 그것들의 힘이 지닌 공적 영향력을 볼 기회 역시 적었고, 대중에게 작용하는 모든 정책에서 다수의 이익을 위해 극심한 고통을 받고 있는 사람들을 한두 명씩 만나게 되었다. 문제는 이 예외적인 사람들의 고통을 최대한 덜어주기 위해 충분한 조치를 취하고 있는지였다. 아니면 혼잡한 승리의 행렬에서 다른 사람들과 발맞춰 나아갈 능력이 없는 이 무력한 존재들은 정복자의 길에서 조심스럽게 밀려나는 대신에 무참히 짓밟히고 있는 걸까?

딕슨을 도울 하녀를 구하는 일이 마거릿의 몫이 되었다. 처음 그 일을 맡았던 딕슨은 힘든 집안일을 모두 떠맡을 적임자를 찾으려 했다. 하지만 그녀가 생각하는 바람직한 하녀상은 헬스톤 학교의 나이 많은 단정한 학생들에 대한 기억에 토대를 두고 있었다. 그 학생들은 바쁜 날 목사관에 와서 일을 돕는 걸 무한한 영광으로 여겼고, 딕슨을 헤일 목사 부부만큼 공경하며 그들보다 훨씬 무서워했다. 딕슨은 자신이 받

---

* 고대 그리스의 정치가이자 군인. 늘 공명정대한 판단을 내려 '의인 아리스티데스'라 불렸다. 헤일 씨가 손턴을 '의인 아리스티데스'처럼 여기는 것을 빗댄 표현이다.

는 그런 두려움에 찬 공경을 모르지도, 싫어하지도 않았다. 루이 14세가 자신의 눈부신 후광에 궁정대신들이 눈을 가리는 걸 보고 흐뭇해했듯이, 딕슨도 우쭐한 기분을 느꼈다. 헤일 부인에 대한 충성스러운 사랑이 아니었다면, 그녀는 하녀로 일하겠다고 지원한 밀턴 아가씨들이 면접에서 보인 거칠고 독립적인 태도를 절대 견디지 못했을 터였다. 심지어 그들은 일 년에 세가 30파운드밖에 안 되는 집에 살면서 거들먹거리며 하인을 둘이나 거느리려고 하는(게다가 한 하인은 대단히 잘난 척이 심한) 주인의 지불 능력에 대해 의혹과 두려움을 품고 딕슨에게 캐묻기까지 했다. 헤일 씨는 이제 더이상 헬스톤의 교구목사가 아니었고, 돈을 얼마나 쓰는지로만 평가되었다. 마거릿은 딕슨이 이 하녀 지원자들의 태도를 어머니에게 계속 일러바치는 것이 지겹고 짜증났다. 마거릿도 밀턴 사람들의 거칠고 무례한 태도가 역겨웠다. 그들이 스스럼없이 다가와 말을 걸 때마다 까다로운 자존심으로 움츠러들었다. 그들이 밀턴에 살면서도 상업에 종사하지 않는 가정의 재력과 지위가 어떻게 되는지 노골적으로 호기심을 드러내는 것에 심한 분노를 느끼기도 했다. 하지만 그녀는 밀턴 사람들의 무례함을 심하게 느낄수록 그 문제에 대해서는 더 침묵했다. 어쨌거나 그녀가 하녀 지원자의 면접을 맡으면 어머니가 모든 실망과 상상 속에서 혹은 진짜로 받은 모욕에 대해 푸념하는 일은 없게 될 터였다.

그래서 마거릿은 최고의 하녀를 찾기 위해 정육점과 식료품점을 돌아다녔지만, 날이 갈수록 희망은 사라졌고 기대도 낮아졌다. 밀턴은 공업도시라, 임금도 더 많고 일의 독자성도 높은 공장 노동자 자리를 선호하지 않는 사람을 만나기가 어려웠던 것이다. 마거릿에게는 부산하고 번잡한 거리로 혼자 나서는 게 하나의 시련이었다. 쇼 부인은 이디스와 마거릿이 할리 스트리트나 동네를 벗어날 때는 반드시 하인을 동반하게 했다. 그게 예법에 맞는다고 여겼을 뿐만 아니라, 쇼 부인 자신이 다른 사람들에게 의존하는 성향을 지니고 있었던 것이다. 당시에 마거릿은 이모의 그런 규칙 때문에 자신의 독자성이 제한을 받는 것에 속으로 반발심을 느꼈다. 그래서 고향 헬스톤의 숲에서 자유로이 거니는 게 두 배로 즐거웠다. 그녀는 숲에서 경쾌하고 대담하게 걸었다. 걷다가 급하면 달리기도 하고, 우뚝 멈춰 서서 나뭇잎 우거진 숲속 빈터에서 노래를 부르거나 키 작은 잡목 덤불 혹은 뒤엉킨 가시금작화 너머에서 반짝이는 예리한 눈으로 내다보는 야생동물들을 감상하기도 했다. 그렇게 헬스톤에서 오직 자신의 달콤한 의지에 따라 달리기도 하고 멈추기도 하는 걸음을 즐기다가, 밀턴의 길거리에 필요한 고르고 점잖은 걸음으로 걷는 건 하나의 시련이나 다름없었다. 하지만 더 심각한 분노가 동반되지 않았더라면 그런 변화에 신경쓰는 자신을 비웃어버릴 수도 있었을 것이다.

크램프턴이 위치한 지역은 공장 사람들이 주로 다니는 곳이었다. 뒷길에 공장이 많았고 그 공장에서 하루 두세 차례씩 남자들과 여자들이 쏟아져나왔다. 마거릿은 그들이 공장에 들고나는 시간을 알기 전까지 운나쁘게도 계속 그 사람들과 마주쳤다. 그들은 특히 자신보다 지위가 높아 보이는 사람을 보면 대담하고 겁 없는 얼굴로 달려들어 요란한 웃음과 야유를 보냈다. 마거릿은 처음엔 그들의 거리낌없는 목소리와 길거리 예절을 무시하는 태도에 좀 겁이 났다. 여자들은 거칠지만 적대적이지는 않은 자유로운 태도로 마거릿의 옷을 품평했고, 심지어 숄이나 드레스를 직접 만지며 재질을 확인하기까지 했다. 그리고 특히 마음에 드는 것에 대해 질문하기도 했다. 마거릿도 여자니까 옷에 관심이 많은 자신들의 마음을 헤아리고 친절하게 응해주리라고 단순하게 믿는 듯했다. 그들을 이해하게 된 이후로 마거릿은 사람들의 질문에 기꺼이 대답해주고 말에도 옅은 미소로 답했다. 여자들이라면 거칠고 시끄럽다 한들 아무리 많이 만나도 상관없었다. 하지만 그녀의 옷이 아니라 외모에 대해 여자들과 똑같이 노골적이고 대담한 태도로 품평해대는 남자들에게는 두려움을 느꼈고, 분노가 치밀기도 했다. 아무리 고상한 표현을 쓴다 해도 다른 사람들이 자기 외모에 대해 언급하는 일 자체를 무례하다 느껴온 그녀가 이 거침없는 남자들의 노골적인 감탄을 견뎌야 했던 것이다. 하지만 그 어수선한 소란에 조금만 겁을 덜 먹었더라면, 그들의 그런 솔직함에는 그녀의 섬세한 마음에 상처를 입히려는 의도가 전혀 없다는 사실을 알아차렸을 터였다. 그들의 말을 들을 때면 두려움에서 나온 분노로 얼굴이 새빨개지고 검은 눈동자에 불꽃이 일었다. 그러나 조용하고 안전한 집에 이른 다음 생각해보면 그들의 말 중에는 화가 나면서도 재미난 것도 있었다.

일례로 어느 날 많은 남자들과 마주쳤는데, 그중 몇 명이 그녀에게 애인이 되어달라는 흔한 찬사를 보냈고, 어물거리며 남아 있던 남자 하나가 이렇게 덧붙였다. "아가씨, 당신의 어여쁜 얼굴이 날씨를 더 화창하게 만드네요." 또 어떤 날은 그녀가 생각에 잠겨 무심결에 미소를 지었는데 남루한 옷차림의 중년 남자가, "아가씨는 웃는 게 당연하지. 얼굴이 그렇게 예쁘면 웃음이 절로 날 테니까"라고 말하기도 했다. 그 남자가 너무도 근심걱정에 찌든 얼굴이라, 마거릿은 자신의 외모가 유쾌한 생각을 불러올 힘을 지닌 것이 기뻐서 미소로 답해주지 않을 수 없었다. 그도 마거릿의 눈빛을 보고 그 마음을 이해한 듯했다. 그후로 두 사람은 길에서 마주칠 때면 말은 안 해도 서로를 알아보게 되었다. 그 첫 찬사 외엔 둘 사이에 아무런 대화도 없었지만, 마거릿은 밀턴의 어느 누구보다 그 남자에게 관심을 갖게 되었다. 그녀는 일요일에 한두 번 그가 딸인 듯한 소녀와 함께 걸어가는 걸 보았는데, 소녀는 심지어 그보다 더 건강이 나빠 보였다.

어느 날 마거릿은 아버지와 함께 밀턴을 둘러싸고 있는 들판에 나갔다. 초봄이었고, 그녀는 남부의 달콤한 풍요로움을 그리워하며 가슴에 슬픔을 안고 산울타리와 도랑에 핀 야생제비꽃, 애기똥풀 같은 꽃들을 꺾었다. 아버지가 볼일이 있어서 혼자 밀턴으로 들어간 후, 그녀는 집으로 돌아오는 길에 그 초라한 부녀를 만났다. 딸이 탐난다는 듯 꽃을 쳐다봐서 마거릿은 충동적으로 그녀에게 꽃다발을 건넸다. 꽃을 받아드는 소녀의 연푸른 눈동자가 환히 빛났다. 소녀의 아버지가 대신 말했다.

"고맙소, 아가씨. 베시는 이 꽃을 소중하게 생각할 거요. 나는 아가씨의 친절을 소중하게 생각할 거고. 여기 사람이 아니지요?"

"예!" 마거릿이 살짝 한숨지으며 말했다. "남부에서 왔어요. 햄프셔요." 그녀는 그렇게 말해놓고, 혹시 그가 햄프셔를 모른다면 자신의 무지에 자존심이 상하진 않을까 좀 두려웠다.

"런던 너머에 있지요, 아마? 나는 번리에서 왔소. 여기서 북쪽으로 40마일 떨어진 곳이오. 아시다시피, 북부와 남부는 이 큰 매연 도시에서 만나 친구를 맺었지요."

마거릿은 그 부녀와 나란히 걷기 위해 걸음을 늦췄다. 아버지가 병약한 딸에게 보조를 맞춰 걷고 있었던 것이다. 마거릿이 목소리에 다정한 연민을 담아 소녀에게 말을 걸었다. 그 마음은 소녀의 아버지에게 그대로 전해졌다.

"몸이 약한가봐요."

"네, 앞으로도 계속 그럴 거고요." 소녀가 대답했다.

"봄이 오고 있어요." 마거릿이 유쾌하고 희망에 찬 생각을 유도하듯 말했다.

"봄도 여름도 내겐 아무 소용이 없을 거예요." 소녀가 조용히 대답했다.

마거릿은 소녀의 아버지가 딸의 말에 반박해주기를, 아니면 최소한 딸의 극단적인 절망을 부정해주기를 기대하듯 그를 올려다봤다. 하지만 그는 이렇게 덧붙였다.

"딸애 말이 맞을지도 모르오. 너무 쇠약해졌소."

"내가 가는 곳에는 봄이 있을 거예요. 꽃들도요, 아마란스*랑, 빛나는 옷도 있을 거고요."

"가엾고 불쌍한 것! 난 잘 모르겠지만 네겐 그게 위안이 되는구나. 가엾고 불쌍한 것. 이 아비도 불쌍하고! 얼마 남지 않았을 게다." 소녀의 아버지가 낮은 목소리로 말했다.

마거릿은 그의 말에 충격을 받았지만, 혐오감이 들기보단 마음이 끌리고 관심이 생겼다.

---

* 영원히 시들지 않는 전설의 꽃.

"어디 사세요? 이 길에서 자주 만나는 걸 보면 같은 동네에 사시는 듯한데."

"프랜시스 스트리트 9번지에 살고 있소. 굴든드래건 지나서 왼쪽으로 두번째 모퉁이를 돌면 나오는."

"이름은요? 잊지 않을게요."

"나는 내 이름에 조금도 부끄러움이 없소. 니컬러스 히긴스지. 이 아이는 베시 히긴스고. 그건 왜 묻는 거요?"

마거릿은 그 질문에 깜짝 놀랐다. 헬스톤에서는 그녀가 가난한 교구민에게 이름과 사는 곳을 물으면 방문하겠다는 의사임을 굳이 밝힐 필요가 없었던 것이다.

"그건⋯⋯ 집으로 찾아가려고요." 그녀는 소녀와 아버지에 대한 따뜻한 관심 외엔 이렇다 할 이유도 없이 그들의 집을 방문하겠다고 말하는 것이 갑자기 좀 부끄러웠다. 자신이 무례를 범하는 모양새 같았고, 남자의 눈빛에서도 그런 의미를 읽을 수 있었다.

"나는 집에 낯선 사람을 들이는 걸 좋아하지 않소." 남자는 그렇게 말했지만, 마거릿의 얼굴이 붉어지는 걸 보고 마음이 누그러져서 이렇게 덧붙였다. "아가씨는 외지인이니 여기 아는 사람들이 많지 않겠군. 내 딸애에게 꽃도 주고 했으니, 원한다면 와도 좋소."

마거릿은 그 대답에 기쁘기도 하고 신경이 쓰이기도 했다. 호의라도 베풀듯 방문을 허락한 집에 과연 가도 되는지 확신이 서지 않았다. 하지만 프랜시스 스트리트로 접어들자 소녀가 잠시 걸음을 멈추고 말했다. "우리집에 온다고 한 거 잊으시면 안 돼요."

그러자 아버지도 조급하게 말했다. "그럼, 그럼. 올 거야. 지금은 기분이 좀 상했겠지. 내가 더 정중하게 초대할 수도 있었을 거라고 생각할 테니까. 하지만 다시 잘 생각해본 다음 찾아올 거야. 나는 아가씨의 당당하고 어여쁜 얼굴을 책처럼 읽을 수 있거든. 가자, 베시, 공장 종이 울리는구나."

마거릿은 집으로 걸어가며 새 친구들에게 감탄했다. 자신의 마음을 꿰뚫어본 소녀 아버지의 통찰력에 미소가 지어졌다. 그날부터 그녀에겐 밀턴이 더 밝은 도시로 보였다. 그건 길고 황량하고 화창한 봄날 때문도, 시간이 지나면서 자신이 사는 도시에 마음을 붙이게 되어서도 아니었다. 밀턴에서 인정을 발견했기 때문이다.

9장

티타임을 위해 옷 갈아입기

곱게 색 입히고
금빛 문양과 하늘빛 나뭇결무늬로 단장한
도자기의 흙,
인도의 찻잎이나 볕에 탄 모카 열매의 고마운 향
기쁘게 받아들이도록 하라.*
—바볼드 부인

마거릿이 히긴스와 그의 딸을 만난 다음날, 헤일 씨가 평소와 다른 시간에 위층의 작은 응접실로 들어왔다. 그는 응접실의 물건을 살펴보는 척했지만, 마거릿은 아버지가 할말이 있는데 입을 열기가 두려워 일부러 시간을 끈다는 것을 알 수 있었다. 마침내 그가 말을 꺼냈다.

"여보! 손턴 씨에게 오늘밤 차를 마시러 오라고 했어요."

헤일 부인은 눈을 감고 요즘 들어 습관이 된 고통스러운 표정을 지으며 안락의자에 뒤로 기대앉았다. 그러다 곧 기운을 내고는 남편의 말에 불평을 늘어놓기 시작했다.

"손턴 씨를! 그것도 오늘밤에요! 도대체 그 사람이 여길 왜 오고 싶

* 영국 시인 애나 러티샤 바볼드의 시 「큰 잔의 탄식」.

어하는 거죠? 딕슨이 지금 내 모슬린 옷하고 레이스 옷을 빨고 있단 말이에요. 끔찍한 동풍 때문에 단물*도 없고요. 밀턴은 일 년 내내 동풍이 불 것 같아요."

"바람 방향은 바뀌고 있어요, 여보." 헤일 씨가 동쪽에서 흘러오는 매연을 바라보며 말했지만, 아직 동서남북 방향을 잘 모르는 터라 상황에 따라 적당히 말하는 것이었다.

"설마요!" 헤일 부인은 몸서리를 치며 숄을 몸에 더 바짝 감았다. "하지만 동풍이건 서풍이건 그 사람은 오겠죠."

"오, 어머니, 그건 손턴 씨를 못 만나봐서 하시는 말씀이에요. 그 사람은 자신에게 닥친 역경과 싸우는 걸 즐기는 사람처럼 보였어요. 적이든, 바람이든, 상황이든요. 비바람이 심할수록 그는 꼭 오려고 할 거예요. 제가 가서 딕슨을 도울게요. 풀 먹이는 데 선수가 다 됐거든요. 그 사람은 아버지와 담소를 나누는 것 말고는 다른 즐거움은 바라지 않을 거예요. 아버지, 피티아스와 다몬**의 만남이 정말 기대되네요. 전 그 사람을 한 번밖에 못 만났는데, 그땐 정신이 없어서 서로 무슨 말을 할지 몰라 대화가 딱히 잘 흘러가진 않았거든요."

"마거릿, 네가 손턴에게 호의나 호감을 가질 수 있을지 모르겠구나. 여자들에게 인기 많은 스타일이 아니라."

마거릿은 경멸하듯 목을 움직였다.

"아버지, 전 여자들에게 인기 많은 남자를 좋아하진 않아요. 어쨌든

---

* 미네랄 함량이 낮아 맛이 연한 물. 영국의 식수는 주로 센물이지만, 센물로 차를 우리면 떫은맛이 강해지므로 차를 내릴 때는 단물을 쓴다.

** 그리스신화에서 목숨을 걸고 맹세를 지킨 두 친구.

손턴 씨는 아버지 친구로 여기 오는 거니까…… 아버지의 진가를 알아보는 사람으로서……"

"밀턴에서는 유일하게." 헤일 부인이 끼어들었다.

"그러니까 따뜻하게 맞이해야죠. 코코넛 케이크도 대접하고. 딕슨에게 만들어달라고 하면 우쭐해할 거예요. 어머니 모자를 다리는 건 제가 맡을게요."

그날 아침 마거릿은 손턴이 멀리 있었으면 좋겠다는 생각을 여러 번 했다. 사실 그녀는 다른 계획이 있었다. 이디스에게 편지도 쓰고, 단테도 읽고, 히긴스 부녀도 방문할 생각이었던 것이다. 하지만 그 모든 계획을 포기하고 다림질을 하며 딕슨의 불평을 들어주어야 했다. 딕슨이 어머니에게 가서 한탄을 늘어놓는 걸 막을 수 있기만을 바라면서 말이다. 마거릿은 가끔은 피로로 인한 짜증이 솟구쳐서 최근 들어 자주 찾아오는 심한 두통이 시작되려는 걸 억누르기 위해 손턴에 대한 아버지의 마음을 상기해야만 했다. 마침내 다림질을 끝내고 자리에 앉았을 땐 피곤해서 말도 안 나올 지경이었다. 그녀는 어머니에게 드디어 자신이 세탁 담당 하녀 페기가 아니라 숙녀 마거릿 헤일이 되었다고 말했다. 농담으로 한 말이었지만 어머니가 심각하게 받아들이는 바람에 입을 잘못 놀린 대가를 톡톡히 치러야 했다.

"그러게 말이다! 내가 근동에서 최고 미인 소리를 듣던 베리스퍼드 양 시절에, 내 딸이 고작 장사꾼 손님을 대접하려고 반나절을 비좁은 부엌에 서서 하녀처럼 일할 거라고 누가 말했다면……"

마거릿이 몸을 일으키며 말했다. "오, 어머니! 아무 뜻 없이 한 말 가지고 벌주지 마세요. 전 어머니와 아버지를 위해서라면 다림질이든 뭐든 기꺼이 할 수 있어요. 전 숙녀로 태어나고 자란걸요. 바닥을 닦고 설거지를 해도 잠깐만 피곤하지, 반시간만 지나면 같은 일을 다시 할 수 있어요. 그리고 손턴 씨가 장사를 하는 건 그 사람도 어쩔 수 없는 일이잖아요. 불쌍한 사람. 교육을 못 받았으니 달리 할 수 있는 일이 많지 않을 거예요." 그녀는 천천히 일어나 자기 방으로 갔다. 지금으로선 더 이상 참기가 힘들었다.

같은 시각, 손턴의 집에서는 비슷하면서도 다른 장면이 펼쳐지고 있었다. 중년을 훌쩍 넘긴 나이의 기골이 장대한 부인이 멋지게 꾸며진 엄숙한 분위기의 식당에 앉아 일하고 있었다. 그녀의 이목구비는 체격처럼 굵직굵직하고 다부졌다. 얼굴은 한 결연한 표정에서 다른 결연한 표정으로 천천히 변했다. 다채로운 얼굴은 아니었지만, 그녀의 얼굴을 한번 본 사람은 대개 다시 눈길을 보내게 되었다. 하다못해 길에서 마주친 행인들도 길을 양보하거나, 목적지를 향해 똑바로 나아가는 걸음을 멈추는 법 없는 이 엄격하고 위엄 있는 여인을 조금이라도 더 보기 위해 반쯤 고개를 돌리고 쳐다보곤 했다.

그녀는 전혀 낡거나 변색되지 않은 튼튼한 검정 실크로 된 멋진 옷을 입고 있었다. 지금은 결이 아주 고운 크고 긴 테이블보를 수선하는 중이었는데, 섬세한 손질이 필요한 얇은 부분을 찾느라 이따금 테이블보를 들어 불빛에 비춰보았다. 그곳엔 책이라곤 매슈 헨리의 『성경주석』뿐이었으며, 총 여섯 권이 육중한 사이드보드 한가운데, 찻주전자와 램프 사이에 놓여 있었다. 멀리 떨어진 방에서 누군가 피아노 연습을 하고 있었다. 〈살롱 소품〉을 치고 있었는데, 아주 급하게 치면서 세 음에 한 번은 불명료하게 치거나 아예 빼먹었고 끝부분의 요란한 화음은 반이 틀렸지만, 연주자는 불만이 없는 듯했다. 손턴 부인은 식당 문 앞을 지나가는 발소리를 들었다. 그녀의 발소리만큼이나 단호했다.

"존! 너니?"

아들이 문을 열고 모습을 보였다.

"무슨 일로 이렇게 일찍 들어왔어? 벨 씨 친구인 헤일 씨와 차를 마실 거라며."

"네, 어머니. 옷을 갈아입으러 왔어요!"

"옷을 갈아입는다고! 흥! 나 젊었을 때는, 젊은 남자들은 옷을 하루에 한 번 갈아입는 걸로 족했다. 늙은 목사와 차 한 잔 마시러 가는데 옷은 왜 차려입어야 하는 게야?"

"헤일 씨는 신사고, 그분 부인과 딸은 숙녀들이에요."

"부인과 딸이라고! 그 사람들도 널 가르치니? 뭐하는 사람들이야? 그 사람들 얘기는 안 했잖니."

"그랬죠! 어머니, 저도 헤일 부인은 본 적 없고, 헤일 양은 반시간 정도 만난 게 다니까요."

"존, 무일푼 아가씨한테 낚이지 않게 조심해라."

"어머니도 아시다시피, 전 쉽게 안 낚여요. 그리고 헤일 양을 그렇게 모욕적으로 말씀하시는 것도 옳지 않고요. 전 젊은 여자가 저를 낚으려 한다고 느껴본 적이 없어요. 실제로 그런 쓸데없는 수고를 한 여자도 없을 거라고 믿고요."

손턴 부인은 대체로 여성에 대해 강한 긍지를 지니고 있었지만, 아들에게 자신의 의견을 굽히지 않았다.

"글쎄다! 아무튼 조심해라. 우리 밀턴 아가씨들은 진취적이고 정신도 똑바로 박혀 있어서 남편감 낚시질 같은 건 안 하지만, 그 헤일 양이라는 아가씨는 귀족적인 지방에서 왔잖니. 사람들 말이 사실이라면, 그런 데서는 부자 남편을 얻는 게 목표라더구나."

손턴은 눈썹을 찌푸리며 식당으로 한 걸음 들어갔다.

"어머니(짤막한 냉소와 함께), 솔직히 고백할 수밖에 없게 만드시네요. 지난번에 만났을 때 헤일 양은 제게 경멸이 강하게 느껴지는 오만하고 정중한 태도를 보였어요. 그녀는 여왕이고 저는 미천하고 더러운 노예라도 되는 것처럼 냉담했다고요. 그러니 안심하세요."

"아니! 무슨 안심이냐. 변절한 목사 딸 주제에 너한테 오만하게 굴다니! 나 같으면 그런 사람들 집에 가면서는 안 차려입겠구나. 건방진 인간들!"

손턴이 식당에서 나가며 말했다.

"헤일 씨는 선량하고 점잖은 분이에요, 학식도 있고요. 건방진 인간이 아니죠. 헤일 부인에 대해선 이따가 만나고 와서 말씀드릴게요. 어머니께서 듣고 싶으시다면요." 그러고는 문을 닫고 가버렸다.

"내 아들을 경멸해! 노예 취급을 하다니! 흥! 내 아들 같은 남자를 어디 가서 만날 수 있다고! 어릴 적부터 세상 누구보다 고귀하고 강인했던 아이인데. 엄마라서 하는 말이 아냐! 난 진실을 볼 수 있어, 눈이 멀지도 않았고. 패니가 어떤 아이인지, 존이 어떤 아이인지, 다 알고말고. 내 아들을 경멸하다니! 정말 맘에 안 드는 여자야."

10장

연철과 금

우리는 흔들면 더 단단해지는 나무들.*
—조지 허버트

손턴은 다시 식당에 들르지 않고 집을 나섰다. 좀 늦은지라 크램프턴을 향해 빠르게 걸었다. 무례하게 약속시간을 어겨 새 친구를 가볍게 여긴다는 인상을 주고 싶지 않았던 것이다. 교회 시계가 일곱시 반을 알릴 때 그는 헤일 씨 집 앞에 서서 딕슨이 문을 열어주기를 기다리고 있었다. 딕슨은 문을 열어주는 일로 자신의 품위를 떨어뜨려야만 할 때면 평소보다 행동이 두 배는 굼떴다. 손턴은 작은 응접실로 안내받았고, 거기서 헤일 씨가 따뜻하게 맞아주었다. 헤일 씨는 손님을 아내에게 소개했다. 헤일 부인의 창백한 얼굴과 숄로 몸을 감싼 모습이 그녀의 차갑고 무기력한 인사에 대한 무언의 변명이 되었다. 마거릿은 그가

* 웨일스 출신의 영국 시인이자 성직자 조지 허버트의 시 「고통 V」.

들어올 때 불을 켜고 있었다. 어둠이 깔리고 있었던 것이다. 시골에서 살며 익힌 습관에 따라 밤하늘과 바깥의 어둠을 차단하지 않은 어스름한 방 한가운데로 램프가 기분좋은 빛을 던졌다. 왠지 이 방은 그가 집에서 떠나온 방, 멋지고 육중하고 그의 어머니가 앉아 있는 자리를 제외하면 여자가 기거하는 흔적이라곤 없으며, 먹고 마시는 것 외의 다른 활동을 위한 편의시설 또한 없는 방과 대조를 이루었다. 물론 그 방은 식당이었고, 그의 집에서는 곧 법 그 자체인 어머니가 즐겨 앉아 있곤 하는 곳이었다. 그러나 응접실도 이곳과 달랐다. 이곳보다 두 배는 크고 스무 배는 근사했지만 이곳의 반의반만큼도 안락하지 못했다. 이곳엔 거울이 없었다. 빛을 반사하고, 풍경 속의 물과 같은 목적에 부합할 유리 한 조각도 없었다. 금박도 없었다. 방 전체가 따뜻하고 수수한 색깔이었으며, 헬스톤에서 가져온 정든 친츠 커튼과 의자커버가 단조로움을 한결 덜어주었다. 문 맞은편 창가에는 뚜껑 열린 책상이 자리했고, 다른 쪽에는 받침대에 키가 크고 하얀 도자기 화병이 놓여 있었는데, 담쟁이덩굴, 연녹색 자작나무, 구리색 너도밤나무 잎으로 만든 화환들이 늘어져 있었다. 예쁜 바구니가 여기저기 있었고, 단지 장정 때문에 소중한 건 아닌 책들이 방금 읽다가 내려놓은 것처럼 테이블에 놓여 있었다. 문 뒤에도 테이블이 하나 있었는데 차를 대접하기 위해 흰 테이블보를 깔고, 코코넛 케이크와 함께 잎사귀를 깐 다음 그 위에 오렌지와 빨갛고 큼직한 미국 사과를 쌓아놓은 과일바구니를 차려놓은 상태였다.

손턴의 눈에는 그 모든 우아한 배려가 헤일 가족에겐 습관적인 것처럼 보였고, 특히 마거릿과 무척이나 잘 어울리는 듯했다. 그녀는 분홍색이 도는 밝은 모슬린 드레스를 입고 차 테이블 옆에 서 있었다. 대화에는 신경쓰지 않는 것이 오로지 차 대접에만 분주한 듯 보였다. 그녀의 동글동글한 상아색 손이 찻잔 사이에서 조용하고 우아하게 움직이고 있었다. 그녀는 한쪽 팔에 팔찌를 차고 있었는데, 그 팔찌가 자꾸만 손목으로 떨어졌다. 손턴은 헤일 씨 이야기를 듣는 것보다 마거릿이 그 성가신 장신구를 제자리로 올리는 모습을 지켜보는 것에 훨씬 더 집중하고 있었다. 마거릿이 초조하게 팔찌를 밀어올려 부드러운 살에 꼭 끼우는 모습과 팔찌가 헐거워지며 떨어지는 모습을 지켜보는 일에 매료되기라도 한 듯했다. 하마터면 "또 떨어집니다!"라고 외칠 뻔했을 정도였다. 차 준비가 거의 끝날 즈음에 도착해서 먹고 마셔야 하는 의무가 너무 빨리 시작된 탓에, 마거릿을 계속 지켜볼 수 없는 게 안타까웠다. 마거릿은 반항적인 하인처럼 오만한 태도로 그에게 찻잔을 건넸지만 그가 한 잔 더 마실 준비가 된 순간을 놓치지는 않았다. 손턴은 그녀가 아버지를 위해 어쩔 수 없이 해주는 일을 자신에게도 해달라고 부탁하고픈 욕구를 느꼈다. 그녀의 아버지가 남성적인 손으로 딸의 새끼손가락과 엄지손가락을 잡고 그 손가락들을 각설탕 집게 대용으로 썼던 것이다. 아버지와 딸은 아무도 보지 않는 줄 알고 이 짤막한 팬터마임을 하고 있었다. 손턴은 팬터마임이 진행되는 동안 마거릿이 웃음과 사랑이 가득한 아름다운 눈을 들어 아버지를 응시하는 걸 보았다. 창백한 안색과 침묵이 증명하듯 마거릿에게는 아직 두통이 남아 있었다. 하지만 만일 대화에 바람직하지 않은 긴 공백이 생긴다면, 아버지의 친구이자 제자인 손님이 자신에 대한 대접이 소홀하다고 생각하게 될 빌미를 제공하지 않기 위해 대화에 뛰어들 각오가 되어 있었다. 다행히 대화는 순조롭게 이어졌다. 마거릿은 차 도구들을 치운 후 일감을 들고 어머니 근처의 구석으로 물러났다. 갑자기 대화의 공백을 메워야 할지도 모른다는 두려움 없이 상념에 빠질 수 있겠다는 느낌이 들었던 것이다.

손턴과 헤일 씨는 지난번 만남에서 시작된 이야기를 이어가느라 여념이 없었다. 어머니가 조용히 건넨 사소한 말에 상념에서 깨어나 문득 일감에서 시선을 든 마거릿은, 서로 정반대인 성품이 드러나는 아버지와 손턴의 외모가 어떻게 다른지 포착했다. 그녀의 아버지는 호리호리해서, 지금처럼 키와 몸집이 큰 사람과 비교되지 않을 땐 실제보다 커 보였다. 얼굴의 선은 부드럽고 물결처럼 일렁였다. 파도와도 같은 떨리는 움직임이 빈번히 얼굴을 휩쓸고 지나가며 요동치는 감정을 일일이 드러냈다. 눈꺼풀은 크고 아치를 이루고 있어서 눈에 여성적이라고도 할 나른한 아름다움을 부여했다. 눈썹은 멋진 아치를 이루고 있었지만 몽상적인 눈꺼풀이 워낙 크다보니 눈과의 거리가 상당히 멀었다. 그런데 손턴의 얼굴에는 불쾌할 정도로 날카롭지는 않으면서도 상대의 핵심을 꿰뚫어보기에는 충분할 만큼 강렬한, 맑고 우묵하고 진지한 눈 바로 위에 일자 눈썹이 위치해 있었다. 그의 얼굴에 있는 몇 개 안 되는 선은 대리석에 새겨지기라도 한 듯 확고했고, 굳게 다문 입술 주위에 주로 위치해 있었다. 치아는 너무도 완벽하고 아름다워서 어쩌다 환한 미소를 지을 때면 갑자기 햇살이 비치는 듯했다. 순식간에 찾아오는, 눈이 반짝이는 그의 미소는 인상을 싹 바꿔놓았다. 무슨 일이든 할 수 있는 각오와 배짱을 갖춘 남자의 엄격하고 결연한 표정이, 어린아이 말고는 그토록 대담하고 즉각적으로 나타나기 힘든, 한순간을 강렬하고 솔직하게 즐기는 표정으로 돌변했다. 마거릿은 그 미소가 좋았다. 그건 그녀가 아버지의 새 친구에게서 처음 발견한 매력이었는데, 방금 그녀가 주목한 대로 아버지와 손턴이 상이한 외모에서 알 수 있듯 반대되는 성품을 지녔으면서도 서로에게 끌린 것을 설명해주는 듯했다.

마거릿은 어머니의 뜨개질거리를 정리한 후 다시 자신만의 상념에 빠져들었다. 손턴도 헤일 씨에게 증기해머*의 위대한 힘과 섬세한 조절력에 대해 설명하는 데 철저히 몰입해, 마거릿이 방안에 있지도 않은 것처럼 그녀의 존재를 까맣게 잊고 있었다. 헤일 씨는 그 이야기를 들으며, 한순간 키가 하늘에 닿고 몸이 지평선까지 가득 메울 정도로 커졌다가 다음 순간 어린애가 손에 들고 다닐 수 있을 만큼 작은 호리병 속으로 빨려 들어가는, 아라비안나이트의 램프요정을 떠올렸다.

"그리고 이 힘을 창안해낸 인물, 위대한 생각을 실현해낸 인물이 바로 우리 도시 출신입니다. 그는 한 단계 한 단계, 더 높은 곳을 향해 올라갔지요. 이 말은 꼭 해야겠는데, 만일 그가 떠난다 해도 우리 중 많은 사람이 그의 빈자리에 뛰어들어 모든 물력이 과학에 굴복하도록 만드는 전쟁을 계속 수행할 것입니다."

"그 자랑을 들으니 옛 노래**가 생각나는군.

'우리 잉글랜드는 그 사람 못지않게 훌륭한
대장 백 명을 갖고 있소.' 그가 말했다네."

---

* 증기의 힘으로 망치를 움직여 쇠를 단련하는 기계. 1830년대에 맨체스터의 기술자 제임스 네이즈미스가 발명했다.

** 잉글랜드의 퍼시 백작가와 스코틀랜드의 더글러스 백작가 사이에 일어났던 오터번 전투를 소재로 한 민요 〈체비 체이스 발라드〉.

마거릿은 아버지의 인용문을 듣고 고개를 번쩍 들어 호기심어린 눈으로 쳐다봤다. 도대체 어쩌다 이야기가 톱니바퀴에서 체비 체이스로 흐른 걸까?

"그건 자랑이 아니라 명백한 사실입니다. 그런 위대한 생각을 낳은 이 도시(아니, 지역이라고 말해야 하는 건지도 모르겠군요)의 사람이라는 것을 자랑스러워하는 건 부인하지 않겠지만요. 전 소위 귀족적 사회라는 남부의 낡고 오래된 틀 속에서 아무 근심과 걱정 없이 편안하고 느린 하루하루를 보내며 지루하고 부유한 삶을 누리기보다는 여기서 땀흘리며 고생하고 사는 게 낫습니다. 실패만 하면서 살더라도요. 꿀 속에 파묻힌 벌은 날 수 없는 법이죠."

"그건 잘못 아시는 거예요." 사랑하는 남부에 대한 비방에 발끈한 마거릿이, 눈에 성난 눈물이 고여서는 상기된 얼굴로 맹렬한 방어에 나섰다. "손턴 씨는 남부에 대해 아무것도 모르세요. 그런 경이로운 발명품들이 나올 수밖에 없게 만드는 상업의 도박적인 기질에 비하면 모험이나 진보 면에서는 떨어질지 몰라도, 그렇다고 더 지루하진 않고 그만큼 고통도 덜하죠. 전 이곳에서 거리를 지나는 사람들이 슬픔이나 걱정에 겨워 땅만 보고 걷는 걸 많이 봐요. 그들은 고통에 시달릴 뿐만 아니라 세상을 증오하기까지 하죠. 남부에도 가난한 사람들이 있지만 제가 이곳에서 보는 사람들처럼 세상의 불공평함을 원망하는 침울한 표정을 짓고 있진 않아요. 손턴 씨, 당신은 남부를 잘 모르세요." 그녀는 말을 끝맺고는 결연한 침묵에 빠져들었으며, 지나치게 떠들어댄 자신에게 화가 났다.

"헤일 양 역시 북부를 모른다고 말해도 될까요?" 손턴이 마거릿에게 진짜로 상처를 준 걸 깨닫고 한없이 부드러운 목소리로 물었다. 마거릿은 머나먼 햄프셔에 두고 온 정든 장소들을 그리워하며 결연한 침묵을 지켰다. 그 그리움이 너무도 강렬한 나머지 입을 열면 떨리는 목소리가 나올 것만 같았다.

헤일 부인이 말했다. "아무튼, 손턴 씨, 밀턴이 남부의 그 어느 도시보다 훨씬 매연이 심하고 지저분하다는 점은 인정하셔야 할 거예요."

"아무래도 깨끗함은 포기해야 할 것 같습니다. 하지만 의회에서 매연을 태워 없애라는 명령을 받았으니, 우리는 착한 아이들처럼 명령에 따르겠지요. 언젠가는요." 손턴이 잠시 환한 미소를 지으며 대답했다.

"하지만 자넨 이미 매연을 태워 없애기 위해 공장 굴뚝을 바꿨다고 말하지 않았나?" 헤일 씨가 물었다.

"의회에서 그 문제에 관여하기 전에 제 의지로 바꿨지요. 당장은 지출이 있었지만, 석탄이 절약되어 투자한 가치가 있습니다. 만일 그 법이 통과될 때까지 기다렸다면, 그렇게 했을지는 모르겠습니다. 아무튼 전 신고당해서 벌금을 물고 강제로 법에 따를 수밖에 없게 될 때까지 기다려야만 했겠지요. 신고자와 벌금에 의존해 집행되는 법들은 그 절차의 불쾌함 때문에 무력화되기 마련입니다. 저는 지난 오 년간 밀턴의 굴뚝 중에 신고당한 것이 단 하나라도 있었는지 의심스럽습니다. 그 굴뚝 중 일부는 석탄의 3분의 1을 소위 의회의 법에 위반되는 매연으로 계속해서 배출하고 있는데도요."

"난 그저 여기선 모슬린 블라인드가 깨끗한 상태로 일주일을 못 넘긴다는 사실을 알 뿐이에요. 헬스톤에선 한 달이 넘게 걸어둬도 더러워지지 않았는데. 그리고 손도…… 마거릿, 오늘 오전 열두시 전에 손을 몇 번이나 닦았다고 했지? 세 번 맞지?"

"네, 어머니."

"자넨 이곳 밀턴의 경영 방식에 영향을 미치는 모든 법에 강력히 반대하는 것 같군." 헤일 씨가 말했다.

"네, 그렇습니다. 이곳의 많은 사람들이 저와 같은 입장이고요. 그리고 전 우리가 정당하다고 생각합니다. 면직업계는 역사가 일천하므로 모든 부분이 동시에 다 잘 돌아가지 못한다고 해도 놀랄 일은 아닙니다. 칠십 년 전에 면직업이 뭐였습니까? 그리고 지금은 면직업 아닌 것이 뭔가요? 원료들은 합쳐졌지만, 교육과 지위 면에서 수준이 비슷했던 사람들이 갑자기 주인과 종으로 갈리게 되었습니다. 기회와 가능성을 알아보는 타고난 지혜 때문에요. 그 지혜를 가진 사람들은 리처드 아크라이트*의 조잡한 기계에 숨겨진 위대한 미래를 내다보는 선견지명이 있었죠. 이 새로운 업계의 빠른 성장은 초기의 주인들에게 막대한 부와 권력을 안겨줬고요. 그들은 노동자뿐만 아니라 구매자, 전 세계 시장 위에도 군림했죠. 예를 하나 들어드리자면, 지금으로부터 불과 오십 년 전에 당시 대여섯 개밖에 안 되던 사라사 날염업자가 밀턴 신문에 어떤 광고를 냈는지 아십니까? 매일 정오에 창고를 닫으니 구매자들은 그 시간 전에 오라는 광고였습니다. 그런 식으로 자신이 물건을 팔 시간과 팔지 않을 시간을 지정했던 거죠. 지금은 고객이 한밤중에 물건을 사러 오면 잠자다 말고 일어나 모자를 손에 들고 공손한 태도로 서서 주문을 받아야 하고요."

* 1768년에 수력 방적기를 발명한 영국 면방적 공업의 창시자.

마거릿은 입술을 비죽거리면서도 그의 이야기를 경청하게 되었다. 더이상 자신만의 생각에 빠져 있을 수가 없었던 것이다.

"제가 그런 일들을 거론하는 건, 금세기 초에는 제조업자들이 거의 무한권력을 지녔다는 사실을 말씀드리기 위해서입니다. 그들은 그 권력에 취했습니다. 사람이 사업에 성공했다고 해서 정신까지 훌륭하리란 보장은 없는 거니까요. 오히려 갑작스레 막대한 부를 갖게 되면 정의감과 소박함을 잃기 십상이죠. 초창기 방직왕들의 방탕하고 사치스러운 삶에 대한 이상한 이야기들이 많습니다. 필시 노동자들을 탄압하기도 했을 거고요. 선생님, '거지가 말을 타면 악마에게까지 달려간다'* 라는 속담이 있잖습니까. 이 초창기 제조업자 중 일부는 아무런 가책도 없이 사람들의 살과 뼈를 무참히 짓밟았습니다. 하지만 곧 그 반동이 찾아왔습니다. 공장이 늘고 주인이 늘면서 더 많은 종이 필요해졌죠. 그 결과 주인과 종의 힘은 더 고른 균형을 이루게 되었고, 지금 우리는 상당히 공정한 싸움을 벌이고 있습니다. 우리는 심판의 결정에 굴복하지 않을 겁니다. 특히 실정을 모르면서 수박 겉핥기식 지식만 갖고 간섭하는 경우에는요. 그게 영국의회라고 해도 말입니다."

헤일 씨가 물었다. "그걸 두 계층 간의 싸움이라고 부를 필요가 있을까? 그런 단어를 사용하는 걸 보니 자넨 현상황을 그런 식으로 이해하고 있군."

"그렇습니다. 그건 신중한 지혜와 바른 행동이 항상 무지와 경거망동의 반대편에 서서 그것들과 싸움을 벌이고 있는 것이나 마찬가지죠.

* 부에 익숙하지 않은 사람은 쉽게 타락한다는 뜻.

우리 체제가 지닌 위대한 아름다움 중 하나는 노동자가 스스로의 노력으로 주인의 위치에 오를 수 있다는 것입니다. 누구든 스스로를 잘 다스려 올바르고 냉철하게 행동하고 자신의 임무에 충실하면 우리 지위에 오를 수 있습니다. 꼭 주인이 못 되더라도 감독이나 출납계원, 부기계원, 사무원 같은 권위와 질서의 편에 속하는 사람이 될 수 있죠."

"제가 손턴 씨 말을 똑바로 이해한 거라면, 손턴 씨는 어떤 이유에서든 출세하지 못한 사람들은 모두 적으로 여기신다는 거네요." 마거릿이 차갑고 분명한 목소리로 물었다.

"그들 자신의 적인 건 확실하죠." 손턴은 마거릿의 목소리와 표현에 담긴 오만한 반감을 조금도 불쾌하게 여기지 않고 즉각 대답했다. 하지만 솔직한 성품을 지닌 그는 자신의 대답이 부족하고 궤변이었다는 느낌이 들었다. 그녀의 태도가 냉소적이라고 해도 자신의 의도를 최대한 진실하게 설명하는 것이 마땅한 도리 같았다. 그러나 그녀의 해석을 자신의 말뜻과 확실히 구별해 분리하기가 무척이나 어려웠다. 자기 삶의 한 부분에 대해 이야기하면 자신이 하고자 하는 말을 가장 잘 전달할 수 있을 것 같았지만, 초면이나 다름없는 사람들에게 들려주기엔 너무 사적인 이야기가 아닐까 싶었다. 그럼에도 그것이 자신의 의도를 설명하는 가장 간단하고 솔직한 방법이라, 그는 수줍음에 검은 뺨을 살짝 붉히면서도 이야기를 시작했다.

"근거 없이 한 말이 아닙니다. 십육 년 전, 제 아버지가 아주 비참하게 돌아가셨습니다. 그래서 며칠 안에 저는 학교를 그만두고 가장 노릇을 해야 했고요. 다행히 제겐 축복받은 소수의 사람에게만 있는 어머니가 계셨죠. 어머니는 강인한 힘과 굳건한 의지를 지닌 분이시거든요.

저희는 밀턴보다 생활비가 싼 작은 시골 마을로 들어갔고, 거기서 전포목점에 취직했습니다. 포목점은 상품에 대한 지식을 얻기엔 최고의 직장이죠. 주급은 15실링이었고 저희 세 식구는 그 돈으로 살아야 했습니다. 어머니께서 살림을 잘 꾸려주신 덕에 그 15실링에서 3실링을 저축할 수 있었습니다. 그게 시작이었고, 전 그 삶에서 금욕을 배웠습니다. 이제 어머니께서 바라서라기보다는 그 연세에 맞는 안락함을 누리게 해드릴 여유를 갖고 보니, 그 시절 어머니가 주신 가르침에 늘 감사하게 됩니다. 저의 경우 행운이나 장점, 재능이 아니라 방종을 경멸하도록, 철저히 무시하도록 가르쳐준 삶의 습관 덕에 이 자리에까지 올 수 있었으니까요. 그래서 전 헤일 양께서 밀턴 사람들의 얼굴에서 보고 깊은 인상을 받았다고 말씀하신 그 고통은, 그들이 과거에 부정하게 누린 쾌락에 대한 자연스러운 형벌이라고 믿습니다. 방종하고 쾌락에 빠진 사람들은 증오할 가치조차 없다고 봅니다. 그 인격의 부족함이 경멸스러울 따름이죠."

헤일 씨가 말했다. "하지만 자넨 훌륭한 교육의 기본을 갖추고 있었어. 지금 호메로스를 그토록 빠르고 열정적으로 읽어내는 걸 보면 자네가 그 책을 모른 채 접근한 게 아님을 알 수 있지. 자넨 전에 그 책을 읽었고 지금 그 과거의 지식을 기억해낸 걸세."

"맞습니다, 학교 다닐 때 더듬더듬 읽었죠. 당시엔 그래도 꽤 고전을 잘한다는 평을 들었던 것 같습니다. 학교를 그만두고 라틴어와 그리스어를 다 잊어버렸지만요. 하지만 제가 살아온 인생에 그런 것들이 무슨 대책이 되었겠습니까? 아무 대책도 안 됐습니다. 전혀요. 교육에 대해 얘기하자면, 글을 읽고 쓸 줄 아는 사람이라면 진짜 유용한 지식의 양에서는 당시의 저보다 못할 게 없었습니다."

"글쎄! 그 말에는 동의할 수 없군. 어쩌면 내가 좀 현학적인 건지도 모르지만. 호메로스의 작품에 등장하는 영웅들의 소박함을 회고하며 용기를 얻진 않았나?"

"전혀요!" 손턴이 웃으며 외쳤다. "죽은 사람들에 대해 생각할 여유가 없었습니다. 먹고살기 위한 전쟁에서 살아 있는 사람들과 치열한 싸움을 벌여야만 했으니까요. 젊을 때 고생만 하신 어머니께 연세에 맞는 조용하고 평화로운 삶을 살게 해드리고 나서야, 비로소 그 옛날이야기를 온전히 즐길 수 있게 되었죠."

"내가 고전을 가르치는 사람이다보니 고전이 최고라는 생각을 한 것 같군." 헤일 씨가 말했다.

손턴은 집에 돌아가려고 일어나서 헤일 씨 부부와 악수를 나눈 다음 똑같은 방식으로 작별인사를 하려고 마거릿에게 다가갔다. 밀턴에서는 익숙한 관례였지만 마거릿은 그런 인사를 받아들일 준비가 되어 있지 않았다. 그녀는 그냥 고개를 숙여 인사하다가 손턴이 반쯤 내민 손을 얼른 거두는 모습을 보고 진즉 그의 의도를 알아채지 못한 걸 안타깝게 여겼다. 하지만 그녀의 그런 마음을 알 리 없는 손턴은 몸을 꼿꼿이 펴고 걸어나가며 속으로 웅얼거렸다.

"저렇게 자존심 세고 불쾌한 여자는 처음이야. 그 경멸적인 태도를 생각하면 눈부신 아름다움도 가려진다니까."

11장

첫인상

우리 모두의 피에는 철분이 들어 있다고 한다,
조금은 들어 있는 것이 좋을지도 모른다.
하지만 그의 핏속엔 강철이 너무 많은 듯하다,
그런 느낌이 강하게 든다.
—작자 미상

"마거릿!" 손님을 아래층까지 배웅하고 돌아온 헤일 씨가 불렀다. "아까 손턴 씨가 점원 노릇을 했었다고 고백했을 때, 걱정이 돼서 네 안색을 살피지 않을 수가 없더구나. 난 벨 선생님에게 이미 들은 얘기라 다 알고 있었다만, 네가 벌떡 일어나서 나가버릴까봐 조마조마했지."

"오, 아버지! 설마 절 그렇게 한심하게 생각하신 건 아니죠? 전 손턴 씨가 한 얘기 중에서 그 부분이 제일 마음에 들었는걸요. 다른 얘기들은 다 혐오스러웠어요. 너무 무자비해서요. 하지만 자신에 대한 얘기는 장사꾼의 천박함을 드러내는 가식 없이 참 소박하게 하더라고요. 게다가 어머니에 대한 효심도 무척 깊고요. 제가 방에서 나가버리고 싶었던 때는, 그 사람이 밀턴을 자랑할 때였어요. 이 세상에 밀턴 같은 도시는 없기라도 한 것처럼요. 경솔하고 방종한 사람들을 경멸한다고 조용히 고백할 때도요. 그들을 변화시키기 위해 노력하는 일, 그게 뭐든지 간에 그를 지금의 자리에 오르도록 만들어준 어머니의 가르침을 그들에게 전해주는 일이 자신의 의무라는 생각은 해본 적도 없는 것 같던데요. 그러니까 아니에요! 그가 점원 노릇을 했다는 얘기는, 제일 마음에 들었던 부분이었어요."

어머니가 말했다. "마거릿, 너한테 놀랐다. 헬스톤에서는 장사꾼들을 싫어했잖아! 여보, 전 당신이 그런 사람을, 우리에게 그의 과거에 대해 말해주지도 않고 소개해준 게 옳은 일이라고 생각하지 않아요. 그 말을 들으면서 얼마나 충격을 받았는지 몰라요. 그런 마음을 들킬까봐 조마조마했다고요. 그 사람 아버지가 '아주 비참하게 돌아가셨다'고 했잖아요. 어쩌면 구빈원에서 죽은 건지도 몰라요."

"구빈원에서 죽은 것보다 낫다고 할 수 있을지 모르겠구려. 여기 이사오기 전에 벨 선생님에게 손턴 씨의 과거 얘기를 많이 들었어요. 본인이 얘기를 꺼냈으니 나머지 부분도 말하자면, 그의 아버지는 무모한 투기를 벌였다가 실패했고, 그 굴욕을 견디지 못해 스스로 목숨을 끊었다더군. 고인의 친구들은 고인의 부정한 도박, 자신의 부를 되찾기 위해 다른 사람들의 돈으로 저지른 무모하고 가망 없는 몸부림의 결과를 외면했어요. 아무도 남겨진 어머니와 아들에게 도움의 손길을 내밀지 않았지. 자식이 하나 더 있었는데 아마 딸일 거요, 돈벌이를 하기엔 너무 어렸고, 당연히 함께 데리고 살아야 했어요. 즉각 달려와준 친구가 하나도 없었고, 손턴 부인은 더딘 온정의 손길을 기다리고만 있을 성격이 아니었지. 그래서 그들은 밀턴을 떠났어요. 아들은 점원으로 취직했고, 그의 벌이와 어머니가 지닌 얼마 안 되는 재산으로 온 식구가 오랫동안 살아가야 했던 거요. 벨 선생님 말로는 그들이 몇 년 동안 묽은 죽만 먹으며 버텼다는데, 어떻게 그럴 수 있었는지는 모르겠다더군. 아무튼, 채권자들이 죽은 손턴 씨에게 빌려준 돈을 받을 희망을 포기한 지 오래되었을 때(고인이 자살한 후 아예 단념했겠지만) 아들이 밀턴으로 돌아와 조용히 채권자들을 찾아가서 빚의 일부를 갚기 시작했대요. 아무 소란도 없었고, 채권자들을 한데 모으지도 않았고. 아무 소리 없이 조용히 그 빚을 다 갚았지. 벨 선생님 말에 따르면 채권자들 중에 괴팍한 노인이 하나 있었는데, 그가 아들 손턴 씨를 동업자로 받아들여서 물질적으로 많은 도움을 받을 수 있었다더군."

"정말 훌륭하네요. 그런 성품이 밀턴의 제조업자라는 지위 때문에 오염될 수밖에 없었다니, 너무도 애석한 일이에요." 마거릿이 말했다.

"오염되다니?" 아버지가 물었다.

"오, 아버지. 모든 걸 부라는 기준으로 평가하는 건 오염된 거죠. 그는 기계의 위력에 대해 말할 때 그걸 사업을 확장시키고 돈을 버는 새로운 방법으로만 여기는 게 분명했어요. 그리고 주위의 가난한 사람들에 대해서도 그들이 악해서 가난하다고 했고요. 자신을 부자로 만들어준 강철 같은 성품과 능력들을 갖추지 못한 사람들을 이해하지 못하는 거예요."

"악하다니, 그렇게 말하진 않았다. 방종하다고 했지."

마거릿은 어머니의 뜨개질감을 모으고 잠자리에 들 준비를 했다. 방에서 나가면서 그녀는 망설였다. 사실대로 시인하면 아버지도 기뻐하시겠지만, 완전히 솔직해지려면 약간의 불쾌감도 표현하지 않을 수 없었기 때문이다. 하지만 결국 말을 꺼냈다.

"아버지, 전 손턴 씨가 굉장히 훌륭한 사람이라고 생각해요. 하지만 개인적으론 전혀 마음에 들지 않아요."

"난 마음에 든다!" 아버지가 웃으며 대꾸했다. "개인적으로도. 그렇다고 그를 영웅으로 추켜세우는 건 아니고. 잘 자라. 네 어머니가 오늘은 애석하리만큼 피곤해 보이는구나."

아까부터 어머니의 지친 모습을 보고 걱정하던 차에 아버지가 그런 말을 하자 마거릿은 희미한 두려움이 가슴을 짓누르는 기분을 느끼며 침실로 올라갔다. 밀턴에서의 삶은 헤일 부인이 헬스톤에서 익숙해진 삶과 너무도 달랐다. 헬스톤에서는 안팎으로 늘 공기가 신선했건만, 이곳은 공기 자체가 다르고 삶의 활력을 불어넣어주는 요소가 모두 제거된 듯했다. 게다가 가사와 관련된 걱정거리가 너무도 새롭고 추악한 형태로 집안 여자들 모두를 지독하게 압박해서, 어머니의 건강이 악화될지도 모른다는 두려움을 느낄 이유가 충분했다. 헤일 부인에게 문제가 생겼다는 걸 알려주는 몇 가지 다른 징후들도 있었다. 헤일 부인은 딕슨과 단둘이 침실에서 비밀스러운 의논을 하곤 했고, 그때마다 딕슨은 주인마님의 고통에 연민을 느낄 때 으레 그랬듯이 화난 얼굴로 울면서 나왔다. 한번은 딕슨이 나간 후 바로 마거릿이 어머니 방에 들어가보니 어머니가 무릎을 꿇고 있었다. 마거릿은 몰래 빠져나오다가 어머니의 말을 몇 마디 듣게 되었는데, 극심한 육체적 고통을 견딜 힘과 인내심을 달라는 기도가 분명했다. 마거릿은 쇼 이모 집에서 오랫동안 살면서 소원해진 어머니와 다시금 돈독한 유대 관계를 맺고 싶은 마음이 간절했다. 그래서 어머니를 부드럽게 어루만져주고 다정한 말을 속삭이며 어머니의 가슴속 가장 따뜻한 곳으로 들어가려고 애를 썼다. 그리고 어머니 역시 그녀를 어루만져주고 다정한 말을 속삭여주었으며, 예전 같았으면 기쁨을 느꼈을 만큼 애정표현을 듬뿍 해줬지만, 왠지 어머니가 무언가를 숨기고 있는 것만 같은 느낌이 들었다. 마거릿은 그게 어머니의 건강과 심각한 관계가 있다고 믿었다. 이날 밤 마거릿은 침대에 누워 밤늦도록 깨어서는 밀턴의 삶이 어머니에게 미치는 악영향을 줄일 계획을 짰다. 일단 딕슨을 보조할 붙박이 하녀를 구하는 일에 전념하기로 했다. 새 하녀가 들어오면 어머니가 평생 익숙해진 대로 딕슨에게 모든 시중을 받을 수 있을 테니까.

마거릿은 며칠 동안 소개소를 찾아다니며 온갖 가망 없는 사람들과 그래도 가망은 있는 극소수의 사람들을 만나보느라 정신없이 바빴다. 그러던 어느 오후, 길에서 베시 히긴스를 발견하고 말을 걸었다.

"베시구나, 어떻게 지냈어요? 좀 나아졌으면 좋겠네, 바람도 바뀌었으니."

"나아진 것도 있고 안 나아진 것도 있어요. 무슨 뜻인지 아실지는 모르겠지만."

"잘 모르겠는데." 마거릿이 미소 지으며 대답했다.

"밤중에 가슴이 찢어지는 기침을 안 하게 된 건 나아진 거지만, 밀턴이 너무 지겨워서 얼른 뿔라의 땅*으로 가고 싶어요. 그날이 아직 멀었다고 생각하면 가슴이 내려앉아요. 난 나아진 게 아네요. 더 나빠진 거지."

마거릿은 힘없이 집을 향해 걸어가는 소녀와 함께 걷기 위해 방향을

* 성경에 나오는 안식의 땅.

돌렸다. 잠시 아무 말도 하지 않았지만, 그러다 이윽고 조용히 말했다.

"베시, 죽고 싶어요?" 마거릿 자신은 젊고 건강한 사람답게 삶에 집착하고 죽음을 꺼렸으니까.

이제 베시가 침묵을 지켰다. 잠시 후 그녀가 대답했다. "나처럼 산다면, 그리고 그런 삶이 지긋지긋해서 '어쩌면 이렇게 쉰 살, 예순 살까지 살지도 몰라. 그런 사람들도 있으니까'라는 생각을 할 때마다 아찔하고 멍하고 토할 것 같다면요, 그 육십 년이 눈앞에서 뱅글뱅글 돌면서 그 긴긴 시간들로, 끝없는 시간들로 나를 조롱하는 것 같으니까요, 오, 아가씨! 그런 처지라면 의사에게 아무래도 내년 겨울을 못 볼 것 같다는 말을 듣고 기뻐할걸요."

"세상에, 베시, 도대체 어떤 삶을 살아온 거예요?"

"다른 많은 사람들보다 나쁠 것도 없어요. 단지 난 그런 삶이 지긋지긋한 거고 다른 사람들은 안 그런 거죠."

"어떤 삶인데요? 난 외지인이라 평생 밀턴에서 산 사람들처럼 베시의 말뜻을 금방 이해 못하는지도 모르잖아요."

"우리집에 오겠다고 했을 때 왔더라면 얘기해줄 수도 있었을 거예요. 아버지가 아가씨도 다른 사람들하고 똑같다고 그랬어요. 눈에서 멀어지면 마음에서도 멀어진다고."

"다른 사람들이라니 누구를 말하는 건지 모르겠네요. 그동안 무척 바빴어요. 사실은 약속을 잊고……"

"아가씨가 먼저 오겠다고 했잖아요! 우리가 부탁한 게 아니라."

마거릿이 조용히 말을 이었다. "가겠다고 한 걸 잊었어요. 덜 바쁠 때 다시 생각했어야 했는데. 지금 가도 될까요?"

베시는 진심으로 하는 말인지 확인하려고 마거릿의 얼굴을 흘끗 보았다. 그 날카로운 눈빛은 마거릿의 부드럽고 다정한 시선과 만나자 동경과 갈망의 눈빛으로 변했다.

"나한테 신경써주는 사람은 그리 많지 않아요. 오고 싶으면 오세요."

그래서 그들은 침묵 속에서 함께 걸었다. 지저분한 거리 끝의 작은 마당으로 들어섰을 때 베시가 말했다.

"아버지가 집에 있으면, 처음에 좀 거칠게 말해도 겁먹지 마세요. 아버지는 아가씨를 마음에 들어해서 아가씨가 우리를 보러 온다고 한 일에 대해 생각을 많이 했거든요. 아가씨를 좋아해서 화도 내고 걱정도 한 거예요."

"걱정 마요, 베시."

하지만 니컬러스는 집에 없었다. 베시보다 나이는 어리지만 덩치가 더 크고 힘도 더 센 데퉁맞은 소녀가 빨래통에 매달려 쿵쾅거리며 빨래를 하고 있었다. 그 소리가 어찌나 요란한지 마거릿은 가엾은 베시가 안쓰러워서 몸이 움츠러들었다. 베시는 걸어오느라 녹초가 되어 문에서 가장 가까운 의자에 털썩 앉아 쉬고 있었다. 마거릿은 베시의 동생에게 물 한 잔만 달라고 부탁하고, 그녀가 난로용구들을 떨어뜨리고 의자를 쓰러뜨리며 물을 가지러 간 동안에 베시가 숨을 고를 수 있도록 보닛 끈을 느슨하게 풀어주었다.

"이런 삶이 좋아할 가치가 있다고 생각하세요?" 이윽고 베시가 헐떡거리며 말했다. 마거릿은 아무 말 없이 물잔을 그녀의 입술에 대주었다. 베시는 물을 벌컥벌컥 들이켜더니 뒤로 기대앉아 눈을 감았다. 마거릿은 그녀가 혼자 웅얼거리는 소리를 들었다. "더이상 배고픔도, 갈

증도 없고, 햇빛도 비치지 않으며, 온기도 없으리."

마거릿은 그녀에게 몸을 굽히고 말했다. "베시, 자신의 삶에 대해 조바심내지 말아요, 그 삶이 어떻든. 지금까지 어땠든. 베시에게 생명과 이런 삶을 주신 분이 누구인지를 기억해요!"

마거릿은 뒤에서 니컬러스의 목소리가 들리자 흠칫 놀랐다. 그가 들어오는 소리를 듣지 못했던 것이다.

"내 딸한테 설교하지 마시오. 그러잖아도 꿈과 감리교의 환상, 황금 문들과 귀한 돌들로 된 도시에 대한 상상에 빠져 상태가 심각한 애니까. 본인이 즐겁다면 말리지 않겠지만, 아이 머리에 그런 것들을 더이상 집어넣는 건 용납 못하오."

마거릿이 돌아보며 말했다. "하지만 제가 한 말을 분명 당신도 믿을 거예요. 하느님께서 베시에게 생명을 주셨고 이런 삶을 살도록 명령하셨다는 걸요."

"나는 내 눈으로 보는 것만 믿소. 그것만 믿는다고, 젊은 아가씨. 난 대단한 인물한테 듣는 건 다 믿지 않아! 안 믿는다고! 난 젊은 아가씨가 야단법석을 떨며 우리가 사는 곳을 묻고 우리집에 오겠다고 하는 걸 들었지. 여기 있는 내 딸은 그 약속을 대단하게 생각해서 낯선 발소리만 들리면 내가 지켜보는 줄도 모르고 얼굴이 상기되었고 말이오. 결국 이렇게 왔으니 환영하겠소만, 잘 알지도 못하는 것에 대해 설교하는 건 참아줄 수 없소."

마거릿의 얼굴을 지켜보던 베시가 반쯤 일어나 앉아 애원하듯 마거릿의 팔을 잡으며 말했다. "우리 아버지한테 화내지 마세요. 아버지처럼 생각하는 사람은 많거든요. 여기는 그런 사람이 아주아주 많아요.

그 사람들이 하는 말을 들으면 우리 아버지 말에도 충격받지 않을 거예요. 우리 아버지는 보기 드물게 좋은 분이에요, 좋은 아버지고요. 하지만, 아아!" 베시는 절망적으로 도로 누우며 말을 이었다. "가끔은 아버지 말을 들으면 죽고 싶은 마음이 더 간절해져요. 난 너무도 많은 걸 알고 싶고, 궁금증 때문에 견딜 수가 없거든요."

"불쌍한 것, 불쌍하고 불쌍한 것. 너를 괴롭히긴 싫다만 사람은 진실을 말해야 하는 법이다. 요새는 세상이 잘못돼도 완전히 잘못됐어. 눈앞에 있는 문젯거리는 못 본 척하고, 알지도 못하는 것들을 붙들고 씨름하고 있으니. 내 말은, 종교 얘기 따윈 집어치우고, 우리 눈에 보이고 우리가 아는 문제들에나 신경쓰자는 거야. 그게 내 신조다. 간단하고, 현실과 동떨어져 있지도 않고, 어려운 일도 아니지."

하지만 베시는 마거릿에게 더욱 애원했다.

"우리 아버지를 나쁘게 생각하지 마세요. 좋은 분이에요. 가끔 난 하느님의 도시에 가서도 우리 아버지가 거기 없으면 슬플 거라는 생각이 들어요." 그녀의 얼굴에 열에 들뜬 홍조가 돌아오고 눈에도 뜨거운 불길이 일었다. "아버지도 거기 계실 거죠! 그럴 거예요! 오! 내 심장이!" 가슴에 손을 댄 그녀는 안색이 유령처럼 창백해졌다.

마거릿은 베시를 품에 안고 그녀의 지친 머리를 자기 가슴에 기대놓았다. 그러고는 관자놀이의 가늘고 보드라운 머리칼을 치우고 물로 적셨다. 니컬러스는 마거릿이 이것저것 필요한 물건을 달라는 신호를 보내자 딸에 대한 사랑에서 나온 순발력으로 빠릿빠릿하게 이해했다. 눈이 휘둥그레진 여동생도 "쉿!" 하는 마거릿의 명령에 애써 조심스럽게 움직였다. 죽음의 그림자를 드리웠던 발작이 지나가고 베시가 몸을 일으키며 말했다.

"침대로 갈래요…… 거기가 제일 좋아. 하지만," 그녀는 마거릿의 옷자락을 잡았다. "또 와줄 거죠…… 그러리란 걸 알아요…… 그래도 말해줘요!"

"내일 올게요." 마거릿이 대답했다.

베시는 그녀를 침대로 안고 갈 준비가 된 아버지에게 몸을 맡겼다. 마거릿이 가려고 일어서자 니컬러스가 어렵게 입을 열었다. "나도 하느님이 계시길 바라오. 아가씨에게 축복을 내려달라고 빌기 위해서만이라도."

마거릿은 슬픈 마음으로 생각에 젖은 채 그 집을 떠났다.

그녀는 차 마시는 시간에 늦고 말았다. 그녀의 어머니는 헬스톤에서는 식사 시간을 안 지키는 걸 커다란 잘못으로 여겼는데, 이제는 자잘하게 시간을 어기는 일에 무덤덤해진 듯했다. 마거릿은 어머니의 잔소리가 그리울 지경이었다.

"얘야, 하인은 만나봤니?"

"아뇨, 어머니. 그 앤 버클리라는 사람은 안 되겠어요."

"내가 나서야겠군. 이 어려운 일에 다들 한 번씩 매달려봤으니, 이제 내 차례야. 어쩌면 내가 왕자님이 보낸 구두가 발에 맞는 신데렐라가 될 수도 있지." 헤일 씨가 말했다.

마거릿은 히긴스 씨 집에 다녀온 일로 너무도 마음이 무거워 그 농담에 미소를 짓기도 힘들었다.

"아버지, 어떻게 하시려고요? 무슨 방법을 쓰실 건데요?"

"아, 훌륭한 부인에게 본인이나 하인들이 아는 사람으로 추천해달라고 부탁해야지."

"좋네요. 하지만 먼저 그런 부인을 찾아야 하잖아요."

"이미 찾았단다. 아니, 덫에 들어오고 있으니까 내일 잡으면 돼. 재주 좋으면."

"그게 무슨 소리예요?" 헤일 부인이 호기심에 차서 물었다.

"아, 내 모범 제자(마거릿의 말을 빌리자면)가 말하길, 내일 자기 어머니가 우리집에 방문할 예정이라더군요."

"손턴 부인이요!" 헤일 부인이 외쳤다.

"손턴 씨가 얘기한 그 어머니요?" 마거릿이 물었다.

"그에게 어머니는 손턴 부인 한 분뿐일 거다." 헤일 씨가 조용히 말했다.

"손턴 부인을 만나보고 싶어요. 분명 대단한 분일 거예요. 우리 조건에 맞고 우리집에서 일하고 싶어할 친척이 있을지도 몰라요. 얘기를 들으니 무척 신중하고 알뜰한 분인 듯한데, 그 집안 출신 하녀를 두고 싶네요." 헤일 부인이 말했다.

그러자 헤일 씨가 깜짝 놀라며 말했다. "제발 그런 생각은 버려요. 손턴 부인은 우리 마거릿 못지않게 거만하고 당당할 거요. 손턴이 너무도 솔직하게 털어놓은 시련과 가난, 절약의 과거는 까맣게 잊었겠지. 어찌 됐건, 그 과거에 대해 우리가 아는 걸 좋아하지 않을 게 분명해요."

"아버지, 전 그런 유의 거만함은 없어요. 설령 제게 거만한 면이 있다고 해도요. 그리고 아버지는 늘 제가 거만하다고 나무라시는데, 전 아버지의 그런 생각에 동의할 수 없어요."

"손턴 부인이 거만한지 어떤지는 나도 모른다. 손턴에게 몇 마디 들은 걸로 그렇게 짐작할 뿐이지."

마거릿과 헤일 부인은 손턴이 자기 어머니에 대해 어떤 식으로 얘기했는지 물을 정도로 관심이 크지 않았다. 마거릿은 자신도 집에서 손님을 맞이해야 하는지 알고 싶은 마음뿐이었다. 이른아침에는 늘 집안일로 바빠서, 손님까지 맞이하려면 늦은 시간까지 베시를 보러 갈 수 없기 때문이었다. 하지만 어머니 혼자 손님을 접대하는 부담을 감당하게 할 수는 없다는 사실을 상기했다.

12장

오전 방문

좋아…… 우린 그래야만 할 것 같군.
—『평의회의 친구들』*

손턴은 어머니의 사교예절을 독려하느라 늘 애를 먹었다. 손턴 부인은 사교적인 방문을 자주 하지 않았고, 어쩌다 하게 되더라도 의무를 수행하듯 무겁게 움직였다. 아들이 마차를 사줬지만 그녀는 마차를 끝말까지 갖는 건 한사코 거부했다. 그래서 오전이나 오후에 사교적인 방문이라는 중대한 행사가 있을 때마다 말을 빌렸다. 그녀는 불과 두 주 전에 사흘 동안 말을 빌려 모든 지인을 방문하는 일을 편안하게 '해치웠고', 이제 그들이 수고와 경비를 들일 차례였다. 크램프턴은 걸어가기엔 너무 멀어서 그녀는 마차를 대절하는 비용을 들이면서까지 꼭 헤일 부부를 방문해야만 하는지 아들에게 재차 물었다. 그녀는 "밀턴의

* 19세기 영국의 역사가 아서 헬프스의 저서.

모든 선생과 친교를 맺을 필요가 어디 있으며, 그렇게 따지면 다음엔 패니의 춤 선생 부인을 방문해야 하는 거냐"라면서 안 가도 되는 거면 고맙겠다고 말했다.

"어머니, 메이슨 부부가 헤일 부부처럼 낯선 외지에서 친구도 없이 산다면 당연히 방문을 해야겠지요!"

"오! 그렇게 서둘러 대답할 필요 없다. 내일 가는 거니까. 네가 그 문제를 정확히 이해하기 바라는 마음에서 한 말이야."

"내일 가실 거면 말들을 주문해야죠."

"쓸데없는 소리. 존, 사람들이 들으면 네가 엄청난 갑부인 줄 알겠다."

"아직은 아니죠. 그렇지만 말 빌리는 문제는 이미 결정했어요. 지난번에 외출하실 때 마차를 대절했다가 하도 덜컹거려서 두통까지 생기셨잖아요."

"난 그 문제로 불평 안 했다."

"그럼요! 우리 어머니는 불평을 하시는 분이 아니죠." 손턴이 조금은 자랑스럽게 말했다. "하지만 그래서 더 어머니를 잘 보살펴드려야 해요. 저기 있는 패니로 말할 것 같으면 고생이 좀 필요하지만."

"존, 그애는 너와 체질이 달라. 고생은 못 견뎌."

손턴 부인은 침묵에 잠겼다. 마지막 말이 자신의 고민과 관련 있었기 때문이다. 그녀는 나약한 사람을 무의식적으로 경멸했고, 패니는 어머니와 오빠가 강한 부분들에서 약했다. 손턴 부인은 논리적으로 따지는 사람이 아니었다. 빠른 판단력과 확고한 결단력이 자신과의 긴 논쟁과 토론을 대신했다. 그녀는 패니가 고난을 끈기 있게 견디고 어려움에 용감히 맞설 힘을 갖게 할 방법이 없음을 본능적으로 느꼈고, 그런 사실을 인정하면서 움찔했지만 어머니들이 약하고 병든 자식에게 흔히 그러하듯 연민에 찬 다정한 태도로 딸을 대했다. 사정을 모르는 사람이라면 손턴 부인이 자식들을 대하는 태도를 보고 그녀가 존보다 패니를 훨씬 더 사랑하는 모양이라고 여길 수도 있었다. 하지만 그건 심각한 착각이었다. 어머니와 아들이 서로에게 불쾌한 진실을 과감히 말할 수 있는 건, 서로의 굳은 심지를 믿기 때문이었다. 손턴 부인이 딸에게 불안한 다정함을 보이는 건, 그녀 자신이 지니고 있고 매우 중요하게 여기는 숭고한 자질들을 딸은 갖추지 못했다는 사실을 숨기고 싶은 수치심 탓이었다. 이 수치심은 그녀의 애정이 확실한 안식처를 찾지 못했다는 증거였다. 그녀는 아들을 존이라는 이름으로밖에 불러본 적이 없었다. 애칭은 패니를 위해 아껴두었다. 그러나 마음속으론 밤이고 낮이고 아들에게 고마워했으며, 아들을 위해 여자들 사이에서 당당히 걸어다녔다.

"우리 패니! 오늘 마차 말을 빌려서 헤일 씨인가 하는 집에 갈 거다. 너도 같이 가서 유모를 만나지 그러니? 같은 방향이고 유모는 너를 보면 항상 반가워하잖아. 내가 헤일 씨 집에 있는 동안 넌 거기 가면 되겠다."

"오! 어머니, 너무 멀잖아요. 저 피곤해 죽겠어요."

"왜 피곤해?" 손턴 부인이 이맛살을 살짝 찌푸리며 물었다.

"모르겠어요…… 날씨 때문인 것 같아요. 사람을 너무 나른하게 만드는 날씨예요. 어머니, 유모를 이리 데려오심 안 돼요? 마차로 데려오면 되잖아요. 그럼 유모가 종일 여기 있을 수 있고 본인도 좋아할 거예요."

손턴 부인은 말없이 일감을 테이블에 내려놓고 생각에 잠겼다.

"유모가 밤에 걸어서 돌아가기엔 거리가 너무 멀어!" 이윽고 그녀가 말했다.

"아니, 마차를 대절해주면 되잖아요. 걸어서 돌아가게 하는 건 생각도 안 했어요."

그때 손턴이 공장에 나가는 길에 들어왔다.

"어머니! 굳이 말씀드릴 필요도 없겠지만, 병약한 헤일 부인에게 도움이 될 만한 일이 있다면 어머니께서 꼭 해주실 거라고 믿어요."

"그럴 일이 있다면 그래야지. 하지만 난 아파본 적이 없어서 병약한 사람들의 마음을 헤아릴 자신이 없구나."

"아! 안 아픈 날이 거의 없는 패니가 있잖아요. 패니가 옆에서 알려줄 수 있을지도 모르겠군요. 안 그러니, 패니?"

그러자 패니가 샐쭉하니 대꾸했다. "내가 언제 만날 아팠다고 그래요. 그리고 나는 어머니랑 같이 안 가요. 오늘은 두통이 있어서 안 나갈 거야."

손턴은 화난 기색이었다. 그의 어머니는 일감에 시선을 박고 부지런히 손을 놀리고 있었다.

"패니! 난 네가 갔으면 좋겠다. 너한테 해를 끼치지도 않을 테고 득이 될 거야. 그 문제에 대해선 더이상 말 안 할 테니 가주면 고맙겠구나." 손턴이 위압적으로 말했다.

그는 그 말을 남기고 홱 나가버렸다.

오빠가 조금만 더 길게 말했어도 패니는 그 명령조에 울음을 터뜨렸을 터였다. '고맙겠다'는 표현을 쓰긴 했지만 말이다. 그녀가 투덜거렸다.

"오빠는 내가 아프고 싶어서 아픈 것처럼 말해요. 나라고 아프고 싶었던 적은 한 번도 없었는데. 도대체 헤일이 누군데 오빠가 저렇게 야단이죠?"

"패니, 오빠한테 그렇게 말하면 못쓴다. 오빠도 그럴 만한 이유가 있어서 그러는 거야. 그게 아니면 우리한테 가라는 말 안 하지. 얼른 서둘러서 옷 입어라."

하지만 아들과 딸의 가벼운 말다툼이 손턴 부인이 '헤일 가족'에 대해 더 호의를 품게 만들어주진 못했다. 그녀는 질투를 느끼며 속으로 딸의 질문을 되뇌었다. "그 사람들이 대체 누군데 오빠가 우리한테 잘 챙기라고 안달이죠?" 정작 패니는 새로 산 보닛이 멋지게 어울리는 거울 속 자신의 모습을 보고 신이 나서 그 모든 걸 까맣게 잊었건만, 손턴 부인에겐 한참 후까지 그 질문이 노래 후렴구처럼 자꾸 떠올랐다.

손턴 부인은 수줍음이 많은 사람이었다. 사교계에 드나들 여유를 갖게 된 지 얼마 되지도 않았을뿐더러 사교계를 즐기지도 않았다. 그저 디너파티를 열고 다른 사람들의 디너파티를 비판하는 것으로 만족했으며, 모르는 사람들을 만나러 가는 건 그녀에게는 디너파티와는 전혀 다른 일이었다. 헤일가의 작은 응접실에 들어설 때 그녀는 마음이 편치 않아서, 그러잖아도 엄격하고 험악한 얼굴이 더 무섭게 보였다.

마거릿은 이디스가 아기를 낳으면 선물할 옷을 만들기 위해 작은 아마포 조각에 수를 놓고 있었는데, 그 모습을 본 손턴 부인은 '부실하고 쓸모없는 물건'이라고 생각했다. 그녀는 헤일 부인이 하는 두겹뜨기가 훨씬 마음에 들었다. 실용적이니까. 응접실에 자질구레한 장식품이 가득했는데 먼지를 털려면 시간이 많이 걸릴 게 분명했고, 제한된 수입을 가진 사람들에게 시간은 돈이었다.

손턴 부인은 그런 생각을 하면서 헤일 부인과 위엄 있는 태도로 담소를 나누었다. 그녀는 사람들 대다수가 정신에 눈가리개를 한 상태에서 생각해낼 수 있는 진부한 말만 하고 있었다. 헤일 부인은 손턴 부인의 옷에 달린 진짜 골동품 레이스에 매혹되어 상대방보다는 성의껏 대화에 임했다. 나중에 딕슨에게 "지난 칠십 년 동안은 만들어지지 않은, 손으로 뜬 최고급 레이스야. 어디 가서 살 수도 없지. 가보로 내려온 게 분명해. 전통 있는 가문 출신이야"라고 말한 레이스였다. 평소엔 무기력하게 손님의 기분을 맞춰주곤 하던 헤일 부인이었지만, 조상에게 물려받은 레이스의 소유자라면 특별 대접이 필요하다고 느꼈던 것이다. 한편, 패니에게 할말을 찾느라 머리를 쥐어짜던 마거릿은 어머니와 손턴 부인이 끝없는 하인들 이야기로 뛰어드는 걸 들었다.

"음악에 관심이 없나봐요, 피아노가 안 보이는 걸 보니." 패니가 말했다.

"훌륭한 음악을 듣는 건 좋아하지만 연주는 잘 못해요. 아버지랑 어머니도 별 관심이 없으시고요. 그런 터라 여기 오면서 피아노를 팔았어요."

"피아노 없이 어떻게 살 수 있는지 모르겠어요. 저한테는 삶의 필수품이나 다름없어서."

마거릿은 속으로 생각했다. '주급이 15실링이었고 그중 3실링을 저축했다면서! 하지만 그때 패니는 무척 어렸겠지. 그래서 그때 기억을

다 잊었을 거야. 그래도 그 시절에 대해 알아야지.'

마거릿이 냉랭해진 목소리로 말했다.

"여기선 훌륭한 연주회가 많이 열리겠네요."

"오, 그럼요! 정말 멋져요! 사람들을 가리지 않고 들여보내서 너무 사람이 많은 게 단점이지만요. 그래도 연주회에 가면 최신 음악을 들을 수 있죠. 전 연주회 다음날이면 존슨 악보사에 대량주문을 넣는답니다."

"새로운 음악이 단지 새롭기 때문에 좋다는 말씀이신가요?"

"오, 런던에서 유행하는 거니까요. 안 그러면 가수들이 여기 와서 부르지 않겠죠. 물론, 런던에 가보셨겠죠."

"예, 몇 년 살았어요." 마거릿이 대답했다.

"와! 전 런던과 알람브라에 꼭 가보고 싶어요!"

"런던과 알람브라요!"

"맞아요! 『알람브라의 전설』*을 읽은 후로요. 그 책 모르세요?"

"모르겠어요. 하지만 런던 여행은 아주 쉽잖아요."

"그렇긴 한데요." 패니가 소리 죽여 말했다. "저희 어머니는 런던에 가보신 적이 없어서 제가 런던에 가고 싶어하는 걸 이해 못하세요. 어머니는 밀턴에 대한 자부심이 대단하죠. 제겐 지저분한 매연 도시일 뿐인데. 어머니는 바로 그런 점 때문에 밀턴을 더 찬양하는 것 같아요."

"손턴 부인께서 밀턴에 오래 사셨다면 밀턴을 사랑하실 만도 하죠." 마거릿이 맑은 종소리 같은 목소리로 말했다.

---

* 미국 작가 워싱턴 어빙이 영국에서 1832년에 발표한 에스파냐 그라나다의 알람브라 궁전 여행기.

"헤일 양, 나에 대해 뭐라고 했나요? 물어봐도 될까요?"

마거릿은 그 갑작스러운 질문에 바로 대답하지 못했고, 손턴 양이 대신 나섰다.

"아, 어머니! 우린 어머니가 왜 그토록 밀턴을 사랑하는지 설명해보려 하고 있었을 뿐이에요."

"고맙구나. 내가 태어나서 자라고 오랫동안 살아온 곳인데 당연히 좋지. 설명이 왜 필요한지 모르겠다." 손턴 부인이 말했다.

마거릿은 마음이 편치 않았다. 패니 말대로 자신과 패니가 건방지게 손턴 부인의 감정에 대해 이러쿵저러쿵한 것처럼 보였을 수도 있었기 때문이다. 하지만 손턴 부인이 기분 상한 듯한 태도를 보인 것에는 반감이 생겼다.

잠시 후 손턴 부인이 말을 이었다.

"헤일 양, 밀턴에 대해 아는 게 있나요? 우리 공장들을 본 적 있어요? 웅장한 창고들은요?"

"아뇨! 아직 못 봤습니다." 마거릿이 대답했다.

그녀는 자신이 공장이나 창고에 아무 관심이 없다는 사실을 숨기고는 진실을 말할 수가 없다는 생각에 이렇게 말을 이었다.

"제가 원했다면 아버지께서 벌써 데려다주셨을 거예요. 하지만 정말이지 전 공장 구경에 관심이 없답니다."

"공장들은 참 신기하긴 한데 소음과 먼지가 너무 심해요. 한번은 라일락색 실크드레스를 입고 양초 만드는 걸 구경하러 갔다가 드레스가 완전히 망가졌지 뭐예요." 헤일 부인이 말했다.

손턴 부인이 퉁명스럽고 불쾌한 태도로 대꾸했다. "어련하시겠어요.

전 다만, 특별한 사업이 발달한 덕에 나라 전체에 명성이 자자해진 도시로 이사와서 살게 된 사람이라면, 그 도시를 떠받치는 장소에 가보고 싶지 않을까 하는 생각에서 드린 말씀이에요. 그 장소들은 제가 듣기론 영국에서 독보적이라고 하더군요. 만일 헤일 양의 마음이 바뀌어 밀턴의 제조업에 관심이 생긴다면 기꺼이 날염 작업이나 베틀 제작, 아니면 내 아들 공장에서 하는 단순한 방적 작업이라도 구경시켜주고 싶네요. 거기서 완벽한 기계의 발달을 볼 수 있을 거예요."

"공장을 싫어한다니 정말 기뻐요." 패니가 어머니를 따라 일어나며 속삭이듯 말했다. 손턴 부인은 위엄 있게 헤일 부인과 작별인사를 하고 있었다.

"제가 손턴 양이라면 공장에 관심이 아주 많을 것 같은데요." 마거릿이 조용히 대꾸했다.

집으로 돌아가는 마차 안에서 손턴 부인이 말했다. "패니! 헤일가 사람들한테 예의는 지켜야겠지만 그 집 딸과 급하게 친해지진 마라. 너한테 득 될 게 없겠어. 그 어머니는 많이 아파 보여도 착하고 친절한 분 같았다만."

"전 헤일 양과 친해지고 싶은 생각이 없어요. 의무적으로 대화도 나누고 기분도 맞춰준 거예요." 패니가 샐쭉해서 말했다.

"그래! 아무튼 이젠 존이 만족하겠지."

13장

후텁지근한 곳에서 부는 산들바람

의심과 곤란, 두려움과 고통,
그리고 괴로움, 그 모두가 허상의 그림자들
죽음 자체도 남지 않으리

우리 비록 지루한 사막을 걷고
음울한 미궁 속을 헤매고
지하 어둠 속을 끌려다닌다 해도

오직 하나의 인도자를 따른다면
아무리 음울한 길, 어두운 길이라도
천국의 날로 이어지리니

지금 해안에 던져진 우리
위태로운 항해 끝나면 모두 만나리
마침내 아버지 하느님의 집에서!*
—R. C. 트렌치

마거릿은 손님들이 떠나자마자 이층으로 뛰어올라가 보닛을 쓰고 숄을 둘렀다. 베시 히긴스에게 달려가 저녁 시간까지 함께 있어주기 위

* 19세기 영국 신학자이자 시인 리처드 체너빅스 트렌치의 시 「천국」.

해서였다. 그녀는 좁고 혼잡한 거리들을 지나며, 자신이 이곳의 한 거주자에게 마음을 쓰게 되면서 이 거리들에도 얼마나 많은 관심을 갖게 되었는지 새삼 느꼈다.

베시의 칠칠치 못한 동생 메리 히긴스가 손님을 맞이하려고 최선을 다해 집을 치워놓은 상태였다. 바닥 한가운데에 거친 돌로 문질러 닦은 흔적이 보였다. 하지만 의자들과 테이블 아래, 그리고 벽의 깃발들은 시커멓게 때가 탄 모습 그대로였다. 날씨가 더운데도 벽난로에서 불이 활활 타오르고 있어 실내가 화덕 속 같았다. 마거릿은 메리가 손님에 대한 환영의 표시로 석탄을 아끼지 않은 걸 모르고 베시 때문에 그렇게 덥게 해놓은 모양이라고 생각했다. 베시는 창 아래에 놓인 작은 소파에 누워 있었다. 어제보다 훨씬 기력이 없었고, 창밖에서 발소리가 날 때마다 일어나 마거릿인지 확인하느라 지쳐 있었다. 마거릿이 와서 옆에 있는 의자에 앉자 베시는 조용히 누워 흡족하게 마거릿을 바라보았다. 그리고 마거릿의 옷 장식을 만지며 그 고운 결에 어린애처럼 감탄했다.

"전에는 성경에 나오는 사람들이 왜 부드러운 옷을 좋아하는지 몰랐어요. 하지만 아가씨처럼 옷을 입으면 좋을 것 같아요. 흔한 옷이랑 달라요. 여기 멋쟁이들은 옷 색깔이 너무 화려해서 눈이 피곤한데, 아가씨 옷은 편안하거든요. 이 드레스는 어디서 샀어요?"

"런던에서요." 마거릿이 재미있어하며 대답했다.

"런던! 런던에 가봤어요?"

"그럼요! 거기서 살기도 했는걸요. 하지만 내 고향은 숲이 있는 시골이에요."

"고향 얘기 해줘요. 시골, 나무들, 그런 것들 얘기를 듣고 싶어요." 베시는 마거릿이 이야기하는 모든 것을 받아들이려는 듯 눈감고 누워 양손을 가슴 위에 엇갈려 포개놓고 완전한 휴식을 취했다.

마거릿은 헬스톤을 떠나온 뒤로 무심코 그 이름을 말한 것 말고는 헬스톤에 대해 이야기한 적이 없었다. 그녀는 현실보다 꿈속에서 더 생생하게 헬스톤을 보곤 했다. 밤에 잠들 때면 추억 속에서 헬스톤의 모든 유쾌한 장소들을 돌아다녔다. 하지만 베시에게 마음이 열린 그녀는 고향 이야기를 시작했다. "오, 베시, 난 우리 가족이 떠나온 고향을 얼마나 사랑했는지 몰라요! 베시도 헬스톤을 볼 수 있다면 좋겠는데. 말로는 그 아름다움을 절반도 전할 수 없거든요. 거긴 거목들이 수두룩해요. 길고 곧은 나뭇가지들이 한낮에도 편안히 쉴 수 있는 깊은 그늘을 만들어주죠. 나뭇잎이 다 가만히 있는 것 같은데도 사방에서 계속 살랑거리는 소리가 들려요. 그런데 가까이 있을 땐 안 그러고. 잔디는 어떤 땐 벨벳처럼 곱고 보드랍다가, 어떤 땐 근처에 숨어서 졸졸 흐르는 개울이 끊임없이 공급하는 수분으로 아주 무성해져요. 그리고 다른 곳에선 양치식물들이 초록 그림자 속, 혹은 황금빛 햇살 아래서 바다의 파도처럼 물결치고 있어요."

"난 바다를 본 적이 없어요. 그래도 계속하세요." 베시가 웅얼거렸다.

"그리고 여기저기에 넓은 공유지가 있어요. 나무들 꼭대기에 있는 것처럼 높은 곳에……"

"정말 좋네요. 나는 낮은 데서는 숨이 막히거든요. 밖에 나가면 높은 데 올라가서 먼 곳을 보며 가슴 가득 공기를 마시고 싶어져요. 밀턴에서 숨막혀하며 사는 데 질렸어요. 그리고 나무들에서 살랑거리는 소리가 계속 들린다고 했잖아요. 난 그 소리 때문에 멍해질 것 같아요. 공장에서 머리가 아팠던 게 소음 때문이거든요. 그 공유지에는 소음이 없겠죠?"

"맞아요, 하늘 높이 날아가는 종달새 울음소리밖에 없어요. 가끔 농부가 하인들에게 호통치는 소리도 들리는데, 아주 멀리서 들려오는 거라 나는 풀밭에 앉아 아무것도 안 하지만 다른 사람들은 열심히 일하고 있구나 하는 유쾌한 생각만 들 뿐이죠."

"나도 한때는 아무것도 안 하고 하루만 쉴 수 있다면, 아가씨가 말한 그런 조용한 데서 하루를 보낼 수 있다면 기운이 날지도 모른다고 생각했어요. 하지만 여러 날 쉬어보니 그것도 일하는 것만큼이나 진절머리가 나더라고요. 가끔은 너무 지쳐서 먼저 휴식을 취하기 전에는 천국을 즐길 수 없을 거란 생각이 들어요. 무덤에서 푹 자고 기운을 차리기 전에 천국으로 바로 갈까봐 두려워요."

"베시, 두려워하지 말아요. 하느님께선 베시에게 지상에서 쉬거나 무덤에서 자는 것보다 더 완전한 휴식을 주실 테니까요." 마거릿이 베시의 손을 어루만지며 말했다.

베시는 걱정스럽게 몸을 움직이더니 말했다.

"아버지가 그런 말 좀 안 했으면 좋겠어요. 어제도 아가씨한테 얘기했다시피, 아버지는 좋은 뜻으로 그러는 거지만요. 낮에는 아버지의 그런 말을 조금도 안 믿지만 밤에는, 열에 들떠 반쯤 잠들고 반쯤 깨어 있을 때는, 아버지 말이 떠올라요. 오! 너무 끔찍해요! 이렇게 모든 게 끝나는 거라면…… 기껏 세상에 태어나서 죽어라고 일만 하다가 이 끔찍한 데서 병들어 죽는 거라면…… 아직도 귀에서 공장 소음이 그치질 않거든요. 그래서 그만 좀 그치라고, 좀 조용히 좀 하자고 소리를 질러야 그쳐요. 폐에는 솜털이 꽉 차서, 아가씨가 말한 그런 맑은 공기를 단 한 번이라도 실컷 마실 수 있다면 소원이 없겠어요. 우리 어머니는 돌아가셔서 사랑한다는 말도 못하고 힘들다는 하소연도 못하거든요. 죽으면 다 끝나는 거라면, 사람들 눈에서 흐르는 눈물을 닦아줄 하느님이 계시지 않는다면…… 아가씨, 아가씨!" 베시는 일어나 앉더니 마거릿의 손을 격하게 움켜쥐었다. "그럼 난 미쳐서 아가씨를 죽일지도 몰라요." 그녀는 격정에 완전히 지쳐서 풀썩 누웠다. 마거릿은 그녀 곁에 무릎을 꿇고 앉았다.

"베시…… 우리에겐 하늘의 아버지가 계세요."

베시는 불안하게 고개를 저으며 신음하듯 말했다. "알아요! 알아요. 난 너무 사악한 인간이에요. 너무 사악한 말을 했어요. 오! 나한테 겁먹고 다신 오지 않겠다고 생각하면 안 돼요! 아가씨 머리털 한 올도 건드리지 않을 거예요. 그리고," 베시는 눈을 뜨고 진지하게 마거릿을 응시했다. "어쩌면 내가 아가씨보다 더 믿음이 강할 수도 있어요. 난 「요한계시록」을 달달 외울 정도로 많이 읽었고, 깨어 있을 때, 온전한 정신일 때는 나에게 올 영광을 절대 의심하지 않거든요."

"열에 들떠 있을 때 머리에 떠오르는 환상에 대해선 얘기하지 말아요. 난 베시가 건강할 때 무얼 하는지 듣고 싶어요."

"어머니가 돌아가실 때는 건강했죠. 하지만 그후로는 건강했던 적이 없는 것 같아요. 어머니가 돌아가시고 바로 소면장에서 일하기 시작했는데, 폐에 솜털이 들어가서 병이 들었어요."

"솜털?" 마거릿이 물었다.

"솜털요. 소면 작업 할 때 면화에서 날아오르는 작은 솜털. 그 작은 솜털들이 흰 먼지처럼 떠다니거든요. 사람들 말로는 그 솜털들이 폐를 감아서 조인대요. 아무튼 소면장에서 일하는 사람 중에 병들어 기침하고 피를 토하는 사람들이 많아요. 솜털 때문에요."

"그건 해결할 수 있지 않을까요?" 마거릿이 물었다.

"모르겠어요. 소면장 한쪽 끝에 커다란 바퀴를 갖다놓고 바람을 일으켜서 먼지를 날려보내는 데도 있는데, 그 바퀴가 엄청 비싸요. 오륙백 파운드는 될 거예요. 그걸로 돈이 벌리는 것도 아니라서 그걸 설치한 공장이 몇 군데 안 돼요. 그리고 일하는 사람들도 그런 공장은 안 좋아한다고 들었어요, 배곯는다고. 어차피 솜털 들이마시는 건 이골이 났고, 그거 들여놓는 대신에 임금 올려주는 게 낫다나. 그래서 공장측이나 일하는 사람들이나 그걸 반기지 않죠. 그래도 난 우리 공장에 그게 있었으면 좋겠어요."

"아버지는 그걸 모르세요?" 마거릿이 물었다.

"아시죠! 무척 안타까워하시고요. 하지만 우리 공장은 대체로 좋은 곳이에요. 일하는 사람들도 고정적이고. 아버지는 내가 이상한 데로 갈까봐 많이 걱정하셨어요. 지금 아가씨가 보기엔 안 그렇겠지만 그땐 많은 사람들이 나한테 매력적이라고 했거든요. 난 약골 취급을 받기는 싫었어요. 어머니도 메리는 학교에 계속 다녀야 한다고 하셨고, 아버지는 책을 사고 이런저런 강의 들으러 다니는 걸 좋아하셨는데, 그게 다 돈 드는 일이었으니, 죽기 전에는 귀에 박힌 소음과 목구멍에 가득찬 솜털에서 벗어날 수 없는 지경이 될 때까지 일하게 된 거예요. 그게 다예요."

"몇 살이에요?" 마거릿이 물었다.

"올 7월이면 열아홉이 돼요."

"나도 열아홉인데." 마거릿은 자신과 베시의 달라도 너무 다른 삶에 베시보다 더 슬퍼했다. 그녀는 감정을 억누르느라 잠시 말을 잇지 못했다.

"메리 말인데요, 아가씨가 메리의 친구가 되어주면 좋겠어요. 메리는 열일곱 살이고 우리집 막내예요. 공장에 보내기는 싫은데 그애한테 무슨 일이 맞는지 모르겠어요."

"글쎄요." 마거릿은 무의식적으로 지저분한 구석들을 흘끗 보았다. "하녀 일은 못할 것 같은데, 안 그래요? 우리집에서 오랫동안 일해온 충실한 하녀가 있어요. 거의 친구라고 할 수 있죠. 그 밑에서 일할 사람이 필요한데 워낙 까다롭거든요. 공연히 골칫덩어리이거나 화만 돋우는 하녀를 붙여줘서 괴로움만 안겨주는 건 못할 짓이라."

"그래요. 아가씨 말이 맞아요. 우리 메리는 착한 애긴 한데, 누구한테 집안일을 배울 수 있었겠어요? 어머니도 안 계시고, 난 공장에 다니느라 메리한테 집안일 못한다고 야단만 쳤어요. 나도 집안일에 대해선 아는 게 하나도 없으면서도요. 그래도 난 메리가 아가씨와 함께 살 수 있었으면 좋겠어요."

"우리집에 하녀로 들어와 살기엔 안 맞는다고 해도, 그 문제에 대해선 잘 모르겠지만, 베시를 위해 항상 메리에게 친구가 되어줄 수 있도록 애쓸게요. 난 이만 가봐야 해요. 시간 나는 대로 또 올게요. 내일이나 모레, 아니 한두 주 지나서까지 못 와도 내가 베시를 잊었다고 생각하진 말아요. 바빠서 그런 거니까."

"아가씨가 다시는 나를 안 잊으리라는 거 알아요. 이제는 의심 안 해요. 하지만 난 한두 주 안에 죽어서 묻힐지도 모르는걸요!"

"베시, 최대한 빨리 올게요. 악화되면 나한테 알려요." 마거릿이 베시의 손을 꼭 잡으며 말했다.

"네, 그럴게요." 베시도 그녀의 손을 마주잡으며 대답했다.

그날 이후로 헤일 부인은 점점 더 병약해졌다. 이디스의 결혼기념일이 다가오고 있었다. 마거릿은 지난 한 해 동안 자신의 가족이 겪은 고난을 생각하니 어떻게 견뎌냈는지 놀라울 따름이었다. 만일 그런 고난을 예측할 수 있었다면 다가오는 시간을 피하고 숨으려 했을 테지! 하지만 막상 지나고 보니 하루하루가 저절로 견딜 만해졌고, 슬픔 속에서도 작은 즐거움이 눈부시게 반짝거렸다. 일 년 전, 마거릿이 런던에서 헬스톤으로 돌아가 어머니의 불만 많은 성격을 처음 의식하게 되었던 그때였다면, 어머니는 가정생활의 모든 면에서 안락함이 줄어든 낯설고 황량하고 시끄럽고 번잡한 곳에서 긴 병을 견딘다는 생각만으로도 괴로운 신음을 토해냈을 터였다. 그러나 이곳에 와서 심각하고 정당한 불만거리가 생기자, 어머니는 뜻밖의 인내심을 보였다. 예전엔 이유도 없이 불안해하고 우울해했던 데 반해, 지금은 극심한 육체적 고통에 시달리면서도 온화하고 조용했다. 헤일 씨는 그런 타입의 사람들이 의도적인 외면의 형태로 회피하려고 하는 두려움의 단계에 이르러 있었다. 마거릿이 어머니의 건강에 우려를 표하자 그는 전에 없이 심하게 화를 냈다.

"마거릿, 상상이 지나치구나! 네 어머니가 진짜 아프다면 당연히 내가 제일 먼저 알아챘겠지. 헬스톤에 있을 때는 네 어머니에게 두통이 생기면 바로 알았어, 네 어머니가 말을 안 해도 말이다. 네 어머니는 아프면 얼굴이 몹시 창백해지니까. 그런데 지금 네 어머니는 나와 맨 처음 만났을 때처럼 뺨에 밝고 건강한 홍조가 보이잖니."

"하지만 아버지, 그건 열에 들떠서 그런 거예요." 마거릿이 주저 없이 말했다.

"말도 안 된다. 마거릿, 넌 상상이 지나쳐. 아픈 사람은 너인가보다. 내일 의사를 불러서 진찰 좀 받아봐. 그래야 네 마음이 편해진다면 네 어머니도 보이고."

"고맙습니다, 아버지. 그럼 정말 마음이 편해질 거예요." 마거릿은 그러면서 아버지에게 키스하려고 다가갔다. 그러나 아버지는 그녀를 밀어냈다. 부드럽게 밀어내긴 했지만 그녀가 불쾌한 문제를, 머리에서 떨쳐내고픈 고민을 상기시킨 듯했다. 그는 불안하게 방안을 서성였다.

그가 반쯤 독백하듯 말했다. "가엾은 마리아! 다른 사람을 희생시키지 않고도 옳은 일을 할 수 있다면 좋으련만. 만일 마리아에게 무슨 일이 생긴다면 난 이 도시를, 그리고 나 자신을 증오하게 될 거야…… 마거릿, 네 어머니가 너한테 고향 얘기를 자주 하니? 헬스톤 말이다."

"아뇨, 아버지." 마거릿이 슬프게 말했다.

"그러면 고향이 그리워 애태우는 건 아니지 않을까? 네 어머니가 단순하고 솔직한 성격이라 불만이 있으면 다 알 수 있다는 게 내겐 늘 위안이었다. 네 어머니는 건강에 심각한 문제가 있으면 나한테 숨기지 않을 거야, 안 그러니, 마거릿? 난 그럴 거라 믿어 의심치 않아. 그러니 그런 어리석고 끔찍한 얘긴 더이상 하지 마라. 이리 와서 키스해주고 얼른 가서 자렴."

하지만 마거릿은 자기 방으로 돌아와 천천히, 무기력하게 옷을 벗고 침대에 누워 조용히 귀기울인 지 한참 뒤까지도 아버지가 서성이는 소리를(이디스와 그녀는 그걸 너구리 걸음이라고 불렀다) 들었다.

14장

만남

나 한때는
밤에 아이처럼 달게 잤지.
이젠 바람이 거세게 불면, 흠칫 놀라
포효하는 파도와 싸우는
가련한 내 아들을 생각하네.
그런 작은 잘못 때문에
나에게서 아들을 빼앗아간 것이
너무 가혹하게 느껴지는구나.*
—사우디

이 시기에 마거릿에게 한 가지 위안은, 어머니가 어렸을 때 이후 처음으로 다정하게 다가와준 것이었다. 어머니는 마거릿을 마음을 터놓는 친구로 받아들였다. 그건 마거릿이 늘 갈망해왔던 자리였고, 그래서 딕슨이 그 자리에 있을 때 샘을 내기도 했다. 마거릿은 어머니가 하소연하려고 부를 때마다(그런 일이 많았고 사소한 문제일 때도 있었지만) 성심껏 응대하려고 애썼다. 코끼리가 발치에 있는 작은 핀에 아무 관심이 없으면서도 주인의 명령에 따라 조심스럽게 들어올리는 것처럼 무조건 임무에 충실했다. 그리고 자신도 전혀 의식하지 못하는 사이

* 영국 계관시인 로버트 사우디의 시 「선원의 어머니」.

에 그 보답을 향해 다가가고 있었다.

헤일 씨가 출타중이던 어느 날 저녁, 어머니가 마거릿에게 프레더릭 이야기를 꺼냈다. 마거릿은 그동안 오빠에 대해 묻고 싶은 마음이 간절했지만, 이 문제만큼은 소심함이 타고난 솔직함을 이겨서 궁금증을 속으로만 삭이고 있었다. 오빠에 대해 알고 싶은 마음이 간절해서 더 입을 열기가 어려웠다.

"오, 마거릿! 어젯밤엔 바람이 너무 많이 불더구나! 바람이 윙윙거리며 굴뚝을 타고 방까지 들어왔어! 잠을 잘 수가 없더라. 난 바람이 심하게 불면 잠을 못 자. 불쌍한 프레더릭이 바다에 있을 때 깊이 못 자고 자꾸 깨는 버릇이 생겼지. 이젠 갑자기 깨진 않지만 프레더릭이 거센 풍랑이 이는 바다에 있는 꿈을 꾼단다. 프레더릭이 탄 배 양옆으로 맑은 초록색 유리 같은 커다란 파도의 장벽이 넘실거리는 꿈. 그 파도가 배의 돛대보다 높은 곳에서 거대한 볏 달린 뱀처럼 잔인하고 끔찍한 흰 포말로 배를 휘감아 덮치는 거야. 오래된 꿈인데 바람이 많이 부는 밤이면 꼭 꾸게 돼. 그러다 다행히 잠이 깨면 겁에 질려 침대에 빳빳이 앉는단다. 불쌍한 프레더릭! 이제 육지에 있으니 바람에 해코지당할 일은 없겠구나. 바람이 하도 거세서 저 높은 굴뚝들이 무너질 것만 같지만."

"지금 오빠는 어디 있어요? 우리가 보내는 편지들이 카디스*의 바르부르 씨 댁으로 간다는 건 알지만, 오빠는 어디 있는 거죠?"

"거기 이름이 기억이 안 나는구나. 하지만 네 오빠는 헤일이라는 성

* 에스파냐 서남부의 대서양에 면한 항구도시.

을 안 쓴다. 잊지 마라, 마거릿. 편지 곳곳에 F. D.라고 쓰여 있을 거야. 네 오빠는 성을 디킨슨으로 바꿨어. 난 베리스퍼드로 바꿨으면 했거든, 내 성이니까 그애도 쓸 권리가 있잖니. 그런데 네 아버지가 반대했어. 내 성을 쓰면 발각될 수도 있다고."

"어머니, 전 그 모든 일이 일어났을 때 쇼 이모 댁에 있었고 진실을 듣기엔 너무 어렸죠. 하지만 이제는 알고 싶어요. 어머니가 너무 고통스러워서 그 이야기를 꺼내실 수 없는 게 아니라면요."

"아니다." 헤일 부인의 얼굴이 붉게 상기되었다. "내 사랑하는 아들을 다시는 볼 수 없을지도 모른다고 생각하면 고통스럽지만. 그것만 아니면, 네 오빠는 잘한 거야, 마거릿. 사람들은 자기들 말하고 싶은 대로 말하겠지만, 난 그애가 보낸 편지들을 갖고 있어. 내 아들이지만, 난 세상의 그 어느 군법회의보다 그애를 믿는단다. 얘야, 내 칠기 서랍장에 가보렴. 왼쪽 두번째 서랍에 편지 다발이 있을 거야."

마거릿은 그 서랍장으로 갔다. 바다에서 보내온 편지 특유의 냄새가 나는, 바닷물로 얼룩진 누런 편지들이 있었다. 마거릿이 편지들을 가져가자 어머니는 떨리는 손으로 실크 끈을 풀고 날짜를 살피더니 마거릿에게 읽으라며 주고, 딸이 내용을 파악하기도 전에 조급하게 자기 의견을 말했다.

"마거릿, 네 오빠가 처음부터 리드 선장을 얼마나 싫어했는지 알겠지. 그 작자는 프레더릭이 맨 처음 탔던 '오리온호' 소위였어. 불쌍한 것, 장교후보생 옷을 입은 모습이 얼마나 멋졌는지. 손에 단검을 들고 신문을 다 그걸로 뜯었지. 그게 종이 자르는 칼인 것처럼! 하지만 리드라는 사람은 처음부터 프레더릭을 싫어한 것 같아. 그리고…… 잠깐!

이게 '러셀호' 선상에서 쓴 편지들이구나. 그 배에 배치를 받고 나서 원수 같은 리드가 선장이 된 걸 알고 프레더릭은 그자의 횡포를 어떻게든 견뎌내보려고 했어. 봐! 이게 그 편지야. 마거릿, 읽어보렴. 그 부분이 어디더라…… 거기…… '아버지께선 절 믿으실 것이기에, 전 장교이자 신사로서 다른 장교이자 신사에게 당할 수 있는 모든 것을 올바른 인내심으로 견뎌낼 작정입니다. 하지만 현 선장에 대해 잘 아는 터라, 러셀호에서 장기간 그의 횡포에 시달려야 할 거란 두려움을 갖고 있습니다.' 보렴. 프레더릭은 인내심을 갖고 견뎌내겠다고 약속하고 있잖니. 분명 그렇게 했을 거고. 어릴 적부터 더할 수 없이 착한 아이였으니까. 누가 괴롭히지만 않으면 말이야. 리드 선장이 '어벤저호'처럼 신속하게 훈련을 수행하지 못한다고 부하들을 닦달한 얘기가 들어 있는 게 그 편지니? 러셀호에는 신참이 많았지만, 어벤저호는 배치된 지 삼 년 가까이 됐고 그동안 노예선의 접근을 차단하고 훈련하는 것밖에 할 게 없어서 다들 쥐나 원숭이처럼 돛대를 기어오르내렸다는데 말이야."

마거릿은 잉크가 바래서 반은 알아볼 수가 없는 편지를 천천히 읽었다. 리드 선장이 사소한 일에 고압적으로 행동한 이야기가 들어 있었는데, 충돌의 흥분이 가시지 않은 상태에서 썼는지 과장된 부분이 많은 듯했다. 일부 선원이 높은 주돛대 중간돛에 올라가 있는데 선장이 빨리 내려오라고 명령하며 끝이 아홉 가닥으로 갈라진 채찍으로 맨 뒤에 있는 선원을 위협했다. 그 선원은 동료들을 넘어갈 수는 없지만 채찍질의 굴욕은 죽도록 피하고 싶어서 꽤 멀리 아래쪽에 있는 밧줄을 잡으려고 몸을 던졌으나 결국 밧줄을 놓치고 갑판에 떨어져 의식을 잃었다. 그는 몇 시간 못 가서 사망했고, 프레더릭이 편지를 쓰고 있을 땐 선원들의 분노가 폭발하기 일보 직전이었다.

"하지만 우리가 이 편지를 받은 건 선상반란 소식을 듣고도 한참, 아주 한참 지난 뒤였지. 불쌍한 프레더릭! 이 편지를 쓰면서 마음의 위안을 얻었을 거야. 편지를 보낼 방법도 모르면서 말이야. 불쌍한 녀석! 프레더릭의 편지를 받기 한참 전에 우린 러셀호 선상에서 잔혹한 반란이 일어났다는 신문기사를 봤지. 반란자들이 배를 점거했고 그 배는 해적선이 된 것 같다고 했어. 리드 선장은 일부 선원(장교들인지 뭔지)과 보트로 표류하게 되었고. 그러다 서인도 증기선에 구조되어 그들의 명단이 밝혀진 거야. 오, 마거릿! 네 아버지와 난 그 명단에 프레더릭 헤일이 없는 걸 발견하고 얼마나 충격이 컸는지 모른다. 뭔가 착오가 있었을 거라고 생각했어. 우리 프레더릭은 정말 훌륭한 애니까. 지나치게 정열적이어서 그렇지. 명단에 있는 '카Carr'란 이름이 '헤일Hale'의 오자였으면 했어. 신문들은 원래 그렇게 부주의하잖니. 다음날 우편 도착 시간에 네 아버지가 신문을 사러 사우샘프턴까지 걸어갔어. 난 집에 있을 수가 없어서 네 아버지를 마중나갔고. 네 아버지가 너무 늦어서, 생각했던 것보다 훨씬 더 늦어서 울타리 아래 앉아서 기다렸지. 드디어 네 아버지가 왔는데, 두 팔을 축 늘어뜨리고 고개를 푹 숙인 채로 한 걸음 한 걸음 옮기는 게 큰 고역이라도 되는 것처럼 무겁게 걸어오는 거야. 마거릿, 지금도 그 모습이 눈에 선하구나."

"그만하세요, 어머니. 다 알겠어요." 마거릿은 어머니 옆에 다정히 기대앉아 어머니의 손에 키스하며 말했다.

"아니, 넌 몰라. 그때 네 아버지 모습을 보지 못한 사람은 알 수가 없어. 일어나서 네 아버지를 맞이하러 갈 수조차 없었단다. 갑자기 세상이 핑글핑글 돌기 시작했지. 겨우 네 아버지에게 갔지만 네 아버지는 아무 말도 하지 않더구나. 나를 보고 놀라는 것 같지도 않았고. 집에서 3마일도 넘게 떨어진 올덤 너도밤나무 옆에 있었는데. 네 아버지가 내 팔을 자기 팔로 끌어안고 내 손을 쓰다듬더구나. 엄청난 충격을 조용히 견딜 수 있도록 위로하려는 것처럼 말이야. 내가 온몸이 와들와들 떨려서 말을 못하자 네 아버지는 나를 안고 내 머리에 고개를 대더니 몸을 떨면서 이상한 신음소리 같은 억눌린 소리를 내며 울기 시작했어. 내가 겁에 질려 그 자리에 얼어붙어서는 도대체 무슨 소식을 들은 거냐고 물었거든. 그랬더니 자신의 의지가 아니라 다른 사람이 움직이기라도 하는 것처럼 손을 홱 뻗어 신문을 내밀더구나. 우리 프레더릭을 '극악무도한 반역자' '비열하고 은혜를 모르는 군인의 수치'라고 부르는 사악한 신문을. 오! 거기 온갖 나쁜 말은 다 있었다니까. 난 그걸 읽자마자 갈기갈기 찢었어. 아주 갈가리. 오! 마거릿, 이로 물어뜯고 찢어버렸단다. 울지는 않았어. 울 수가 없었지. 얼굴이 불처럼 뜨거워지고 눈알이 활활 불타는 것 같더라. 네 아버지가 심각한 얼굴로 나를 보고 있더구나. 난 거짓말이라고 했어. 정말 그랬지. 그로부터 몇 달 후에 이 편지가 왔고 프레더릭이 왜 그랬는지 알게 됐으니까. 그애는 자신을 위해, 자신의 상처 때문에 저항한 게 아니었단다. 그애는 리드 선장에게 자기 생각을 말하려 했고 사태는 갈수록 악화됐어. 대부분의 선원들이 프레더릭 편에 섰지."

헤일 부인은 잠시 침묵을 지키다가 약하고 지친, 떨리는 목소리로 말을 이었다. "난 말이다, 마거릿. 그 일을 기쁘게 생각한다. 프레더릭이 훌륭한 장교가 된 것보다 불의에 맞선 게 더 자랑스러워."

“저도 그래요.” 마거릿이 확고하고 결연한 목소리로 말했다. “지혜와 정의에 충성하고 복종하는 일도 훌륭하지만, 우리 자신이 아닌 힘없는 사람들을 위해 부당하고 잔인한 독재에 맞서는 일이 더 훌륭한 거니까요.”

“그렇지만 프레더릭을 한 번만 더 보고 싶구나. 단 한 번만이라도. 프레더릭은 내게 첫아이잖니, 마거릿.” 헤일 부인이 그리움 가득한 목소리로 말했다. 그러면서도 프레더릭에 대한 그리움과 애절한 소망을 품는 것이 남은 자식을 소홀히 여기는 짓이라도 되는 양 미안해하는 태도가 역력했다. 하지만 마거릿은 전혀 그렇게 생각하지 않았다. 그녀는 어떻게 하면 어머니의 소망이 이루어질 수 있을지 생각하고 있었다.

“육칠 년 지난 일인데…… 아직도 기소를 할까요? 만일 오빠가 돌아와서 법정에 선다면 어떤 벌을 받게 될까요? 그럴 만한 이유가 충분했다는 증거를 댈 수 있을 거예요.”

“그래 봐야 아무 소용 없을 거야. 그때 프레더릭과 함께 행동했던 선원들 일부가 잡혀서 아미시아호 선상에서 군법회의에 회부됐거든. 불쌍한 사람들, 난 그들의 증언을 믿었다. 프레더릭의 얘기와 일치했으니까. 하지만 소용없었어.” 헤일 부인은 그 이야기를 하면서 처음으로 울기 시작했다. 그러나 마거릿은 뭐에 홀리기라도 한 듯, 이미 예상하고 두려워하는 대답을 어머니에게 꼭 듣고 싶어졌다.

“어머니, 그 사람들은 어떻게 됐는데요?” 그녀가 물었다.

“교수형 당했다.” 어머니가 엄숙하게 말했다. “제일 끔찍한 건, 군법회의에서 그 사람들에게 사형을 선고하면서 그들이 상관들 때문에 잘못된 길로 빠지게 됐다고 선언한 거야.”

오래도록 침묵이 이어졌다.

"오빠는 몇 년 동안 남미에 있었죠, 그렇죠?"

"그래. 지금은 에스파냐에 있고. 카디스나 그 근방. 프레더릭은 영국에 오면 교수형 당할 거야. 난 영원히 그애 얼굴을 못 보겠지. 그애가 영국에 오면 교수형 당할 테니까."

그 무엇도 그녀에게 위안이 될 수 없었다. 헤일 부인은 벽 쪽으로 고개를 돌리고는 어머니로서 절망에 빠져 꼼짝도 않고 누워 있었다. 그 어떤 말도 그녀를 위로할 수 없었다. 그녀는 이대로 혼자 아들만을 생각하고 싶은 듯 조바심어린 동작으로 마거릿의 손에서 자기 손을 뺐다. 헤일 씨가 들어오자 마거릿은 아무런 희망의 빛도 보이지 않는 듯한 우울하고 무거운 마음으로 방에서 나왔다.

15장

주인과 노동자

생각이 생각과 싸운다,
검과 방패가 부딪쳐 진실의 불꽃이 튄다.*
—W. S. 랜더

다음날 아버지가 말했다. "마거릿, 우리도 손턴 부인의 방문에 답해야지. 네 어머니는 몸이 안 좋아서 그렇게 멀리까지는 못 걷겠다는구나. 오늘 오후에 우리 둘이 가자."

손턴의 집으로 가면서 헤일 씨는 불안감을 숨기며 아내의 건강에 대한 이야기를 꺼냈고, 마거릿은 마침내 아버지가 현실을 깨달은 것을 기뻐했다.

"마거릿, 의사는 만나봤니? 의사는 불렀어?"

"아뇨, 아버지. 저한테 진찰을 받아보라고 하셨잖아요. 전 이제 괜찮아요. 하지만 훌륭한 의사를 알기만 한다면 오늘 당장 가서 왕진을 부

* 영국 시인 월터 새비지 랜더의 시 「고목에서 떨어진 마지막 과실」.

탁하고 싶어요. 어머니한테 심각한 이상이 있는 게 분명하니까요."

지난번에 그런 두려움을 내비쳤을 때는 아버지가 철저히 외면했던 터라, 마거릿은 분명하고 강하게 진실을 말했다. 그러나 이번에는 상황이 달랐다. 아버지가 실의에 빠진 목소리로 말했다.

"네 어머니가 병을 감추고 있다고 생각하니? 네 어머니가 정말 많이 아픈 것 같아? 딕슨이 무슨 말이라도 한 게냐? 오, 마거릿! 공연히 밀턴에 와서 네 어머니를 죽이는 게 아닌가 하는 두려움을 떨쳐버릴 수가 없구나. 가엾은 나의 마리아!"

마거릿이 충격을 받으며 말했다. "오, 아버지! 그런 생각은 하지도 마세요. 어머니는 그냥 몸이 안 좋을 뿐이에요. 많은 사람들이 몸이 안 좋았다가도 좋은 의사를 만나서 나아지고 전보다 더 건강해지잖아요."

"딕슨이 네 어머니에 대해 무슨 말이라도 한 거야?"

"아뇨! 딕슨은 사소한 일들을 비밀로 만드는 걸 즐기잖아요. 그동안 딕슨은 어머니의 건강을 비밀로 덮어두려 했고, 그래서 제가 좀 겁을 먹은 거예요. 별다른 이유는 없고요. 지난번에 아버지도 그러셨잖아요, 제가 상상이 늘어간다고."

"난 그게 네 상상에 불과하길 바라고 또 그렇다고 믿는다. 그래도 그때 내가 한 말은 맘에 담아두지 마렴. 네가 어머니 건강에 대해 생각을 많이 해주면 좋겠구나. 그리고 그런 생각들을 나한테 얘기하는 것도 꺼리지 말고. 그때는 화가 난 것처럼 말하긴 했지만, 사실 듣고 싶단다. 이따 손턴 부인을 만나면 훌륭한 의사를 소개해줄 수 있는지 물어보자꾸나. 기왕 돈을 쓰려면 일류에게 써야지. 잠깐, 이 거리로 들어가자."

그 거리에는 손턴 부인이 살 만큼 큰 집이 있을 것 같지 않았다. 손턴 부인의 아들은 특별히 어떤 집에서 사는 듯한 인상을 준 적이 없었지만, 키와 몸집이 크고 옷을 멋지게 차려입은 손턴 부인은 그녀와 어울리는 집에 살 것 같았다. 그런데 말버러 스트리트에는 길게 늘어선 작은 집들과 창문 없는 벽들밖에 안 보였다. 적어도 거리 입구에 들어선 그들 눈에는 그렇게 보였다.

"그 친구가 분명 말버러 스트리트에 산다고 했는데." 헤일 씨가 무척 당황한 얼굴로 말했다.

"아직 절약정신을 실천하느라 작은 집에 사는지도 모르죠. 거리에 사람들이 많으니까 제가 물어볼게요."

마거릿은 지나가는 행인에게 손턴의 집이 어디에 있는지 물었다. 행인은 손턴이 공장 가까이에 산다며 조금 전에 본 긴 벽 끝에 있는 공장 수위실 문을 가리켰다.

수위실 문은 평범한 정원 문과 비슷했고, 한쪽에 화물용 마차들이 드나드는 큰 대문이 닫힌 채로 있었다. 수위가 그들을 커다란 직사각형 마당으로 들여보내주었다. 마당 한쪽에는 사업 거래를 위한 사무실들이, 그 맞은편에는 창문이 많이 달린 거대한 공장이 있었다. 공장에서 끊임없이 흘러나오는 철커덕거리는 기계 소리와 증기기관의 긴 울부짖음이 구내에 사는 모든 사람의 귀를 멀게 할 정도로 요란했다. 거리와 나란히 뻗은 벽 맞은편, 직사각형 마당의 좁은 면 중 하나에 멋진 석조 건물 집이 있었다. 매연에 시커메지긴 했지만 페인트칠이 된데다 창문도 달리고, 계단도 깨끗이 관리되어 있었다. 지은 지 오륙십 년은 되는 집이 분명했다. 돌로 된 외장, 수많은 길쭉한 창문, 현관 양옆의 난간 달린 계단이 집의 나이를 말해줬다. 마거릿은 이런 좋은 집에 살면서 이렇게 완벽하게 유지할 능력이 되는 사람들이, 왜 공장의 소음이 들리지 않는 시골이나 교외의 훨씬 작은 집을 선호하지 않는지 그저 의아할 뿐이었다. 현관문 앞에서 문이 열리기를 기다리는 동안, 소음에 익숙하지 않은 그녀의 귀는 아버지의 말을 알아듣기가 힘들었다. 큰 문들이 달린 벽에 둘러싸인 마당도 집안 거실에 황량한 전망을 제공할 뿐이었는데, 마거릿은 구식 계단을 올라가 응접실로 안내되었을 때 그 사실을 눈치챘다. 응접실 창문 세 개는 현관문과 현관 오른쪽 방 위로 나 있었다. 응접실엔 아무도 없었다. 마치 집 전체가 용암에 뒤덮였다가 천 년 후에 발견되기라도 할 것처럼, 가구들을 꼼꼼히 싸놓은 후 아무도 그 응접실에 발을 들이지 않은 듯한 느낌이었다. 벽은 분홍색과 금색을 띠었다. 카펫은 옅은 색 바탕에 꽃무늬가 들어 있었고, 한가운데에 아마포로 만든 광택 나는 무색의 거친 융단이 깔려 있었다. 창문 커튼은 레이스였고, 의자들과 소파에는 뜨개질한 베일이 덮여 있었다. 그리고 평평한 면마다 커다란 설화석고 장식품이 놓여 있었는데, 먼지가 앉지 않도록 유리 갓을 씌워두었다. 응접실 한가운데, 싸놓은 샹들리에 바로 밑에 커다란 원형 테이블이 있었는데, 윤기 흐르는 상판 가장자리를 따라 멋지게 장정된 책을 규칙적인 간격으로 배열해놓은 모습이 마치 화사한 색깔의 바큇살 같았다. 실내의 모든 것이 빛을 반사했고 흡수하는 건 아무것도 없었다. 응접실 전체에 반짝이는 장식품들을 공들여 배치해놓은 듯했다. 마거릿은 그게 너무 불쾌해서, 그런 환경에서 모든 걸 그토록 희고 깨끗하게 유지하려면 얼마나 깔끔해야 하는지, 그 얼음 같고 눈 같은 불편함을 연출하려면 얼마나 큰 노력을 기울여야 하는지를 거의 의식하지 못했다. 눈길 닿는 곳마다 보살핌과 노고의 증거가 보였지만, 그 보살핌과 노고는 편안함을 얻고 평온한 가정생활을 도모하기 위함이 아니라 오로지 장식을 위함이고 먼지와 파괴로부터 장식을 보호하기 위함인 듯했다.

손턴 부인이 나타나기 전에 응접실을 둘러보고 소리 죽여 대화를 나눌 시간이 있었다. 두 사람의 대화는 세상 사람들이 다 들어도 되는 내용이었지만, 그런 방에서는 고이 잠든 메아리를 깨우기가 두려워 저절로 목소리를 낮추게 된다.

이윽고 손턴 부인이 늘 그렇듯 멋진 검정 실크 드레스를 바스락거리며 들어왔다. 그녀의 모슬린과 레이스 장식은 응접실의 모슬린과 레이스 장식의 순백을 뛰어넘지는 못해도 그것에 견줄 만했다. 마거릿은 어머니가 이 답방에 동행할 수 없었던 사정을 설명했지만 아버지의 두려움이 되살아날까봐 어설프게 설명하는 데 그칠 수밖에 없었다. 그 바람에 손턴 부인은 헤일 부인이 일시적으로 몸이 안 좋거나 귀부인들의 상상 속 병에 시달리느라 오지 않은 것이고 꼭 오려는 마음만 있었다면 그 정도 가벼운 병은 무시할 수도 있었으리라는, 그리고 혹여 오늘 외출이 불가능할 정도로 몸이 안 좋았다면 방문 날짜를 연기할 수도 있었으리라는 생각을 하게 되었다. 자신은 헤일 씨 집을 방문하기 위해 마차 말을 빌렸고 아들이 헤일 부부에 대한 예의를 다하기 위해 패니에게 방문을 종용하기까지 한 사실을 상기하자 그녀는 은근히 기분이 상해서 마거릿에게 위로의 말을 해줄 수가 없었고, 속으로는 헤일 부인의 병에 대한 설명을 믿지도 않았다.

"아드님은 어떤가요? 어제 급한 전갈을 받고 몸이 안 좋은 건 아닌가 걱정했습니다." 헤일 씨가 말했다.

"제 아들은 여간해서는 아프지 않습니다. 아파도 아프다고 말하거나 그걸 핑계로 해야 할 일을 하지 않은 적도 없고요. 제 아들이 어젯밤 선생님과 책 읽을 시간이 없었다고 말하더군요. 제 아들도 무척 아쉬웠을 거예요. 선생님과 보내는 시간을 소중히 여기니까요."

"저 또한 마찬가지입니다. 훌륭한 고전문학의 진가를 알아보고 즐기는 아드님을 볼 때면 저도 다시 젊어진 기분을 느끼니까요." 헤일 씨가 대답했다.

"여유 있는 사람들에겐 고전이 매우 가치 있는 것이겠지요. 하지만 솔직히 전 아들이 고전을 다시 공부하는 걸 반대했습니다. 그애가 살고 있는 시간과 장소에 모든 관심과 정력을 쏟아야 한다고 생각하니까요. 시골이나 대학에서 유유자적 살아가는 사람들에겐 고전이 대단히 좋을지 몰라도, 밀턴 사람들은 현재의 일에 생각과 힘을 집중해야 합니다. 최소한, 제 의견은 그렇습니다." 손턴 부인은 마지막 말에 '겸손을 가장한 긍지'를 담았다.

"하지만 하나의 대상에만 너무 오래 집중하다보면 정신이 경직되어 많은 관심거리를 받아들일 수가 없죠." 마거릿이 말했다.

"정신이 경직된다니 무슨 뜻으로 하시는 말씀인지 모르겠군요. 전 오늘은 이 일에 집중하다가 내일은 그걸 까맣게 잊고 새로운 관심거리에 빠지는 변덕스러운 사람을 좋아하지도 않고요. 많은 관심거리를 갖는 건 밀턴 제조업자에겐 맞지 않는 삶이에요. 밀턴 제조업자는 커다란 야망 하나만 품고 그 야망을 이루는 데 인생을 걸어야 하니까요."

"그 야망이란 것이……?" 헤일 씨가 말꼬리를 흐렸다.

손턴 부인의 혈색 나쁜 뺨이 상기되고 눈빛이 밝아졌다.

"이 나라 상인들 사이에서 높고 명예로운 자리를 얻고 지키는 거죠. 제 아들은 스스로 그 자리에 올랐고요. 어딜 가든, 영국만이 아니라 유럽에서도 모든 사업가가 밀턴의 존 손턴이라는 이름을 알고 존경해요. 물론 상류사회에서는 제 아들의 이름이 알려져 있지 않아요." 손턴 부인이 경멸적으로 말을 이었다. "한가한 신사숙녀들은 밀턴 제조업자를 잘 모르니까요. 의회에 들어가거나 귀족의 딸과 결혼하지 않는 한은요."

헤일 씨와 마거릿은 벨 씨가 편지에서 밀턴에 가면 손턴이 좋은 친구가 되어줄 거라고 소개하기 전까지는 그 위대한 이름을 들어본 적이 없었다는 사실에 우스꽝스러운 죄책감을 느꼈다. 이 긍지에 찬 어머니의 세계는 그들이 아는 할리 스트리트의 상류사회와도, 시골 목사들과 햄프셔 대지주들의 세계와도 달랐다. 마거릿은 그 사실을 내색하지 않으려고 애썼지만 예민한 손턴 부인은 마거릿의 얼굴에서 그녀의 감정을 읽어냈다.

"헤일 양, 제 멋진 아들에 대해 들어본 적이 없는 모양이군요. 제가 밀턴 밖의 세상에 대해선 알지도 못하고, 자기 까마귀가 제일 희다고 여기는 늙은이라고 생각하겠지요."

"아닙니다." 마거릿이 활기차게 말했다. "제가 밀턴에 오기 전에는 손턴 씨 이름을 들어보지 못했다고 생각한 건 사실이에요. 하지만 여기 온 후로 손턴 씨를 존경할 수 있을 만큼, 그리고 아드님에 대한 부인의 말씀이 얼마나 공정하고 진실한지 알 수 있을 만큼 충분히 많이 들었습니다."

"누가 제 아들 얘길 하던가요?" 손턴 부인이 조금 누그러지며, 그러나 다른 사람의 말이 아들의 가치를 제대로 전하지 못했을까봐 경계하며 물었다.

마거릿은 대답하기를 망설였다. 그녀는 이런 권위적인 질문을 좋아하지 않았다. 헤일 씨가 구원하려고 나섰다.

"사실 저희가 아드님이 어떤 사람인지에 대해 알게 된 건 아드님 자신의 이야기를 듣고 나서였습니다. 안 그러니, 마거릿?"

손턴 부인이 몸을 똑바로 펴고 말했다.

"제 아들은 자신이 한 일에 대해 말하는 사람이 아닙니다. 헤일 양, 다시 묻겠는데 누구 말을 듣고 제 아들에 대해 호의적인 의견을 갖게 되었나요? 알다시피 어미는 자식에 대한 칭찬에 탐욕스럽고 궁금증도 큰 법이지요."

마거릿이 대답했다. "저희가 벨 씨에게 들은 손턴 씨의 과거 인생 중 손턴 씨 자신이 말하지 않은 부분이, 부인께서 아드님을 자랑스러워하시는 이유를 알게 해줬습니다. 손턴 씨가 말한 부분보다 더요."

"벨 씨! 그가 존에 대해 뭘 알겠어요? 따분한 대학에서 게으른 삶을 사는 사람인데. 하지만 고맙군요, 헤일 양. 많은 가식적인 아가씨들이 늙은 부인에게 아들 칭찬을 듣는 즐거움을 주기를 꺼리는데 말이에요."

"어째서인가요?" 마거릿이 당황해서 손턴 부인을 똑바로 보며 물었다.

"왜냐! 그 아들의 마음을 사보려는 계획이 있는 경우, 늙은 어머니에게 아들 칭찬을 하는 건 그 어머니를 확실하게 자기편으로 만드는 거라는 양심의 가책 때문이겠지요."

손턴 부인은 엄숙한 미소를 지었다. 마거릿의 솔직함에 기분이 좋아진 것이다. 어쩌면 그녀는 자신이 마거릿을 시험할 권리라도 있는 양 너무 많은 질문을 했다고 느낀 것인지도 몰랐다. 마거릿은 손턴 부인의 말에 노골적인 웃음을 터뜨렸고, 그녀의 너무도 즐거운 웃음은 손턴 부인의 귀에 거슬릴 수밖에 없었다. 그 웃음을 유발한 말을 완전히 터무니없는 것으로 만들어버렸기 때문이다.

마거릿은 손턴 부인의 성난 얼굴을 보고는 웃음을 얼른 그쳤다.

"죄송합니다, 부인. 제가 손턴 씨의 마음을 사려는 계획을 갖고 있지 않다는 걸 알아주셔서 진심으로 감사드려요."

"젊은 아가씨들이 그래왔어요. 지금까지." 손턴 부인이 딱딱하게 말했다.

"손턴 양은 잘 있죠?" 헤일 씨가 화제를 돌려보려고 끼어들었다.

"여전합니다. 그애는 건강한 편이 못 돼요." 손턴 부인이 짤막하게 대답했다.

"손턴은요? 목요일에는 손턴을 만날 수 있을까요?"

"아들의 약속에 대해 제가 대답할 수는 없지요. 사실 밀턴에 불쾌한 일이 일어나고 있습니다. 파업의 조짐이 있거든요. 만일 그렇게 되면 제 아들의 경험과 판단력에 의지하는 친구들이 많을 거예요. 그래도 목요일에는 올 수 있을 겁니다. 못 오면 미리 알려드릴 거고요."

"파업이라고요! 왜요? 왜 파업을 하는 거죠?" 마거릿이 물었다.

"다른 사람의 재산을 차지해서 공장주가 되고 싶어서지." 손턴 부인이 거칠게 코웃음을 치며 말했다. "파업의 목적은 항상 그거예요. 만일 제 아들 공장의 직공들이 파업을 일으킨다면, 전 그들을 은혜도 모르는 개떼라고 부르겠어요. 그들도 파업을 일으킬 게 뻔하지만."

"그들은 임금을 올려주기를 원하는 게 아닌가요?" 헤일 씨가 물었다.

"그건 표면적인 이유예요. 진짜 속셈은 주인이 되고 싶은 겁니다, 주인은 자기 공장에서 노예가 되게 하고. 그자들은 늘 그걸 노려왔어요. 늘 그걸 마음에 품고 있죠. 오륙 년에 한 번씩은 고용주들과 노동자들 간의 투쟁이 일어나곤 해요. 그러나 이번엔 자기들이 실수했다는 걸 알게 될 겁니다. 자기들 생각이 빗나갔다는 걸요. 일단 공장에서 쫓겨나면 다시 들어가기가 쉽지 않을 거예요. 이번에도 파업을 일으키면 다시는 섣불리 그런 짓을 못 벌이도록 고용주들이 한두 가지 방안을 생각해놓고 있을 테니까요."

"파업이 일어나면 도시 분위기가 험악해지지 않나요?" 마거릿이 물었다.

"물론 험악해지죠. 하지만 헤일 양은 겁쟁이는 아닐 거예요, 안 그런가요? 밀턴은 겁쟁이들을 위한 도시가 아니에요. 전 예전에 성난 군중 사이를 뚫고 지나가야 했던 적도 있었어요. 군중은 매킨슨이 공장 밖으로 코빼기라도 내밀면 피를 보게 하겠다고 벼르고 있었지요. 매킨슨은 그 사실을 모르고 있어서 누가 가서 알려주지 않으면 죽은 목숨이었고요. 여자가 가야 해서 제가 나섰어요. 공장에 들어가자 나올 수가 없더군요. 목숨이 걸린 일이었잖아요. 그래서 전 지붕으로 올라갔어요. 폭도가 공장 문을 부수고 들어오면 그들을 공격할 돌들이 지붕에 무더기로 쌓여 있었거든요. 전 그 무거운 돌들을 집어들어 남자 못지않은 솜씨로 던질 수 있었지만, 더위를 먹어서 쓰러지고 말았답니다. 헤일 양, 밀턴에 살려면 용감해지는 법을 배워야 해요."

"최선을 다하겠어요. 일이 닥치기 전엔 제가 용감한지 용감하지 않은지 모르겠지만 아무래도 전 겁쟁이인 것 같긴 한데요." 마거릿이 좀 창백해져서 말했다.

"남부 사람들은 우리 다크셔 남자들과 여자들이 그저 생존투쟁이라고 부르는 것에 겁먹는 경우가 많더군요. 하지만 헤일 양도 부자에게 원한을 품고 복수의 기회만 기다리는 사람들 틈에서 십 년만 살아보면 자신이 겁쟁이인지 아닌지 알게 될 거예요. 제 말 믿어도 돼요."

그날 저녁 손턴이 헤일 씨를 찾아왔다. 그는 헤일 씨가 아내와 딸에게 책을 읽어주고 있는 응접실로 안내되었다.

"어머니의 쪽지도 전하고 어제 약속을 지키지 못한 것을 사과도 드릴 겸 이렇게 왔습니다. 쪽지에는 아까 부탁하신 주소가 있습니다. 도널드슨 선생님이요."

"감사합니다!" 마거릿은 손턴 부인에게 의사를 소개해달라고 부탁한 걸 어머니에게 들키고 싶지 않아서 황급히 손을 내밀었다. 다행히 손턴도 즉시 그녀의 마음을 간파하고는 더이상 설명하지 않고 쪽지를 건넸다.

헤일 씨가 파업 이야기를 꺼냈다. 손턴의 얼굴에 그의 어머니가 짓던 가장 끔찍한 표정이 떠올라서 그 모습을 지켜보던 마거릿은 반발심이 들었다.

"예, 그 바보들은 파업을 일으킬 겁니다. 그러라고 하죠. 우리에게는 잘된 일이니까요. 우린 그자들에게 기회를 줬습니다. 그 사람들은 작년처럼 사업이 번창하고 있다고 생각해요. 우리는 수평선의 풍랑을 보고 돛을 내리고 있는데요. 우리가 이유를 설명해주지 않는다면서 그들은 우리가 합리적으로 행동한다는 사실을 믿으려 하지 않습니다. 우리가 돈을 어떻게 쓰고 모으는지 자기들에게 일일이 알려야 한다는 거죠. 애슐리의 헨더슨은 직공들을 이용하려고 술책을 썼지만 실패한 겁니다. 그는 파업이 일어나길 원했죠. 회계상 그게 이로우니까요. 그래서 노동자들이 찾아와 5퍼센트 임금인상을 요구하자, 생각해보고 봉급날 답을 주겠다고 한 겁니다. 그의 답은 처음부터 정해져 있었지만 노동자들의 자만심을 높여주려는 속셈이었죠. 하지만 노동자들은 그보다 한 수 위라 사업 전망이 나쁘다는 정보를 입수했어요. 그래서 금요일에 찾아와 요구를 철회했고, 그는 조업을 계속할 수밖에 없는 처지가 되었습니다. 그러나 우리 밀턴 공장주들은 오늘 결정을 통보했습니다. 임금을 한 푼도 올려줄 수 없다고요. 임금을 내리면 내렸지 올릴 형편은 안 된다고요. 지금 우리는 그들의 다음 공격을 기다리고 있습니다."

"어떤 공격이 될까?" 헤일 씨가 물었다.

"아마 동시파업을 일으킬 겁니다. 헤일 양, 며칠 동안은 매연 없는 밀턴을 보시겠군요."

"하지만 사업 전망을 나쁘게 보는 이유를 왜 설명할 수 없는 거죠? 제가 맞는 표현을 썼는지 모르겠지만 제 말뜻은 아실 거예요." 마거릿이 물었다.

"헤일 양은 하인들에게 돈을 절약하거나 지출하는 이유를 설명하시나요? 우리 자본주들은 자기 자본을 어떻게 사용할지 선택할 권리가 있습니다."

"인간의 권리죠." 마거릿이 아주 조그맣게 말했다.

"다시 말씀해주시겠습니까, 못 들어서요."

"그러지 않는 게 좋겠어요. 어차피 저와 의견이 다르실 테니까요." 마거릿이 말했다.

"그래도 말씀해주시겠습니까?" 손턴이 부탁했다. 그는 마거릿이 무슨 말을 했는지 알고 싶은 생각밖에 없었다. 마거릿은 그의 끈질긴 태도가 불쾌했지만 자기 말에 지나친 중요성을 부여하지 않기로 했다.

"손턴 씨에게 인간의 권리가 있다고 했어요. 자기 것을 자기 마음대로 하지 못할 이유는 종교적인 이유밖에 없다는 뜻이었죠."

"우리의 종교적 의견이 다르다는 건 저도 압니다. 하지만 제게도 종교적 의견이 있다는 걸, 비록 헤일 양의 의견과는 다를지라도, 인정해주시겠습니까?"

손턴은 마거릿에게만 말하듯 목소리를 죽였다. 마거릿은 손턴이 자신에게만 말하는 걸 원하지 않았기에 목소리를 낮추지 않고 말했다.

"전 그 문제에 대한 손턴 씨의 종교적 의견을 고려해볼 이유가 있다고 생각하지 않아요. 제가 하고 싶었던 말은, 고용주들이 설령 자기 돈을 모두 허비해버린다고 해도 그걸 막을 인간의 법은 없지만, 성경 구절에 그건 그들이 청지기로서의 의무를 게을리하는 것이라는 암시가—적어도 제게는—있다는 거예요. 하지만 전 파업이나 임금, 자본, 노동에 대해 아는 게 없으니 손턴 씨 같은 정치경제 전문가와 그런 이야기를 나누지 않는 편이 낫겠죠."

"아니요, 그러니까 더 얘기해야죠." 손턴이 열성적으로 말했다. "전 외지인에겐 이례적이거나 수수께끼처럼 보일 수도 있는 그 모든 것에 대해 헤일 양에게 기꺼이 설명하고 싶습니다. 특히 펜을 들 힘만 있으면 누구든 우리의 행동에 대해 조사하고 다닐 지금 같은 때는요."

"감사합니다." 마거릿이 차갑게 대꾸했다. "물론 전 이 이상한 사회에서 살면서 이해할 수 없는 일이 생기면 우선 제 아버지께 여쭤볼 생각이에요."

"여기가 이상하다고요? 왜죠?"

"모르겠어요…… 왜냐하면, 표면적으로 보면 두 계층이 전적으로 서로에게 의존하고 있는데도 상대의 이익이 자신의 이익에 반한다고 생각하는 게 분명하니까요. 전 두 집단이 허구한 날 서로를 비방하는 곳에서 살아본 적이 없어요."

"누가 헤일 양 앞에서 공장주들을 비방하던가요? 누가 노동자들을 비방하더냐고 묻지 않는 건, 지난번에 헤일 양이 제 말을 이해하려고 하지 않는 걸 보았기 때문입니다. 누가 헤일 양에게 공장주들 욕을 하던가요?"

마거릿은 얼굴이 붉어졌지만 미소 지으며 말했다.

"그렇게 따져 물으시니 당황스럽네요. 질문에 대답하지 않겠어요. 게다가 그건 사실과 다르니까요. 제 말 믿으셔도 돼요. 노동자들이라고 할 수도 있는 몇몇 사람이 하는 말을 들었는데, 고용주들의 이익을 위해 자신들이 돈을 못 모으게 한다고 했어요. 자신들이 은행에 돈을 갖고 있다면 너무 독립적이 될 테니까요."

"그 히긴스라는 사람이 그랬구나." 헤일 부인이 말했다. 손턴 씨는 마거릿이 그에게 알리고 싶어하지 않는 것에 대해 못 들은 척했지만, 사실 못 들은 건 아니었다.

"그리고 노동자들의 무지도 고용주에겐 유리한 점으로 여겨진다고 들었어요. 레녹스 대령은 자신이 명령을 내릴 때마다 부하들이 이유를 알려 하고 따지고 든다며, 군대의 변호사들이라고 했죠."

마지막 말은 손턴보다 아버지를 향한 것이었다. '레녹스 대령이 누구지?' 손턴은 묘한 불쾌감에 잠시 침묵을 지키며 속으로 물었다. 헤일 씨가 대화를 이어갔다.

"마거릿, 넌 원래 학교를 좋아하지 않았지. 안 그랬다면 밀턴의 교육을 위해 얼마나 많은 일이 이루어지고 있는지 진작 보고 알았을 텐데."

"맞아요!" 마거릿이 갑자기 온순해졌다. "제가 학교에 별로 관심이 없다는 건 저도 알아요. 그래도 제가 말한 지식과 무지는 읽고 쓰는 것, 아이를 가르치는 것과는 관계없어요. 전 사람들을 인도해주는 지혜에 대해 얘기한 거예요. 저도 그게 뭔지는 잘 몰라요. 하지만 그 사람, 저에게 정보를 제공한 사람은 고용주들이 자신의 일꾼들은 그저 맹목적으로 복종하며 현재만을 사는 덩치 큰 어린애이기를 바라는 것처럼 이야기했어요."

"그러니까, 그 사람은 고용주들에 대한 비방을 아주 잘 들어주는 상대를 발견했군요." 손턴이 기분 상한 어조로 말했다.

마거릿은 대꾸하지 않았다. 그녀는 손턴이 자신의 성격까지 들먹인 것이 불쾌했다.

헤일 씨가 말했다.

"솔직히 고백하자면, 난 마거릿처럼 친하게 알고 지내는 노동자는 없지만 고용주와 노동자 간의 노골적인 적대감에 큰 충격을 받고 있네. 가끔 자네 말을 들으면서도 그런 인상을 받지."

손턴은 대답하기 전에 잠시 침묵을 지켰다. 마거릿은 방금 방에서 나갔고, 그는 마거릿과 자신 사이의 감정 상태에 화가 나 있었다. 하지만 약간 화가 난 덕에 냉정해지고 생각이 깊어져서 더 위엄 있게 말할 수 있었다.

"제 이론은, 제 이익은 곧 노동자들의 이익이고 노동자들의 이익은 곧 제 이익이라는 겁니다. 헤일 양은 노동자들을 '일꾼'이라고 부르는 걸 싫어할 테니, 그 말은 쓰지 않겠습니다. 사실 그 말은 전문용어로 제 입에 뱄고, 생긴 것도 제가 태어나기 이전이긴 하지만요. 장차 언젠가는…… 어느 천년에는…… 유토피아에서 그 일치가 현실이 될 수도 있겠지요. 가장 완벽한 정부의 형태인 공화국처럼 말입니다."

"호메로스를 마치자마자 바로 플라톤의 『공화국』을 읽어야겠군."

"글쎄요, 플라톤 대년*에는 우리 모두가 남녀노소 할 것 없이 공화국에 잘 맞을지 모르겠지만 현재 우리의 도덕과 지성 상태에는 입헌군주국이 필요합니다. 우리는 유아기에 있기 때문에 현명한 전제주의의 통치가 필요하지요. 사실 유아기를 지난 어린이들과 청년들도 신중하고 확고한 권위를 지닌 확실한 법 아래에서 가장 행복하잖습니까. 노동자들이 어린애 상태라는 데는 저도 헤일 양과 같은 의견이지만, 우리 고용주들이 그들을 그렇게 만드는 데 영향을 끼친다는 말에는 동의할 수 없습니다. 저는 그들에겐 전제주의가 최선의 통치 형태라고 믿으며, 그래서 그들과 접촉할 때면 전 불가피하게 전제군주가 됩니다. 저는 최고의 분별력을 발휘해 북부에 성행하는 사기나 박애주의에 휩쓸리지 않은 채로 현명한 법들을 만들고 정당한 결정들을 내릴 겁니다. 우선 제게 이익이 되고 다음으로는 노동자들에게 이익이 되는 법과 결정 말입

---

* 플라톤이 천체의 공전을 기준으로 정의한 완전한 해. 이해가 돌아오는 주기는 약 25,800년이다.

니다. 하지만 전 강요 때문에 제 이유를 설명하지도, 제 결심이라고 일단 선언한 것에서 물러서지도 않을 겁니다. 파업하고 싶으면 하라고 하세요! 저도 그들만큼 고통받겠지만, 결국 그들은 제가 조금도 누그러지거나 변하지 않았다는 걸 알게 되겠지요."

마거릿이 다시 응접실에 들어와 일감을 잡고 앉아 있었으나 그녀는 아무 말도 하지 않았다. 헤일 씨가 대꾸했다.

"난 그 문제에 무지하지만 그래도 내가 갖고 있는 얼마 안 되는 지식으론, 노동자들은 개인의 삶뿐만 아니라 대중의 삶에서도 이미 어린이와 어른 사이에 낀 다루기 힘든 단계에 빠르게 진입했네. 개인의 삶에서 이 시기에 놓인 자녀를 둔 부모들이 흔히 저지르는 실수는, 자녀가 모든 걸 의무의 방식으로 했던 때처럼 무조건적인 복종을 강요하는 것이지. '부르면 당장 와!'나 '시키는 대로 해!' 식의 단순한 규칙에 따르게 하는 것. 하지만 현명한 부모라면 자신의 절대적인 규칙이 중단될 때 자녀의 친구나 조언자가 되기 위해 자녀의 독립적 행동에 대한 욕구를 받아들인다네. 내 논증이 잘못됐다면 먼저 그 비유를 든 건 자네임을 잊지 말게."

그러자 마거릿이 말했다. "뉘른베르크에서 삼사 년 전에 일어난 일에 대한 이야기를 얼마 전에 들었어요. 그곳에 어떤 부자가 거주지이자 창고로 썼던 거대한 저택에서 혼자 살았대요. 그에겐 자식이 하나 있다고 알려져 있었지만, 확실히 아는 사람은 아무도 없었고요. 그 소문은 사십 년 동안 고개를 들었다 잠잠해졌다 했지만 완전히 사라지진 않았다는 거예요. 그런데 그 부자가 죽고 나서 그 소문이 사실로 확인됐죠. 그에겐 아들이 하나 있었는데 몸만 어른이었지 지능은 어린애 수준이었어요. 세상의 유혹과 실수로부터 보호하려고 그렇게 이상하게 키운 거죠. 하지만 이 덩치만 크고 나이만 먹은 어린애가 세상에 나오자 온갖 나쁜 조언자들만 꼬여들고 말았어요. 그는 선과 악을 구분할 능력이 없었으니까요. 그의 아버지는 아들을 무지한 인간으로 키우며 그걸 순수함으로 착각했던 거예요. 그는 그렇게 열네 달을 파란만장하게 산 후 굶어죽지 않기 위해 시의 보호를 받아야 했대요. 거지로 살 말주변조차 없었으니까요."

"헤일 양의 말을 듣고 제가 고용주를 부모에 비유했으니, 헤일 양이 그 비유를 저를 공격하는 무기로 사용한 것에 대해 불평해선 안 되겠지요. 하지만 선생님, 선생님께선 현명한 부모를 우리의 모범으로 정하시면서 현명한 부모라면 자녀의 독립적인 행동에 대한 욕구를 이해하고 받아들여야 한다고 말씀하셨습니다. 그러나 분명, 일꾼들이 근무시간에 독립적인 행동을 할 수 있는 시기는 아직 오지 않았습니다. 그래서 선생님 말씀이 무슨 뜻인지 잘 모르겠습니다. 그리고 만일 우리가 노동자들이 공장 밖에서 영위하는 삶에 지나치게 간섭한다면 저로선 도저히 정당화할 수 없는 방식으로 그들의 독립성을 침범하는 것이 됩니다. 그들이 우리를 위해 하루 열 시간씩 노동한다고 해서 우리가 나머지 시간에도 그들을 조종할 권리가 있다고 생각하진 않습니다. 전 저 자신의 독립성을 매우 중시하기 때문에 다른 사람이 제게 끊임없이 지시하고 가르치고 조언하는 것, 제 행동에 대해 지나치게 면밀한 계획을 세우는 것보다 더한 수모는 상상할 수도 없거든요. 세상에서 제일 현명하고 강한 사람의 간섭이라고 할지라도 전 분노하고 저항할 겁니다. 영국 남부보다는 북부에서 이런 감정이 더 강할 테지요."

"죄송하지만, 그건 조언하는 계급과 조언을 받는 계급 사이에 평등한 우정이 없기 때문이 아닐까요? 모든 사람이 형제인 다른 인간들과 동떨어져 있고 서로를 질시하는 비기독교적이고 고립된 상태에 서 있어야 하기에, 자신의 권리가 침해당하는 걸 늘 두려워하는 건 아닌지요?"

"전 그저 사실을 말했을 뿐입니다. 죄송하지만 여덟시에 약속이 있어서, 오늘밤 발견한 사실들에 대해 설명은 더 못하고 그저 품고 가야 할 것 같습니다. 솔직히 그 사실들은 현상태에서 어떻게 행동할지 결정하는 데는 아무 영향도 미치지 않을 테지만요. 사실들은 인정되어야 하죠."

"하지만 제가 보기엔 엄청난 영향을 미치는 것 같은데요." 마거릿이 작은 소리로 말했다. 헤일 씨가 그녀에게 손턴이 하고 싶은 말을 마치도록 조용히 하라는 신호를 보냈다. 손턴은 이미 일어나서 갈 준비를 하고 있었다.

"한 가지만 더 말씀드려야겠군요. 다크셔의 모든 사람이 강한 독립심을 지녔다는 점을 감안한다면, 단지 그에게 팔 노동력이 있고 저에게 그걸 살 자본이 있다는 이유만으로 제가 타인의 행동방식에 대해 제 의견을 강요할 권리가 있을까요? 그런 짓을 하는 저 자신을 극도로 증오하면서 말입니다."

"전혀요." 마거릿이 이 말만은 꼭 해야겠다는 결심으로 대꾸했다. "그건 서로 어떤 입장이든 노동과 자본의 입장 탓이 절대 아니에요. 손턴 씨는 당신이 그 권력을 사용하든 거부하든 막강한 권력을 갖고 사람들을 다루고 있기 때문이죠. 당신들의 삶과 복지는 늘 밀접하게 서로 합쳐져서 엮이기 때문이고요. 하느님께선 우리를 상호의존적으로 살 수 밖에 없도록 만드셨어요. 우리는 자신의 의존성을 무시하거나 다른 사람들이 주급 말고도 여러 측면에서 우리에게 의존하고 있다는 걸 인정하지 않으려 하지만, 그럼에도 실상은 상호의존의 삶을 살고 있는 거예요. 당신도, 그 어느 고용주도 스스로의 힘만으로는 살 수 없어요. 세상에서 가장 당당하고 독립적인 사람도 주위 사람들에게 의존하고 있어요. 자신도 모르는 사이에 주위 사람들이 그의 인격, 그의 삶에 영향을 미치죠. 당신네 다크셔의 자기중심적인 사람들 중 가장 고립된 사람에게도 사방에서 그에게 달라붙는 의존자들이 있거든요. 그 사람들을 떨쳐버릴 수는 없는 것이, 그를 닮은 거대한 바위가……"

"마거릿, 제발 비유는 들지 말아다오. 이미 한번 우리를 비유의 길로 이끌었으니." 그녀의 아버지가 말했다. 헤일 씨는 미소 짓고 있었지만 손턴을 못 가게 붙잡고 있지는 않은가 불안해하고 있었다. 하지만 그건 공연한 걱정이었다. 손턴은 마거릿이 대화를 이어가고 싶어한다면 얼마든지 어울리고 싶었던 것이다. 마거릿이 하는 말은 그의 화를 돋우기만 하는데도 말이다.

"헤일 양, 말씀해주세요. 헤일 양 자신은 영향을 받은 적이 있는지. 아니, 그건 올바른 표현이 아니군요. 만일 당신이 환경이 아니라 타인의 영향을 받는 걸 의식한 적이 있다면, 그 사람은 당신에게 직접적으로 영향을 미쳤나요, 아니면 간접적이었나요? 그들은 당신에게 훈계하고 명령했나요? 당신에게 본을 보이기 위해 바르게 행동하려고 애썼나요? 아니면 그저 단순하고 진실한 인간으로서 자신의 의무를 받아들이고, 자신의 행동이 이 사람을 근면하게 만들고 저 사람을 알뜰하게 만들어야 한다는 생각 없이 불굴의 의지로 그 임무를 수행했나요? 제가 만일 노동자라면 아무리 선의의 간섭이라 하더라도 고용주가 업무 시간도 아닌 시간에 내 생활방식에 간섭하는 것보다 정직하고 시간을 잘 지키고 신속하고 모든 일을 확고하게 하는 모습에 스무 배는 더 감명받을 겁니다. 저는 자신에 대해서는 지나치게 깊이 생각하지 않지만, 제 일꾼들의 정직함을 믿습니다. 그들은 저에게 저항을 해도 솔직하게 할 겁니다. 일부 공장들의 파업과는 대조적으로요. 그건 제가 부도덕한 이득을 얻거나 부정직한 짓을 하는 걸 얼마나 경멸하는지 그들이 알고 있기 때문입니다. 그건 '정직이 최상의 방책이다'에 대해 백 번 가르치는 것보다 낫지요. 말보다 실천이 중요하니까요. 그럼요! 노동자들은 고용주를 닮게 되어 있습니다. 고용주가 거기에 지나치게 신경쓰지 않아도 말입니다."

"멋지게 인정하시네요." 마거릿이 웃으며 말했다. "이제 난폭하고 고집스럽게 자신들의 권리를 추구하는 노동자들을 보면 고용주 역시 그런 사람일 거라고 생각해도 되겠군요. 오래 참고 온유하며 자신의 유익을 구하지 않는 정신에 대해서는 무지한 사람이라고."

"헤일 양, 당신은 우리의 체제에 대해 이해하지 못하는 다른 외지인들과 똑같군요." 손턴이 황급히 말했다. "당신은 우리의 노동자들이 우리가 마음대로 주물러 형태를 만들 수 있는 밀가루반죽 인형이라고 생각하고 있어요. 우리가 그들 삶의 3분의 1도 채 안 되는 부분에만 관련되어 있다는 걸 잊고 계시네요. 제조업자의 임무는 단순한 고용주의 그것보다 훨씬 크고 넓다는 사실 역시 알지 못하는 듯하고요. 우리는 광범위한 상업적 성격을 유지해야 하고 바로 그것이 우리를 문명의 위대한 개척자로 만들어줍니다."

그러자 헤일 씨가 미소 지으며 말했다. "그러고 보니 자넨 여기서도 개척을 좀 해야겠군. 자네의 밀턴 노동자들은 거칠고 야만적이라."

"그렇습니다. 그들에겐 부드러운 방식은 안 통하지요. 헤일 양, 크롬웰*이 살아 있었다면 훌륭한 공장주가 되었을 겁니다. 그가 우리를 위해 이 파업을 진압해줬으면 좋겠군요."

"크롬웰은 제 영웅이 아니에요." 마거릿이 차갑게 말했다. "하지만 전 지금 손턴 씨의 전제주의에 대한 찬양과 타인의 독립성에 대한 존중을 조화시켜보려고 애쓰고 있어요."

손턴은 그녀의 어조에 얼굴을 붉혔다. "저는 제 일꾼들에게 절대적이고 무책임한 고용주가 되는 것을 선택했습니다. 그들이 저를 위해 일하는 시간 동안은요. 하지만 그 시간이 지나면 우리의 관계는 끝나고, 저는 저 자신의 독립성을 존중하는 것과 똑같이 그들의 독립성을 존중합니다."

그는 너무 화가 나서 잠시 입을 다물고 있었다. 그러다 화를 삭이고 헤일 부부에게 작별인사를 했다. 그리고 마거릿에게 다가가 낮은 목소리로 말했다.

"오늘 저녁엔 제가 너무 급하게 얘기했습니다. 좀 무례했던 것 같기도 하고요. 하지만 아시다시피 전 상스러운 밀턴의 제조업자일 뿐이죠.

---

* 영국의 정치가이자 군인 올리버 크롬웰. 1649년에 청교도혁명이 일어나자 혁명군을 지휘해 왕당파를 격파하고 찰스 1세를 처형해 공화제를 수립했다. 이후 잉글랜드 연방 시기(1649~1660) 동안, 아일랜드에서 일어난 반란을 무자비하게 진압했기에 엄격한 권위를 상징하는 인물로 통용되었다.

저를 용서해주시겠습니까?"

"그럼요." 마거릿이 그의 얼굴을 바라보며 미소 지었다. 그는 좀 불안하고 억눌린 듯한 표정이었다. 두 사람 사이에 이루어진 북풍 같은 대화의 여파가 깨끗이 사라진 그녀의 상냥하고 익살스러운 얼굴을 보고도 그는 표정을 풀지 않았다. 마거릿은 여전히 그에게 손을 내밀지 않았고, 손턴은 그걸 자존심 때문이려니 생각했다.

16장

죽음의 그림자

자신이 가려는 길로 아무도 이끌지 않는,
그 베일에 가려진 손을 믿어라.
그리고 늘 변화에 대비하라.
세상의 법칙은 밀물과 썰물 같은 것이니.
—아랍 명언

다음날 오후, 의사인 도널드슨이 헤일 부인에게 첫 왕진을 왔다. 마거릿이 요즘 어머니와 가까이 지내면서 허물기를 바랐던 비밀의 벽이 다시 생겼다. 어머니가 진찰받을 때 그녀는 못 들어오게 하고 딕슨만 들였던 것이다. 마거릿은 쉽게 사랑에 빠지진 않았지만 일단 사랑을 하게 되면 열정적으로 사랑했고 질투심도 적지 않았다.

마거릿은 응접실 바로 뒤에 있는 어머니의 침실로 들어가 의사가 나오기를 기다리며 서성거렸다. 그러다 가끔 멈춰 서서 귀를 기울였다. 신음소리가 들리는 것 같았다. 그녀는 주먹을 꽉 쥐고 숨을 멈췄다. 신음소리가 분명했다. 그러고는 몇 분 동안 조용하더니 의자 움직이는 소리와 커진 목소리가 들렸다. 진료가 끝난 모양이었다.

마거릿은 문 열리는 소리가 들리자 재빨리 침실 밖으로 나갔다.

“도널드슨 선생님, 저희 아버지께선 집에 안 계십니다. 이 시간엔 수업이 있어서요. 아래층에 있는 저희 아버지 방으로 잠깐 모셔도 될까요?”

마거릿은 딕슨이 자기 앞에 던져놓은 장애물들을 보았고, 장남*의 정신을 지닌 이 집안 딸의 권위로 주제넘은 늙은 하인의 기를 아주 효과적으로 꺾어 그 장애물을 극복했다. 그녀는 평소와 달리 의식적으로 딕슨에게 위엄을 보이며 마음에 근심이 가득한 중에도 순간적인 즐거움을 느꼈다. 딕슨의 놀란 표정을 보자 자신이 우스꽝스러울 정도로 당당해 보였음을 알 수 있었다. 그녀는 계단을 내려가 방으로 들어가는 동안 그런 생각에 젖어 현실에 대한 날카로운 인식에서 벗어날 수 있었다. 그리고 이제 다시 현실로 돌아오자 숨이 멎을 것만 같아 잠시 아무 말도 할 수 없었다.

그러나 마거릿은 명령하는 듯한 태도로 물었다.

“제 어머니, 무슨 문제가 생긴 거죠? 사실대로 말씀해주시면 감사하겠어요.” 그녀는 의사가 약간 주저하는 걸 보고 이렇게 덧붙였다.

“어머니에게 자식은 저뿐이에요. 곁에 있는 자식은요. 제 아버지는 별일 아닌 줄 알고 계셔서, 심각한 문제라면 조심스럽게 알려드려야 해요. 제가 할 수 있는 일이죠. 어머니 간병도 할 수 있고요. 제발 말씀해주세요. 선생님 표정을 읽을 수가 없으니 공연히 더 두렵기만 하네요. 선생님이 무슨 말씀을 하셔도 이 정도로 두렵진 않을 거예요.”

“친애하는 젊은 아가씨, 어머니께선 더할 수 없이 정성스럽고 유능

* 「누가복음」 15장 ‘돌아온 탕아’의 이야기에서 아버지 집을 지키는 장남을 가리킨다.

한 하녀를 두신 듯합니다. 하녀라기보다는 친구에 더 가까운……"

"선생님, 전 딸입니다."

"하지만 어머니께서 따님께 알리지 말아달라고 부탁을……"

"전 그 말씀에 따를 만큼 착하지도, 인내심이 강하지도 못해요. 그리고 전 선생님처럼 현명하고 경험 많으신 분이 그런 비밀을 지키겠다고 약속하셨을 리가 없다고 믿어요."

의사가 엷은 미소를 지었지만 슬픈 미소였다. "그건 맞아요. 약속은 안 했어요. 사실 그 비밀은 내가 말하지 않아도 조만간 밝혀지게 되어 있고요."

그가 말을 멈췄다. 마거릿은 얼굴이 몹시 창백해지며 입을 더 꼭 다물었다. 하지만 그걸 제외하면 아무런 표정 변화가 없었다. 도널드슨은 사람을 한눈에 꿰뚫어보는 통찰력을 지니고 있었으니, 의사로서 그런 통찰력을 갖추지 못했다면 지금의 명성을 얻을 수 없었을 터였다. 그는 마거릿이 정확한 진실을 요구하고 있고 조금이라도 숨기는 게 있으면 즉시 알아챌 것이며, 그녀에게 진실을 숨기는 게 모든 사실을 알리는 것보다 더 큰 고통을 주리라는 점을 간파했다. 그래서 목소리를 낮추어 짤막한 두 문장으로 진실을 말하며 줄곧 그녀를 지켜보았다. 공포에 질린 그녀의 동공이 커지고 창백한 얼굴은 납빛으로 변했다. 그는 말을 멈췄다. 그리고 그녀의 표정과 호흡이 진정되기를 기다렸다. 이윽고 그녀가 말했다.

"저를 믿고 말씀해주셔서 정말 감사합니다. 그런 두려움에 시달린 지 오래됐어요. 그게 진짜 고통이죠. 불쌍하고 불쌍한 어머니!" 그녀의 입술이 떨리기 시작했다. 도널드슨은 그녀의 자제력을 믿고 그녀가 눈물을 흘리도록 내버려두었다.

마거릿은 눈물 몇 방울을 흘린 뒤 그동안 묻고 싶었던 많은 질문을 떠올렸다.

"고통이 심할까요?"

의사는 고개를 저었다. "그건 우리도 알 수 없어요. 체질과 여러 요건에 달려 있으니까. 하지만 최근의 여러 의학적 발견 덕에 고통을 줄일 가능성이 커졌습니다."

"아버지!" 마거릿이 와들와들 떨면서 말했다.

"나는 헤일 씨에 대해 모르니 조언을 해주기가 힘들군요. 하지만 헤일 양의 강요로 너무도 갑작스럽게 알릴 수밖에 없었던 진실은 당분간 헤일 양 혼자 간직하세요. 내가 비밀로 할 수 없었던 그 사실에 어느 정도 익숙해져서 지나치게 무리한 노력을 기울이지 않고도 부친께 위로가 되어드릴 수 있을 때까지요. 그전에 나의 왕진과(비록 고통을 줄이는 것밖에는 해줄 것이 없지만 그래도 가끔 찾아오겠어요) 무수한 작은 사건이 부친의 경각심을 일깨우고 키워서 마음의 준비를 할 수 있도록 만들어주겠지요. 아니, 헤일 양, 아니에요. 손턴 씨를 만나 부친에 대한 얘기를 들었습니다. 난 부친의 선택이 옳다고는 믿지 않지만 부친의 희생에 존경심을 갖고 있어요. 좋아요, 정 그렇다면 이번 한 번만 받지요. 하지만 꼭 기억해두세요, 다음부터는 친구로 올 거예요. 헤일 양도 나를 친구로 대하는 법을 배워야 해요. 이런 시기에는 우리가 서로 만나고 알아가는 것이 몇 년간 이어진 사교적 방문과 같은 가치를 지니니까요."

마거릿은 우느라 말은 못하고 악수하면서 그의 손을 꽉 잡았다.

'저런 아가씨가 바로 훌륭한 숙녀지!' 도널드슨은 마차에 앉아 아까 마거릿의 악수에 약간 아팠던 자신의 반지 낀 손을 살펴보며 생각했다. '그 작은 손에 그런 힘이 있으리라고 누가 생각했겠어? 뼈의 구조가 훌륭해서 그런 엄청난 힘이 나오는 거지. 정말이지 여왕 같은 아가씨야! 처음엔 고개를 뒤로 젖히고 나한테 진실을 말하라고 종용하더니, 그다음엔 열성적으로 고개를 앞으로 기울이고 내 말을 들었지. 불쌍한 아가씨! 너무 무리하지 않도록 지켜봐줘야겠어. 이런 순수 혈통은 놀랍도록 많은 걸 해내고 견뎌낼 수 있지만 말이야. 그 아가씨는 투지로 가득 차 있어. 누구든 얼굴이 그렇게 창백해질 정도로 충격을 받았다면 기절하거나 히스테리에 빠지지 않을 수 없는데. 하지만 그 아가씨는 그러지 않았어. 그러지 않았다고! 순전히 의지의 힘으로 극복해냈지. 내가 삼십 년만 젊었어도 그 아가씨에게 반했을 거야. 이제 너무 늦어버렸지만. 아! 아처 씨 댁에 도착했군.' 그는 생각과 지혜, 경험, 연민을 갖고 마치 세상에 이 가족밖에 없는 것처럼 이 가족의 요구에 응하기 위해 마차에서 내렸다.

한편 마거릿은 위층의 어머니에게 가기 전에 기운을 차리려고 잠시 아버지 서재로 돌아갔다.

'오, 하느님, 오! 너무 끔찍해. 어떻게 견디지? 그런 치명적인 병이었다니! 가망 없는 병이었다니! 오, 어머니, 어머니, 쇼 이모님 댁에 가서 사는 게 아니었는데! 그 소중한 시간들을 어머니와 떨어져 살았어! 불쌍한 어머니! 얼마나 많은 고통을 견디셔야 하는 걸까! 오, 하느님, 어머니가 너무 심하고 지독한 고통은 겪지 않게 해주세요. 그 고통을 어떻게 지켜보지? 아버지의 고통은 또 어떻게 지켜보고? 아직은 말씀드리면 안 돼. 너무 갑작스러워. 그럼 아버지는 못 견디실 거야. 하지만 이제 나의 사랑하는 소중한 어머니와 함께 있는 시간을 단 한 순간도 놓치지 않을 거야.'

그녀는 위층으로 달려갔다. 딕슨은 방에 없었다. 헤일 부인은 안락의자에 등을 기대고 앉아 있었는데, 의사를 맞이하려 부드러운 흰색 숄을 두르고 그에 어울리는 모자를 쓴 모습이었다. 얼굴에 살짝 홍조가 돌았고 검진 후의 탈진상태가 평온한 인상을 주었다. 마거릿은 어머니가 너무도 차분해 보이는 것에 놀랐다.

"아니, 마거릿, 너 표정이 이상하구나! 무슨 일이니?" 헤일 부인은 그렇게 묻고는 그제야 상황을 파악한 듯 좀 불쾌한 목소리로 덧붙였다. "너, 도널드슨 선생님을 만나서 무슨 질문을 한 건 아니지, 응?" 마거릿은 대답하지 않고 안타까운 눈빛으로 어머니를 바라보기만 했다. 헤일 부인은 더 불쾌한 기색을 보였다. "설마 도널드슨 선생님이 나와 한 약속을 어기고……"

"그래요, 어머니, 그랬어요. 제가 약속을 어기게 만들었어요. 저 때문이니…… 저를 나무라세요." 마거릿은 어머니 옆에 무릎을 꿇고 앉아 손을 잡았다. 어머니가 손을 빼려고 했지만 그녀는 놓아주지 않았다. 그러고는 어머니 손에 계속 키스했고, 그녀의 뜨거운 눈물은 어머니의 손을 적셨다.

"마거릿, 네가 정말 잘못한 거다. 넌 내가 알리고 싶지 않은 걸 알아냈어." 헤일 부인은 지쳤는지 더이상 손을 빼려 하지 않았고 곧 약하게나마 손을 마주잡아주었다. 거기서 용기를 얻은 마거릿이 말했다.

"오, 어머니! 제가 간호해드릴게요. 딕슨이 가르쳐만 주면 뭐든 배울 수 있어요. 전 어머니 자식이니, 어머니를 위해 무엇이든 할 권리가 있다고 생각해요."

"넌 그 일이 어떤 건지 몰라." 헤일 부인이 몸서리를 치며 말했다.

"아니, 알아요. 어머니가 생각하시는 것보다 훨씬 더 많이 알아요. 제가 간호할 수 있게 해주세요. 일단 해볼 수 있게 해주세요. 세상 그 누구보다 열심히 노력할게요. 그래야 저도 마음이 편할 것 같아요, 어머니."

"불쌍한 내 딸! 그래, 그럼 해보렴. 사실 말이다, 마거릿, 딕슨과 난 네가 사실을 알면 나를 피할 거라고 생각했는데……"

마거릿은 입술을 삐죽거리며 말했다. "딕슨은 그렇게 생각했겠죠! 제가 자기만큼 진실한 사랑을 할 수 있으리라고 인정해주지 않으니까요. 딕슨은 저를 온종일 장미꽃잎 위에 누워 부채질이나 받기를 좋아하는 나약한 여자 중 하나라고 생각하잖아요. 어머니, 딕슨의 환상이 더 이상 우리를 갈라놓지 못하게 해주세요. 제발요." 그녀가 애원했다.

"딕슨에게 화내지 마라." 헤일 부인이 걱정스럽게 말했다. 마거릿은 평정을 되찾았다.

"네! 화 안 낼게요. 제가 어머니께 최선을 다할 수 있도록 해주시기만 하면 겸손한 자세로 딕슨에게 배울게요. 어머니께 제가 첫번째일 수 있게 해주세요. 정말 그러고 싶어요. 쇼 이모님 댁에 살 때 어머니가 절 잊을지도 모른다는 생각이 들어서 밤에 울다 잠들곤 했었어요."

"난 할리 스트리트의 안락하고 호사스러운 삶에 익숙해진 네가 임시변통으로 꾸려가는 헬스톤의 가난한 삶을 어떻게 견딜지 걱정했단다. 네게 임시변통으로 만든 물건들을 보여주는 것이 남에게 들키는 것보다 훨씬 부끄러울 때가 많았어."

"오, 어머니! 전 그게 얼마나 재미있었는데요. 할리 스트리트의 단조로운 삶에 비하면 그게 훨씬 더 재미있었어요. 큰 행사 때면 손잡이 달린 옷장 선반을 만찬용 쟁반으로 썼잖아요! 낡은 차 상자는 속을 채우고 천을 씌워 발받침대로 썼고요! 전 어머니가 임시변통으로 만든 물건이라고 부르시는 것들이 사랑하는 헬스톤에서 지낸 삶의 매력 중 하나였다고 생각해요."

"마거릿, 난 다시는 헬스톤을 볼 수 없을 거야." 헤일 부인이 말했다. 그녀의 눈에 눈물이 차올랐다. 마거릿은 아무 대답도 할 수 없었다. 헤일 부인이 말을 이었다. "거기 살 때는 떠나고 싶은 마음뿐이었는데. 어디든 헬스톤보단 즐거울 것 같았거든. 그런데 이제 이렇게 멀리 떠나와서 죽겠구나. 벌받은 거지."

"그런 말씀 하시면 안 돼요." 마거릿이 초조하게 말했다. "의사 선생님이 몇 년 더 사실 수도 있다고 했어요. 오, 어머니! 헬스톤에 모셔다 드릴게요."

"아니, 못 갈 거야! 죗값을 치르는 거라고 받아들여야지. 하지만, 마거릿…… 프레더릭은!"

그 말을 하자마자 헤일 부인은 날카로운 고통의 비수에 찔린 듯이 갑자기 소리 내어 울기 시작했다. 아들 생각이 그녀의 평정을 깨고 기진함까지 이긴 듯했다. 그녀는 격정적으로 울며 외쳤다. "프레더릭! 프레더릭! 이 어미에게 와라. 이 어미가 죽어간다. 내 귀여운 첫아이, 한 번만 이 어미에게 와다오!"

그녀는 심각한 히스테리 발작을 일으켰다. 마거릿은 겁에 질려 딕슨을 불러왔다. 딕슨은 화가 나서 씩씩거리며 들어와 어머니를 흥분시킨 마거릿을 나무랐다. 마거릿은 지금 이 시간에 아버지가 돌아오진 않을 거라고 믿으며 그 모든 걸 순순히 견뎠다. 그녀는 상황에 비해 심하게 놀란 상태였지만 변명 한마디 없이 딕슨의 지시에 신속히 따랐다. 그렇게 해서 딕슨의 화를 누그러뜨렸다. 그들은 헤일 부인을 침대에 눕혔고, 마거릿은 어머니가 잠들 때까지 곁에 앉아 있었다. 그후에 딕슨이 그녀를 방에서 불러내어 성미에 안 맞는 일이라도 하듯 뚱한 얼굴로 응접실에 커피를 준비해놓았으니 가서 마시라고 명령했다. 그러곤 커피를 마시는 마거릿 앞에 당당히 서서 말했다.

"아가씨, 그렇게 알고 싶어 안달하지 않았으면 때도 되기 전부터 이렇게 마음 졸일 필요가 없었을 거예요. 어차피 금방 알게 됐을 텐데. 이제 아가씨가 주인님께 말씀드리면 집안 꼴이 아주 보기 좋겠네요!"

"아뇨, 딕슨. 아버지께는 말씀드리지 않을 거예요. 아버지는 나처럼 잘 견디지 못하실 테니까요." 마거릿이 슬프게 말했다. 그러고는 왈칵 울음을 터뜨려 자신이 얼마나 잘 견디는지 증명하고 말았다.

"아이고! 내 이럴 줄 알았어. 이러다 마님 깨시겠어요. 곤히 잠드셨는데. 마거릿 아가씨, 전 벌써 몇 주나 참고 견뎠어요. 전 아가씨만큼 마님을 사랑할 수 있는 척하지는 않아도, 세상 그 누구보다 마님을 사랑해요. 제 마음속에서 마님에 근접한 사람은 프레더릭 도련님밖에 없죠. 맨 처음 베리스퍼드 큰마님의 하녀에게 뽑혀 그 댁에 들어가서 우리 마님이 흰 크레이프 드레스와 옥수수 이삭, 진홍빛 양귀비꽃으로 단장을 한 모습을 보았을 때, 전 바늘에 손을 찔렸죠. 그 바늘은 손가락에 박혀 부러졌고요. 사람들이 바늘을 빼주자 마님은 자수 장식이 있는 자기 손수건을 찢어서 묶어주셨답니다. 우리 마님이 최고로 아름다웠던 무도회에서 돌아와서는 연고를 발라주러 다시 오셨고요. 전 평생 그 누구도 우리 마님만큼 좋아했던 적이 없어요. 그땐 우리 마님이 이렇게 처량한 신세가 되리라곤 생각지도 못했죠. 누구를 탓하려고 하는 말이 아니에요. 많은 사람들이 마거릿 아가씨보고 예쁘고 잘생겼다고들 하죠. 이 매연 가득한 도시에서도 아가씨의 아름다움은 사람들 눈을 멀게 할 정도고, 올빼미들도 그 아름다움을 알아볼 수 있다고요. 하지만 아가씨는 죽었다 깨어나도 어머니의 아름다움을 못 따라가요."

"어머니는 아직도 정말 아름다우세요. 불쌍한 어머니!"

"또 울면 안 돼요. 그럼 저도 더 못 버틴다고요(훌쩍이며). 아가씨, 이런 상태로는 주인님이 돌아와서 물어보시면 절대 못 견디겠어요. 나가서 산책 좀 하고 오세요. 저도 밖으로 나가 돌아다니면서 마님 걱정을 다 잊고 싶었던 적이 많거든요."

"오, 딕슨! 그런 끔찍한 비밀을 간직하고 있는 줄도 모르고 그동안 내가 딕슨한테 너무 자주 화를 냈네요!"

"저런! 전 아가씨가 씩씩한 게 좋아요. 옛날 베리스퍼드 가문의 피죠. 돌아가신 존 경께선 집사를 그 자리에서 단 두 방에 쏴죽이셨어요. 소작인들을 착취했다는 말을 했다고요. 부싯돌 가죽까지 벗길 정도로 지독하게 소작인들을 쥐어짜는 분이셨는데."

"딕슨, 난 딕슨한테 총 안 쏴요. 이제 화도 안 내도록 노력할 거고요."

"아무렴요. 제가 가끔 그런 말을 했다면 저 자신한테 몰래 한 거예요. 여긴 대화 상대가 없으니까 그냥 혼자 중얼거려본 거죠. 그리고 아가씨는 화낼 때 천생 프레더릭 도련님이에요. 아가씨 얼굴에 먹구름이 낄 때면 도련님이 성낼 때 모습이 보여요. 그 모습을 보고 싶어서 일부러 아가씨를 화나게 만들고 싶을 정도라니까요. 아가씨, 얼른 나가세요. 마님은 제가 돌볼게요. 주인님이야 혹시 들어오신대도 책만 있으면 심심해하지 않으실 거고요."

"나갈게요." 마거릿이 말했다. 그녀는 두렵고 결심이 서지 않는 듯 잠시 머뭇거리다가 갑자기 딕슨에게 키스하고 재빨리 방에서 나갔다.

"아가씨에게 신의 은총이 있기를! 우리 아가씬 정말 착해. 내가 사랑하는 사람은 셋이지. 마님, 프레더릭 도련님, 그리고 아가씨. 그 셋뿐이야. 그게 다야. 나머지 사람들한테는 관심도 없어. 난 그 사람들이 세상에 왜 있는지도 모르겠으니까. 주인님은 마님과 결혼하기 위해 태어났겠지. 주인님이 마님을 제대로 사랑한다는 생각이 들면 주인님도 사랑하게 될 텐데. 주인님은 마님께 더 정성을 쏟았어야 했어. 허구한 날 읽고 또 읽고 생각하고 또 생각하지만 말고. 그렇게 읽고 생각해서 얻은 게 대체 뭐야! 책 한 줄 안 읽고 생각 한 번 안 하고도 교구목사니 주임사제니 다들 되는데. 주인님도 만날 지겹게 읽고 생각하는 대신에 마님께만 신경썼다면 그런 자리에 올랐을 거야. 저기 가시네(현관문 닫히는 소리를 듣고 창밖을 내다보며). 불쌍한 아가씨! 작년에 헬스톤에 처음 왔을 때보다 행색이 초라해졌어. 그땐 옷장을 다 뒤져도 꿰맨 스타킹이나 세탁한 장갑은 찾아볼 수도 없었건만. 그런데 지금은……!"

17장

파업이란 무엇인가?

길목마다 가로막은 들장미,
세심한 주의가 필요하고
저마다 십자가 짊어진 운명,
기도가 절실히 필요합니다.
—작자 미상*

마거릿은 무거운 마음으로 마지못해 집에서 나왔다. 하지만 길게 뻗은 길이, 그리고 밀턴 스트리트의 공기가 첫 모퉁이에 이르기 전에 젊은 혈기를 북돋워줬다. 그녀의 발걸음은 점점 더 가벼워지고 입술은 붉어졌다. 그녀는 마음속 생각에만 골몰하지 않고 주위를 둘러보기 시작했다. 평소와 달리 거리에서 어정거리는 사람들이 눈에 띄었다. 주머니에 손을 넣은 남자들이 어슬렁거리며 지나갔고, 왁자지껄하게 떠들며 웃어대는 여자 무리도 보였다. 여자들은 잔뜩 신이 나 요란스러웠으며 자신감이 넘쳤다. 불명예스러운 소수집단에 속하는 인상 나쁜 남자들이 맥주나 진을 파는 술집 계단에서 얼쩡대며 담배를 피우면서, 지나

* 애나 워링의 『찬송가와 명상』에도 같은 구절이 있다.

가는 모든 행인을 두고 함부로 평을 해댔다. 마거릿은 목적지인 들판에 닿기 전에 이 거리들을 한참이나 걸어야 하는 게 싫었다. 그래서 베시 히긴스에게 가봐야겠다고 생각했다. 조용한 시골길을 걷는 것만큼 상쾌하진 않겠지만 그게 더 친절한 일이 될 테니까.

집에 들어가니 니컬러스 히긴스는 난롯가에서 담배를 피우고 있었다. 베시는 맞은편 흔들의자에 앉아 있었다.

니컬러스는 입에 문 담배파이프를 빼고 일어나 마거릿에게 자신의 의자를 밀어주고는, 마거릿이 베시에게 안부를 묻는 동안 느긋하게 벽난로 선반에 기대서 있었다.

"풀은 죽어 있지만 건강은 나아졌소. 베시는 이번 파업을 좋아하지 않지. 어떤 대가를 치르더라도 평화롭고 조용한 것에 집착하는 아이라."

"내가 본 세번째 파업이에요." 그것으로 충분한 설명이 된다는 듯 베시가 한숨지으며 말했다.

"삼세번이라는 말도 있잖니. 두고 봐라, 이번엔 공장주들을 멋지게 해치울 테니. 그 사람들이 찾아와서 우리 요구대로 해주겠다고, 돌아와달라고 애걸하게 만들 거다. 그럼 되는 거야. 지난번에는 실패했지만 이번에는 계획을 아주 철저히 세워놨어."

"왜 파업을 하는 거죠?" 마거릿이 물었다. "파업은 원하는 임금을 받을 때까지 일을 안 하는 거잖아요, 안 그런가요? 제가 너무 모른다고 놀라지는 마세요. 파업이란 말은 들어본 적도 없는 곳에서 왔으니까."

"나도 거기 살았으면 좋겠어요." 베시가 지친 목소리로 말했다. "하지만 이제는 파업이 지긋지긋해질 일도 없어요. 나한테는 이번이 마지막 파업이 될 테니까요. 이번 파업이 끝나기 전에 난 위대한 도시, 신성한 예루살렘에 있을 테니까요."

"저 아이는 마음속에 내세 생각만 가득해서 현재 생각을 못하지. 난 여기서 최선을 다할 작정이오. 내 손 안에 있는 새 한 마리가 풀숲의 새 두 마리보다 나은 법이니까. 우리는 이렇게 파업 문제에 대한 의견이 다르오."

"하지만 제가 살던 곳에서는 노동자들이 파업을 일으킨다면, 거의 다 농사짓는 일꾼들이니 씨앗도 못 뿌리고 건초도 못 거둬들이고 옥수수 수확도 못하게 될 거예요." 마거릿이 말했다.

"그래서요?" 니컬러스는 담배파이프를 도로 입에 물더니 심문하듯 말했다.

"그럼 농장주들은 어떻게 되죠?"

니컬러스는 담배파이프를 뻐끔뻐끔 빨았다. "농장을 포기하든지 아니면 임금을 제대로 줘야지."

"농장을 포기할 수도 없고 임금도 안 줄 거예요. 농장이란 건 갑자기 포기할 수 있는 게 아네요. 아무리 포기하고 싶어도요. 그리고 그해에 내다팔 옥수수도 없고 건초도 없는데 다음해에 일꾼들에게 줄 돈이 어디서 나겠어요?"

니컬러스는 담배파이프를 빨고 있다가 말했다.

"난 당신네 남부 방식은 모르오. 남부 노동자들은 패기가 없어서 혹사당하며 산다고 들었지. 죽도록 굶주리고, 배가 고파 멍해져서 혹사당하는 것도 모른다고. 여긴 안 그래요. 우린 혹사당하면 그 사실을 제대로 알고, 패기가 있어서 그냥 참지 않아요. 직조기에서 손 떼고 이렇게 말하지. '공장주들, 당신들은 우리를 배고프게 할 수는 있어도 혹사할 수는 없어!' 망할 인간들, 이번엔 안 될 거다!"

"난 남쪽에 내려가서 살고 싶어요." 베시가 말했다.

"거기도 견딜 게 많아요. 어디든 견뎌야 할 슬픔들이 있기 마련이니까. 먹을 것이 부족해서 기운을 쓰기도 힘든데 무척 힘든 육체노동을 해야만 하거든요." 마거릿이 말했다.

"그래도 밖에서 일하잖아요. 끝도 없는 소음과 끔찍한 열기는 피할 수 있겠죠."

"폭우 속에서 일할 때도 있고 매서운 추위도 견뎌야 해요. 젊은 사람은 견딜 수 있지만 노인은 류머티즘에 시달리게 되고, 이른 나이에 허리도 꼬부라지고 몸도 약해지죠. 그래도 똑같이 일해야 해요. 안 그러면 구빈원 신세를 지게 되니까."

"난 아가씨가 남부의 삶을 무척 좋아하는 줄 알았어요."

"그렇긴 하죠." 마거릿은 자신이 말려든 걸 깨닫고 살짝 미소 지으며 말했다. "베시, 내 말은 이 세상 모든 건 장단점이 있다는 뜻이에요. 베시가 여기를 나쁘게 생각하니까 남부의 나쁜 점도 알아야 공평할 것 같아서 얘기해준 거예요."

"거기는 파업을 안 한다고요?" 니컬러스가 불쑥 물었다.

"안 해요! 파업을 하기엔 분별력이 너무 강하니까요." 마거릿이 대답했다.

"분별력이 강해서가 아니라 패기가 부족해서겠지." 니컬러스가 파이프가 깨질 정도로 거칠게 재를 떨며 말했다.

"오, 아버지! 파업해서 얻은 게 뭐예요? 어머니가 돌아가셨을 때 했던 첫 파업을 생각해보세요. 우리 다 얼마나 배가 고팠어요? 특히 아버지가 제일 고생했잖아요. 그런데도 많은 사람들이 임금도 못 올리고 매주 일터로 돌아갔어요. 결국 다들 일자리가 있는 데로 들어갔고, 일부는 그후로 평생 거지가 됐죠."

"그땐 파업이 허술해서 그랬던 거다. 조직책이 멍청이거나 진실하지 못한 인간들이었지. 두고 봐라, 이번엔 다를 테니."

"하지만 뭘 위해 파업을 하는지 아직 얘기 안 해주셨어요." 마거릿이 재차 물었다.

"그건, 공장주 대여섯 명이 지난 이 년간 지불해온 임금을 더이상 못 주겠다고 버티고 있기 때문이오. 그동안 그 임금을 주며 사업을 잘해 더 부자가 됐으면서. 그런데 이제 와서 우리더러 임금을 덜 받으라는 거요. 우리는 그럴 생각이 없소. 우선 그들을 굶어죽게 만들어놓고 그 다음에 누가 그들을 위해 일하는지 볼 거요. 그들은 황금알 낳는 거위를 죽인 꼴이 될 테지."

"그 사람들에게 복수하기 위해 스스로 죽을 계획을 세운 건가요!"

"아니, 그게 아니오. 항복하느니 차라리 그 자리에서 죽을 기회를 기다리는 거지. 군인은 그러면 훌륭하고 고결하다는 소리를 듣는데 가난한 방직공은 왜 그런 소리를 못 듣는단 말이오?"

"하지만 군인은 나라를 위해, 다른 사람들을 위해 죽는 거잖아요." 마거릿이 말했다.

니컬러스가 험악하게 웃었다. "아가씨는 젊은 처녀일 뿐이지만, 난 주급 16실링으로 세 사람, 그러니까 베시, 메리, 나를 먹여 살린다는 걸 모르겠소? 내가 이번에 파업하는 것이 나 자신을 위해서라고 생각해요? 나도 군인처럼 다른 사람들을 위해 싸우는 거요. 군인은 생전 본 적도 없고 들은 적도 없는 누군가를 위해 죽는 거지만 난 병든 아내와 아직 공장 다닐 나이가 안 된 자식이 여섯 명 있는 이웃 존 바우처를 위해 죽는 거지. 한 번에 직조기를 두 개밖에 다루지 못하는 무능한 인물이지만 말이오. 존 바우처만을 위해서가 아니라 정의를 위해서이기도 해요. 도대체 우리가 왜 이 년 전보다 낮은 임금을 받아야 하는 거요?"

"저한테 묻지 마세요, 전 아무것도 모르니까. 공장주들한테 물어보세요. 분명 이유를 말해줄 거예요. 그들이 아무 이유 없이 독단적으로 그런 결정을 내리지는 않았을 거예요."

"아가씨는 외지인일 뿐이오." 니컬러스가 경멸적으로 말했다. "아가씨가 뭘 알겠소. 공장주들한테 물어보라니! 그들은 자기들 일은 자기들이 신경쓸 테니 우리는 우리 일이나 신경쓰라고 할 거요. 우리 일은 임금이 깎여도 감지덕지하는 거고, 그들 일은 우리 임금을 깎아서 자기들 배를 불리는 거지. 바로 그런 거요."

마거릿은 자신이 니컬러스의 화를 돋우고 있다는 걸 알면서도 이대로 물러서지 않겠다는 결심으로 말했다. "하지만 업계 사정 때문에 예전 같은 대우를 해줄 수 없는지도 모르잖아요."

"업계 사정! 그건 공장주들 술수요. 난 임금 얘길 하고 있는 거요. 공장주들은 업계 사정을 손에 쥔 채, 말 안 듣는 애들한테 겁을 줘서 착해지게 만드는 무서운 협박 수단으로 이용하고 있지. 그들의 역할은 우리를 쥐어짜서 재산을 불리는 거고, 우리 역할은 떨치고 일어나 맹렬히 싸우는 거요. 우리만을 위해서가 아니라 우리 주위 사람들을 위해, 정의와 공명정대함을 위해. 우리는 그들이 수익을 낼 수 있게 돕고 있으니 그 돈을 쓰는 것도 도와야 하지 않겠소. 이번에는 전에 주로 그랬던 것처럼 그들의 돈이 탐나서 이러는 게 아니오. 우린 따로 돈을 챙겨놨고, 같이 살고 같이 죽기로 했소. 그 누구도 노조에서 요구하는 임금보다 덜 받고 일하러 가진 않을 거요. '파업 만세!' 손턴, 슬릭슨, 햄퍼 같은 작자들, 조심해라!"

"손턴! 말버러 스트리트의 손턴 씨요?" 마거릿이 물었다.

"그렇소! 우린 말버러 공장 손턴이라고 부르지."

"그 사람도 노동자들과 싸우는 공장주죠, 그렇죠? 그는 어떤 공장주인가요?"

"불도그 본 적 있소? 불도그가 코트와 바지를 입고 뒷발로 서 있으면 영락없는 존 손턴일 거요."

"아니, 그건 아니죠. 손턴 씨가 미남은 아니지만 코가 짧으면서 펑퍼짐하거나 으르렁거릴 때 윗입술이 말려 올라가는 불도그처럼 생기진 않았잖아요." 마거릿이 웃으며 말했다.

"생긴 건 아니지. 하지만 존 손턴은 한 가지 생각을 품으면 불도그처럼 물고 늘어져요. 쇠스랑으로 떼어놓아야 말을 들을걸. 그래도 존 손턴은 싸울 가치가 있는 인물이오. 슬릭슨 같은 놈은 조만간 그럴싸한 약속으로 직공들을 구슬려 복귀하게 만들고는, 자기가 다시 권력을 잡으면 직공들을 속여 돈을 가로챌 거요. 자기한테 나온 벌금을 잘도 이용해먹을걸. 미꾸라지같이 잘도 빠져나가지. 고양이같이 교활하고 사나운 놈이야. 그자와는 정직한 싸움을 벌일 수가 없소. 손턴과는 그게 가능한데. 손턴은 완전히 고집불통이니, 딱 불도그지."

"가엾은 베시!" 마거릿이 베시를 돌아보며 말했다. "계속 한숨만 쉬고 있네. 베시는 아버지처럼 싸우고 투쟁하는 걸 좋아하지 않는군요, 그렇죠?"

"그래요!" 베시가 무겁게 대답했다. "나는 그런 거 진절머리가 나요. 이제 인생 말년인데 평생 지겹게 들어온 노동이니, 임금이니, 공장주니, 일꾼이니, 파업방해꾼이니 하는 시끄러운 소리는 더이상 듣고 싶지 않아요."

"불쌍한 것! 말년이란 소리 좀 하지 마라! 좀 움직이고 변화를 줬더니 훨씬 나아졌어. 이제 내가 네 옆에 더 많이 있으면서 활기를 주마."

"담배 연기 때문에 숨을 못 쉬겠어요!" 베시가 까탈스럽게 말했다.

"그럼 이제부터 집에서는 담배 안 피우마. 왜 진작 말 안 했어, 이 바보야." 니컬러스가 부드럽게 말했다.

베시는 한동안 말이 없다가 마거릿만 겨우 들을 수 있도록 소리 죽여 말했다.

"아버지는 담배와 술에서 위안을 찾다가 결국 끝장날 거예요."

베시의 아버지가 밖으로 나갔는데, 담배를 마저 피우러 나가는 게 분명했다.

베시가 열띠게 말했다.

"아가씨, 나 바보 아니에요? 그렇죠? 아버지를 집에 잡아둬야 한다는 걸 알면서. 파업중에는 밖에 나가봐야 술 마시자고 꼬드기는 사람들이나 만날 게 뻔한데. 담배를 피운다고 잔소리를 했으니, 아버지는 담배 생각이 날 때마다 밖으로 나갈 거고 그럼 결국 어떻게 될지 누가 알겠어요. 차라리 내가 담배 연기에 질식하는 게 나은데."

"아버지가 술도 드시나요?" 마거릿이 물었다.

베시가 아직도 흥분을 억누르지 못하며 대답했다. "아뇨, 술을 드신다는 얘기는 아니에요. 하지만 별수 있겠어요? 왜 그런 날 있잖아요. 다들 마찬가지겠지만, 아침에 일어나 시간을 보내다보면 작은 변화가, 활력소가 간절하게 필요한 날. 나는 그런 날 다른 빵집에 가서 빵을 사요. 평생 날마다 눈으로는 똑같은 걸 보고, 귀로는 똑같은 걸 듣고, 입으로는 똑같은 걸 먹고, 머리로는 똑같은 걸 생각하는 게(아니, 아무 생각도 없다고 해야겠죠) 지긋지긋해서요. 남자로 태어나 마음껏 돌아다니며 살고 싶어요. 일자리를 찾아 떠돌아다니는 부랑자라도 좋아요. 아버지, 아니 남자들은 다 평생 똑같은 일을 하는 것에 나보다 더 싫증을 느끼더라고요. 그러니 그네들이 뭘 하겠어요? 술집에 가서 피를 더 빨리, 힘차게 돌게 만들고 다른 때는 볼 수 없었던 것들, 그림이나 거울 같은 것들을 보는 게 무슨 잘못이겠어요? 그래도 우리 아버지는 술주정뱅이는 아니에요. 가끔 취하긴 하지만요." 그녀는 슬프고 애원어린 목소리로 말을 이었다. "파업 때는 사람이 무너지기 쉬워요. 다들 희망에 들떠 시작하지만 어디서 위안을 얻겠어요? 아버지는 분노하겠죠, 아버지뿐만 아니라 모두 다요, 그러다 분노하는 것에도 지칠 거예요. 어쩌면 홧김에 잊어버리고 싶은 일들을 저지를 수도 있고요. 아가씨는 너무도 다정하고 연민에 찬 얼굴이네요! 하지만 아가씨는 아직 파업에 대해 몰라요."

"그래요, 베시. 난 파업에 대해 잘 모르니 베시가 과장하고 있다는 말은 하지 않겠어요. 하지만 몸이 안 좋다보니 한쪽 면만 보고 있는 건지도 몰라요. 다른 밝은 면이 있는데도."

“아가씨는 평생 초록빛으로 뒤덮인 즐거운 곳에서만 살았고 부족함이나 근심이나 악 같은 걸 모를 테니 그런 말을 할 수도 있겠죠.”

마거릿이 상기된 얼굴로 눈을 빛내며 말했다. “베시, 함부로 판단하는 게 아녜요. 난 집에 계신 어머니께 가야 하는데 어머니는 많이 아프세요. 베시, 너무 아프셔서 그 엄청난 고통의 감옥에서 벗어나는 길은 죽음밖에 없어요. 그런데도 난 아버지를 쾌활하게 대해야만 해요. 아버지는 어머니 병세가 얼마나 심각한지 모르시고, 그걸 갑작스럽게 알려선 안 되거든요. 내 마음을 알아주고 나를 도와줄 수 있는 유일한 한 사람, 우리 어머니께 이 세상 그 누구도 줄 수 없는 위안을 줄 수 있는 단 한 사람은 죽어가는 어머니를 만나러 오려면 목숨을 걸어야만 해요. 이건 베시한테만 말하는 거예요. 아무한테도 말하면 안 돼요. 이걸 아는 사람은 밀턴에, 아니 영국 전체에 베시밖에 없어요. 내가 근심을 모른다고? 잘 차려입고 다니고 잘 먹는다고 아무 근심걱정이 없다고? 오, 베시, 하느님은 공평하세요. 우리의 운명은 하느님께서 공평하게 정해주신 거예요. 우리 영혼의 아픔을 아는 이는 하느님뿐이지만.”

“죄송해요. 가끔 내 인생에 대해, 낙이라곤 없는 내 삶에 대해 생각해보면 나도 하늘에서 별이 떨어져 죽을 운명인 사람들 중 하나인 것 같아요. ‘그 별의 이름은 약쑥이라고 합니다. 그래서 물의 3분의 1이 약쑥이 되고 많은 사람들이 그 물을 마시고 죽었습니다. 그 물이 쓴 물로 변했기 때문입니다.’* 내 고통과 슬픔이 이미 오래전에 예언된 거라고 믿으면 그걸 견디기가 더 쉬워요. 내 고통이 예언의 실현을 위해 필요한

* 「요한계시록」 8장 11절의 내용.

것처럼 느껴지니까요. 그렇지 않으면 아무 쓸모도 없는 거고."

"아니에요, 베시. 생각해봐요! 하느님은 일부러 고통을 주시진 않아요. 예언에 너무 골몰하지 말고 성경 속의 더 명쾌한 부분들을 읽어요."

"그게 더 현명하겠지만, 그럼 어디서 그런 멋진 약속의 말을 들을 수 있겠어요. 「요한계시록」에는 이 삭막한 세상, 특히 이 도시와는 완전히 다른 말씀들이 있어요. 나는 7장의 구절들을 혼자 읽고 또 읽어요. 그 소리가 좋아서요. 오르간 소리처럼 듣기 좋아요. 날마다 다른 소리가 나고요. 아니, 나는 「요한계시록」을 안 버릴래요. 성경 내용 중에서 제일 큰 위안을 주니까요."

"나중에 와서 내가 제일 좋아하는 부분을 읽어줄게요."

"좋아요, 오세요." 베시가 반색하며 말했다. "아버지가 아가씨 말은 들을지도 몰라요. 내 말엔 귀를 닫지만요. 아버지는 성경이 현실과 아무 관련이 없대요. 아버지는 현실에만 신경쓰죠."

"동생은 어디 있어요?"

"무명 자르는 일을 하러 갔어요. 보내고 싶진 않았지만 먹고살아야 하니 어쩔 수 없어요. 노조에서 주는 돈은 얼마 안 되거든요."

"이제 가봐야겠네요. 베시가 나한테 좋은 일을 해줬어요."

"내가 아가씨한테 좋은 일을 해줬다고요!"

"네, 여기 올 때 무척 슬펐거든요. 이 세상에서 나만 불행한 것 같았고. 그런데 베시가 그동안 겪었던 일들을 들으니 마음이 강해졌어요."

"감사해요! 나는 좋은 일은 좋은 가문 사람들만 하는 줄 알았거든요. 내가 아가씨한테 좋은 일을 해줄 수 있다고 생각하면 자랑스러워질 것 같아요."

“좋은 일을 한다고 생각하면 좋은 일이 될 수 없어요. 혼란스러워지기만 할 뿐이죠. 그게 좀 위안이 되고요.”

“아가씨 같은 사람은 처음 봐요. 아가씨를 어떻게 생각해야 할지 모르겠어요.”

“그건 나도 마찬가지예요. 안녕!”

베시는 흔들의자를 멈추고 마거릿의 뒷모습을 바라보았다.

‘남부에는 저 아가씨 같은 사람들이 많을까? 마치 시골의 공기를 마시는 것 같아. 가슴이 상쾌해져. 내가 꿈꾸는 천사처럼 밝고 강한 얼굴을 가진 아가씨가 그런 슬픔을 알고 있다니. 저 아가씨는 어떻게 죄를 지을까? 우리 모두 죄를 짓기 마련이니까. 난 저 아가씨가 좋아. 아버지도 그런 것 같고. 심지어 메리조차. 여간해서는 누구한테 그렇게 관심을 보이는 애가 아닌데.’

18장

호불호

내 마음이 반란을 일으켜
가슴속에서 두 개의 목소리가 들린다.
—「발렌슈타인」*

집에 돌아온 마거릿은 테이블에 놓인 편지 두 통을 보았다. 하나는 어머니에게 온 쪽지였고, 나머지 하나는 우편으로 온 것이었는데 일렁이는 은빛 선으로 이루어진 외국 소인들로 뒤덮인 것으로 보아 쇼 이모가 보낸 게 분명했다. 그녀가 그 우편물을 집어들어 자세히 살펴보고 있을 때 아버지가 불쑥 들어왔다.

"네 어머니는 피곤해서 일찍 잠자리에 들었구나! 이런 천둥 치는 날은 의사가 왕진 오기에 최고의 날은 아니지. 의사가 뭐라던? 딕슨 말로는 의사가 너한테 얘기해줬다던데."

마거릿은 망설였다. 아버지의 표정이 더 심각하고 근심스러워졌다.

* 독일 시인이자 극작가 프리드리히 실러의 희곡.

"중병이라고 말한 건 아니지?"

"현재로선 아니에요. 그냥 보살핌이 필요하대요. 의사 선생님이 무척 친절하셨어요. 다시 오셔서 약이 잘 듣는지 본다고 하셨어요."

"보살핌만 필요하다고? 공기를 바꿔야 한다는 말은 안 했어? 이 매연 도시가 네 어머니 건강을 해치고 있다는 말은 안 했니, 마거릿?"

"아뇨! 전혀요." 마거릿이 엄숙하게 대답했다. "하지만 걱정스러워 보였어요."

"의사들은 원래 걱정스러운 태도를 갖고 있지. 직업적인 거야."

마거릿은 아버지의 초조한 모습을 보고, 그가 자신이 하는 말을 모두 가볍게 받아들이는 것 같긴 해도 속으론 처음으로 위험을 감지했음을 알 수 있었다. 헤일 씨는 저녁내 그 일에 집착하면서 다른 화제로 넘어가지 못하고 자꾸 그 얘기를 꺼냈다. 그러면서도 조금이라도 부정적인 생각은 받아들이려 하지 않는 모습이 마거릿을 말할 수 없이 슬프게 만들었다.

"아버지, 이건 쇼 이모님이 보내신 편지예요. 나폴리에 갔는데 너무 더워서 소렌토에 집을 얻으셨대요. 하지만 이모님은 이탈리아를 좋아하지 않으실걸요."

"의사가 식이요법 얘기는 안 했니, 응?"

"영양가 많고 소화 잘되는 걸로 드리랬어요. 어머니는 식욕은 아주 좋으신 것 같아요."

"그렇지! 그러니 의사가 식이요법 얘기를 한 게 더 이상한 거야."

"아버지, 제가 물어봐서 얘기한 거예요." 침묵이 흘렀다. 마거릿이 말을 이었다. "쇼 이모님이 산호 장식들을 좀 보내셨대요. 그런데," 그녀는 반쯤 미소 지으며 덧붙였다. "밀턴 비국교도들이 그 진가를 몰라볼까봐 걱정이신가봐요. 이모님은 퀘이커교도들을 기준으로 비국교도들을 보시잖아요, 안 그래요?"

"혹시 네 어머니가 원하는 게 있다면 꼭 나한테 알려줘야 한다. 네 어머니는 원하는 걸 내게 다 말하지 않는 것 같구나. 손턴 부인이 말해준 그 하녀 좀 잘 알아봐라. 착하고 일 잘하는 하녀가 집에 들어오면 딕슨이 계속해서 네 어머니 곁을 지킬 수 있을 거고, 내가 장담하는데 잘 보살피기만 하면 되는 거라면 네 어머니는 금방 좋아질 거야. 요새 날씨도 덥고 하녀 구하기도 힘들고 해서 네 어머니가 많이 지쳤어. 조금 쉬면 정상으로 돌아올 거다. 그렇지, 마거릿?"

"저도 그랬으면 좋겠어요." 마거릿이 대답했다. 그러나 너무 슬프게 말해서, 아버지는 그걸 알아차리고 딸의 볼을 꼬집었다.

"얘야, 네 얼굴이 너무 창백해서 내가 혈색이 좀 돌게 해줘야겠구나. 건강 잘 챙기렴. 안 그러면 다음엔 네가 진찰을 받아봐야 할 테니."

하지만 헤일 씨는 그날 저녁 아무 일도 하지 못했다. 아내가 아직 자고 있는지 확인하려고 계속 까치발로 왔다갔다했다. 마거릿은 아버지가 불안해하는 것이, 가슴속 어두운 곳에서 희미하게 모습을 드러내는 끔찍한 공포를 짓누르려고 애쓰는 것이 무척이나 마음 아팠다.

이윽고 아버지가 얼마간 안도한 얼굴로 들어왔다.

"마거릿, 네 어머니가 깼다. 내가 옆에 서 있는 걸 보고 환하게 웃어주더구나. 옛날처럼 말이야. 몸이 가뿐해져서 차를 마실 수 있겠다고 하더라고. 네 어머니에게 온 쪽지 어디 있니? 네 어머니가 보고 싶단다. 네가 차 준비하는 동안 네 어머니에게 읽어줘야겠다."

그 쪽지는 손턴 부인이 보낸 공식 초대장으로, 21일 만찬에 헤일 부부와 헤일 양을 초대한다는 내용이었다. 마거릿은 낮에 그런 슬픈 소식을 듣고도 만찬 초대를 받아들일지 고려하는 것 자체가 놀라웠다. 하지만 현실이 그랬다. 마거릿이 초대장 내용에 대해 듣기 전부터 헤일 부인은 남편과 딸이 그 만찬에 가는 상상에 사로잡혔던 것이다. 그건 환자의 단조로운 삶에 변화를 줄 수 있는 사건이었기에, 헤일 부인은 마거릿이 반대하자 꼭 가야 한다고 안달을 부렸다.

"아니다, 마거릿. 네 어머니가 원하면 우리 둘 다 기꺼이 가야지. 네 어머니는 진짜 몸이 좋아졌다고 느끼지 않는다면, 우리 생각보다 상태가 좋은 게 아니라면 우리가 가기를 바라지 않을 거다, 응, 마거릿?" 이튿날 초대 수락 쪽지를 쓰려고 준비하는 마거릿에게 헤일 씨가 걱정스럽게 말했다.

"그렇지, 마거릿?" 초조하게 손을 움직이며 헤일 씨가 물었다. 그가 갈망하는 위안을 주지 않는 건 잔인한 짓 같았다. 게다가 공포의 존재를 열렬히 거부하는 아버지를 보자 마거릿 자신도 희망이 생기는 듯했다.

"어젯밤부터 나아지신 것 같아요. 눈도 더 빛나고 안색도 더 맑아졌어요." 그녀가 말했다.

아버지가 열띠게 말했다. "고맙구나. 그게 사실이니? 어제는 너무 무더웠어. 누구라도 몸이 안 좋을 수밖에 없었지. 하필 그런 날 도널드슨 선생이 왕진을 오다니."

헤일 씨는 일을 하러 나갔다. 그는 근처 문화회관에서 노동자들에게 강의를 해주기로 약속해서 그걸 준비하느라 일이 늘어난 상태였다. 그는 강의 주제를 교회 건축으로 정했는데, 강의 장소의 성격이나 수강자들의 희망보다는 자신의 취향과 지식에 따른 선택이었다. 그리고 문화회관측은 빚에 허덕이는 입장이라 헤일 씨 같은 학식과 소양을 갖춘 사람이 무료강의를 해주는 것이 마냥 기뻐서 강의 주제에는 신경쓰지 않았다.

그날 밤 손턴이 물었다. "어머니, 21일 만찬에 오겠다고 한 사람이 누구누구인가요?"

"패니, 쪽지들 어디 있니? 슬릭슨 부부도 온다고 했고, 콜링브룩 부부랑 스티븐스 부부도 온다고 했고, 브라운 부부는 못 온다더구나. 헤일 씨 댁 아버지와 딸은 오고 어머니는 대단한 병자라 못 오고, 맥퍼슨 부부, 호스폴 씨, 영 씨도 온다고 했어. 브라운 부부가 못 온다니 포터 부부를 초대할까 생각중이다."

"아주 좋네요. 그런데 도널드슨 선생님한테 들으니 헤일 부인은 건강이 많이 안 좋으신 것 같던데요."

"헤일 부인이 그렇게 아프다면 그 집 사람들이 만찬 초대를 받아들인 게 이상하네요." 패니가 말했다.

"난 아프다고는 안 했다." 오빠가 날카롭게 대꾸했다. "건강이 많이 안 좋다고 했지. 가족들은 그걸 모를 수도 있고." 하지만 다음 순간, 도널드슨 선생이 한 말로 미루어보면 마거릿은 헤일 부인의 정확한 상태를 알고 있는 게 분명하다는 생각이 들었다.

"존, 네가 어제 헤일 씨에게 만찬에 참석하는 게, 그러니까 스티븐스나 콜링브룩 부부를 소개받는 게 큰 이득이 되리라고 한 얘기를 잘 새겨들은 모양이구나."

"그건 그 사람들의 결정에 아무 영향도 미치지 못했을걸요. 그럼요! 전 어떻게 된 건지 알 것 같네요."

"오빠!" 패니가 특유의 약하고 초조한 웃음을 보이며 말했다. "오빠는 그 헤일가 사람들을 이해한다고 하면서, 우리는 그 집 사람들에 대해 아무것도 알 수 없다는 것처럼 말하네요. 그 사람들이, 진짜로 다른 대부분의 사람들과 그렇게 다른 거예요?"

오빠의 부아를 긁으려는 의도로 한 말이 아니었지만, 설령 그런 의도가 있었다고 해도 이보다 더 철저히 오빠를 화나게 만들 순 없었을 터였다. 손턴은 동생의 질문에 대답도 않고 혼자 속을 끓였다.

손턴 부인이 말했다. "내가 보기엔 별난 사람들은 아냐. 헤일 씨는 훌륭한 사람 같긴 하다. 사업을 하기엔 너무 순진하고…… 처음엔 목사였다가 이제 선생님이 된 건 좋은 일 같아. 헤일 부인은 병약하지만 훌륭한 숙녀인 것 같고 그 딸은, 자주 생각하는 건 아니다만 나를 혼란스럽게 만드는 건 그 딸뿐이다. 대단히 잘난 체하는 경향이 있는데 왜 그러는지 모르겠더구나. 우리 같은 사람들과 어울리기엔 자기가 너무 우월하다고 생각하는 것처럼 굴 때가 있다니까. 부자도 아니면서 말이야. 내가 알기론 부자였던 적도 없었는데."

"세련되지도 못했어요. 피아노도 못 친대요."

"계속해라, 패니. 네 기준에 부족한 점이 또 뭐니?"

"존, 그러지 마라! 해로운 말도 아니었는데. 나도 헤일 양이 피아노를 못 친다고 말하는 거 들었다. 네가 그렇게 싸고돌지만 않으면 우리도 헤일 양을 좋아하게 되고 그 아가씨의 장점들을 발견할 수 있을지도 모른다."

"난 절대 그럴 수 없을 거예요!" 어머니를 등에 업은 패니가 웅얼거렸다. 손턴은 그 말을 들었지만 아무 대꾸도 하지 않았다. 그는 식당 안을 서성이며 어머니가 얼른 촛불을 들여오라는 명령을 내려서 읽거나 쓰는 일을 시작할 수 있기를, 그래서 이 대화에 종지부를 찍게 되기를 바랐다. 하지만 옛날의 절약정신이 몸에 밴 어머니가 가정 내에서 자잘한 규칙을 준수하는 걸 방해할 생각은 단 한 번도 해본 적이 없었다.

"어머니, 전 어머니께서 헤일 양을 좋아해주셨으면 좋겠어요." 그가 걸음을 멈추며 용감하게 진실을 말했다.

"왜? 설마 그 아가씨랑 결혼할 생각이 있는 건 아니지? 돈 한 푼 없는 아가씨인데." 손턴 부인이 아들의 진지하면서도 다정한 태도에 흠칫 놀라서 물었다.

"헤일 양이 절대 안 받아줄 겁니다." 손턴이 짤막하게 웃으며 말했다.

"그래, 그럴 거다. 벨 씨가 너에 대해 좋게 말한 걸 나한테 전해주길래 내가 칭찬했더니 내 면전에 대고 웃더구나. 헤일 양의 그런 솔직한 행동은 좋았다. 헤일 양이 너한테 생각이 없다는 걸 확실히 알 수 있었으니까. 하지만 그 아가씨 말을 듣고 바로 기분이 상해버렸지. 아 글쎄…… 아니, 신경쓸 것 없다! 아무튼 헤일 양은 자기가 대단한 줄 알아서 너는 안중에도 없다는 말은 맞더라. 건방진 것! 어디 가서 더 좋은 남자를 찾는지 보고 싶구나!"

그 말이 손턴의 마음에 상처를 주었다고 하더라도 실내가 어둑해서 그걸 들키지 않을 수 있었다. 잠시 후 그는 쾌활하게 어머니에게 다가가 어깨에 한 손을 가볍게 얹으며 말했다.

"어머니 말씀이 진실이라는 걸 저도 어머니만큼 확신해요. 전 헤일 양에게 아내가 되어달라고 부탁할 생각이 없으니, 앞으로 제가 헤일 양에 대해 얘기할 때 아무 사심이 없다는 걸 믿으셔도 돼요. 헤일 양에게 힘든 일이 생길 듯하고, 어쩌면 헤일 양이 어머니의 사랑을 그리워하게 될 수도 있을 듯하니 어머니께서 헤일 양의 친구가 되어줄 준비를 하셨으면 좋겠다는 거예요. 헤일 양에게 친구가 필요할 때를 대비해서요. 그리고 패니, 너도 생각이 있는 애니까, 내가 어머니와 너에게 헤일 양에게 따뜻한 관심을 보여달라고 부탁한 걸 헤일 양이 알면 안 된다는 걸 모르지 않을 거다. 헤일 양이 알게 되면 나나 헤일 양이나 똑같이 곤란해져. 헤일 양은 지금 내가 말한 것 말고도 다른 이유가 있으리라고 생각하고 심각하게 받아들일 거야."

어머니가 말했다. "난 그 아가씨의 자만심이 용서가 안 돼. 존, 네 부탁이니 필요하다면 친구가 되어주마. 네 부탁이라면 이세벨*의 친구도 될 수 있다. 하지만 그 아가씨는, 우리 모두에게 거만을 떨고 있어, 너한테도 거만을 떨고……"

"아니요, 어머니. 전 헤일 양의 경멸이 닿는 거리 안에 들어가본 적이 없고 앞으로도 절대 그러지 않을 겁니다."

"경멸이라니, 세상에!" 손턴 부인이 특유의 코웃음을 쳤다. "존, 내가 헤일 양에게 친절히 대하길 원한다면 그 아가씨 얘기는 그만하자. 헤일 양과 같이 있으면 그 아가씨가 좋은지 싫은지 잘 모르겠는데, 그 아가씨 생각을 하거나 너한테 그 아가씨 얘기를 들으면 그 아가씨가 미워져. 그 아가씨가 너한테 건방을 떨었다는 건 네가 말하지 않아도 훤히

---

* 「열왕기」에 등장하는 이스라엘 왕 아합의 왕비. 매우 사악하고 잔인한 인물로 묘사된다.

알겠다."

"설사 그렇다고 해도," 손턴은 잠시 멈췄다가 말을 이었다. "전 여자의 거만한 얼굴에 주눅들거나 여자가 저에 대해, 그리고 제 지위에 대해 오해하는 것에 신경쓸 남자가 아니에요. 그냥 비웃어버릴 수 있죠!"

"아무렴! 저만 잘난 줄 알고 거만 떠는 헤일 양도 비웃어버려!"

"그렇다면 헤일 양 얘기를 왜 그렇게 많이 하는 건지 모르겠네요. 그 얘기라면 신물이 나요." 패니가 말했다.

"좋아!" 손턴이 좀 씁쓸하게 말했다. "더 기분좋은 얘기로 넘어가지. 유쾌한 대화를 위해, 파업에 대해서는 어떻게 생각하니?"

"일꾼들이 진짜 파업에 들어간 거니?" 손턴 부인이 강한 관심을 보이며 물었다.

"햄퍼 씨 직공들은 파업에 들어갔어요. 우리 공장 사람들은 계약 위반으로 고소당할까봐 무서워서 아직 일하고 있고요. 계약 기간이 끝나기 전에 그만두는 사람은 모조리 고소해서 처벌받게 하고 있으니까요."

"법률 비용이 일꾼들 몸값보다 더 비싸겠다. 배은망덕한 것들!" 어머니가 말했다.

"그럼요. 하지만 전 그들에게 제가 한 약속은 반드시 지킨다는 걸, 그들도 약속을 지켜야만 한다는 걸 보여줬어요. 이제 그들은 저를 알죠. 슬릭슨 씨 직공들은 처벌 안 받을 거예요. 슬릭슨은 그들을 처벌받게 하는 데 절대 돈을 쓰지 않을 테니까요. 어머니, 우리 공장은 곧 파업할 거고요."

"주문 받아놓은 게 많지 않았으면 좋겠구나."

"물론 많아요. 직공들도 그걸 잘 알고 있고요. 하지만 그들은 모든 걸 알진 못하죠. 본인들은 다 안다고 생각하지만."

"존, 그게 무슨 말이니?"

촛불이 들어왔고, 패니는 끝날 줄 모르는 뜨개질감을 잡고 하품을 해대다가 이따금 의자 등받이에 기대앉아 아무 생각 없이 멍하니 허공을 응시했다.

손턴이 말했다. "미국인들이 면사를 시장에 출하하게 됐어요. 우리에게 남은 방법은 더 적은 비용으로 생산하는 것밖에 없어요. 그러지 못하면 공장은 문을 닫고 공장주와 일꾼은 다 같이 떠돌이 신세가 되겠죠. 그런데도 이 바보들이 삼 년 전 임금 얘기를 하고 있고요. 일부 주동자들은 디킨슨 씨네 공장 임금을 들먹이는데, 디킨슨 씨는 직공들 임금에서 비열하게 벌금을 우려내고 제가 경멸하는 편법들을 쓰고 있어요. 그래서 사실상 디킨슨 씨네 공장이 우리보다 임금이 적은데도요. 그자들 역시 그걸 다 알면서도 그러는 거죠. 어머니, 맹세코 전 옛날 결사금지법*이 시행되었으면 좋겠어요. 무식하고 고집만 센 바보들이 잘 돌아가지도 않는 멍청한 머리들을 모아서 지식과 경험, 그리고 고통스러운 생각과 근심걱정만이 줄 수 있는 모든 지혜를 갖춘 사람들의 운명을 지배하는 게 너무 한심해요. 사실 지금 거의 그 단계에 이르렀는데, 다음 단계에는 우리가 방직노조 간사를 찾아가 모자를 벗어들고 머리를 조아리며 그들이 원하는 조건으로 노동력을 제공해주십사 애걸하게 되겠죠. 저들이 원하는 게 그거고요. 노동자들은 우리가 이곳 영국에서 소모비용을 보상받을 정도의 적정 이윤을 내지 못하면 외국으

* 영국에서 1799년과 1800년에 제정된 노동조합 금지법. 1824년에 폐지되었다.

로 공장을 옮길 수도 있다는 걸 몰라요. 국내와 해외에서 벌어지는 경쟁 때문에 우리 모두 적정 이윤 이상을 낼 수 없는데다, 평균 햇수 안에 그렇게 할 수 있다면 감사해야 한다는 것도 모르고요."

"아일랜드에서 일꾼들을 데려올 수는 없니? 이 작자들을 하루도 더 두고 싶지 않구나. 내가 주인이니 내가 좋아하는 하인들을 고용할 수 있다는 걸 똑똑히 가르쳐주고 싶다."

"그럼요! 데려올 수 있죠. 직공들이 계속 버티면 그렇게 할 거고요. 수고스럽고 돈도 들거니와 위험도 따르겠지만, 굴복하느니 그렇게 하겠어요."

"돈 들어갈 데도 많은데 이런 때 만찬을 여는 게 좀 그렇구나."

"저도 그래요. 비용 때문이 아니라 생각할 것도 많고 시간 빼앗기는 일도 많아서요. 하지만 호스폴 씨는 꼭 모셔야 해요. 밀턴에 오래 머물지 않으니까요. 그리고 다른 손님들에게도 만찬을 빚지고 있으니 갚아야죠. 이러나저러나 힘이 들긴 마찬가지고요."

손턴은 계속 불안하게 서성였다. 이제 더이상 말은 하지 않았고, 성가신 생각을 떨쳐내려고 애쓰기라도 하듯 가끔 심호흡을 했다. 패니가 어머니에게 사소한 질문을 잔뜩 해댔는데, 전부 파업과는 관련 없는 것들이었다. 조금만 더 현명했다면 지금 어머니가 파업에 대한 생각에 골몰해 있다는 걸 알 수 있었을 텐데 말이다. 그 결과 패니는 짤막한 대답들만을 들을 수 있었다. 열시가 되어 하인들이 기도를 위해 줄지어 들어왔을 때, 패니는 전혀 아쉽지 않았다. 그녀의 어머니가 늘 기도문을 읽었는데, 먼저 성경 한 장을 읽었다. 그들은 현재 구약성서를 착실히 읽어나가는 중이었다. 기도가 끝나자 어머니는 마음속 애정을 표현하지는 않았지만 강한 축복을 담은 눈길로 아들을 바라보며 잘 자라는 인사를 했다. 하지만 손턴은 다시 서성이기 시작했다. 다가오는 파업으로 그의 여러 사업 계획에 일제히 제동이 걸리고 말았다. 많은 시간을 들여 고심 끝에 세운 계획들이 노동자들의 미친 어리석음으로 물거품이 되고 말았다. 결국 그보다 노동자들 자신이 더 큰 상처를 입게 될 터였다. 그들이 벌이고 있는 나쁜 짓에 아무도 한도를 정하지 못하고 있지만 말이다. 그들은 공장주가 자기 자금을 쓰는 데 본인들이 간섭할 자격이 있다고 생각한다! 햄퍼는 바로 오늘 이렇게 말했다. 만일 파업 때문에 망한다면 자신보다 그런 결과를 초래한 노동자들이 더 큰 곤경에 처한 것에 위안을 얻고 새 인생을 시작하겠노라고. 그에겐 손과 머리가 다 있지만 그들에겐 손밖에 없으니까. 그들은 시장을 몰아내면 그 시장을 따라갈 수도, 다른 일을 찾을 수도 없으니까. 하지만 손턴에겐 그런 생각이 위안이 되지 않았다. 복수는 그에게 기쁨을 줄 수 없었다. 그에겐 땀흘려 얻은 지금의 지위가 몹시도 소중했기에 다른 사람의 무지나 어리석음으로 그 지위가 위태로워진 것이 너무 크게 느껴졌고, 그들의 행위가 본인들에게 어떤 파국을 가져올지 생각할 여유도 없었다. 그는 이따금 이를 악물며 계속 서성였다. 이윽고 두시 종이 울렸다. 다 탄 촛불들이 흔들리고 있었다. 그는 자신의 초에 불을 붙이며 웅얼거렸다.

'이번엔 그자들에게 상대가 어떤 사람인지 알게 해주고 말겠어. 그들에게 시간을 두 주 줘야지. 그 이상은 안 돼. 그 기한이 끝날 때까지 자신들의 광기를 깨닫지 못하면 아일랜드에서 일꾼을 사오겠어. 이게 다 슬릭슨 때문이야. 망할 인간! 그런 술수를 쓰다니! 그놈은 재고가 남아

돈다는 생각으로 맨 처음 노조 대표가 찾아왔을 때 항복하는 척했잖아. 물론 그래서 노동자들의 어리석음에 확신만 심어줬지. 애초에 그럴 속셈이었고. 거기서부터 확산된 거야.'

19장

천사의 방문

잠들었을 때 환한 꿈속에서
천사가 영혼을 부르듯
평소의 생각을 초월한 이상한 생각들이
천국을 엿보네.*
— 헨리 본

헤일 부인은 손턴 씨네 만찬에 커다란 호기심을 보이며 좋아했다. 그녀는 자신이 기대하는 모든 즐거움을 미리 알고 싶어하는 단순한 어린애처럼 만찬의 세세한 내용을 계속 궁금해했다. 병자들은 단조로운 삶 때문에 어린애가 되어 현실에 대한 균형감각을 잃기 쉬우며 자신과 세상을 차단하는 벽과 장막이 그 뒤에 숨겨진 것들보다 더 크다고 여긴다. 게다가 헤일 부인은 어릴 적부터 허영심이 있었다. 가난한 목사의 아내가 되었을 때 어쩌면 자신의 허영에 과도한 수치심을 느꼈을 수도 있었다. 그래서 허영심을 억눌러왔지만 그렇다고 완전히 버린 건 아니었다. 그녀는 마거릿이 파티에 가기 위해 단장한 모습을 보는 걸

* 17세기 영국 형이상학파 시인 헨리 본의 시집 『섬광의 부싯돌』에 실린 「그들은 모두 빛의 세상으로 갔네」.

생각하며 즐거워했고, 마거릿이 어떤 옷을 입어야 할지 걱정했다. 마거릿은 어머니가 그런 걱정을 하는 것이 재미있었다. 사교계에 익숙해지는 데는 할리 스트리트에서 보낸 일 년이 어머니가 헬스톤에서 보낸 이십오 년보다 더 효과가 있었기 때문이다.

"그럼 흰 실크 드레스를 입을 생각이구나. 그 드레스가 몸에 맞는 거 확실하니? 이디스가 결혼한 지도 일 년이 다 되어가는데!"

"오, 그럼요, 어머니! 머리 부인이 만들어준 거고 그 드레스가 좋을 거예요. 제가 살이 찌거나 빠졌다면 허리가 아주 살짝 작거나 크겠죠. 하지만 전 변화가 없어요."

"딕슨한테 미리 살펴보라고 하는 게 낫지 않겠니? 그동안 안 입어서 누렇게 변했을 수도 있으니까."

"그럼 그럴게요. 하지만 최악의 경우에는 쇼 이모님이 주신 아주 멋진 분홍색 거즈 드레스를 입으면 돼요. 이디스가 결혼하기 두세 달 전에 주신 거예요. 그건 누렇게 변할 수가 없으니까요."

"그렇지! 하지만 색이 바랬을 수도 있잖니."

"그럼 초록 실크 드레스를 입으면 돼요. 좋은 옷이 너무 많아서 고르기가 힘들 정도예요."

"네가 어떤 옷을 입어야 할지 내가 안다면 좋겠구나." 헤일 부인이 초조하게 말했다.

그러자 마거릿이 즉시 태도를 바꿨다. "어머니, 그럼 제가 가서 하나씩 입어볼 테니 어머니가 제일 마음에 드는 걸로 고르실래요?"

"하지만…… 좋아! 어쩌면 그게 최선일 수도 있겠구나."

그래서 마거릿은 옷을 입으러 갔다. 그런 시간에 드레스를 차려입으니 장난기가 발동해 풍성한 흰 실크 드레스를 치즈 모양으로 둥글게 부풀리고 어머니가 여왕이라도 되는 양 뒷걸음질로 물러났다. 그러나 어머니가 심각한 일에 그런 장난을 친다고 노여워하는 기색을 보이자 금세 진지해지고 차분해졌다. 마거릿은 세상이(자신의 세상이) 무엇에 홀려 드레스를 갖고 이리 안달인지 이해할 수가 없었지만, 바로 그날 오후 베시 히긴스를 만나 (손턴 부인이 알아봐주기로 약속한 하녀에 대한 이야기 끝에) 만찬에 초대받았다는 말을 하자 베시도 흥분을 감추지 못했다.

"세상에! 말버러 공장 손턴 씨네 만찬에 간다고요?"

"그래요, 베시. 그런데 왜 그렇게 놀라요?"

"오, 글쎄요. 하지만 그네들은 밀턴 상류층만 상대하는데요."

"그러니까 베시는 우리가 밀턴의 상류층은 못 된다고 생각하는 거구나, 그렇죠?"

베시는 그렇게 쉽게 속마음을 들킨 것에 얼굴을 붉혔다.

"그야, 여기 사람들은 돈을 중시하는데 아가씨네는 돈이 별로 없잖아요."

"그래, 그건 맞아요. 하지만 우린 교육받은 사람들이고 교육받은 사람들 틈에서 살았어요. 우리 아버지께 가르침을 받으러 오는 것으로 자신이 우리 아버지보다 열등하다는 걸 인정한 사람에게 우리가 만찬 초대를 받는 것이 그렇게 놀라운 일인가? 손턴 씨를 비난하는 뜻으로 하는 말은 아녜요. 포목점 점원에서 지금 그 자리에까지 오를 수 있는 사람은 거의 없으니까."

"그런데 아가씨네 집이 좁아서 답례 만찬을 열 수 있겠어요? 손턴 씨네 집이 세 배는 크잖아요."

"베시가 말하는 답례 만찬이란 것에 손턴 씨를 초대할 수는 있을 거예요. 그런 큰 방에서 그렇게 많은 사람들을 불러서 할 수는 없겠지만요. 하지만 그런 생각은 전혀 안 해봤네요."

"아가씨가 손턴 씨네 사람들과 식사한다는 건 생각도 못해봤어요." 베시가 되풀이했다. "시장님도 거기 만찬에 가고 의원님들도 가거든요."

"난 밀턴 시장님을 만나는 명예쯤은 견뎌낼 수 있을 것 같은데요."

"하지만 그 귀부인들은 옷을 어마어마하게 잘 입는걸요!" 베시가 밀턴 사람 눈에는 야드당 7펜스로밖에 안 보이는 마거릿의 날염 드레스를 걱정스럽게 쳐다보며 말했다.

마거릿이 즐겁게 웃자 얼굴에 보조개가 팼다. "베시, 멋쟁이들 사이에서 내가 초라해 보일까봐 마음 써줘서 고마워요. 나한테도 화려한 드레스가 많아요. 일주일 전까지만 해도 그 드레스들이 너무 화려해서 다시는 입을 일이 없겠다고 생각한걸요. 하지만 손턴 씨네 만찬에 가서 혹시 시장님을 만날지도 모르니, 제일 좋은 드레스로 입어야겠어요. 정말이에요."

"무슨 드레스를 입을 건데요?" 베시가 좀 안도하며 물었다.

"흰 실크 드레스. 일 년 전 사촌 결혼식 때 입은 거죠." 마거릿이 대답했다.

"그거면 될 거예요! 아가씨가 멸시당하는 건 싫거든요." 베시가 뒤로 기대앉으며 말했다.

"이런! 난 괜찮을 거예요. 그 드레스가 밀턴에서 멸시당하지 않게 해주겠죠."

"아가씨가 멋지게 차려입은 모습을 볼 수 있었으면 좋겠어요. 아가씨는 사람들이 예쁘다고 말하는 얼굴은 아니긴 해요. 그 정도로 붉고 희진 않으니까요. 하지만 그거 알아요? 나는 아가씨를 만나기 오래전에 꿈에서 아가씨를 봤어요."

"베시, 말도 안 돼!"

"그렇죠, 하지만 정말 봤어요. 아가씨 얼굴이었어요. 어둠 속에서 그 맑고 분명한 시선으로 쳐다보고 있었죠. 이마 위의 머리칼이 바람에 날리는 모습이 이마에서 광채가 나는 것 같았어요. 지금과 똑같이 매끄러운 직모였고요. 아가씨는 늘 나한테 힘을 주러 왔어요. 난 아가씨의 깊고 따뜻한 눈에서 힘을 얻었던 것 같아요. 아가씨는 빛나는 옷을 입고 있었어요. 만찬에서 입을 옷 같은 거요. 그러니까 내가 꿈에 본 사람이 아가씨가 맞아요!"

"아냐, 베시. 그건 꿈일 뿐이에요." 마거릿이 부드럽게 말했다.

"나라고 왜 다른 사람들처럼 고난중에 꿈을 꿀 수 없겠어요? 성경에서는 많은 사람들이 꿈을 꾸잖아요. 환영도 보고요! 심지어 우리 아버지도 꿈에 대한 생각을 많이 하는걸요! 진짜로 아가씨를 똑똑히 봤어요. 아가씨가 나를 향해 날쌔게 다가왔는데, 그 아주 날쌘 동작 때문에 머리칼이 뒤로 날렸어요. 마치 머리칼이 자라는 것처럼 뻗쳐 있었죠. 그리고 아가씨가 입을 빛나는 흰 드레스를 입고 있었고요. 나도 가서 아가씨가 그 드레스를 입은 모습을 보게 해주세요. 꿈속에서처럼 아가씨를 보고 만지고 싶어요."

"나의 소중한 베시, 그건 상상이에요."

"상상이건 아니건, 아가씨는 왔어요. 꿈에서 아가씨가 움직이는 걸 보고 난 아가씨가 올 줄 알았어요. 그리고 아가씨가 와서 내 곁에 있어주면 마음이 편안해져요. 힘든 날에는 불이 위안을 주는 것처럼요. 21일이라고 했죠. 제발 나도 가서 아가씨를 볼 수 있기를."

"오, 베시! 얼마든지 와도 좋아요. 하지만 그런 말은 하지 말아요. 내 마음이 아프니까. 정말로요."

"그럼 속으로만 생각할게요, 혀를 깨물면서라도. 그렇다고 그게 진실이 아닌 건 아니니까요."

마거릿은 침묵하다가 이윽고 입을 열었다.

"그게 진실이라고 생각한다면 가끔 그 얘기를 하죠. 그러나 지금은 말고요. 참, 아버지는 파업 시작하셨어요?"

"네!" 베시가 무겁게 말했다. 조금 전에 말하던 태도와는 사뭇 달랐다. "아버지와 많은 사람들이요. 다 햄퍼 공장 사람들이죠. 그 외에도 많고요. 이번엔 여자들도 남자들만큼 사나워요. 식비는 비싼데 아이들 먹일 게 필요하니까요. 손턴 씨네 만찬을 그 사람들에게 보낸다면, 그 돈으로 감자와 먹을 걸 사서 보낸다면, 많은 아기들이 울음을 그치고 그 어머니들 마음도 조금은 달래줄 수 있을 텐데!"

"그렇게 말하지 말아요! 그 만찬에 가는 내가 죄인이 된 기분이 들잖아요." 마거릿이 말했다.

"아녜요! 호화로운 진수성찬을 즐기고 자색 옷과 고운 베옷을 입도록* 선택된 사람들이 있어요. 아가씨도 그런 사람이겠죠. 나머지 사람들은 평생 죽도록 일만 할 팔자고요. 우리 시대에는 개들도 나사로 시

* 「누가복음」 16장에서 부자를 묘사하는 내용.

대처럼 동정심이 많지 않아요.* 하지만 아가씨가 나한테 손가락 끝에 물을 찍어 혀를 식혀달라고 하면 나는 큰 구렁텅이를 건너 아가씨에게 가겠어요.** 여기서 아가씨가 나한테 어떤 사람이었는지 생각하면 그렇게 할 수 있어요."

"베시! 열이 많이 나네요! 손도 뜨겁고 말하는 것도 그렇고. 끔찍한 심판의 날 우리가 여기서 거지였는지 부자였는지로 갈리진 않을 거예요. 우리는 그 허술한 운이 아니라 그리스도를 충실히 따랐느냐 안 따랐느냐로 심판받을 거예요."

마거릿은 일어나서 물을 찾아 자신의 손수건을 적시더니 차갑고 축축한 손수건을 베시의 이마에 올려놓고 돌처럼 차가운 두 발을 비벼 따뜻하게 해주었다. 베시는 눈을 감고 그녀에게 몸을 맡겼다. 이윽고 베시가 말했다.

"사람들이 끊임없이 아버지를 찾아왔다가 그냥 돌아가지 않고 나한테 하소연을 해요. 아가씨가 나였더라도 귀가 멀어버렸을 거예요. 어떤 사람들은 지독한 증오에 대해 말해요. 그 사람들이 공장주를 두고 하는 끔찍한 말들을 들으면 피가 얼어붙는 것 같아요. 여자들은 더해요. 눈물을 펑펑 쏟으며(뺨에 흘러내리는 눈물을 닦지도 않고 신경도 안 써요) 고깃값이니 아이들이 배가 고파 밤에 잠을 못 잔다느니 계속 한탄하거든요."

---

* 「누가복음」 16장에 나오는 내용. 부잣집 대문 앞에 종기투성이 몸으로 누워 있는 거지 나사로를 개들이 와서 핥아준다.

** 「누가복음」 16장에 나오는 내용. 지옥불에 떨어진 부자가 아브라함의 품에 있는 거지 나사로를 보고 나사로의 손가락 끝에 물을 찍어 자신의 혀를 식혀달라고 애원했으나 아브라함은 그들 사이에 있는 큰 구렁텅이를 건널 수 없다고 거절한다.

"그 사람들은 파업이 문제를 해결해줄 거라고 생각하는 건가요?" 마거릿이 물었다.

"그렇대요. 오랫동안 사업이 잘돼서 공장주들이 돈을 어마어마하게 벌었다나요. 얼마나 많이 벌었는지는 아버지도 모르지만 노조에선 안대요. 그래서 자연히 자기들 몫을 원하는 거죠. 식비도 엄청 오르는 마당이니까요. 노조에서는 공장주가 노동자들 몫을 내놓지 않으면 일을 안 할 거래요. 하지만 공장주들이 우세한 입장이고 앞으로도 계속 그럴 것 같아서 걱정이에요. 그런 식으로 서로 으르렁거리며 계속 싸워대는데, 지옥구덩이에 떨어질 때까지 싸우는 게 아마겟돈 대전 같아요."

바로 그때 니컬러스 히긴스가 들어오면서 딸의 마지막 말을 들었다.

"그래! 나도 끝까지 싸울 거다. 그리고 이번엔 이길 거다. 공장주들은 얼마 못 버티고 굴복할 거야. 주문을 잔뜩 받아놨고 다 계약을 했으니까. 그 수익을 포기하느니 차라리 우리한테 5퍼센트 더 올려주는 게 낫다는 걸 곧 깨닫게 될 거야. 계약을 못 지키면 벌금까지 물어야 하거든. 아하, 우리 공장주들, 난 누가 이길지 안다고."

마거릿은 그의 태도를 보고 술을 마신 게 분명하다고 생각했다. 말하는 내용보다 흥분된 말투에서 더 확실히 느낄 수 있었다. 그녀는 베시가 눈에 띄게 불안해하며 자신을 빨리 보내려고 하는 걸 보고 자신의 짐작이 맞았음을 확인했다. 베시가 그녀에게 말했다.

"21일이면…… 목요일이네요. 아가씨가 손턴 씨네에 가기 위해 멋지게 차려입은 모습을 보러 갈 수도 있겠어요. 만찬이 몇시죠?"

마거릿이 대답할 사이도 없이 히긴스가 끼어들었다.

"손턴! 손턴 씨네 만찬에 가는 거요? 손턴에게 납품 성공을 위한 건

배나 하자고 해요. 21일쯤이면 기한 맞출 궁리를 하느라 정신없을 거요. 그에게 전해요, 5퍼센트만 올려주면 다음날 아침에 내가 칠백 명을 몰고 말버러 공장으로 행진해 들어가서 바로 계약을 지킬 수 있게 해주겠다고. 내가 다 데리고 간다고. 우리 공장주 햄퍼는, 구닥다리지. 사람을 만나면 욕부터 하거든. 나한테 예의바르게 말하느니 차라리 죽는 게 낫다고 할걸. 하지만 말은 거칠어도 본심은 나쁘지 않은 사람이지. 햄퍼를 만나면 그의 공장 파업 노동자 한 명이 그렇게 말하더라고 전해도 좋소. 흠, 손턴 씨네에 가면 훌륭한 공장주님들을 많이 만나시겠군! 그 작자들이 배불리 잘 먹고 가만히 앉아 있고 싶어할 때, 걸음아 날 살려라 하며 도망칠 수 없을 때, 내가 가서 한마디하고 싶구려. 그네들에게 내 마음을 말하고 싶어. 그놈들이 우리를 얼마나 지독하게 부려먹고 있는지 다시 한번 똑똑히 말하고 싶다고!"

"안녕히 계세요!" 마거릿이 황급히 말했다. "안녕, 베시! 21일에 봤으면 좋겠네요, 베시가 몸이 나아진다면."

도널드슨 선생이 처방한 약과 치료가 처음엔 효과가 아주 좋아서, 헤일 부인 자신뿐만 아니라 마거릿까지 그가 오진했을 수도 있고 병이 깨끗이 나을지도 모른다는 희망을 품게 되었다. 헤일 씨로 말할 것 같으면 아내와 딸이 품고 있는 두려움의 무시무시한 정체를 알지 못하면서도 분명한 안도감을 보이며 그 두려움에서 벗어났다. 그의 안도하는 모습은 아내와 딸의 두려움을 언뜻 보기만 한 것으로도 그가 얼마나 큰 영향을 받았는지 증명해주었다. 오직 딕슨만이 마거릿의 귀에 대고 계속해서 까마귀 울음소리 같은 불길한 말을 했다. 마거릿은 그 까마귀 울음소리를 거부하며 희망에 매달렸다.

그들에겐 집안에서만이라도 이런 밝은 빛이 필요했다. 집밖에선 이곳 사정에 어두운 그들에게도 불만의 음울한 기운이 느껴졌다. 헤일 씨도 노동자들과 알고 지내게 되면서, 그들이 진지하게 들려주는 고통과 긴 인내에 관한 이야기에 기분이 우울해졌다. 그들은 자신들이 말해주지 않아도 자기네 고통에 대해 알 수 있는 위치의 사람에겐 그런 말을 하는 걸 수치스럽게 여겼겠지만, 헤일 씨는 먼 타지에서 왔고 이곳의 낯선 체제에 어리둥절해하는 사람이라 다들 그를 재판관으로 세워 자신의 억울함을 호소하고 싶어했다. 그리고 헤일 씨는 그 모든 불만을 담은 자루를 손턴 앞에 펼쳐놓고는, 공장주의 경험에 입각해 그것들을 정리하고 근원을 설명하게 했다. 그때마다 손턴은 건전한 경제적 원칙들에 의거해 답변했는데, 요지는 이랬다. 사업을 하다보면 경기가 좋을 때도 나쁠 때도 있는 법이며, 불경기 때는 노동자뿐만 아니라 일부 공장주도 망해서 더이상 행복하고 부유한 계층으로 살 수 없게 된다. 그게 세상의 이치인지라 고용주든 고용인이든 그런 운명을 맞이해도 불평할 수 없다. 망한 고용주는 쓰라린 무능감과 패배감을 안고 경주 대열에서 벗어나야 한다. 그는 경쟁을 벌이다 부상을 당하고, 서둘러 부자가 되려는 동료들에게 짓밟히고, 한때 존경받던 곳에서 멸시당하고, 남을 고용하는 대신에 거만한 고용주에게 일을 시켜달라고 비굴하게 애원한다. 사업의 부침 속에서 자신의 것이 될 수도 있는 망한 공장주의 운명을 그런 식으로 말했으니 노동자에 대해 더 동정적으로 말할 수는 없다. 실패한 노동자는 빠르고 가차없는 개선과 변화의 흐름에서 도태된다. 그는 자신을 필요로 하지 않는 세상에서 조용히 죽어 사라지고 싶어도 뒤에 남겨질 사랑하는 가족, 무력한 가족의 울음소리 때문에 무덤에서조차 편히 쉴 수 없을 것이다. 어린 새끼에게 제 심장의 피라도 먹이는 야생 새가 부러워지리라. 마거릿은 손턴이 그런 식으로 상업이 전부이고 인간은 아무것도 아닌 것처럼 이야기하는 동안 그에 대한 반발심이 가슴 가득 차오르는 것을 느꼈다. 그래서 바로 그날 저녁 그가 개인적으로 베푼 친절이, 그리고 그걸 그녀에게만 살짝 귀띔하는 세심함이 별로 고맙지 않았다. 손턴은 도널드슨 선생에게 헤일 부인의 병환에 대해 들었다며, 자신의 부와 어머니의 선견지명으로 집에 구비해놓은 환자를 위한 편의용품 중 헤일 부인에게 필요한 것이 있으면 무엇이든 제공해주겠다고 한 것이다. 마거릿은 아까 그의 무자비한 논리를 들은데다 죽음이 어머니를 피해 갈 수도 있다고 애써 자신을 설득하는 중에 그가 어머니 병을 들춘 것이 불쾌해서, 이를 악물고 그를 바라보며 이야기를 듣고 있었다. 도대체 그가 무슨 권한으로 도널드슨 선생과 딕슨을 제외하면 그 끔찍한 비밀을 아는 유일한 사람이 되었단 말인가? 그녀 자신도 가슴속 가장 어둡고 신성한 구석자리에 묻어놓고 그걸 견딜 수 있는 천상의 힘을 불러내지 않고는 감히 들여다보지 못하는 비밀! 머지않아 그녀가 어머니를 외쳐 불러도 공허한 어둠 속에선 아무 대답도 들려오지 않을 날이 오리라는 비밀! 그걸 그가 다 알고 있었던 것이다. 마거릿은 그의 동정어린 눈빛에서 그걸 볼 수 있었다. 그의 떨리는 엄숙한 목소리에서 그걸 들을 수 있었다. 저 눈빛과 목소리가, 사업의 이치들을 규정하고 그 결과에 차분히 따르는 냉철하고 메마르고 무자비한 태도와 어떻게 조화를 이룰 수 있단 말인가? 마거릿은 그 부조화가 이루 말할 수 없이 거슬렸다. 문제가 점점 더 심각해지고 있다는 베시의 말 때문에 더욱 그랬다. 분명 베시의 아버지 니컬러스 히긴스는 다르게 말할 터였다. 노조위원에 임명된 그는 외부인은 모르는 비밀들을 안다고 했다. 손턴 부인의 만찬이 열리기 전날인 그날 오후 니컬러스 히긴스는 더욱 분명하고 자세하게 말했다. 베시를 만나러 간 마거릿은 니컬러스 히긴스가 그 문제에 대해 바우처와 언쟁하는 걸 듣게 되었다. 마거릿도 자주 이름을 들은 바우처는 대가족을 부양하며 아직 일에 숙련되지 못한 노동자로, 히긴스의 동정을 사기도 하고 패기가 부족한 탓에 정력적이고 낙천적인 히긴스를 격분하게 만들기도 하는 이웃이었다. 마거릿이 들어갔을 때 히긴스는 잔뜩 흥분한 상태였다. 바우처는 높은 벽난로 선반에 두 손을 짚고 서서 팔에 체중을 실은 채 조금씩 몸을 흔들거리며 히긴스에게 양심의 가책을 느끼게 하면서도 부아를 돋우는 절망적인 태도로 벽난로 불을 노려보고 있었다. 베시는 흔들의자에 앉아 격렬하게 몸을 앞뒤로 흔들고 있었는데, 그게 심란할 때 나오는 버릇임을 마거릿도 이제 알고 있었다. 베시의 동생 메리는 일하러 나가려고 보닛 끈을 묶으며 울먹이고 있었는데, 손이 크고 야물지 못해서 리본도 어설프게 묶었다. 그녀는 그 고통스러운 장면에서 어서 벗어나고 싶은 듯했다.

마거릿이 그 장면으로 들어온 것이다. 그녀는 잠시 문간에 서 있다가 입술에 손가락을 대고 베시 옆 소파에 몰래 앉았다. 니컬러스는 그녀가 들어온 걸 보고 거칠면서도 불친절하지는 않게 고개를 끄덕여 인사했다. 메리는 문이 열리자 반색하며 황급히 밖으로 나가서는 아버지 눈을 벗어나자마자 소리 내어 울었다. 존 바우처만 누가 나가고 누가 들어오는지 모르고 있었다.

"소용없는 짓이에요, 히긴스. 내 아내는 이런 식으로는 오래 못 살아요. 아내는 죽어가고 있어요. 자기가 못 먹어서가 아니라 어린것들이 배를 곯는 걸 볼 수가 없어서요. 그래요, 배를 곯고 있다고요! 당신네는 일주일에 5실링이면 충분하겠지요. 두 식구만 먹여 살리면 되고 그중 하나는 자기 먹을 건 벌어오니까. 하지만 우리는 배를 곯고 있단 말요. 내 분명히 말하겠는데, 만일 내 아내가 죽으면, 아내는 5퍼센트 인상을 받아내기 전에 죽고 말 건데, 아내가 죽으면 난 그 돈을 공장주 얼굴에 던지면서 이렇게 말할 거요. '이 망할 놈! 빌어먹을 잔인한 세상! 나한테 자식들을 낳아준 소중한 아내를 빼앗아갔어!' 그리고 당신, 당신도 증오할 거고. 노조 패거리들도 전부 다. 난 증오를 품고 당신들을 천국까지 쫓아갈 거요. 꼭 그렇게 할 거라고요! 당신이 이 문제에서 나를 잘못된 방향으로 이끌면 말입니다. 니컬러스, 당신은 지지난주 수요일에 앞으로 두 주 안에 공장주들이 우리가 요구한 임금으로 우리를 모셔가기 위해 올 거라고 말했잖아요. 벌써 두번째 주 화요일이에요. 기한이 다 됐다고요. 우리 아기 잭이 기운이 없어서 울지도 못하고 가끔 먹을 걸 달라고 가슴으로 흐느끼며 누워 있어요. 우리 아기 잭이 말입니다! 아내는 잭이 태어난 뒤로 몸이 나아진 적이 없어요. 잭을 자기 목숨처럼 사랑하는 사람인데. 사실 잭은 아내의 목숨이죠. 아무래도 잭을 얻은 대가로 아내를 잃게 될 것 같으니까. 우리 아기 잭, 아침마다 그 작고 귀여운 입술로 뽀뽀할 만한 부드러운 곳을 찾다가 내 크고 거칠고 더러운 얼굴에 뽀뽀하며 내 잠을 깨우던 우리 아기 잭, 그 아기가 굶어 죽어가고 있다니까요." 그 불쌍한 남자는 서러운 흐느낌에 목이 메었다. 니컬러스는 시선을 들어 눈물이 가득 고인 눈으로 마거릿을 보다가 이윽고 용기를 얻어 말했다.

"힘을 내게, 이 사람. 자네 아기 잭은 굶어죽지 않을 걸세. 나한테 돈이 있으니 지금 당장 가서 우유와 빵을 사다주겠네. 자네가 필요하다면 내 것은 자네 거지, 아무렴. 낙심 말게, 이 사람!" 니컬러스는 몇 푼 안 되는 돈을 넣어둔 찻주전자 속을 뒤지며 말을 이었다. "내가 진심으로 말하는데, 이번엔 우리가 이길 거야. 일주일만 더 버티면 공장주들이 우리한테 찾아와 공장으로 돌아와달라고 애걸하는 꼴을 볼 걸세. 그리고 노조가, 즉 내가 자네를 잘 챙겨주겠네. 자식들과 아내를 돌볼 수 있도록 말이야. 그러니 마음 약해져서 폭군들한테 가서 일자리를 구걸하면 안 되네."

바우처가 그 말에 몸을 돌렸는데 그의 얼굴이 너무도 창백하고, 수척하고, 눈물범벅이고, 절망적이어서 마거릿은 그 차분한 표정에 눈물이 났다.

"알다시피 공장주들보다 더 악독한 폭군은 이렇게 말하죠. '굶어죽자, 놈들이 굶어죽는 걸 보자, 감히 노조에 대항하지 마라.' 니컬러스 당신도 그걸 잘 알아요. 당신도 그 패거리니까. 당신들은 한 사람씩 따로 떼어놓으면 좋은 사람일지 몰라도 패거리가 되면 인간에 대한 동정심이라고는 배고파 미쳐 날뛰는 늑대만큼도 없어요."

문고리를 잡은 니컬러스가 걸음을 멈추고 뒤에 바짝 따라오는 바우처를 돌아봤다.

"이보게, 만일 내가 자네를 위해, 우리 모두를 위해 최선을 다하고 있지 않다면 벼락을 맞을 걸세. 하느님, 저를 굽어살피소서! 나는 잘하고 있다고 생각하는데 잘못하고 있는 거라면, 그건 노조 사람들의 죄야. 그들이 나를 무지한 상태로 둔 거니까. 난 그동안 머리가 아프도록 생각하고 또 생각했어. 내 말을 믿어주게, 존. 다시 말하는데, 우리는 노조를 믿는 수밖에 다른 방법이 없네. 노조가 승리할 거야. 두고 보라고!"

그동안 마거릿이나 베시는 한마디도 하지 않았다. 그들은 한숨소리조차 내지 않았으나 눈빛으로 가슴 깊은 곳의 진실을 나누고 있었다. 이윽고 베시가 말했다. "아버지가 하느님을 다시 찾는 걸 듣게 될 줄은 몰랐어요. 아가씨도 들었죠? 아버지가 '하느님, 저를 굽어살피소서!'라고 하는 걸."

"그래요! 내가 얼마 안 되겠지만 돈을 가져올게요. 저 불쌍한 사람의 아이들에게 줄 음식도 좀 가져오고. 그 집에는 베시 아버지가 줬다고 말해요. 얼마 안 되니까." 마거릿이 말했다.

베시는 마거릿의 말을 듣지 않고 몸을 뒤로 기댔다. 울지는 않았고 떨리는 숨소리를 내기만 했다.

베시가 말했다. "내 마음은 눈물이 다 말라버렸어요. 바우처 씨가 며칠 전에 와서 두려움과 고민들을 털어놓더라고요. 그 사람은 나약하지만 그래도 인간이에요. 사실 나는 지금까지 바우처 씨와 그 부인 때문에 화가 난 적이 많았어요. 그 부인도 남편처럼 주변머리가 없거든요. 하지만 세상 사람들이 다 현명한 건 아니잖아요. 그래도 하느님은 그들을 살게 하시죠. 그럼요, 그들에게 사랑할 사람도 주시고 사랑을 받게도 해주세요, 솔로몬만큼요. 그리고 그들이 사랑하는 사람에게 슬픔이 찾아오면 그들도 솔로몬만큼 아픈 상처를 받아요. 나는 이해를 못하겠지만, 바우처 같은 사람은 노조가 돌봐주는 게 나을지도 모르죠. 그래도 난 노조를 만든 사람들을 만나서 한 사람씩 바우처 씨와 대면시키고 싶어요. 그들이 바우처 씨 얘기를 들으면, 그리고 내가 한 사람씩 붙잡고 설득하면 그들은 바우처 씨에게 일자리로 돌아가도 된다고 말할 거예요. 자기네가 요구하는 임금을 못 받는다고 하더라도 말이에요."

마거릿은 조용히 앉아 있었다. 어찌 그 남자의 목소리를 잊고 안락한 삶으로 돌아갈 수 있을까? 그의 말보다 더 많은 걸 말해주는 그 형언할 수 없는 고통이 담긴 목소리를. 그녀는 지갑을 꺼냈다. 자기 것이라고 할 수 있는 돈은 얼마 되지 않았지만 그녀는 말없이 가진 돈을 다 베시의 손에 쥐여주었다.

"감사해요. 지금 돈을 못 버는 사람들이 많지만 저렇게 비참하게 살진 않아요. 최소한 바우처 씨처럼 드러내진 않죠. 이제 아버지가 사정을 아셨으니까 이대로 두진 않겠지만요. 바우처 씨는 자식들도 많고 부인이 병약해서 형편이 그렇게 된 거예요. 지난 열두 달 동안 전당포에 맡길 수 있는 건 다 맡겼다죠. 그들이 굶어죽도록 우리가 내버려둘 거라고 생각하지 마세요. 우리도 좀 쪼들리긴 하지만 이웃이 안 돌보면 누가 돌보겠어요." 베시는 자신들이 마땅히 보살펴야 할 이웃을 도울 의지나 힘이 없는 것처럼 보일까봐 두려운 듯했다. "게다가, 아버지는 공장주들이 며칠 내로 항복할 거라고 굳게 믿고 있어요. 오래 못 버틸 거라고요. 어쨌든 아가씨한테는 감사해요. 바우처 씨 때문만이 아니라 나 자신 때문에도요. 덕분에 아가씨를 향한 내 마음이 점점 더 따뜻해지고 있으니까요."

베시는 오늘따라 유난히 말수가 적었고 걱정스러울 정도로 지치고 기운이 없어 보였다. 말을 마친 그녀가 너무 약하고 지쳐 보여서 마거릿은 더럭 겁이 났다.

"아니에요. 아직 죽음은 아니에요. 밤에 꿈이 너무 무서웠어요. 어쩌면 꿈이 아닐지도 모르죠. 완전히 깨어 있었으니까. 그래서 오늘은 정신이 멍했는데 저 불쌍한 이웃이 다시 살아나게 해줬어요. 아니! 아직 죽음은 아니에요, 하지만 죽음이 멀리 있진 않죠. 아. 좀 덮어줘요, 잠을 잘 수 있을 것 같아요, 기침만 안 나면. 잘 자요. 아니, 지금은 오후라 그렇게 인사하면 안 되겠네요. 하지만 오늘은 어둡고 안개가 많이 끼었어요."

20장

사람들과 신사들

노인과 청년, 소년, 그들 모두 먹게 하라, 내겐 음식이 있다.
그들 모두 이가 열 줄씩 있어도, 난 신경쓰지 않는다.*
—노르망디공 롤로

베시의 집에서 보고 들은 것 때문에 근심에 싸여 집으로 돌아온 마거릿은 기운 내서 자신을 기다리고 있는 의무를 수행해야 했지만 그러기가 쉽지 않았다. 그녀의 어머니는 외출을 못하게 되자 마거릿이 짧은 산책을 나갔다가 돌아올 때마다 새로운 소식을 들고 오기를 기다렸기에, 그런 어머니를 위해 유쾌한 대홧거리가 끊이지 않게 하곤 했던 것이다.

"네 공장 친구가 목요일에 드레스 입은 걸 보러 올 수 있다니?"

"베시가 너무 아파서 그런 얘기는 꺼내볼 생각도 못했어요." 마거릿이 슬프게 말했다.

---

* 17세기 영국 극작가 존 플레처의 희곡 「노르망디공 롤로, 혹은 피의 형제」.

“저런! 이제 안 아픈 사람이 없는 것 같구나.” 헤일 부인이 병자가 다른 병자에게 흔히 느끼는 약간의 질투를 보이며 말했다. “하지만 그 좁은 뒷골목에 살면서 아픈 건 무척 슬픈 일일 거야.” 그녀의 따뜻한 천성이 우위를 점하면서 헬스톤에서의 사고방식이 돌아왔다. “그러잖아도 살기 힘든 곳인데. 마거릿, 그 친구에게 뭐라도 해줬니? 네가 나간 후 손턴 씨가 묵은 포트와인을 몇 병 보냈더구나. 네 친구에게 한 병 보내주면 좋을까? 어떻게 생각하니?”

“아뇨, 어머니! 그 집은 심하게 가난한 것 같진 않아요. 적어도 자기네들 말로는요. 게다가 베시는 폐결핵이에요. 와인은 안 마실 거예요. 우리 헬스톤 과일로 만든 잼이나 조금 가져다줘야겠어요. 아니! 다른 가족에게 가져다주고 싶어요. 오, 어머니, 어머니! 오늘 그런 슬픔을 봤는데 어떻게 좋은 옷을 차려입고 상류층 파티에 가죠?” 마거릿은 집에 들어오기 전에 스스로 정해놓은 금기를 깨고 히긴스의 집에서 보고 들은 걸 어머니에게 전했다.

그 이야기를 들은 헤일 부인은 지나칠 정도로 괴로워했다. 바우처 가족을 위해 무언가를 할 수 있을 때까지 안절부절못하며 애를 태웠다. 그녀는 마거릿에게 당장 그 자리에서 바구니를 꾸려 바우처 가족에게 보내라고 지시했고 마거릿이 내일 아침에 보내도 된다고, 당장 필요한 건 히긴스가 마련해줬고 자신도 베시에게 돈을 주고 왔다고 말하자 화를 내기까지 했다. 헤일 부인은 그런 말을 하는 딸을 무정하다고 나무라며 바구니가 집밖으로 나갈 때까지 숨 돌릴 틈도 없이 재촉했다. 그런 다음에야 이렇게 말했다.

“어쩌면 우리가 잘못하고 있는 건지도 몰라. 지난번에 손턴 씨가 여기 왔을 때, 파업 노동자들을 도와 파업을 더 오래 끌도록 지원하는 사람은 진정한 친구가 아니라고 했거든. 그 바우처라는 사람도 파업 노동자죠, 안 그런가요?"

그 질문은 마침 계단을 올라오는 남편 헤일 씨에게 한 것이었다. 헤일 씨는 손턴과의 수업을 하고 오는 길이었는데, 그 수업은 으레 그랬던 것처럼 대화로 끝났다. 마거릿은 자신들의 선물이 파업을 더 오래 끌도록 만들었는지는 신경쓰지 않았다. 흥분한 상태라 생각이 그 정도로 멀리까지 미치지 못했던 것이다.

헤일 씨는 아내의 말을 들으며 재판관처럼 침착함을 잃지 않으려고 애썼다. 불과 삼십 분 전에 손턴의 입을 통해 들었을 때 아주 명쾌하게 느껴졌던 모든 말을 떠올린 다음, 불만족스러운 타협을 한 것이다. 그의 아내와 딸은 이 상황에서 정당한 일을 했을 뿐만 아니라 달리 어쩔 도리도 없었다. 그렇지만, 파업이 길어지면 공장주들이 멀리서 노동자들을 데려올 테니(과거에 종종 그랬듯이 파업의 최종 결과가 노동자들을 대체할 기계의 발명이 되진 않는다고 해도 말이다), 파업 노동자들을 위한 가장 친절한 행동은 그들의 어리석은 짓을 돕기를 거부하는 일이라는 손턴의 말은 전적으로 옳았다. 헤일 씨는 내일 아침 일찍 바우처를 찾아가 그를 위해 할 수 있는 일이 무엇인지 알아보기로 했다.

이튿날 아침, 헤일 씨는 약속대로 바우처의 집으로 갔다. 바우처는 집에 없었지만 그의 아내와 긴 대화를 나눴다. 헤일 씨는 바우처 부인에게 무료진료를 받을 수 있도록 해주마고 약속했고, 아이들이 헤일 부인이 보낸 푸짐한 음식을 아낌없이 먹어치우는 광경을 보았다. 아버지가 부재중이라 아래층에선 아이들이 주인이었다. 헤일 씨는 마거릿이 감히 바라지도 못했던 즐겁고 위안이 되는 이야깃거리를 들고 집으로 돌아왔다. 사실 지난밤 딸의 이야기를 듣고 무척 심각한 상황을 목격할 각오를 했던 그는 상상력의 반작용으로 모든 걸 실제보다 좋게 묘사했다.

"하지만 다시 가서 바우처를 직접 만나봐야겠어. 아직은 밀턴 노동자들의 집과 우리 헬스톤 농부들의 집을 어떻게 비교해야 할지 잘 모르겠으니까. 이곳 노동자들은 우리 헬스톤 농부들이 구입할 생각도 못하는 가구들을 갖춰놓고 헬스톤 농부들이 사치로 여기는 음식들을 흔하게 먹지. 그런데 이곳 사람들은 이제 주급이 끊겨서 돈 나올 데라곤 전당포밖에 없는 것 같더구나. 이곳 밀턴에서는 헬스톤과는 다른 언어를 배우고 헬스톤과는 다른 기준으로 판단할 필요가 있어." 헤일 씨가 말했다.

베시도 이날은 상태가 좀 나아진 듯했다. 그래도 여전히 기력이 너무 없어서, 마거릿이 드레스 입은 모습을 보고 싶어했다는 사실은 까맣게 잊은 듯했다. 애초에 열에 들떠 반쯤 정신이 흐릿한 상태에서 한 말일 수도 있고.

마거릿은 여러 가지 걱정으로 무거운 마음을 안은 채 가고 싶지도 않은 곳에 가기 위해 옷을 차려입은 지금의 이상한 상황을 불과 일 년 전 이디스와 함께 소녀처럼 들떠서 즐겁게 단장하던 기억과 비교할 수밖에 없었다. 지금 유일한 즐거움이라면 어머니가 자신의 모습을 보고 기뻐할 거라는 점이었다. 딕슨이 응접실 문을 활짝 열어젖히며 헤일 부인에게 감탄을 청하자 마거릿은 얼굴을 붉혔다.

"마님, 아가씨 멋지죠? 작은 마님의 산호 장신구가 아주 딱 맞게 왔네요. 마님, 산호 덕분에 화색이 돌죠. 마거릿 아가씨, 산호가 없었으면 너무 창백해 보였을 거예요."

마거릿의 검은 머리는 땋기엔 너무 숱이 많아서, 비단결 같은 머리채를 굵고 단단하게 꼬아 관을 쓴 것처럼 머리에 둥글게 감고는 소용돌이 모양으로 뒤통수에 모아 붙였다. 그리고 길이가 짧은 화살처럼 생긴 커다란 산호 핀 두 개로 무게를 받쳤다. 흰 실크 소매를 같은 재질의 끈들로 조였고, 굴곡진 우윳빛 목 바로 아래에 묵직한 산호 구슬들을 걸었다.

"오, 마거릿! 너를 데리고 옛날 배링턴 파티에 갈 수 있다면 얼마나 좋을까. 우리 어머니 베리스퍼드 부인이 나를 데리고 다녔던 것처럼."

마거릿은 아름다운 딸을 둔 어머니의 허영심을 그런 식으로 드러내는 어머니에게 키스했지만 너무 맥이 빠진 상태라 미소는 지을 수가 없었다.

"전 그냥 어머니와 집에 있고 싶어요, 정말로요."

"그건 말도 안 된다! 가서 만찬을 잘 살펴보렴. 밀턴에서는 만찬을 어떻게 여는지 듣고 싶구나. 특히 두번째 코스가 어떻게 나오는지 궁금해. 사냥고기 대신에 뭐가 나오는지 보렴."

헤일 부인이 손턴 씨네 만찬 테이블의 화려함을 보았더라면 단순한 흥미를 넘어 깜짝 놀랐을 터였다. 런던의 세련된 취향을 지닌 마거릿은 만찬에 차려진 산해진미의 수가 부담스럽게 느껴졌다. 음식을 절반 정도만 냈으면 양이 충분하면서도 더 가볍고 우아한 느낌을 주었을 것이다. 그러나 각각의 산해진미가 그걸 원하는 모든 손님에게 충분히 돌아가도록 해야 한다는 것이 손턴 부인의 엄격한 절대 규칙 중 하나였다.

평소엔 검소함이 몸에 밴 그녀였지만 손님들에게 진수성찬을 대접하는 일은 긍지로 여겼다. 그녀의 아들도 같은 마음이었다. 손턴이 아는 사교활동은 최고의 식사를 대접하고 대접받는 것뿐이었고—물론 다른 종류의 사교활동도 상상은 할 수 있고 즐길 능력도 있었지만—지금 개인적으로 불필요한 소비는 자제하는 상태라 이 만찬의 초대장을 보낸 걸 몇 번 후회하긴 했지만 어쨌든 만찬을 열게 된 이상 예전처럼 화려하게 준비하고 싶었다.

마거릿과 헤일 씨가 제일 먼저 도착했다. 헤일 씨는 시간 약속을 철저히 지키는 사람이었다. 위층 응접실엔 손턴 부인과 패니밖에 없었다. 가구 덮개가 모두 벗겨져 있었고, 응접실 전체가 노란 실크 다마스크와 화려한 꽃무늬가 박힌 카펫으로 눈부시게 번쩍거렸다. 구석구석 장식이 가득해서 눈이 피로할 정도였고, 창밖으로 보이는 커다란 공장 마당의 황량함과 묘한 대조를 이루었다. 창문 왼쪽으로 높이 솟은 공장이 여러 층의 그림자를 드리워 여름 저녁을 제 시간보다 일찍 어두워지게 만들었다.

"제 아들은 마지막 순간까지 일을 하고 있습니다, 헤일 씨. 이리로 곧장 올 겁니다. 좀 앉으시겠어요?"

창가에 서 있던 헤일 씨는 돌아서며 말했다.

"공장과 너무 가까이 붙어 있어 가끔 불편을 느끼진 않으십니까?"

손턴 부인은 몸을 꼿꼿이 세웠다.

"전혀요. 전 아들의 부와 권력의 원천을 잊고 싶을 만큼 고상해지진 않았답니다. 게다가 밀턴엔 이런 공장이 없지요. 작업실 하나가 220제곱야드나 되거든요."

"전 매연과 소음을 말씀드린 겁니다. 직공들이 계속 들고나는 것도 신경쓰일 수 있고요!"

"그 말씀이 맞아요!" 패니가 말했다. "증기와 기름투성이 기계 냄새가 끊이질 않거든요. 소음은 귀가 완전히 멀 지경이고요."

"전 그보다 더 시끄러운, 음악이라고 불리는 소음을 들으며 살고 있답니다. 기관실은 길 쪽에 있어서 소음이 거의 안 들리지요. 여름에 창문들을 다 열어놓을 때 빼고는요. 직공들 떠드는 소리는 벌통 속 벌들이 웅웅거리는 소음 정도로밖에 거슬리지 않습니다. 그 소음에 생각이 미칠 때는 제 아들과 연관지을 때뿐이지요. 저 모든 것이 제 아들의 소유고, 제 아들의 머리가 지휘하고 있다는 생각을 할 때요. 지금은 공장에서 아무 소리도 들리지 않습니다. 소식을 들으셨는지 모르겠지만, 배은망덕한 일꾼들이 파업을 일으켰어요. 하지만 아까 들어오실 때 제가 말씀드렸던, 제 아들이 하고 있다는 일이 바로 그들에게 자기 분수를 알도록 조처를 취하는 것이죠." 이 말을 할 때 그러잖아도 늘 엄격하던 손턴 부인의 얼굴에 노기가 어렸다. 그 분노는 아들이 응접실에 들어왔을 때도 가시지 않았는데, 아들이 쾌활하고 다정하게 손님을 맞으면서도 근심을 떨쳐내지 못하는 걸 즉시 간파했기 때문이다. 손턴은 마거릿과 악수를 했다. 그는 그것이 마거릿과 처음으로 나눈 악수임을 알고 있었지만, 마거릿은 그 사실을 전혀 의식하지 못했다. 손턴은 헤일 부인의 안부를 물었고, 헤일 씨의 낙관적이고 희망에 찬 설명을 들으며 마거릿도 아버지와 같은 생각인지 확인하려고 그녀를 흘끗 보았다. 그녀의 얼굴에도 부정의 그림자는 드리워져 있지 않았다. 손턴은 그런 의도로 마거릿을 보다가 그녀가 대단한 미인임을 새삼 깨달았다. 그런 드레스를 입은 모습은 처음 보았는데, 이 우아한 복장이 그녀의 기품 있는 몸매, 고귀하고 평온한 얼굴과 아주 잘 어울려서 늘 그렇게 입고 다녀야만 할 것 같다는 생각이 들었다. 마거릿은 패니와 대화를 나누고 있었다. 그는 대화 내용은 들을 수 없었지만, 자신의 누이가 잠시도 가만히 있지 못하고 계속 드레스를 만지면서 뚜렷한 목적도 없이 공연히 여기저기 힐끗거리는 모습을 볼 수 있었다. 그는 편치 않은 마음으로 패니와 마거릿을 비교했다. 마거릿의 크고 부드러운 눈은 평안을 주는 빛을 보내듯 하나의 대상을 똑바로 응시하고 있었다. 굴곡진 붉은 입술은 상대의 말을 경청하느라 살짝 벌어져 있었고, 머리가 앞으로 살짝 기울어져 조명을 받고 있는 윤기 흐르는 검은 정수리부터 매끄러운 상앗빛 어깨, 둥글고 흰 팔, 가볍게 포개진 고운 자세로 전혀 움직임이 없는 가느다란 두 손까지 길고 우아한 곡선을 이루고 있었다. 손턴은 날카로운 눈으로 한번 흘끗 보고 이 모든 걸 간파하고는 한숨을 쉬었다. 그런 다음 그 젊은 숙녀들에게 등을 돌리고 애써 헤일 씨와의 대화에 열중했다.

손님들이 속속 도착했다. 패니는 마거릿의 곁을 떠나 어머니가 손님들 맞이하는 걸 도왔다. 손턴은 손님들이 몰려들면서 아무도 마거릿에게 말을 걸지 않는 걸 눈치채고, 그녀가 방치되는 것 같아 마음을 졸였다. 하지만 그녀에게 가까이 가거나 그녀 쪽을 보지는 않았다. 그런데도 그녀가 무얼 하는지 혹은 하지 않는지 응접실 안에 있는 그 누구의 움직임보다 더 잘 알고 있었다. 마거릿은 스스로를 전혀 의식하지 않고 있었을 뿐만 아니라, 다른 사람들을 지켜보는 것이 너무 재미있어서 자신이 방치되고 있는지 생각할 겨를이 없었다. 누군가 그녀를 식당으로 에스코트해줬는데, 그녀는 그의 이름을 알아듣지 못했고 그도 그녀와 대화하는 데 별 관심이 없는 듯했다. 신사들은 무척 활발한 대화를 나눴지만, 숙녀들은 대부분 침묵을 지키거나 만찬에 주목하며 서로의 드레스를 비판하는 일에 몰두했다. 남자들이 하는 대화의 실마리를 잡은 마거릿은 점점 더 관심이 커져서 열심히 귀를 기울였다. 호스폴 씨는 외지인으로, 사실 그가 밀턴을 방문하게 되어 손턴이 만찬을 연 것이었다. 그가 밀턴의 사업과 제조업자들에 대해 여러 질문을 했고, 모두 밀턴 사람인 나머지 신사들이 대답하고 설명해주었다. 그러다 의견이 갈리고 격렬한 논쟁이 일면서 손턴이 지목되었다. 그는 거의 말을 하지 않다가 비로소 자신의 의견을 이야기했는데, 아주 확실한 근거를 대서 반대자들까지 굴복할 수밖에 없었다. 그제야 마거릿은 오늘의 만찬을 연 주인을 주목하게 되었다. 이 집의 주인이자 손님들의 접대자로서, 그의 태도는 아주 솔직하면서도 소박하고 겸손하며 위엄이 넘쳤다. 마거릿은 그런 유리한 위치에 있는 그의 모습을 본 적이 없다는 생각이 들었다. 그녀의 집에 왔을 때 그는 늘 지나치게 열성적이거나 화가 나 있었는데, 부당한 평가를 받고 있다고 생각하면서도 자신을 더 잘 이해시키려는 노력을 기울이기엔 자존심이 너무 센 것처럼 보였다. 하지만 지금 동료들 사이에서 그의 위치는 확고했다. 그는 위대한 인격과 다방면의 힘을 지닌 사람으로 인정받고 있었다. 그는 손님들의 존경을 얻으려고 애쓸 필요가 없었다. 그는 이 자리에서 존경받고 있었고 본인도 그 사실을 알았다. 그래서 그는 마거릿이 지금까지 발견하지 못했던 멋지고 당당하고 조용한 목소리와 태도를 보일 수 있었다.

손턴은 숙녀들과 대화하는 성격이 아니었고 대화하더라도 형식적으로만 했다. 마거릿에게는 거의 말을 걸지 않았다. 마거릿은 이 만찬을 무척이나 즐기고 있는 자신이 놀라웠다. 이제 밀턴의 여러 관심사를 이해할 수 있을 정도로 많은 걸 알게 되었다. 아니, 열성적인 공장주들이 사용하는 몇 가지 전문용어까지 알아들을 수 있었다. 그녀는 말은 안 했지만 그들이 논의하는 문제에 대해 확실한 입장을 정했다. 어쨌거나 이 만찬의 손님들은 무척이나 진지한 토론을 벌이고 있었고, 지루하기만 했던 런던의 맥빠진 대화와는 달랐다. 마거릿은 그들이 사업 이야기만 하면서도 임박한 파업에 대해선 암시조차 하지 않는 것이 놀라웠다. 공장주들이 그 문제를 결과가 뻔한 일로 여기며 냉정하게 받아들인다는 걸 아직 모르고 있었던 것이다. 그들은 노동자들이 과거에도 여러 번 그랬던 것처럼 제 발등을 찍고 있으며, 교활한 유급 노조 대표들 손에 들어가는 멍청한 짓을 저지를 셈이라면 스스로 결과를 책임져야 한다고 여겼다. 그들 중 한두 명은 손턴이 기분이 안 좋아 보인다고 생각했다. 물론 그는 이 파업으로 손해를 볼 수밖에 없었다. 하지만 그건 그들에게도 언제든 닥칠 수 있는 사고였고, 손턴은 밀턴의 그 어떤 공장주 못지않게 무쇠 같은 인물이므로 파업을 잘 처리할 터였다. 손턴을 상대로 술수를 쓰려 하다니, 직공들은 그를 잘못 보았다. 그들은 손턴의 직공들이 손턴의 결정을 조금이라도 바꿔보려다가 보기 좋게 실패할 모습을 생각하며 속으로 키득거렸다.

마거릿은 만찬 후의 시간이 좀 지루했다. 그래서 신사들이 들어오자 내심 반가웠다. 아버지와 눈이 마주치자 졸음이 달아나서이기도 했지만, 숙녀들의 사소한 관심사에서 벗어나 더 크고 중요한 이야기를 들을 수 있어서이기도 했다. 그녀는 이 밀턴 남자들의 의기양양함이 좋았다.

다소 과시적이고 허세도 좀 있었지만, 자신들이 지금까지 거둔 성과와 앞으로 이루게 될 것에 도취되어 가능성의 한계에 도전하는 모습이 마음에 들었다. 그녀가 지금보다 냉정한 상태였다면 모든 면에서 저들의 패기가 좋게만 느껴지지는 않았을지도 모른다. 하지만 그들이 자신과 현재를 잊고 그들 중 누구도 살아서 볼 수 없는 먼 미래에 거둘 모든 무생물에 대한 승리를 꿈꾸는 점은 무척 존경스러웠다. 손턴이 옆에서 갑자기 말을 거는 바람에 마거릿은 화들짝 놀랐다.

"아까 만찬 토론 때 저희 편에 서신 것 같던데, 안 그런가요, 헤일 양?"

"맞아요. 하지만 전 그 문제에 대해 너무 아는 게 없어요. 그런데, 아까 호스폴 씨 말씀을 듣고 모리슨 씨처럼 생각이 정반대인 사람들도 있다는 걸 알고 놀랐어요. 모리슨 씨는 신사일 리가 없어요. 안 그런가요?"

"헤일 양, 전 누가 신사인지 아닌지 결정할 수가 없습니다. 헤일 양이 그 말을 어떤 사람에게 적용하는지 모른다는 뜻입니다. 그러나 모리슨 씨는 진정한 인간은 아니라고 말할 수는 있겠군요. 사실은 모르는 사람이고, 호스폴 씨 설명을 듣고 판단했을 뿐이지만요."

"제가 말하는 '신사'에 손턴 씨가 말씀하신 '진정한 인간'이 포함될 거예요."

"그리고 또 아주 많은 걸 의미하겠지요. 전 헤일 양과 생각이 다릅니다. 전 인간이 신사보다 더 높고 완전한 존재라고 생각하거든요."

"그게 무슨 뜻이죠? 저희는 그 단어들을 다르게 이해하는 모양이네요." 마거릿이 말했다.

"'신사'는 사람을 다른 사람들과 관련해서만 규정하는 용어이고, '인간'은 같은 인간들과 관련할 뿐만 아니라 그 자신, 삶, 시간, 영원과 관련해서도 생각하는 용어입니다. 로빈슨 크루소 같은 조난자, 평생 지하 감옥에 갇혀 사는 죄수, 심지어 파트모스섬의 성인*도 '인간'이라는 말로 가장 잘 설명될 수 있는 인내심과 정신력, 믿음을 갖고 있었지요. 사실 전 '신사다운'이라는 말이 좀 싫증납니다. 부적절하게 사용되거나 의미가 과장되고 왜곡되는 경우가 많아서요. 반면, 명사 '인간'과 형용사 '인간다운'의 완전한 단순성은 인정을 받지 못하고 있지요. 그래서 전 '신사다운'을 이 시대의 유행어로 분류하고 싶습니다."

마거릿은 잠시 생각에 잠겼다. 하지만 그녀가 의견을 말할 사이도 없이 손턴은 열성적인 제조업자들에게 불려갔다. 마거릿은 그들의 말을 들을 수는 없었지만 멀리서 울리는 조포弔砲처럼 차분하고 확고하게 들려오는 손턴의 짧고 분명한 대답을 통해 의미는 짐작할 수 있었다. 그들은 파업에 대해 이야기하며 최선책을 제시하고 있는 게 분명했다. 손턴의 말이 들렸다.

"이미 그렇게 했습니다." 그다음엔 황급히 웅얼거리는 소리가 이어졌고 거기 두세 명이 가담했다.

"모든 준비가 끝났습니다."

슬릭슨이 몇 가지 미심쩍은 사항과 어려움을 제기하며 자신의 말을 강조하기 위해 손턴의 팔을 잡았다. 손턴은 약간 눈썹을 치켜세우며 살짝 몸을 빼더니 이렇게 대꾸했다.

"위험을 감수하겠습니다. 슬릭슨 씨는 내키지 않으면 빠져도 됩니

---

* 사도 요한은 박해를 받아 파트모스섬에 유배되었고, 그곳에서 「요한계시록」을 썼다.

다." 그래도 여전히 이런저런 두려움이 제기되었다.

"나는 방화 같은 악랄한 짓도 두렵지 않습니다. 우리는 공공연한 적이고, 나는 내가 파악한 그 어떤 폭력으로부터도 자신을 보호할 수 있습니다. 그리고 물론 나를 위해 일하러 오는 사람들도 보호할 겁니다. 지금쯤이면 노동자들도 여러분처럼 확실하게 내 결심을 알고 있겠지요."

호스폴 씨가 그를 한옆으로 데려가자 마거릿은 파업에 대한 질문을 하려는 모양이라고 생각했다. 하지만 사실은 너무도 조용하고 당당하며 아름다운 그녀에 대해 묻기 위해서였다.

"밀턴 아가씨인가요?" 그녀의 이름을 들은 호스폴 씨가 물었다.

"아뇨! 영국 남부에서 왔습니다. 햄프셔일 겁니다." 손턴이 냉정하고 무관심하게 대답했다.

한편 슬릭슨 부인도 패니에게 같은 주제로 질문을 하고 있었다.

"저 멋지고 기품 있는 아가씨는 누구죠? 호스폴 씨 누이인가요?"

"어머, 아녜요! 지금 스티븐스 씨와 얘기하고 있는 헤일 씨 딸이에요. 헤일 씨는 가르치는 일을 해요. 말하자면, 젊은 남자들과 함께 책을 읽는 거죠. 저희 오빠 존이 일주일에 두 번씩 가서 배우는데, 오빠가 어머니께 부탁해서 헤일 씨를 이 만찬에 초대하게 됐어요. 이곳 사람들에게 소개하려고요. 교습 안내서가 집에 몇 권 있을 거예요. 원하시면 하나 드릴게요."

"손턴 씨가요? 사업이 그렇게 바쁜데 개인교사와 책 읽을 시간이 있어요? 더구나 끔찍한 파업 문제까지 처리해야 하는데."

패니는 슬릭슨 부인의 태도를 보고 오빠의 행동을 자랑스러워해야 할지 아니면 부끄러워해야 할지 알 수 없었다. 그녀는 다른 사람들의 '기준'으로 자기 감정을 결정하는 사람답게, 특이한 행동에 얼굴을 붉히는 경향이 있었다. 하지만 마침 손님들이 흩어져서 그녀는 더이상 부끄러워하지 않아도 되었다.

21장

어두운 밤

이 세상 어디에도
눈물의 자매가 아닌 웃음은 없네.*
—엘리엇

마거릿과 아버지는 걸어서 집으로 돌아왔다. 맑은 밤이었고 거리도 깨끗했다. 민요 속 리지 린지**의 '무릎까지 들어올린' 초록색 새틴 드레스처럼 예쁜 흰 실크 드레스를 입은 마거릿은 시원하고 신선한 밤공기에 들떠 춤이라도 추고 싶은 기분으로 아버지와 함께 출발했다.

"손턴이 이번 파업 때문에 마음이 편치 않은 것 같구나. 오늘밤에 걱정이 많아 보였어."

"안 그러면 이상한 거죠. 하지만 우리가 나오기 직전에 사람들이 다른 방법들을 제안했을 때는 평소처럼 냉정한 태도로 얘기하던데요."

"만찬이 끝나고도 그랬지. 여간해서는 냉정함을 잃지 않는 사람이니

---

* 19세기 영국 노동자 시인 에버니저 엘리엇의 시 「망명자」.

** 스코틀랜드 민요 〈리지 린지〉.

까. 그런데 얼굴은 걱정스러워 보였어."

"제가 그 사람이라면 저도 그랬을 거예요. 직공들의 분노와 증오가 걷잡을 수 없이 커져가는 걸 알고 있을 테니까요. 그의 직공들 모두가 그를 성경 속의 '지독한 사람'으로 여기고 있어요. 불공평하기보단 무정하고, 판단이 분명하며, 우리 자신과 우리의 하찮은 권리들이 전능하신 하느님 눈에 어떻게 보일지 생각하면 인간이 내세워서는 안 되는 그의 '권리들'을 주장하는 사람. 아버지 눈에 그가 걱정스러워 보였다니 다행이네요. 전 바우처가 반쯤 정신이 나가서 한 말이나 그의 행동을 생각하면 손턴 씨의 냉정한 태도를 견딜 수가 없거든요."

"우선 나는 너와는 달리 그 바우처라는 사람이 극심한 고통을 받고 있다는 확신이 없구나. 지금이야 쪼들리겠지. 나도 그건 의심하지 않는다. 하지만 노조에서 몰래 돈을 대주는 사람들이 있어. 네 말을 들어보니 바우처는 격정적이고 자기감정을 숨기지 않는, 자기가 느끼는 모든 걸 강하게 표현하는 성격이 분명하다."

"오, 아버지!"

"좋아! 네가 정반대 성격인 손턴을 공정하게 평가해주기를 바라는 마음에서 한 말이다. 손턴은 자존심이 강해서 자신의 감정을 내보이지 않지. 마거릿, 네가 존경하는 성격인 줄 알았는데."

"존경해요. 존경해야죠. 하지만 전 아버지처럼 그에게 감정이 있다는 확신은 못하겠어요. 그는 의지력이 대단한 사람이에요. 지적 능력도 뛰어나고요. 지적 능력을 쌓기엔 불리한 처지였는데도요."

"그리 불리할 것도 없었지. 손턴은 아주 어릴 적부터 실용적인 삶을 살아왔고, 판단력과 자제력을 발휘해야 했으니까. 그게 다 지적 능력을 키운 거지. 물론 그에겐 과거의 지식이 필요해. 과거는 미래를 예측하는 진정한 토대가 되어주니까. 그는 그 필요를 인식하고 있고 그건 대단한 일이지. 마거릿, 넌 손턴에게 심한 편견을 갖고 있어."

"아버지, 그는 제가 연구할 기회를 갖게 된 제조업자, 사업하는 사람의 첫 표본이에요. 제가 처음 먹어보는 올리브라고요. 올리브를 먹으면 얼굴을 찡그리게 되잖아요. 손턴 씨가 그 부류에서 훌륭한 사람이라는 건 알아요. 앞으로 점점 더 그 부류를 좋아하게 될 거고요. 아무래도 벌써 그러기 시작한 것 같아요. 아까 남자들이 얘기하는 내용이 무척 흥미로웠거든요. 반밖에 못 알아들었으면서도요. 손턴 양이 와서 남자들 사이에 여자 혼자 있으니 불편할 거라며 여자들 있는 쪽으로 데려갈 때 정말 아쉬웠다니까요. 남자들 얘기를 듣느라 정신없이 바빠서 불편하다는 생각은 전혀 못했거든요. 그리고 여자들은 너무 지루했어요. 오, 아버지, 얼마나 지루했다고요! 하지만 영리하기도 했어요. 우리가 옛날에 명사 많이 넣어서 문장 만들기 시합을 하던 게 생각나더라고요."

"얘야, 그게 무슨 소리니?" 헤일 씨가 물었다.

"부의 증거가 되는 명사들 있잖아요. 가정부, 보조 정원사, 유리그릇, 귀한 레이스, 다이아몬드 같은 것들요. 그 명사들을 다 집어넣어서 말하더라고요. 우연인 것처럼 가장해서요."

"너도 하녀가 새로 들어오면 그 하나뿐인 하녀가 자랑스러워질 게다. 손턴 부인이 소개해주면서 한 말이 모두 사실이라면."

"물론 그렇겠죠. 오늘밤 전 흰 실크 드레스를 입고 한가한 두 손을 앞에 두고 앉아서 그 두 손이 오늘 집안일을 야무지게 해낸 걸 떠올리며 위선자가 된 듯한 기분을 느꼈어요. 사람들은 저를 고상한 숙녀로 여겼겠죠."

"얘야, 내 눈에조차 네가 그렇게 보이더구나." 헤일 씨가 조용히 미소 지으며 말했다.

하지만 문을 열어준 딕슨의 얼굴을 보자 그들의 미소는 하얗게 질린 떨리는 표정으로 바뀌었다.

"오, 주인님! 오, 마거릿 아가씨! 돌아오셔서 천만다행이에요! 도널드슨 선생님이 와 계세요. 파출부가 집에 돌아가서 옆집 하인을 시켜 불러왔어요. 마님은 이제 나아지셨어요. 그렇지만 오오! 주인님, 한 시간 전만 해도 전 마님이 돌아가시는 줄 알았어요."

헤일 씨는 쓰러지지 않기 위해 마거릿의 팔을 잡았다. 그는 딸의 얼굴에서 놀라움과 지극한 슬픔을 보았지만 그의 무방비 상태였던 심장을 옥죄는 공포는 발견하지 못했다. 마거릿은 아버지보다 많은 걸 알고 있었지만 그래도 두려움에 찬 절망적인 표정으로 듣고 있었다.

"오! 어머니 곁에 있어야 했는데…… 난 나쁜 딸이야!" 마거릿은 떨리는 걸음으로 황급히 계단을 오르는 아버지를 부축하며 신음처럼 내뱉었다. 도널드슨이 계단참에서 그들을 맞아주었다.

도널드슨이 속삭였다. "이제 나아지셨습니다. 진정제가 효과가 있었습니다. 발작이 아주 심했어요. 댁의 하녀가 겁먹을 만했지요. 하지만 이번엔 회복될 겁니다."

"이번엔! 아내에게 가봐야겠어요!" 반시간 전만 해도 중년 남자였던 헤일 씨는 일흔 먹은 노인처럼 눈도 침침하고, 정신도 오락가락하고, 걸음도 휘청거렸다.

도널드슨은 그의 팔을 잡고 침실로 인도했다. 마거릿이 뒤에 바짝 붙어서 따라갔다. 거기에는 그녀의 어머니가 죽음의 그림자가 드리워진 얼굴로 누워 있었다. 지금은 나아져서 잠들어 있지만, 이미 죽음의 신이 점찍어놓았고 머지않아 데리러 올 것이 분명했다. 헤일 씨는 한동안 말없이 아내를 바라보았다. 그러더니 와들와들 떨면서 도널드슨의 걱정스러운 손길을 외면하고 더듬더듬 문을 향해 갔다. 갑작스러운 비상사태에 들여온 몇 개의 촛불이 환하게 타오르고 있었지만, 그는 문을 찾을 수가 없었다. 그는 비틀거리며 응접실로 들어가 의자를 더듬어 찾았다. 도널드슨이 의자 하나를 끌어와서 앉혀주었다. 그리고 헤일 씨의 맥박을 쟀다.

"헤일 양, 아버지께 말을 걸어보세요. 정신이 드시도록."

"아버지!" 마거릿이 고통으로 격앙되어 울부짖는 소리로 말했다. "아버지! 말 좀 해보세요!" 그러자 헤일 씨의 눈동자에 초점이 돌아왔다. 그가 안간힘을 다해 말했다.

"마거릿, 넌 알고 있었던 거니? 아, 참으로 잔인하구나!"

"아뇨, 잔인한 게 아닙니다!" 도널드슨이 신속한 결단을 내리며 말했다. "헤일 양은 제 지시대로 행동했습니다. 실수가 있었을지는 몰라도 잔인한 건 아닙니다. 부인께선 내일이면 딴사람처럼 좋아지실 겁니다. 발작을 일으킬 거라고 예상은 했어요. 제가 헤일 양에게 그런 우려에 대해 말하지 않았고요. 부인께선 제가 가져온 진정제를 드셨으니 오래 숙면을 취하실 겁니다. 내일이면 헤일 씨를 충격에 빠뜨린 모습은 사라질 거예요."

"하지만 병은요?"

도널드슨은 마거릿을 흘끗 보았다. 한눈에 사람을 간파하는 능력을 지닌 그는 고개를 숙인 마거릿의 얼굴에 일시적인 유예를 달라는 간청이 담기지 않은 것을 보고, 그녀가 모든 진실을 밝히는 게 낫다고 생각하고 있음을 눈치챘다.

"병은 나을 수 없습니다. 과도한 찬사를 받고 있는 우리의 알량한 의술로는 그 병을 고칠 수 없어요. 그저 진행을 늦추고 통증을 완화시킬 수 있을 뿐이지요. 헤일 씨, 남자답게, 기독교인답게 마음을 굳건히 하세요. 그 어떤 고통도, 인간의 질병도 맞서거나 닿을 수 없는 영혼의 불멸을 믿으세요!"

그러나 헤일 씨는 목멘 소리로 대꾸했다. "도널드슨 선생, 당신은 결혼을 안 했으니 제 심정을 모릅니다." 남자의 굵직한 흐느낌 소리가 묵직한 고통의 고동처럼 밤의 정적을 갈랐다.

마거릿은 아버지 옆에 무릎을 꿇고 앉아 울먹이며 아버지를 어루만졌다. 아무도, 심지어 도널드슨조차 시간이 어떻게 흘러가는지 몰랐다. 헤일 씨가 가장 먼저 용기를 내어 현재 필요한 일들에 대한 이야기를 꺼냈다.

"이제 우린 어떻게 해야 하는 겁니까? 우리 둘에게 말씀해주세요. 마거릿은 나의 지팡이고 오른팔이니까요."

도널드슨이 명확하고 합리적인 지시를 내렸다. 오늘밤은 두려워할 필요 없다. 아니, 내일, 그리고 앞으로 여러 날 평화가 이어질 것이다. 하지만 회복할 가망은 없다. 도널드슨은 헤일 씨에게 잠자리에 들라고, 한 사람만 남아서 환자가 잘 자는지 지켜보라고, 환자의 수면에 방해가 되면 안 된다고 말했다. 그리고 내일 아침 일찍 다시 오겠노라고 약속했다. 그는 따뜻하고 다정한 악수를 나눈 뒤 떠났다.

그들은 몇 마디 나누지 않았다. 공포에 진이 다 빠져서 당장 할 일을 결정하는 것 말고는 더이상 아무것도 할 수 없었다. 헤일 씨는 밤을 새울 작정이었고, 마거릿이 할 수 있는 일은 아버지를 설득해서 응접실 소파에서 쉬게 하는 것뿐이었다. 딕슨도 자러 가라는 제안을 완강하고 퉁명스럽게 거부했고, 마거릿도 어머니 곁을 뜰 수가 없었다. 세상 의사들이 다 '인력 절약'을 강조하며 '한 사람만 환자 곁을 지키면 된다'고 지시한들 소용없었다. 딕슨은 환자 곁에 버티고 앉아 눈을 부릅뜨고 지켜봤지만, 눈을 깜빡거리고 고개를 꾸벅이다가 흠칫 놀라며 똑바로 앉곤 했다. 하지만 결국 잠과의 싸움을 포기하고 코를 골며 잤다. 마거릿은 조바심에 찬 역겨움을 느끼며 흰 드레스를 벗어 던지고 실내복을 입었다. 다시는 잠을 잘 수 없을 것 같았다. 어머니를 간병하기 위해 모든 감각이 극도로 활발해지고 두 배로 예민해진 듯했다. 눈에 보이는 모든 것과 귀에 들리는 모든 것, 아니 심지어 생각까지 날카롭게 신경을 건드렸다. 마거릿은 두 시간 동안 아버지가 옆방에서 초조하게 움직이는 소리를 들었다. 아버지는 끊임없이 어머니 방의 문 앞에 와서 귀를 기울였고, 아버지가 가까이 오는 기척을 듣지 못했던 마거릿이 가서 문을 열 때까지 그대로 서 있었다. 아버지는 타들어간 입술로 겨우 질문했고 그녀는 상황을 알려주었다. 이윽고 아버지도 잠들자 온 집안에 정적이 감돌았다. 마거릿은 커튼 뒤에 앉아 생각에 잠겼다. 지난날의 모든 관심사가 시간적으로나 공간적으로나 아주 멀리 있는 듯했다. 불과 서른여섯 시간 전만 해도 그녀는 베시 히긴스와 그 아버지를 걱정했고 바우처 때문에 가슴이 찢어질 듯 아팠다. 그런데 이제 그 모든 것이 전생의 꿈같은 기억처럼 느껴졌다. 문밖의 모든 것이 어머니와 분리된 듯 비현실적으로 여겨졌다. 오히려 할리 스트리트가 더 선명하게 다가왔다. 할리 스트리트에서 지낼 때 쇼 이모의 얼굴에서 어머니의 모습을 찾으며 기뻐하던 일, 집에서 온 편지들을 보며 향수에 젖던 일이 마치 어제 일처럼 떠올랐다. 헬스톤은 흐릿한 과거 속에 존재했다. 너무도 평온하고 단조로웠던 지난겨울과 지난봄의 잿빛 나날이 지금 그녀에게 그 무엇보다 소중한 것과 더 많이 연관되어 있는 듯했다. 그녀는 떠나가는 시간의 옷자락을 잡고 돌아와달라고, 자신에게 주어졌을 때 그 가치를 너무 몰랐던 걸 되찾게 해달라고 매달리고 싶었다. 삶이란 얼마나 헛된 것인지! 얼마나 허울뿐이고 무상한 것인지! 지상의 혼란과 소음 위로 높이 솟은 하늘의 종탑에서 '모든 건 그림자에 지나지 않는다! 모든 건 지나가고 있다! 모든 건 지나간다!'라고 외치는 종이 끊임없이 울리는 것만 같았다. 그리고 예전의 더 행복했던 많은 아침 같은 시원한 잿빛 아침이 밝아왔을 때, 자고 있는 사람들 하나하나를 보니 끔찍했던 밤이 꿈처럼 비현실적으로 느껴졌다. 그 밤 또한 그림자였다. 그 밤 또한 지나간 것이다.

헤일 부인 역시 아침에 일어나서 자신이 간밤에 얼마나 아팠는지 알지 못했다. 그녀는 도널드슨 선생이 아침 일찍 찾아온 걸 보고 놀랐고, 남편과 딸의 걱정스러운 얼굴에 어리둥절해했다. 그날에는 정말 피곤하다며 침대에만 있으라는 권유를 받아들였지만 다음날에는 일어나겠다고 고집을 부렸다. 도널드슨은 그녀가 응접실로 돌아가는 걸 허락했다. 하지만 그녀는 어떤 자세를 취해도 가만히 있지 못하고 불편해했으며 밤이 오기 전에 열이 치솟았다. 헤일 씨는 극도의 무기력 상태에 빠져 아무런 결정도 내리지 못했다.

"어머니가 또 힘든 밤을 보내지 않게 하려면 어떻게 해야 할까요?" 사흘째 되는 날 마거릿이 물었다.

"어느 정도는 어쩔 수 없이 쓴 강력한 진정제 부작용 탓이기도 해요. 당사자보다 지켜보는 가족이 더 힘들 거예요. 물침대가 있으면 좋을 것 같긴 한데. 내일이면 나아지긴 할 겁니다. 이번 발작 이전의 상태로 돌아갈 거예요. 그래도 물침대가 있으면 좋겠군요. 손턴 부인이 하나 갖고 계신 걸로 알고 있어요. 내가 이따 오후에 들러보지요. 잠깐." 도널드슨은 환자 곁을 지키느라 핼쑥해진 마거릿의 얼굴을 보고 말했다. "갈 수 있을지 모르겠네요. 왕진 갈 데가 많아서. 헤일 양이 직접 말버러 스트리트까지 빨리 걸어가서 손턴 부인께 물침대를 빌려줄 수 있는지 여쭤보는 것도 나쁘지 않을 듯한데."

"물론이죠. 오후에 어머니 주무시는 동안에 가면 돼요. 손턴 부인은 분명 물침대를 빌려주실 거예요." 마거릿이 말했다.

도널드슨의 경험에 의거한 예측은 맞아떨어졌다. 오후에 헤일 부인은 발작의 후유증을 다 떨쳐내고 마거릿이 다시는 볼 수 없으리라 생각했던 밝고 건강한 모습으로 돌아온 것이다. 점심을 먹은 후 마거릿은 안락의자에 앉아 아버지의 손을 잡고 있는 어머니를 두고 나왔다. 지금 아버지는 어머니보다 훨씬 지치고 고통스러워 보였지만 그래도 미소를 지을 수 있었다. 느리고 희미한 미소인 건 사실이었으나, 마거릿은 하루나 이틀 전만 해도 아버지의 미소를 다시 볼 수 있으리라곤 생각지도 못했다.

크램프턴 크레센트에서 말버러 스트리트까지는 2마일쯤 되었다. 아주 빠르게 걷기엔 날이 너무 더웠다. 오후 세시라 8월의 태양이 쨍쨍 내리쬐고 있었다. 마거릿은 1마일, 그러니까 반쯤 갈 때까지는 평소와 다른 걸 전혀 느끼지 못했다. 골똘히 생각에 잠겨 있었던데다 이제는 혼잡한 밀턴 거리들의 불규칙한 인파를 헤치고 걷는 법을 터득한 것이다. 하지만 말버러 스트리트로 들어서면서 그곳의 군중에게서 심상치 않은 동요를 느꼈다. 사람들이 움직이지 않은 채 그 자리에 서서 말하고, 듣고, 술렁이는 것 같았다. 그래도 마거릿은 사람들이 길을 내준데다 지금 가는 심부름의 목적과 필요성에만 골몰해 마음이 편할 때의 관찰력을 발휘하지 못했다. 그래서 말버러 스트리트에 들어서서야 비로소 그곳에 불안하고 억압된 분노가 만연하다는 걸, 폭풍 전야의 불길한 분위기가 자신을 둘러싸고 있다는 걸 확신할 수 있었다. 말버러 스트리트로 통하는 골목골목마다 무수한 목소리들이 격노를 담아 멀리서 내는 낮은 포효가 들려왔다. 초라하고 지저분한 집에 사는 거주민들이 좁은 골목길에 나와 서 있진 않더라도 문과 창문 주위에 모여 있었고, 모두들 한 방향을 뚫어지게 보고 있었다. 그 모든 인간의 눈이 주목하는 곳은 말버러 스트리트였고, 그 눈들은 다양한 종류의 강렬한 감정을 드러내고 있었다. 분노가 이글거리는 눈, 가차없는 위협을 담은 험악한 눈, 공포로 동공이 확대된 눈, 애원을 담은 눈. 마거릿은 말버러 공장 마당의 거대한 담벼락에 난 접이식 대문 옆의 작은 옆문에 도착해 초인종을 누르고 수위가 나오기를 기다리며 주위를 둘러보다가, 처음으로 멀리서 우릉거리는 폭풍의 소리를 들었다. 그리고 말버러 스트리트 저쪽 끝에서 시커먼 군중의 물결이 천천히 밀려오는 광경을 보았다. 그 물결은 위협적으로 달려오다가 뒤집히더니 물러났다. 조금 전까지만 해도 억눌린 소음이 가득하던 거리에 무시무시한 정적이 감돌고 있었다. 이 모든 상황이 강압적으로 마거릿의 주의를 끌었지만 다른 생각에 골몰한 그녀의 마음을 사로잡지는 못했다. 마거릿은 그 물결의 의미를, 그 심각한 중요성을 깨닫지 못했다. 곧 자신을 어머니 없는 자식으로 만들어 난도질할 칼날의 날카로운 감촉만 느끼고 있었다. 그런 일이 닥쳤을 때 아버지를 위로할 준비가 되어 있도록 미리 각오를 다지고 있었던 것이다.

수위가 조심스럽게 문을 열었지만 마거릿이 들어갈 수 없을 정도로 조금만 열었다.

"아가씨셨군요?" 수위가 긴 한숨을 쉬면서 문을 더 열었지만 활짝 열지는 않았다. 마거릿이 안으로 들어가자 그는 서둘러 빗장을 질렀다.

"사람들이 이리로 몰려오고 있죠?" 수위가 물었다.

"모르겠어요. 뭔가 심상치 않은 일이 일어나고 있는 것 같긴 한데, 이 거리는 텅 비어 있던걸요."

마거릿은 마당을 가로질러 현관 계단을 올라갔다. 가까이에서는 아무 소리도 들리지 않았다. 증기기관의 헐떡이는 고동소리도, 기계의 철컥거리는 소리도, 한데 뒤섞이고 부딪치는 수많은 날카로운 목소리들도 없었다. 하지만 저멀리서 불길하고 무시무시한 포효가, 낮은 함성이 점점 커져가고 있었다.

22장

충돌과 그 결과

빵값은 오르는데 일자리는 사라져가고
임금도 줄어든다.
아일랜드인 무리가
반값 임금을 불렀기 때문이다.
—『곡물법 시집』*

마거릿은 응접실로 안내되었다. 응접실 물건에는 평소처럼 덮개가 씌워져 있었다. 더위 때문에 창문들을 반쯤 열고 베니션 블라인드를 쳐놓아 아래쪽 포장도로에서 반사된 어두운 잿빛이 실내로 들어왔다. 그 잿빛은 부적절한 그림자들을 드리웠고 초록색을 띤 위쪽 빛과 합쳐져 거울들에 비친 마거릿 자신의 얼굴까지 유령처럼 창백해 보이도록 만들었다. 그녀는 앉아서 기다렸지만 아무도 들어오지 않았다. 이따금 바람이 먼 함성을 가까이 실어오는 듯했지만 바람은 불지 않았다! 그리고 함성은 깊은 정적 속으로 흩어졌다.

이윽고 패니가 들어왔다.

* 에버니저 엘리엇의 시집. 영국 정부가 지주들의 이익을 위해 값싼 곡물의 수입을 금지한 곡물법(1815년 제정)을 비판하는 내용을 담았다.

"헤일 양, 어머니는 바로 오실 거예요. 저보고 이 상황에 대해 설명하라고 하셨어요. 우리 오빠가 아일랜드에서 노동자들을 불러들인 걸 아시는지 모르겠네요. 그것 때문에 밀턴 사람들이 심하게 화가 났거든요. 오빠가 노동력을 얻을 수 있는 데서 얻을 권리가 없는 것처럼요. 여기 있는 멍청한 인간들은 오빠 공장에서 일을 안 하겠다며, 아일랜드 직공들한테 겁을 잔뜩 줘서 밖에 나가지도 못하게 한다니까요. 못 먹어서 꼴이 말이 아닌 불쌍한 사람들한테요. 지금 아일랜드 직공들은 공장 맨 꼭대기 방에 웅크리고 있어요. 그 사람들은 거기서 자야 해요. 자기들이 일 안 한다고 나갔으면서 다른 사람들도 일을 못하게 하는 저 짐승 같은 인간들에게 해코지당하지 않으려면요. 어머니는 그 사람들에게 먹을 걸 챙겨주고, 오빠는 그들을 달래고 있죠. 여자 몇 명이 돌아가겠다며 울고 있거든요. 아! 어머니가 오셨네요!"

손턴 부인이 어둡고 근엄한 얼굴로 들어왔다. 마거릿은 그 얼굴을 보자 때를 잘못 맞춰 왔다는 생각이 들었다. 하지만 그녀는 어디까지나 어머니의 병이 진행되면서 필요한 게 있으면 뭐든 부탁하라는 손턴 부인의 말을 믿고 온 것이었다. 마거릿이 겸손한 태도로 어머니가 밤잠을 제대로 못 이뤄서 도널드슨 선생이 물침대를 쓰면 좋겠다고 했다는 이야기를 하는 동안, 손턴 부인은 이마를 찡그리고 입을 꾹 다물고 들었다. 마거릿이 이야기를 마쳤으나 손턴 부인은 곧바로 대답하지 않았다. 그러다가 갑자기 외쳤다.

"그놈들이 대문 앞에 있다! 패니, 오빠 불러! 공장에서 이리로 오라고 해! 그자들이 대문 앞에 있어! 대문을 부수고 쳐들어올 거야! 얼른 오빠 부르라니까!"

그와 동시에 요란한 발소리가 벽 바로 건너편에서 들려왔다. 손턴 부인은 마거릿의 이야기 대신 그 발소리에 귀를 기울이고 있었던 것이다. 나무 대문의 장벽 너머에서 성난 목소리들이 커져갔다. 분노로 이성을 잃은 보이지 않는 군중이 스스로의 몸뚱이를 성문을 부수는 망치 삼아 공격을 가하는 듯 그 장벽이 흔들리기 시작했다. 인간 망치들은 조금 뒤로 물러섰다가 더욱 단결된 흔들림 없는 추진력으로 다시 돌진했고, 연이은 강타에 튼튼한 대문이 바람 앞의 갈대처럼 흔들렸다.

여자들이 그 공포스러운 장면을 구경하기 위해 창가로 몰려들었다. 손턴 부인, 하녀들, 마거릿 모두 창가에 있었다. 공장에서 돌아온 패니는 뒤에서 누가 쫓아오기라도 하듯 비명을 내지르며 위층으로 달려올라와 소파에 몸을 던지고 히스테릭하게 흐느꼈다. 손턴 부인은 아직 공장에 있는 아들을 찾았다. 손턴이 공장에서 나와 창가의 창백한 얼굴들을 올려다보더니 미소를 지어 그들에게 용기를 주고는 공장 문을 잠갔다. 그러고는 한 사람만 내려와서 현관문을 열어달라고 소리쳤다. 패니가 미친듯이 도망치면서 현관문을 잠갔던 것이다. 손턴 부인이 몸소 내려갔다. 손턴의 잘 알려진 위엄 있는 목소리가 밖에 있는 성난 군중에게 피의 맛 역할을 한 듯했다. 지금까지 그들은 사력을 다해 대문을 부수느라 아무 말도 하지 않고 있었다. 그러나 안에서 손턴의 목소리가 들리자 섬뜩한 신음을 내질렀고, 담대한 손턴 부인조차 아들보다 앞서 응접실로 돌아오다가 얼굴이 새파랗게 질렸다. 손턴은 약간 상기된 얼굴로 들어왔으나 위험을 알리는 나팔소리에 답하듯 눈이 반짝거렸는데, 당당하고 도전적인 표정이 미남은 아니더라도 고귀한 사람이라는 인상을 주었다. 마거릿은 위기의 순간에 용기를 내지 못해 겁쟁이로 판

명날까봐 늘 두려웠었다. 하지만 지금, 공포에 질려야 마땅한 이 순간에 그녀는 자신을 잊고 현상황에 강렬히, 고통스러울 정도로 강렬히 몰입했다.

손턴이 솔직하게 나섰다.

"헤일 양, 유감스럽게도 때를 잘못 맞춰 오셔서 우리가 감수해야 할 위험에 함께 휩쓸릴 수도 있을 것 같군요. 어머니! 뒤쪽 방으로 피하시는 게 낫지 않을까요? 폭도가 피너 골목에서 마구간 쪽으로 들어왔을지는 모르겠지만, 만일 그러지 않았다면 여기보다 뒤쪽 방들이 더 안전할 거예요. 가요, 제인!" 그가 고참 하녀에게 말했다. 제인이 움직이자 다른 하녀들도 그 뒤를 따랐다.

"난 여기 있겠다! 네가 있는 데 있을 거야." 손턴 부인이 말했다. 사실 뒤쪽 방으로 피해봤자 소용없는 짓이었다. 군중이 뒤쪽 별채들을 둘러싸고서 무시무시하고 위협적인 함성을 질러댔으니까. 하녀들은 울부짖으며 다락방으로 숨었다. 손턴은 그 소리를 들으며 경멸어린 미소를 지었다. 그는 공장에서 가장 가까운 창가에 혼자 서 있는 마거릿을 흘끗 보았다. 그녀의 눈은 반짝거리고 뺨과 입술 색은 더 짙어져 있었다. 그녀가 손턴의 시선을 느꼈는지 그에게 돌아서며 아까부터 마음속에 있던 질문을 던졌다.

"불쌍한 외국인 노동자들은 어디 있죠? 저기 공장에요?"

"그래요! 뒷계단 맨 꼭대기 층 작은 방에 웅크리고 있는 걸 두고 나왔습니다. 공장 문을 부수는 소리가 들리면 위험하더라도 계단을 내려와 도망치라고 했지요. 하지만 폭도가 원하는 건 그들이 아닙니다. 저지요."

"군인들은 언제 오는 거니?" 손턴의 어머니가 작지만 흔들림 없는 목소리로 물었다.

손턴은 평소처럼 신중하고 침착한 태도로 손목시계를 꺼내더니 잠시 계산을 했다.

"윌리엄스가 제 지시를 받고 바로 출발해서 폭도를 피해 갈 필요가 없었다면…… 앞으로 이십 분쯤 걸릴 거예요."

"이십 분!" 손턴 부인의 목소리에 처음으로 공포가 어렸다.

손턴이 외쳤다. "어머니, 즉시 창문들을 닫으세요. 저런 충격에는 대문이 더이상 못 버틸 거예요. 헤일 양, 창문 닫아요."

마거릿은 자기 옆에 있는 창문을 닫은 다음, 손가락을 떨고 있는 손턴 부인을 도우러 갔다.

무슨 이유에선지, 보이지 않는 거리에서 몇 분 동안 정적이 흘렀다. 손턴 부인은 그 갑작스러운 정적에 대한 해석을 구하기라도 하듯 불안감을 감추지 못하는 시선으로 아들을 보았다. 손턴의 얼굴은 경멸에 찬 저항심으로 딱딱하게 굳어 있었다. 그 얼굴에선 희망도, 두려움도 읽을 수 없었다.

패니가 몸을 일으켰다.

"사람들, 간 거예요?" 패니가 속삭이듯 물었다.

"갔느냐고? 잘 들어봐라!" 손턴이 대답했다.

패니는 귀를 기울였다. 안간힘을 쓰는 거대한 숨소리가, 천천히 무너져가는 나무의 삐걱거림이, 쇠 비틀리는 소리가, 육중한 대문이 넘어가는 소리가 들렸다. 패니가 비틀거리며 일어나 어머니를 향해 한두 걸음 떼더니 어머니 품으로 쓰러지며 기절했다. 손턴 부인은 육체의 힘 못지 않은 의지의 힘을 발휘해 딸을 안아 들고 나갔다.

"다행이군!" 손턴이 어머니가 나가는 걸 지켜보며 말했다. "헤일 양도 위층으로 올라가시는 게 낫지 않을까요?"

마거릿이 '아니요!'라고 입 모양으로 말하고 있었지만 손턴은 그녀의 목소리를 들을 수 없었다. 집 벽 바로 아래서 들리는 무수한 발소리와 분노에 찬 낮고 굵직한 목소리들이 내는 무시무시한 으르렁거림 때문이었다. 그건 만족스러워하는 격한 웅얼거림이었으며, 좀전의 당혹스러운 외침보다 더 공포스러웠다.

"걱정 마세요! 헤일 양이 이 소동에 휘말리게 된 건 대단히 유감스럽지만, 얼마 안 갈 겁니다. 이제 몇 분 있으면 군인들이 올 테니까요." 손턴이 마거릿에게 용기를 줄 생각으로 말했다.

"오, 세상에!" 마거릿이 갑자기 외쳤다. "저기 바우처가 있어요. 저 얼굴을 알아요. 분노로 납빛이 되어 있지만. 앞쪽으로 나오려 애쓰고 있어요. 보세요! 봐요!"

"바우처가 누군가요?" 손턴이 냉정하게 묻고는 창가로 가까이 다가가 마거릿이 강한 관심을 보이는 사내를 보았다. 군중이 손턴을 보고 괴성을 질렀는데, 인간의 목소리가 아니라는 표현은 너무 약할 정도였다. 먹이를 보고 미쳐 날뛰는 무시무시한 야수의 흉포한 울부짖음이었다. 천하의 손턴도 자신이 유발한 증오의 맹렬함에 놀라 잠시 주춤했다.

"마음대로 소리지르라고 해요! 이제 오 분 정도만 있으면…… 불쌍한 아일랜드 직공들이 저 악마 같은 소리에 혼비백산하지나 않았으면 좋겠군. 헤일 양, 오 분만 용기를 내세요."

"제 걱정은 마세요." 마거릿이 황급히 말했다. "그런데 오 분만이라뇨? 저 가엾은 사람들을 진정시킬 방법이 없는 건가요? 보고 있기가 끔찍해요."

"군인들이 곧 올 거고, 그럼 이성을 되찾을 겁니다."

"이성이라고요! 무슨 이성이요?" 마거릿이 빠르게 물었다.

"스스로 야수로 변한 인간들을 처리할 이성이죠. 맙소사! 폭도가 공장 문 쪽으로 가는군!"

마거릿이 흥분해서 온몸을 떨며 말했다. "손턴 씨, 겁쟁이가 아니라면 지금 당장 내려가세요. 내려가서 남자답게 저 사람들 앞에 서는 거예요. 당신이 꼬드겨서 여기까지 데려온 불쌍한 외국인들을 구하세요. 당신의 노동자들을 인간으로 대우하면서 대화하셔야 해요. 친절하게요. 고통으로 미쳐 날뛰는 저 사람들을 군인들 손에 죽게 하지 마세요. 저기 제가 아는 사람이 하나 있어요. 당신이 용기가 있거나 고귀한 인품을 지닌 사람이라면, 나가서 저 사람들과 대화하세요. 인간 대 인간으로요."

손턴은 돌아서서 그녀를 바라보았다. 그녀의 말을 듣는 동안 그의 얼굴에 먹구름이 덮였다. 그는 이를 악물었다.

"가지요. 미안하지만 아래층까지 같이 내려가서 내가 나가면 문을 잠가주세요. 우리 어머니와 누이를 보호해야 하니까요."

"오! 손턴 씨! 모르겠어요…… 어쩌면 제 생각이 틀린 건지도 모르는데…… 전 다만……"

하지만 손턴은 아래층으로 내려가 현관문 빗장을 열었다. 마거릿이 할 수 있는 일이라곤 재빨리 따라가 그의 등뒤에서 현관문을 잠근 다음, 아픈 가슴과 어지러운 머리를 안고 다시 계단을 기어올라오는 것뿐이었다. 그녀는 다시 제일 멀리 있는 창가에 자리잡고 섰다. 손턴은 창문 아래 계단에 있었다. 마거릿은 무수한 성난 눈들의 방향을 보고 그 사실을 알 수 있었지만, 직접 그를 볼 수도 없었고 잔혹한 만족감에 찬 분노의 술렁거림 말고는 아무 소리도 들을 수 없었다. 군중 속엔 앳된 소년들이 많았는데 그들은 잔인하고 경솔했다. 그들이 잔인한 건 경솔하기 때문이었다. 늑대처럼 여위고 먹이에 혈안이 된 어른들도 보였다. 마거릿은 그들의 사정을 알았다. 그들은 바우처처럼 집에 굶주리는 아이들이 있었고, 임금 인상에 반드시 성공해야 할 절박한 처지였으며, 아일랜드인들이 자기네 어린 자식들 입에 들어갈 빵을 강탈하러 온 걸 알고 극도의 분노에 사로잡혀 있었다. 마거릿은 그 모든 사실을 알았다. 바우처의 얼굴에서, 분노로 납빛이 된 그 좌절한 얼굴에서 그 사실을 읽을 수 있었다. 손턴이 그들에게 무슨 말이라도 하는 것이, 그들에게 그의 목소리를 들려주는 것이, 분노나 질책의 말조차 없이 어떤 말도 해주지 않는 돌 같은 침묵을 상대로 저들이 분노하고 미친 듯 두들겨대도록 내버려두는 것보다는 나아 보였다. 그런데 그가 무슨 말이라도 한 걸까, 짐승떼 소리처럼 무슨 말인지 알아들을 수 없던 노동자들의 소리가 잠시 멎었다. 마거릿은 황급히 보닛을 벗어 던지고 손턴의 말을 듣기 위해 앞으로 몸을 기울였다. 그러나 만일 손턴이 정말로 뭔가 말했다면 군중도 본능적으로 그 말을 들으려고 했을 테지만 그 순간은 지나가고, 오히려 사람들이 전보다 더 심하게 분노하기 시작했다. 손턴은 가슴에 팔짱을 끼고 동상처럼 미동도 않고 서 있었다. 흥분을 억누르느라 얼굴이 창백했다. 군중은 그에게 겁을 주려고—그를 움찔하게 만들려고—서로에게 빨리 폭력을 쓰라고 재촉하고 있었다. 마거릿은 곧 난리가 나리라는 것을 직감했다. 저 수백 명의 성난 사내들과 무모한 소년들은 건드리기만 해도 폭발할 것이고, 그럼 손턴의 생명까지 위험해질 수 있었다. 이제 곧 저 폭풍 같은 격정이 한계를 넘어서면 모든 이성의 장벽을, 결과에 대한 두려움을 휩쓸어가버릴 터였다. 마거릿은 뒤쪽에 있는 청년들이 묵직한 나막신을 벗기 위해 몸을 구부리는 걸 보았다. 나막신은 그들이 가장 쉽게 구할 수 있는 무기였다. 그게 화약에 불을 붙이는 역할을 하리라. 마거릿은 아무도 듣지 못하는 비명을 내지르며 응접실에서 뛰쳐나가 아래층으로 내려가서 커다란 쇠빗장을 들어올리고 문을 활짝 열어젖힌 다음, 성난 바다와도 같은 군중과 마주서서 눈으로 비난의 불화살을 쏘았다. 나막신을 던지려던 손들이 주춤했고, 조금 전까지만 해도 사납기 짝이 없던 얼굴들에 이건 무슨 의미냐고 묻는 듯한 머뭇거리는 표정이 어렸다. 마거릿은 숨이 차서 말은 못하고, 그들을 향해 두 팔을 뻗었다. 이윽고 그녀가 말했다.

"폭력은 사용하지 마세요! 상대는 한 사람이고 여러분은 다수잖아요." 그녀의 목소리는 거친 속삭임에 지나지 않았기에 서서히 잦아들었다. 손턴은 잠시 한옆에 서 있었다. 마거릿 뒤에 있다가 자신과 위험 사이에 그 어떤 것도 끼어들지 못하게 하고 싶다는 듯이 옆으로 움직였던 것이다.

"가세요!" 마거릿이 다시 말했다(이번엔 외침이었다). "군인들이 이리로 오고 있어요. 조용히 가세요. 가셔야 해요. 여러분의 불만이 무엇이든, 해결될 거예요."

"그럼 아일랜드 불한당들을 돌려보낼 거요?" 군중 속에서 거칠고 위협적인 목소리가 물었다.

"절대로, 당신들 요구대로는 안 해!" 손턴이 외쳤다. 그 즉시 폭풍이 휘몰아쳤다. 군중의 야유가 허공을 가득 채웠지만 마거릿의 귀엔 들리지 않았다. 그녀의 시선은 좀전에 나막신으로 무장했던 청년 무리에게가 있었다. 그녀는 그들의 몸짓을 보았고, 그 의미를 간파했다. 그들의 표적을 알 수 있었다. 잠시 후면 손턴이 쓰러질지도 모른다. 그를 이 위험한 장소로 내몬 사람은 바로 자신이었다. 어떻게든 그를 구해야겠다는 생각밖에 들지 않았다. 마거릿은 손턴을 감싸안아 자신의 몸을 광분한 군중에게서 그를 보호할 방패막이로 삼았다. 손턴이 가슴의 팔짱을 풀지 않은 채 그녀를 뿌리쳤다.

"가세요, 여긴 당신이 있을 곳이 아니니까." 그가 굵직한 목소리로 말했다.

"아뇨! 당신은 제가 본 걸 못 봤어요." 마거릿이 대꾸했다. 만일 그녀가 자신이 여자라는 사실이 보호막이 될 거라고 생각했다면, 눈을 질끈 감아 군중의 무시무시한 분노를 외면하면서 자신이 눈을 뜨기 전에 그들이 행동을 멈추고 반성한 다음 슬그머니 사라지기를 바랐다면, 그건 오산이었다. 저들, 적어도 군중 일부의 무모한 격정은 멈출 수 있는 한계를 지난 상태였고, 언제나 폭동을 이끄는 사람들은 잔혹한 흥분을 즐기는, 그것이 초래할 유혈사태에 개의치 않는 거칠고 사나운 청년들이었다. 나막신 하나가 바람을 가르며 날아왔다. 마거릿은 넋을 놓고 그 나막신을 주시했다. 나막신은 표적을 맞히지 못했다. 마거릿은 공포에 질려 고개를 돌리긴 했지만 그 자리에 그대로 선 채 손턴의 팔에 얼굴만 감췄다. 그랬다가 고개를 들고 다시 말했다.

"제발요! 폭력으로 여러분의 대의명분을 더럽히지 마세요. 여러분은 지금 자신이 무슨 짓을 하는지 모르고 있어요." 그녀는 또랑또랑하게 말하려고 애썼다.

그때 날카로운 돌멩이 하나가 날아와 이마와 뺨을 스치고 지나가며 그녀의 눈앞에 검은 장막을 쳤다. 마거릿은 시체처럼 손턴의 어깨로 쓰러졌다. 손턴이 팔짱을 풀고 한 팔로 그녀를 감싸안았다.

그가 외쳤다. "잘들 했어! 당신들은 아무 죄 없는 외지인을 쫓아내러 왔지. 수백 명이 한 사람에게 덤벼들고, 여인이 나서서 당신들 자신을 위해 이성을 되찾으라고 애원했는데 비겁하게 그 여인에게 앙갚음을 하는군! 아주 잘들 했다고!" 손턴이 말하는 동안 군중은 침묵을 지켰다. 그들은 눈을 크게 뜨고 입을 벌린 채 자신들을 무아지경의 격정에서 깨어나게 해준 한줄기 검붉은 피를 바라보았다. 대문 가까이에 있던 사람들이 부끄러워하며 슬그머니 빠져나갔다. 군중 전체에 하나의 움직임, 후퇴의 움직임이 일었다. 오직 하나의 목소리만 외쳤다.

"그 돌은 당신한테 던진 거였어. 그런데 당신은 여자 뒤에 숨었지!"

손턴은 분노로 몸을 떨었다. 마거릿은 흐르는 피 때문에 어렴풋이 의식이 돌아온 상태였다. 손턴은 그녀를 조심스럽게 문간에 내려놓고 머리를 문틀에 기대게 했다.

"여기서 쉴 수 있겠어요?" 그가 물었다. 하지만 마거릿의 대답을 기다리지도 않고 천천히 현관 계단을 내려가 군중 한가운데에 섰다. "자, 이제 나를 죽여라. 그게 당신들의 잔인한 의지라면. 여기선 나를 막아줄 여자가 없으니까. 나를 때려죽여도 좋아. 그래도 절대 내 결심을 바꿀 수는 없을 거야. 절대!" 그는 아까 계단 위에서 그랬던 것처럼 가슴에 팔짱을 낀 채 군중 속에 버티고 섰다.

하지만 이미 대문을 향한 후퇴의 움직임이 시작된 상태였으며, 그 움직임은 동시적인 분노처럼 비이성적이고 어쩌면 맹목적이기도 했다. 아니면 군인들이 오고 있다는 생각이, 눈을 감고 창백한 얼굴을 위로 쳐든 마거릿의 모습이, 그렇게 만들었을 수도 있다. 마거릿의 얼굴은 대리석처럼 고요하고 슬펐으며, 길고 뒤엉킨 속눈썹 위로 눈물이 솟아 뺨을 타고 떨어졌다. 그리고 그 눈물보다 무겁고 느린 핏줄기가 상처에서 흘러내리고 있었다. 가장 절박한 바우처조차 얼굴을 잔뜩 찡그리고 비틀거리며 뒤로 물러서다가, 아까와 똑같은 태도로 버티고 서서 도전적인 눈빛으로 폭도의 퇴각을 지켜보는 공장주에게 욕설을 웅얼거리며 그곳을 떠났다. 폭도의 퇴각이 도망으로 변하자마자(원래 퇴각이란 게 그렇게 되기 마련이다시피), 손턴은 계단을 올라가 마거릿에게 달려갔다.

마거릿이 그의 도움 없이 일어나려고 했다.

그녀는 희미한 미소를 지으며 말했다. "아무것도 아니에요. 살짝 스친 건데 그 순간 정신을 잃었어요. 오, 사람들이 가서 정말 다행이에요!" 그러곤 마음놓고 울었다.

손턴은 그녀에게 공감할 수 없었다. 그의 분노는 누그러지지 않았다. 아니, 위험이 지나갔음을 깨닫자 오히려 분노가 더욱 커졌다. 멀리서 군인들이 철커덕거리는 소리가 들려왔다. 겨우 오 분 차이로 폭도에게 권위와 질서의 힘을 느끼게 할 기회를 잃고 만 것이다. 폭도들이 군인들을 보고 자기가 간신히 화를 피했다는 생각에 기죽기를 바랐건만. 손턴이 그런 생각을 하는 사이 마거릿은 문설주를 잡고 똑바로 서려 했지만 눈에 얇은 막이 덮였고, 손턴이 간신히 늦지 않게 잡아주었다. 그가 외쳤다. "어머니! 어머니! 내려오세요. 그자들은 갔고, 헤일 양이 다쳤어요!" 그는 마거릿을 안고 식당으로 들어가 소파에 눕혔다. 그녀를 살며시 내려놓고는 그 순수한 흰 얼굴을 보고 있으려니 자신에게 그녀가 어떤 존재인지 너무도 강렬하게 느껴져, 그는 고통스럽게 속마음을 속삭였다.

"오, 나의 마거릿…… 나의 마거릿! 당신이 내게 어떤 존재인지 아무도 모를 거요! 죽은 듯 차가운 몸으로 누워 있는 당신, 당신은 내가 사랑한 유일한 여자요! 오, 마거릿, 마거릿!"

손턴은 마거릿 옆에 무릎을 꿇고서 말이라기보단 신음에 가까워 알아듣기 어려운 소리로 그렇게 중얼거리다가, 어머니가 들어오자 부끄러워져 벌떡 일어났다. 손턴 부인은 아들이 평소보다 좀더 창백하고 엄격해 보인다는 것 말고는 아무것도 눈치채지 못했다.

"어머니, 헤일 양이 다쳤어요. 돌이 관자놀이를 스쳤어요. 피를 너무 많이 흘린 것 같아요."

"아주 심하게 다친 것 같구나. 거의 죽은 것처럼 보일 정도야." 손턴 부인이 크게 놀라며 말했다.

"기절한 것뿐이에요. 돌에 맞고 나서 제게 말도 했거든요." 하지만 그렇게 말하는 와중에도 몸속의 모든 피가 심장으로 돌진하는 듯했고 몸이 와들와들 떨렸다.

"가서 제인 좀 불러와라. 제인이 나한테 필요한 물건들을 찾아올 수 있으니까. 넌 아일랜드 사람들한테 가보고. 겁에 질려 울부짖고 있더라."

손턴은 다리에 쇳덩이라도 매단 듯 무거운 걸음으로 마거릿 곁을 떠났다. 그리고 제인에다 누이까지 불렀다. 마거릿은 여자들의 조심스러운 보살핌을 받아야만 하기 때문이다. 아까 마거릿이 현관으로 내려와 극도의 위험을 무릅썼던 일을 떠올리자 온몸이 고동쳤다. '나를 구하기 위해서였을까?' 그때 그는 마거릿을 밀어내며 퉁명스럽게 말했었다. 당시에는 그녀가 쓸데없이 위험을 자초하는 것으로만 보였으니까. 그는 마거릿 생각에 온몸의 신경이 전율하는 걸 느끼며 아일랜드인들에게로 갔지만, 그들을 진정시키고 두려움에서 벗어나게 해줄 만큼 그들의 말을 제대로 이해하기 쉽지 않다는 것을 깨달았다. 그들은 이대로 멈추지 않을 거라고 선언하면서 아일랜드로 돌려보내달라고 요구했다.

그래서 손턴은 생각하고, 말하고, 설득해야 했다.

손턴 부인은 오드콜로뉴로 마거릿의 관자놀이를 닦아주었다. 알코올이 그때까지 손턴 부인도, 제인도 발견하지 못했던 상처에 닿자 마거릿은 눈을 떴다. 하지만 자신이 지금 어디에 있고 그들이 누구인지 모르는 게 분명했다. 눈밑 검은 그림자가 짙어지고 입술이 떨리며 오므라들더니 그녀는 다시 의식을 잃었다.

"끔찍한 충격을 받은 거야. 의사 좀 부르러 갈 사람?" 손턴 부인이 말했다.

그러자 제인이 움츠러들며 말했다. "마님, 전 못 가요. 폭도가 쫙 깔려 있을 거예요. 마님, 상처가 그리 깊어 보이진 않는데요."

"모험을 걸 순 없어. 내 집에서 다쳤는데. 제인, 넌 겁쟁이인지 몰라도 난 아니다. 내가 가마."

"제발요, 마님, 경찰 한 명을 대신 보낼게요. 경찰이 많이 왔잖아요, 군인도요."

"그런데도 넌 무서워서 못 가겠다는 거구나. 우리 심부름으로 그 사람들 시간을 빼앗을 순 없어. 그들은 폭도를 잡아야지. 넌 집에 있으면 안 무섭겠지?" 손턴 부인이 경멸적으로 물었다. "헤일 양 이마나 닦아 주고 있어라, 알았지? 십 분도 안 걸릴 테니까."

"마님, 해나가 가면 안 될까요?"

"왜 해나가 가? 넌 못 간다면서? 아니, 제인, 네가 안 가면 내가 간다."

손턴 부인은 우선 패니를 침대에 눕혀놓은 방으로 들어갔다. 어머니가 들어오는 걸 본 패니가 벌떡 일어났다.

"오, 어머니, 깜짝 놀랐잖아요! 폭도가 집에 들어온 줄 알았어요."

"말도 안 되는 소리! 다들 갔다. 이젠 군인들밖에 없어. 뒤늦게 와서는 할일을 찾고 있지. 헤일 양이 심하게 다쳐서 식당 소파에 누워 있어. 난 지금 의사를 부르러 간다."

"뭐라고요! 안 돼요, 어머니! 폭도한테 잡히면 죽어요." 패니는 어머니의 치맛자락에 매달렸다. 손턴 부인은 곱지 않은 손길로 딸을 뿌리쳤다.

"그럼 나 대신 갈 사람을 찾아다오. 헤일 양을 저대로 피 흘리며 죽게 놔둘 순 없어."

"피라고요! 세상에, 소름 끼쳐! 어떻게 다친 거예요?"

"나도 모른다. 물어볼 시간이 없었거든. 패니, 헤일 양에게 가봐라. 가서 좀 도와줘. 제인이 옆에 있는데, 상태가 보기보단 나쁘지 않을 거야. 제인은 집밖으로 못 나가겠단다. 겁쟁이 같으니라고! 더이상 하인들의 거절을 듣고 싶지 않아서 내가 직접 가는 거다."

"오, 세상에, 세상에!" 패니는 아래층으로 내려갈 준비를 하며 자신의 집에 부상을 당해 피를 흘리는 사람이 있다는 생각에 울부짖었다.

"오, 제인! 무슨 일이에요? 얼굴이 너무 창백해! 어쩌다 다친 거예요? 그자들이 응접실로 돌을 던진 거예요?" 패니가 식당으로 기어들어가며 말했다.

마거릿은 서서히 감각을 되찾고는 있었지만 진짜로 창백하고 수척해 보였다. 그녀는 실신한 후 어지럼증이 아직 가시지 않아 정신을 차리기가 힘들었다. 주위의 움직임과 오드콜로뉴의 상쾌한 느낌은 알 수 있었고, 오드콜로뉴로 쉬지 않고 닦아주었으면 하는 마음도 간절했다. 하지만 주위 사람들이 손길을 멈추고 대화를 나눌 때, 눈을 뜨거나 더 닦아달라고 부탁할 수가 없었다. 마치 죽음 같은 혼수상태에 빠져, 주위 사람들의 행동뿐만 아니라 그 행동의 동기가 되는 생각까지 다 인식하면서도 움직이거나 소리를 내어 끔찍한 매장 준비를 막을 수 없는 처지가 된 듯했다.

제인이 손턴 양의 질문에 대답하기 위해 손길을 멈췄다.

"헤일 양은 응접실에 그대로 있었으면 안전했을 거예요, 아가씨. 아니면 우리한테 올라오든가. 우리는 앞쪽 다락방에서 안전하게 다 지켜볼 수 있었거든요."

"헤일 양이 어디 있었는데요?" 패니가 물었다. 마거릿의 창백한 얼굴에 익숙해져서 천천히 다가오던 참이었다.

"현관문 바로 앞에요. 주인님이랑!" 제인이 의미심장하게 말했다.

"존이랑? 우리 오빠랑? 헤일 양이 어떻게 거기로 간 거죠?"

"아뇨, 아가씨, 그건 제가 말씀드릴 수 있는 일이 아니에요." 제인이 살짝 고개를 흔들며 말했다. "세라가……"

"세라가 뭐요?" 패니가 호기심을 참지 못하며 캐물었다.

제인은 세라의 행동이나 말을 자신의 입으로 옮기고 싶지 않은 것처럼 다시 마거릿을 닦아주기 시작했다.

"세라가 뭔데요? 말을 하다가 말면 내가 어떻게 알아요." 패니가 날카롭게 말했다.

"뭐, 어차피 알게 되실 테니 말씀드릴게요. 세라가 오른쪽 창문에 있어서 제일 잘 봤거든요. 세라가 말하길, 헤일 양이 사람들이 다 보는 데서 주인님 목을 끌어안았대요."

"말도 안 돼. 헤일 양이 우리 오빠를 좋아한다는 건 나도 알아요. 그건 누구나 알 수 있지. 내가 장담하는데, 우리 오빠와 결혼할 수 있으면 눈이라도 내놓을걸. 오빠야 절대 그럴 일 없겠지만요. 헤일 양에게도 그렇게 말해줄 수 있어요. 하지만 오빠 목을 끌어안을 정도로 그렇게 대담하고 뻔뻔스럽다니 믿을 수가 없어요."

"불쌍한 아가씨! 그렇다면 그 대가를 톡톡히 치른 거예요. 제 생각엔, 피를 너무 많이 흘려서 회복하기 힘들 것 같아요. 지금 시체처럼 보이잖아요."

"오, 어머니가 빨리 오셨으면 좋겠어!" 패니가 손을 쥐어짜며 말했다. "난 죽은 사람과 한방에 있어본 적이 없단 말이야."

"잠깐만요, 아가씨! 안 죽었어요. 눈꺼풀이 떨리고 눈물이 흘러내리잖아요. 패니 아가씨, 말 좀 시켜봐요!"

"이제 좀 괜찮으세요?" 패니가 떨리는 목소리로 물었다.

마거릿은 아무 대답이 없었다. 알아듣는 기색도 없었다. 그래도 입술에 희미한 분홍빛이 돌아왔다. 얼굴의 나머지 부분은 창백했지만.

손턴 부인이 제일 가까이에 있는 의사를 데리고 서둘러 들어왔다.

"헤일 양은 좀 어떠니? 헤일 양, 좀 나아졌어요?" 마거릿이 얇은 막이 덮인 듯한 눈을 뜨고는 꿈꾸듯 바라보았다. "로 선생님이 진찰해주러 왔어요."

손턴 부인은 귀먹은 사람을 대하듯 크고 분명하게 말했다. 마거릿은 일어나려고 하면서 헝클어진 풍성한 머리칼로 상처를 본능적으로 가렸다.

"이제 나아졌어요. 아까는 좀 어지러워서요." 마거릿이 아주 작고 가냘픈 목소리로 말했다.

의사가 그녀의 맥박을 짚었다. 그가 이마의 상처를 살펴보려고 하자 마거릿은 잠시 얼굴을 붉히며 의사보다 제인의 시선이 더 신경쓰인다는 듯 제인을 흘끗 보았다.

"별거 아닐 거예요. 이제 괜찮아요. 집에 가봐야겠어요."

"반창고 붙이고 안정을 좀 취한 다음에 가세요."

마거릿은 군말 없이 황급히 앉아서 의사가 반창고를 붙이게 했다.

"이제 괜찮다면 가야겠어요. 어머니는 상처를 못 보시겠죠. 머리칼에 가려지니까요, 그렇죠?" 마거릿이 말했다.

"맞아요. 아무도 못 알아보겠군요."

"하지만 지금 가면 안 돼요. 그럴 상태가 아니에요." 손턴 부인이 초조해하며 말했다.

"가야 해요." 마거릿이 결연히 말했다. "제 어머니를 생각하면요. 제

가족이 소식을 들으면…… 아무튼 가야 해요." 격한 어조였다. "전 여기 있으면 안 돼요. 마차 좀 불러주시겠어요?"

"지금 열이 오르고 있어요." 로 선생이 말했다.

"집에 가야 하는데 여기 있어서 그런 거예요. 공기가…… 밖에 나가는 게 저한텐 제일 좋을 것 같아요." 마거릿이 애원했다.

"옳은 말입니다. 부인께서 이리로 오는 길에 말씀하신 것처럼 헤일 양 어머니가 많이 아프시다면, 폭동 소식을 들었는데 따님이 제시간에 안 돌아오면 큰 충격을 받으실 테니까요. 상처는 깊지 않습니다. 제가 마차를 불러오지요. 이 댁 하인들이 아직도 무서워서 못 나가겠다면요." 로 선생이 말했다.

"오, 감사해요! 그게 저한테 제일 좋을 거예요. 이 방의 공기 때문에 견디기가 너무 힘들어요." 마거릿이 말했다.

그녀는 소파에 기대어 눈을 감았다. 패니가 손짓해 어머니를 밖으로 불렀고, 딸의 이야기를 들은 손턴 부인은 마거릿 자신 못지않게 그녀를 집으로 보내고 싶어했다. 손턴 부인은 패니의 말을 전적으로 믿지는 않았지만 마거릿에게 작별인사를 하는 태도가 무척 부자연스러워질 정도로는 믿었다.

로 선생이 대절한 마차를 타고 돌아왔다.

"헤일 양, 허락하신다면 집까지 바래다드리지요. 아직 거리가 조용하지 않아서요." 그가 말했다.

마거릿은 크램프턴 크레센트에 도착하기 전에 로 선생과 마차를 보내버리고 싶은 생각이 들 만큼은 현실 감각이 있었다. 아버지와 어머니를 놀라게 하고 싶지 않아서였다. 그녀는 오직 그 목적만 생각하려고 애썼다. 꿈결에 들은 듯한 자신에 대한 무례한 말은 결코 잊을 수가 없었지만 기운을 차릴 때까지 한옆으로 밀어둘 수는 있었다. 왜냐하면, 오! 그녀는 지금 몹시 약한 상태라 또다시 실신하지 않도록 마음을 다잡기 위해 현재의 사실에 매달려야 했기 때문이다.

23장

오해

그의 어머니가 그걸 보고
걱정스럽고 마음이 아파 어쩔 줄 몰랐다.*
—스펜서

마거릿이 떠나고 오 분도 안 되어 손턴이 얼굴이 시뻘게져서는 들어왔다.

"더 빨리 올 수가 없었어요. 작업감독이…… 헤일 양은 어디 있죠?" 그는 식당 안을 둘러본 후 험악한 눈빛으로 어머니를 보았다. 그의 어머니는 어질러진 가구들을 조용히 정리하며 바로 대꾸하지 않았다. "헤일 양은 어디 있냐고요." 손턴이 다시 말했다.

"집에 갔다." 손턴 부인이 무뚝뚝하게 대답했다.

"집에 가요?"

"그래, 많이 나아졌어. 사실 그리 많이 다친 것도 아니었고. 아무것도

* 16세기 영국 시인이자 극작가 에드먼드 스펜서의 장편 서사시 『요정의 여왕』.

아닌 일에 기절해 넘어지는 사람들이 있지."

"집에 갔다니 마음이 안 좋네요. 그럴 만한 상태가 아니었을 텐데." 손턴이 불안하게 서성이며 말했다.

"본인이 괜찮다고 했어. 로 선생도 그렇게 말했고. 내가 직접 가서 의사를 불러왔다."

"고맙습니다, 어머니." 그는 걸음을 멈추고 감사의 악수를 하려고 어머니에게 손을 내밀다 말았다. 손턴 부인은 그 동작을 보지 못했다.

"아일랜드 사람들은 어떻게 했니?"

"우선 배불리 먹이려고 드래건 식당으로 보냈어요. 불쌍한 사람들. 그다음엔 운좋게 그레이디 신부님을 만나서 신부님께 그들이 떠나지 않도록 설득해달라고 부탁했고요. 헤일 양은 어떻게 집에 갔어요? 걸어갈 수는 없었을 텐데."

"마차 대절해서 갔다. 다 잘 처리했어. 마차비도. 다른 얘기를 하자꾸나. 지금까지 헤일 양 때문에 충분히 심란했으니까."

"헤일 양이 아니었더라면 전 어떻게 됐을지 몰라요."

"여자한테 보호받아야 할 정도로 그렇게 무력해진 거니?" 손턴 부인이 냉소적으로 물었다.

손턴은 얼굴을 붉혔다. "저를 겨냥한 돌을 대신 맞아줄 여자는 많지 않아요. 그것도 완전한 선의로요."

"사랑에 빠진 여자는 많은 걸 할 수 있지." 손턴 부인이 퉁명스럽게 대꾸했다.

"어머니!" 손턴은 한 걸음 나서다가 멈춰 서서 격정으로 몸을 떨었다.

손턴 부인은 아들이 침착함을 잃지 않으려고 안간힘을 다하는 걸 보고 조금 놀랐다. 하지만 자신이 유발한 감정이 무엇인지는 알 수가 없었다. 분명한 건 그 격렬함이었다. 분노일까? 아들의 눈이 이글거리고, 몸이 팽창하고, 호흡이 거칠고 빨라졌다. 그건 기쁨, 분노, 긍지, 기쁜 놀라움, 두근거리는 의심이 합쳐진 감정이었지만, 손턴 부인은 거기까지는 읽을 수 없었다. 그래도 그녀는 불안했다. 원인을 완전히 이해하거나 공감할 수 없는 모든 강렬한 감정이 이런 효과를 내기 때문이다. 그녀는 사이드보드로 가서 서랍을 열고 가끔 쓰려고 거기 넣어둔 걸레를 꺼냈다. 소파의 반들거리는 팔걸이에 오드콜로뉴 한 방울이 떨어져 있는 걸 발견해서 닦으려고 본능적으로 걸레를 찾은 것이다. 그녀는 필요 이상으로 오래 아들에게 등을 보이고 있었고, 이윽고 말을 꺼냈을 때는 목소리가 이상하고 부자연스러웠다.

"폭도 문제는 조처를 취했니? 더이상 폭력 사태는 없겠지, 응? 경찰은 어디 있었다니? 필요할 때는 코빼기도 안 보인다니까!"

"아뇨, 대문이 무너질 때 경찰 서너 명이 막으려고 애쓰는 걸 봤어요. 폭도가 물러날 때는 더 많은 경찰들이 달려왔고요. 아까 주동자 몇 명을 경찰에게 넘겼어야 했는데 경황이 없어서 그냥 보냈어요. 그래도 놈들 얼굴을 알아볼 수 있는 사람들이 많으니까 문제없을 거예요."

"하지만 밤에 또 몰려오지 않을까?"

"구내에 경비를 충분히 세우려고요. 삼십 분 내로 경찰서에서 핸버리 서장과 만나기로 약속했어요."

"차 먼저 마시고 가렴."

"차요! 네, 좀 마셔야겠어요. 여섯시 반이네요, 외출했다 좀 늦을 거예요. 기다리지 말고 주무세요."

"네가 무사히 돌아오는 걸 보지도 않고 내가 잠자리에 들 것 같니, 응?"

"그야, 안 그러시겠죠." 손턴은 잠시 주저하다가 말했다. "시간이 나면 크램프턴에 들러보려고요. 경찰서에서 일을 보고 햄퍼와 클라크슨을 만난 다음에요." 모자의 눈이 마주쳤고 두 사람은 잠시 서로를 뚫어지게 응시했다. 이윽고 어머니가 물었다.

"크램프턴엔 왜 들르려고?"

"헤일 양이 어떤지 보려고요."

"내가 사람을 보내마. 그러잖아도 윌리엄스 편에 물침대를 보내야 하거든. 윌리엄스한테 헤일 양이 어떤지 물어보라고 하면 돼."

"제가 직접 가야 해요."

"단지 헤일 양이 어떤지 보려고만 가는 건 아니지?"

"네, 그것 때문만은 아니에요. 폭도 앞에서 저를 막아줘서 고맙다고 말하고 싶어요."

"애초에 거긴 왜 내려간 거니? 사자 입에 머리를 집어넣는 짓이었는데!"

손턴은 어머니를 날카롭게 살펴보고 응접실에서 자신과 마거릿 사이에 있었던 일을 어머니가 모른다는 걸 간파한 다음 다른 질문으로 대답했다.

"제가 경찰을 보낼 때까지 저 없이 집에 있는 게 무서우시겠어요? 지금 윌리엄스에게 경찰을 불러오라고 할까요? 그럼 우리가 차를 마시는 동안 경찰이 도착할 거예요. 낭비할 시간이 없어요. 전 십오 분 내로 출발해야 해요."

손턴 부인은 식당에서 나갔다. 하인들은 평소엔 너무도 분명하고 단호하던 그녀의 지시가 오늘은 불확실하고 혼란스러운 것에 어리둥절했다. 손턴은 식당에 남아 경찰서에서 할 일에 대해 생각하려고 애썼지만 실제로는 마거릿 생각을 하고 있었다. 자신의 몸을 감싸안은 그녀의 팔의 감촉 외엔 모든 게 희미하고 흐릿했다. 그 부드러운 감촉을 생각할 때마다 얼굴이 시뻘게졌다.

차 마시는 시간에 어머니와 아들은 침묵을 지켰고, 패니만 자신의 감정에 대해 끊임없이 떠들어댔다. 그땐 얼마나 놀랐는지 모른다고…… 그다음엔 폭도가 물러갔구나 생각했고…… 그다음엔 속이 울렁거리고, 기운이 하나도 없고, 사지가 떨렸다고.

"그만해라." 손턴이 테이블에서 일어서며 말했다. "현실만 해도 감당하기 벅찼으니까." 그가 나가려고 하자 손턴 부인이 아들의 팔에 자기 손을 얹어 저지했다.

"헤일 씨 집에 가기 전에 집으로 먼저 와라." 그녀가 낮고 걱정스러운 목소리로 말했다.

"나도 아는 게 있지." 패니가 중얼거렸다.

"왜요? 그럼 헤일 씨 댁을 방문하기에 너무 늦지 않을까요?"

"존, 오늘은 그냥 집으로 와라. 헤일 부인을 생각하면 너무 늦은 시간이야. 하지만 그것 때문만은 아니다. 내일 가렴. 오늘밤엔 그냥 오고, 존!" 그녀는 여간해서는 아들에게 애원하는 법이 없었다. 그러기엔 자존심이 너무 강했던 것이다. 하지만 그녀의 애원이 통하지 않은 적은 없었다.

"일보고 곧장 집으로 올게요. 그 집, 헤일 양 안부를 꼭 물어봐주시겠죠?"

손턴 부인은 아들이 없는 동안 패니에게 결코 수다스러운 말동무가 되어주지 않았고 딸의 말을 잘 들어주지도 않았다. 그러나 아들이 외출했다 들어와서 오늘의 사태가 반복되지 않도록 자신과 고용인들의 안전을 위해 어떤 조처를 취했는지 상세히 이야기하자, 눈을 빛내며 열심히 들었다. 손턴은 자신의 목표를 분명히 알았다. 폭동에 참여한 자들에겐 처벌과 고통만이 그에 상응하는 응분의 대가였다. 그의 재산을 보호하고 고용주의 의지를 칼날처럼 분명하게 관철시키려면 그런 조처들이 꼭 필요했다.

"어머니! 제가 내일 헤일 양에게 무슨 말을 해야 하는지 아시죠?"

마거릿을 잊고 있던 손턴 부인에겐 느닷없는 질문이었다.

그녀가 아들을 올려다보았다.

"그래! 안다. 달리 도리가 없겠지."

"달리 도리가 없다뇨! 무슨 말씀인지 모르겠는데요."

"내 말은, 헤일 양이 그런 식으로 마음을 내보였으니 넌 예의상……"

"예의상이라고요?" 손턴이 경멸적으로 말했다. "이 일은 예의와는 아무 관계도 없어요. '헤일 양이 마음을 내보였다!'니 어떤 마음을 말씀하시는 거죠?"

"아서라, 존. 화낼 필요 없다. 헤일 양이 위험에 처한 너를 구하려고 달려가서 껴안았다며?"

"그랬어요! 하지만 어머니," 손턴은 어머니 앞에서 우뚝 멈춰 서며 말을 이었다. "전 감히 바랄 수도 없어요. 지금까지 심약함이라고는 모르고 살아왔는데, 그런 여자가 절 좋아한다는 걸 믿을 수 없네요."

"존, 어리석은 소리 마라. 그런 여자라니! 헤일 양이 공작의 딸이라도 되는 것 같구나. 헤일 양은 너를 좋아한다. 무슨 증거가 더 필요해? 헤일 양은 그 귀족적인 시각 때문에 그동안 마음의 갈등이 많았을 거야. 하지만 마침내 눈이 밝아진 건 마음에 든다. 나로선 어렵게 꺼낸 말이야." 손턴 부인은 눈에 눈물이 고이는 와중에도 천천히 미소 지었다. "오늘밤 이후로 난 두번째 자리로 물러나게 될 테니까. 아까 네게 헤일 씨 집에 내일 가라고 애원한 건 단 몇 시간이라도 더 너를 독차지하고 싶어서였다."

"사랑하는 어머니!" (그러나 사랑은 이기적인 것이어서 그는 즉시 자신의 희망과 두려움으로 관심을 돌렸고, 아들의 그런 모습은 손턴 부인의 가슴에 차가운 그림자를 드리웠다.) "그래도 전 헤일 양이 절 좋아하지 않는다는 걸 알아요. 전 그녀 발밑에 엎드릴 수도 있지만요. 혹시라도, 만에 하나라도 기회가 온다면 그렇게 할 거고요."

"겁낼 것 없다!" 손턴 부인이 말했다. 그녀는 모처럼 복받쳐오른 어머니의 감정을, 외면당한 사랑의 강렬함을 나타내는 극심한 질투를 아들이 눈치도 못 채는 데 대한 굴욕감을 애써 억누르고 있었다. "두려워하지 마." 그녀가 차갑게 말했다. "사랑만 놓고 본다면 헤일 양은 널 가질 자격이 있어. 그 대단한 자존심을 극복하기가 무척 어려웠을 테니까. 존, 두려워 마라." 그녀는 아들에게 잘 자라고 뺨에 입을 맞춰주었다. 그러곤 천천히, 당당하게 식당에서 나왔다. 하지만 자기 방으로 들어와 문을 잠근 후 털썩 주저앉아 평소의 그녀답지 않게 울음을 터뜨렸다.

마거릿은 몹시 창백한 얼굴로 (아버지와 어머니가 아직도 조용히 앉아 대화를 나누는) 방으로 들어갔다. 그녀는 부모님께 가까이 다가간 후에야 말할 용기가 생겼다.

"어머니, 손턴 부인이 내일 물침대를 보내주신대요."

"얘야, 너 무척 지쳐 보이는구나! 많이 덥니, 마거릿?"

"많이 더워요. 파업 때문에 거리가 어수선하고요."

마거릿의 혈색이 평소처럼 환하게 살아났지만 금세 어두워졌다.

"베시 히긴스가 전갈을 보냈는데, 너더러 와달라더라. 하지만 너무 지쳐서 못 가겠구나." 헤일 부인이 말했다.

"네! 너무 피곤해서 못 가겠어요." 마거릿이 대답했다.

그녀는 침묵을 지키며 떨리는 손으로 차를 준비했다. 아버지가 어머니에게 몰두해서 자신의 안색을 자세히 살피지 않는 게 다행스러웠다. 어머니가 잠자리에 든 후에도 아버지는 아내 곁을 떠나지 않고 책을 읽어주었다. 그래서 마거릿은 혼자 남았다.

'이제 아까 일을 생각해봐야지. 다 떠올려보자. 지금까진 그럴 수가 없었으니까. 용기가 안 나서.' 그녀는 의자에 가만히 앉아 깍지 낀 두 손을 무릎에 올려놓고, 입을 꾹 다문 채, 환상을 보듯 시선을 허공에 고정했다. 그런 다음 심호흡을 했다.

'내가…… 소동 피우는 걸 싫어하는 내가…… 감정을 드러내는 사람들을 경멸하던 내가…… 그들의 자제력 부족을 탓하던 내가…… 낭만에 빠진 바보처럼 쪼르르 달려내려가 어리석게도 그 아수라장에 뛰어들었어! 그게 무슨 도움이라도 됐나? 내가 아니었어도 노동자들은 돌아갔을 거야.' 하지만 그건 이성적 결론이라고 할 수 없었고, 그녀의 균형 잡힌 판단력은 금세 그 사실을 감지해냈다. '아니, 어쩌면 노동자들은 돌아가지 않았을지도 몰라. 내가 얼마간 도움이 된 거야. 그런데 도대체 뭐에 홀려서 손턴 씨가 무력한 어린애라도 되는 것처럼 그 사람을 보호한 걸까? 아!' 그녀는 깍지 낀 손에 힘을 주었다. '그 사람을 사랑한다는 오해를 받을 만도 해. 그런 창피한 짓을 했으니까. 내가 사랑한다고! 그것도 손턴 씨를!' 그녀의 창백한 뺨이 불덩어리가 되었다. 그녀는 두 손으로 얼굴을 감쌌다. 이윽고 얼굴에서 손을 뗐을 때 그녀의 손바닥은 뜨거운 눈물로 젖어 있었다.

'그들에게 그런 소리를 듣다니, 바닥까지 추락한 기분이야! 다른 사람을 위해서였더라면 그렇게 용감히 나설 수는 없었을 거야. 확실히, 내가 그를 싫어하는 게 아니라면, 그가 나한테 철저히 무관심하다는 이유만으로 그렇게까지 할 수는 없었겠지. 양쪽이 공평해야 한다는 생각 때문에 더 초조했어. 공평하다는 게 어떤 건지 아니까. 그건 공평하지 못했어.' 그녀는 감정이 격해졌다. '그 사람은 안전하게 보호받으며 거기 서 있었지…… 미쳐 날뛰는 저 불쌍한 노동자들을, 덫에 걸린 그들을 붙잡을 군인들을 기다리면서…… 자기는 손도 까딱하지 않고도 그들에게 이성을 되찾아줄 계획을 세워놓고서. 그래도 노동자들이 그를 위협하면서 공격한 건 공평하지 못한 것보다 더 나쁜 일이었어. 난 또 다시 그렇게 할 거야. 누구든 떠들고 싶은 대로 떠들라지. 내가 하나의 공격을, 하나의 분노에 찬 잔인한 행위를 막았다면 난 여자가 해야 할 일을 한 거야. 여인으로서의 내 긍지를 모욕하고 싶으면 얼마든 그러라지. 난 하느님 앞에 떳떳이 나설 수 있으니까!'

마거릿은 시선을 들었다. 숭고한 평화가 내려와 그녀의 얼굴을 평온하게 해주는 듯했다. '대리석으로 조각한 얼굴보다 더 평온'*해질 때까지.

딕슨이 들어왔다.

"저기요, 마거릿 아가씨, 손턴 부인이 물침대를 보내셨어요. 마님이 이미 잠드셨으니 오늘밤에는 너무 늦었지만 내일부터 잘 쓰겠네요."

"그럼요. 정말 감사하다고 인사 전해요." 마거릿이 말했다.

딕슨은 나갔다가 바로 다시 들어왔다.

"저기, 마거릿 아가씨, 그 하인이 아가씨 안부를 물어야겠다네요. 전 마님을 말하는 줄 알았는데, 헤일 양 안부를 묻는 거라고 확실하게 못을 박더라고요."

"나요?" 마거릿은 똑바로 앉으며 말했다. "난 아주 좋은데요. 그 하인에게 난 아주 잘 있다고 전해요." 하지만 그녀의 안색은 그녀의 손수건처럼 새하얬고 머리도 몹시 아팠다.

헤일 씨가 들어왔다. 딸이 해주는 이야기를 들으며 즐거움과 흥미를 느끼고 싶어서 잠든 아내를 두고 나온 것이다. 마거릿은 따뜻한 인내심을 발휘해 불평 한마디 없이 아픔을 견디며 수많은 자잘한 대홧거리들을 생각해냈지만, 폭동에 대해서는 한마디도 하지 않았다. 그 생각만 해도 토할 것 같았다.

"잘 자라, 마거릿. 나도 오늘밤은 잘 잠들 것 같다. 얼굴이 몹시 창백하구나. 네 어머니에게 필요한 게 있으면 딕슨을 부를 테니 가서 푹 자렴. 불쌍한 것, 네겐 잠이 필요해."

---

* 테니슨의 시 「아름다운 여인들의 꿈」의 한 구절.

“안녕히 주무세요, 아버지.”

마거릿의 얼굴에서 혈색이 사라지고 억지 미소도 가셨다. 심한 고통으로 눈빛도 흐릿해졌다. 그녀는 힘든 임무를 수행하도록 붙들어준 강한 의지의 끈을 놓았다. 아침까지 아프고 피곤할지도 모르겠다 싶었다.

침대에 누운 그녀는 꼼짝도 하지 않았다. 손이나 발, 심지어 손가락 하나라도 움직이려면 정신과 육체의 힘을 넘어선 어마어마한 노력이 필요했다. 너무 지치고 충격이 커서 잠을 잘 수 없을 것만 같았다. 열에 들뜬 생각들이 잠과 현실의 경계를 넘나들며 참담한 정체성을 유지했다. 그녀는 힘없이 널브러진 채 홀로 쉴 수도 없었다. 구름떼 같은 사람들의 얼굴이 그녀를 바라보고 있었다. 그 얼굴들이 그녀에게 격렬한 분노나 신상의 위험을 느끼게 하진 않았지만, 그렇게 세상 사람들의 주목을 받자 깊은 수치심이 느껴졌다. 그녀는 수치스러움을 견디지 못해 차라리 땅을 파고 들어가 숨고 싶었지만, 눈 한 번 깜짝이지 않고 노려보는 다수의 시선에서 도망칠 수가 없었다.

24장

오해를 풀다

그대의 아름다움 처음 내 마음 사로잡더니
내 의연한 심장의 벽을 타고 올라왔네
이제 그대의 포로가 된 내 마음
그대의 냉담에 비통해하네
그래도 그대의 노예는 참고 견디리
무례한 거절이나 조용한 긍지도.*
—윌리엄 파울러

이튿날 아침, 마거릿은 밤이 지나간 걸 다행스러워하며 억지로 몸을 일으켰다. 개운하지는 않아도 피로는 풀린 상태였다. 집안에서는 모든 일이 순조로웠고 어머니도 밤새 한 번밖에 깨지 않았다. 무더위 속에서 가벼운 산들바람이 불고 있었다. 이곳에는 바람이 나뭇잎을 장난스럽게 흔드는 광경을 보여주는 나무가 없었지만 마거릿은 어딘가에서, 길가나 잡목림, 무성한 초록 숲에서 나뭇잎들이 유쾌하게 살랑거리며 춤추는 소리, 바람이 돌진하고 나뭇잎이 떨어지는 소리가 나리라는 것을 알았다. 그 생각은 마음속 아련한 기쁨의 메아리가 되었다.

마거릿은 어머니 방에 앉아 바느질감을 잡았다. 어머니가 아침잠에

* 스코틀랜드 시인 윌리엄 파울러의 연작 소네트 「사랑의 독거미」.

서 깨자마자 옷 입는 걸 거들어주고 점심을 먹은 후에는 베시 히긴스를 만나러 갈 작정이었다. 그녀는 손턴 가족에 대한 기억은 모두 떨쳐내려고 했다. 직접 만나기 전까지는 그들에 대해 생각할 필요가 없었다. 그러나 물론 생각을 안 하려고 애쓸수록 그들은 더 생생하게 떠올랐고, 이따금 그녀의 창백한 얼굴이 뜨거운 홍조로 물드는 모습은 물기를 가득 머금은 구름 사이로 비친 햇살이 바다 위로 빠르게 퍼지는 광경을 방불케 했다.

딕슨이 살그머니 문을 열고 커튼이 쳐진 창문 옆에 앉아 있는 마거릿에게 까치발로 다가갔다.

"마거릿 아가씨, 손턴 씨예요. 응접실에 있어요."

마거릿은 바느질감을 떨어뜨렸다.

"나를 보재요? 아버지는 안 들어오셨어요?"

"아가씨를 불러달라고 하던데요. 주인님은 안 계시고요."

"알았어요, 갈게요." 마거릿이 조용히 말했다. 하지만 그녀는 이상하리만큼 시간을 끌었다.

손턴은 문을 등진 채 창가에 서 있었는데 거리의 무언가를 지켜보느라 여념이 없어 보였다. 하지만 겉보기에만 그랬지 사실 그는 두려움에 사로잡혀 있었다. 마거릿이 오고 있다는 생각에 가슴이 쿵쿵 뛰었다. 그는 자신의 목에 감기던 그녀의 팔의 감촉을 잊을 수가 없었다. 당시에는 초조한 마음으로 그 감촉을 느꼈지만, 지금은 자신을 보호하기 위해 매달리던 그 팔의 감촉을 떠올릴 때마다 온몸에 전율이 흐르고 모든 결의와 자제력이 불 앞의 밀랍처럼 맥없이 녹아내렸다. 그는 마거릿이 들어오면 어제 그랬던 것처럼 자신의 품에 안겨달라고 두 팔을 내밀며 그녀에게 다가가게 될까봐 두려웠다. 어제는 그녀가 자신의 품에 안겨도 무심할 수 있었지만 앞으론 절대 그럴 수 없을 터였다. 그는 강한 남자였지만 자신이 어떤 말을 할지, 그리고 그 말이 어떻게 받아들여질지 생각하며 떨고 있었다. 그녀가 고개를 숙이고 얼굴을 붉히며 마치 그곳이 자신의 고향이고 안식처라는 양 파닥이며 그의 품에 안길 수도 있었다. 그는 한순간 그런 희망에 잔뜩 들떴다가 다음 순간, 매몰차게 거절당할지도 모른다는 두려움에 휩싸였다. 그 생각만으로도 그의 미래에 죽음과도 같은 그림자가 드리워졌기에, 손턴은 그 가능성에 대해서는 애써 외면했다. 그러다 응접실에서 다른 사람의 기척을 느끼고는 흠칫 놀라 뒤돌아보았다. 마거릿이 너무 조용히 들어오는 바람에 그녀가 들어오는 소리를 듣지 못했던 것이다. 주의를 기울이지 않던 그의 귀에는 거리의 소음이 부드러운 모슬린 드레스를 입은 마거릿이 느리게 움직이는 소리보다 더 분명하게 들렸던 것이다.

마거릿은 손님에게 앉으라고 권하지도 않고 테이블 옆에 서 있었다. 그녀는 눈을 반쯤 내리깔고, 이는 악물진 않았지만 꼭 붙이고, 입술을 살짝 벌려 굴곡진 입술선 사이로 흰 이를 드러내고 있었다. 그녀의 가늘고 아름다운 콧구멍이 느리게 심호흡을 하느라 팽창했다. 그녀의 얼굴에서 보이는 유일한 움직임이었다. 고운 피부, 타원형 뺨, 풍성한 입술, 보조개가 깊게 팬 입가…… 그 모두가 오늘은 창백하고 파리했으며, 어제 생긴 상처를 가리기 위해 관자놀이로 내린 검은 머리카락의 무거운 그림자가 평소에는 자연스럽고 건강했던 혈색의 상실을 더 두드러지게 만들었다. 그녀는 눈은 내리깔고 있었지만 고개는 예전의 당당한 습관대로 약간 뒤로 젖히고 있었다. 긴 팔은 아래로 내려뜨리고 있었다. 그녀의 전체적인 모습은 자신이 혐오하고 경멸하는 죄를 억울하게 뒤집어쓰고도 너무 화가 나서 결백조차 주장하지 못하는 죄수 같았다.

손턴은 황급히 한두 걸음 나아갔다가 침착함을 되찾고는, 조용하고 단호하게 문으로 가서 마거릿이 열어둔 문을 닫았다. 그러더니 돌아와서 잠시 마거릿과 마주선 채 그녀의 아름다운 자태가 주는 전체적인 느낌을 받아들였다. 자신이 꼭 해야만 하는 말을 해서 그걸 흐트러뜨리거나 아예 사라지게 만들기 전에 말이다.

"헤일 양, 어제는 제가 감사한 줄도 모르고……"

"저한테 감사하실 것 없어요." 마거릿이 시선을 들어 그를 똑바로 응시하며 말했다. "어제 제가 한 일에 대해 감사 인사를 했어야 했다는 말씀이시죠." 그녀는 자신의 의지와 분노에 반하여 얼굴 전체가 새빨갛게 달아오르고 눈까지 뜨거워지는 걸 느꼈다. 하지만 엄숙하고 흔들림 없는 눈빛만은 잃지 않았다. "그건 자연스러운 본능이었을 뿐이에요. 여자라면 누구라도 그렇게 했을 거예요. 우리 여자들은 위험에 직면했을 때, 우리 여성의 신성함을 커다란 특권으로 여기니까요." 그녀는 황급히 덧붙였다. "사실 제가 손턴 씨에게 사과드려야죠. 경솔한 말을 해서 손턴 씨를 위험으로 내몰았으니까요."

"헤일 양의 말 때문이 아니라 그 말에 담긴 진실 때문에 내려간 겁니다. 그 진실이 신랄하게 표현된 건 사실이지만요. 하지만 그런 식으로 말을 돌려서 저의 깊은 감사의 표현을 피하신다면……" 그는 이제 고백을 할 참이었다. 자신의 뜨거운 열정을 급하게 털어놓지 않고 한마디 한마디 신중하게 말할 작정이었다. 꼭 그럴 셈이었고, 그의 의지대로 되어가고 있었다. 그는 도중에 말을 멈췄다.

"전 뭘 피하려는 게 아니에요. 단지, 손턴 씨가 제게 감사할 일이 없다는 말씀을 드리고 있을 뿐이죠. 덧붙이자면, 감사의 표현을 듣는 건 제겐 괴로운 일이에요. 전 감사를 받을 자격이 없다고 생각하니까요. 그래도 감사의 표현을 해야 의무감에서 벗어나실 수 있다면 그렇게 하세요. 근거 없는 의무감이지만요." 마거릿이 말했다.

"전 의무감에서 벗어나기 위해 이러는 게 아닙니다." 손턴이 그녀의 침착한 태도에 자극받아 말했다. "근거가 있든 없든 저에게는 중요하지 않고, 헤일 양에게 제 목숨을 빚졌다고 믿기로 했습니다…… 네, 웃으세요. 과장이라고 생각하셔도 좋습니다. 전 그렇게 믿을 겁니다. 그러면 제 삶의 가치가 더 커지니까요. 오, 헤일 양!" 그가 목소리를 낮췄는데 그 목소리에 다정한 열정이 가득해서, 마거릿은 그의 앞에서 몸을 떨었다. "상황이 그렇게 되었으니, 앞으로 전 존재의 희열을 느낄 때마다 자신에게 이렇게 말할 겁니다. '이 모든 삶의 기쁨, 내 일을 하면서 느끼는 정직한 긍지, 날카로운 존재감은 전부 헤일 양 덕분이야!' 그리고 그 기쁨을 배가하고, 긍지를 빛나게 하고, 고통인지 즐거움인지 알기 어려울 정도로 존재감을 날카롭게 만드는 사실은, 그 모든 걸 가능하게 해준 사람이 바로…… 아니, 헤일 양, 들으셔야 합니다. 들어주세요." 그는 굳건한 결의로 앞으로 나서며 말했다. "제가 사랑하는 사람이라는 겁니다. 지금까지 그 어떤 남자도 여자를 이렇게까지 사랑하진 않았을 겁니다." 그는 마거릿의 손을 꽉 잡았다. 그리고 그녀의 대답을 기다리며 숨을 헐떡거렸다. 그러다 마거릿의 냉랭한 목소리를 듣고는 화가 나서 뿌리치듯 손을 놓았다. 마거릿은 뭐라고 말해야 할지 모르겠다는 듯 더듬거렸지만 목소리만은 냉랭했던 것이다.

"그런 식으로 말씀하시다니, 충격이에요. 불경해요. 그게 제가 받은 첫 느낌이니 어쩔 수 없어요. 손턴 씨가 말하는 그런 감정을 제가 이해한다면 그렇지 않았을지도 모르겠지만요. 전 손턴 씨를 화나게 하고 싶지 않아요. 게다가 어머니가 주무셔서 조용히 얘기해야 하고요. 그렇지만 손턴 씨의 태도가 너무 불쾌해서……"

"아니! 불쾌하다고요? 정말 당혹스럽기 짝이 없군요." 손턴이 외쳤다.

"그래요!" 마거릿이 위엄을 되찾고 말했다. "불쾌해요. 당연히요. 어제 제가 한 행동에 대해……" 그녀의 얼굴이 다시 새빨개졌는데 이번엔 두 눈이 수치심보다는 분노로 불타올랐다. "당신과 저 사이의 사적인 행동이라고 생각해서 감사 인사를 하러 오신 것 같으니까요. 신사답게…… 그래요! 신사답게……" 그녀는 손턴과 그 단어에 대해 나눴던 대화를 암시하며 그 단어를 반복해서 말했다. "여자라면, 여자라는 이름으로 불릴 가치가 있는 여자라면, 다수의 폭력에 희생될 위험에 처한 남자를 보면 용감히 나서서 여성의 신성화된 무력함을 방패 삼아 그 남자를 보호해줘야 한다고 생각하신 게 아니라요."

"그리고 그렇게 구조된 신사는 감사 인사를 해서는 안 되고요!" 손턴이 경멸적으로 말했다. "저는 인간입니다. 제 감정을 표현할 권리가 있어요."

"그래서 전 그 권리에 양보했어요. 제게 감사 인사를 하겠다고 고집하시는 건 저를 괴롭히는 일이라고 말하면서요." 그녀가 당당히 대꾸했다. "하지만 당신은 어제 제가 그런 행동을 한 게 여성의 본능 때문이 아니라……" 이 대목에서 한참 동안 애써 참아온 뜨거운 눈물이 솟구치고 목이 메었다. "당신에 대한 특별한 감정 때문이었다고 오해하시는 것 같네요. 어떤 남자였다고 해도…… 그 군중 속의 어떤 불쌍하고 절박한 남자였다고 해도…… 전 더 연민을 느끼고…… 더 성심껏 제가 할 수 있는 일을 해줬을 거예요!"

"헤일 양, 계속 말씀하시지요. 전 당신이 잘못된 대상에게 연민을 품는다는 걸 익히 알고 있으니까요. 당신이 그런 고귀한 행동을 했던 건 탄압에 대한 타고난 감각 때문이었군요(그래요, 전 공장주이긴 하지만 탄압받고 있을 수도 있습니다). 당신이 저를 경멸하신다는 걸 압니다. 그건 당신이 저를 이해하지 못하기 때문이지만요."

"전 이해하고 싶지 않아요." 마거릿은 몸을 가누기 위해 테이블을 잡으며 대답했다. 그녀는 손턴이 잔인하다고 생각한데다(실제로 잔인했다), 분노로 힘이 빠져 있었던 것이다.

"네, 그런 것 같군요. 불공평하고 부당하십니다."

마거릿은 입을 앙다물었다. 그런 비난에 대거리하고 싶지 않았다. 하지만 손턴은 그런 혹독한 말을 하면서도 그녀 앞에 몸을 던지고 그녀의 치맛자락에 입을 맞출 수 있었다. 마거릿은 아무 말도 하지 않았고 움직이지도 않았다. 상처받은 자존심 때문에 뜨거운 눈물이 쏟아졌다. 손턴은 그녀가 무슨 말이라도 해주기를 간절히 바라며 한참을 기다렸다. 조롱이라도 좋았다. 그래야 대답을 할 수 있으니까. 하지만 마거릿은 침묵을 지켰다. 손턴은 모자를 집어들었다.

"한마디만 더 하겠습니다. 당신은 제 사랑이 당신을 더럽힌다고 생각하시는 것 같군요. 그러나 제 사랑을 막을 수는 없습니다. 그 더러움은, 씻어드리고 싶어도 씻어드릴 수 없겠지요. 하지만 전 씻어드릴 수 있다 한들 그렇게 하지 않을 겁니다. 저는 지금까지 여자를 사랑해본 적이 없습니다. 삶이 너무 바빴고, 다른 일들에 온 정신을 쏟았으니까요. 그런데 이제 사랑을 하게 돼버렸고, 앞으로도 그럴 겁니다. 하지만 지나친 표현은 하지 않을 테니 겁내실 필요는 없습니다."

"겁내진 않을 거예요." 마거릿이 몸을 꼿꼿이 세우며 말했다. "지금까지 제게 무례하게 굴었던 사람은 단 한 명도 없었고, 앞으로도 그럴 거예요. 하지만 손턴 씨, 당신은 제 아버지께 정말 친절하셨어요." 그녀는 어조를 바꾸어 최대한 여성스럽고 부드러운 태도로 말했다. "저희, 계속 이렇게 서로를 화나게 하지 않았으면 좋겠어요. 부탁이에요!" 손턴은 그녀의 말을 귀담아듣지 않고 잠시 코트 소매로 모자 털을 쓸어내리기만 하다가, 그녀의 악수도 거절하고 그녀의 후회를 담은 심각한 표정도 못 본 체하며 응접실을 나가버렸다. 마거릿은 그가 나가기 전에 그의 얼굴을 흘끗 보았다.

손턴이 떠나자 마거릿은 그의 눈에서 반짝이는 물기를 보았다는 생각이 들었고, 그를 향한 당당한 반감은 좀더 친절한 다른 감정, 괴롭긴 거의 마찬가지지만 타인에게 그런 굴욕감을 준 것에 대한 자책으로 바뀌었다.

'하지만 내가 어쩔 수 있었겠어?' 마거릿은 그렇게 자문했다. '난 저 사람을 좋아한 적이 없는걸. 난 예의를 지켰어. 내 무관심을 감추려고 애쓰진 않았지만. 정말로 난 자신이나 그 사람에 대해 생각한 적이 없고, 내 태도는 진실을 보여준 거였어. 어제 일은 그가 오해한 거야. 그건 그 사람 잘못이지, 내 잘못이 아니라. 난 필요하다면 또다시 그렇게

행동할 거야. 그것 때문에 이 모든 수치와 곤란을 다시 겪게 된다고 하더라도.'

25장

프레더릭

복수는 저절로 이루어지나니.
강화된 규율이 그들의 명분을 선언하고,
상처 입은 해군은 저들이 어긴
그들의 법들을 시행하라 촉구한다.*
—바이런

마거릿은 모든 사랑 고백이 자신이 받은 두 번의 경우처럼 갑작스럽고 괴로운 것인지 궁금해졌다. 그녀는 자신도 모르게 레녹스 씨와 손턴을 비교하게 되었다. 헨리 레녹스의 경우 그가 우정이 아닌 다른 감정을 표현한 것이 유감스러웠다. 그의 청혼을 받았을 때는 그런 유감스러움이 지배적이었다. 지금처럼 망연자실하고 큰 충격을 받진 않았다. 지금은 손턴의 목소리가 아직도 방안에 남아 있는 듯했다. 레녹스 씨는 잠시 우정과 사랑의 경계를 넘었다가, 비록 이유는 달랐지만 거의 그녀 못지않게 바로 후회하는 듯했다. 하지만 손턴의 경우에는, 그녀가 아는 한 우정이라는 중간 단계가 없었다. 그들의 교유는 대립의 연속이었다.

* 조지 고든 바이런의 바운티호 선상반란을 소재로 한 시 「섬」.

늘 서로 의견이 충돌했고, 손턴은 그녀의 개인적인 의견을 좋아한 적이 없었다. 그녀의 의견이 그의 바위같이 강한 성격과 열정에 맞설 때면 그도 경멸적으로 그 의견을 뿌리쳤고, 급기야 그녀는 부질없는 저항에 지치곤 했다. 그랬던 그가 기이하고 거칠고 열정적인 방식으로 자신의 사랑을 알리러 온 것이다! 마거릿은 처음엔 자신이 어제 손턴에게 뜨거운 연민을 보인 일 때문에 그 역시 다른 사람들처럼 오해하고는 사랑 고백을 하러 온 줄 알았다. 하지만 그가 응접실에서 나가기 전부터 그가 자신을 사랑한다는, 예전부터 그래왔고 앞으로도 그럴 것이라는 느낌이 들었고, 그가 나간 후 오 분도 안 되어 그 느낌은 확신으로 굳어졌다. 마거릿은 지금까지의 삶과 모순되는 어떤 거대한 힘에 사로잡힌 것처럼 움츠리며 몸서리를 쳤다. 그의 생각에서 도망치고 숨으려 했지만 소용없었다. 페어팩스가 번역한 타소의 시구를 패러디하자면,

그의 강력한 생각이 그녀의 마음속을 헤매네.*

마거릿은 자신의 의지를 지배해버린 그가 더욱 싫어졌다. 매몰차게 거절했는데도 어떻게 감히 계속 사랑하겠다는 말을 할 수 있는가? 더 강하게 말하지 못한 것이 한스러웠다. 날카롭고 단호한 말들이 뒤늦게 무수히 떠올랐다. 그 만남이 남긴 깊은 인상은 마치 악몽의 공포 같았다. 잠에서 깨어나 눈을 비비고 빳빳이 굳은 입술로 억지 미소를 지어도 방에서 떠나려 하지 않는, 방 한구석에 웅크리고 서서 그 유령 같은

* 16세기 이탈리아 시인 토르콰토 타소의 시 「해방된 예루살렘」 중 한 구절 '그녀의 달콤한 생각이 그의 마음속을 헤매네'를 패러디한 것.

눈으로 지켜보며 우리가 감히 그 존재에 대해 다른 사람에게 속삭이는지 귀기울이고 있는 악몽의 공포. 그리고 우리는 감히 그러지 못한다. 불쌍한 겁쟁이들이니까!

마거릿은 앞으로도 자신을 계속 사랑하겠다는 손턴의 위협에 몸서리쳤다. 그게 무슨 의미였을까? 자신은 그를 꺾을 힘이 없는 걸까? 일단은 두고 보기로 했다. 그녀를 그렇게 위협하다니, 남자다움을 넘어선 대담한 짓이었다. 어제의 불상사 때문일까? 그래도 마거릿은 필요하다면 내일도 똑같은 행동을 할 작정이었다. 불구자 거지를 위해서도 기꺼이, 기쁘게, 그리고 손턴을 위해서도 그의 오해를 사고 그 여자들의 혐오스러운 수군거림을 듣는다 해도 용감히 나설 수 있었다. 그녀는 옳은 일이기 때문에, 자신이 구원할 수 있는 건 구원한다는 신념과 일치하기 때문에 행동한 것이다. 페 스 크 두아, 아드비엔 크 푸라.*

그때까지 마거릿은 응접실에 그대로 있었다. 손턴이 마지막으로 남긴 말과 깊고 강렬하고 열정적인 눈빛, 그녀가 시선을 떨굴 수밖에 없게 만든 그 불타는 눈빛이 불러낸 그녀의 깊은 상념을 방해하는 외부 상황이 없었던 것이다. 마거릿은 창가로 가서 주위에서 감도는 압박감을 몰아내기 위해 창문을 활짝 열어젖혔다. 그다음엔 다른 사람들과 어울리거나 활발하게 몸을 움직여 지나간 시간에 대한 기억을 떨쳐버리고 싶은 격한 욕망으로 문을 열었다. 하지만 밤잠을 설친 환자가 얕은 잠을 자고 있는 집안에는 한낮의 깊은 정적만 감돌 뿐이었다. 마거릿은 혼자 있고 싶지 않았다. 뭘 해야 할까? '당연히 베시 히긴스를 만나러

---

* Fais ce que dois, advienne que pourra. 프랑스 속담으로 '무슨 일이 일어나든 네가 할 일을 하라'는 뜻.

가야지.' 그녀는 어젯밤에 받은 전갈이 문득 떠올라 그렇게 생각했다. 그리고 베시의 집으로 갔다.

날씨가 숨막히도록 후텁지근한데도 베시는 불 가까이로 옮겨놓은 긴 나무의자에 누워 있었다. 발작적인 통증을 겪고 힘없이 안정을 취하는 것처럼 납작하게 누워 있었다. 마거릿은 그녀를 좀 일으켜 앉혀야 숨을 더 편하게 쉬겠다 확신하고는 아무 말 없이 일으켜준 다음 베개로 받쳐주었다. 그 덕에 베시는 기력은 없어도 더 편안해 보였다.

"아가씨를 다시는 못 볼 줄 알았어요." 이윽고 베시가 아쉬움에 찬 눈빛으로 마거릿의 얼굴을 바라보며 말했다.

"상태가 훨씬 나빠진 것 같네요. 어제는 올 수가 없었어요. 어머니가 많이 아프셔서…… 여러 가지 이유로." 마거릿이 얼굴을 붉히며 말했다.

"어제 내가 메리를 보낸 걸 주제넘은 짓이라고 생각할지도 모르겠네요. 그러나 목청 높여 싸우다보니 마음이 갈가리 찢어졌고, 아버지가 나간 후 이렇게 생각했거든요. 오! 아가씨가 평화와 약속의 말들을 읽어준다면 아기가 엄마 자장가에 울음을 그치고 잠드는 것처럼 나도 조용히 죽어 하느님 품에 안길 수 있을 거야."

"지금 성경을 읽어줄까요?"

"네, 그래주세요! 처음엔 귀에 잘 안 들어올 거예요. 너무 멀게 느껴지고요. 하지만 내가 좋아하는, 내 마음을 편안하게 해주는 내용이 나오면 내 귀에 가까이 있는 것처럼 아주 잘 들리게 되겠죠."

마거릿은 읽기 시작했다. 베시는 몸을 뒤척였다. 애써 오래 집중하다가도 다음엔 두 배로 몸을 뒤틀었다. 그러다 결국 불쑥 말했다. "그만 읽어주세요. 소용없으니까. 어쩔 수 없는 일에 화를 내며 마음속으로 신성모독만 하고 있는걸요. 혹시 어제 말버러 공장에서 일어난 폭동 소식 들었어요? 손턴네 공장요."

"베시의 아버지는 거기 없었죠, 그렇죠?" 마거릿이 얼굴이 새빨개지며 물었다.

"네. 아버지는 그 일을 막을 수만 있다면 오른손이라도 내놓았을 거예요. 난 그래서 애가 타요. 아버지는 폭동 때문에 정신적으로 완전히 무너졌어요. 언제나 바보들이 선을 넘는다고 아무리 말씀드려도 소용없다니까요. 아가씨도 우리 아버지처럼 낙담한 사람을 본 적이 없을 거예요."

"아니, 왜요? 이해를 못하겠네요." 마거릿이 말했다.

"그야, 아버지는 이번 파업에서 위원 자리를 맡았으니까요. 노조에서 아버지를 위원으로 임명한 건, 내 입으로 할말은 아니지만, 생각이 깊고 뼛속까지 진실하다는 평을 받고 있기 때문이에요. 아버지는 다른 위원들과 함께 계획을 세웠어요. 어떤 고난이 닥쳐도 똘똘 뭉치기로요. 다수의 생각이라면 나머지 사람들도 좋든 싫든 따라야 한다 했고요. 그리고 무엇보다 나라의 법을 어겨서는 안 된다고 결정했거든요. 노조원들이 굶주림을 견디며 묵묵히 싸우는 모습을 보면 일반인들도 동참해줄 테지만, 파업 방해꾼들하고라도 소란이나 싸움이 단 한 번이라도 일어나면 과거의 많고 많은 경험에서 알 수 있듯이 다 끝나는 거니까요. 노조위원회에서는 모든 노조원에게 파업 방해꾼들도 대화로 구슬리거나 설득하거나 경고를 보내라고 지시했어요. 무슨 일이 있어도 싸워선 안 되고, 필요하다면 그냥 누워서 죽으라고, 그럼 대중을 우리 편으로 끌어올 수 있다고요. 무엇보다 위원회는 자기네 요구가 옳다는 걸 알았고, 그 옳은 것이 옳지 않은 것과 뒤섞여 대중이 구분을 못하도록 만들고 싶지 않았던 거예요. 내가 가루약과 아가씨가 약에 섞어 먹으라고 준 젤리를 구분하지 못하는 것처럼요. 젤리가 훨씬 더 많아도 가루약 맛밖에 안 나거든요. 휴우, 길게 얘기하다보니 지치네요. 바우처 같은 바보가 일을 다 망쳐놨으니 아버지 심정이 어떨지 아가씨도 한번 생각해봐요. 바우처는 위원회 명령을 어기고 유다라도 된 것처럼 파업을 망쳐놨죠! 네! 그래서 아버지가 어젯밤에 야단을 쳤어요! 폭동 주동자가 어디 있는지 경찰에 알리겠다는 말까지 했어요. 공장주들 처분에 맡겨버리겠다고요. 파업의 진짜 지도자는 바우처 같은 자들이 아니라 착실하고 생각이 깊은 사람들이라는 걸 세상에 알리겠다고요. 그들은 법과 판결을 존중하고 질서를 지키는 선량한 노동자이자 시민이며, 단지 정당한 임금을 원하는 것뿐이라고, 굶어죽는 한이 있어도 정당한 임금을 받을 때까진 일하지 않을 거라고, 하지만 재산이나 생명을 해하는 짓은 절대 하지 않을 거라고요. 왜냐하면……" 베시는 목소리를 낮췄다. "어제 바우처가 손턴의 누이에게 돌을 던져서 하마터면 죽일 뻔했대요."

"그건 사실이 아녜요. 돌을 던진 사람은 바우처가 아니었어요." 마거릿은 얼굴이 빨개졌다가 새하얘졌다.

"그때 아가씨도 거기 있었어요?" 베시가 힘없이 물었다. 그녀는 말하는 게 몹시 힘든 일이기라도 하듯 자주 쉬면서 말을 이었다.

"응. 그건 신경쓰지 말고 계속 얘기해요. 돌을 던진 게 바우처가 아니라는 것뿐이니까. 바우처가 베시 아버지에게 뭐라고 대답했어요?"

"말은 한마디도 안 했어요. 기운이 다 빠진 상태로 잔뜩 흥분해서는 부들부들 떨기만 했죠. 정말 보고 있기 힘들었어요. 그의 숨소리가 빨라지는 걸 듣고 울음을 터뜨리려나보다 생각했는데요. 하지만 아버지가 그를 경찰에 넘기겠다고 하자 괴성을 지르면서 주먹으로 아버지 얼굴을 때리고 번개처럼 도망쳤지 뭐예요. 아버지는 얼굴을 맞고 처음엔 정신을 못 차렸어요. 바우처는 잔뜩 흥분한데다 굶주려서 기운이 없었는데도요. 아버지가 잠시 멍하니 앉아서 한 손을 들어 눈앞에 대고 빤히 보다가 문으로 갔거든요. 그때 내가, 어디서 그런 힘이 솟았는지 나도 모르겠지만 의자에서 몸을 날려 아버지에게 매달렸어요. 그리고 애원했어요. '아버지, 아버지! 저 굶주린 불쌍한 사람을 경찰에 밀고하면 안 돼요. 밀고 안 하겠다고 약속하지 않으면 못 놓아드려요.' 그랬더니 아버지가 그러는 거예요. '바보처럼 굴지 마라. 말이 행동보다 쉬운 법이지. 바우처를 경찰에 고발할 생각은 해본 적도 없다. 철창신세를 져도 싼 인간이지만. 만일 다른 사람이 그런 더러운 짓을 했으면 주저 없이 경찰에 넘겼을 거야. 그리고 바우처가 나를 때린 이상, 더더욱 그럴 수 없게 됐지. 내 싸움을 다른 사람들한테 떠맡기는 꼴이니까. 바우처가 이번 굶주림을 넘기고 다시 건강해지면 그자와 제대로 한판 붙을 거다. 본때를 보여줄 거야.' 그러면서 날 뿌리치더라고요. 사실 나도 기운이 없어서 기절할 것 같았고, 아버지 얼굴이 피투성이는 아니더라도 온통 새파랗게 질려 있어서 보고만 있어도 힘들었거든요. 메리가 들어올 때까지 잠들었는지 깨어 있었는지 아니면 죽은 듯 기절해 있었는지조차 모르겠어요. 그래서 메리한테 아가씨 좀 데려오라고 했고요. 이제 나한테 말은 그만 걸고 성경 좀 읽어주세요. 다 뱉어내고 나니 마음이 좀 편안해지긴 했지만, 아직 입에 남아 있는 지겨운 뒷맛을 먼 곳에 있는 세상에 대한 생각으로 없애고 싶거든요. 읽어주세요, 설교 부분 말고 이야기 부분으로요. 거긴 그림이 들어 있어서 눈을 감고 있어도 보여요. 새로운 천국과 새로운 땅에 관한 부분*을 읽어주세요. 그럼 모든 걸 잊을 수 있을지도 모르니까요."

마거릿은 작고 부드러운 목소리로 성경을 읽었다. 베시는 눈을 감고 있었지만 한참을 듣는 것 같았다. 속눈썹이 눈물로 흠씬 젖었던 것이다. 이윽고 베시가 잠이 들었는데, 자면서 자주 놀라고 애원의 말을 웅얼거렸다. 마거릿은 이불을 잘 덮어주고 그 곁을 떠났다. 집에서 어머니가 찾을지도 모른다는 생각에 마음이 불편했던 것이다. 하지만 죽어가는 사람을 두고 떠나는 것도 잔인한 짓 같기만 했다.

마거릿이 집에 도착해보니 헤일 부인은 응접실에 있었다. 오늘은 몸 상태가 좋았으며, 물침대를 입에 침이 마르도록 칭찬했다. 지금까지 자본 그 어떤 침대보다 결혼 전에 베리스퍼드 저택에서 썼던 침대들과 비슷하다는 것이다. 그녀는 어쩌다 그렇게 되었는지는 모르겠지만 자신이 어렸을 때 썼던 것과 같은 침대를 만드는 기술이 사라진 모양이라고 했다. 그게 어려운 일 같지도 않고 침대 만드는 깃털은 그대로 있는데, 도대체 어떻게 된 건지, 어젯밤 이전에는 자신이 편안하게 숙면을 취할 수 있었던 때가 언제였는지 기억도 안 난다면서.

헤일 씨가 예전 깃털침대가 좋았던 건 젊음의 활력 덕이었을 수도 있다고, 젊음의 활력이 휴식의 즐거움을 준 것일 수도 있다고 말했지

---

* 「요한계시록」 21장.

만, 그의 아내는 그런 의견을 달가워하지 않았다.

"아뇨, 아버지 집 침대들은 달랐어요. 마거릿, 넌 젊어서 낮에 활동하는 일이 많으니 대답해보렴. 침대가 편안하니? 침대에 누우면 완벽한 휴식을 취하는 기분이 들어? 아니면 계속 뒤척이면서 편한 자세를 찾으려고 애써보다가 결국 잠자리에 들 때와 다름없이 피곤한 상태로 아침에 눈을 뜨니?"

마거릿은 웃었다. "어머니, 솔직히 말하면 전 제 침대에 대해 생각해본 적이 한 번도 없었어요. 밤이면 너무 졸려서 아무데나 눕기만 해도 바로 잠들어버리거든요. 그러니 증인 자격이 없네요. 게다가 전 외할아버지 댁 침대를 써볼 기회도 없었잖아요. 옥스넘에 가본 적이 없으니까요."

"그랬니? 오, 그래, 확실해! 가여운 우리 프레더릭을 데려갔지. 기억나. 결혼하고 나서 옥스넘에 한 번밖에 안 갔거든. 너희 이모 결혼식 때. 우리 가여운 프레더릭은 그때 아기였지. 그 시기에 딕슨이 내 시녀 일을 하다 유모 일을 맡게 된 걸 달가워하지 않아서, 딕슨의 고향 근처로 데려가면 고향 사람들을 만나 내 곁을 떠날까봐 걱정했거든. 그런데 가여운 우리 아기가 이가 날 때라 옥스넘에서 병이 나버린 거야. 난 결혼식을 앞둔 앤과 시간을 많이 보냈고 나도 그다지 튼튼하지 못하다보니 딕슨이 그 어느 때보다 프레더릭을 돌보는 시간이 많아졌어. 그러면서 프레더릭과 정이 듬뿍 들었고, 아기가 다른 사람은 다 마다하고 자기한테만 달라붙는 걸 무척 자랑스러워하더구나. 그래서 난 딕슨이 떠날 생각은 안 하겠구나 안심했지. 유모 노릇은 딕슨에게 익숙한 시녀 노릇과 많이 달랐지만. 가여운 프레더릭! 누구나 그 아이를 좋아했어.

사람들의 마음을 얻는 재주를 갖고 태어난 아이였으니까. 내 귀한 아들을 싫어했다니, 그 리드 선장이란 사람을 좋게 생각할 수가 없다니까. 프레더릭을 싫어했다는 것 자체가 그 사람이 악인이라는 확실한 증거야. 아! 마거릿, 불쌍한 네 아버지가 나가버렸구나. 프레더릭 얘기를 듣고 있을 수가 없었나보다."

"어머니, 전 오빠 얘기를 듣고 싶어요. 하고 싶은 얘기가 있으면 다 하세요. 전 아무리 많이 들어도 질리지 않을 테니까요. 오빠가 아기 때 어땠는지 얘기해주세요."

"마거릿, 기분 나쁘게 듣지 마라. 네 오빠는 아기 때 너보다 훨씬 예뻤어. 난 딕슨의 품에 안긴 너를 처음 보고 이렇게 말했단다. '어머, 아기가 너무 못생겼어!' 그랬더니 딕슨이 말했지. '모든 아기가 프레더릭 도련님 같진 않아요! 도련님께 은총을!' 아! 기억이 생생해. 그땐 프레더릭을 종일 품에 안고 있을 수 있었지. 아기침대를 내 침대 가까이에 놓고. 그런데 이제, 지금은, 마거릿, 내 아들이 어디 있는지도 모르고, 다시는 그 아이를 만날 수 없을지도 모른다는 생각도 가끔 들어."

마거릿은 어머니가 앉은 소파 옆 작은 의자에 앉아 어머니 손을 살며시 잡고 어루만지며 키스했다. 헤일 부인은 마음껏 울었다. 이윽고 그녀는 꼿꼿이 앉아 딸을 돌아보더니 울먹이며 엄숙할 정도로 진지한 목소리로 말했다. "마거릿, 내 병이 나을 수 있다면…… 하느님께서 내게 회복의 기회를 주신다면, 그 방법은 내 아들 프레더릭을 한번 더 보는 것뿐일 거다. 프레더릭을 보면 내게 얼마 안 남은 활기가 모두 깨어날 거야."

헤일 부인은 더 말할 힘을 모으듯 잠시 침묵했다. 다시 입을 열었을 때는 목이 잠겨 있었고, 이상하지만 이루어질 수도 있는 일을 생각하듯 목소리가 떨렸다.

“그리고 마거릿, 만일 내가 죽는다면…… 만일 내가 살 날이 몇 주 안 남은 시한부 인생이라면…… 죽기 전에 내 아들을 만나야겠다. 어떻게 해야 하는지 방법은 모르겠다만, 마거릿, 네가 그 일을 맡아다오. 만약 네가 불치의 병에 걸린다면 위안을 찾는 것처럼. 네 오빠를 데려와주렴, 이 어미가 네 오빠를 축복해줄 수 있도록 말이다. 마거릿, 오 분이면 된다. 오 분이면 위험하지 않을 거야. 오, 마거릿, 죽기 전에 네 오빠를 보게 해다오!”

마거릿은 그 말이 지극히 불합리하다는 점에 대해서는 생각하지 않았다. 우리는 죽음에 이르는 병에 걸린 사람의 간곡한 애원에서 이성이나 논리를 찾지는 않는다. 곧 우리 곁을 떠날 그 사람의 소망을 이루어줄 무수한 기회를 등한시했다는 생각에 자책감을 느끼며, 우리 미래의 행복을 희생해서라도 기꺼이 그 사람의 요구를 들어주기 마련이다. 헤일 부인의 소망은 그녀 자신에게나 프레더릭에게나 너무도 자연스럽고 너무도 정당하며 너무도 옳은 것이어서, 마거릿은 어머니를 위해서뿐만 아니라 오빠를 위해서도 모든 위험의 가능성을 무시하고 어머니의 소망을 실현시키기 위해 힘닿는 데까지 최선을 다하겠노라고 스스로에게 맹세했다. 헤일 부인의 하얗게 질린 입술은 어린애의 입술처럼 떨렸지만 애원을 담은 커다란 눈은 간절하게, 흔들림 없이 마거릿을 응시하고 있었다. 마거릿은 살며시 일어나 연약한 어머니를 마주하고 섰다. 어머니가 딸의 차분하고 안정된 표정을 보고 자신의 소망이 확실히 이루어지리라는 점을 알게 하기 위해서였다.

"어머니, 오늘밤에 오빠에게 편지를 써서 어머니 말씀을 전할게요. 오빠는 편지를 보면 바로 달려올 거예요. 제 목숨만큼이나 확신해요. 걱정 마세요, 어머니. 사람 일은 모르는 거지만, 어머니는 오빠를 만나게 될 거예요."

"오늘밤에 편지를 쓴다고? 오, 마거릿! 다섯시에 우편물을 가져가니까 그때까지 써라, 응? 난 이제 시간이 얼마 안 남았어. 병이 낫지 않을 것 같아. 가끔 네 아버지가 간곡히 설득할 때는 희망을 갖긴 하지만. 지금 당장 편지를 써주겠니, 응? 하루도 허비하지 마렴. 바로 그 하루 차이로 네 오빠를 영영 못 보고 죽을 수도 있으니까."

"하지만, 어머니. 아버지가 외출하셨는데요."

"아버지가 외출했다고! 그래서 뭐? 마거릿, 네 아버지가 내 마지막 소망을 들어주지 않을 것 같니? 네 아버지가 나를 헬스톤에서 이 건강에 해롭고 햇빛도 없는 매연 도시로 데려오지 않았더라면 난 병들지도 않았을 거고 이렇게 죽어가지도 않을 거야."

"오, 어머니!"

"사실이다. 네 아버지도 그걸 알고 있고. 자기 입으로 그런 말을 여러 번 했거든. 네 아버지는 날 위해서라면 무슨 짓이라도 할 거다. 그러니 네 아버지가 나의 이 마지막 소망, 마지막 기도를 들어주지 않을 거라는 말은 하지 마라. 마거릿, 프레더릭을 보고 싶은 갈망이 나와 하느님 사이를 가로막고 있어. 이 소망을 이루기 전엔 난 기도할 수가 없단다. 정말이야. 사랑하는 나의 마거릿, 시간을 허비하지 말아다오. 우체부가 오기 전에 써. 그럼 프레더릭은 이십이 일 안에 여기에…… 여기에 올 수 있을 거야! 네 오빠는 꼭 올 거야. 노끈도, 쇠사슬도 네 오빠를 묶어둘 수 없어. 난 이십이 일 안에 내 아들을 보게 될 거고." 앉아서 몸을 뒤로 기댄 헤일 부인은 마거릿이 손으로 눈을 가린 채 미동도 없이 앉아 있는 걸 알아채지 못했다.

"안 쓸 셈이구나!" 이윽고 헤일 부인이 말했다. "펜하고 종이 좀 갖다 다오. 내가 직접 쓸 테니까." 그녀가 열의에 차서 온몸을 떨며 똑바로 앉았다. 마거릿은 눈을 가렸던 손을 내리고 어머니를 슬픈 표정으로 바라보았다.

"아버지가 들어오실 때까지만 기다려요. 아버지께 최선의 방법을 여쭤보자고요."

"마거릿, 방금 약속했잖니. 프레더릭이 올 거라고."

"네, 올 거예요, 어머니. 울지 마세요, 사랑하는 어머니. 지금 당장 여기서 쓸게요. 제가 편지를 쓸 테니까 보세요. 오늘 가서 부치고요. 아버지가 들어오셔서 편지를 다시 써야 한다고 생각하시면 다시 쓰면 되죠. 그래 봐야 하루 늦는 거니까. 오, 어머니, 그렇게 애처롭게 울지 마세요. 가슴이 찢어질 것 같아요."

헤일 부인은 울음을 그칠 수가 없었다. 울음이 발작적으로 터져나왔다. 사실 그녀는 울음을 참으려고 애쓰기보다는 행복했던 과거의 모든 장면과 앞으로 다가올 미래를(살아생전에 그토록 보고 싶었던 아들이 자신의 시신 앞에서 울고 있는데 자신은 아들이 온 것도 알지 못하고 누워 있는) 떠올리고 있었다. 그러면서 자기연민에 빠져 기진한 상태로 흐느끼며 마거릿을 가슴 아프게 만들었다. 하지만 마거릿이 편지를 쓰기 시작하자 마침내 평정을 되찾고는 탐욕스럽게 지켜보았다. 마거릿은 다급한 간청을 담아 신속하게 편지를 쓴 다음 어머니가 보여달라고 할까봐 황급히 봉했다. 그리고 최대한 안전을 기하기 위해 헤일 부인의 지시에 따라 자신이 직접 우체국으로 가져갔다. 우체국에서 집으로 돌아오는 길에 아버지가 뒤에서 마거릿을 불렀다.

"우리 예쁜 아가씨, 어디 다녀오시나?" 아버지가 물었다.

"우체국에요. 편지 부치러요. 오빠에게 쓴 편지요. 오, 아버지, 어쩌면 제가 잘못한 건지도 몰라요. 어머니가 오빠를 너무 간절히 보고 싶어 하셔서요. 오빠를 보면 병이 나을 것 같대요. 그러더니 죽기 전에 꼭 봐야 한다고…… 어머니가 얼마나 절박하신지 몰라요! 제가 잘못한 걸까요?"

헤일 씨는 처음엔 아무런 대답도 하지 않았다. 그러더니 이윽고 말했다.

"마거릿, 내가 돌아올 때까지 기다릴 걸 그랬구나."

"저도 그렇게 하자고 어머니를 설득해봤지만……" 마거릿은 거기까지 말하고 침묵에 빠져들었다.

잠시 후 헤일 씨가 말했다. "모르겠다. 아들이 그렇게 보고 싶으면 봐야지. 그게 의사가 주는 어떤 약보다 효과가 좋을 거야. 어쩌면 병이 씻은 듯이 나을 수도 있고! 하지만 프레더릭에게 너무 위험한 일인 것 같구나."

"아버지, 선상반란이 일어나고 세월이 이렇게 많이 흘렀는데도요?"

"그래. 정부에선 권위에 도전하는 반란행위를 막기 위해 아주 엄중한 조치를 취해야만 하니까. 특히 해군은 더하지. 해군 선장은 본국의 모든 권력이 선장을 지지하고 선장의 명분을 비호해야 하며, 필요하다면 선장에게 가해진 위해에 보복한다는 사실을 똑똑히 알고 있는 부하들에게 둘러싸여 있어야 하니까. 아! 선장이 얼마나 폭군같이 굴었고 다혈질의 부하들을 미치게 만들었는지는 중요하지 않단다. 설령 그게 나중에 변명거리가 될 수 있다고는 해도 애초에 변명이 통하지를 않거든. 정부에서는 반란범을 잡기 위해 비용을 아끼지 않고 배를 내보내 바다를 샅샅이 뒤지고 있다. 세월이 아무리 많이 흘러도 선상반란의 기억은 지워지지 않아. 해군 범죄기록부에 생생하고 선명하게 남아 있지. 피로 지워지기 전까지는."

"오, 아버지, 제가 무슨 짓을 한 거죠! 아까는 정말 옳은 일 같았는데. 오빠는 분명 위험을 무릅쓰고 올 거예요."

"그럴 거다. 그래야 하고! 아니다, 마거릿. 잘한 일이야, 난 그럴 용기를 못 냈겠지만. 이렇게 돼서 다행이다. 아마 난 너무 늦어져서 아무 소용 없을 때까지 망설이기만 했을 테니까. 사랑하는 마거릿, 넌 옳은 일을 한 거고, 결과는 우리 힘으로 어떻게 할 수 있는 게 아니야."

다 잘되긴 했지만, 마거릿은 반란범이 무자비한 처벌을 받는다는 아버지의 말에 몸서리가 나고 소름이 오싹 끼쳤다. 만일 자신이 오빠를 집으로 불러들여 오빠가 저지른 과오의 기억을 피로 지우게 만든다면! 나중에 고무적인 말을 해주긴 했지만 아버지도 얼굴에 근심이 짙게 깔려 있었다. 시름에 잠긴 그녀는 아버지의 팔을 잡고 지친 발걸음으로 나란히 집으로 걸어갔다.

2부

1장

어머니와 아들

나는 그 신성한 안식처
변함이 없음을 알게 되었네.*
—히먼스 부인

손턴은 그날 아침 헤일 씨 집을 나설 때 좌절된 사랑에 눈이 멀다시피 한 상태였다. 마거릿이 연약하고 우아한 여자답게 쳐다보고 말하고 움직인 게 아니라, 건장한 생선장수 아낙처럼 억센 주먹으로 그에게 일격을 가하기라도 한 듯했다. 그는 분명한 육체적 통증까지 느꼈다. 머리가 지끈거리고 맥박이 불규칙하게 요동쳤다. 거리의 소음과 눈부신 빛, 끊임없는 웅웅거림과 움직임을 견딜 수가 없었다. 그는 그토록 고통스러워하는 자신을 바보라고 여겼다. 그 순간에도 자신이 고통스러워하는 이유가 무엇인지, 이 고통이 마땅히 야기되어야 하는 결과인지 알 수가 없었다. 어린애 하나가 문간에 앉아 뜨거운 눈물을 쏟으며 서

* 펠리시아 히먼스의 시 「신부의 작별」.

럽게 우는 모습이 보였는데, 그애 옆에 앉아 함께 울 수만 있다면 마음이 좀 풀릴 듯했다. 그는 마거릿을 증오한다고 자신에게 말했지만, 증오를 표현할 말을 생각하는 와중에도 격렬하고 날카로운 사랑의 감정이 먹구름이 잔뜩 낀 마음을 번개처럼 갈랐다. 그에게 가장 큰 위안을 주는 건 자신의 고통을 끌어안는 일이었다. 마거릿에게도 실제로 말했듯이, 그녀가 자신을 경멸하고 비난하고 당당한 무관심으로 대한대도 자신은 조금도 달라지지 않으리라는 것을 느낄 수 있었다. 그녀는 그를 달라지게 할 수 없었다. 그는 그녀를 사랑하고 앞으로도 사랑할 것이며, 그녀에게, 그리고 이 끔찍한 육체적 고통에 맞설 것이었다.

손턴은 그 결심을 확고히 굳히기 위해 잠시 걸음을 멈추고 서 있었다. 마침 시골로 들어가는 승합마차가 지나갔는데, 차장이 그가 타려는 줄 알고 인도 가까이에 승합마차를 세웠다. 손턴은 타려던 게 아니라고 설명하고 사과하기 성가셔서 그냥 승합마차에 올라탔다. 길게 늘어선 집들을 지나고 그다음엔 잘 가꾸어진 정원이 있는 저택들을 지난 후에야 진짜 시골 산울타리들이 보이기 시작했고, 이내 작은 시골마을로 들어섰다. 사람들이 다 내려서 손턴도 따라 내렸고, 그들이 걸어가서 그도 그렇게 했다. 그는 힘차게 들판으로 걸어들어갔다. 활발한 움직임이 마음을 편안하게 해주었다. 이제 모든 걸 기억할 수 있었다. 아까 그녀 앞에서 한심한 꼴을 보인 것, 평소에 세상에서 가장 어리석은 짓이라고 여기던 일을 어처구니없는 방식으로 저지르고 만 것, 만일 자신이 그런 멍청이 짓을 하게 되면 결코 피할 수 없으리라 예견했던 바로 그 결과를 맞이한 것. 바로 어제 자신의 어깨에 그토록 가까이 닿았던 그 아름다운 눈과 반쯤 벌리고 한숨짓는 보드라운 입술에 홀린 것일까? 손턴은 그녀가 거기 있었고 두 팔로 자신의 목을 끌어안았다는(그게 처음이자 마지막이 될지라도) 생각을 떨쳐버릴 수가 없었다. 그동안은 마거릿을 잠깐씩만 보았기 때문에 그녀에 대해 온전히 알지 못했다. 그녀는 어떤 때는 아주 용감했다가 어떤 때는 너무도 소심했다. 어떤 때는 아주 다정했다가도 어떤 때는 너무도 오만하고 여왕처럼 당당했다. 손턴은 그녀를 잊기 위해 그녀와 만났던 때를 전부 회상해보았다. 그동안 그녀가 입었던 드레스나 풍겼던 분위기를 모두 떠올려보았지만 어느 것이 가장 잘 어울렸는지는 알 수 없었다. 오늘 아침만 해도 그녀는 얼마나 당당해 보였는지…… 어제 위험에 처한 그를, 조금이라도 사심이 있어서 구해주려 한 거라고 오해한 그를 향하던, 섬광이 번득이는 그 눈빛!

벌써 스무 번도 넘게 스스로 인정했다시피 오전에 바보였던 손턴은, 오후가 되어서도 그리 현명하게 굴지 못했다. 6펜스짜리 승합마차 여행에서 돌아와 얻은 것이라곤 이 세상에 마거릿 같은 여자는 없고 있을 수도 없으며, 그녀는 자신을 사랑하지 않고 앞으로도 그럴 것이지만 그녀를 향한 자신의 사랑은 그녀도, 세상 사람 그 누구도 막을 수 없다는 더 강한 확신뿐이었다. 손턴은 들판에서 작은 시장으로 돌아와 밀턴행 승합마차에 올랐다.

손턴이 자신의 창고 근처에 내린 건 늦은 오후였다. 익숙한 장소들이 익숙한 습관과 생각의 흐름으로 돌아가게 해주었다. 그는 할일이 얼마나 많은지 알고 있었다. 어제 일어난 소요 사태 때문에 평소보다 처리할 일이 많았다. 동료 치안판사들을 만나야 했고, 새로 불러들인 아일랜드 노동자들의 편의와 안전을 위한 조치들을 아침에 반밖에 처리하지 못해서 그것도 마저 마무리지어야 했다. 그리고 그들이 불만에 찬 밀턴 노동자들과 접촉하지 못하도록 막아야 했다. 마지막으로는, 집에 돌아가 어머니를 만나야 했다.

손턴 부인은 종일 식당에 앉아 헤일 양이 아들의 구애를 받아들였다는 소식을 기대하며 이제나저제나 아들을 기다리고 있었다. 그녀는 수없이 마음을 다잡았다. 밖에서 갑작스러운 기척이 들릴 때마다 반쯤 내려놓았던 일감을 다시 잡고 침침한 눈과 떨리는 손으로 부지런히 바느질을 하기 시작했다! 하지만 문이 열리고 중요하지 않은 사람이 사소한 용건으로 들어온 게 벌써 수차례였다. 그때마다 그녀는 어둡고 냉랭한 표정이 풀어지고 이목구비가 축 처지며 낙담한 얼굴이 되었는데, 그 모습이 평소의 엄격한 인상과 너무도 달랐다. 그녀는 아들의 결혼으로 자신에게 닥칠 모든 우울한 변화에 대한 고민을 떨쳐내고 익숙한 집안일을 생각하는 데 집중했다. 신혼부부에겐 새 침구와 식탁보가 필요할 터였다. 손턴 부인은 식탁보와 냅킨이 가득한 세탁물 바구니를 모두 들여오게 하고 나서 수량을 파악했다. G. H. T(조지와 해나 손턴)라는 머리글자가 새겨진 자신의 것과, 아들 돈으로 사서 아들의 이름 머리글자가 새겨진 것들이 섞여 있었다. G. H. T가 새겨진 제품 일부는 더할 나위 없이 고운, 옛날 네덜란드 다마스크로 만든 것으로 요즘 나오는 제품들과는 달랐다. 손턴 부인은 오래도록 그것들을 바라보며 서 있었다. 처음 결혼했을 때 그녀의 긍지였던 물건들이었다. 이윽고 그녀는 눈살을 찌푸리고 입을 앙다물며 조심스럽게 G. H.의 바늘땀을 풀기 시작했다. 그다음 새 머리글자를 새길 터키레드* 색상의 실을 찾았지만, 다 쓰

* 꼭두서니 뿌리에서 추출한 알리자린으로 면직물을 염색해 나오는 붉은색.

고 없었다. 그녀는 아직은 새 실을 사러 보낼 마음은 없어서 멍하니 허공을 응시했다. 일련의 환상이 눈앞을 스쳐지나갔다. 전부 아들이 주인공이었다. 그녀의 아들, 그녀의 긍지, 그녀의 재산. 그 아들이 아직 오지 않고 있었다. 헤일 양과 함께 있는 게 분명했다. 벌써 새로운 사랑이 아들의 마음속 첫번째 자리에서 그녀를 밀어내고 있었다. 끔찍한 고통이, 헛된 질투심의 격통이 가슴을 관통했다. 그것이 육체적인 고통에 더 가까운지 정신적인 것인지는 알 수 없었으나, 그녀는 주저앉고 말았다. 하지만 다음 순간, 그녀는 그 어느 때보다 꼿꼿한 자세로 일어나 오늘 처음으로 엄격한 미소를 지었다. 이제 곧 문을 열고 승리감에 차서 돌아올 아들을 반기기 위해서였다. 자신이 아들의 결혼을 가슴 아파하는 걸 아들에게 들켜선 안 되니까. 손턴 부인은 장차 며느릿감을 특정한 개인으로 보지 않았다. 존의 아내가 될 거니까. 자신을 대신해 집안의 안주인이 되는 건 그 최고의 영광을 장식할 풍성한 결과물 중 하나에 불과했다. 풍족하고 편안한 살림살이, 비싸고 좋은 옷, 명예, 사랑, 복종, 많은 친구들…… 이 모든 것이 왕의 옷에 붙은 보석처럼 자연스럽게 딸려올 것이고, 그러한 것들의 개별적인 가치는 고려할 필요도 없었다. 존의 선택을 받으면 부엌데기도 딴 세상 사람이 될 수 있었다. 게다가 헤일 양 정도면 그리 나쁠 것도 없었다. 만일 헤일 양이 밀턴 아가씨였다면 분명 마음에 들었을 터였다. 예리한데다 감각도 있고 패기와 멋도 있으니까. 애석하게도 편견을 갖고 있고 무지하기도 했지만, 그건 남부에서 나고 자란 결과였다. 손턴 부인은 이상한 굴욕감을 느끼며 패니와 헤일 양을 비교하기 시작했고, 처음으로 딸을 매몰차게 대하며 호되게 나무랐다. 그러곤 속죄라도 하듯 자신이 자랑스러워하고 즐거워하는 일인 식탁보 점검을 그만두고 매슈 헨리의 『성경주석』을 집어들어 거기 집중했다.

마침내 아들 발소리가 들렸다! 그녀는 성경 글귀를 읽으면서도 아들이 오는 소리를 들었다. 눈은 글에 가 있고 기억력은 기계적으로 한 글자 한 글자를 떠올리고 있었지만, 아들이 현관을 들어서는 소리를 들었다. 그녀의 예리해진 감각이 모든 움직임의 소리를 해석해냈다. 이제 아들은 모자걸이 앞에, 이제 식당 문 앞에 있었다. 그런데 왜 멈춘 거람? 아무리 나쁜 소식이라도 빨리 알려주지.

그런데도 손턴 부인은 책에 시선을 박고 고개를 들지 않았다. 손턴은 테이블 가까이로 다가가 어머니가 꽤나 몰두해서 읽고 있는 듯한 구절을 다 끝낼 때까지 가만히 기다렸다. 어머니가 어렵게 고개를 들었다. "그래, 존?"

손턴은 그 짧은 말이 무엇을 의미하는지 알았다. 하지만 먼저 마음을 단단히 먹어야 했다. 그는 농담으로 대꾸하고 싶었고 쓰라린 마음으로도 농담을 할 수는 있었지만, 어머니에게는 더 나은 모습을 보여야 했다. 그는 어머니에게 얼굴을 보이지 않으려고 뒤로 돌아가서 어머니의 우울하고 딱딱한 얼굴을 뒤로 젖혀 키스하며 웅얼거렸다.

"아무도 절 사랑하지 않아요…… 아무도 절 좋아하지 않아요, 어머니 빼고는요."

그는 돌아서서 벽난로 선반에 머리를 기댔다. 그의 사나이다운 눈에 눈물이 고였다. 손턴 부인은 일어나서…… 휘청거리며 걸었다. 그 강한 여인은 난생처음으로 휘청거렸다. 그리고 두 손을 아들의 어깨에 얹었다. 키가 큰 그녀는 아들의 얼굴을 들여다보며 아들도 자신을 보게 했다.

"존, 어머니의 사랑은 하느님이 주시는 거다. 영원한 거고. 하지만 여자의 사랑은 한줄기 연기처럼…… 바람이 불 때마다 변하지. 헤일 양이 너를, 내 아들을 마다한 거니? 그런 거야?" 그녀는 이를 악물고 마치 개가 으르렁거리듯 이를 다 드러냈다. 손턴은 고개를 저었다.

"어머니, 전 그녀에게 어울리지 않아요. 이미 알고 있었어요."

손턴 부인은 이를 악문 채로 말을 씹어 뱉어냈다. 손턴은 어머니의 말을 알아들을 순 없었지만 어머니의 눈빛을 보고 설령 거친 표현은 아니더라도 의미만은 그 어떤 말보다 심한 욕이라는 걸 알 수 있었다. 하지만 손턴 부인은 아들이 다시 자기 것이 되었다는 생각에 가슴이 뛰기 시작했다.

손턴이 황급히 말했다. "어머니! 헤일 양에 대해 나쁘게 말하는 건 못 듣겠어요. 제발…… 제발 부탁이에요! 지금 제 마음은 너무 아프고 여린 상태예요. 전 아직 그녀를 사랑해요. 그 어느 때보다 더 사랑해요."

"난 헤일 양이 밉다." 손턴 부인이 낮고 격한 목소리로 대답했다. "헤일 양이 너와 나 사이를 가로막고 있을 땐, 미워하지 않으려고 애썼어. 헤일 양이 너를 행복하게 해줄 거라고 나 자신에게 말하면서. 내 아들을 행복하게 해주는 사람이라면 내 심장의 피도 줄 수 있으니까. 하지만 이젠 헤일 양이 밉구나. 너를 비참하게 만들었으니까. 그래, 존, 네 아픈 마음을 내게 숨기려고 애쓸 필요 없다. 난 너를 낳은 어미고, 네 슬픔은 내 고통이야. 넌 헤일 양을 미워하지 않는다고 해도 난 미워한다."

"어머니, 그럼 전 헤일 양을 더 사랑하게 될 수밖에 없어요. 헤일 양이 어머니에게 부당한 대접을 받는다면 제가 균형을 맞춰야 하니까요. 그런데 왜 지금 우리가 사랑이나 미움에 대한 얘기를 해야 하죠? 헤일 양은 저를 좋아하지 않고, 그걸로 충분해요. 아니, 너무 힘들어요. 그러니 다시는 그 얘기를 하지 말자고요. 그게 어머니께서 저를 위해 해주실 수 있는 유일한 일이에요. 우리, 헤일 양 얘기는 다시는 하지 마요."

"나도 진심으로 그러고 싶구나. 난 헤일 양이, 그리고 헤일 양과 관련된 모든 것이 원래 있던 곳으로 돌아갔으면 좋겠다."

손턴은 그대로 선 채로 잠시 더 벽난로 불을 응시했다. 아들을 바라보는 손턴 부인의 건조하고 침침한 눈에 그녀답지 않은 눈물이 가득 고였지만, 아들이 다시 입을 열었을 때 그녀는 평소와 다름없이 엄격하고 조용해 보였다.

"어머니, 폭동 모의 혐의로 세 명에게 체포영장이 나왔어요. 어제 일어난 폭동이 파업을 무력화하는 데 도움이 됐어요."

손턴 부인과 아들은 더이상 마거릿의 이름을 언급하지 않았다. 그들은 평소 대화하던 방식대로 의견이 아닌, 감정은 더더욱 아닌 사실에 대한 이야기만 했다. 그들의 목소리와 어조는 차분하고 냉담했다. 모르는 사람이 그 광경을 목격했다면, 어머니와 아들이라는 가까운 사이에 그토록 냉랭하고 무심한 태도로 대화하는 사람들은 일찍이 본 적이 없다고 생각했을 터였다.

2장

과일이 있는 정물화

의무로 단순하게 행하면
잘못될 일 없으리.*
—「한여름밤의 꿈」

손턴은 다음날 곧장 일처리에 돌입했다. 완제품에 대한 수요가 좀 있었고 그 수요가 그의 사업 분야에도 영향을 미쳐서 그걸 기회 삼아 유리한 조건으로 흥정했다. 동료 치안판사들과의 모임에도 정시에 도착해서 뛰어난 감각과 한눈에 결과를 예측해 신속한 결정에 이르는 능력으로 최상의 도움을 제공했다. 그보다 나이도 많고, 연륜도 깊고, 재산도 훨씬 많은 밀턴의 사업가들은 이익을 실현해 땅에 묻어둔 반면, 그는 모든 재산을 사업 유동자본으로 갖고 있었다. 그래서 모두들 그에게 신속하고 즉각적인 지혜를 기대했다. 경찰을 만나 합의를 보고 모든 필요한 단계를 앞장서서 밟아나가는 것도 그에게 맡겨졌다. 하지만 손

---

* 셰익스피어의 희곡 「한여름밤의 꿈」 5막 1장.

턴은 그들이 무의식적으로 자신을 따르는 일에 무관심했다. 높고 거대한 굴뚝에서 위로 똑바로 올라가는 연기의 방향을 거의 바꾸지 못하는 부드러운 서풍에 무관심한 것처럼 말이다. 그는 자신을 향한 무언의 경의를 알지 못했다. 그리고 설령 알았다고 해도 목적을 향해 나아가는 길에 장애물이 된다고 여겼을 터였다. 그는 오로지 신속히 목적을 이루는 데만 골몰했다. 여러 치안판사와 재력가 집안의 여자들이 누구누구 씨가 손턴 씨를 얼마나 높이 평가하는지 모른다고, 손턴 씨가 없었더라면 상황이 완전히 달라졌을 거라고, 아주 안 좋았을 거라고 칭찬하는 소리를 탐욕스럽게 빨아들이는 건 손턴 부인의 귀였다. 손턴은 그날 여기저기서 자신의 일을 깨끗이 처리했다. 어제의 깊은 굴욕과 그 이후에 멍한 상태에서 목적 없이 보낸 시간이 그의 지성에 낀 안개를 싹 걷히게 한 듯했다. 그는 자신의 힘을 느꼈고 그 힘을 즐겼다. 어쩌면 사랑의 감정도 극복할 수 있을 듯했다. 디강가에 살았던 방아꾼의 노래*를 알았더라면 그 노래를 불렀을 수도 있었다.

내가 아끼는 이도 없고
나를 아끼는 이도 없네.

바우처를 비롯한 폭동 주동자들에 대한 증거는 받아들여졌지만 다른 세 명에 대한 공모 증거는 받아들여지지 않았다. 하지만 손턴은 죄가 입증되는 즉시 법의 날랜 오른팔로 내려칠 수 있도록 감시를 게을

---

* 영국 북부 지역의 민요 〈디강의 방아꾼〉.

리하지 말아달라고 경찰에 엄중히 당부했다. 그런 다음 자치법원의 악취나는 방에서 나와 좀더 상쾌하긴 하지만 무덥기는 매한가지인 거리로 들어섰다. 그러자 갑자기 무너지는 듯한 기분을 느꼈다. 너무 기력이 없어서 생각을 통제할 수가 없었고, 고삐 풀린 생각은 그녀에게로 향했다. 바로 그 장면, 어제 그녀에게 보기 좋게 거절당하던 장면이 아니라 그 전날의 모습과 행동으로. 그는 혼잡한 거리에서 기계적으로 인파를 헤치고 걸었지만 사람들 얼굴은 보지 않았다. 그녀가 자신에게 매달리고 그녀의 심장이 자신의 심장과 맞닿아 뛰던 그 삼십 분이라는 짧은 시간이 다시 한번 와주었으면 하는 갈망이 너무 커서 병이 날 지경이었다.

"아니, 손턴 씨! 아주 태연하게 모른 척하고 지나가는군요. 어머님은 안녕하신가요? 날씨 참 좋네요! 우리 의사들은 이런 날씨를 안 좋아하지만요!"

"죄송합니다, 도널드슨 선생님. 정말 못 봤습니다. 어머니는 잘 계십니다. 좋은 날씨로군요. 수확에도 이로웠으면 좋겠습니다. 밀 수확이 좋으면 내년에 우린 활황을 맞을 테니까요. 의사들은 어떨지 몰라도요."

"그래요, 그래. 각자 알아서 사는 거지요. 손턴 씨에게 나쁜 날씨와 나쁜 시기는 내게 좋고요. 불경기가 오면 밀턴에는 건강을 해치고 죽음을 준비하는 사람들이 생각보다 많답니다."

"전 그렇지 않습니다, 선생님. 무쇠로 만들어졌거든요. 최악의 빚더미에 오를 거라는 소식을 들어도 맥박이 달라지지 않으니까요. 이번 파업으로 밀턴에서 그 누구보다, 햄퍼보다 더 큰 타격을 입게 됐지만 입맛조차 잃지 않았습니다. 그러니 환자는 다른 데 가서 찾으셔야겠습니다."

"그래도 좋은 환자를 소개해줬잖습니까. 가여운 부인! 이런 식으로 비정하게 말할 문제는 아니지만 아무래도 헤일 부인은, 크램프턴에 사는 그 부인 말입니다, 몇 주 못 사실 것 같아요. 전에도 말했다시피 원래부터 희망이 없었지만, 오늘 가서 보니 아주 비관적이에요."

손턴은 침묵을 지켰다. 그가 자랑하던 안정된 맥박이 잠시 흔들렸다.

"선생님, 제가 할 수 있는 일이 있을까요?" 그가 달라진 목소리로 물었다. "아시다시피, 그 댁 형편이 그리 넉넉하지 못한데…… 환자에게 꼭 필요한 편의용품이나 음식이 있습니까?"

"없어요." 도널드슨이 고개를 저으며 대답했다. "과일을 찾긴 하더군요. 계속 열이 있어서. 올배가 좋을 것 같네요. 시장에 많이 나와 있던데."

"제가 도울 일이 있으면 꼭 말씀해주십시오. 그렇게 믿고 있겠습니다." 손턴이 말했다.

"아, 걱정 마세요! 손턴 씨 지갑 걱정은 안 할 테니까. 지갑이 두둑하다는 걸 알고 있거든요. 내 모든 환자를 위해 백지수표라도 줬으면 좋겠는걸요."

하지만 손턴은 인류에 대한 자비심이나 보편적 박애정신의 소유자가 아니었다. 그가 강한 애정을 느낄 수 있다고 인정해줄 사람도 거의 없었다. 그런데도 그는 밀턴에서 제일가는 과일가게로 곧장 가서 가장 신선한 적포도와 가장 빛깔 고운 복숭아, 가장 싱싱한 포도 잎을 골랐다. 그걸로 과일바구니를 만들고 나서, 가게 주인이 물었다. "이걸 어디로 보낼까요?"

손턴이 아무 대답도 하지 않자 가게 주인이 다시 물었다. "말버러 공장으로 보낼까요?"

"아니요! 그냥 주시오. 내가 들고 갈 테니까." 손턴이 대답했다.

과일바구니는 두 손을 다 써서 들어야 했고 여자들이 쇼핑하는 장소인 밀턴에서 가장 혼잡한 지역을 지나야 했다. 그를 아는 많은 젊은 숙녀들이 고개를 돌려 그를 쳐다봤고 짐꾼이나 심부름꾼이 할 일을 하는 그를 이상하게 여겼다.

손턴은 속으로 생각했다. '내가 하고 싶은 일을 하는 건데 그녀 때문에 위축될 필요 없지. 난 이 과일을 가여운 어머니에게 갖다주고 싶어. 그래야 마땅하고. 그녀는 내가 하고 싶어서 하는 일에 대해 비웃어선 안 돼. 그리고 오만한 여자가 무서워서 내가 좋아하는 사람에게 친절을 베풀지 못한다면 그건 정말 웃기는 일이지! 헤일 씨를 위해 하는 거야. 마거릿과는 아무 상관 없어.'

그는 흔치 않게 빠른 걸음으로 금세 크램프턴에 도착했다. 그리고 계단을 한 번에 두 단씩 올라가 딕슨이 주인에게 그의 방문을 알리기도 전에 응접실로 들어섰다. 그의 얼굴은 상기되고 두 눈은 친절한 열성으로 반짝이고 있었다. 헤일 부인은 열이 나서 몸이 뜨거운 상태로 소파에 누워 있었다. 헤일 씨가 그녀에게 책을 읽어주고 있었고, 마거릿은 어머니 옆에 놓인 낮은 의자에 앉아 바느질을 하고 있었다. 이번 만남에서는 손턴이 아니라 그녀의 심장이 두근거렸다. 하지만 손턴은 그녀를 완전히 무시하고 헤일 씨에게도 거의 관심을 주지 않았다. 과일바구니를 들고 곧장 헤일 부인에게 다가가 건강한 남자가 연약한 병자에게 말할 때 건네는 너무도 감동적인 부드럽고 은은한 목소리로 말했다.

"도널드슨 선생님을 만났는데 부인께 과일이 좋을 거라고 하셔서 실례를, 큰 실례를 무릅쓰고 제 눈에 좋아 보이는 것들로 좀 가져왔습니다." 헤일 부인은 지나치게 놀라고 기뻐하며 열의에 차서 몸을 떨었다. 헤일 씨는 아내보다 짧은 말로 더 깊은 감사를 표했다.

"마거릿, 접시 좀 가져와라. 바구니든 뭐든." 마거릿은 자신이 응접실에 있다는 걸 손턴이 의식하도록 만들까봐 움직이거나 소리를 내는 걸 두려워하며 일어섰다. 손턴과 서로 의식하게 되면 둘 다 너무 어색할 듯했고, 자신이 처음엔 낮은 의자에 앉아 있다가 이제 아버지 뒤에 서 있으니 손턴이 급히 들어오면서 자신을 못 봤을 거라고 생각했다. 손턴은 그녀에게 눈길조차 주지 않으면서도 온통 그녀의 존재만 의식하고 있었건만!

"전 이만 가봐야 합니다. 더 있을 수가 없습니다. 이렇게 불쑥 찾아온 무례함을 용서해주신다면 다음엔 좀더 예의를 갖춰 찾아뵙겠습니다. 마음에 드는 과일이 있으면 다시 가져다드릴 수 있는 기쁨을 누리게 해주시길 바랍니다. 안녕히 계십시오, 선생님. 안녕히 계십시오, 부인."

그는 가버렸다. 마거릿에겐 한마디 말도 없이, 눈길 한 번 주지 않고. 마거릿은 그가 자신을 보지 못했다고 믿었다. 그녀는 말없이 접시를 가져와서 가늘고 섬세한 손가락 끝으로 조심스럽게 과일을 접시에 담았다. 과일을 가져오다니 고마운 일이었다. 어제 그런 일까지 있었는데!

헤일 부인이 힘없는 목소리로 말했다. "오! 정말 달구나! 내 생각을 해주다니 친절하기도 하지! 사랑하는 마거릿, 이 포도 맛 좀 보렴! 정말 고마운 사람 아니니?"

"네!" 마거릿이 조용히 대답했다.

"마거릿! 넌 손턴 씨가 하는 일은 다 못마땅한 모양이구나. 너처럼 편견이 심한 사람은 처음 본다." 헤일 부인이 짜증스럽게 말했다.

헤일 씨가 아내를 위해 복숭아 껍질을 벗기다가 조금 베어먹으며 말했다.

"나 같으면 편견이 있었어도 이런 맛있는 과일을 선물받으면 편견이 싹 사라질 것 같구나. 난 이런 과일은 처음 먹어본다. 그럼! 햄프셔에서도 못 먹어봤어. 소년시절 이후로 말이지. 소년들에겐 과일이면 다 좋거든. 나도 야생에서 나는 자두와 능금을 맛있게 먹었단다. 마거릿, 고향 정원 서쪽 담장 아래 우거져 있던 까치밥나무 덤불 기억나니?"

기억나느냐고? 그 해묵은 돌담에 남겨진 오랜 세월의 흔적들, 지도처럼 퍼진 회색과 노란색 이끼, 깨진 틈새에서 고개를 내민 작은 이질풀을 어찌 잊을 수 있겠는가? 지난 이틀 동안 일어난 사건에 삶이 뿌리째 흔들리는 충격을 받고 강인한 의지로 겨우 버텨내고 있던 마거릿은, 햇살 가득한 옛 시절의 기억을 일깨우는 아버지의 무심한 말에 손에 든 바느질감을 떨어뜨리고는 벌떡 일어나더니 황급히 응접실을 뛰쳐나가 자신의 작은 방으로 갔다. 그리고 목멘 흐느낌을 토해내려는 순간, 딕슨이 서랍장 앞에 서서 무언가를 찾는 걸 보았다.

"에구머니! 아가씨, 깜짝 놀랐잖아요! 마님 상태가 나빠지신 건 아니죠, 네? 무슨 일 있어요?"

"아니, 아무 일 없어요. 그냥 바보같이 군 거예요. 물도 좀 마시고 싶고. 뭐 찾아요? 그 서랍엔 모슬린을 넣어놨는데."

딕슨은 아무 말 없이 계속 서랍을 뒤졌다. 서랍에서 라벤더 향이 나와 방안에 퍼졌다.

이윽고 딕슨이 원하는 걸 찾았는데, 마거릿에게는 그게 뭔지 보이지 않았다. 딕슨이 돌아보며 말했다.

"뭘 찾고 있었는지 지금은 말씀드리고 싶지 않아요. 그러잖아도 힘드신데 그 일을 알면 더 힘드실 테니까요. 오늘밤까지는 말씀 안 드릴 작정이었어요."

"무슨 일이에요? 딕슨, 제발 말해줘요. 지금 당장."

"아가씨가 만나러 다니던 그 처녀요…… 히긴스."

"그런데요?"

"그 처녀가 오늘 아침에 죽었어요. 그 동생이 여기 와 있는데요. 이상한 부탁을 하러 왔더라고요. 죽은 처녀가 아가씨 물건을 같이 묻어달라고 했나봐요. 동생이 아가씨 물건을 달라고 왔고요. 그래서 줘도 아깝지 않을 수면모자를 찾고 있었어요."

"오! 내가 찾아줄게요. 가여운 베시! 다시는 못 보게 될 줄은 몰랐는데." 마거릿이 눈물을 흘리며 말했다.

"이것도 있어요. 그 동생이 아래층에서 기다리고 있는데 죽은 처녀를 보러 갈 건지 아가씨한테 물어봐달래요."

"하지만 베시는 죽었잖아요!" 마거릿이 조금 창백해진 얼굴로 말했다. "난 죽은 사람은 본 적이 없는데. 아니! 안 보는 게 낫겠어요."

"지금 아가씨가 방에 안 들어왔다면 아예 묻지도 않았을 거예요. 아가씨는 안 갈 거라고 이미 그 동생한테 말했어요."

"내가 내려가서 얘기할게요." 마거릿이 말했다. 딕슨의 가혹한 태도에 불쌍한 메리가 상처를 받을까봐 두려웠던 것이다. 그래서 마거릿은 모자를 들고 부엌으로 갔다. 메리는 울어서 얼굴이 부어 있었고 마거릿을 보자 다시 울음을 터뜨렸다.

"오, 아가씨, 언니는 아가씨를 사랑했어요. 정말로 사랑했어요!" 메리는 그 말만 하고는 한참 동안 말을 하지 않았다. 그러다 마침내 마거릿의 동정심에 이끌리고 딕슨의 꾸짖음에 못 이겨 몇 가지 사실을 더 말했다. 니컬러스 히긴스는 그날 아침 여느 때와 다름없는 베시를 홀로 남겨두고 집을 나섰다. 하지만 그로부터 한 시간도 안 되어 베시는 위독해졌고, 이웃 사람이 메리가 일하는 공장으로 달려와 소식을 알려주었다. 그들은 니컬러스를 찾을 수가 없었고, 메리는 베시가 죽기 몇 분 전에야 집에 도착했다.

"아가씨 물건을 같이 묻어달라고 부탁한 건 하루이틀 전이었어요. 언니는 지칠 줄 모르고 아가씨 얘기를 했거든요. 아가씨만큼 예쁜 사람을 본 적이 없다고요. 언니는 아가씨를 정말로 사랑했어요. 마지막 유언도, '아가씨한테 내가 얼마나 사랑하고 존경했는지 모른다고 전해줘. 아버지 술 못 드시게 하고'였고요. 아가씨, 우리 언니를 보러 와줄 거죠. 그럼 언니는 큰 영광으로 생각할 거예요."

마거릿은 잠시 대답하기를 망설였다.

"그래, 어쩌면. 아니, 갈게. 차 마시는 시간 전에 갈게. 메리, 그런데 아버지는 어디 계셔?"

메리는 고개를 젓고는 가려고 일어섰다.

딕슨이 조그만 소리로 말했다. "아가씨, 관에 누운 사람을 보러 가봐야 무슨 소용 있어요? 그 처녀한테 조금이라도 도움이 된다면 저도 안 말려요. 그 처녀가 원한다면 저라도 기꺼이 가겠어요. 서민들은 그게 고인에 대한 예의라고 생각하죠." 그러곤 고개를 홱 돌려 메리를 보며 말했다. "내가 대신 가마. 헤일 양은 바빠서 못 가셔. 시간이 되면 가실 텐데."

메리는 아쉬운 눈길로 마거릿을 바라보았다. 딕슨이 와주는 것도 영광이겠지만 언니가 살아 있을 때 언니와 헤일 양의 각별함에 질투까지 느꼈던 불쌍한 메리에겐 헤일 양이 오는 것과 같을 수 없었다.

"아뇨, 딕슨!" 마거릿이 결연히 말했다. "내가 갈 거예요. 메리, 이따 오후에 만나자." 그러고는 겁나서 결심이 바뀔까봐 얼른 그 자리를 떴다.

3장

슬픔 속의 위안

십자가의 고난 견디고 면류관의 영광 얻으리!
그대 영의 삶이, 무수한 시련이
엄청난 힘으로 괴롭힌다고 해도
기운을 내라! 기운을 내라! 곧 고통스러운 분투 끝나고
그대 마침내 그리스도와 함께 평화의 왕국에 들 것이니.*
—코제가르텐

아, 진실로, 우리 행복할 때는 스스로 강하다고 느껴 하느님을 찾지 않고
슬픔이 찾아오면 영혼이 벙어리가 되어 '하느님'을 부르지 않네.**
—브라우닝 부인

그날 오후 마거릿은 히긴스의 집으로 빠르게 걸어갔다. 메리가 반신반의하는 얼굴로 그녀가 오나 내다보고 있었다. 마거릿은 메리를 안심시키기 위해 메리의 눈을 보면서 미소를 지었다. 그들은 재빨리 거실을 지나 이층으로 올라가 고인이 조용히 누워 있는 방으로 들어갔다. 마거릿은 오길 잘했다는 생각이 들었다. 살아 있을 땐 고통에 지치고 어지러운 번민에 불안해 보이던 베시의 얼굴에 이제 영원한 안식의 부드러운 미소가 깃들어 있었던 것이다. 마거릿의 눈에 눈물이 천천히 고였지

* 독일 신학자이자 시인 루트비히 고트하르트 코제가르텐의 시 「십자가의 길, 빛의 길」.
** 엘리자베스 배럿 브라우닝의 「갈색 묵주 담시」.

만 그녀의 영혼에는 깊은 평온이 찾아들었다. 그게 죽음이었다! 죽음이 삶보다 더 평화로워 보였다. 성경 속의 온갖 아름다운 구절들이 떠올랐다. '그들이 수고를 그치고 쉬리니'* '거기서는 피곤한 자가 쉼을 얻으며'** '여호와께서 그의 사랑하시는 자에게는 잠을 주시는도다'.***

마거릿은 천천히, 아주 천천히 고인의 침대에서 돌아섰다. 메리가 공손히 뒤에 서서 흐느끼고 있었다. 그들은 말없이 아래층으로 내려갔다.

니컬러스 히긴스가 거실 한가운데에서 테이블에 한 손을 얹고 서 있었다. 그의 커다란 눈은 집으로 돌아오는 길에 무수한 혀들이 분주히 전한 소식에 놀라 휘둥그레져 있었다. 그는 메마르고 험악한 눈으로 딸의 죽음이라는 현실을 들여다보고 딸이 영원히 떠나갔음을 자신에게 납득시키고 있었다. 그동안 딸이 너무 오래 아파서 그는 딸이 죽지 않을 거라고, 병을 '이겨낼' 거라고 확신하고 있었던 것이다.

마거릿은 그곳에 남아 딸의 죽음을 방금 알게 된 아버지 곁을 지킬 필요는 없다고 생각했다. 그녀는 처음 니컬러스를 보았을 때 가파르고 굽은 계단에서 잠시 멈췄으나, 가족을 잃은 침통함 속에 그를 혼자 두고 갈 요량으로 그의 멍한 시선을 피해 몰래 지나치려고 했다.

메리가 제일 가까운 의자에 털썩 앉더니 앞치마를 머리에 뒤집어쓰고 울기 시작했다.

니컬러스는 그 소리에 정신이 든 모양이었다. 갑자기 마거릿의 팔을 잡더니 말이 나올 때까지 그대로 잡고 있었다. 목구멍이 바싹 말랐는지

---

* 「요한계시록」 14장 13절.

** 「욥기」 3장 17절.

*** 「시편」 127편 2절.

꽉 잠긴 거친 목소리가 나왔다.

"베시와 함께 있었소? 그 아이가 죽는 걸 봤소?"

"아뇨!" 니컬러스가 자신을 알아보았다는 걸 깨달은 마거릿은 그렇게 대답하고는 극도의 인내심을 발휘하며 꼼짝 않고 서 있었다. 니컬러스는 한참 후에야 다시 입을 열었는데 여전히 그녀의 팔을 잡고 있었다.

"사람은 누구나 죽기 마련이지." 묘하게 엄숙한 목소리였다. 그제야 마거릿은 그가 술을 마신 게 아닐까 하는 생각이 들었다. 그래서인지 완전히 취하진 않았어도 정신이 좀 없어 보였다. "하지만 그 아이는 나보다 젊어." 그는 아직 딸의 죽음에 대해 곰곰이 생각하고 있었고, 마거릿을 보고 있진 않았지만 여전히 그녀의 팔을 꽉 잡고 있었다. 그러다 갑자기 시선을 들어 격하게 취조하는 듯한 눈빛으로 쳐다봤다. "베시가 죽은 게 확실하오? 기절하거나 정신을 잃은 게 아니라? 베시는 자주 기절하곤 했는데."

"죽었어요." 마거릿이 대답했다. 니컬러스가 팔을 아프게 잡고 있는 데다 어리석은 망상에 젖은 그의 눈이 이글거렸지만, 마거릿은 그와 이야기하는 게 두렵지 않았다.

"베시는 죽었어요!" 그녀가 말했다.

니컬러스는 여전히 취조하는 듯한 눈빛으로 쳐다봤지만, 그 눈빛은 점점 약해져갔다. 그가 갑자기 마거릿의 팔을 놓고 테이블에 엎드려 울기 시작했다. 그의 격렬한 흐느낌에 테이블과 그곳의 모든 가구가 흔들렸다. 메리가 떨면서 아버지에게 다가갔다.

"저리 가! 저리 가라고! 네까짓 게 무슨 소용이야?" 니컬러스가 메리에게 팔을 마구 휘두르며 외쳤다. 마거릿은 메리의 손을 가만히 잡아주었다. 니컬러스는 자기 머리칼을 쥐어뜯고 단단한 나무에 머리를 박아대다가 지쳐서는 멍하니 누워 있었다. 그래도 메리와 마거릿은 움직이지 못했다. 메리는 머리부터 발끝까지 온몸을 떨고 있었다.

이윽고(십오 분쯤 지났을 수도, 한 시간이 지났을 수도 있었다) 니컬러스가 일어났다. 눈이 잔뜩 붓고 눈알에 핏발이 서 있었다. 옆에 누가 있다는 걸 까맣게 잊고 있었는지 마거릿과 메리가 지켜보는 모습을 발견하자 얼굴을 찌푸렸다. 그는 몸을 부르르 떨고는 침울한 눈빛으로 마거릿과 메리를 한번 더 보더니 아무 말 없이 문으로 향했다.

"오, 아버지, 아버지!" 메리가 몸을 던져 아버지 팔에 매달리며 말했다. "오늘밤은 안 돼요! 다른 날은 몰라도 오늘밤은요. 오, 도와줘요! 아버지가 또 술 마시러 나가요! 아버지, 못 보내드려요. 때리셔도 못 보내드려요. 언니가 마지막으로 한 말이 아버지 술 못 마시게 하라는 거였단 말이에요!"

마거릿은 문 앞에 말없이, 그러나 위엄 있게 버티고 섰다. 니컬러스가 도전적인 표정으로 그녀를 올려다보았다.

"여긴 내 집이오. 비켜요, 안 그러면 내가 강제로 비키게 만들 테니까!" 완력으로 메리를 뿌리친 니컬러스는 마거릿을 때리기라도 할 기세였다. 하지만 그녀는 꼼짝 않고 서서 심오하고 진지한 눈빛으로 그를 응시했다. 니컬러스도 침울하고 사나운 눈빛으로 그녀를 노려보았다. 마거릿이 조금이라도 움직였다면 니컬러스는 방금 딸을 뿌리쳐서 의자에 부딪혀 얼굴에서 피가 나게 만든 것보다 더 거칠게 그녀를 밀쳐냈을 것이다.

"왜 그런 눈으로 쳐다보는 거요?" 이윽고 니컬러스가 그녀의 흔들림 없는 차분함에 기가 죽어서 물었다. "베시가 댁을 좋아했다고 해서 댁이 내 집에서, 나는 초대한 적도 없는 내 집에서 내가 하고 싶은 걸 못하게 막을 수 있다고 생각한다면, 그건 착각이오. 남자가 유일하게 위로받을 수 있는 곳에 갈 수 없다는 건 너무 가혹한 일이라고."

마거릿은 자신의 힘을 그가 인정했음을 느낄 수 있었다. 그럼 다음엔 어떻게 해야 할까? 니컬러스는 반쯤은 포기하고 반쯤은 분노가 남은 상태로 문 근처 의자에 앉아 있었다. 그녀가 비켜주는 즉시 밖으로 나갈 요량이면서도, 불과 오 분 전에 그녀를 위협했던 것과는 달리 폭력을 쓸 의도는 없는 듯했다. 마거릿은 살며시 그의 팔에 자기 손을 얹었다.

"저랑 같이 가요, 베시를 보러!" 그녀가 말했다.

그녀의 목소리는 매우 낮고 엄숙했지만 거기엔 니컬러스에 대한, 그리고 그가 자신의 말에 따라주리라는 것에 대한 의심이나 두려움이 없었다. 니컬러스가 침울하게 일어섰다. 그는 여전히 결심하지 못한 얼굴로 서 있었다. 마거릿은 그가 움직일 때까지 잠자코 기다려주었다. 니컬러스는 그녀를 기다리게 하는 데서 묘한 쾌감을 느꼈지만 마침내 계단을 향해 움직이기 시작했다.

두 사람은 시신 앞에 나란히 섰다.

"베시가 메리에게 마지막으로 남긴 말이, '아버지 술 못 드시게 해'였어요."

그러자 니컬러스가 웅얼거렸다. "이제 그것도 이 아이 마음을 아프게 할 수 없어. 이제 아무것도 이 아이 마음을 아프게 할 수 없다고." 그의 목소리가 울부짖음으로 변했다. "우리가 싸우고 헤어지든, 화해하고 친구가 되든, 굶어서 뼈와 가죽만 남든, 이 아이는 이제 우리 슬픔을 알 수가 없어. 슬픔은 원없이 겪었던 아이요. 힘들게 일만 하다가 결국 병에 걸렸으니, 개 같은 삶이었지. 평생 즐거움이라곤 알지도 못하고 살다가 죽었어! 아가씨, 베시가 뭐라고 했건 이젠 아무것도 알 수가 없단 말요. 그러니 술 한잔하고 슬픔을 달래야겠소."

마거릿은 그의 누그러진 태도에 맞춰 부드럽게 말했다. "아뇨, 그러시면 안 돼요. 베시가 그런 삶을 살았다고 해도 죽음을 두려워하진 않았어요. 오, 베시가 앞으로 올 삶, 하느님 안에 감추어진 삶에 대해 얘기하는 걸 히긴스 씨도 들으셨어야 했는데. 베시는 그 삶으로 간 거예요."

니컬러스는 고개를 저으며 곁눈질로 마거릿을 보았다. 그의 창백하고 초췌한 얼굴이 마거릿의 가슴을 아프게 했다.

"몹시 지치신 것 같네요. 온종일 어디 계셨어요? 일은 안 하셨고요?"

"아무렴, 일은 안 했지." 니컬러스가 짤막하고 엄숙한 웃음을 터뜨리며 말했다. "사람들이 일이라고 부르는 건 안 했고말고. 위원회에서 진저리가 날 때까지 멍청이들을 설득하고 있었으니까. 아침 일곱시도 되기 전에 바우처 마누라한테 불려가고. 그 여자는 몸져누운 상태였지만 자기 남편 어디 있느냐고 울고불고 난리를 치더군요. 내가 그 멍청하고 짐승 같은 인간을 지키기라도 해야 한다는 양, 그 인간이 내 말을 듣기라도 하는 것처럼. 그 빌어먹을 바보놈이 우리 계획을 다 망쳐놨는데! 그다음엔 숨어 있는 사람들을 만나려고 발이 부르트도록 돌아다녔소. 우리 파업이 불법이 돼버려서 다들 숨어 있어야 하거든. 난 가슴이 아팠고, 그게 발 아픈 것보다 더 힘들었소. 그럴 때 술 한잔 사겠다는 친구를 만나면 집에 죽어가는 딸이 있는 걸 알 수가 없다오. 베시, 넌 나를 믿지, 그렇지…… 나를 믿지?" 그는 말없이 누워 있는 불쌍한 시신을 향해 간절히 호소했다.

마거릿이 말했다. "그래요. 분명 모르셨을 거예요. 너무 갑작스럽게 일어난 일이었으니까요. 하지만 지금은 달라요. 이제 아시잖아요. 베시가 여기 누워 있는 걸 보고 계시잖아요. 베시가 마지막으로 숨을 거두며 한 말을 들으셨고요. 안 가실 거죠?"

대답이 없었다. 사실 그가 어디서 위안을 얻을 수 있겠는가?

"우리집에 가요." 마거릿이 마침내 과감하게 말했다. 하지만 그런 제안을 하면서도 속으로 떨고 있었다. "거기 가면 마음의 위안을 주는 음식을 먹을 수 있으니까요. 히긴스 씨에겐 그런 음식이 필요해요."

"아버님이 목사님이라고요?" 니컬러스가 갑자기 생각을 바꾸며 물었다.

"예전에는요." 마거릿이 짤막하게 대꾸했다.

"초대받았으니 가서 아버님과 차나 한잔하겠소. 그러잖아도 목사님께 하고 싶은 말이 많았는데. 지금 설교를 하는지 안 하는지는 상관없소."

마거릿은 당혹스러웠다. 아버지는 손님을 맞이할 준비를 전혀 하지 못했고 어머니는 병이 깊은데 니컬러스와 아버지가 차를 마신다니 말도 안 되는 일 같았던 것이다. 하지만 이제 와서 뒤로 빼면 애초에 초대를 안 한 것만 못할 테고 니컬러스는 분명 술집으로 달려갈 터였다. 그녀는 니컬러스를 자신의 집으로 데려가기만 해도 아주 커다란 성과이니 그다음 일은 운에 맡기기로 했다.

"잘 가라, 내 딸아! 결국 이렇게 이별하는구나, 이렇게! 넌 태어나는 그 순간부터 이 아비에게 축복이었다. 네 하얀 입술에 축복이 있기를! 이제 그 입술에 미소가 어려 있구나! 네 미소를 다시 볼 수 있어서 기쁘단다. 이제 난 영원히 외롭고 쓸쓸하겠지만."

니컬러스는 몸을 숙여 딸에게 다정하게 키스하고 딸의 얼굴을 덮어 준 후 마거릿을 따라가려고 돌아섰다. 마거릿은 먼저 황급히 아래층으로 내려가 메리에게 니컬러스를 자신의 집에 초대했다고 얘기하고 그가 술집에 가는 걸 막을 방법이 그것뿐이었다고 말하고 나서 메리도 함께 가자고 청했다. 그 불쌍하고 다정한 소녀를 혼자 두고 갈 생각을 하니 가슴이 아팠던 것이다. 그러나 메리는 동네에 친구들이 있다고 했다. 그 친구들이 와서 함께 있어줄 거라고, 그러니까 괜찮다고, 하지만 아버지는……

니컬러스가 내려와서 메리는 더이상 말을 잇지 못했다. 이제 감정을 떨쳐낸 니컬러스는 감정의 늪에 빠져 허우적거렸던 게 부끄럽기라도 한 듯 지나치게 자신을 억누르고 가시나무가 불에 타는 소리 같은 쓰디쓴 웃음소리를 냈다.

"아가씨 아버지와 차 한잔 마셔야겠소!"

하지만 거리로 나서자 그는 모자를 눈썹까지 푹 눌러쓰고 오른쪽도 왼쪽도 돌아보지 않고 마거릿 옆에서 터벅터벅 걸었다. 그를 동정하는 이웃 사람들의 말이나 얼굴을 접하면 감정이 격해질까봐 두려운 모양이었다. 그래서 두 사람은 말없이 걸었다.

니컬러스는 마거릿이 사는 거리에 가까워지자 자신의 옷과 손, 신발을 살펴보았다.

"먼저 씻고 올 걸 그랬소."

그랬으면 좋았겠지만 마거릿은 집 마당으로 들어가면 비누와 수건을 주겠다고 안심시켰다. 여기서 그를 놓칠 수는 없었다.

니컬러스가 하인을 따라 더러운 발자국을 숨기기 위해 부엌 바닥의 검은 무늬 부분만 밟으며 서재로 가는 동안 마거릿은 위층으로 달려올라갔다. 그러다 계단참에서 딕슨을 만났다.

"어머니는 어떠세요? 아버지는 어디 계시고요?"

마님은 피곤해서 마님 방으로 들어가셨다고, 침대에 눕고 싶어하셨지만 침대에 너무 오래 누워 계시면 잠을 못 주무실 것 같아서 소파에 누우시게 하고 그리로 차를 가져다드리겠다고 했다고 딕슨이 말했다.

거기까진 좋았다. 딕슨이 헤일 씨는 응접실에 계신다고 했다. 급히 전해야 할 이야기가 있다보니 마거릿은 숨가쁘게 응접실로 달려갔다. 그러다보니 이야기를 제대로 전달하지 못했고, 그녀의 아버지는 술 취한 방직공이 자신의 조용한 서재에서 차를 마시려고 자신을 기다리고 있으며 딸이 그 방직공을 위해 간절히 애원하고 있다는 사실에 '기겁했다'. 온화하고 친절한 헤일 씨는 슬픔에 빠진 니컬러스를 기꺼이 위로해줄 사람이었지만, 불행히도 마거릿이 니컬러스가 술을 마셨고 그가 술집에 못 가도록 막기 위한 최후의 방책으로 그를 집에 데려오게 되었다는 사실을 가장 강조해서 말했던 것이다. 마거릿은 대수롭지 않게 생각하고 한 말이라, 아버지의 얼굴에 반감이 어리는 걸 보기 전까지 자신이 무슨 짓을 저질렀는지 알지도 못했다.

"오, 아버지! 아버지가 싫어할 만한 사람은 아니에요. 처음부터 충격을 받으시지만 않는다면요."

"하지만 마거릿, 술 취한 사람을 집에 데려오다니…… 네 어머니도 저렇게 아픈데!"

마거릿은 침통한 표정이 되었다. "아버지, 죄송해요. 그 사람은 아주 조용해요. 술에 취하지도 않았고요. 처음에야 좀 이상했지만, 그건 불쌍한 베시의 죽음이 준 충격 때문이었을 수도 있어요." 마거릿의 눈에 눈물이 가득 고였다. 헤일 씨는 애원하는 딸의 사랑스러운 얼굴을 두 손으로 감싸쥐고 이마에 키스했다.

"괜찮다. 내가 가서 그 사람을 위로해주마. 넌 어머니 시중을 들어라. 너도 서재로 와서 함께 있어준다면 더 좋고."

"오, 그럴게요. 감사해요." 하지만 마거릿은 아버지가 응접실을 나서자 얼른 쫓아가서 말했다.

"아버지, 그 사람이 하는 말에 너무 놀라지 마세요. 그 사람은…… 우리처럼 신앙을 가진 사람이 아니거든요."

'맙소사! 술 취한 방직공에 신앙심까지 없다니!' 헤일 씨가 당혹스러워서 속으로 중얼거렸다. 그래도 마거릿에겐 이렇게만 말했다. "어머니가 잠들면 곧장 서재로 오거라."

마거릿은 어머니 침실로 들어갔다. 헤일 부인은 졸고 있다가 일어나 앉았다.

"마거릿, 프레더릭한테 편지 언제 썼지? 어젠가, 그젠가?"

"어제요, 어머니."

"어제구나. 편지는 간 거니?"

"네. 제가 직접 부쳤어요."

"오, 마거릿, 프레더릭이 오는 게 너무 두렵구나! 발각되면 어쩌지?

잡히기라도 하면! 그동안 멀리 피해서 안전하게 살아왔는데, 여기 왔다가 잡혀서 처형이라도 당하면! 잠만 들면 네 오빠가 잡혀서 재판받는 꿈을 꿔."

"오, 어머니, 걱정 마세요. 물론 위험이야 따르겠지만 최대한 위험을 줄이면 돼요. 별로 위험한 일도 아니고요! 여기가 헬스톤이라면 위험이 스무 배, 아니 백 배쯤 컸을 거예요. 거기 사람들은 다 오빠를 기억하고, 집에 낯선 사람이 있다는 게 알려지면 분명 오빠일 거라고 생각할 테니까요. 하지만 여기 사람들은 우리에 대해 잘 모르고 관심도 없으니까 안심해도 돼요. 오빠가 여기 있는 동안 딕슨이 용처럼 문을 지킬 거고요. 그럴 거죠, 딕슨?"

"보통 영리하지 않고는 문을 통과 못할 거예요!" 딕슨이 그 생각만으로도 이를 드러내며 말했다.

"도련님은 어두울 때 말고는 밖에 나갈 필요가 없을 거고요, 불쌍한 도련님!"

"불쌍한 것! 차라리 편지를 쓰지 말 걸 그랬다는 생각이 들 정도야. 마거릿, 오지 말라는 편지를 써 보내기엔 너무 늦었을까?" 헤일 부인이 말했다.

"그런 것 같아요, 어머니." 마거릿은 오빠에게 보내는 편지에서 어머니가 살아 계실 때 만나고 싶으면 당장 와달라고 급박하게 애원했던 걸 떠올리며 대답했다.

"그래서 난 무슨 일이든 서두르는 걸 좋아하지 않는다니까." 헤일 부인이 말했다.

마거릿은 침묵을 지켰다.

딕슨이 쾌활하면서도 권위적인 태도로 달랬다. "아유, 마님, 프레더릭 도련님을 만나는 게 제일 큰 소원이시잖아요. 전 마거릿 아가씨가 미적거리지 않고 후딱 편지를 써 보내서 다행이라고 여기는걸요. 제가 편지를 보낼까 하는 생각도 많이 했고요. 도련님은 여기서 안전하게 숨을 수 있으니 걱정 마세요. 위기에 처한 도련님을 구하기 위해 발 벗고 나서지 않을 사람은 이 집에서 마사뿐인데, 마사는 그때 어머니에게 다녀오라고 휴가를 주면 돼요. 마사가 여기 들어온 후로 마사 어머니가 뇌졸중으로 쓰러져서, 집에 가보고 싶단 말을 한두 번 비쳤거든요. 도련님이 언제 오시는지 알게 되면 마사를 집에 보낼 생각이에요. 도련님께 하느님의 은총이 있기를! 마님, 그러니까 편안히 차를 드시고 저만 믿으세요."

헤일 부인은 마거릿보다 딕슨을 더 믿었고, 딕슨의 말에 진정이 되었다. 마거릿은 조용히 차를 따르며 기분좋은 말을 생각해내려고 애썼다. 그러나 달에 사는 사람이 대니얼 오루크*에게 낫을 놓으라고 했을 때 대니얼 오루크가 '당신이 낫을 놓으라고 명령할수록 더 꽉 잡고 있겠다'고 대답했듯이, 그녀가 프레더릭에게 닥칠 수도 있는 위험에 관한 생각이 아닌 다른 생각을 하려고 애쓸수록 그녀의 상상은 그 불행한 생각에 더 끈덕지게 매달렸다. 그녀의 어머니는 딕슨과 수다를 떨고 있었다. 프레더릭이 재판을 받고 처형될 수도 있다는 사실, 비록 행동을 취

---

* 아일랜드 전설 속 인물. 그는 술에 취해 집으로 돌아가다가 늪에 빠진다. 독수리가 다가와 그를 태워주며 늪에서 꺼내주지만, 독수리는 그를 달에 내려놓고 가버리고, 대니얼은 둥근 달에서 떨어지지 않으려고 달에 박힌 낫을 붙들고 버틴다. 달에서 한 사람이 나타나 당신은 달에서 떠나야 하니 낫을 놓으라고 얘기하지만, 대니얼은 절대 놓지 않겠다고 얘기한다.

한 건 마거릿이었지만 자신의 간절한 소망 때문에 아들이 위험에 처할 수도 있다는 사실을 까맣게 잊은 모양이었다. 그녀의 어머니는 폭죽이 불꽃을 내뿜듯 모든 끔찍하고 불행한 가능성을 떨쳐버릴 수 있는 사람이었다. 하지만 그 불꽃은 가연성 물질에 떨어지면 처음엔 연기만 피우다가도 마침내 무시무시한 불길로 커지곤 한다. 마거릿은 온화하고 조심스럽게 자식의 의무를 다하고 서재로 내려갈 수 있게 되자 무척 기뻤다. 아버지와 니컬러스 히긴스가 어떻게 되었는지 궁금했던 것이다.

우선, 점잖고 친절하며 소박한 구식 신사인 헤일 씨는 고상하고 정중한 태도로 니컬러스 히긴스에게 잠재된 예의를 무의식적으로 끌어냈다.

헤일 씨는 모든 사람을 똑같이 대했으며 계급에 따라 차별하는 일은 생각지도 못했다. 그는 니컬러스에게 의자를 권하고 니컬러스가 앉을 때까지 서서 기다렸다. 그리고 '술에 취한 신앙심 없는 방직공'에게 익숙한 '니컬러스'나 '히긴스'라는 호칭을 쓰지 않고 꼬박꼬박 '히긴스 씨'라고 불렀다. 사실 니컬러스는 상습적인 술주정뱅이도, 철저한 무신론자도 아니었다. 그는 자신의 표현을 빌리자면 울적한 기분을 달래기 위해 술을 마셨고, 아직 온 마음을 다해 믿을 대상을 찾지 못해서 신앙을 갖지 않은 것이었다.

마거릿은 아버지와 니컬러스가 진지한 대화를 나누는 모습을 보자 좀 놀라우면서도 무척 기뻤다. 그들은 의견이 맞지 않아도 온화하고 정중하게 이야기하고 있었다. 자기 집에서 거칠고 당당하게 굴던 니컬러스만 보았던 마거릿에게, 깨끗하고 단정한 모습으로(펌프 물에 대충 씻었을망정) 조용히 이야기하는 그는 딴사람 같았다. 그는 머리에 깨끗한 물을 발라 '매끈하게' 넘기고, 목에 맨 손수건을 단정히 매만지고, 쓰다 남은 양초 꽁다리를 빌려 나막신에 윤을 내고서 거기 앉아, 그녀의 아버지에게 다크셔 사투리가 강하긴 하지만 절제된 목소리와 진지하고 차분한 얼굴로 자신의 의견을 주장하고 있었다. 그녀의 아버지도 그의 말을 열심히 경청하고 있었다. 마거릿이 들어가자 그녀의 아버지는 고개를 돌려 그녀를 보고 미소를 보내며 조용히 딸에게 자신의 의자를 내준 다음 최대한 빨리 다른 의자에 앉으면서 손님에게 방해해서 미안하다는 뜻으로 살짝 고개를 숙여 보였다. 니컬러스 히긴스는 환영의 뜻으로 마거릿에게 고개를 끄덕였다. 마거릿은 살며시 테이블 위의 바느질감을 정리하고 두 사람의 대화를 들을 준비를 했다.

"제가 항상 하는 말이지만, 헤일 씨도 여기서 살았다면…… 여기서 자랐다면 믿음이 크지 않았을 겁니다. 제 말이 잘못됐다면 죄송합니다만, 지금 제가 말하는 믿음이란 우리가 본 적도 없는 사람들이 우리가 본 적도 없는 것들과 삶에 대해서 한 말과 격언, 약속들에 대해 생각하는 겁니다. 헤일 씨는 그것들이 진실이라고, 진실한 말이고 진실한 삶이라고 말씀하십니다. 제가 하고 싶은 말은, 그 증거가 어디 있느냐는 겁니다. 제 주위엔 저보다 현명하고 많이 배운 사람들이 수두룩합니다. 저야 벌어먹고 사느라 생각이란 걸 할 시간이 없지만, 그런 것에 대해 생각할 시간이 많은 사람들요. 저는 그 사람들을 봅니다. 그들의 삶은 제게 활짝 열려 있거든요. 그들은 진짜 사람들이지요. 그런데 그들은 성경을 안 믿어요, 안 믿는다고요. 형식상 믿는다고 말은 해도 그 사람들이 아침에 일어나서 제일 먼저 하는 말이 '영생을 얻기 위해 무엇을 해야 하지?'일까요, 아니면 '이 축복받은 날에 지갑을 채우기 위해 무엇을 해야 하지? 어디로 가야 하지? 어떤 흥정을 해야 하지?'일까요? 지갑과 금과 수표는 진짜입니다. 느끼고 만질 수 있는 거요. 그것들은 현실이에요. 영생은 말뿐인 거고요. 아주 그럴싸한 말. 실례되는 말씀입니다만, 헤일 씨께선 목사직을 잃으신 걸로 아는데요. 좋습니다! 저는 저와 같은 처지에 있는 사람에 대해서는 절대로 무례한 말을 안 합니다. 그렇지만 한 가지만 더 여쭙겠습니다. 대답하실 필요는 없고, 보이는 것만 믿는 우리를 바보멍청이라고 비난하기 전에 한번 생각해보셨으면 좋겠습니다. 구원이나 내생 같은 게 진짜라면, 사람들 말 속에 있는 게 아니라 심장 한가운데 있는 거라면요, 그들은 우리 귀에 딱지가 앉도록 그것에 대해 떠들지 않을까요? 경제에 대해 떠들듯이요. 우리에게 구원의 메시지를 전하고 싶어 안달하는 사람들은 많지만, 만일 그게 진실이라면 우리를 전도하기 더 쉬울 겁니다."

"하지만 공장주들은 노동자들의 종교와는 아무 관계도 없어요. 그들은 오직 사업에서만 노동자들과 연관되어 있죠. 그것이 그 사람들이 생각하는 거예요. 그래서 사업에 관한 노동자들의 의견을 바로잡는 것에만 관심을 갖고 있고요."

니컬러스가 기묘하게 눈을 찡긋하며 말했다. "'그것이 그 사람들이 생각하는 거'라고 말씀해주시니 기쁩니다. 안 그러셨다면 전 헤일 씨를 위선자라고 생각했을 겁니다. 헤일 씨가 목사라고 해도요. 아니, 목사라 더욱더요. 만일 종교가 진실이라면 말입니다만, 헤일 씨가 종교에 대해 모든 사람의 주목을 끌려고 모든 사람에게 관심 갖는 것이 아니라고 말했다면, 저는 헤일 씨를 목사 자격이 없는 악당이라고 생각했을 겁니다. 악당보다는 바보에 가깝다고 생각했을 거고요. 언짢게 받아들이지 않으셨으면 좋겠습니다."

"전혀요. 히긴스 씨는 나를 오해하고 있고, 나는 히긴스 씨를 훨씬 더 심각하게 오해하고 있어요. 나는 히긴스 씨를 하루 만에, 단 한 번의 대화로 설득할 수 있으리라고 기대하진 않아요. 하지만 서로에 대해 알아가고 이런 문제에 대해 자유롭게 대화를 나누다보면 결국 진실이 승리를 거두겠지요. 내가 그걸 믿지 않는다면 하느님을 믿을 수 없을 겁니다. 히긴스 씨, 당신이 다른 무엇을 포기했든 당신은 믿고 있습니다." 헤일 씨의 목소리가 경의를 담아 낮게 깔렸다. "당신은 하느님을 믿고 있어요."

니컬러스 히긴스가 갑자기 꼿꼿한 자세로 벌떡 일어났다. 마거릿은 그의 얼굴을 보고는 그가 발작을 일으킬 것 같아서 황급히 따라 일어났다. 헤일 씨가 당황한 눈빛으로 그녀를 보았다. 이윽고 니컬러스가 말문을 열었다.

"이보시오! 나를 유혹하려 들다니 당신을 바닥에 쓰러뜨릴 수도 있소. 당신이 뭔데 당신의 의심들로 나를 시험하려는 거요? 내 딸이 어떻게 살다가 죽었는데 지금 나한테 유일하게 남은 위안을 의심하는 거냐고요? 신은 존재하고 신이 내 딸의 운명을 정했다는 게 내 유일한 위안인데. 나는 그 아이가 다시 살 거라고는 믿지 않아요." 니컬러스는 다시 앉으며 공감할 줄 모르는 불에 대고 이야기하듯 쓸쓸히 말을 이어갔다. "나는 이 생 말고 다른 생은 믿지 않습니다. 내 딸이 평생 고생만 하며 살았던 이 생만 믿어요. 그 모든 것이 다 운이라고, 바람 한줄기에 바뀔 수 있는 거라고 생각하고 싶지도 않고요. 신을 믿지 않는다고 생각할 때도 많았지만, 다른 사람들처럼 그걸 말로 내뱉은 적은 없습니다.

과감하게 그런 말을 하는 사람들에게 웃어주면서도 만일 하느님이 진짜로 있어서 저 말을 들었으면 어쩌나 싶어 주위를 두리번거렸지요. 하지만 오늘은 너무 쓸쓸해서 당신 말을, 당신의 질문들과 의심들을 듣고 싶지 않습니다. 이 어지러운 세상에서 조용하고 변함없는 건 단 하나뿐이고, 이유가 있든 없든 난 거기 매달릴 겁니다. 행복한 사람들이야 뭐가 문제겠습니까만……"

마거릿이 그의 팔을 살며시 어루만졌다. 그녀는 지금까지 아무 말도 하지 않았고, 니컬러스는 그녀가 일어나는 소리도 듣지 못했다.

"니컬러스, 우리는 따지고 싶은 생각은 없어요. 당신이 우리 아버지를 오해한 거예요. 우리는 따지지 않고…… 믿어요. 그건 당신도 마찬가지고요. 이런 시기엔 그것만이 유일한 위안이 되죠."

니컬러스는 몸을 돌려 그녀의 손을 잡았다. "아아! 그렇소, 그래요." 그는 손등으로 눈물을 훔치며 말했다. "하지만 알다시피 베시는 죽어서 집에 누워 있고, 난 슬퍼서 정신을 차릴 수가 없군요. 그래서 지금 무슨 말을 하는지도 모르고 지껄여대고 있소. 다른 사람들이 했던 멋지고 똑똑한 말들이 지금 비탄에 빠져 있는 내 입에서 나도 모르게 튀어나오는 거지. 파업도 실패로 돌아갔고. 아가씨, 그건 몰랐나요? 난 거지처럼 베시에게 위안을 구걸하려고 집으로 돌아가고 있었소. 그런데 베시가 죽었다는…… 죽어버렸다는 말을 들었고, 무너지고 만 거요. 그게 다요. 하지만 나한테는 그걸로 충분했지."

헤일 씨는 코를 풀고는 감정을 숨기기 위해 일어나서 촛불을 껐다. 그가 질책어린 목소리로 웅얼거렸다. "마거릿, 저 사람은 신앙이 없는 게 아니다. 어떻게 그런 말을 할 수가 있었니? 저 사람에게 「욥기」

14장*을 읽어줘야겠다."

"아버지, 아직은 아니에요. 어쩌면 그럴 필요가 전혀 없을지도 모르고요. 니컬러스에게 파업에 대해 묻는 게 좋겠어요. 죽은 베시에게 얻고 싶어했던 위안을 우리가 주자고요."

그래서 그들은 파업에 대해 질문하고 들었다. 노동자들의 계산도 (너무 많은 공장주들이 그랬던 것처럼) 잘못된 전제에 기반을 두었다. 그들은 인간이 기계처럼 예측 가능한 힘을 지녔다고 여겼고, 바우처와 폭도의 경우처럼 감정이 이성을 이길 수도 있다는 점을 감안하지 않았다. 그리고 그들의 상처를 보여주면 멀리 사는 사람들도 마치 자신이 상처를 입은 것처럼(허상으로든 실제로든) 공감해주리라 믿었다. 그래서 가난한 아일랜드인들이 그들의 자리를 채우기 위해 팔려온 일에 놀라고 분노했다. 하지만 그 분노는 '그 아일랜드 놈들'에 대한 경멸과 아일랜드인들이 일을 엉망으로 해서 공장주들이 그들의 무지와 우둔함에 당혹스러워하리라는 생각에 대한 기대로 어느 정도 수그러들었다. 아일랜드 노동자들과 관련해 이상하게 과장된 이야기들이 이미 밀턴 전역으로 퍼지고 있었다. 그런데 밀턴 노동자 자신들이 가장 잔혹한 상처를 남기고 말았다. 일부 노동자들이 무슨 일이 있어도 평화를 유지하라는 노조의 명령에 불복해서, 노조 진영에 분열을 초래하고 법을 그들의 반대편에 서게 만들었던 것이다.

"그래서 파업이 끝난 거군요." 마거릿이 말했다.

"그렇소, 아가씨. 우선 사람이 살고 봐야 하니까. 내일 일하고 싶다고

---

* 삶의 덧없음과 고통, 영생의 약속에 대한 내용.

찾아오는 사람들을 다 받으려면 공장 문을 모조리 활짝 열어야 할 거요. 자기들은 이번 파업과 아무 상관이 없다는 걸 보여주려고 우르르 몰려가겠지. 파업이 제대로 됐으면 임금을 지난 십 년간 올려본 적이 없는 만큼 많이 올릴 수 있었을 텐데."

"당신도 일할 수 있겠죠, 그렇죠? 일을 잘하기로 소문나 있잖아요, 안 그런가요?" 마거릿이 물었다.

"햄퍼는 자기 오른손이 잘리지 않는 한 나한테 일을 절대 안 줄 거요." 니컬러스가 조용히 대답했다. 마거릿은 슬퍼하며 침묵에 빠졌다.

"임금 문제는, 이런 말이 기분 나쁘게 들릴 수도 있겠지만, 노동자들이 딱한 실수를 저지른 것 같아요. 내가 가진 책에 있는 내용을 읽어주고 싶군요." 헤일 씨는 그렇게 말하며 일어나서 책꽂이로 갔다.

"그러실 필요 없습니다. 책은 읽어주셔봤자 한 귀로 듣고 한 귀로 흘려버리니까요. 이해도 못하고요. 햄퍼와 사이가 틀어지기 전에, 제가 임금 인상을 요구하자고 노동자들을 선동한다고 작업감독이 햄퍼한테 일러바쳐서 어느 날 햄퍼가 저를 마당으로 불러냈지요. 햄퍼가 얇은 책을 한 권 들고 말했어요. '히긴스, 노동자들이 요구만 하면 임금을 올릴 수 있고 노동자 마음대로 그 임금을 유지할 수 있다고 생각하는 염병할 바보들이 있는데, 자네도 그중 하나라고 들었네. 자, 지금부터 내가 자네한테 기회를 주고 자네가 지각이란 걸 가진 사람인지 보겠네. 이건 내 친구가 쓴 책인데, 이 책을 읽어보면 임금이 공장주나 노동자와는 상관없이 어떻게 스스로 정해지는지 알게 될 걸세. 노동자들이 바보천치처럼 파업을 일으켜 임금을 올리려고 하는 건 화를 자초하는 짓이야.' 자, 여기서 헤일 씨께 여쭙겠습니다. 헤일 씨는 목사로서 설교해

오면서 자신이 옳다고 믿는 쪽으로 신도들을 이끌려고 애쓰셨을 테니까요. 헤일 씨는 신도들을 바보멍청이라고 부르면서 설교를 시작하셨습니까, 아니면 신도들이 헤일 씨의 말을 열심히 듣고 받아들일 마음의 준비가 되도록 먼저 따뜻한 말을 해주셨습니까? 가끔 설교를 멈추고 반은 신도들에게, 반은 자신에게 '이런 바보멍청이들한테 좋은 말을 해줘봐야 무슨 소용이야?'라고 한탄하신 적은 있나요? 솔직히 말해서 저는 햄퍼의 친구가 책에 쓴 말을 받아들이기에 최고의 상태는 아니었습니다. 햄퍼가 그런 식으로 말하는 것에 열통이 터졌거든요. 그러나 이렇게 생각했습니다. '좋아, 이자들이 무슨 말을 하는지 읽어보고 저놈들이 멍청이인지 내가 멍청이인지 알아야겠어.' 그래서 그 책을 받아 챙겨왔는데, 맙소사, 맨 자본과 노동, 자본과 노동 얘기뿐이라 읽다가 잠들어버렸지요. 도대체 뭐라고 하는지도 모르겠고, 자본과 노동을 가지고 그게 선이냐 악이냐 같은 얘기를 하더라니까요. 저는 인간의 권리에 대해 알고 싶었는데. 부자든 가난뱅이든 상관없이요. 다들 인간이니까."

"그렇지만 말입니다, 햄퍼 씨가 당신에게 자기 친구가 쓴 책을 권하면서 보인 모욕적이고 어리석고 비기독교적인 태도를 전적으로 감안하더라도, 햄퍼 씨 말처럼 그 책이 임금은 스스로 결정되고 설령 파업이 성공해 강제로 임금을 끌어올릴 수는 있어도 일시적일 뿐이며 바로 그 파업의 결과로 나중에 더 큰 폭으로 떨어진다는 내용을 전한다면, 그 책은 진실을 말하는 겁니다." 헤일 씨가 말했다.

"글쎄요, 그럴 수도 있고 안 그럴 수도 있지요." 니컬러스가 고집스럽게 말했다. "그 문제를 해결하는 데는 두 가지 의견이 있습니다. 하지만 두 배로 강한 진실이라도 내가 받아들일 수 없다면 나한테는 진실이 아니지요. 저 책꽂이에 꽂힌 라틴어 책에 진실이 들어 있다고 해도 내가 그 말을 이해하지 못하면 나한테는 진실이 아니라 헛소리에 불과하다는 말입니다. 만일 헤일 씨나 다른 유식하고 인내심 많은 분이 저한테 그 말들의 뜻을 가르쳐준다면, 제가 좀 멍청해서 배운 걸 자꾸 잊어버려도 화를 안 낸다면, 글쎄요, 저도 결국 그 진실을 알 수 있겠지요. 알지 못할 수도 있고요. 저도 결국 다른 사람들과 똑같이 생각하게 되리라는 말은 할 수 없습니다. 진실이란 게 주물공장 철판처럼 깔끔하게 말로 만들어낼 수 있는 것도 아니죠. 어떤 뼈들은 모든 사람의 목구멍으로 넘어가지는 않잖습니까. 이 사람 목구멍에서는 여기 걸리고, 저 사람 목구멍에서는 저기 걸리고. 목구멍으로 넘어간다고 해도 어떤 사람한테는 너무 단단하고, 또 어떤 사람한테는 너무 약하고. 진실이라는 약으로 세상을 고치고 싶다면 세상 사람들이 똑같지 않다는 걸 알고 거기 맞춰야 합니다. 약을 줄 때 친절해야 하고요. 안 그랬다간 가난하고 병든 바보들이 약을 면전에서 뱉을지도 모르니까요. 그런데 햄퍼는 먼저 제 귀싸대기를 때린 다음 저한테 큰 알약을 던져주면서 제가 바보멍청이라 효과는 없을 테지만 일단 먹어보라고 한 겁니다."

"공장주 중에서 친절하고 현명한 사람들이 노동자 대표를 만나 대화를 좀 나눴으면 좋겠군요. 내 생각엔 그게 문제를 해결하는 가장 좋은 방법입니다. 공장주들과 노동자들이 양측의 상호이익을 위해 잘 이해하고 있어야 하는 것들에 무지한 데서(이런 표현 미안합니다, 히긴스 씨) 문제가 생기는 거니까요." 헤일 씨는 그렇게 말하고 반쯤은 딸을 향해 물었다. "손턴 씨가 그 일을 맡게 해보면 어떨까?"

"아버지, 지난번에 그 사람이 정부에 대해 한 말 기억 안 나세요?" 마거릿이 조그만 소리로 속삭였다. 그녀는 노동자들을 다스리는 방식에 관해 손턴과 나눴던 대화, 노동자들이 스스로를 다스릴 수 있게 교육을 시키거나 공장주의 현명한 독재로 다스리자는 의견이 나왔던 대화를 더 분명하게 암시하고 싶진 않았다. 니컬러스가 그녀의 말을 다 알아듣진 못했어도 손턴의 이름은 들은 것 같으니. 아니나다를까, 니컬러스가 손턴 이야기를 꺼냈다.

"손턴! 잽싸게 아일랜드놈들을 불러들여 폭동이 일어나게 만든 작자입니다. 그 폭동이 파업을 망쳤고요. 햄퍼 같았으면 그러겠다고 협박은 하면서도 기다려줬을 텐데, 손턴은 말이 떨어지기가 무섭게 행동을 취했죠. 그리고 이젠 우리 노조의 명령을 어긴 바우처 일당을 쫓는 일에 적극 나서줘야 노조도 고마워할 텐데, 손턴은 그러지 않더라고요. 피해자인 자기가 나서서 파업이 끝났으니 폭도를 고소할 생각이 없다고 차분하게 말한 겁니다. 손턴의 배짱이 그 정도밖에 안 되는 줄은 몰랐어요. 자기주장을 굽히지 않고 공개적으로 복수할 줄 알았거든요. 그런데 이렇게 말했답니다. 법정에 있는 사람이 손턴의 말을 그대로 전해주더군요. '그들은 잘 알려져 있고, 그런 행동을 한 것에 대해 자연스럽게 벌을 받게 될 겁니다. 일자리를 얻기가 몹시 어려워질 테니까요. 그것으로 충분히 혹독한 벌이 될 겁니다.' 나는 바우처를 잡아다가 햄퍼 앞에 데려다놨으면 좋겠어요. 그 늙은 호랑이는 바우처한테 무섭게 덤벼들겠죠! 바우처를 봐줄까요? 절대 안 봐줄걸요!"

"그건 손턴 씨 말이 맞아요. 니컬러스, 당신은 바우처에게 화가 나 있어요. 그렇지 않다면 자연스럽게 받는 벌만으로도 충분히 가혹하며, 더

이상의 처벌은 복수나 마찬가지라는 걸 당신이 제일 먼저 알았을 텐데 말이에요." 마거릿이 말했다.

"내 딸은 손턴 씨와 친한 사이가 아니지요." 헤일 씨가 마거릿에게 미소를 보내며 말했다. 마거릿은 얼굴이 카네이션처럼 새빨개져서는 바느질에 두 배로 열중하기 시작했다. "그래도 내 딸이 한 말은 진실입니다. 나는 그런 점 때문에 손턴 씨를 좋아하고요."

"사실 저도 이번 파업 때문에 지쳐 있었습니다. 그러니 말없이 견디며 용감하게 버티지 못한 몇 놈 때문에 파업이 실패한 걸 보고 분통이 터지지 않을 수가 없지요."

"잊으셨군요! 전 바우처에 대해 잘 모르고 한 번밖에 본 적 없지만, 그때 그 사람은 자신의 고통이 아니라 병든 아내와 어린 자식들의 고통에 대해 얘기했어요." 마거릿이 말했다.

"그렇소! 하지만 바우처는 무쇠로 만든 인간은 아니지. 그다음엔 자기 신세를 한탄하며 울었소. 도무지 뭘 견디지를 못하는 인간이오."

"바우처는 어떻게 노조에 들어갔죠?" 마거릿이 천진스럽게 물었다. "당신은 그 사람을 별로 높이 평가하지 않는 것 같은데. 그를 노조에 들여서 얻은 것도 없어 보이고요."

니컬러스의 얼굴에 그늘이 졌다. 그는 잠시 침묵을 지키다가 퉁명스럽게 말했다.

"난 노조에 대해 이러쿵저러쿵 떠들 입장이 아니오. 노조가 한다면 하는 거지. 우리 업계는 서로 뭉쳐야 하고, 다른 사람들과 같이 모험을 걸고 싶지 않은 사람들에게는 노조가 쓰는 수단과 방법이 있어요."

헤일 씨는 화제가 바뀌자 니컬러스가 곤란해하는 걸 느끼고는 침묵을 지켰다. 마거릿도 아버지 못지않게 그걸 잘 알았지만 아버지와는 입장이 달랐다. 그녀는 니컬러스가 자기 생각을 명확한 말로 표현할 수 있게 되면 올바르고 정당한 것을 옹호할 분명한 근거를 얻을 수 있으리라 본능적으로 직감했다.

"노조가 쓰는 수단과 방법이 뭔가요?"

니컬러스는 자세히 알고 싶어하는 그녀에게 완강히 저항하려는 듯 그녀를 올려다보았다. 하지만 끈기와 믿음을 갖고 자신을 주시하는 그녀의 차분한 얼굴을 보자 대답하지 않을 수 없었다.

"좋소! 어떤 사람이 노조에 들지 않으면 옆 방직기에서 일하는 사람들한테 그와 말을 못 섞게 해요. 그 사람이 후회하거나 아파도 마찬가지지. 그 사람은 경계선 밖에 있는 거니까. 우리 소속이 아니라. 우리와 함께 출근하고 우리와 함께 일해도 우리 소속이 아니니까 말이오. 어떤 데서는 비노조원과 말을 하면 벌금까지 물려요. 아가씨도 그렇게 살아봐요. 아가씨가 쳐다보면 고개를 돌려 외면하는 사람들 틈에서 한두 해 살아보시오. 아가씨한테 계속 원한을 품고 있는 사람들 틈에 섞여서 일해보고. 아가씨가 기쁘다는 말을 해도 눈을 빛내거나 미소를 지어주지 않는 사람들, 아가씨가 한숨짓거나 슬픈 표정을 해도 신경도 안 써주는 사람들한테 어떻게 고민을 털어놓을 수 있겠소?(그리고 무슨 일이냐고 물어봐주지 않는다고 징징대는 건 남자답지 못한 일 아니오?) 아가씨, 삼백 일 동안 하루 열 시간씩 그렇게 살아봐요. 그럼 노조가 어떤 데인지 조금은 감이 올 테니까."

"세상에! 그런 독재가 어디 있어요! 히긴스 씨, 화를 내신대도 상관없어요. 화를 낼 수 없다는 것도 알고요. 나는 이 진실을 꼭 말로 해야겠어요. 내가 아는 역사를 통틀어 이보다 더 느리고 오래 끄는 고문은 없었어요. 당신은 노조 소속이잖아요! 그런데도 공장주들의 독재 얘기를 하는 거예요?"

"하고 싶은 말은 얼마든지 해요! 내가 아가씨한테 화내는 걸 죽은 이가 막아주니까. 저기에 누가 누워 있고, 그애가 아가씨를 얼마나 좋아했는지 내가 잊었을 것 같소? 노조가 죄라면 우리가 죄를 짓도록 만든 건 공장주들이오. 우리 세대가 아니라면 우리 아버지 세대에. 공장주들의 아버지가 우리 아버지들을 뼈빠지게 부려먹었지! 우리도! 목사님! 우리 어머니가 이런 성경 말씀을 읽어주셨습니다. '아버지가 신 포도를 먹으니 아들의 이가 시었다.'* 우리 아버지들도 마찬가지였습니다. 그 아픈 억압의 시대에 노조가 시작되었어요. 꼭 필요한 것이었죠. 저는 지금도 노조가 꼭 필요하다고 생각합니다. 과거와 현재, 앞으로의 부당함에 맞서기 위해서요. 그건 전쟁 같을 수도 있고 범죄가 따를 수도 있지만, 저는 가만히 있는 것이 더 큰 죄라고 생각합니다. 우리는 공동의 이익을 위해 뭉치는 수밖에 없어요. 우리 중에는 겁쟁이도 있고 바보도 있지만, 그 사람들도 우리의 대행진에 합류해야만 합니다. 우리 힘은 오로지 수에 있으니까요."

헤일 씨가 한숨지으며 말했다. "아! 노조 그 자체는 아름답고 영예로울 수 있습니다. 기독교 자체일 수 있어요. 어느 한 계층이 아닌 모든 사람의 이익이라는 목적을 지녔다면요."

"이제 그만 가봐야겠습니다." 시계가 열시를 치자 니컬러스가 말

---

* 「에스겔서」 18장 2절.

했다.

“집으로요?” 마거릿이 아주 부드럽게 물었다. 니컬러스는 그 말뜻을 알아듣고 그녀가 내민 손을 잡으며 말했다. “집으로요, 아가씨. 믿어도 돼요, 비록 노조원이지만.”

“확실히 믿어요, 니컬러스.”

“잠깐!” 헤일 씨가 황급히 책꽂이 쪽으로 가며 말했다. “히긴스 씨! 우리집 가정기도에 참여해주겠어요?”

니컬러스가 미심쩍은 눈초리로 마거릿을 보았다. 마거릿의 엄숙하고 다정한 눈이 그의 시선을 받았다. 그녀의 눈에는 강요는 없고 깊은 관심만 담겨 있었다. 니컬러스는 아무 말도 하지 않았지만 자리를 뜨지 않았다.

국교도인 마거릿, 비국교도가 된 그녀의 아버지, 신앙심 없는 히긴스가 함께 무릎을 꿇었다. 기도는 아무에게도 해가 되지 않았다.

4장

한줄기 햇살

몇 가지 소망 내 마음에 스치며 작은 활기를 주었네.
그리고 한두 가지 우울한 기쁨,
흐릿하고 열기 없는 희망의 빛 속에서
약한 날개 은빛으로 반짝이며 조용히 날아갔네.
달빛 속 나방들처럼!*
—콜리지

이튿날 아침, 이디스에게서 편지가 왔다. 이디스 자신처럼 다정하면서도 비논리적인 글이었다. 하지만 마거릿도 다정한 성격이라 그 다정함에 끌리곤 했고, 비논리적인 면이야 어렸을 때부터 익숙해서 아예 느낄 수도 없었다. 편지 내용은 다음과 같았다.

오, 마거릿, 내 아들을 보러 영국에서 여기까지 온대도 아깝지 않을걸! 아주 멋진 아이거든. 특히 모자 쓴 모습이 예쁜데 그중에서도 네가 보낸 모자가 제일 잘 어울려. 넌 참 착하고, 솜씨 좋고, 인내심 많은 숙녀라니까! 여기 있는 모든 엄마의 부러움을 샀으니 이제 새

* 영국 시인 새뮤얼 테일러 콜리지의 『유고집』에 실린 시.

로운 사람에게 아기를 보여주고 싶어. 새로운 칭찬도 듣고 싶고. 어쩌면 그 이유만으로 너를 부르는 건지도 몰라. 어쩌면 아닐 수도 있고…… 아니, 사촌의 정도 좀 있을 거야. 아무튼 마거릿, 네가 꼭 와줬으면 좋겠어! 분명 이모님 건강에도 아주 좋을 거야. 여기 사는 사람들은 전부 젊고 건강하거든. 하늘은 늘 푸르고, 늘 햇살이 환히 비치고, 악단이 아침부터 밤까지 즐거운 음악을 연주하지. 노래 후렴처럼 반복해서 얘기하지만, 우리 아기는 늘 미소 짓고 있어. 마거릿, 네가 우리 아기를 좀 그려줬으면 좋겠어. 우리 아기가 뭘 하는지는 중요하지 않아. 우리 아기 자체가 제일 예쁘고 우아하고 멋지거든. 난 남편보다 아들을 훨씬 더 사랑하는 것 같아. 남편은 점점 살찌고 성미가 까다로워져…… "바빠서" 그렇다나. 아니! 안 그래. 남편이 지금 들어와서 아래쪽 만에 정박한 해저드호 장교들이 멋진 피크닉을 연다는 소식을 전해줬거든. 그런 기쁜 소식을 들고 왔으니 방금 남편에 대해 한 말은 전부 취소할게. 자기가 한 말인지 행동인지가 후회되어 자기 손을 태운 사람이 있었지?* 난 손을 불에 태우진 않을 거야. 아프고, 흉터가 남을 테니까. 하지만 최대한 빨리 취소할게. 코스모**는 우리 아기만큼 정말정말 사랑스럽고 살도 전혀 안 쪘고 여전히 좋은 남편이야. 다만, 가끔 너무너무 바쁘긴 하지만. 아내의 의무를 몰라서 하는 말은 아니지만…… 근데 무슨 얘기를 하고 있었

* 영국의 종교개혁가 토머스 크랜머는 메리 1세의 탄압으로 신교에 대한 믿음을 철회한다는 서약서에 서명했다가 번복하고 순교를 택했다. 순교 직전 철회서에 서명했던 손을 먼저 불에 집어넣었다.

** 2부 17장에서는 레녹스 대령의 이름이 코스모가 아닌 숄토라고 나온다.

지? 꼭 할 말이 있었는데. 아, 맞다…… 사랑하는 마거릿! 나를 보러 꼭 와야 해. 아까도 말했다시피, 이모님한테도 그게 좋을 거야. 의사한테 그런 처방을 내려달라고 해. 밀턴의 매연이 이모님께 해롭다고 의사에게 말하면 되잖아. 난 그렇다고 믿어, 정말로. 석 달 동안(여기까지 오면 그 정도는 있어야지) 이런 좋은 기후에서, 늘 햇살이 비치고 포도가 블랙베리만큼 흔한 여기서 지내면 이모님 병도 깨끗이 나을 거야. 이모부께는 오시라는 말씀을 못 드리겠다. (이 부분에서는 편지글이 뻣뻣하면서도 신경써서 잘 쓴 흔적이 보였다. 헤일 씨는 생업을 포기했다는 이유로 말 안 듣는 아이처럼 궁지에 몰려 있었다.) 이모부는 전쟁, 군인, 악단을 싫어하실 테니까. 많은 비국교도들이 평화협회* 소속이라는 걸 나도 알고 있어. 그러니 이모부께선 안 오고 싶어하실지도 모르지만, 만일 오신다면 코스모와 내가 최선을 다해 즐겁게 해드리겠다고 말씀드려줘. 코스모의 군복과 칼은 숨기고 악단도 엄숙한 곡만 연주하게 할게. 화려하고 가벼운 곡을 연주한다고 해도 두 배로 느리게 할 거고. 사랑하는 마거릿, 이모부께서도 함께 오신다면 즐거운 시간을 보낼 수 있도록 애써볼게. 난 양심에 따라 행동한 사람을 좀 두려워하긴 하지만. 너에게는 그런 일이 없었길 바라. 이모님께 따뜻한 옷은 많이 가져오실 필요 없다고 전해드려. 연말이 가까워진 후에나 올 수 있겠지만. 여기가 얼마나 따뜻한지 넌 상상도 할 수 없을 거야! 피크닉에 내 아름다운 인도 숄을 두르고 간 적이 있었거든. '멋을 위해서는 참을 줄 알아야 한다' 같은

* 1816년에 설립된 단체로 국제 분쟁에서 무력을 사용하는 일을 반대했다. 당시 크림전쟁의 여파로 인해 반전 문제가 사회의 관심사로 떠오른 상황이었다.

속담들을 생각하며 최대한 오래 버텨내려고 했지만 결국 소용없었지. 어머니의 작은 개 타이니에게 코끼리 안장을 씌운 것처럼 숄에 파묻혀 질식해 죽을 뻔했지 뭐야. 그래서 그 숄을 우리 모두가 앉을 수 있는 멋진 카펫으로 만들었다니까. 마거릿, 여기 우리 아들이 있어. 네가 이 편지를 받는 즉시 짐을 싸서 우리 아기를 보러 오지 않으면 널 헤롯왕*의 후손으로 여길 거야!

마거릿은 단 하루만이라도 이디스처럼 아무 걱정 없이, 즐거운 집에서, 화창한 날씨를 즐기며 살고 싶은 마음이 간절했다. 소망이 그곳까지 데려다줄 수 있다면 당장 떠났을 터였다. 그곳에 단 하루만 있을 수 있다고 해도. 그런 변화가 줄 수 있는 힘을 갈망했다. 단 몇 시간만이라도 그 밝은 삶 속에 머물며 젊음을 느끼고 싶었다. 아직 스무 살도 안 됐는데! 그런데도 감당하기 힘든 중압감에 짓눌려 살다보니 폭삭 늙어버린 기분이었다. 그게 이디스의 편지를 읽고 나서 처음 느낀 감정이었다. 그러나 편지를 다시 읽자 편지가 이디스와 너무 닮은 것이 재미있어서 웃음이 나왔고, 자신에 대해서는 곧 잊었다. 그때 헤일 부인이 딕슨의 부축을 받으며 응접실로 들어왔다. 마거릿은 얼른 일어나 소파에 쿠션들을 잘 놓았다. 그녀의 어머니는 평소보다 더 기력이 없는 듯했다.

"마거릿, 무슨 일로 그렇게 웃고 있니?" 헤일 부인이 힘겹게 소파에 앉고는 숨을 돌리자마자 물었다.

---

* 유대왕 헤로데 1세. 예수의 탄생을 막으려고 유아 학살을 지시한 일화가 성경에 기록되어 있다.

"아침에 이디스한테서 편지가 왔어요. 읽어드릴까요, 어머니?"

마거릿은 편지를 읽어주었고, 어머니도 잠시나마 편지에 관심을 보였다. 어머니는 이디스가 아들 이름을 뭐라고 지었을지 계속 궁금해하며 자신이 예상하는 이름을 모두 나열했고, 그 이름들을 붙일 만한 이유까지 일일이 설명했다. 한창 그러고 있는데 손턴이 또 과일을 들고 들어왔다. 그는 마거릿을 보는 즐거움을 누릴 기회를 포기할 수 없었다. 아니, 포기하고 싶지 않았다. 그가 그런 행동을 하는 데는 현재의 만족감 외에 다른 목적은 없었다. 평소 대단히 이성적이고 자기절제를 잘하는 사람의 확고하고 의도적인 행동이었다. 응접실에 들어선 그는 한눈에 마거릿의 존재를 확인했지만 냉담하게 고개를 끄덕여 인사하고는 두 번 다시 그녀에게 눈길을 주지 않는 듯했다. 그는 헤일 부인에게 복숭아를 전하고 다정한 말 몇 마디를 건넨 뒤, 상처 입은 차가운 눈빛으로 마거릿을 보며 엄숙하게 작별인사를 하고는 바로 나가버렸다. 마거릿은 창백한 얼굴로 조용히 앉았다.

"있잖니, 마거릿, 손턴 씨가 정말 마음에 들기 시작하는구나."

마거릿은 잠시 아무 대답도 하지 않다가 억지로 차갑게 "그러세요?" 하고 물었다.

"그래! 점점 정중하고 세련되게 행동하는 것 같아."

마거릿이 조금 더 차분해진 목소리로 대꾸했다. "아주 친절하고 세심해요. 그건 의심의 여지가 없어요."

"손턴 부인이 왜 안 오는지 모르겠구나. 물침대를 빌려왔으니 내가 아프다는 걸 알 텐데."

"어머니 안부는 아들한테 들었을 거예요."

"그래도 만나고 싶구나. 마거릿, 넌 여기에 친구가 너무 없어."

마거릿은 어머니의 마음, 이제 곧 어머니 없는 신세가 될 수도 있는 딸을 따뜻하게 보살펴달라고 부탁하고 싶은 그 사랑 가득한 갈망을 헤아릴 수 있었다. 하지만 아무 말도 할 수 없었다.

잠시 후 헤일 부인이 말했다. "네가 손턴 부인에게 가서 나를 좀 보러 와달라고 부탁해줄 수 있겠니? 한 번이면 돼. 성가신 존재가 되고 싶진 않으니까."

"어머니가 원하신다면 뭐든지 할 수 있어요. 그러나 만일…… 오빠가 왔을 때……"

"아, 그렇구나! 문을 꼭 닫아걸고 있어야지…… 아무도 집에 들이면 안 되겠다. 난 그 아이가 왔으면 좋겠는지 아닌지도 모르겠구나. 어떤 때는 차라리 안 왔으면 좋겠다는 생각이 들어. 가끔 너무도 무서운 꿈을 꿔서."

"오, 어머니! 저희가 잘 신경쓸게요. 제 팔로 빗장을 걸어서라도 오빠는 털끝 하나 다치지 않게 할 거예요. 어머니, 오빠 지키는 건 저한테 맡기세요. 암사자가 새끼를 지키듯 오빠를 지킬 거예요."

"프레더릭한테 소식은 언제쯤 올까?"

"앞으로 일주일 이상 기다려야 할 거예요. 어쩌면 더 걸릴 수도 있고."

"마사를 일찌감치 보내야 해. 프레더릭이 올 때까지 여기 있게 했다가 허둥지둥 보내면 절대 안 돼."

"딕슨이 그때 가서 우리한테 알려줄 거예요. 제 생각에는, 오빠가 와 있는 동안 집안일을 할 사람이 필요하면 메리 히긴스를 불러도 될 것 같아요. 손이 아주 굼뜨긴 하지만 착하고 최선을 다하려 애쓸 거예요. 집에 가서 잘 테니까 위층으로 올라올 필요가 없어서 집에 누가 있는지 모를 거고요."

"마음대로 하렴. 딕슨만 좋다고 하면. 그런데 마거릿, 그 끔찍한 밀턴 말 좀 쓰지 마라. '손이 굼뜨다'. 그건 방언이야. 쇼 이모가 돌아와서 네가 그런 말을 쓰는 걸 들으면 뭐라고 하겠니?"

"오, 어머니! 쇼 이모를 그런 무서운 사람으로 만들지 마세요. 이디스가 레녹스 대령에게 배운 온갖 군대 속어를 다 써도 쇼 이모는 전혀 알아차리지도 못한걸요." 마거릿이 웃으며 말했다.

"하지만 네가 쓰는 건 공장 속어잖아."

"공장 지역에 사는데 공장 말을 쓸 수도 있는 거죠. 어머니가 평생 들어보지도 못한 말들이 얼마나 많은데요. 놉스틱*이 뭔지 모르시죠."

"모른다. 어감이 아주 상스럽구나. 네가 그런 말 쓰는 건 듣고 싶지 않다."

"좋아요, 사랑하는 어머니, 안 쓸게요. 하지만 그 말을 안 쓰려면 긴 문장으로 설명해야 할걸요."

"나는 이곳 밀턴이 싫어. 내가 매연 때문에 이렇게 아픈 거라는 이디스 말이 옳아." 헤일 부인이 말했다.

마거릿은 그 말에 놀라 벌떡 일어났다. 방금 아버지가 들어왔던 것이다. 밀턴의 공기 때문에 아내가 건강을 잃었을지도 모른다는 어렴풋한 죄책감에 시달리고 있는 아버지가 그 말을 듣고 죄책감이 더 깊어

* knobstick. 끝에 혹이 달린 곤봉. 영국에서는 파업 방해꾼을 의미하는 속어로 쓰인다.

질까봐 몹시 두려웠다. 아버지가 어머니 말을 들었는지는 알 수 없었지만, 마거릿은 손턴이 뒤따라 들어오는 것도 모르고 황급히 화제를 돌렸다.

“제가 밀턴에 온 후로 아주 많이 상스러워졌다고 어머니가 나무라고 계셨어요.”

‘상스러워졌다’는 건 순전히 방언을 쓴다는 의미였고, 그 표현 자체도 어머니 입에서 방금 나온 것이었다. 하지만 손턴의 얼굴이 어두워지자, 마거릿은 자신의 말이 얼마나 심각한 오해를 살 수 있는지 퍼뜩 깨달았다. 그래서 상대에게 불필요한 고통을 주고 싶지 않다는 당연하고도 다정한 마음에서, 억지로 앞으로 나아가 그에게 인사를 건네며 말했다.

“손턴 씨, ‘놉스틱’은 어감은 그다지 안 좋아도 표현력은 강하지 않나요? 그 단어가 나타내는 걸 가리킬 때 그 단어가 없어도 될까요? 방언을 쓰는 게 상스럽다면, 저도 헬스톤에서 굉장히 상스러웠겠네요. 안 그래요, 어머니?”

마거릿은 대화를 나눌 때 자신이 원하는 화제를 강요하는 사람이 결코 아니었다. 그러나 이번에는 손턴이 우연히 듣게 된 말 때문에 분노를 느끼는 걸 막고 싶은 열망이 너무 강했기에 그 말을 마치고 나서야, 특히 손턴이 그녀가 한 말의 정확한 요지를 거의 이해하지 못한 듯이 차갑게 예의를 표하고는 헤일 부인에게 다가간 후에야 자의식에 얼굴을 붉혔다.

헤일 부인은 손턴을 보자 그의 어머니를 만나 마거릿을 보살펴달라고 부탁하고 싶었던 게 생각났다. 손턴 부인이 와주었으면 좋겠다는,

빨리 와줬으면 하며 가능하다면 내일이라도 와주었으면 좋겠다는 어머니의 느릿한 간청을 손턴이 옆에서 듣는 동안, 마거릿은 평온한 마음으로 바르게 처신하기가 힘들어 분노와 수치심에 화끈거리는 얼굴로 말없이 앉아 있었다. 손턴은 자신의 어머니가 찾아올 거라고 약속하고 잠시 대화를 나눈 후 자리를 떴다. 그러자 마거릿은 보이지 않는 쇠사슬에 묶여 있던 자신의 행동과 목소리가 일시에 풀려난 듯한 기분을 느꼈다. 손턴은 단 한 번도 그녀에게 시선을 보내지 않았다. 하지만 그건 그녀의 위치를 정확히 알고 우연히라도 그녀에게 시선이 닿는 일이 없도록 세심한 주의를 기울였다는 뜻이기도 했다. 마거릿이 무슨 말을 하면 손턴은 그 말을 듣지 않는 척했지만 다음에 그녀를 제외한 다른 사람에게 말할 때면 그녀의 말에 영향을 받은 게 드러났다. 가끔은 그녀의 말에 대한 답변을 내놓기도 했다. 물론 그녀의 말에 대한 대답이 아닌 것처럼 다른 사람을 향해 말했지만 말이다. 그건 무지에서 비롯된 결례가 아니라 고의로 저질렀다가 나중엔 꼭 후회하게 되는, 깊은 상처에서 나온 고의적인 결례였다. 하지만 그 어떤 심오한 계획이나 신중한 술책도 이보다 더 큰 효과를 낼 순 없었을 터였다. 마거릿이 그 어느 때보다 더 많이 그를 생각하게 된 것이다. 비록 그녀에겐 사랑이라고 불리는 감정은 전혀 없이, 그에게 너무 깊은 상처를 입혔다는 후회만 있었지만 말이다. 마거릿은 그와 예전의 적대적인 친구관계로 돌아가기 위해 조심스럽고도 끈질긴 노력을 기울였다. 부모님뿐만 아니라 그녀의 입장에서도 그는 친구였다. 그녀는 폭동이 일어나던 날 자신의 행동에 대해 그가 보인 반응을 두고 지나치게 독한 말을 했던 것에 무언의 사과를 보내듯 아주 겸손한 태도로 손턴을 대했다.

하지만 손턴은 마거릿의 말에 아직도 분노한 상태였다. 그 말들이 여전히 귓가에 울렸다. 그럼에도 자신이 그녀의 부모에게 계속해서 친절을 베풀 수 있는 정의감을 지닌 것이 자랑스러웠다. 그녀의 아버지나 어머니에게 기쁨을 주는 일을 생각해낼 때마다 그녀와 대면할 수 있을 만큼 자제력을 발휘하는 자신이 뿌듯하기만 했다. 손턴은 자신에게 그토록 깊은 굴욕을 안겨준 상대를 만나는 일을 자신이 싫어한다고 생각했다. 하지만 그건 착각이었다. 그녀와 한 공간에 있으면서 그녀의 존재를 느끼는 건 고통스러운 기쁨이었다. 자신의 마음속 여러 동기를 분석하는 데 서툰 그가 착각하고 있었을 뿐.

5장

마침내 집에 돌아오다

아무리 슬픈 새들이라도 노래할 때가 있다.*
—사우스웰

옷자락으로 은밀한 고통을 가리지 말라,
다시는, 기억의 먹구름에 짓눌려
고개 숙이지 말라! 그대 집에 돌아갔으니!**
—히먼스 부인

이튿날 아침 손턴 부인이 헤일 부인을 보러 왔다. 헤일 부인은 병세가 많이 악화되어 있었다. 밤사이 죽음을 향해 성큼 다가가는 갑작스러운 변화가 일어난 것이다. 단 열두 시간의 고통으로 부쩍 창백하고 퀭한 모습이 된 그녀를 보고 가족조차 경악했다. 하물며 몇 주 만에 그녀를 처음 만난 손턴 부인은 금세 마음이 풀어질 수밖에 없었다. 손턴 부인은 아들의 간곡한 부탁을 받고 문병을 오긴 했지만 마거릿의 가족에 대한 적개심으로 단단히 무장하고 있었다. 헤일 부인이 진짜 아픈지도 의심스러웠으며, 헤일 부인의 순간적인 욕망 때문에 자신이 이미 정해

---

* 엘리자베스 1세 때 반역자로 몰려 고문당하고 처형된 시인이자 예수회 성직자 로버트 사우스웰의 시 「때는 번갈아 온다」.

** 펠리시아 히먼스의 시 「두 목소리」.

진 일정까지 취소하고 여기 와야 했던 거 아닌가 생각하기도 했다. 그녀는 아들에게 헤일 가족이 밀턴으로 이사와서 아들과 알게 된 게 원망스럽다고, 세상에 라틴어와 그리스어만큼 쓸모없는 언어는 없다고 말했다. 아들은 잠자코 어머니의 푸념을 들어주었지만, 라틴어와 그리스어에 대한 악담이 끝나자 짤막하고 무뚝뚝하고 단호하게 자신이 원하는 바를 밝혔다. 필시 환자에게 편리한 시간으로 정한 약속된 시간에 헤일 부인을 방문해주었으면 좋겠다는 것이었다. 손턴 부인은 마지못해 아들의 뜻에 따르면서, 헤일 양에게 그런 수모를 당했으면서도 헤일 가족과 교유를 꿋꿋이 이어가는 아들의 놀라운 인내심과 선량함에 탄복하며 아들을 더욱 기특하다고 여기게 되었다.

헤일 씨 집으로 가는 동안 손턴 부인의 머릿속은 나약함(그녀에겐 무른 미덕들은 다 그렇게 여겨졌다)의 경계에 있는 아들의 선량함에 대한 생각, 헤일 부부에 대한 경멸, 마거릿에 대한 분명한 반감으로 가득차 있었지만, 죽음의 천사가 드리운 검은 그림자 앞에 서자 그 모든 것이 잊혔다. 자신처럼 어머니이며 자신보다 훨씬 젊은 여인인 헤일 부인이 다시는 일어날 가망이 없어 보이는 모습으로 침대에 누워 있었다. 그 어두운 방에는 더이상 빛도 그늘도 없었다. 행동의 힘도 없었고, 움직임의 변화도 거의 없었다. 속삭이는 소리와 조심스러운 정적만이 번갈아 이어질 뿐이었다. 하지만 헤일 부인에겐 그런 단조로운 삶마저 너무 힘에 부치는 듯했다! 튼튼하고 삶의 활력이 넘치는 손턴 부인이 들어서자, 헤일 부인은 누가 왔는지 분명히 아는 듯한 얼굴이면서도 그대로 누워 있었다. 심지어 잠시 눈도 뜨지 않았다. 속눈썹 위로 굵은 눈물방울이 맺히고 나서야 그녀는 손턴 부인을 올려다보았다. 그러고는 손으로 이불 위를 힘없이 더듬어 손턴 부인의 크고 단단한 손을 만지면서 들릴락 말락 하는 목소리로 말했다. 손턴 부인은 그 말을 듣기 위해 꼿꼿한 자세를 풀고 몸을 숙여야만 했다.

"마거릿…… 부인도 딸이 있으니…… 제 동생은 이탈리아에 있어요. 제 아이는 어미 없는 신세가 될 거예요…… 낯선 곳에서…… 제가 죽으면…… 부탁인데……"

그녀의 흐릿하고 흔들리는 시선이 간절함으로 손턴 부인의 얼굴에 단단히 고정되었다. 손턴 부인의 엄격한 얼굴에는 잠시 변화가 없었다. 근엄하고 냉정하기만 했다. 아니, 병든 여인의 시야가 천천히 고이는 눈물로 더 흐릿해지지만 않았더라면 그 차가운 얼굴에 그늘이 스치는 걸 볼 수 있었을 터였다. 마침내 손턴 부인의 마음이 흔들린 건 아들이나 살아 있는 딸 패니 때문이 아니었다. 이 방의 모습을 보자 오래전, 아기 때 죽은 딸이 떠올랐기 때문이다. 그 기억은 갑작스러운 햇살처럼 얼음으로 덮인 표면을 녹였고, 그 안에는 실로 다정한 여인이 있었다.

"헤일 양의 친구가 되어달라는 거군요." 손턴 부인이 신중한 목소리로 말했다. 그녀의 목소리는 마음과 함께 누그러지지 않아서, 또렷하고 분명하게 나왔다.

헤일 부인은 손턴 부인의 얼굴에 시선을 고정한 채 이불 위에 놓인 손턴 부인의 손을 감싼 손에 힘을 주었다. 말을 이을 수 없는 상태였다. 손턴 부인이 한숨지으며 말했다. "진정한 친구가 되어주지요. 그래야만 할 상황이라면요. 다정한 친구는 될 수가 없고요." 그녀는 '헤일 양에게는'이라고 덧붙이려다가 헤일 부인의 근심어린 가여운 얼굴을 보고 그만두었다. "제가 천성적으로 애정 표현을 못하고 자진해서 조언을 해주는 성격도 아니라서요. 하지만 부인께서 부탁하시니 약속해드리지요. 그래야 부인의 마음이 편해진다면요." 그다음엔 침묵이 흘렀다. 손턴 부인은 지킬 생각이 없는 약속을 하기엔 너무도 양심적이었으며 지금 이 순간 더 싫어진 마거릿을 위해 친절을 베푸는 것은 어렵고 거의 불가능한 일이었다.

"약속하겠습니다." 손턴 부인이 근엄하게 말했다. 그 약속은 죽어가는 여인에게 위태로이 펄럭이며 꺼져가는 촛불 같은 삶 자체보다 더 안정적인 것에 대한 믿음을 주었다! "만일 헤일 양에게 어려움이 생긴다면……"

"마거릿이라고 불러주세요!" 헤일 부인이 헐떡거리며 말했다.

"그래서 제게 도움을 청하러 온다면 힘닿는 데까지 돕겠습니다, 제 딸처럼요. 그리고 따님이 제가 보기에 잘못된 행동을 한다면……"

"마거릿은 잘못된 행동을 한 적이 없어요…… 일부러는요." 헤일 부인이 애원하듯 말했다. 손턴 부인은 못 들었다는 듯이 말을 이었다.

"만일 따님이 제가 보기에 잘못된 행동을 한다면, 분명하고 따끔하게 지적해주겠습니다. 제 딸에게 하듯이 말입니다. 단, 저와 아무 상관없는 일인 경우에만요. 저와 관련된 일이라면 불순한 동기가 개입될 수도 있으니까요."

긴 침묵이 흘렀다. 헤일 부인은 그 약속이 제한적이라는 느낌을 받았지만, 이 정도로도 충분했다. 그 약속에는 그녀가 이해할 수 없는 조건들이 들어 있었으나 그녀는 쇠약하고 어지럽고 지친 상태였다. 손턴 부인은 자신이 헤일 부인과 한 약속에 따라 행동에 나서게 될 것으로 예상되는 모든 경우에 대해 검토하고 있었다. 그녀는 의무의 이행이라는 형태로 마거릿에게 달갑지 않은 진실을 말해줄 생각에 격렬한 쾌감을 느꼈다. 헤일 부인이 말했다.

"감사합니다. 하느님의 은총을 받으시길 빌어요. 부인을 뵙는 게 이번이 마지막일 듯하네요. 제가 부인께 마지막으로 드리는 말씀은 제 자식에게 친절을 베풀어주시겠다고 약속해주셔서 감사하다는 거예요."

"친절은 아닙니다!" 손턴 부인이 죽음을 앞둔 이에게는 무례할 정도로 솔직하게 말했다. 그런 말로 양심의 가책을 덜고는, 헤일 부인이 그 말을 듣지 못한 걸 유감스러워하지 않았다. 그녀는 헤일 부인의 부드럽고 힘없는 손을 꼭 쥐어준 다음 일어나서 아무도 만나지 않고 집밖으로 나갔다.

손턴 부인이 헤일 부인과 만나는 동안, 마거릿과 딕슨은 머리를 맞대고 프레더릭이 온다는 사실을 외부인들에게 철저히 비밀로 할 방법을 궁리하고 있었다. 이제 곧 프레더릭의 편지가 도착할 것이고 바로 뒤이어 프레더릭이 올 터였다. 마사에겐 휴가를 주고, 딕슨이 현관문을 굳게 지키며 아래층 헤일 씨 방으로 들어가는 몇몇 손님만 들일 계획이었다. 헤일 부인의 위독한 병세가 좋은 핑계가 될 수 있었다. 혹 메리 히긴스가 딕슨을 도와 부엌일을 하게 되더라도, 최대한 프레더릭과 접촉하지 못하게 하고 불가피한 경우 프레더릭을 딕슨 씨라고 소개할 작정이었다. 메리의 둔하고 호기심 없는 성격이 가장 훌륭한 안전장치가 되어줄 터였다.

그들은 이날 오후에 당장 마사를 그녀의 어머니 집으로 보내기로 했다. 마거릿은 전날 마사를 보냈으면 좋았을 거라고 생각했다. 주인의 병세가 악화되어 일손이 필요해진 때에 하녀에게 휴가를 주다니 이상하게 여길지도 모르니까.

가련한 마거릿! 오후 내내 로마의 딸* 역할을 맡아야 했던 그녀는, 자신에게도 얼마 남지 않은 힘을 쥐어짜내서는 아버지에게 주었다. 헤일 씨는 아내의 병세가 심해졌다가 조금 진정되면 희망을 품으려고 했다. 좌절하지 않으려고 했다. 아내의 통증이 멎을 때마다 한껏 들떠서 회복하기 시작하는 것이라고 믿었다. 그래서 점점 더 심각한 발작이 찾아올 때마다 번번이 고통스러워하고 더 큰 실망감에 빠지곤 했다. 이날 오후, 그는 응접실에 앉아 있었다. 서재의 고독을 견딜 수 없었던데다 아무 일도 손에 잡히지 않아서였다. 그는 테이블에 두 팔을 올리고 그 위에 얼굴을 묻고 있었다. 마거릿은 그런 아버지를 보고 있으려니 가슴이 아팠지만, 아버지가 아무 말도 하지 않았기에 굳이 나서서 위로할 생각은 없었다. 마사는 이미 보냈다. 딕슨은 잠든 헤일 부인 곁을 지키고 있었다. 집에는 정적만이 감돌았고 어둠이 찾아와도 초를 찾는 움직임이 없었다. 마거릿은 창가에 앉아 가로등과 거리를 내다보았지만 아무것도 눈에 들어오지 않았다. 아버지의 무거운 한숨소리만 들릴 뿐이었다. 그녀는 촛불을 가지러 아래층으로 내려가고 싶지 않았다. 자신의 존재가 아버지에게 암묵적인 통제를 가하고 있으며 그 통제가 사라지면 아버지가 더 격한 감정에 휩싸일 수 있기 때문이었다. 자신이 없는 사이에 아버지 혼자 그런 고통을 겪게 할 수는 없었다. 그래도 부엌 불이 잘 타는지 신경쓸 사람은 자신밖에 없으니 부엌에 내려가봐야겠다고 생각하던 차에 소리를 죽여놓은 초인종 소리가 들렸다. 소리 자체는 크지

---

* 로마 시대, 아버지 시몬이 왕의 노여움을 사서 아사형을 선고받고 감옥에 갇히자 페로는 면회를 가서 아버지에게 자신의 젖을 먹였다. 그 이야기를 들은 왕은 시몬을 석방했다.

않았지만 초인종 줄을 어찌나 거칠게 당기는지 집안 전체에 소리가 울려퍼졌다. 마거릿은 벌떡 일어나 그 분명치 않은 둔탁한 초인종 소리에 아무 움직임도 보이지 않는 아버지를 지나쳤다가, 돌아와서 다정하게 키스했다. 그래도 아버지는 꼼짝도 하지 않았고, 그녀의 다정한 포옹을 알아채지도 못했다. 마거릿은 어둠을 헤치고 조용히 아래층으로 내려가 문에 다가갔다. 딕슨이었다면 문을 열기 전에 쇠사슬을 걸었겠지만, 딴 데 정신이 팔려 있던 그녀는 두려움이 없었다. 그녀와 가로등이 환히 밝혀진 거리 사이에 키 큰 남자가 서 있었다. 그는 다른 곳을 보고 있다가 걸쇠 소리에 얼른 돌아봤다.

"헤일 씨 댁인가요?" 남자가 분명하고 성량이 풍부하며 섬세한 목소리로 물었다.

마거릿은 처음에는 온몸을 떨면서 아무 대답도 하지 못했다. 그러다가 잠시 후 탄식하듯이 말했다.

"오빠!" 그녀는 두 손을 내밀어 그의 손을 잡고 안으로 끌어당겼다.

"오, 마거릿!" 프레데릭은 키스를 나눈 후, 마치 어둠 속에서도 마거릿의 얼굴을 볼 수 있고 자신의 질문에 대한 대답을 말로 듣기도 전에 그녀의 표정에서 먼저 읽을 수 있다는 양 그녀의 어깨를 잡고 떼어냈다.

"어머니는! 살아 계셔?"

"응, 살아 계셔. 오빠, 우리 오빠! 어머니는…… 아주 많이 아프시긴 하지만, 그래도 살아 계셔! 어머니는 살아 계셔!"

"하느님, 감사합니다!" 프레데릭이 말했다.

"아버지는 슬픔을 주체하지 못하고 계셔."

"내가 오는 걸 알았지, 그렇지?"

"아니, 편지를 못 받았어."

"그럼 내가 편지보다 빨리 왔구나. 어머니는 내가 오는 걸 아셔?"

"오! 그건 우리 모두 알고 있지. 잠깐만 기다려. 이리로 들어와. 내 손 잡아. 이게 뭐야? 아! 여행가방이구나. 딕슨이 덧문을 내려놨어. 여긴 아버지 서재야. 의자가 있는 곳으로 데려다줄 테니까 좀 쉬고 있어. 내가 아버지한테 가서 말씀드릴 동안."

마거릿은 더듬거리며 양초와 황린성냥이 있는 곳으로 갔다. 약한 불빛에 서로의 모습이 보이자 그녀는 갑자기 수줍어했다. 오빠의 유난히 검은 얼굴과 길게 찢어진 푸른 눈을 볼 수 있었다. 그 푸른 눈이 동생을 슬쩍 훔쳐보다가 오누이가 서로를 탐색하는 것을 겸연쩍어하며 미소로 반짝였다. 오누이는 그렇게 잠시 서로의 시선에서 공감을 느꼈지만 대화는 나누지 않았다. 마거릿은 오빠를 혈육으로 사랑하는 만큼 동지로도 좋아하게 되리란 걸 확신했다. 위층으로 올라가는 마음이 놀랍도록 가벼웠다. 슬픔이 줄어든 건 아니었지만 자신과 똑같은 처지에 있는 사람이 생겼다는 이유만으로 그 무게가 한결 가볍게 느껴졌다. 이제 아버지의 낙담한 태도도 그녀를 맥빠지게 하지 못했다. 아버지는 여전히 무력하게 테이블에 엎드려 있었으나 그녀는 아버지를 일으킬 주문을 알고 있었다. 안도감에 겨운 나머지, 어쩌면 좀 격하게 그 주문을 사용했다.

"아버지." 그녀는 두 팔로 아버지 목을 다정히 껴안고 아버지의 지친 머리를 조금은 거칠게 들어올리더니 눈을 들여다보며 힘과 확신을 주려 했다.

"아버지! 누가 왔는지 맞혀보세요!"

아버지가 그녀를 보았다. 그녀는 아버지의 흐릿하고 슬픈 눈에 진실이 떠올랐다가 엉뚱한 상상으로 분류되어 버려지는 걸 보았다.

아버지는 테이블 위로 뻗은 팔에 얼굴을 다시 묻었다. 아버지가 중얼거리는 소리를 듣고 마거릿은 다정하게 몸을 숙여 귀기울였다. "모르겠구나. 프레더릭이라는 말은 하지 마라. 프레더릭은 아니겠지. 난 그걸 못 견디겠다. 난 너무 약해졌어. 그애 어머니가 죽어가고 있잖니!"

아버지는 어린애처럼 울부짖기 시작했다. 마거릿은 자신이 바라고 기대했던 모습과 너무 달라서 실망감을 가누지 못하고 잠시 침묵을 지켰다. 그러다 다시 입을 열었는데, 아까와는 사뭇 다르게 희열에 차지 않았으나 훨씬 더 부드럽고 조심스러운 목소리였다.

"아버지, 오빠예요! 어머니를 생각하세요. 어머니가 얼마나 기뻐하실지! 오, 어머니를 위해 기뻐해야 할 일이잖아요! 오빠를 위해서도요. 불쌍하고 불쌍한 우리 오빠!"

아버지는 태도를 바꾸지는 않았지만 그 사실을 이해하려고 애쓰는 듯했다.

"프레더릭은 어디 있니?" 이윽고 그가 팔에 얼굴을 묻고 엎드린 채 물었다.

"아버지 서재에요. 혼자 있어요. 촛불을 켜주고 아버지께 말씀드리러 달려온 거예요. 오빠는 지금 혼자 있어요. 아버지가 왜 안 오시나 궁금해하고 있을……"

"내가 가마." 아버지가 말허리를 자르고 일어나서 딸이 안내자라도 된다는 듯 그녀의 팔에 기댔다.

마거릿은 아버지를 서재 문까지 모시고 갔지만 너무 동요한 상태라 부자 상봉을 지켜볼 용기가 나지 않았다. 그녀는 돌아서서 계단을 달려 올라가며 마음껏 울었다. 며칠 만에 처음으로 자신에게 허락한 안도감이었다. 그동안 얼마나 중압감에 짓눌려 살았는지 알 것 같았다. 하지만 프레더릭이 돌아왔다! 소중한 오빠가 안전하게 돌아와 가족들과 함께 있었다! 마거릿은 도무지 믿기지 않았다. 울음을 그치고는 침실 문을 열었다. 사람들 목소리가 전혀 들리지 않아 자신이 꿈을 꾼 건지도 모른다는 두려움이 생길 정도였다. 그녀는 아래층으로 내려가 서재 문에 귀를 댔다. 웅얼거리는 목소리가 들렸다. 그것으로 충분했다. 그녀는 부엌으로 들어가 불을 뒤적이고 촛불을 밝힌 후 방랑자에게 줄 다과를 준비했다. 어머니가 잠드신 게 얼마나 다행인지! 어머니의 방 열쇠 구멍에 촛불 붙이는 막대가 꽂혀 있는 걸 보고 어머니가 주무신다는 사실을 알 수 있었다. 어머니가 뭔가 이상한 분위기를 눈치채기 전에 여행자는 생기를 되찾을 테고 아버지와 만나 흥분한 마음도 가실 터였다.

다과 준비가 끝나자 마거릿은 서재 문을 열고는 하녀처럼 묵직한 쟁반을 들고 들어갔다. 그녀는 오빠에게 음식을 대접하는 것이 자랑스러웠다. 하지만 그녀를 본 프레더릭은 벌떡 일어나 쟁반을 들어주었다. 그건 오빠라는 존재가 가져올 위안의 한 형태이자 징조였다. 오누이는 함께 다과상을 차렸다. 두 사람은 거의 말은 하지 않았지만 서로 닿는 손길과 눈빛으로 같은 핏줄끼리만 통하는 대화를 나눴다. 난롯불이 꺼져 있어서 마거릿은 불을 붙이려고 했다. 이제 밤이 되면 제법 쌀쌀해졌기 때문이다. 그러나 되도록 어머니의 방에 소음이 들리지 않도록 조심해야 했다.

"딕슨이 그러는데 불붙이는 재주는 타고나는 거래요. 배워서 익히는 기술이 아니라."

"포에타 나스키투르, 논 피트."* 헤일 씨가 웅얼거렸다. 마거릿은 아버지가 무기력하게나마 다시 인용을 시작한 것이 기뻤다.

"그리운 딕슨! 이제 딕슨과 어떻게 키스를 나눈담! 딕슨은 내게 키스한 다음에 내가 맞는지 보려고 내 얼굴을 들여다보고는 또다시 키스해주곤 했는데! 마거릿, 넌 정말 서툴구나! 그렇게 작고 서툰데다 아무짝에도 쓸모없는 손은 처음 본다. 얼른 가서 손 씻어. 불은 나한테 맡기고 넌 버터 바른 빵을 썰 준비나 해. 불은 내가 피울 테니까. 난 불 피우는 재주도 타고났거든." 프레더릭이 말했다.

그래서 마거릿은 서재에서 나갔다가 돌아왔다. 그녀는 온통 들떠서 가만히 앉아 있지 못하고 서재를 들락거렸다. 프레더릭이 요구하는 게 많을수록 그녀는 더 기뻤고, 프레더릭은 본능적으로 그 사실을 알았다. 그건 상가喪家와도 같은 집에서 간신히 얻은 즐거움이었으며, 그들이 돌이킬 수 없을 슬픔이 자신들을 기다리고 있다는 사실을 마음속 깊이 알고 있었기에 그 묘미는 더욱 강렬했다.

그러는 중에 계단을 내려오는 딕슨의 발소리가 들렸다. 커다란 안락의자에 힘없이 앉아서는, 아들과 딸이 마치 행복한 연극 속의 배우들이며, 그 연극은 보기엔 아름답지만 현실과 분리되어 있고 자신은 거기 속하지 못한 것처럼 꿈꾸듯 남매를 바라보던 헤일 씨가 흠칫 놀랐다.

---

* Poeta nascitur, non fit. 라틴어로 '시인은 타고나는 것이지 만들어지는 것이 아니다'라는 뜻.

그는 벌떡 일어나 누구에게든, 심지어 충직한 딕슨에게조차 프레더릭을 감추고 싶은 기묘하고 갑작스러운 불안감을 드러내며 문을 향해 섰다. 마거릿은 그 모습을 보자 자기 가족이 안고 있는 또하나의 공포가 생각나 심장이 오그라드는 듯했다. 그녀는 심각한 생각에 빠져서는 이마를 찌푸리고 이를 악물면서 프레더릭의 팔을 꽉 잡았다. 하지만 다들 곧 그게 딕슨의 신중한 걸음이란 걸 눈치챘다. 딕슨이 복도를 지나 부엌으로 들어가는 소리가 났다. 마거릿이 일어섰다.

"제가 가서 말할게요. 어머니 상태도 물어보고." 헤일 부인은 깨어 있었다. 그녀는 처음에는 횡설수설했고, 차를 마시고 정신을 차리긴 했지만 이야기를 나눌 기분은 아니었다. 밤이 지난 후에 아들의 소식을 알려주는 게 나을 듯했다. 저녁때 도널드슨 선생이 오기로 했는데 그것만으로도 헤일 부인에겐 무리가 될 수 있었고, 헤일 부인이 아들을 맞이하려면 어떻게 마음의 준비를 시켜야 하는지 도널드슨 선생이 말해줄 수도 있었다. 프레더릭은 집에 있으니 아무 때나 불러와도 되었다.

마거릿은 가만히 앉아 있을 수가 없었다. 딕슨이 '프레더릭 도련님'을 위해 이런저런 준비를 하는 걸 도울 수 있어서 다행이었다. 다시는 피로를 느낄 수 없을 것 같았다. 오빠가 아버지 곁에 앉아 그녀로선 무슨 내용인지도 모르고 알고 싶지도 않은 대화를 나누고 있는 서재를 잠깐씩 들여다볼 때마다 힘이 솟았다. 그녀는 자신도 오빠와 대화를 나눌 시간이 오리라고 굳게 믿었기에 당장 그 기회를 잡고 싶다는 조급증을 느끼지는 않았다. 그녀는 오빠의 외모를 살펴보곤 했는데, 그 외모가 좋았다. 섬세한 얼굴이었지만 그 여성스러움은 까무잡잡한 얼굴색과 즉각적이고 강렬한 표정으로 보완되었다. 그의 눈은 대개는 즐거워 보였지만 이따금 눈과 입의 표정이 돌변하면서 잠재된 열정을 드러냈으며, 마거릿은 그때마다 두려움을 느꼈다. 하지만 그런 표정은 순간적이었고 그 속에는 완강함이나 앙심이 들어 있지 않았다. 그건 야만적인 남쪽 나라들의 원주민 얼굴에 나타나는 즉각적인 흉포함이었고, 그 흉포함은 다음에 이어지는 어린애 같은 부드러움의 매력을 돋보이게 해주었다. 마거릿은 그렇듯 간간이 드러나는 충동적인 성격이 지닌 사나움에 두려움을 느끼기도 했지만, 그렇다고 새로 발견한 오빠를 불신하거나 두려움에 움츠러들지는 않았다. 그와는 반대로 오빠와 교류하는 것에 처음부터 매료되었다. 그녀는 오빠의 존재로 인해 강렬한 안도감을 느끼면서 그동안 자신이 얼마나 무거운 책임감을 견뎌내야 했는지 알 수 있었다. 프레더릭은 아버지와 어머니를, 두 분의 성격과 여러 약점을 잘 알았고, 태평한 듯 보이면서도 부모님의 마음에 상처를 주지 않도록 극도로 조심했다. 그는 자신의 타고난 재치가 깊은 우울에 빠진 아버지의 기분을 거스르지 않고 어머니의 통증을 완화해줄 수 있는 시점을 본능적으로 아는 듯했다. 그리고 재치가 통하지 않을 만한 때에는 끈덕진 헌신과 조심스러움을 발휘해 감탄스러운 간병인이 되었다. 마거릿은 오빠가 뉴포리스트에서 보낸 어린 시절 이야기를 자주 꺼내는 것에 눈물이 날 정도로 감동을 받았다. 그는 긴 세월 먼 나라들을 떠돌며 외국인 틈에서 지내면서도 그녀를, 헬스톤을 잊지 않았던 것이다. 그녀는 옛이야기를 꺼내며 오빠를 피곤하게 만들까봐 두려워하지 않아도 되었다. 오빠가 오기 전에는 오빠가 와주기를 간절히 바라면서도 두려워하는 마음이 있었다. 그녀는 지난 일고여덟 해 동안 자신이 너무 많이 변했다고 느끼곤 했다. 그래서 자신의 본래 모습이 얼마나 남아 있는지도 알 수 없었다. 자신은 집에서 살았는데도 취향과 감정이 그토록 많이 변했는데 오빠는 그동안 그녀도 다는 모르는 모진 시련을 겪었으니, 자신이 경외감에 차서 바라보던 해군복 차림의 키 큰 애송이가 아닌 딴사람이 되었을 것만 같았다. 하지만 서로 못 보는 동안 그들은 연배뿐 아니라 다른 많은 것도 비슷해져 있었다. 덕분에 이 슬픈 시기에 그녀의 짐이 한결 가벼워졌다. 그녀에게 오빠의 존재 말고는 다른 빛이 없었던 것이다. 아들을 본 헤일 부인은 몇 시간 동안 기운을 차릴 수 있었다. 그녀는 아들의 손을 잡고 앉아 있었고 잠든 뒤에도 손을 놓으려 하지 않아서, 마거릿이 어머니 손을 잡고 있는 오빠에게 아기처럼 음식을 먹여주어야 했다. 그러는 사이 잠이 깬 헤일 부인은 베개에 얹은 머리를 천천히 돌려 오누이의 모습을 보며 미소를 지었다. 그들이 뭘 하고 있고 왜 그러고 있는지 알 수 있었기 때문이다.

"내가 너무 이기적이구나. 하지만 이것도 얼마 안 남았어." 그녀가 말했다. 프레더릭이 고개를 숙여 자신의 손을 구속하고 있는 힘없는 손에 입맞췄다.

이런 평온한 상태는 여러 날, 어쩌면 몇 시간도 지속될 수 없을 거라고 도널드슨 선생이 마거릿에게 단언했다. 그 친절한 의사가 돌아간 후 마거릿은 살며시 프레더릭에게 내려갔다. 프레더릭은 의사가 와 있는 동안 원래 딕슨의 침실이었으나 이제 그에게 내준 뒷방에 조용히 숨어 있어야만 했던 것이다.

마거릿은 오빠에게 도널드슨 선생의 말을 전했다.

"난 그 말 안 믿어." 프레더릭이 외쳤다. "어머니가 많이 아픈 건 사실이야. 어쩌면 위독한 상태일 수도 있지. 그러나 죽음이 임박했다면 저런 모습일 수가 없어. 마거릿! 어머니를 다른 의사에게도 보였어야 했어. 런던 의사라든가. 그런 생각은 못해봤니?"

"해봤지, 몇 번이나. 하지만 그래 봐야 별수없을 거야. 오빠도 알다시피 런던에서 명의를 모셔올 돈이 없고, 도널드슨 선생님도 런던 의사들보다 실력이 많이 떨어지지 않는 분이야." 마거릿이 말했다.

프레더릭은 초조하게 서성이기 시작했다.

"카디스에 예금이 있긴 한데 여기에는 없어. 이름을 바꾸는 바람에. 아버지는 왜 헬스톤을 떠나신 거지? 그건 어리석은 실수였어."

"실수가 아냐." 마거릿이 침울하게 말했다. "오빠가 방금 한 그런 말이 아버지 귀에 들어가면 절대 안 돼. 그러잖아도 우리가 헬스톤을 떠나지 않았으면 어머니가 병에 걸리지 않았을 거라는 생각으로 괴로워하고 계시는데. 아버지가 얼마나 심하게 자책하시는지 오빠는 몰라."

프레더릭은 배의 갑판 위에 있는 것처럼 걸었다. 이윽고 마거릿 앞에 선 그는 실의에 빠져 축 늘어져 있는 동생을 잠시 바라보았다.

그가 동생을 어루만지며 말했다. "내 동생 마거릿! 우리 끝까지 희망을 갖자. 불쌍한 아가씨! 이게 뭐야? 얼굴이 온통 눈물범벅이잖아. 난 희망을 버리지 않을 거야. 천 명의 의사가 절망적으로 말한다 해도. 힘내, 마거릿. 용감하게 희망을 가져!"

마거릿은 목이 메어 아무 말도 하지 못했다. 이윽고 그녀가 아주 작은 소리로 말했다.

"순하게 믿어야지. 아, 오빠! 어머니가 나를 무척 사랑해주시던 참이었는데! 나도 어머니를 이해하기 시작했고. 그런데 죽음이 우리를 갈라놓으려 하다니!"

"자, 자, 자! 여기서 소중한 시간을 허비하지 말고 위층으로 올라가서 뭐라도 하자. 생각이 나를 슬프게 만들 때는 많았지만, 행동은 평생 그런 적이 없어. 내 이론은 '아들아, 돈을 벌어라. 되도록이면 정직하게. 어쨌든 벌어라'라는 격언을 조금 비튼 거야. '동생아, 행동해라. 될 수 있으면 좋은 일을. 어쨌든 행동해라.'"

"나쁜 짓도 괜찮고." 마거릿이 우는 얼굴에 희미한 미소를 머금고 말했다.

"당연하지. 하지만 나중에 후회하는 건 안 돼. 잘못을 저지르면(만약 양심에 거리낀다면 말이지) 되도록 빨리 선행으로 지워버리는 거야. 학교에서 석판에 계산을 할 때 반쯤 지워진 틀린 답 위에 정답을 덮어 썼듯이 말이야. 그게 눈물만 흘리고 있는 것보단 나아. 시간 낭비도 덜 하고 효과도 더 좋지."

마거릿은 처음엔 오빠의 이론이 좀 엉성하다고 생각했지만 그가 계속 친절을 베풀며 그 이론을 실천해나가는 모습을 보았다. 어머니 곁에서 힘든 밤을 보내고(이제 본인이 맡을 차례라고 우기면서), 식전부터 병간호에 지치기 시작한 딕슨에게 발받침대를 만들어주겠다며 부산을 떨었다. 아침 식탁에서는 아버지에게 멕시코, 남아메리카 등지에서 체험한 거친 삶에 대한 이야기를 생생하고 활기차게 들려주었다. 마거릿이었다면 아버지를 낙담의 늪에서 끌어내는 일을 포기하고는 스스로도 좌절에 빠져 말문을 닫아버렸을 터였다. 하지만 프레더릭은 자신의 이론에 따라 끊임없이 무언가를 했는데, 아침 식탁에서 먹는 것 말고 할 수 있는 행동은 말하는 것뿐이었다.

그날 밤이 오기 전에 도널드슨 선생의 의견은 확실한 근거가 있는 것이었음이 증명되었다. 헤일 부인은 몇 차례 경련을 일으켰고 경련이 멈추자 의식을 잃었다. 남편이 그녀 곁에 누워 침대가 들썩이도록 흐느껴도, 아들이 튼튼한 팔로 그녀를 살며시 안아 편안한 자세로 뉘어도, 딸이 얼굴을 닦아줘도 그녀는 알지 못했다. 그녀는 다시는 그들을 알아보지 못했다. 하늘에서 다시 만날 때까지.

아침이 오기 전에 모든 것이 끝났다.

마거릿은 전율과 낙담을 딛고 일어나 아버지와 오빠에게 위안을 주는 강인한 천사가 되었다. 이제 프레더릭은 완전히 무너졌고 그의 모든 이론은 무용지물이 되었다. 그가 밤에 자신의 작은 방에 처박혀 너무 격하게 울어서, 겁에 질린 마거릿과 딕슨이 내려가 조용히 해야 한다고 주의를 줬을 정도였다. 집과 집 사이 벽이 얇아서 이웃 사람들이 그의 젊고 격정적인 울음소리를 쉽게 들을 수 있는데, 그 울음은 슬픔에 단련된, 그리고 신이 정한 가차없는 운명에 감히 대항하지 못하는 노년의 느리고 떨리는 흐느낌과는 완전히 달랐기 때문이다.

마거릿은 아버지와 함께 고인의 곁을 지켰다. 차라리 아버지가 울기라도 했으면 좋았으련만. 헤일 씨는 침대 옆에 조용히 앉아 있다가 이따금 아내의 얼굴을 덮은 시트를 들추고 마치 짐승의 어미가 새끼를 어루만지듯 무슨 소리인지 알아들을 수 없는 작은 소리를 내며 아내의 얼굴을 쓰다듬었다. 그는 마거릿이 함께 있다는 걸 의식하지도 못했다. 마거릿이 한두 차례 아버지에게 다가가 키스했다. 그는 잠자코 있다가 키스가 끝나면 아내에게 집중하는 데 방해가 된다는 듯이 딸을 살며시 밀어냈다. 그는 프레더릭의 울음소리를 듣고 흠칫 놀라 고개를 저으며 말했다. "불쌍한 것! 불쌍한 것!" 하지만 그뿐이었다. 마거릿은 가슴이 저렸다. 아버지의 처지를 생각하면 자신의 슬픔은 생각할 수도 없었다. 밤이 지나가고 아침이 가까웠을 때 돌연 마거릿의 목소리가 정적을 깼다. 그녀 자신도 놀랄 만큼 낭랑한 목소리였다. "너희는 마음에 근심하지 말라."* 그녀는 이루 말할 수 없는 위안을 주는 그 장을 끝까지 흔들림 없이 암송했다.

* 「요한복음」 14장 1절. 예수가 자신의 죽음을 접하고 두려워할 제자들을 위로하려고 남긴 말이다.

6장

"옛친구를 잊어야만 하는가"

그 태도, 그리고 이 모든 모습,
뱀의 교활함과 죄인의 타락을 나타내지 않는가?*
—크래브

오싹한 한기가 스미는 쌀쌀한 10월의 아침이 왔다. 부드러운 은빛 안개가 걷히면서 환한 햇살 아래 모든 화려한 빛깔의 아름다움이 드러나는 시골의 10월 아침이 아니라, 은빛 안개는 짙은 매연이고 태양빛은 먼지 낀 기다란 거리들만을 보여주는 밀턴의 10월 아침이었다. 마거릿은 집안을 정리하는 딕슨을 도우며 무기력하게 움직였다. 자꾸 눈물이 고여 시야를 가렸지만 마음놓고 울 시간이 없었다. 슬픔으로 무너진 아버지와 오빠가 그녀에게 의지하고 있었기에, 그녀가 일하고 계획하고 생각해야만 했다. 장례 준비조차 그녀에게 맡겨진 듯했다.

불이 타닥거리며 환하게 타오르고, 아침식사 준비가 끝나고, 찻주전

* 영국 목사이자 시인 조지 크래브의 시 「자치구」.

자가 휘파람소리를 내며 끓기 시작하자 마거릿은 아버지와 오빠를 부르러 가기 전에 마지막으로 주위를 둘러보았다. 모든 것이 되도록 쾌적해 보이기를 원하는 마음에서였다. 하지만 막상 정말 그렇게 보이자, 자신의 마음과 너무 대조되어 돌연 울음이 터졌다. 그녀는 소파 옆에 무릎을 꿇고 자신의 울음소리를 아무도 듣지 못하도록 쿠션에 얼굴을 묻었다. 딕슨이 와서 그녀의 어깨를 어루만졌다.

"자, 아가씨, 우리 아가씨! 무너지면 안 돼요. 저희는 어쩌라고요. 이 집에서 지시를 내릴 사람은 아가씨뿐이잖아요. 할일이 산더미 같고요. 누구든 장례식을 감독하고, 누구를 부를지 어디서 할지 같은 걸 다 정해야 하는데요. 프레더릭 도련님은 정신 나간 사람처럼 울고 있고, 주인님이야 원래 결정을 잘 못하는 분이고. 불쌍한 주인님, 길 잃은 사람처럼 돌아다니고 계시던데. 아가씨, 얼마나 힘드실지 알아요. 하지만 죽음은 누구에게나 찾아오는 거예요. 지금까지 친구를 잃어본 적이 없다면 복이 많은 거죠."

어쩌면 그럴지도 모른다. 그러나 어머니를 잃는 건 세상의 다른 어떤 일과도 비교할 수 없을 듯했다. 마거릿은 딕슨의 말에서는 아무런 위안도 얻지 못했지만, 고지식한 늙은 하녀가 평소와는 달리 다정하게 대해주자 가슴이 뭉클했다. 그녀는 다른 이유보다는 바로 그런 이유로 딕슨에게 고마운 마음을 보이고 싶어서 소파 옆에서 일어서며 딕슨의 근심스러운 눈빛에 미소로 답하고는, 아버지와 오빠에게 아침식사가 준비되었다고 알리러 갔다.

헤일 씨가 들어왔다. 그는 꿈을 꾸는 것처럼, 아니 눈과 마음이 현실이 아닌 것들을 지각하는 몽유병자인 것처럼 무의식적으로 움직였다.

프레더릭은 억지로 활기차게 들어와 마거릿의 손을 잡고 눈을 들여다보다가 울음을 터뜨렸다. 그녀는 아침식사 시간 내내 사소한 잡담거리를 생각해내느라 애썼다. 함께 식사하는 가족들이 환자의 방에서 무슨 소리나 신호가 들려오지 않는지 계속해서 긴장을 늦추지 않고 귀기울이던 지난 식사 시간에 대한 생각에 너무 깊이 빠져들지 않도록 하기 위해서였다.

마거릿은 아침식사가 끝난 후 아버지에게 장례식에 대해 이야기할 작정이었다. 헤일 씨는 고개를 흔들며 그녀의 모든 제안에 찬성했다. 그녀의 제안은 서로 완전히 모순되는 것도 많았는데 말이다. 마거릿은 아버지에게서 아무런 결론도 얻지 못하고 딕슨과 의논하기 위해 힘없이 방을 나섰다. 그때 헤일 씨가 딸에게 다시 오라고 손짓했다.

"벨 선생님과 상의하렴." 헤일 씨가 공허한 목소리로 말했다.

"벨 선생님! 옥스퍼드의 벨 선생님요?" 마거릿이 조금 놀라며 물었다.

"그래, 벨 선생님. 그분이 내 결혼식 때 신랑 들러리였어."

마거릿은 아버지가 그를 떠올린 이유를 이해했다.

"오늘 편지를 쓸게요." 그녀가 말했다. 헤일 씨는 도로 무기력에 빠져들었다. 마거릿은 아침 내내 고생한 탓에 쉬고 싶은 마음이 간절했지만, 우울한 일더미에 파묻힌 채 헤어날 수가 없었다.

저녁때가 가까워서 딕슨이 그녀에게 말했다.

"아가씨, 제가 말해버렸어요. 주인님이 슬픔으로 쓰러지실까봐 겁이 나서요. 주인님은 오늘 온종일 불쌍한 마님과 함께 계셨어요. 방문에 귀를 대고 들어보니 마님께 계속 말을 거시더라고요. 마님이 살아 계시기라도 한 것처럼요. 제가 방에 들어가자 조용해지셨지만 정신이 하나도 없으신 것 같았어요. 그래서 정신이 번쩍 들게 해드려야겠다고 생각했어요. 처음엔 충격을 받으셔도 그러는 편이 나중엔 더 나을 것 같아서요. 그래서 주인님께 말씀드렸어요. 전 프레더릭 도련님이 여기 계시는 게 안전하다고 생각하지 않는다고요. 정말로요. 화요일에 있었던 일인데, 밖에 나갔다가 사우샘프턴 사람을 만났거든요. 밀턴에 와서 사우샘프턴 사람을 만나긴 처음이었어요. 거기 사람들은 여기까지 안 오니까요. 포목점을 하던 레너즈의 아들이었어요. 세상에 그런 개망나니가 없었죠. 제 아버지 속만 지독히 썩이다가 바다로 줄행랑쳤다니까요. 그놈이라면 학을 뗐는데. 프레더릭 도련님과 오리온호에 같이 탔을 거예요. 선상반란 때도 거기 있었는지는 모르겠지만."

"그 사람이 딕슨을 알아봤어요?" 마거릿이 열성적으로 물었다.

"그게 제일 후회가 돼요. 제가 바보같이 그놈 이름을 부르지만 않았어도 그놈은 절 몰라봤을 텐데. 낯선 땅에서 사우샘프턴 사람을 만나서 그만. 그게 아니었다면 그 비열하고 천하에 쓸모없는 인간을 그렇게 선뜻 아는 체할 리 없잖아요. 그놈이 이러더라고요. '딕슨 양! 여기서 이렇게 만날 줄 누가 알았나? 혹시 이젠 딕슨 양이 아니신가?' 그래서 제가 그랬죠. 아직 결혼 안 했으니 그렇게 불러도 된다, 내가 눈이 너무 높지만 않았더라면 결혼할 기회는 많았겠지만. 그랬더니 정중하게 '딕슨 양을 보니 그 말을 의심할 수가 없군요'라고 하는 거예요. 하지만 전 그런 인간한테 쉽게 속아 넘어가는 사람이 아니니까 그런 말에 안 속는다고 말하고, 그놈에게 복수하려고 세상에 둘도 없는 부자지간인 것처럼 아버지 안부를 물었어요(그놈이 아버지한테 쫓겨난 걸 알면서도요). 그랬더니 그놈이 저한테 앙갚음할 셈으로, 저희 둘 다 겉으론 아주 정중하게 굴었지만 속으론 부아가 치밀어서요, 프레더릭 도련님에 대해 꼬치꼬치 캐묻잖아요. 그러고는 프레더릭 도련님이 큰 곤경에 빠졌다고(도련님의 곤경이 조지 레너즈의 죄를 깨끗이 씻어주거나 비열하고 더러운 짓들로 보이지 않게 만들어주기라도 하는 것처럼 말이에요), 잡히면 선상반란 죄로 교수형을 당할 거라고, 현상금이 100파운드나 걸려 있다고, 집안의 수치가 아니냐고 씨부렁대는 거예요. 다 저한테 앙갚음하려고 한 말이었죠. 옛날에 사우샘프턴에서 레너즈 씨가 조지를 혼내는 걸 제가 거들었거든요. 그래서 제가 그랬죠. 아들 때문에 부끄러워서 얼굴 붉힐 이유도 더 많고 아들이 집에서 멀리 떠나 정직하게 돈 벌 생각만 해도 고마워할 집들도 있다고요. 그랬더니 그 뻔뻔한 놈이 하는 말이, 자기가 믿을 만한 위치에 있으니 운이 지지리도 나빠서 사악한 길로 빠졌지만 착실하게 살고 싶어하는 청년이 있으면 자기가 기꺼이 후원자 노릇을 해주겠다나요. 그놈이 잘도 그러겠다! 성자도 타락시킬 놈이. 그날 그놈과 얘기하면서 얼마나 기분이 나빴는지, 그런 기분은 몇 년 만에 처음이었어요. 그놈한테 더 심하게 복수를 못한 게 억울해서 울고 싶다니까요. 제가 한 칭찬을 다 진심으로 받아들였는지 면전에서 계속 히죽거리질 않나. 그놈은 제 말에 눈곱만큼도 신경을 안 썼는데, 저는 그놈 말 한마디 한마디에 얼마나 화가 났는지 몰라요."

"그래도 그 사람한테 우리 얘기, 오빠 얘기는 안 했죠?"

"그럼요. 그놈은 예의상 저한테 어디 사는지 물어보지도 않았어요. 물었어도 말 안 해줬겠지만. 저도 그놈한테 믿을 만한 위치라는 게 뭔지 안 물었고요. 그놈은 승합마차를 기다리고 있었는데 마침 마차가 오자 손을 흔들어 마차를 세웠어요. 그러면서도 끝까지 저를 괴롭히려고 마차를 타기 전에 돌아보며 이러더라고요. '딕슨 양, 헤일 중위를 잡는 걸 도와주면 현상금을 같이 탈 수 있는데. 나랑 손잡고 싶은 거 알아요, 안 그래요? 부끄러워하지 말고 그러겠다고 하지.' 마차에 올라타면서 저한테 마지막으로 한 방 먹인 게 고소해서 그 추잡한 얼굴에 음흉한 미소를 짓고는 저를 힐끔거리지 뭐예요."

마거릿은 딕슨의 이야기를 듣고 무척이나 심란해졌다.

"오빠한테도 말했어요?" 마거릿이 물었다.

"아뇨. 악당 레너즈가 밀턴에 있는 게 불안하긴 했지만, 다른 신경쓸 일이 너무 많아서 마음에 두지 않았거든요. 그러다 주인님이 멍하고 슬픈 눈으로 뻣뻣하게 앉아 계시기에, 그 얘기를 해드리면 프레더릭 도련님의 안전에 대해 조금이라도 걱정하실 거라고 생각한 거죠. 그래서 주인님께 다 말씀드렸어요. 젊은 놈한테 그런 소리를 들은 게 창피해서 얼굴이 화끈거렸지만요. 그 얘기가 효과가 있더라고요. 프레더릭 도련님을 숨기려면 벨 씨가 오기 전에 보내야 해요, 불쌍한 도련님."

"오, 벨 선생님은 걱정이 안 되는데, 그 레너즈라는 사람은 걱정스럽네요. 오빠에게 말해줘야겠어요. 레너즈는 어떻게 생겼어요?"

"인상이 고약한 놈이에요, 그렇고말고요. 저 같으면 그런 구레나룻은 창피해서 안 기를 거예요. 얼마나 시뻘건지. 그리고 그자가 믿을 만한 위치에 있다고 말은 했지만 노동자처럼 두꺼운 무명옷을 입고 있었어요."

프레더릭이 떠나야만 하는 건 분명했다. 가족의 일원으로 완전히 자리잡고 아버지와 누이를 위해 든든한 버팀목이 되어주기로 약속했는데, 그 역시 떠나야만 하는 것이다. 어머니가 살아 계실 때 극진히 보살피고 돌아가셨을 때 슬퍼함으로써 사별의 슬픔을 함께하는 동지애로 똘똘 뭉칠 수 있을 줄 알았는데. 마거릿이 응접실 불 앞에 앉아 그런 생각을 하고 있고 헤일 씨는 아직 자식들에게 말하지 못한 새로운 두려움에 전전긍긍하고 있을 때 프레더릭이 들어왔다. 그의 쾌활함은 수그러들었지만 극도로 격렬했던 슬픔은 잠잠해진 상태였다. 그가 마거릿에게 다가와 그녀의 이마에 키스했다.

"마거릿, 얼굴이 몹시 창백하구나! 넌 다른 사람들 생각만 하는데, 널 생각해주는 사람은 아무도 없네. 이 소파에 누워. 네가 할 일은 없으니까." 그가 작은 소리로 말했다.

"그게 제일 나쁜 거지." 마거릿이 슬프게 속삭였다. 그러면서도 소파로 가서 누웠고, 오빠가 숄로 그녀의 발을 덮어준 다음 그녀 옆 바닥에 앉았다. 두 사람은 소리 죽여 이야기를 나누기 시작했다.

마거릿은 딕슨이 젊은 레너즈를 만난 이야기를 전해주었다. 프레더릭이 낭패감에 휴우 하고 길게 탄식했다.

"그 인간과 결판을 내버리고 싶다. 세상에 그보다 형편없는 선원은 없었지. 인간 말종이었고. 정말이야, 마거릿…… 너도 사정을 다 알고 있지?"

"응, 어머니한테 들었어."

"일 잘하는 선원들은 모두 선장에게 화가 나 있었는데 그 인간만 선장 비위를 맞추려고 했다니까…… 칫! 그 인간이 여기 있다니! 그 인간 말이야, 내가 20마일 이내에 있다는 걸 알게 되면 날 찾아내서 묵은 원한을 갚으려고 할걸. 다른 사람이라면 몰라도 그 악당이 내 목숨 값이라는 100파운드를 차지하게 할 순 없지. 차라리 불쌍한 딕슨이 나를 넘기고 노후자금이나 마련한다면 좋으련만!"

"오빠, 쉿! 그런 말은 하지 마."

헤일 씨가 열성적인 태도로 몸을 떨며 그들에게 다가왔다. 오누이가 나누는 말을 엿듣고 있었던 것이다. 그가 두 손으로 프레더릭의 손을 잡으며 말했다.

"아들아, 넌 가야 한다. 참으로 애석한 일이지만…… 가야만 해. 넌 여기서 네가 할 수 있는 일은 다 했다…… 네 어머니한테 큰 위로가 됐어."

"오, 아버지, 꼭 가야만 할까요?" 마거릿은 그래야만 한다는 걸 확신하면서도 그렇게 애원했다.

"난 용감하게 나서서 재판을 받을 용의가 있어. 증거만 확보할 수 있다면 말이야! 레너즈 같은 악당 손아귀에 들어가는 건 생각만 해도 견딜 수가 없어. 이런 상황만 아니었더라면 몰래 집에 찾아오는 걸 즐길 수도 있었을 텐데. 어느 프랑스 여자*가 금지된 즐거움의 매력이라고 한 것들이 다 들어 있으니까."

"어릴 때 오빠가 사과를 훔쳐서 큰 망신을 당한 일이 기억나. 우리집에도 사과가 주렁주렁 달린 사과나무들이 많았는데, 오빠는 훔친 사과가 제일 맛있다는 말을 어디서 듣고 그 말을 오 피에 드 라 레트르** 받아들여서 도둑질을 했잖아. 오빠는 그때랑 별로 달라진 게 없네."

---

* 17세기 프랑스 귀족들의 삶에 관한 자세한 정보가 들어 있는 편지를 남긴 프랑스 문인 세비녜 부인을 의미하는 듯하다.

** au pied de la lettre. 프랑스어로 '문자 그대로'라는 뜻.

"그래…… 넌 가야만 해." 헤일 씨가 반복해서 말했다. 좀전에 마거릿이 한 질문에 대한 대답이었다. 그는 한 가지 생각에 매달리느라 아들과 딸의 샛길로 빠진 대화를 따라가기 힘들었고 굳이 따라가려고 애쓰지도 않았다.

마거릿과 프레더릭은 시선을 서로 교환했다. 프레더릭이 떠나면 그런 순간적인 교감도 나눌 수 없을 터였다. 말로 표현할 수 없는 많은 것을 눈빛으로 전달할 수 있는데. 두 사람은 똑같은 생각을 하다가 슬픔에 빠져들었다. 프레더릭이 먼저 슬픔을 떨쳐냈다.

"참, 마거릿, 아까 오후에 나랑 딕슨이랑 간 떨어질 뻔했다니까. 내 방에 있다가 현관문 초인종 소리를 듣긴 했는데, 시간이 한참 지났기에 초인종을 누른 사람이 볼일을 다 보고 간 줄 알고 복도로 나가려고 방문을 열었거든. 그때 마침 딕슨이 아래층으로 내려오다가 나를 보고 인상을 쓰면서 도로 방으로 몰아넣는 거야. 그래서 문을 열어두고 딕슨이 아버지 서재에 있는 어떤 남자한테 얘기하는 소리를 들었지. 그다음에 그 남자는 나갔고. 그 사람은 누구였을까? 가게 점원이었나?"

"아마 그럴 거야. 두시쯤 키 작고 조용한 남자가 주문을 받으러 왔었어." 마거릿이 무심하게 대꾸했다.

"작은 남자가 아니었는데…… 크고 건장한 남자였어. 네시 넘어서 왔고."

"손턴이었다." 헤일 씨가 말했다. 아버지가 대화에 끼어들자 두 사람은 기뻐했다.

"손턴 씨라고요? 전 그런 줄도 모르고……" 마거릿이 조금 놀랐다.

"그래, 귀염둥이, 그런 줄도 모르고 뭐?" 마거릿이 말을 하려다 말자 프레더릭이 물었다.

"아, 오빠가 말한 남자가 다른 계층 사람인 줄 알았다고, 신사가 아니라. 심부름꾼 말이야." 마거릿이 얼굴을 붉히고는 오빠를 똑바로 보면서 대답했다.

"그런 사람처럼 보이던걸. 그래서 점원인 줄 알았는데 제조업자였구나." 프레더릭이 무심히 말했다.

마거릿은 침묵을 지켰다. 자신도 처음에 손턴의 성격을 몰랐을 때 대화를 나눈 후 프레더릭처럼 생각했던 기억이 떠올랐기 때문이다. 그건 손턴에게서 받을 수 있는 자연스러운 인상이었지만 왠지 좀 마음에 거슬렸다. 설명할 기분도 들지 않았다. 손턴이 어떤 사람인지 오빠에게 알려주고 싶긴 했지만 말이 나오지 않았다.

헤일 씨가 말했다. "힘닿는 데까지 돕겠다는 말을 하려고 왔을 게다. 하지만 내가 그 친구를 만날 수가 없었단다. 그래서 딕슨한테 너라도 만나겠느냐고 물어보라고 했지. 딕슨더러 너를 찾아서 손턴에게 보내라고 말했던 것 같은데…… 나도 내가 무슨 말을 했는지 모르겠구나."

"무척 좋은 사람인가보네?" 프레더릭이 아무나 받으라고 공을 던지듯 질문을 던졌다.

"아주 친절한 친구분이셔." 아버지가 대답이 없자 마거릿이 말했다.

프레더릭은 한동안 침묵하다가 이윽고 입을 열었다.

"마거릿, 너에게 친절을 베풀어준 사람들에게 고맙다는 말을 할 수 없다고 생각하니 괴롭구나. 너와 내가 아는 사람들과는 만날 수가 없어. 내가 군법정에 서는 모험을 감수하거나 너와 아버지가 에스파냐로 건너오지 않는 한 말이야." 그는 더듬이를 내밀듯 아버지와 마거릿이 에스파냐로 와줬으면 하는 뜻을 슬쩍 비치다가 갑작스럽게 돌진했다. "내가 그걸 얼마나 간절히 원하는지 모를 거야. 난 거기서 좋은 위치에 있어. 더 나은 기회를 얻었거든." 그는 소녀처럼 얼굴이 빨개지며 말을 이었다. "마거릿, 너한테 말한 돌로레스 바르부르 있잖아, 너한테 꼭 소개해주고 싶어. 분명 넌 돌로레스를 좋아할 거야. 아니, 좋아한다는 말은 너무 약하지, 사랑하게 될걸. 아버지, 아버지도 돌로레스를 만나면 사랑하시게 될 거예요. 돌로레스는 아직 열여덟 살이 안 됐지만 내년에도 마음이 변하지 않는다면 내 아내가 될 거야. 바르부르 씨는 그걸 약혼이라고 부르는 걸 허락하지 않겠지만. 에스파냐에 오면 돌로레스 말고도 친구들을 많이 사귈 수 있을 텐데. 아버지, 한번 생각해보세요. 마거릿, 내 편이 되어줘."

"아니…… 난 이제 이사는 안 한다." 헤일 씨가 말했다. "이사 한 번 했다가 아내를 잃었어. 이제 평생 이사는 안 해. 마거릿도 여기서 살 거다. 나도 명이 다할 때까지 여기서 살 거고."

"오빠, 바르부르 양 얘기를 좀더 해줘. 그런 사이인 줄 전혀 몰랐는데. 하지만 정말 기뻐. 거기서 오빠를 사랑하고 돌봐줄 사람을 갖게 되다니. 모두 다 얘기해줘." 마거릿이 말했다.

"우선, 돌로레스는 가톨릭신자야. 우리 가족이 반대할 만한 건 그것뿐이야. 하지만 아버지도 종교가 바뀌었으니…… 마거릿, 한숨 쉬지 마."

그 대화가 끝나기 전에 마거릿이 조금 더 한숨을 쉴 이유가 생겼다. 아직 공표하지는 않았지만 프레더릭 자신도 가톨릭신자였다. 바로 그런 이유 때문에 아버지가 교회를 떠난 일에 마거릿이 극심하게 괴로워하는데도 오빠가 편지에서 그리 공감해주지 않았던 것이다. 마거릿은 뱃사람의 무심함 탓으로 여겼는데 사실은 이미 그때부터 프레더릭도 자신이 세례를 받은 종교를 포기할 마음이 있었던 것이다. 그의 종교적 견해는 아버지와는 정반대 성격을 띠고 있었지만 말이다. 이 개종에 사랑이 얼마나 큰 영향을 미쳤는지는 프레더릭 자신도 설명할 수 없었다. 마거릿은 종교에 대해 이야기하는 걸 포기하고 약혼 사실로 돌아가 새로운 관점에서 그 문제를 보기 시작했다.

"오빠, 바르부르 양을 위해서라도 오빠가 억울하게 뒤집어쓴 혐의들을 벗어야 해. 선상반란 혐의는 사실이라고 해도 말이야. 군법재판이 열리고 오빠를 위해 증언해줄 증인들을 찾을 수만 있다면, 오빠가 선장의 권위에 불복한 건 그 권위가 부당하게 행사되었기 때문이란 사실을 증명할 수 있을 거야."

헤일 씨는 아들의 대답을 듣기 위해 일어섰다.

"우선 마거릿, 누가 나서서 내 증인들을 찾아내겠니? 다들 뱃사람이라 다른 배로 뿔뿔이 흩어졌는데. 선상반란에 가담했거나 동조해서 증언을 해줘봐야 별로 먹히지도 않을 사람들 빼고는 말이야. 그리고 둘째로, 미안하지만 넌 군법재판에 대해 잘 몰라. 그래서 정의가 집행되는 자리라고 생각하는 모양이지만 실상은…… 거기선 권위가 10분의 9를 차지하고 증거는 10분의 1밖에 안 돼. 그런 데서는 증거 자체도 권위의 영향을 받을 수밖에 없고."

"그래도 오빠에게 유리한 증거를 얼마나 많이 밝혀내고 제시할 수 있을지 알아보는 건 해볼 가치가 있는 일 아닐까? 지금은 오빠를 아는 모든 사람이 오빠에 대해 변명할 여지가 없는 죄를 저질렀다고 믿고 있단 말이야. 오빠는 스스로 결백하다고 주장한 적이 없고, 우리는 오빠에게 유리한 증거를 어디 가서 찾아야 하는지도 몰랐으니까. 오빠, 바르부르 양을 위해서라도 오빠가 한 일에 대해 세상 사람들에게 똑똑히 알려야 해. 어쩌면 바르부르 양은 그 문제를 신경 안 쓸 수도 있지만, 그리고 분명 우리처럼 오빠를 믿겠지만, 그래도 오빠의 입장을 세상에 정확하게 알리지 않고 그런 위험한 혐의를 쓴 채로 그녀를 받아들이는 건 못할 짓이야. 오빠는 권위에 불복했어. 그건 잘못이야. 하지만 권위가 무자비하게 이용되는 걸 보면서도 아무 말, 아무 행동도 없이 구경만 한다면 그건 훨씬 더 나쁜 거잖아. 사람들은 오빠가 한 행동은 알지만, 그 행동을 범죄에서 약자를 보호하는 영웅적 행위로 끌어올려줄 동기에 대해서는 전혀 몰라. 돌로레스를 위해서라도 세상에 그걸 알려야 해."

"하지만 어떻게 알리겠니? 설령 진실을 말해줄 증인들을 몽땅 데려올 수 있다고 해도, 군법재판에서 나를 심판할 판사들이 순수하고 공정할지는 확신할 수가 없어. 포고꾼을 거리에 내보내서 네가 영웅적 행위라고 부르고 싶어하는 내 행동에 대해 큰 소리로 알리게 할 수도 없는 노릇이고. 자기변호 책자를 써서 돌린다 해도 너무 오래된 일이라 아무도 안 읽겠지."

"변호사를 만나 결백을 입증할 방법을 찾아보는 건 어떨까?" 오빠를 올려다보며 물어보는 마거릿의 얼굴이 새빨갛게 물들고 있었다.

"변호사를 만나면 비밀을 털어놓기 전에 믿을 만한 사람인지 잘 살펴봐야 해. 일거리가 없어서 양심을 속이고, 착한 일을 한답시고 나를 경찰에 넘겨 아주 쉽게 100파운드를 챙길 궁리를 할 변호사들이 많거든."

"말도 안 돼, 오빠! 내가 믿을 만한 변호사를 한 사람 알거든. 유능한 변호사라고 칭찬이 자자한 사람이야. 그리고 저기…… 그 사람은 쇼 이모님 친척의 일이라면 수고를 아끼지 않을 거야. 헨리 레녹스 씨요, 아버지."

"그거 좋은 생각이구나. 하지만 프레더릭이 영국을 떠나는 걸 지체시킬 일은 만들지 말거라. 그건 안 된다, 네 어머니를 위해서." 헤일 씨가 말했다.

"오빠는 내일 밤기차로 런던에 가면 돼." 마거릿이 자신의 계획으로 들어가기 위한 시동을 걸며 말을 이었다. 그러고는 아버지에게 다정하게 말했다. "아버지, 오빠는 내일 떠나야 할 것 같아요. 저희가 그렇게 정했어요. 벨 선생님도 있고, 딕슨이 만난 그 기분 나쁜 고향 사람 때문에요."

"그래, 난 내일 떠나야겠다." 프레더릭이 단호하게 말했다.

헤일 씨가 신음소리를 냈다. "너와 헤어지는 걸 견딜 수가 없는데, 네가 여기 있는다고 해도 불안해서 못 살겠구나."

"그럼 제 계획을 들어보세요. 오빠는 금요일 아침에 런던에 도착할 거예요. 제가…… 아니면 아버지가…… 아니, 레녹스 씨에게 보내는 편지는 제가 쓰는 게 낫겠어요. 오빠는 그 편지를 들고 템플에 있는 그 사람 사무실로 찾아가면 돼."

"오리온호에 탔던 사람들 명단을 기억나는 대로 다 적을게. 그 명단을 변호사한테 맡기고 그 사람들을 찾아달라고 하면 되니까. 그 변호사, 이디스 시동생이지, 맞지? 네 편지에서 그 사람 이름을 본 기억이 나. 바르부르에게 맡겨둔 돈이 좀 있거든. 성공 가능성만 있다면 돈이 많이 들어도 다 지불할 수 있어. 사랑하는 아버지, 사실은 다른 용도로 마련해둔 돈이에요. 그러니 아버지와 마거릿에게 빌리는 걸로 생각할게요."

"그러지 마. 빌린다고 생각하면 모험을 걸 수 없으니까. 이 일은 모험이야. 걸어볼 만한 가치가 있는 모험. 오빠, 리버풀뿐만 아니라 런던에서도 배를 탈 수 있지?" 마거릿이 말했다.

"당연하지, 바보야. 난 널빤지 아래 파도가 넘실대는 걸 느낄 수만 있다면 어디서든 편안해. 내가 알아서 배 타고 떠날 테니까, 걱정 마. 너하고도, 다른 사람하고도 떨어져 있어야 하는 곳이니까, 런던에서 이십사 시간 이상은 머물지 않을 거야."

레녹스 씨에게 편지를 쓸 때 프레더릭이 어깨 너머로 지켜보자 마거릿은 오히려 마음이 편했다. 그 덕에 침착하고 간결하게 편지를 써내려갈 수밖에 없었는데, 그러지 않았다면 레녹스 씨와 그렇게 불쾌하게 헤어지고 나서 처음으로 다시 연락하자니 어색해 많은 단어에서 망설이고 여러 표현 중 어떤 걸 골라야 할지 갈팡질팡했을 터였다. 그녀가 편지를 다 쓰자 다시 읽어볼 사이도 없이 프레더릭이 가져가서는 지갑에 조심스레 집어넣었다. 그러다 지갑에서 긴 검은머리 한 타래가 떨어졌는데, 그걸 본 프레더릭의 눈이 기쁨으로 반짝였다.

"넌 이걸 보고 싶은 거지, 그렇지? 안 돼! 돌로레스를 직접 만날 때까지 기다려. 그녀는 단편적인 부분들로 파악하기엔 너무 완벽하니까. 보잘것없는 벽돌 하나가 내 궁전의 견본이 될 수는 없지."

7장

불운

뭐라고! 남아서
비난받으라고, 쇠사슬에 묶여 끌려가라고.
—『베르너』*

다음날 온종일 세 사람은 함께 앉아 있었다. 헤일 씨는 거의 말을 하지 않았고 자식들이 질문을 해서 억지로 현실로 끌어들일 때만 입을 열었다. 프레더릭의 슬픔은 더이상 보이거나 들리지 않았다. 그는 슬픔의 첫 발작이 지나가자 감정에 무너져버렸던 것이 수치스러웠고, 비록 어머니를 잃은 슬픔은 깊은 진짜 감정이고 평생 지속될 테지만 다시는 입 밖에 내지 않기로 했다. 처음에는 그리 격정적이지 않았던 마거릿이 지금 더 고통스러워하고 있었다. 그녀는 이따금 심하게 울었고, 대수롭지 않은 일들에 대해 이야기할 때조차 태도에서 애절함을 느끼게 했다. 그리고 그 애절함은 프레더릭에게 시선이 머물 때마다, 빠르게 다가오

* 조지 고든 바이런 경의 시극.

고 있는 작별을 생각할 때마다 한층 깊어졌다. 그녀는 오빠가 떠나는 것이 무척이나 슬펐지만 아버지를 생각하면 기쁘기도 했다. 헤일 씨에게는 아들과 함께 있는 즐거움보다 아들이 발각되어 잡혀갈지도 모른다는 공포가 훨씬 더 컸던 것이다. 아내가 죽은 후로 그 공포는 더 커졌는데, 이제 그 생각에만 골몰하기 때문인 듯했다. 그는 예사롭지 않은 소리가 들릴 때마다 흠칫 놀랐고, 방에 들어오는 사람의 눈에 바로 띄는 곳에 프레더릭이 앉아 있으면 불안해서 견디지 못했다. 저녁이 가까워질 무렵에 그가 말했다.

"마거릿, 네가 기차역까지 같이 갈 거지? 프레더릭이 무사히 떠난 걸 확인하고 싶구나. 프레더릭이 밀턴을 떠났다는 소식을 들고 올 거지?"

"그럼요. 저도 그러고 싶어요. 아버지가 혼자 계셔도 외롭지 않으시다면요." 마거릿이 대답했다.

"난 괜찮다! 네가 프레더릭을 배웅하고 돌아와 무사히 떠났다고 말해주지 않으면, 혹시 누가 프레더릭을 알아봐서 못 떠났으면 어쩌나 하는 걱정에 시달릴 것 같구나. 아웃우드역으로 가거라. 거기도 가깝고 사람들이 많지 않으니까. 마차를 대절해서 가렴. 그래야 사람들 눈에 띌 위험이 적거든. 프레더릭, 기차 시간이 몇시라고 했지?"

"여섯시 십분요. 거의 어두워질 때예요. 마거릿, 어떻게 돌아오려고?"

"오, 내가 알아서 할게. 나, 아주 용감하고 단단해졌거든. 날이 저물어도 집으로 돌아오는 길은 가로등이 밝아. 지난주에는 그보다 훨씬 늦은 시간에도 외출했는걸."

마거릿은 죽은 어머니와, 그리고 살아 있는 아버지와의 작별이 끝나자 안도감을 느꼈다. 그녀는 프레더릭을 서둘러 마차에 태웠다. 아들이 마지막으로 어머니를 보러 갈 때 동행했던 아버지가 가슴이 찢어지는 고통을 느끼던 것을 보았기에, 그 시간을 줄여주기 위해서였다. 그 이유로 일찍 출발하기도 했고 '철도 안내서'에 작은 역의 기차 도착시간이 잘못 나와 있는 경우가 빈번하기도 해서, 아웃우드역에 도착해보니 시간이 이십 분 가까이 남았다. 매표소가 아직 문을 안 열어서 표를 살 수도 없었다. 그래서 오누이는 철로 아래 땅으로 이어지는 계단을 내려갔다. 마찻길 옆으로 펼쳐진 들판에 석탄재를 깐 넓은 보도가 대각선으로 뻗어 있어서, 시간을 때우려고 그 길을 왔다갔다했다.

마거릿은 오빠의 팔짱을 꼈다. 프레더릭이 그녀의 손을 다정하게 잡았다.

"마거릿! 레녹스 씨와 만나 누명을 벗을 방법을 찾아볼 거야. 영국에 오고 싶을 때마다 올 수 있게. 다른 누구보다 너를 위해서야. 만일 아버지께 무슨 일이라도 생기면 네가 얼마나 외로울지 생각만 해도 견딜 수가 없구나. 아버지는 너무 많이 변하셨어…… 충격이 몹시 컸던 모양이야. 카디스로 오는 문제에 대해 잘 생각해보시게 해줘. 여러 가지 이유로도 그게 좋겠어. 아버지마저 잃으면 너는 어쩌지? 가까이에 친구도 없잖아. 우리는 이상할 정도로 친척도 거의 없고."

마거릿은 프레더릭이 아버지를 잃게 될 가능성을 제기하며 자신에게 보여준 다정한 염려에 눈물을 참기가 어려웠다. 지난 몇 달 동안 근심걱정에 시달려온 아버지였기에, 그녀 자신이 느끼기에도 도저히 있을 수 없는 일은 아니었던 것이다. 하지만 그녀는 애써 힘내어 말했다.

"지난 이 년 동안 전혀 예상치 못했던 이상한 변화들을 겪다보니, 아직 일어나지도 않은 미래의 일에 대비해서 미리 자세한 계획을 세우는 건 부질없는 짓 같아. 난 현재 일만 생각할 거야." 그녀는 말을 멈췄다. 두 사람은 마찻길과 들판 사이의 울타리에 난 계단식 출입구 가까이에 잠시 서 있었고 석양빛이 그들의 얼굴을 비췄다. 프레더릭이 그녀의 손을 잡고 아쉬움과 근심이 가득한 눈빛으로 그녀의 얼굴을 들여다보며 동생이 말로 표현하지 않은 걱정과 고민을 읽었다. 마거릿이 말을 이었다.

"우리, 편지 자주 해. 걱정거리가 생기면 편지에 다 쓸게. 그래야 오빠 마음이 편하다는 거 알아. 아버지는……" 마거릿은 말을 하다가 흠칫 놀랐다. 그녀의 표정에는 거의 변화가 없었으나 프레더릭은 자신이 잡고 있던 동생의 손이 움찔하는 걸 느끼고 마찻길 쪽으로 고개를 돌렸다. 말을 탄 남자가 그들이 서 있는 울타리 출입구 옆을 천천히 지나고 있었다. 마거릿이 고개를 숙여 인사했고, 상대도 뻣뻣하게 그 인사에 답했다.

"누구야?" 말 탄 남자가 그들의 목소리를 듣지 못할 정도로 멀어지기도 전에 프레더릭이 물었다.

마거릿이 조금 풀이 죽어서는 살짝 얼굴을 붉히며 대답했다. "손턴 씨야. 오빠도 전에 봤잖아."

"그땐 뒷모습밖에 못 봤지. 인상이 안 좋은데. 아주 무섭게 노려보더라!"

"화날 만한 일이 있었어." 마거릿이 변명하듯 말했다. "그 사람이 어머니와 함께 있던 모습을 봤다면 인상이 안 좋다는 생각은 안 들었을걸."

"이제 가서 기차표 끊어야겠다. 마거릿, 이렇게 일찍 어두워질 줄 알았더라면 마차를 보내지 않았을 텐데."

"오, 그 문제라면 신경쓸 것 없어. 여기서 마차를 잡아도 되고 기차를 타고 가도 되니까. 밀턴역에서 집까지는 가게에 사람들에, 가로등도 있고. 내 걱정은 말고 오빠나 조심해. 레너즈가 오빠랑 같은 기차라도 탈까봐 걱정돼 죽겠어. 기차 타기 전에 안을 잘 살펴봐."

그들은 역으로 돌아갔다. 마거릿은 가스등 불빛이 환한 역 안으로 들어가 자신이 표를 끊겠다고 우겼다. 한가해 보이는 청년들 몇 명이 역장과 함께 빈둥거리고 있었다. 그들 중 한 사람을 전에 본 적이 있는 것 같았다. 그가 감탄을 숨기지 않고 무례하게 빤히 쳐다봐서, 그녀는 품위가 손상되었다는 양 오만하게 노려보았다. 그녀는 밖에서 기다리고 있는 오빠에게 황급히 걸어가서 그의 팔을 잡았다. "가방은 챙겼어? 플랫폼에서 좀 걷자." 이제 곧 홀로 남겨질 거라는 생각에 좀 허둥거리며 말했다. 그녀의 용기는 스스로 인정하고 싶은 것보다 빨리 빠져나가고 있었다. 그녀는 깃발을 따라 걷고 있는 자신들을 따라오는 발소리를 들었다. 그들이 걸음을 멈추고 선로를 내다보며 다가오는 기차 소리를 듣자 그 발소리도 멎었다. 그들은 아무 말도 하지 않았다. 가슴이 터질 것 같았다. 잠시 후면 기차가 도착할 것이고, 일 분 더 지나면 프레더릭은 떠날 터였다. 마거릿은 오빠를 급히 런던으로 보내기로 한 게 후회될 지경이었다. 런던으로 간다면 발각될 위험이 더 많아지니까. 리버풀에서 배를 타고 에스파냐로 간다면 두세 시간 내로 영국 땅을 뜰 수 있었다.

프레더릭이 돌아서자 가스등 불빛을 정면으로 받았다. 가스등 불은 기차를 맞이하기 위해 활활 타오르고 있었다. 철도 짐꾼 복장을 한 사내가 그들을 향해 돌진했다. 인상 나쁜 남자로 짐승의 상태가 될 만큼 취한 듯했지만 정신은 멀쩡했다.

"아가씨, 실례 좀 합시다!" 사내가 마거릿을 거칠게 밀어버리고 프레더릭의 멱살을 잡았다.

"댁 이름이 헤일 맞지?"

순식간에 프레더릭이 날랜 몸싸움으로 사내를 쓰러뜨렸는데, 마거릿의 눈에는 모든 움직임이 춤을 추는 듯 보여서 프레더릭이 어떻게 그를 제압했는지도 알 수 없었다. 사내는 서너 피트 높이쯤 되는 플랫폼에서 철길 옆 무른 땅으로 떨어지더니 그대로 널브러졌다.

"뛰어, 뛰어!" 마거릿이 헐떡거리며 외쳤다. "기차가 왔어. 레너즈지? 맞지? 오, 뛰어! 가방은 내가 들고 갈게." 그녀는 프레더릭의 팔을 잡고 연약한 힘으로 사력을 다해 밀어댔다. 기차 문이 열리고 프레더릭이 올라탔다. 그가 기차에서 몸을 내밀고 외쳤다. "마거릿, 신의 은총을 빈다!" 기차가 떠난 뒤 마거릿은 홀로 남아 플랫폼에 서 있었다. 그녀는 금방이라도 쓰러질 것만 같아서 가까스로 여성용 대합실로 들어가 잠시 앉아 있었다. 처음엔 아무것도 못하고 숨만 헐떡거렸다. 아까는 너무 급박했다. 그 끔찍한 공포! 하마터면 큰일날 뻔했다. 그때 마침 기차가 도착하지 않았다면 그 남자가 플랫폼으로 뛰어올라와 사람들을 불러 오빠를 체포했을지도 모른다. 마거릿은 그 남자가 일어났는지 궁금했다. 혹시 그 남자가 움직이는 걸 봤는지 기억을 더듬었다. 그 남자가 심하게 다쳤을 수도 있다. 그녀는 용감하게 밖으로 나갔다. 플랫폼엔 불이 환하게 밝혀져 있었지만 여전히 한산했다. 플랫폼 끝으로 걸어가서 두려움에 떨며 땅바닥을 내려다보았다. 아무도 없었다. 그녀는 직접 가서 확인하기를 잘했다고 생각했다. 안 그랬으면 꿈에서까지 끔찍한 생각에 시달렸을 테니까. 그런데도 너무 떨리고 겁나서 도저히 집까지 걸어갈 자신이 없었다. 밝은 역에서 내려다보니 길이 어두워 보였고 인적도 드물었다. 하행열차가 올 때까지 기다렸다가 타고 갈 수도 있었다. 하지만 레너즈에게 프레더릭과 함께 있었던 사람이라는 걸 들킨다면? 그녀는 표를 끊으러 매표소로 들어가기 전에 주위를 살펴보았다. 역무원 몇 명만이 모여 서서 큰 소리로 떠들고 있었다.

"그러니까 레너즈가 또 술을 마셨단 말이지!" 책임자인 듯한 사람이 말했다. "이번엔 자리를 보전하려면 그렇게 자랑하던 연줄을 총동원해야겠군."

"어디 있는데?" 다른 역무원이 물었다. 마거릿은 그들을 등지고 서서 떨리는 손으로 잔돈을 세고 있었다. 그 질문의 답을 듣기 전에는 돌아설 용기가 나지 않았다.

"모르지. 한 오 분 전쯤 들어와서는 플랫폼에서 떨어졌다고 떠벌리며 욕지거리를 해대더니 다음 열차 편으로 런던에 가겠다고 돈을 좀 꿔달라는 거야. 술에 취해서 온갖 약속을 해대길래 듣지도 않고 내 일만 했지. 가서 일이나 하라고 했더니 앞문으로 사라지던데."

"근처 술집에 있을 게 뻔해. 자네가 멍청이같이 돈을 빌려줬다면 그 돈도 거기 있을 거고." 처음에 말했던 사람이 빈정거렸다.

"내가 또 당할 것 같아! 그 인간이 말하는 런던이 어딘지 뻔히 아는데. 지난번에 빌려간 5실링도 안 갚았다고." 그들의 이야기가 그렇게 이어졌다.

이제 마거릿은 기차에 탈 일이 걱정이었다. 그녀는 다시 여성용 대합실에 숨었다. 발소리가 들릴 때마다 레너즈가 다가오는 것 같았고, 요란하고 떠들썩한 목소리가 들릴 때마다 그의 목소리인 것만 같았다. 하지만 기차가 와서 설 때까지 아무도 그녀에게 다가오지 않았다. 기차에 탈 때 짐꾼이 와서 친절하게 도와줬는데, 그녀는 기차가 움직이기 시작한 뒤에야 그 짐꾼의 얼굴을 확인할 수 있었다. 다행히 그는 레너즈가 아니었다.

8장

평화

잘 자요, 내 사랑, 그대의 차가운 침대에서
고이 잠드시오!
이것이 나의 마지막 밤 인사, 그대는 깨어나지 않으리,
내가 그대 운명을 따라갈 때까지.*
—닥터 킹

그 모든 공포와 떠들썩한 소동을 겪은 후 집은 비정상적으로 조용하게 느껴졌다. 헤일 씨는 딸이 돌아오면 내줄 다과를 준비시켜놓고 늘 앉던 의자에 앉아 다시금 슬픈 백일몽에 빠져 있었다. 딕슨은 부엌에서 메리 히긴스를 꾸짖으며 지시를 내리고 있었다. 딕슨은 집에 고인이 누워 있는 동안은 목소리를 낮추는 것이 도리라는 생각에 성난 목소리로 속삭였지만, 그렇다고 꾸지람이 덜 매서운 건 아니었다. 마거릿은 기차역에서 겪은, 공포의 정점을 찍었던 사건에 대해 아버지에게 말하지 않기로 했다. 잘 끝났으니 굳이 말할 필요가 없었다. 다만 한 가지 두려운 건, 레너즈가 어떻게든 돈을 빌려 런던까지 쫓아가서 프레더릭을 찾아

* 영국 시인 헨리 킹이 아내의 죽음을 추모하며 쓴 시 「장례식」.

낼 수도 있다는 점이었다. 하지만 레너즈의 그런 계획은 성공하지 못할 가능성이 컸고, 그녀는 자기 힘으로 막을 수 없는 일에 대해 생각하며 스스로를 고문하지 않기로 마음먹었다. 프레더릭은 그녀 못지않게 스스로를 잘 지킬 것이고 하루, 늦어도 이틀 안에 무사히 영국을 벗어날 터였다.

"내일 벨 선생님께 소식이 오겠네요." 마거릿이 말했다.

"그래, 그럴 거야." 아버지가 대답했다.

"그분이 오실 수 있다면 내일 저녁에는 도착하시겠죠."

"못 온다는 연락이 오면 손턴에게 장례식에 함께 가달라고 부탁해야겠다. 나 혼자는 못 가겠구나. 완전히 무너져버릴 것 같아서."

"아버지, 손턴 씨에게 부탁하지 마세요. 제가 함께 갈게요." 마거릿이 충동적으로 말했다.

"네가! 얘야, 여자들은 보통 장례식장에 안 간다."

"그렇죠. 감정을 잘 억제하지 못해서요. 우리 계층 여자들이 장례식에 안 가는 건,* 감정을 잘 다스리지 못하면서도 남들 앞에서 감정을 보이는 걸 부끄럽게 여기기 때문이에요. 가난한 여자들은 장례식에 가죠. 슬픔을 가누지 못하는 모습을 남들이 봐도 신경 안 쓰고요. 아버지, 저를 데려가주세요. 절대로 문제 안 일으킬게요. 약속해요. 저는 빼놓고 남을 데려가지 말아주세요. 사랑하는 아버지! 만일 벨 선생님께서 못 오시면 제가 가겠어요. 벨 선생님이 오신다면 저도 데려가달라고 떼쓰지 않을게요."

---

* 중산층 여자들이 장례식에 참석하지 않는 관습은 영국의 일부 지역에서 20세기까지 이어졌다. 마거릿이 그 관습에 맞서는 건 그녀의 독립성과 책임감을 보여준다.

벨 씨는 오지 못했다. 통풍 때문이었다. 그는 장례식에 참석하지 못하는 것을 진심으로 몹시 애석해하는 다정한 편지를 보내왔다. 그 편지에는 조만간 밀턴에 가서 만나고 싶다는 내용도 들어 있었다. 밀턴에 있는 그의 재산을 건사해야 해서 관리인이 그에게 꼭 한 번 와달라는 편지를 보내왔다는 것이다. 그 일만 아니라면 밀턴에 발걸음하는 걸 가능한 한 피했을 거라고, 그나마 이번 밀턴 방문의 낙이 하나 있다면 옛 친구를 만나 슬픔을 위로해줄 수 있는 거라고 했다.

마거릿은 아버지가 장례식에 손턴을 초대하려는 걸 말리느라 무척 애썼다. 손턴을 초대하는 게 말로 다할 수 없이 싫었던 것이다. 장례식 전날 밤, 손턴 부인이 헤일 양에게 보내는 전갈이 왔는데 헤일 가족에게 실례가 되지 않는다면 아들의 뜻에 따라 장례식에 마차를 보내주겠다는 내용이었다. 마거릿은 그 편지를 아버지에게 건넸다.

"오, 우리 이런 격식은 받아들이지 마요. 아버지, 우리 둘이만 가요. 그 사람들이 진심으로 우리를 위한다면 빈 마차나 보내겠다고 하진 않았을 거예요, 손턴 씨가 직접 오겠다고 했겠죠." 그녀가 말했다.

"마거릿, 난 네가 손턴이 장례식에 오는 걸 아주 질색하는 줄 알았는데." 헤일 씨가 좀 놀라며 말했다.

"맞아요. 그 사람이 오는 건 절대 원하지 않아요. 우리 쪽에서 초대하는 건 더더욱 싫고요. 하지만 그 사람이 이런 식으로 형식적인 애도를 표할 줄은 몰랐어요." 마거릿은 갑자기 울음을 터뜨려서 아버지를 깜짝 놀라게 만들었다. 헤일 씨는 그동안 슬픔을 감추고 다른 사람들을 배려하면서 매사에 온화하고 참을성 있는 모습을 보여온 딸이 오늘밤 갑자기 신경질적으로 돌변한 걸 이해할 수 없었다. 마거릿은 몹시 불안하고 초조한 상태인 듯했다. 이제 아버지가 그녀에게 아낌없는 애정을 베풀었지만 그녀는 더 서럽게 울 뿐이었다.

마거릿은 밤잠을 설친 탓에 이튿날 프레더릭의 편지가 더해준 불안감을 감당할 준비가 되어 있지 않았다. 편지에는 이런 내용이 들어 있었다. 레녹스 씨가 런던을 비웠고, 그의 직원 말로는 그가 늦어도 다음 화요일까지는 돌아올 것이며 아마 월요일에는 집에 있을 것이라고 한다. 그래서 고심 끝에 런던에 하루이틀 더 머물기로 결심했다. 다시 밀턴으로 내려가는 것도 생각해보았지만, 사실 그러고 싶은 유혹이 컸지만, 벨 씨가 집에 묵을 것이고 기차역에서 마지막 순간에 당한 아찔한 일도 있고 해서 그냥 런던에 있기로 했다. 레너즈에게 뒤를 밟히지 않도록 조심할 테니 걱정하지 마라. 마거릿은 마침 아버지가 어머니 방에 가고 없을 때 편지를 받은 게 다행스러웠다. 아버지가 함께 있었다면 프레더릭의 편지를 읽어달라고 했을 것이고, 편지 내용을 알게 되면 그녀가 도저히 진정시켜줄 수 없는 초조감과 두려움에 사로잡혔을 테니까. 마거릿을 극도로 불안하게 만든 건 프레더릭이 런던에서 지체하게 되었다는 사실만이 아니었다. 밀턴에서 마지막 순간에 레너즈의 눈에 띈 것과 추적당할 수 있다는 사실을 언급한 내용도 피가 얼어붙는 기분을 느끼게 만들었다. 아버지가 알면 얼마나 충격이 크겠는가? 마거릿은 레녹스 씨를 찾아가 상담을 받아보라 제안하고 그 계획을 강하게 밀어붙인 것이 못내 후회되었다. 그때는 그 일로 시간이 얼마 지체되지도 않고 희박해 보이는 발각 가능성이 크게 높아질 것 같지도 않았는데, 그 이후로 일어난 모든 사건이 그 계획을 너무나도 바람직하지 못한 것으로 만들어버렸다. 마거릿은 이제 어쩔 수 없게 된 일에 대한 후회, 당시엔 현명한 생각인 듯했으나 뒤이은 사건들로 너무도 어리석은 짓이었음이 입증된 일을 제안한 자책감과 치열하게 맞서 싸웠다. 하지만 그녀의 아버지는 깊은 우울증에 빠져 심신이 쇠약해진 상태이니, 건강한 싸움을 벌이지 못하고, 어차피 돌이킬 수도 없는 일에 대한 병적인 후회에 굴복해버릴 터였다. 마거릿은 온 힘을 다해 버텼다. 그녀의 아버지는 아침에 프레더릭에게서 편지가 올지도 모른다는 사실조차 까맣게 잊은 듯했다. 그는 오로지 한 가지 생각에만 골몰해 있었다. 아내의 존재를 나타내주는 마지막 증표가 자신의 눈앞에서 사라지게 되었다는 생각. 장의사가 그에게 상장喪章을 둘러주는 동안 그는 딱할 정도로 심하게 떨었다. 애타게 마거릿을 바라보다가 장의사에게서 놓여나자 딸을 향해 비틀거리며 다가오면서 웅얼거렸다. "마거릿, 나를 위해 기도해다오. 기운이 하나도 없구나. 난 기도를 할 수가 없어. 네 어머니를 보내야만 하다니. 난 견뎌내려 애쓰고 있다. 정말로. 하느님의 뜻이라는 걸 아니까. 하지만 네 어머니가 왜 죽었는지 이해할 수가 없어. 마거릿, 날 위해 기도해다오. 내게 기도할 수 있는 믿음이 남아 있는지도 모르니까. 애야, 너무도 큰 시련이구나."

마거릿은 마차에서 아버지 옆에 앉아 아버지를 품에 안다시피 하고 성경에 나오는 신성한 위안을 주는 고귀한 구절들과 신앙으로 고통을 달게 받아들이는 내용의 구절들을 기억나는 대로 반복해서 암송했다. 그녀의 목소리는 흔들림이 없었으며, 암송하면서 자신도 힘을 얻었다. 아버지도 딸을 따라 입술을 움직이며 잘 알려진 성경 구절들을 암송했다. 그는 도저히 감당할 수 없는 일을 하느님의 뜻으로 알고 달게 받아들이기 위해 끈질긴 노력을 기울이고 있었다. 그런 아버지의 모습을 보고 있자니 마거릿은 끔찍하게 고통스러웠다.

딕슨이 살짝 손을 움직여 니컬러스 히긴스와 그의 딸을 가리켰다. 그들은 다른 사람들과 조금 거리를 두고 서 있었지만, 장례식에 무척이나 집중하는 모습이었다. 그들을 본 마거릿은 지금까지 애써 지켜온 의연함이 한꺼번에 무너질 것만 같은 기분을 느꼈다. 니컬러스는 평소처럼 무명옷을 입고 있었지만 모자에 검은 띠를 두르고 있었다. 딸 베시가 죽었을 때도 보이지 않았던 애도의 표시였다. 하지만 헤일 씨는 아무것도 보지 못했다. 그는 장례식을 집전하는 목사가 읽는 영결예배의 모든 구절을 기계적으로 따라 암송하고 있었다. 식이 끝나자 그는 두세 번 한숨을 쉬더니 마치 자신은 맹인이고 마거릿은 충실한 안내자인 것처럼 딸의 팔에 손을 올리고는 어서 가자고 무언의 애원을 했다.

딕슨은 큰 소리로 흐느꼈다. 수건으로 얼굴을 가리고 자신의 슬픔에 몰두해 있다보니 장례식에 모여든 군중이 흩어지는 것도 알지 못했다. 가까이에 있던 한 사람이 말을 걸어서 그녀는 시선을 들었다. 그 사람은 손턴이었다. 그는 처음부터 그 자리에 있었지만 사람들 뒤에서 고개를 숙이고 서 있었기에 아무도 그를 알아보지 못했다.

"실례지만…… 헤일 씨는 좀 어떠신지 물어봐도 되겠소? 헤일 양은? 두 분 다 어떠신지 알고 싶소."

"그러시겠지요. 예상대로예요. 주인님은 완전히 무너지셨어요. 아가씨는 생각보다 잘 견디고 계시고요."

손턴으로선 마거릿이 정상적으로 슬퍼하고 있다는 대답을 듣는 편이 더 나았다. 우선, 그의 이기심 때문이었다. 자신의 크나큰 사랑으로 그녀를 위로하고 달래줄 수 있다는 생각에, 축 늘어져서 어머니에게 모든 걸 맡긴 아기를 품에 안은 어머니가 가슴이 찌르르해지는 감각과 함께 맛보는 묘한 희열과도 같은 기쁨을 느끼는 이기심. 불과 며칠 전까지만 해도 마거릿의 거부에도 아랑곳없이 마음껏 즐길 수 있었건만, 이런 달콤한 상상은 아웃우드역 근처에서 목격한 광경으로 무참하게 깨져버렸다. 아니, '무참하게 깨져버렸다'는 표현은 너무 약했다. 마거릿이 너무도 친근하게 신뢰하는 태도를 보이며 함께 서 있던 그 잘생긴 청년의 모습이 한시도 뇌리를 떠나지 않았다. 지금도 그 기억이 고통스럽게 가슴을 관통했고, 그는 고통을 억누르기 위해 두 주먹을 꽉 쥐었다. 그렇게 늦은 시간에, 그렇게 집에서 멀리 떨어진 곳에서! 그는 얼마 전까지만 해도 마거릿의 순수하고 고귀한 처녀성을 믿어 의심치 않았다. 하지만 이제 그 믿음을 되살리려면 엄청난 도덕적 노력이 필요했고, 그 노력이 중단되는 순간 믿음이 와르르 무너지면서 온갖 터무니없는 상상들이 마치 꿈처럼 꼬리에 꼬리를 물었다. 딕슨의 대답은 그의 마음을 좀먹는 고통스러운 의혹을 더욱 부추기는 하나의 작은 증거가 되었다. '아가씨는 생각보다 잘 견디고 있다.' 그렇다면 마거릿이 희망을 품고 있다는 뜻이다. 다정다감한 그녀가 어머니를 잃은 딸로서 견뎌야만 하는 어둠의 시간을 환하게 밝혀줄 수 있는 희망. 그랬다! 그는 그녀가 어떤 사랑을 할 여자인지 알았다. 그녀가 지닌 사랑의 힘을 본능적으로 느끼지 못했더라면 애초에 그녀를 사랑하지 않았으리라. 사랑의 힘으로 그녀의 사랑을 얻을 수 있는 남자가 나타난다면, 그녀의 영혼은 눈부신 햇살 속을 걸을 터였다. 상중에도 그의 연민에 평온하게 의지하면서. 그의 연민이라! 누구 말인가? 그 남자겠지. 그런 이유로 '아가씨는 생각보다 잘 견디고 있다'는 딕슨의 대답은 손턴의 파리하고 엄숙한 얼굴을 더욱 창백하고 근엄하게 만들기에 충분했다.

"조만간 한번 찾아가겠소." 그가 차갑게 말했다. "헤일 씨를 만나뵈러. 모레쯤에는 만나주시겠지."

그는 딕슨의 대답에 아무 관심도 없는 것처럼 말했지만 사실은 그렇지 않았다. 그는 고통을 무릅쓰고라도 그 장본인을 만나고 싶었다. 아웃우드역 근처에서 본 마거릿의 온화하고 친근한 태도와 모든 부수적인 상황을 생각하면 가끔 그녀가 미울 때도 있었지만, 그녀의 모습을 다시 보고 싶고 그녀와 같은 공기를 마시고 싶어서 견딜 수가 없었다. 그는 격정의 카리브디스*에 휘말려 치명적인 중심을 향해 원을 그리며 빨려들 수밖에 없었다.

"아마 주인님께선 나리를 만나실 겁니다. 지난번에 오셨을 때 못 만나겠다고 하시면서 무척 미안해하셨거든요. 그땐 사정이 그래서요."

무슨 이유에선지 딕슨은 장례식장에서 손턴을 만난 일에 대해 마거릿에게 입도 떼지 않았다. 그저 우연일 수도 있지만, 어쨌거나 그래서 마거릿은 손턴이 불쌍한 어머니의 장례식에 참석했다는 사실을 전혀 알지 못했다.

---

* 그리스신화에서 포세이돈과 가이아의 딸인 바다의 여신. 메시나해협의 큰 소용돌이가 의인화된 여신으로도 여겨진다.

9장

거짓과 진실

진실은 결코 그대를 저버리지 않으리, 결코!
그대의 배가 폭풍우에 휘말린다 하여도
폭풍우 속에서 산산조각난다 하여도
진실은 영원히 그대를 지켜주리니!
—작자 미상

'생각보다 잘 견디는 것'은 마거릿에게 끔찍한 부담이었다. 그녀는 아버지와 쾌활하게 대화를 나누다가도 이제 어머니가 없다는 생각이 날카롭게 뇌리를 스치면 그대로 무너져 고통어린 울부짖음을 토해낼 것만 같았다. 프레더릭 일도 여간 심란한 게 아니었다. 일요일에는 우편 업무가 중단되어 런던에서 오는 편지를 받아볼 수 없었는데, 화요일이 되어서도 편지가 오지 않자 마거릿은 놀랐고 낙담했다. 그녀는 프레더릭의 계획에 대해 전혀 몰랐고, 헤일 씨는 그런 불확실한 상황에 몹시 괴로워했다. 그 바람에 헤일 씨는 최근 반나절씩 안락의자에 멍하니 앉아 있던 습관도 버리게 되었다. 그는 계속해서 방안을 서성이다가 밖으로 나갔고, 마거릿은 아버지가 뚜렷한 목적도 없이 침실 문을 열었다 닫는 소리를 들었다. 그녀는 아버지가 안정을 되찾도록 성경을 읽어주었지만 아버지는 오래 듣지도 못했다. 그녀로선 레너즈와 맞닥뜨린 일을 아버지에게 말하지 않은 게 얼마나 다행스러운지 몰랐다. 그리고 손턴이 찾아온 것도 무척 반가웠다. 그를 만나면 아버지가 프레더릭 생각에만 골몰하지 않을 것이기 때문이다.

손턴은 곧장 헤일 씨에게 다가가 말없이 두 손을 꽉 잡아주었다. 헤일 씨의 손을 잡고 있는 일이 분 동안 손턴의 얼굴과 눈빛은 말로는 다 표현할 수 없는 애도를 전했다. 그러곤 마거릿에게로 돌아섰다. 그녀는 '생각보다 잘 견디는 것'처럼 보이지 않았다. 그녀의 당당한 아름다움은 숱한 밤샘 간호와 많은 눈물로 빛을 잃은 상태였다. 얼굴 표정은 온화하고 의연한 슬픔을, 아니 분명한 현재의 고통을 담고 있었다. 그는 최근 그녀에게 의도적으로 보여온 차가운 태도로 일관할 작정이었으나, 그가 어떻게 나올지 몰라 한쪽으로 비켜나서 조심스레 서 있는 그녀를 보자 가까이 다가가지 않을 수 없었다. 그가 다정한 목소리로 몇 마디 의례적인 인사를 건네자, 그녀는 눈물을 글썽이며 자신의 감정을 감추려고 몸을 돌렸다. 그러고는 일감을 집어들고 조용히 앉아 침묵을 지켰다. 손턴은 심장이 빠르고 요란하게 뛰었고, 그 순간 아웃우드역에서 있었던 일은 까맣게 잊었다. 그가 헤일 씨에게 말을 걸었고, 마거릿은 그가 아버지를 유난히 상냥하게 대한다고 생각했다. 그는 힘과 결단력을 지닌 안전하고 확실한 피난처였기에 그의 존재는 헤일 씨에게 늘 기쁨이 되었지만 말이다.

딕슨이 문간에 와서 말했다. "아가씨, 누가 찾아왔어요."

딕슨이 하도 어쩔 줄 몰라해서 마거릿은 가슴이 철렁했다. 프레더릭에게 무슨 일이 생겼나보다. 틀림없다. 아버지와 손턴이 대화에 푹 빠져 있어서 다행이었다.

"무슨 일이에요, 딕슨?" 마거릿이 응접실 문을 닫기가 무섭게 물었다.

"아가씨, 이리 오세요." 딕슨이 방문을 열었다. 원래 헤일 부인의 침실이었으나 아내가 죽은 후 아버지가 그 방에서 자고 싶지 않다고 해서 지금은 마거릿이 쓰는 방이었다. 그러고는 조금 목멘 소리로 설명했다. "아가씨, 아무 일 아녜요. 경위가 찾아왔어요. 아가씨를 만나고 싶대요. 하지만 아마 아무 일 아닐 거예요."

"그가 이름을……" 마거릿이 거의 들리지 않을 정도로 조그맣게 말했다.

"아뇨, 아가씨, 이름은 안 댔어요. 아가씨가 여기 사느냐고 묻고 아가씨와 얘기 좀 할 수 있느냐고만 하더라고요. 마사가 문을 열어주고 집에 들여서 주인님 서재로 안내했어요. 제가 가서 저랑 얘기해도 되는지 물었더니 안 된대요. 아가씨를 만나야겠대요."

마거릿은 아무 말 없이 서재로 가서 문손잡이를 잡고 나서야 딕슨을 돌아보며 당부했다. "아버지가 아래층에 못 내려오시게 해요. 지금 손턴 씨와 같이 계세요."

경위는 안으로 들어서는 마거릿의 오만한 태도에 기가 죽었다. 그녀의 얼굴엔 분노 같은 게 어려 있었지만, 너무도 잘 절제되어 있어서 상대를 경멸하는 듯한 인상을 풍겼다. 그녀는 놀라는 기색도, 호기심도 보이지 않았다. 경위가 용건을 꺼내기를 기다리며 서 있을 뿐이었다. 질문도 하지 않았다.

"실례지만, 업무상 부득이하게 몇 가지 간단한 질문을 드려야겠습니다. 지난 26일 목요일 저녁 다섯시에서 여섯시 사이에 아웃우드역에서 일어난 추락사고의 결과로 한 남자가 진료소에서 사망했습니다. 추락 당시에는 큰 충격이 없는 것 같았지만, 의사 말로는 내과질환도 있는데다 음주벽 문제도 있어서 추락사고가 치명적인 결과를 초래한 것 같다고 합니다."

경위의 얼굴을 똑바로 응시하던 검고 커다란 눈동자가 약간 커졌다. 그것 말고는 경위의 노련한 눈에도 아무런 움직임이 포착되지 않았다. 근육이 긴장하면서 입술이 팽창해 평소보다 더 깊은 굴곡을 이뤘지만, 그녀의 평소 모습을 알지 못하는 경위는 그 확고한 입술 곡선이 나타내는 음울한 저항을 감지할 수 없었다. 그녀는 흠칫 놀라지도, 몸을 떨지도 않았다. 경위에게 시선을 박은 채로 서 있을 뿐이었다. 경위가 다음 말을 하기 전에 잠시 멈추자 그녀는 어서 이야기하라고 부추기듯 "흠, 계속하시죠!"라고 말했다.

"사인 규명을 위한 심리가 열리게 될 것 같습니다. 이 불쌍한 친구가 술김에 젊은 숙녀에게 무례를 범해서 그 숙녀와 함께 있던 남자와 실랑이가 붙었고, 그 남자가 밀거나 때려서 고인이 플랫폼 아래로 떨어졌다는 증거가 나왔거든요. 당시 플랫폼에 있던 사람이 그 광경을 목격했는데, 별일 아니다 싶어서 그 문제에 대해선 더이상 생각하지 않았답니다. 그 숙녀가 헤일 양이라고 여길 만한 이유도 있는데, 그 경우……"

"전 거기 없었어요." 마거릿이 경위의 얼굴에 무표정한 시선을 박은 채 몽유병자 같은 얼굴로 말했다.

경위는 고개를 숙여 보였지만 아무 말도 하지 않았다. 그의 앞에 서 있는 숙녀는 아무런 감정도 드러내지 않고 있었다. 두려움도, 불안감도,

조사를 빨리 끝내고 싶은 갈망도 보이지 않았다. 그가 받은 제보는 아주 막연했다. 기차를 맞을 준비를 하려고 달려나가던 짐꾼 중 하나가 플랫폼 저쪽 끝에서 레너즈와 숙녀를 동반한 남자가 실랑이를 벌이는 걸 보았지만, 소리는 전혀 듣지 못했다. 그러나 기차가 다시 출발해 속력을 내기도 전에 그는 술이 거나하게 취한 채 잔뜩 화가 나서는 지독한 욕지거리를 퍼부어대며 급히 달려오는 레너즈와 부딪쳐 뒤로 나가떨어질 뻔했다. 그후 경위가 찾아올 때까지 그 일에 대해서는 생각해보지도 않았다. 경위는 기차역에서 추가 조사를 벌이다가 역장에게 그 시간쯤 한 젊은 숙녀와 신사가 그곳에 왔다는 증언을 들었다. 그 숙녀는 눈에 띄게 아름다웠는데, 마침 그 자리에 있던 식료품점 점원이 크램프턴에 사는 헤일 양이라고, 헤일 씨 댁이 자기네 가게 고객이라고 말했다는 것이다. 그 숙녀와 신사가 플랫폼에 있던 남녀와 동일 인물이라는 확증은 없었지만 그럴 가능성이 컸다. 그날 레너즈는 분노와 통증 때문에 반쯤 미친 상태로 기분을 풀기 위해 가까운 술집을 찾았다. 술집 웨이터들은 그가 술에 취해 떠드는 소리를 관심 있게 들어줄 정도로 한가하지는 않았지만, 그가 갑자기 벌떡 일어나며 전보 생각을 못한 자신을 저주한 건 기억하고 있었다. 그들은 그가 전보를 보내러 나갔을 거라고 믿었다. 레너즈는 아픔을 못 이겨서인지 술기운을 못 이겨서인지 길바닥에 쓰러졌고, 경찰에게 발견되어 진료소로 실려갔다. 진료소에서 그는 추락사고에 대해 분명하게 설명할 수 있을 만큼 또렷이 의식을 회복하지는 못했지만, 한두 번 희미하게 정신이 돌아오기도 했다. 경찰에서는 죽어가던 그가 죽음의 원인을 밝히면 그걸 받아적어 진술서를 만들 수 있도록 가까이 사는 치안판사를 불렀다. 하지만 판사가 오자 그는 바다에 있을 때 이야기를 횡설수설 늘어놓았는데, 선장들 이름과 중위들 이름을 기차역 동료 짐꾼들 이름과 혼동했다. 그리고 마지막으로 '콘월 기술'* 때문에 100파운드를 날렸다고 욕을 하다 죽었다. 경위는 이 모든 걸 머릿속으로 다시 점검했다. 마거릿이 기차역에 갔다는 사실을 입증하는 증거는 모호했고, 그녀는 그런 추정을 단호하고 침착하게 부인했다. 그녀는 완벽해 보이는 평정을 유지하며 경위의 다음 말을 기다렸다.

"그러니까, 헤일 양은 그 불쌍한 사람을 때리거나 밀어서 죽게 만든 신사와 함께 있었던 그 숙녀가 아니라는 말씀이시죠?"

날카로운 고통이 마거릿의 뇌리를 스쳐갔다. '오, 하느님! 프레더릭이 안전하다는 걸 알 수만 있다면!' 인간의 얼굴을 깊이 관찰할 수 있는 사람이라면 마거릿의 크고 침울한 눈에서 궁지에 몰린 짐승의 고통을 보았을 것이다. 하지만 경위는 아주 예리한 눈의 소유자이긴 해도 깊숙한 곳까지 보진 못했다. 그럼에도 마거릿의 대답에 좀 놀랐다. 그녀는 그의 마지막 질문에 알맞게 대답하지 않고 처음에 한 대답을 기계적으로 반복했던 것이다.

"전 거기 없었어요." 그녀가 느리고 무겁게 말했다. 그러는 동안 눈을 감지도, 꿈꾸는 듯한 멍한 시선을 거두지도 않았다. 아까 했던 말을 메아리처럼 반복하는 것이 경위의 즉각적인 의심을 샀다. 억지로 거짓말을 하다보니 정신이 멍해져서 그 거짓말에 변화를 줄 여력이 없는 것처럼 보인 것이다.

* 영국 콘월 지방에서 발달한 레슬링 기술.

경위는 아주 천천히 수첩을 꺼냈다. 그런 다음 고개를 들었는데, 마거릿은 거대한 이집트 동상처럼 미동도 하지 않았다.

"어쩌면 다시 찾아올 수 있다고 말씀드려도 무례하다고 생각하지 않으셨으면 좋겠습니다. 헤일 양을 알아본 사람은 한 명뿐이긴 하지만, 만일 제 증인들이 헤일 양께서 이 불행한 사건의 현장에 계셨다고 계속해서 주장한다면 사인 규명을 위한 심리에 출두해서 알리바이를 입증해 주셔야 합니다." 경위는 마거릿을 날카롭게 응시했다. 그녀는 여전히 완벽하게 침착했다. 그녀의 당당한 얼굴에선 안색의 변화나 죄책감의 검은 그림자를 찾아볼 수 없었다. 그녀가 움찔하는 걸 본 듯도 했지만 그는 마거릿 헤일을 알지 못했다. 경위는 그녀의 침착한 모습에 조금 무안해졌다. 식료품점 점원이 잘못 본 게 분명했다. 경위는 말을 이었다.

"아마 그런 일은 없을 것 같습니다. 전 제 일을 했을 뿐이니 무례하다고 느끼셨더라도 이해해주시기 바랍니다."

마거릿은 문을 향해 걸어가는 경위에게 고개를 숙여 인사했다. 입술이 경직되고 바싹 말라서 흔한 인사말도 할 수가 없었다. 하지만 그녀는 갑자기 성큼성큼 걸어가서 서재 문을 열었고, 현관까지 앞장서서 간 다음 경위가 나가도록 현관문을 활짝 열었다. 그리고 경위가 완전히 밖으로 나갈 때까지 멍한 눈으로 응시했다. 그녀는 현관문을 닫고 서재를 향해 반쯤 가다가 격한 충동에 따라 움직이듯 홱 돌아서서 현관문을 안에서 잠갔다.

그러고는 서재로 들어가 멈춰 섰다가…… 비틀거리며 앞으로 갔다가…… 다시 멈췄다가…… 그 자리에서 잠시 휘청거린 후 기절해서 바닥에 엎어졌다.

10장

해명

아무리 정교하게 짜인 비밀도
언젠가는 드러나게 되어 있다.

손턴은 계속 앉아 있었다. 그는 자신이 함께 있어주는 것이 헤일 씨에게 기쁨이 된다는 걸 느꼈고, 가엾은 친구가 이따금 애처롭게 "아직 가지 말게"라고 어렵게 입을 떼면서 조금 더 있어주기를 간청하자 감동을 받았다. 그는 마거릿이 왜 돌아오지 않는지 궁금했지만 그녀를 보고 가려고 미적거리는 건 아니었다. 인생의 공허함을 절실히 느끼는 사람과 함께 있는 그 시간만큼은 이성과 자제력을 발휘할 수 있었다. 그는 마거릿의 아버지가

죽음에 대해, 무거운 소강상태에 대해,
그리고 머리가 멍해지는 것에 대해

하는 말에 심취했다.

신기하게도 헤일 씨는 마거릿에게조차 말하지 못한 마음속의 은밀한 생각을 손턴에게는 술술 털어놓았다. 그건 딸이 아버지를 생각하는 마음을 너무 예민하게 또 너무 적극적으로 표현하는 탓에 딸의 반응이 두려워서일 수도 있고, 시기가 시기인지라 그의 사색적인 정신은 온갖 회의를 제기하면서 확실한 답을 달라고 애원하며 울부짖고 있건만 딸은 아버지가 그런 회의를 표현하는 걸, 아니 그런 회의를 품을 수 있다는 사실 자체를 싫어해서일 수도 있었다. 어떤 이유에서든 그는 지금까지 머릿속에 동결되어 있던 모든 생각과 상상, 공포를 딸보다는 손턴에게 더 쉽게 풀어놓을 수 있었다. 손턴은 거의 말이 없었지만 그가 어쩌다 한마디씩 할 때마다 헤일 씨는 그를 더 의지하고 존경하게 되었다. 헤일 씨가 고통스러운 기억을 떠올리며 표현하다가 잠시 말을 잊으면 손턴은 두세 개의 단어로 그 문장을 완성시키면서 자신이 헤일 씨의 마음을 얼마나 깊이 이해했는지 보여주었다. 헤일 씨가 회의나 두려움, 안식처를 찾아 헤매는(눈물로 눈이 흐려져 안식처를 찾지 못하는) 불확실성을 보이면 손턴은 충격을 받는 대신에, 자신도 바로 그 단계를 거친 모양인지 어둠을 환하게 비춰줄 빛을 어디서 찾을지를 가르쳐줄 수 있었다. 손턴은 세상의 거대한 전쟁터에서 싸우느라 바쁜 행동가였지만 강한 아집을 지녔음에도 그의 마음속에는 그동안 저지른 모든 실수를 통해 얻은 신앙심, 헤일 씨는 상상도 하지 못했을 정도로 깊은 신앙심이 존재했다. 그들은 다시는 그런 문제에 대해 이야기하지 않았지만, 이 한 번의 대화로 서로에게 특별한 존재가 되었다. 종교에 대한 자유롭고 무차별적인 대화로는 얻을 수 없는 유대를 쌓은 것이다. 모든 게 허용된다면 성역이 어떻게 존재할 수 있겠는가?

한편 그동안 마거릿은 시체처럼 창백하게 서재 바닥에 쓰러져 있었다! 짐의 무게를 견디지 못해 무너져버린 것이다. 무거운 짐을 오래도 짊어지고 살았다. 그동안 너무도 온순하고 참을성 있게 버텨왔던 그녀는 한순간 믿음이 와르르 무너지자 헛되이 도움의 손길을 더듬어 찾았다! 그녀의 아름다운 이마가 고통으로 애처롭게 일그러졌지만 의식이 남아 있다는 다른 증거는 없었다. 좀전에 반항적으로 내밀고 있던 입술은 이제 힘이 빠진 채 시퍼렇게 변해 있었다.

> 그녀의 얼굴 표정을 통해
> 사랑 가득한 상냥한 마음이
> 영혼에게 직접 말하네. 한숨지어라!*

정신이 돌아오고 있다는 첫 징후는 소리는 내지 못했지만 입술이 떨리면서 말하려는 듯 달싹거린 것이었다. 하지만 눈은 아직 감겨 있었고 입술의 떨림도 잠잠해졌다. 잠시 후 마거릿은 힘없이 두 팔로 바닥을 짚고 몸을 가눈 다음 기운을 내서 일어났다. 머리에서 빗핀이 떨어지자 나약함의 흔적을 없애고 다시 정상적인 상태로 돌아가고 싶은 본능적 욕망으로 빗핀을 찾았다. 비록 찾다가 가끔 앉아서 기력을 회복해야 했지만. 그녀는 두 손을 얌전히 포갠 채 고개를 숙이고, 자신을 그토록 치명적인 공포로 몰아넣어 거짓말의 유혹에 빠질 수밖에 없도록

---

* 단테 알리기에리의 시문집 『신생』 중 소네트 26. 원문은 이탈리아어로 되어 있다.

만들었던 자세한 사정을 기억하려고 애썼지만 기억이 잘 나지 않았다. 그저 두 가지 사실만을 알 수 있었을 뿐이다. 프레더릭이 과실치사 혐의뿐만 아니라 그보다 더 용서받기 힘든 선상반란 주도 죄로 런던에서 쫓기다가 잡힐 위험이 있었다는 사실과 그래서 자신이 오빠를 구하기 위해 거짓말했다는 사실. 한 가지 위안이 있다면 자신의 거짓말이 오빠를 구했다는 사실이었다. 비록 시간을 조금 더 번 것에 지나지 않을지도 모르지만 말이다. 내일 그녀가 간절히 기다리는 오빠의 편지를 받고 오빠가 안전하다는 걸 확인한 다음에 경위가 다시 찾아오면, 수치를 무릅쓰고 뼈아픈 속죄의 마음으로 사람 많은 법정에 서서 그녀가, 고결한 마거릿이 '개처럼, 이런 일을 저질렀다'*고 인정할 작정이었다. 그러나 프레더릭의 편지를 받기 전에 경위가 오면, 아까 그가 은근히 협박조로 말한 대로 몇 시간 안에 다시 오면, 그렇다면! 또 거짓말을 할 수밖에 없었다. 이 끔찍한 반성과 자책의 시간이 지나간 후 자신이 거짓을 말하고 있다는 걸 드러내지 않고 어떻게 그런 말을 꺼낼 수 있을지는 모르고 알 수도 없지만. 하지만 또다시 거짓말을 해야 시간을 벌 수 있었다. 프레더릭을 위한 시간을.

딕슨이 들어오는 바람에 마거릿은 얼른 일어났다. 딕슨은 손턴을 문까지 배웅하고 오는 길이었다.

손턴이 헤일 씨 집에서 나와 열 걸음도 걷기 전에 지나가던 승합마차가 가까이에서 서더니 남자 하나가 내려서 모자에 손을 올리며 다가왔다. 경위였다.

* 「열왕기하」 8장 13절. "당신의 개 같은 종이 무엇이기에 이런 큰일을 행하오리이까."

손턴은 그가 경찰에 들어갈 수 있게 자리를 마련해준 은인이었다. 이따금 그의 소식을 듣긴 했지만 자주 만날 기회는 없어서 처음엔 그를 알아보지 못했다.

"사장님, 제 이름은 왓슨입니다, 조지 왓슨. 사장님이 제게……"

"아, 그래! 기억나는군. 잘하고 있다고 들었네."

"네. 사장님 덕분입니다. 사실은 일 관계로 실례를 무릅쓰고 말을 걸게 되었습니다. 어젯밤 진료소에서 숨진 불쌍한 남자의 진술을 기록할 때, 치안판사로 참석하신 것으로 알고 있습니다."

"맞네. 어제 거기 가서 산만한 진술을 들었지. 서기가 별 쓸모가 없다고 하더군. 그냥 주정뱅이였던 것 같긴 한데 폭력으로 사망에 이르게 된 건 틀림없어. 우리 어머니 하녀가 그 사람과 약혼한 사이였던 듯하네. 그 하녀가 지금 몹시 괴로워하고 있어. 그런데 무슨 일인가?"

"사장님께서 방금 나오신 댁의 어떤 분이 그의 죽음에 묘하게 휘말리게 되어서요. 헤일 씨 댁에서 나오신 거 맞죠?"

"맞네!" 손턴이 갑자기 흥미를 보이며 고개를 돌려 경위의 얼굴을 들여다보았다. "무슨 일이지?"

"그날 밤 아웃우드역에서 헤일 양과 함께 걸었던 신사가 레너즈를 때리거나 밀어서 플랫폼에서 떨어뜨려 결국 사망하게 만들었다는 분명한 증거들을 확보했는데, 헤일 양은 그때 거기 있었다는 걸 부인하고 있어서요."

"헤일 양이 거기 있었다는 걸 부인한다!" 손턴의 목소리가 변하며 경위의 말을 되뇌었다. "그날이 언제였지? 시간은?"

"26일 목요일 저녁 여섯시경입니다."

두 사람은 잠시 침묵 속에서 나란히 걸었다. 경위가 먼저 입을 열었다.

"사장님, 사인 규명을 위한 심리가 열릴 것 같습니다. 그날 역에서 짐꾼 하나가 레너즈의 무례한 행동 때문에 벌어졌을 것으로 추정되지만 결국 죽음의 원인이 된 추락사고로 이어진 실랑이를 목격했고, 그보다 불과 오 분 전에 헤일 양이 어떤 신사와 걸어가는 걸 분명히 봤다고 주장하는 청년도 증인으로 확보했습니다. 그 청년은 헤일 양이 그런 사실을 부인했다는 말을 들은 뒤로는 증언대에 서기를 꺼리고 있지만요. 그런데 마침 사장님께서 그 댁에서 나오시는 걸 보고 실례를 무릅쓰고 여쭤보기로 한 겁니다. 아시다시피 신원 확인에 문제가 생기면 일이 힘들어지고, 또 확실한 증거 없이 덕망 있는 숙녀의 말을 의심하고 싶지 않아서요."

"헤일 양이 그날 저녁 역에 있었다는 걸 부인했다!" 손턴이 생각에 잠긴 낮은 목소리로 되뇌었다.

"네, 두 번이나, 아주 분명하게요. 다시 찾아오겠다고 말해두긴 했는데, 헤일 양을 목격했다는 청년을 만나고 돌아오다가 이렇게 사장님을 뵙게 되어 조언을 구하게 된 것입니다. 사장님은 레너즈의 임종을 지켜본 치안판사신데다 저를 경찰에 넣어주신 분이기도 하니까요."

"잘했네. 나와 다시 만날 때까지 아무 일도 하지 말게." 손턴이 말했다.

"헤일 양이 저를 기다릴 겁니다, 찾아가겠다고 말해놔서."

"한 시간이면 돼. 지금이 세시니까, 네시에 우리 창고로 오게."

"잘 알겠습니다!"

그들은 거기서 헤어졌다. 손턴은 황급히 창고로 가서 직원들에게 아무도 들어오지 말라고 엄격하게 지시한 다음 자기 방으로 들어가 문을 잠갔다. 그러고는 그 일에 대해 골똘히 생각하며 모든 실상을 깨닫는 고통스러운 작업에 몰두했다. 그는 불과 두 시간 전에 마거릿의 눈물을 보고 마음이 약해져서 의심 없는 평정 상태에 이르러 그녀에게 연민과 갈망을 느낌으로써, 그녀가 그런 시간에 그런 장소에서 모르는 남자와 함께 있는 모습을 목격한 후 갖게 된 불신어린 맹렬한 질투심을 잊을 수 있었다. 어떻게 그럴 수 있었을까! 그토록 순수한 마거릿이 어떻게 그 품위 있고 고고한 태도를 굽히게 된 걸까! 그런데…… 그녀가 품위 있긴 한 걸까? 손턴은 그런 의혹을 품으면서도 예전에 마거릿의 인상에 강하게 끌렸던 기억이 떠올라 일순간이나마 전율을 느끼는 자신이 혐오스러웠다. 마거릿은 도대체 얼마나 수치스러운 비밀을 감춰야 했기에 그런 거짓말을 한 걸까? 레너즈 같은 자가, 그것도 술에 취해 흥분한 상태에서 한 도발행위라면 얼마든지 나서서 그 상황에 대해 솔직하고 거리낌없이 이야기할 수 있을 텐데! 비밀이 밝혀지는 것에 대한 두려움이 얼마나 섬뜩하고 지독했으면 진실한 마거릿이 거짓에 머리를 숙인 것일까? 손턴은 그녀를 연민하는 마음이 들 지경이었다. 그녀의 거짓말은 어떤 결과로 이어질까? 마거릿은 자신이 어떤 일에 발을 들였는지, 만일 사인 규명 심리가 열리고 그 목격자 청년이 증언하게 되면 어떻게 될지 전혀 헤아리지 못했으리라. 손턴은 벌떡 일어났다. 심리가 열려서는 안 된다. 마거릿을 구해야만 한다. 그는 심리를 막고 그 책임을 질 작정이었다. 어차피 사인 규명은 (어젯밤 입회했던 의사에게 어렴풋이 들은 바로는) 의학적 증언이 불확실해서 모호하게 끝날 수도 있었다. 의사들은 레너즈의 몸에서 내과질환을 발견했는데, 그 질환은 상당히 진행되어 치명적인 상태에 이르러 있었다. 레너즈의 죽음을 빨리 앞당긴 것은 추락사고 탓일 수도, 혹은 그후의 음주와 추위 탓일 수도 있다는 것이 의사들 의견이었다. 마거릿이 사건에 연루된 걸 진작 알았더라면, 그녀가 거짓말로 그녀의 순수성을 더럽힐 걸 예견했더라면, 그는 한마디 말로 그녀를 구할 수 있었을 터였다. 어젯밤만 해도 사인 규명 심리를 열지 말지 결정되지도 않은 상태였으니까. 비록 헤일 양이 다른 남자를 사랑하고 그에게 무관심과 경멸만을 보낼지라도, 그는 그녀를 위해 그녀가 알지도 못하는 충실한 봉사를 바칠 작정이었다. 이제 그녀를 경멸하게 될지도 모르지만, 자신이 한때 사랑했던 여자가 수치를 당하도록 내버려둘 수는 없었다. 법정에서 거짓을 맹세하는 것도, 빛보다 어둠을 원했던 이유를 인정하는 것도 모두 수치가 될 테니까.

손턴은 몹시 창백하고 엄숙한 얼굴로 무슨 일인지 의아해하는 직원들 사이를 지나갔다. 그는 반시간쯤 외출했다가 일을 성공적으로 마무리하고 돌아왔지만 표정은 여전히 엄숙했다.

그는 종이에 편지글을 두 줄 써서 봉투에 담아 봉했다. 그리고 그 봉투를 직원에게 주며 말했다.

"창고에서 포장 일을 하다가 경찰에 들어간 왓슨이라는 친구가 네시에 나를 만나러 이리로 오기로 했네. 방금 리버풀에서 온 신사분을 만났는데, 그가 밀턴을 떠나기 전에 보자고 해서. 왓슨이 오면 이 편지를 꼭 전해주게나."

편지에는 이런 내용이 들어 있었다.

'사인 규명 심리는 없을 것임. 의학적 증거가 불충분함. 더이상 진행하지 말 것. 검시관을 만나보지는 않았으나 내가 책임지겠음.'

편지를 본 왓슨은 이렇게 생각했다. '흠, 곤란한 일을 면하게 됐군. 내 증인들 중에는 확실한 입장을 보이는 사람이 헤일 양밖에 없었으니까. 헤일 양은 분명하고 확실했지. 기차역 짐꾼은 실랑이를 목격했다고 했다가 증인으로 소환될 것 같으니까 실랑이가 아니었을 수도 있다고, 그냥 장난이었을 수도 있다고, 레너즈가 플랫폼에서 뛰어내린 건지도 모르겠다고 말을 바꿨단 말이야. 자기주장을 뭐 하나 확실히 고수하지도 않고. 식료품점 점원 제닝스는…… 글쎄, 그렇게까지 심각한 건 아니지만, 헤일 양이 단호하게 부인했다는 말을 들은 다음부터는 증언대에 세울 수나 있을지 영 불안하지. 골치깨나 아프면서도 만족은 얻을 수 없는 그런 일이 됐을 테니까. 이제 증인들한테 가서 증언할 필요가 없게 됐다고 말해줘야겠다.'

그런 이유로 경위는 그날 저녁 다시 헤일 씨 집에 나타났다. 마거릿의 아버지와 딕슨은 마거릿을 침대로 보내고 싶어했고, 마거릿이 낮은 목소리로 계속 거부하는 이유를 알지 못했다. 딕슨은 조금 아는 게 있긴 했지만 그야말로 조금이었다. 마거릿은 경위에게 거짓말한 일을 그 누구에게도 말하지 않을 작정이었고, 레너즈가 플랫폼에서 떨어져 죽은 일도 비밀로 묻어두었다. 딕슨은 호기심과 충성심으로 마거릿에게 어서 가서 쉬라고 재촉했다. 소파에 누운 마거릿의 모습은 그녀에게 휴식이 필요하다는 진실을 너무도 분명하게 보여주었던 것이다. 마거릿은 누가 먼저 말을 걸기 전에는 입을 열지 않았으며, 아버지의 걱정스러운 표정과 다정한 질문에 미소로 답하려고 했지만 그녀의 창백한 입술은 미소 대신 한숨만 흘렸다. 그러나 아버지가 딱할 정도로 불안해하는 바람에 그녀는 하는 수 없이 자기 방으로 가서 잠자리에 들 준비를 하겠다고 말했다. 벌써 아홉시가 넘었으니 오늘밤에는 경위가 찾아오지 않을 것 같았다.

마거릿은 아버지가 앉아 있는 의자의 등받이를 잡고 옆에 섰다.

"아버지도 금방 잠자리에 드실 거죠, 그렇죠? 혼자 밤새우지 마세요!"

그녀는 아버지의 대답을 듣지 못했다. 아버지의 말소리는 그보다 훨씬 작지만 그녀에게는 공포심을 일으킬 정도로 거대해져 머리를 가득 채운 하나의 소리에 묻히고 말았다. 낮게 울리는 초인종 소리였다.

마거릿은 아버지에게 입을 맞추고는 방금 그녀를 본 사람이라면 상상도 못할 재빠른 동작으로 계단을 미끄러져 내려갔다. 그러고는 딕슨을 밀어냈다.

"오지 마요. 문은 내가 열 테니. 그 사람이란 거 알아요. 내가 처리할 수 있어요. 그래야만 하고."

"아가씨 마음대로 하세요!" 딕슨은 퉁명스럽게 대꾸했지만 바로 이렇게 덧붙였다. "하지만 지금 아가씨는 그럴 상태가 아니에요. 산 사람이 아니라 죽은 사람 같다고요."

"내가요?" 마거릿은 돌아서서 묘하게 빛나는 눈과 상기된 얼굴을 보였다. 그렇지만 입술은 여전히 바싹 마르고 시퍼렜다.

마거릿은 경위에게 문을 열어주고 앞장서서 서재로 들어갔다. 그녀는 테이블 위에 초를 놓고 조심스럽게 촛불을 끈 다음에야 돌아서서 그를 마주봤다.

"늦으셨네요! 용건은요?" 마거릿은 숨을 죽이고 대답을 기다렸다.

"불필요한 폐를 끼쳐서 죄송합니다. 사인 규명 심리는 결국 열지 않게 됐거든요. 처리할 일도 있고 만날 사람들도 있어서 이렇게 늦은 시간에 찾아뵙게 되었습니다."

"그럼 다 끝난 거군요. 이제 더이상 조사는 없겠네요." 마거릿이 말했다.

"손턴 씨 편지를 갖고 왔을 텐데……" 경위가 지갑을 뒤지며 말했다.

"손턴 씨요?" 마거릿이 물었다.

"예! 그분이 치안판사라…… 아! 여기 있네요." 촛불 가까이에 있었는데도 마거릿은 글씨가 보이지 않아 읽을 수가 없었다. 눈앞에서 글자들이 춤을 췄다. 하지만 편지를 들고 집중해서 읽는 것처럼 들여다보고 있었다.

"큰 짐을 던 기분입니다. 그 사람이 폭행을 당했다는 증거가 워낙 불확실해서요. 게다가 손턴 씨께도 말씀드렸다시피 신원 확인에 문제가 생기면 일이 아주 복잡해져서……"

"손턴 씨요?" 마거릿이 다시 물었다.

"어제 아침에 손턴 씨를 만났습니다. 마침 이 댁에서 나오시는 걸 봐서요. 손턴 씨는 지난밤 레너즈를 본 치안판사이기도 하지만 저와 오래전부터 친분이 있어서 실례를 무릅쓰고 제 어려움을 말씀드렸지요."

마거릿은 깊은 한숨을 내쉬었다. 더이상 아무 말도 듣고 싶지 않았다. 지금까지 들은 것과 앞으로 듣게 될 말이 똑같이 두려웠다. 경위가 어서 돌아갔으면 좋겠다는 마음뿐이었다. 그녀는 억지로 입을 열었다.

"찾아와주셔서 고마워요. 시간이 많이 늦었네요. 아마 열시가 넘었을 거예요. 오! 편지 여기 있어요!" 마거릿은 편지를 받으려고 내민 손의 의미를 갑자기 깨닫고 그렇게 덧붙였다. 그런 다음 경위가 편지를 받아 들자 그에게 부탁했다. "글씨를 알아보기 힘들어서 읽을 수가 없었어요. 좀 읽어주시겠어요?"

경위가 편지를 읽어주었다.

"고마워요. 손턴 씨에게 제가 거기 없었다고 말씀하셨나요?"

"아, 물론입니다. 잘못된 정보를 믿고 무례를 범한 점 죄송하게 생각합니다. 그 청년이 처음엔 아주 자신만만하더니, 이제 와서는 그동안 내내 확신이 없었다면서 자신의 실수로 헤일 양의 노여움을 사서 고객을 잃는 일이 없기를 바란다고 하더군요. 안녕히 계십시오."

"안녕히 가세요." 마거릿은 벨을 울려 딕슨을 불러서 그를 배웅하게 했다. 그리고 돌아오는 딕슨과 복도에서 마주치자 재빨리 지나쳤다.

"잘됐어요!" 마거릿은 딕슨을 보지도 않고 그렇게 말하고는 딕슨이 따라와서 질문을 늘어놓기 전에 황급히 계단을 올라가 침실로 들어간 다음 안에서 문을 잠갔다.

그러고는 옷을 입은 채로 침대에 쓰러졌다. 진이 빠져서 아무 생각도 할 수 없었다. 삼십 분쯤 지나자 불편한 자세와 한기가 피로를 밀어내고 그녀의 마비된 기능을 되살렸다. 그녀는 기억을 되살리고, 결합하고, 의문을 갖기 시작했다. 제일 먼저 떠오른 생각은 프레더릭 때문에 느꼈던 끔찍한 공포는 끝났다는 사실이었다. 이제 더이상 압박감에 시달리지 않아도 된다. 그다음엔 경위가 손턴에 대해 한 말을 모두 기억해내고 싶다는 생각이 들었다. 경위가 그를 언제 만났다고 했지? 경위가 무슨 말을 했다고 했더라? 손턴이 어떻게 했다고? 편지에 정확히 뭐라고 쓰여 있었지? 관사를 붙이거나 뺀 것 하며 편지 내용을 정확히 기억해낼 때까지 그녀의 마음은 앞으로 나아가기를 거부했다. 그다음 그녀가 얻은 확신은 분명했다. 그 운명적인 목요일 밤, 손턴은 아웃우드역 근처에서 마거릿을 보았으며, 그녀가 경위에게 거기 있었던 걸 부인했다는 말을 들었다. 그녀는 손턴의 눈앞에 거짓말쟁이로 서 있었다. 그녀는 거짓말쟁이였다. 그러나 하느님 앞에서 참회할 생각이 들지는 않았다. 오로지 혼돈과 어둠만이, 그녀가 손턴의 눈에 타락한 자로 비치게 되었다는 한 가지 충격적인 사실을 둘러싸고 있을 뿐이었다. 그녀는 얼마나 많은 변명을 해야 하는지는 생각하고 싶지도 않았다. 그 일은 손턴과 아무 관계도 없었다. 오빠와 동행한다는 너무나도 자연스러운 일이 손턴이나 다른 사람들의 의심을 사게 될 줄은 꿈에도 몰랐다. 하지만 거짓말한 걸 그에게 들켰으니, 그는 그녀를 심판할 권리가 있었다. 마거릿은 오빠를 향해 외쳤다. "오, 프레더릭! 프레더릭! 난 오빠를 위해 모든 걸 희생했어!" 그녀는 잠들어서도 그 생각에서 벗어나지 못했고, 현실보다 더 과장된 기괴하고 고통스러운 악몽에 시달렸다.

이튿날 잠에서 깨자 아침의 환한 햇살과 함께 새로운 생각이 퍼뜩 떠올랐다. 손턴은 검시관에게 가기 전에 그녀가 거짓말한 일을 알았다. 그렇다면 그녀가 거짓 증언을 반복하는 걸 면하게 해주려고 사인 규명 심리를 막았는지도 모른다. 하지만 마거릿은 어린애 같은 못된 고집으로 그런 생각을 한옆으로 밀어냈다. 만일 그랬던 거라면 그가 고맙지 않았다. 이미 보기 좋게 무너진 그녀의 진실성이 더이상 시험에 들지 않도록 손턴이 평소의 그답지 않은 수고를 했다는 건, 그녀가 이미 수치스러운 처지가 되었다는 사실을 잘 알고 있었다는 의미가 되기 때문이다. 마거릿은 손턴이 그 사실을 알고 자신을 구해주려고 나서는 것보다는 차라리 오빠를 위해 법정에서 위증하는 편이 나았다. 그게 훨씬 나았다. 무슨 얄궂은 운명으로 그가 경위와 만나게 된 걸까? 하필이면 왜 그가 레너즈의 진술을 듣는 치안판사가 된 걸까? 레너즈는 그에게 무슨 말을 했을까? 그는 얼마나 많은 걸 알고 있을까? 어쩌면 벨 씨를 통해 프레더릭의 혐의에 대해 이미 들었을 수도 있다. 만일 그렇다면 그는 어머니의 임종을 지키기 위해 체포될 위험을 무릅쓰고 집에 온 아들을 구하려고 애써준 것인지도 몰랐다. 그런 경우라면 그에게 고마움을 느낄 수 있었다. 그의 개입을 촉발시킨 것이 경멸만 아니라면 말이다. 오! 손턴 같은 사람이 그녀를 경멸할 만한 정당한 이유를 갖고 있을까? 지금까지 그녀가 늘 위에서 내려다보던 손턴이 아니던가! 그녀는 그의 발밑에 있는 자신을 발견했고 자신의 추락에 묘한 고통을 느꼈다. 그런 생각을 계속 이어가면서 자신이 손턴에게 존경과 좋은 평가를 받는 것에 얼마나 큰 가치를 두는지 인정하고 싶진 않았다. 그래서 그 생각이 들 때마다 의도적으로 피했다. 그걸 믿지 않으려 했다.

그녀가 생각했던 것보다 늦은 시각이었다. 어젯밤에 경황이 없어서 시계태엽 감는 걸 깜빡 잊은데다 그녀가 늦잠을 자도 깨우지 말라고 헤일 씨가 딕슨에게 특별히 지시해놓았던 것이다. 얼마 안 있어 문이 조심스럽게 열리더니 딕슨이 고개를 들이밀었다. 딕슨은 마거릿이 깬 걸 보고는 편지를 들고 들어왔다.

“아가씨한테 도움이 될 것을 가져왔어요. 프레더릭 도련님 편지예요.”

“고마워요, 딕슨. 너무 늦게 왔네요!”

마거릿은 힘이 하나도 없는 목소리로 말했다. 그녀가 편지를 받으려 손을 내밀지도 않아서 딕슨은 침대 위에 편지를 내려놓았다.

"아침 드셔야죠. 금방 가져올게요. 주인님이 쟁반에 다 차려놓으라고 하셨어요."

마거릿은 아무 대꾸도 없이 딕슨을 보냈다. 아무래도 혼자 있어야 편지를 열어볼 수 있을 것 같아서였다. 이윽고 그녀는 편지를 열어보았다. 맨 처음 눈길을 끈 건 편지를 받은 날보다 이틀이나 빠른 날짜였다. 프레더릭은 약속한 날짜에 편지를 썼으며, 배달이 늦어지지만 않았더라면 불안에 떨 필요가 없었던 것이다. 그래도 일단 편지를 읽어보고 판단할 일이었다. 급하게 쓴 편지이긴 했지만 내용은 아주 만족스러웠다. 프레더릭은 헨리 레녹스를 만났는데, 헨리 레녹스도 그 사건에 대해 잘 알고 있었기에 처음엔 고개를 흔들며 막강한 세력이 비호하는 협의를 뒤집어쓴 상태에서 영국에 돌아온 건 대단히 위험한 일이었다고 했다. 하지만 그 사건에 대해 자세히 논의하고 나자 믿을 만한 증인들을 세워 프레더릭의 진술을 입증할 수만 있다면 무죄선고를 받을 수도 있다고, 그렇다면 법정에 설 가치가 있지만 그렇지 않다면 커다란 모험이 되리라고 말했다는 것이다. 헨리 레녹스는 검토해보겠다고, 수고를 아끼지 않겠다고 약속했다. 프레더릭의 편지는 이렇게 이어졌다. '동생아, 네 소개가 큰 도움이 된 것 같다. 그렇지? 그 사람이 정말로 많은 걸 물어보더라고. 예리하고 똑똑한 사람 같더구나. 일도 바쁘게 돌아가고 직원도 많은 걸 보니 사업도 잘되는 것 같고. 하지만 그런 것들은 변호사의 속임수에 지나지 않을 수도 있지. 지금 바로 출발할 배를 탈 수 있게 됐어. 오 분 안에 떠날 거야. 이 일로 다시 영국에 돌아올 수도 있으니 내가 왔던 건 비밀로 해. 아버지께 영국에서는 구할 수 없는 귀하고 오래된 셰리주 좀 보내드려야겠다. (지금 내 앞에 있는 병에 들어 있는 걸로!) 아버지께는 이런 술이 필요해. 아버지께 사랑한다고 전해드려. 아버지께 신의 은총이 있기를. 마차가 왔구나. 추신—그땐 정말 아슬아슬했어! 내가 다녀간 거 절대 발설해선 안 된다. 쇼 이모님 댁에도.'

마거릿은 봉투를 확인했다. '배달 지연' 표시가 있었다. 부주의한 웨이터에게 맡겼는데 그 웨이터가 편지 부치는 걸 깜빡 잊은 모양이었다. 오! 우리 인간과 유혹 사이에는 너무나 사소하면서도 거미줄처럼 복잡한 운이 존재하다니! 프레더릭은 안전했고 이십 시간, 아니 삼십 시간 전에 이미 영국을 떠났다. 그리고 그녀가 어차피 헛수고로 끝났을 경찰의 추적을 막으려고 거짓말한 건 불과 열일곱 시간 전의 일이었다. 그녀는 그 거짓말로 얼마나 진실하지 못한 인간이 되었던가! 이제 그녀의 자랑스러운 좌우명 '페 스 크 두아, 아드비엔 크 푸라(무슨 일이 일어나든 네가 할 일을 하라)'는 어디로 갔는가? 만일 그때 용감하게 자신에 대해서는 진실을 말하고 다른 문제에 대해서는 진술을 거부했더라면 지금 얼마나 마음이 가벼울까! 그랬다면 하느님에 대한 믿음을 저버려 하느님 앞에서 떳떳하지 못한 신세가 되지도, 손턴의 눈에 타락하고 비천한 존재로 비치게 되지도 않았을 터였다. 마거릿은 끔찍한 전율을 느끼며 거기서 생각을 멈췄다. 자신이 손턴에게 낮은 평가를 받는 일과 하느님을 노하게 하는 일을 동급으로 여기고 있음을 깨달은 것이다. 왜 이토록 손턴에 대한 생각이 머리를 떠나지 않는 걸까? 이게 뭘까? 자존심과 의지가 허락하지 않는 일인데도 왜 그의 평가에 연연하는 걸까? 하느님의 노여움을 샀다는 생각은 얼마든지 품을 수 있었다. 하느님은 모든 걸 아시고, 그녀가 참회하는 마음을 읽으시고, 도움을 청하는 외침을 들으실 수 있으니까. 그런데 손턴은…… 그 때문에 떨고 베개에 얼굴을 숨길 까닭이 무엇인가? 마침내 어떤 강력한 감정에 사로잡히고 만 것일까?

마거릿은 침대에서 퉁겨지듯 나와 오랫동안 열렬한 기도를 올렸다. 그렇게 마음을 여니 좀 진정되고 편안해졌다. 하지만 자기 처지를 다시 확인해보는 순간, 아직 고통이 남아 있음을 깨달았다. 그녀는 같은 인간에게 낮은 평가를 받게 된 일에 무심할 수 있을 만큼 훌륭하지도, 순수하지도 못했다. 손턴이 자신에게 경멸의 눈길을 보내고 있으리란 생각 뒤에는 잘못을 저질렀다는 죄의식이 숨어 있었다. 마거릿은 옷을 갈아입은 후 바로 아버지에게 편지를 가져갔다. 편지에 기차역 사건에 대한 암시가 있었지만 지나가는 말로 살짝 언급했을 뿐이라 헤일 씨는 전혀 눈치채지 못했다. 사실 그는 딸의 창백한 얼굴이 너무 걱정된 탓에, 편지를 다 읽고도 프레더릭이 발각되거나 의심을 사지 않고 무사히 떠났다는 사실 외에는 거의 알아차리지 못했다. 마거릿은 줄곧 울음을 터뜨릴 것만 같았다.

"마거릿, 넌 너무 지쳐 있어. 그럴 만도 하지. 이제 내가 너를 보살펴주마."

헤일 씨는 마거릿을 소파에 눕게 하고 숄을 가져다 덮어주었다. 아버지의 다정한 보살핌에 참았던 눈물이 터진 마거릿은 격하게 울었다.

"가여운 것! 가여운 것!" 벽을 보고 누운 채 몸을 떨며 흐느끼는 그녀를 다정하게 바라보며 헤일 씨가 말했다. 잠시 후 울음이 멈추자 마거릿은 아버지에게 모든 고민을 속시원히 털어놓을까 고민했다. 하지만 그러지 않는 편이 나을 것 같았다. 모든 걸 털어놓으면 그녀의 마음은 가벼워지겠지만, 프레더릭이 다시 영국에 와야만 할 경우 아버지의 불안과 근심은 더 커질 테니까. 비록 부지불식간에 본의 아니게 벌어진 일이라 해도, 아버지는 아들이 한 사람을 죽음에 이르게 한 사실을 머리에서 지우지 못할 것이다. 그 사실은 다양한 형태로 과장되고 왜곡되어 아버지를 끊임없이 괴롭힐 것이다. 그녀 자신의 커다란 과오에 관해서도 역시, 딸이 용기와 믿음이 부족했던 것을 아버지는 몹시 고통스러워하면서도 딸을 위해 변명하려고 애쓸 것이다. 예전 같았으면 아버지일 뿐만 아니라 사제이기도 한 그에게 자신의 유혹과 죄에 대해 말할 수 있었겠지만, 근래에는 그런 주제들에 대해 별로 이야기한 적이 없었을뿐더러 속 깊은 대화를 시도한다면 이제 종교적 견해가 바뀐 아버지가 어떤 대답을 할지도 알 수 없었다. 그래서 마거릿은 비밀을 간직하고 홀로 짐을 지기로 결심했다. 홀로 하느님 앞에 나아가 용서를 구할 작정이었다. 손턴에게 타락한 거짓말쟁이가 된 것도 홀로 견디기로 했다. 그녀는 유쾌한 화젯거리를 찾아내려고 애쓰는 아버지를 보면서 딸이 최근에 일어난 모든 일에 대한 생각에서 벗어나도록 노고를 아끼지 않는 아버지의 따뜻한 마음에 형언할 수 없는 감동을 받았다. 아버지가 이렇게 말이 많기는 실로 몇 달 만에 처음이었다. 그는 딸이 소파에서 일어나 앉지도 못하게 했고, 자신이 몸소 딸을 보살피겠다고 고집을 부려서 딕슨을 섭섭하게 만들었다.

이윽고 마거릿이 미소를 보였다. 약하고 희미한 미소였지만 헤일 씨는 더할 수 없는 기쁨을 느꼈다.

“우리에게 미래의 가장 큰 희망이 돌로레스*라니, 묘한 일이에요.” 마거릿이 말했다. 그녀보다는 헤일 씨에게 더 잘 어울리는 말이었지만 오늘은 둘이 성격이 바뀐 듯했다.

“돌로레스의 어머니는 에스파냐 사람이었을 게다. 그래서 돌로레스의 종교가 가톨릭인 거지. 아버지는 내가 알던 당시에는 강경한 장로교 신자였거든. 어쨌든 돌로레스는 아주 부드럽고 예쁜 이름이야.”

“정말 어리고요! 저보다 십사 개월이나 어려요. 이디스가 레녹스 대령과 약혼했을 때 나이예요. 아버지, 우리 에스파냐에 가서 그들을 만나요.”

헤일 씨는 고개를 저은 뒤 말했다. “마거릿, 네가 그러고 싶다면 그러자꾸나. 하지만 이곳으로 다시 돌아오자. 생전에 밀턴을 그토록 싫어했던 네 어머니를 혼자 두고 우리만 가는 건 불공평하고 모진 짓이야. 얘야, 안 되겠다. 너 혼자 다녀오렴. 다녀와서 새로 얻은 내 에스파냐 딸에 대해 얘기해다오.”

“아뇨, 아버지, 저 혼자는 안 가요. 제가 가면 아버지는 누가 돌봐요?”

“우리 둘이서 누가 누구를 돌보는 건지 모르겠구나. 아무튼 네가 가면 손턴에게 수업을 두 배로 늘리자고 하면 돼. 둘이 열심히 고전공부를 하는 거지. 그럼 시간 가는 줄 모를 게다. 가는 김에 코르푸에 들러서 이디스를 만나도 좋고.”

마거릿은 바로 대답하지 않았다. 잠시 후 그녀가 엄숙하게 말했다. “감사해요, 아버지. 하지만 전 가고 싶지 않아요. 레녹스 씨가 일을 잘

* Dolores. 에스파냐어로 ‘슬픔’이라는 뜻.

처리해줘서 오빠가 결혼할 때 돌로레스를 보여주러 올 수 있게 되기만을 바라야죠. 그리고 이디스는, 그 연대가 코르푸에 오래 머물지 않을 거예요. 어쩌면 내년이 지나기 전에 두 사람 다 여기서 보게 될 수도 있어요."

헤일 씨의 유쾌한 화젯거리들이 바닥나버렸다. 아픈 기억이 슬그머니 그의 마음속을 차지해 그를 침묵에 빠뜨렸다. 잠시 후 마거릿이 말했다.

"아버지…… 장례식에서 니컬러스 히긴스 보셨어요? 그 사람이 왔었어요, 메리도 데리고. 불쌍한 사람! 그런 식으로 조의를 표한 거죠. 겉으로는 무뚝뚝하고 퉁명스러워도 속은 착하고 따뜻한 사람이에요."

"그렇고말고. 난 처음부터 알고 있었다. 네가 그 사람에 대해 온갖 나쁜 말을 할 때도. 내일 네가 멀리까지 걸어갈 수 있을 정도로 몸이 회복되면 그 집에 같이 가보자꾸나."

"오, 좋아요. 저도 니컬러스와 메리를 만나고 싶어요. 메리한테 품삯도 못 줬거든요. 딕슨 말로는 본인이 한사코 안 받겠다고 했대요. 니컬러스가 점심을 먹고 일 나가기 전에 만날 수 있도록 시간 맞춰서 가요."

저녁이 가까워지자 헤일 씨가 말했다.

"혹시 손턴이 오려나 했는데. 어제 내가 보고 싶어하는 책을 갖고 있다고 했거든. 오늘 갖다줄 수 있도록 애써보겠다고 했다만."

마거릿은 한숨지었다. 손턴이 오지 않으리란 사실을 알고 있었기 때문이다. 그녀가 저지른 수치스러운 짓에 대한 기억이 너무도 생생할 텐데, 그는 그녀와 맞닥뜨리는 위험을 감수하고 찾아올 만큼 둔한 사람이 아니었다. 그의 이름을 듣자 고민이 되살아나면서 다시 우울하고 멍한 탈진 상태가 되었다. 그녀는 무기력에 빠져들었다. 그러다 이건 인내심을 보이거나 온종일 정성껏 자신을 보살펴준 아버지에게 보답하는 태도가 아니라는 생각이 퍼뜩 들었다. 그녀는 일어나 앉더니 아버지에게 책을 읽어드리겠다고 했다. 시력이 나빠지고 있던 헤일 씨는 딸의 호의를 기쁘게 받아들였다. 그녀는 강조할 곳은 강조해가면서 훌륭하게 책을 읽었다. 하지만 책을 다 읽고 나서도 누가 책 내용에 대해 물었다면 대답하지 못했을 터였다. 그녀는 아침에 손턴에게 전혀 고마워하지 않았던 것이, 그래서 그가 보여준 친절을, 사인 규명 심리가 열리지 않도록 직접 의료진을 만나 추가 조사를 한 일을 받아들이기를 거부했던 것이 못내 괴로웠다. 오! 무척 고마웠거늘! 그녀는 비겁하고 진실하지 못했기에 돌이킬 수 없는 행동으로 자신의 비겁함과 거짓됨을 보였다. 그랬지만 고마움을 모르지는 않았다. 자신을 경멸할 만한 이유를 가진 사람에게 자신이 어떤 감정을 느낄 수 있는지 깨닫자 가슴이 뜨거워졌다. 그의 경멸감은 너무도 지당한 것이어서, 오히려 그가 경멸감을 느끼지 않을 사람으로 생각되었다면 존경심이 덜했을 터였다. 자신이 얼마나 철저히 그를 존경하는지 느끼게 되자 기쁜 마음이 들었다. 그는 그녀의 존경을 막을 수 없었다. 그것이 이 모든 고통 속에서 하나의 위안이 되었다.

저녁 늦게 헤일 씨가 기다리던 책이 도착했다. 헤일 씨가 잘 계신지 손턴이 알고 싶어한다는 전갈도 함께 왔다.

"딕슨, 난 한결 좋아졌다고 전해요. 하지만 헤일 양은……"

"아네요, 아버지. 저에 대해선 아무 말 마세요. 제 안부는 안 물었잖아요." 마거릿이 열띠게 말했다.

"얘야, 너 몹시 떨고 있구나!" 몇 분 후 헤일 씨가 말했다. "지금 바로 잠자리에 들어야겠다. 얼굴이 새하얗게 질렸잖니!"

마거릿은 아버지를 혼자 두고 싶지는 않았지만 잠자리에 드는 걸 거부하지 않았다. 종일 바쁘게 생각하고 더 바쁘게 참회하다보니 혼자만의 편안한 시간이 필요했다.

하지만 다음날이 되자 그녀는 평소의 모습으로 돌아간 듯했다. 좀처럼 사라지지 않는 슬픔과 엄숙함, 그리고 이따금 멍해지는 정신은 상을 당한 지 얼마 안 되는 시기의 부자연스럽지 않은 증상이었다. 반면, 그녀의 회복과 거의 비례해서 헤일 씨는 잃어버린 아내와 영원히 막을 내린 지난 시절에 대한 회상에 젖어 멍하니 앉아 있는 병이 도졌다.

11장

항상 힘은 아닌 노조*

상여꾼들의 발걸음, 무겁고 느리네,
문상객들의 흐느낌, 깊고도 나직하네.**
—셸리

그들은 전날 정한 시간에 니컬러스 히긴스와 그의 딸을 만나러 가기 위해 집을 나섰다. 두 사람 다 새로운 복장***이 이상하게 쑥스러운데다 둘이 일부러 함께 외출하기는 몇 주 만에 처음이라는 사실에서, 최근에 상을 치렀다는 것이 새삼 와닿았다. 그들은 서로에 대한 무언의 연민을 느끼며 바짝 붙어서 걸었다.

니컬러스는 늘 앉던 난롯가 자리에 앉아 있었다. 하지만 늘 입에 물고 있던 파이프는 보이지 않았다. 무릎에 팔을 올리고 한 손으로 머리

* 당대의 노조들은 단합 혹은 노조와 힘의 관계를 주장하는 모토와 슬로건을 많이 사용했으며, 이 장의 제목은 그런 관념을 반영하고 있다.

** 영국 시인 퍼시 비시 셸리의 시 「미모사」.

*** 상복을 뜻한다.

를 받친 자세였다. 그는 헤일 부녀를 보고도 자리에서 일어나지 않았지만, 마거릿은 그의 눈빛에서 반가움을 읽을 수 있었다.

"앉으세요, 앉으세요. 불이 거의 꺼졌네." 니컬러스가 자신에게 쏠린 시선을 분산시키기라도 하려는 듯 불을 격하게 쑤시며 말했다. 그는 확실히 좀 지저분했다. 며칠 동안 텁수룩하게 자란 검은 턱수염이 창백한 얼굴을 더 창백해 보이게 만들었고, 재킷은 기워 입을 필요가 있었다.

"점심시간 직후에 오면 만날 수 있을 거라고 생각해서 일부러 시간을 맞췄어요." 마거릿이 말했다.

"지난번에 만난 후로 우리도 슬픔을 겪게 되었습니다." 헤일 씨가 말했다.

"네, 네. 요즘은 슬픔이 식사보다 흔하지요. 그리고 저는 하루종일 점심시간이라 두 분은 저를 만날 수밖에 없었을 겁니다."

"실직하셨나요?" 마거릿이 물었다.

"그렇소." 니컬러스가 짤막하게 대꾸했다. 잠시 후 그가 처음으로 시선을 들며 덧붙였다. "돈이 궁하진 않아요. 그런 생각은 마시오. 불쌍한 내 딸 베시가 베개 밑에 돈을 좀 감춰뒀더군, 마지막 순간에 내 손에 쥐여주려고. 메리도 무명 자르는 일을 하고 있고. 그래도 실직한 건 사실이지."

"우리도 메리에게 줄 돈이 있습니다만." 헤일 씨가 말했다. 마거릿이 얼른 그의 팔을 꾹 찔렀지만 이미 늦은 뒤였다.

"메리가 그 돈을 받으면 집에서 쫓아낼 겁니다. 저는 이 집안에서 살고 그애는 밖에서 살고. 그게 답니다."

"하지만 메리가 우리를 위해 수고를 많이 해줬어요." 헤일 씨가 말했다.

“따님께서도 불쌍한 제 딸에게 사랑을 베풀어주셨지만 저는 고맙다는 인사 한 번 챙긴 적이 없습니다. 무슨 말을 해야 좋을지 몰라서요. 메리가 그 댁에 가서 해드린 별것도 아닌 일에 그렇게 야단법석을 떠시면 저도 가만히 있을 수가 없지요.”

“파업 때문에 실직하신 건가요?” 마거릿이 부드럽게 물었다.

“파업은 끝났소. 이번 파업은. 내가 일이 없는 건, 일을 구하러 다니지 않아서죠. 일을 구하러 다니지 않는 건, 좋은 말은 드물고 나쁜 말은 넘쳐나기 때문이고.”

니컬러스는 수수께끼 같은 대답을 하는 것에 심술궂은 즐거움을 느끼는 듯했다. 하지만 마거릿은 그가 설명해주고 싶어한다는 걸 알았다.

“좋은 말이라는 건……?”

“일을 달라고 부탁하는 거요. 그게 인간이 할 수 있는 거의 최고의 말 아니겠소. ‘내게 일을 주시오’는 ‘인간답게 일을 하겠다’라는 뜻이니까. 그게 좋은 말이지.”

“그럼 나쁜 말은 일을 달라는 부탁을 거절하는 말이겠군요.”

“그렇지. 나쁜 말은 이런 거요. ‘아, 이 사람아! 자네는 그동안 자네의 집단에 충실했으니 난 내 집단에 충실해야지. 자네는 도움이 필요한 그 사람들을 위해 최선을 다했고, 그게 자네 부류에게 충실하려는 방식이었어. 난 내 사람들한테 충실할 거고. 자네는 불쌍한 바보였네. 그 정도 지혜밖에 없었고 진짜 충실한 바보도 못 되었잖나. 그러니 꺼지게. 자네한테 줄 일은 없으니까.’ 난 바보가 아니오. 만일 내가 바보라면 그 사람들이 자기들처럼 현명해지는 법을 가르쳐줬어야지. 누가 가르쳐주려고만 했다면 배울 수 있었을 텐데."

"예전 공장주를 찾아가 다시 받아줄 수 있는지 물어보는 게 좋지 않을까요? 가능성은 희박하지만 그래도 아주 없는 건 아니니까." 헤일 씨가 말했다.

니컬러스는 다시 고개를 들어 질문자를 날카롭게 쳐다보더니 나지막하고 씁쓸한 웃음소리를 냈다.

"공장주요! 실례가 안 된다면 이번엔 제가 한두 가지 묻겠습니다."

"얼마든지요." 헤일 씨가 대답했다.

"헤일 씨도 먹고살기 위해 일을 하실 겁니다. 다른 데서도 살 수 있는데 밀턴이 좋아서 여기 사는 사람은 거의 없으니까요."

"맞아요. 개인 재산이 좀 있긴 하지만 내가 밀턴에 정착한 건 개인교습을 하기 위해서였지요."

"사람들 가르치는 거요. 좋습니다! 헤일 씨께 배우는 사람들은 돈을 내겠지요? 안 그렇습니까?"

"그래요. 나는 돈을 벌기 위해 가르치고 있어요." 헤일 씨가 미소 지으며 대답했다.

"그럼 헤일 씨께 돈을 내는 사람들은 공정거래 차원에서 헤일 씨가 해준 수고의 대가로 돈을 주면서 그 돈을 이렇게 써라 저렇게 써라 간섭하나요?"

"아니, 절대 그렇지 않죠!"

"그들은 이런 말은 안 할 겁니다. '네 형제나 형제만큼 소중한 친구가 이 돈을 너와 그 사람이 옳다고 여기는 목적을 위해 쓰겠다고 해도, 절대 주지 않겠다고 약속해라. 네 생각에는 훌륭한 용도라도 우리 생각에는 그렇지 않다면, 그런 용도로 돈을 쓴다면 우리 관계는 끝이다.' 이런 말은 안 하지요?"

"물론이지요!"

"그들이 이런 말을 한다면 참으시겠습니까?"

"그런 지시에 굴복한다는 생각만으로도 엄청난 압박감을 느낄 겁니다."

"저는 어떤 압박을 받아도 그건 못합니다. 이제 이해하셨겠지요. 정곡을 찌르셨습니다. 제가 일하던 햄퍼 공장에서는 노동자들이 노조를 지원하거나 파업 참가자들을 돕는 일에는 단 한 푼도 쓰지 않겠다고 서약해야만 합니다. 스스로 서약할 수도 있고 억지로 할 수도 있죠." 니컬러스가 경멸적으로 말을 이었다. "그건 거짓말쟁이들과 위선자들을 만드는 짓입니다. 사람을 모질게 만들어 꼭 필요한 친절을 베풀거나 강자에 맞서는 정당한 일에 협조하지 않도록 하는 것도 작은 죄예요. 저는 왕이 일을 준다고 해도 그런 서약은 절대 못합니다. 저는 노조원이고 노동자들에게 도움을 주는 건 노조뿐이라고 생각하거든요. 그리고 파업을 해봤기 때문에 굶주림이 뭔지 잘 알아요. 그러니 1실링을 벌면 6펜스는 그쪽에 쓸 겁니다. 결과적으로는 어디 가서 1실링을 벌어야 할지 모르는 신세가 됐지만."

"노조에 기여하지 못하도록 하는 규칙이 모든 공장에서 시행되고 있나요?" 마거릿이 물었다.

"모르겠소. 우리 공장의 새로운 규칙인데 내 생각엔 그 규칙을 고수할 수 없다는 걸 공장측에서도 깨닫게 될 거요. 어쨌든 지금은 시행중이오. 독재는 거짓말쟁이를 만든다는 걸 머지않아 깨닫겠지만."

잠시 침묵이 흘렀다. 마거릿은 마음속의 말을 해야 할지 망설였다. 그러잖아도 실의에 빠져 있는 사람을 자극하고 싶지 않았던 것이다. 마침내 그 말이 나왔다. 하지만 그녀의 부드러운 어조와 주저하는 태도가 불쾌한 말을 하고 싶어하지 않는다는 걸 보여주어서인지, 니컬러스는 화가 나진 않고 그저 당혹스럽기만 한 것 같았다.

"불쌍한 바우처가 노조를 독재자라고 했던 것 기억하세요? 세상에서 제일 지독한 독재자라고 했던 것 같은데요. 그때 저도 동의했던 기억이 나고요."

니컬러스는 한참 후에야 대답했다. 그는 두 손으로 머리를 받치고 불을 들여다보고 있어서 마거릿은 그의 얼굴 표정을 볼 수가 없었다.

"노조가 노동자에게 그 사람 자신을 위한 일을 강제로 시킬 필요가 있다는 건 부인하지 않겠소. 진실을 말해주지요. 노조에 들어가지 않은 노동자는 비참하게 살고 있소. 하지만 일단 노조에 들어가면, 혼자였을 때보다 자기 이익을 더 잘 챙길 수가 있어요. 사실 노동자들이 권리를 챙길 수 있는 길은 하나뿐이오. 모두가 하나로 뭉치는 것. 수가 많아질수록 각각의 개인이 공정한 대우를 받을 기회는 더 늘어나니까. 정부에서도 바보들과 정신병자들을 돌보고 있고 그중에 본인이나 이웃에 해를 끼치려는 사람이 있으면 본인이 원하건 원하지 않건 제재를 가하잖소. 우리 노조도 마찬가지지요. 우리는 사람을 감옥에 처넣진 못해도 삶의 무게를 견디기가 버거울 정도로 무겁게 만들 수는 있소. 어쩔 수 없이 노조에 들어와서 현명하고 유익한 존재가 될 수밖에 없도록 말이오. 바우처는 그동안 쭉 바보였고 마지막엔 천하에 그런 멍청이가 없었지."

"그가 해를 끼쳤나요?" 마거릿이 물었다.

"그래요, 해를 끼쳤소. 바우처와 그 무리가 폭동을 일으키고 법을 어기기 전까지는 여론이 우리 편이었거든. 폭동 때문에 파업도 실패로 끝나고 말았지."

"그럼 애초에 그 사람을 억지로 노조에 가입시키지 말고 그냥 두는 편이 훨씬 더 낫지 않았을까요? 바우처는 노조에 도움이 못 됐고, 노조는 바우처를 미치게 만들었으니까요."

"마거릿." 헤일 씨가 경고를 담은 낮은 목소리로 딸을 불렀다. 니컬러스 히긴스의 얼굴에 먹구름이 끼는 걸 본 것이다.

"저는 따님이 마음에 듭니다." 니컬러스가 불쑥 말했다. "마음에 있는 말을 솔직하게 하니까요. 그건 노조를 제대로 이해하지 못해서 한 말입니다. 노조는 막강한 힘을 갖고 있고 그게 우리의 유일한 힘이지요. 쟁기로 데이지꽃을 갈아엎는 내용의 시*를 읽은 적이 있습니다. 눈물이 나더군요. 쟁기질하는 사람은 그 데이지꽃을 안타까워하면서도 쟁기질을 멈추지 않았습니다. 세상의 이치를 알고 있었으니까요. 노조는 땅이 수확할 수 있도록 준비해주는 쟁기라고 할 수 있습니다. 그 인간을 데이지에 비유하는 건 과분한 처사고 땅 위에 늘어져 누워 있는 잡초라고 해야겠지만, 바우처는 노조가 단단히 마음먹고 제거해야 할 인간이고요. 지금 전 바우처에게 잔뜩 화가 나 있습니다. 그래서 좋은 말이 안 나오는 건지도 몰라요. 그 인간, 제가 직접 쟁기로 갈아엎으면 속이 시원하겠어요."

"왜요? 그 사람이 무슨 짓을 했는데요? 잘못이 더 있어요?"

---

* 스코틀랜드 시인 로버트 번스의 시 「데이지에게, 1786년 4월에 쟁기로 데이지 한 송이를 갈아엎으며」.

"물론이오. 그 인간의 못된 짓은 끝이 없으니까. 우선 무엇보다 미친 얼간이처럼 날뛰면서 폭동을 일으켰소. 그다음엔 숨어버렸고. 내가 바라던 대로 손턴이 그 인간을 잡아들이려고 했다면 그놈은 아직 숨어 사는 처지일 텐데, 손턴은 자기 나름의 목적이 있어서 폭동 사건에 대한 고소를 취하한 거요. 그래서 바우처는 슬며시 집으로 돌아왔고, 하루이틀은 집에만 처박혀 있더군. 그 정도 예의는 있었던 거지. 그다음에 그 인간이 어디로 갔는지 아시오? 햄퍼 공장이었소. 빌어먹을 인간! 말만 번지르르하게 하는 그 구역질나는 상판대기를 들고 일을 달라고 갔단 말이오. 노조나 굶주리는 파업 참가자들을 돕지 않겠다고 서약해야 한다는 걸 뻔히 알면서! 노조가 도와주지 않았더라면 굶어죽었을 인간이. 그런 인간이 거길 찾아가 무슨 약속이든, 무슨 서약이든 할 수 있다고, 노조에 대해 아는 걸 다 말해주겠다고 한 거요. 아무짝에도 쓸모없는 유다 같은 놈! 그래도 햄퍼가 바우처의 말을 단 한 마디도 들으려 하지 않고 쫓아내버렸지. 난 죽는 날까지 그 일을 고마워할 거요. 구경꾼들 말이, 그 배신자가 아기처럼 울어대는데도 그냥 쫓아버렸다더군."

"오! 정말 충격적이에요! 너무 안됐어요!" 마거릿이 외쳤다. "히긴스, 오늘은 당신을 이해할 수가 없네요. 당신들이 바우처를 억지로 노조에 가입시켜서 이 지경으로 만들었다는 걸 모르겠어요? 바우처를 지금 이 꼴로 만든 건 당신들이에요!"

바우처를 지금 이 꼴로 만들었다! 예전엔 어땠는데?

좁은 길을 따라 들려오는 공허하고 규칙적인 소리가 점점 커지며 그들의 주의를 끌었다. 많은 사람이 숨죽여 속삭이는 소리가 들렸다. 많은 발소리도 들렸는데, 앞으로 움직이는 게 아니라 한 지점을 빙빙 돌고 있는 듯했다. 설령 앞으로 움직이고 있다 해도 빠른 속도나 꾸준한 움직임은 느껴지지 않았다. 그 속에서 분명하고 느린 하나의 발소리가 공기를 가르며 날아와 그들의 귀에 닿았다. 무거운 짐을 나르는 사람들의 규칙적이고 힘겨운 발소리였다. 그들 모두 억누를 수 없는 충동에 따라, 사소한 호기심이 아니라 신성한 나팔소리에 이끌린 것처럼 현관문 쪽으로 갔다.

여섯 사람이 길 한가운데로 걸어오고 있었는데 그중 셋은 경찰이었다. 그들은 경첩을 떼어낸 문짝을 어깨에 메고 있었고, 그 문짝 위에는 사람 시체가 있었다. 문짝 가장자리로 계속 물이 뚝뚝 떨어졌다. 골목 사람들이 모두 나와 구경하면서 그 행렬에 끼어들어 저마다 시체 옮기는 사람들에게 질문했다. 똑같은 얘기를 너무 많이 반복한 시체 옮기는 사람들은 시간을 끌다가 마지못해 대답했다.

"저 들판에 있는 개울에서 발견했소."

"개울! 거긴 사람이 빠져 죽을 정도로 깊지 않은데!"

"죽을 결심을 단단히 한 것 같았소. 개울물에 얼굴을 박고 있던데. 삶에 넌더리가 난 사람이니, 살고 싶은 이유가 어디 있었겠소."

니컬러스 히긴스가 슬그머니 마거릿 옆으로 다가와 약하고 새된 목소리로 말했다. "존 바우처는 아니겠지? 그 인간은 그럴 만한 배짱이 없어. 아무렴! 존 바우처는 아냐! 그런데 왜 이쪽을 쳐다보지! 들어봐요! 난 머리가 핑핑 돌아서 못 듣겠소."

사람들이 문짝을 돌바닥 위에 조심스럽게 내려놓아 이제 모두가 불쌍한 익사체를 볼 수 있었다. 시체의 반쯤 뜬 흐리멍덩한 눈이 하늘을 똑바로 응시하고 있었다. 개울물에 엎어진 상태로 발견된 탓에 얼굴이 퉁퉁 붓고 변색되어 있었다. 피부는 염색용수로 사용된 개울물이 스며들어 얼룩덜룩했다. 머리 앞부분은 대머리였지만 뒷부분은 가늘고 긴 머리칼로 덮여 있었는데, 머리칼 한 가닥 한 가닥이 물길 역할을 하고 있었다. 그렇듯 시체는 심하게 훼손되어 있었지만 마거릿은 그가 존 바우처임을 알아볼 수 있었다. 그녀는 그 일그러지고 고통에 찬 얼굴을 들여다보는 것이 불경한 짓 같아서, 본능적으로 시체에 다가가 손수건으로 시체의 얼굴을 가만히 덮어주었다. 그녀에게 쏠린 사람들의 시선이 경건한 임무를 마치고 물러나는 그녀를 따라갔고, 그 바람에 땅에 뿌리를 박은 듯 서 있는 니컬러스 히긴스까지 주목을 받게 되었다. 시체를 운반한 사람들이 뭔가 의논하더니 그들 중 하나가 집으로 피해 들어가고 싶어하는 히긴스에게 다가갔다.

"히긴스, 당신이 아는 사람이잖소! 당신이 저 사람 아내에게 알려요. 조심스럽게 말해요, 시간 너무 끌지 말고, 시체를 빨리 옮겨야 하니까."

"난 못 가요. 나한테 그러지 마시오. 난 저 사람 아내 얼굴을 못 보겠으니까."

"그래도 당신이 제일 잘 알잖소. 우리는 시체를 여기까지 옮기느라 고생했으니…… 당신도 당신 몫을 해요."

"난 못한다니까요. 저 사람을 보니 쓰러질 것 같아. 우리는 친구도 아니었고, 지금 저 사람은 죽었소."

"정 못하겠다면 못하는 거지. 그래도 누군가는 해야 할 일이오. 그 일을 맡고 싶어할 사람은 없겠지만, 누가 가서 대충이라도 알려놔야지 나중에 자세한 걸 차근히 설명해줄 수가 있으니까."

"아버지, 아버지가 가세요." 마거릿이 작은 소리로 말했다.

"그럴 수만 있다면…… 뭐라고 말해야 좋을지 생각할 시간만 있다면 가겠는데, 이렇게 갑작스럽게……" 마거릿은 아버지에겐 정말이지 불가능한 일임을 알 수 있었다. 아버지가 머리부터 발끝까지 떨고 있었던 것이다.

"제가 가겠어요." 그녀가 말했다.

"정말 고마워요, 아가씨. 친절을 베푸는 일이 될 겁니다. 저 사람 아내는 병든 몸이라 이 동네에 잘 알고 지내는 이웃이 거의 없다고 하더군요."

마거릿은 바우처의 집 문을 두드렸다. 하지만 안에서 많은 아이들이 시끄럽게 놀고 있어서 아무 대답도 들리지 않았다. 문 두드리는 소리가 들렸는지조차 의심스러웠다. 마거릿은 시간이 지체될수록 이 일에서 도망치고 싶은 마음이 커질 것 같아서 무작정 들어가 문을 닫은 다음 바우처 부인에게 보이지 않게 빗장까지 걸었다.

바우처 부인은 지저분한 벽난로 건너편에 놓인 흔들의자에 앉아 있었다. 며칠 동안 집을 치우지 않은 듯했다.

마거릿은 뭐라고 말했지만 자신도 무슨 말인지 알아듣지 못했다. 입과 목구멍이 바싹 마른데다 아이들이 너무 시끄러워서 그녀의 말은 전혀 들리지 않았다. 그녀는 다시 말했다.

"안녕하세요, 바우처 부인? 많이 안 좋아 보이시네요."

"안녕할 수가 없지요. 나 혼자 이애들을 돌보고 있는데, 애들한테 먹일 게 있어야 그거라도 줘서 조용히 시키지요. 존은 나를 떠난 게 분명해요. 이런 비참한 상태로 두고서." 바우처 부인이 불평을 늘어놓았다.

"얼마 동안 안 들어왔나요?"

"나흘 됐어요. 여기선 아무도 일을 안 줘서 그린필드까지 갔거든요. 그래도 벌써 돌아올 때가 지났는데. 아니면 일자리를 구했다는 전갈이라도 왔을 텐데. 어쩌면……"

"오, 남편분을 원망하지 마세요. 분명 부인 심정을 잘 알고……"

"조용히 좀 해! 이 아가씨 말 좀 듣게!" 바우처 부인이 한 살쯤 된 개구쟁이 아들을 곱지 않은 목소리로 나무랐다. 그러고는 마거릿에게 변명하듯 말했다. "아이가 자꾸 '아빠'랑 '빵'을 찾으며 보채요. 집에 빵도 없고, 아빠는 나가서 감감무소식인데. 이 아이는 아버지 귀여움을 독차지하고 있답니다. 정말로요." 그녀는 갑자기 태도를 바꿔 아기를 끌어당겨 무릎에 앉히더니 다정하게 입을 맞췄다.

마거릿은 바우처 부인의 주의를 끌기 위해 그녀의 팔을 잡았다. 두 사람의 시선이 만났다.

"가여운 아기! 아버지 귀여움을 독차지했었구나." 마거릿이 천천히 말했다.

"아버지 귀여움을 독차지하고 있어요." 바우처 부인이 그렇게 말하고는 황급히 일어나 마거릿과 마주섰다. 잠시 두 사람은 아무 말도 하지 않았다. 이윽고 바우처 부인이 으르렁거리는 낮은 목소리로 말하기 시작했는데, 그 목소리는 점점 더 거칠어졌다. "아버지 귀여움을 독차지하고 있다고요. 가난뱅이도 부자와 똑같이 자기 자식을 사랑할 수 있어요. 왜 아무 말 안 해요? 왜 동정하는 눈으로 보는 거죠? 존은 어디 있어요?" 그녀는 병약한 몸이었지만 마거릿을 잡고 흔들며 대답을 재촉했다. "하느님 맙소사!" 그녀는 마거릿의 눈물 젖은 시선의 의미를 알아차렸다. 그러고는 도로 의자에 풀썩 앉았다. 마거릿은 아기를 안았다.

"바우처 씨는 이 아기를 사랑했어요." 마거릿이 말했다.

"그래요." 바우처 부인이 고개를 흔들며 말했다. "그이는 우리 모두를 사랑했어요. 우리에게도 사랑해주는 사람이 있었어요. 오래전 일이지만, 그이가 살아서 우리와 함께 살 때 그이는 우리를 사랑했어요. 정말로요. 우리 중에 이 아이를 제일 사랑했을지도 모르지만, 그이는 나를 사랑했고 나도 그이를 사랑했다고요. 난 오 분 전만 해도 그이를 욕했지만. 그이가 죽은 게 확실해요?" 그녀가 일어서려고 하면서 물었다. "그냥 병들어 죽을 것 같은 상태라면 살려낼 수도 있잖아요. 나도 병자예요…… 오래 앓았지만 아직까지 살아 있으니까요."

"바우처 씨는 돌아가셨어요…… 물에 빠져서!"

"물에 빠져 죽은 사람도 다시 살려낼 수 있어요. 내가 지금 무슨 생각을 하는 거지? 정신 차리고 일어나야 하는데 이렇게 가만히 앉아서? 아가, 조용히 해…… 조용히 하란 말이야! 자, 이거 가져. 아무거나 갖고 놀아. 이 어미 가슴이 찢어지는데 울지 말고! 아, 왜 이렇게 기운이 없지? 아, 존…… 여보!"

마거릿은 쓰러지려는 바우처 부인을 얼른 안았다. 그녀는 흔들의자에 앉아 바우처 부인을 무릎에 앉히고는 머리를 자기 어깨에 기대게 했다. 놀라서 모여든 아이들이 무슨 일인지 이해하기 시작했다. 머리 회전이 둔하고 느려서 생각도 굼떴지만. 아이들은 진실을 깨닫자 절망의 울음을 터뜨렸고, 마거릿은 도저히 그 소리를 견딜 수가 없었다. 그 중에서 조니의 울음소리가 제일 컸다. 영문도 모르면서. 가여운 아기.

바우처 부인은 마거릿의 품에 안겨 몸을 떨었다. 문 쪽에서 소리가 들렸다.

"문 열어주렴, 빨리." 마거릿이 제일 큰 아이에게 말했다. "잠겨 있거든. 소리 내지 말고…… 아주 조용히. 오, 아버지, 조용히, 조심스럽게 이층으로 올라가라고 하세요. 바우처 부인이 못 듣게요. 바우처 부인은 기절했을 뿐이에요."

"차라리 잘됐군. 불쌍하기도 하지." 시체 운반하는 사람들을 따라 들어온 여자가 말했다. "힘들어서 어떻게 그렇게 안고 있어요. 기다려요, 내가 베개를 가져올 테니. 바닥에 편히 눕혀야겠어요."

이 믿음직한 이웃이 마거릿에게 큰 안도감을 주었다. 그 여자도 이 집엔 처음 와보고 이 동네에 이사온 지도 얼마 안 된 것 같았지만, 너무도 친절하고 생각이 깊어서 마거릿은 자신이 더이상 있을 필요가 없다는 생각이 들었다. 연민은 있으되 하는 일은 없이 집안을 가득 채운 구경꾼들이 밖으로 나가도록 자신이 본을 보이는 게 나을 듯했다.

마거릿은 주위를 두리번거리며 니컬러스 히긴스를 찾았다. 그의 모습은 보이지 않았다. 그래서 그녀는 바우처 부인을 바닥에 눕히자고 한 여자에게 말했다.

"저 사람들에게 조용히 자리를 떠주는 게 좋겠다고 넌지시 말씀 좀 해주시겠어요? 바우처 부인이 정신을 차리면 친분이 있는 한두 사람만 볼 수 있게요. 아버지, 남자들에게도 그렇게 말씀해주시겠어요? 불쌍한 바우처 부인, 사람들이 많아서 숨도 제대로 못 쉬고 있어요."

마거릿은 무릎을 꿇고 앉아 식초로 바우처 부인의 얼굴을 닦아주었다. 그러다 몇 분 후, 신선한 공기가 밀려드는 걸 느끼고 깜짝 놀랐다. 주위를 둘러보니 아버지와 이웃 여자가 미소를 교환하는 게 보였다.

"무슨 일이에요?" 마거릿이 물었다.

"여기 있는 우리의 좋은 친구가 구경꾼들을 몰아낼 묘안을 생각해냈지." 아버지가 대답했다.

"그 사람들한테 나가면서 아이들을 하나씩 데려가라고 했어요. 아이들을 고아처럼 여기라고요. 아이들 어머니가 과부가 된 걸 명심하고. 정성껏 보살펴줄 사람들이니 아이들은 오늘 배불리 먹고 사랑도 듬뿍 받을 거예요. 바우처 부인은 남편이 어떻게 죽었는지 알아요?"

"아뇨. 모든 걸 한꺼번에 말해줄 수가 없었어요." 마거릿이 말했다.

"말해줘야 해요, 사인 조사가 있을 테니까. 아! 정신이 드나봐요. 아가씨가 말할래요, 아니면 내가 할까요? 아니면 아가씨 아버님이 하시는 게 좋을까요?"

"아뇨. 아주머니가 해주세요, 부탁이에요." 마거릿이 말했다.

그들은 침묵 속에서 바우처 부인이 완전히 의식을 찾을 때까지 기다렸다. 그다음에 이웃 여자가 바닥에 앉고는 바우처 부인의 머리와 어깨를 자기 무릎에 올려놓았다.

"바깥양반이 돌아가셨어요. 어떻게 돌아가셨는지 알아요?" 그녀가 바우처 부인에게 물었다.

"물에 빠져 죽었어요." 바우처 부인이 힘없이 말했다. 그녀는 자신의 슬픔을 거칠게 파헤치는 질문에 처음으로 울기 시작했다.

"익사체로 발견됐어요. 아무 희망이 없는 상태로 집에 돌아오던 길이었어요. 하느님이 사람들보다 모질 수는 없을 거라고 생각한 거죠. 하느님은 사람들만큼 모질지 않을 거라고, 어쩌면 어머니처럼 자애로울 거라고, 그보다 더 자애로울 수도 있다고 말이에요. 바깥양반이 잘

했다는 게 아녜요. 그렇다고 잘못했다는 말도 아니고. 난 그저, 나나 우리 가족이 바깥양반 같은 고통을 겪지 않길 바랄 뿐이에요. 우리도 바깥양반처럼 똑같이 할 수도 있으니까."

"이애들을 나 혼자 떠맡으라고 자기만 갔어요!" 과부가 탄식했다. 그녀는 남편이 택한 죽음의 방식에 대해 마거릿이 예상했던 것만큼 괴로워하진 않는 듯했다. 남편의 죽음이 자신과 아이들에게 끼칠 영향에 대해서만 생각하는 건 그녀의 무력한 성격과 일맥상통했다.

"부인은 혼자가 아닙니다. 부인과 함께하는 분이 누구십니까? 부인의 편이 되어줄 분이 누구십니까?" 헤일 씨가 엄숙하게 말했다. 과부가 눈을 크게 뜨고 그 말을 한 사람을 올려다보았다. 그녀는 지금까지 헤일 씨가 함께 있는 걸 모르고 있었다.

"아버지 없는 아이의 아버지가 되어주겠다고 약속하신 분이 누구십니까?" 헤일 씨가 계속해서 말했다.

"하지만 전 애가 여섯이나 되고 맏이가 여덟 살밖에 안 됐어요. 주님의 권능을 의심하는 건 아니지만…… 엄청난 믿음이 필요하다고요." 그녀는 다시 울기 시작했다.

"내일이면 얘기가 더 잘 통할 거예요. 지금 제일 좋은 약은 아기를 품에 안는 건데 사람들이 아기를 데려가서…… 그게 문제네요." 이웃 여자가 말했다.

"제가 가서 데려올게요." 마거릿이 말했다. 몇 분 후 그녀가 조니를 데려왔다. 조니의 얼굴엔 음식이 잔뜩 묻어 있었고 손에는 조개껍데기, 수정 조각, 석고상 머리 같은 보물이 가득했다. 마거릿은 조니를 어머니 품에 안겼다.

"자! 이제 가셔도 돼요. 아기와 둘이 함께 울고 함께 위로를 받을 거예요. 이럴 땐 아기만큼 좋은 약이 없거든요. 필요할 땐 제가 와볼게요. 내일 다시 오시면 좋은 얘기를 많이 나누실 수 있을 거예요. 오늘은 그럴 만한 상태가 아니라서." 이웃 여자가 말했다.

마거릿과 헤일 씨는 바우처의 집에서 나와 천천히 걷다가 히긴스의 집 앞에서 멈췄다. 문이 닫혀 있었다.

"안에 들어가볼까? 니컬러스 씨 생각도 하고 있었는데." 헤일 씨가 말했다.

그들은 문을 두드렸다. 대답이 없었다. 문을 열어보았다. 잠겨 있었다. 하지만 니컬러스가 안에서 움직이는 소리가 들리는 것 같았다.

"니컬러스!" 마거릿이 불렀다. 대답이 없었다. 마침 안에서 책 떨어지는 소리 같은 것이 들리지 않았다면 그들은 집이 비었나보다 생각하고 그냥 갔을 터였다.

"니컬러스!" 마거릿이 다시 불렀다. "우리예요. 들어가도 돼요?"

"아니요. 문을 잠근 것은 내 분명한 의사표시요. 오늘은 그냥 이대로 둬요." 니컬러스가 말했다.

헤일 씨가 그를 설득하려 했으나 마거릿이 아버지 입술에 손가락을 갖다댔다.

"당연한 일이에요. 저라도 혼자 있고 싶을 거예요. 이런 날엔 혼자 있도록 해주는 게 도와주는 거예요."

12장

남쪽을 바라보며

삽! 갈퀴! 호미!
곡괭이, 가지치기 낫!
수확용 갈고리, 풀 베는 낫,
도리깨든 뭐든
여기, 필요한 연장을 사용할
준비된 손 있네
엄격한 노동의 학교에서 고된 수업 받아
능숙하게 단련되었네.*
—후드

이튿날 마거릿과 아버지가 다시 바우처의 부인을 찾아갔을 때도 히긴스의 집 문은 잠겨 있었다. 그러나 이번엔 참견하기 좋아하는 이웃이 니컬러스가 진짜 집에서 나갔고, 무슨 볼일인지는 몰라도 볼일을 보러 나가기 전에 바우처 부인을 찾아가기도 했다고 말해주었다. 바우처 부인과의 만남은 만족스럽지 못했다. 바우처 부인은 남편의 자살이 자신의 신세를 망쳤다고 여겼는데, 거기엔 일말의 진실이 들어 있어서 아니라고 반박하기가 무척 어려웠다. 하지만 그녀가 오로지 자기 생각밖에 하지 않고 심지어 자식들에 대해서도 이기심을 버리지 못하는 건 결코

* 영국 시인 토머스 후드의 「노동꾼의 담시」.

보기 좋은 모습이 아니었다. 그녀는 자식들에게 동물적인 애정을 느끼면서도 한편으로는 그들을 부담스러운 짐으로 여겼다. 헤일 씨가 하릴없이 신세한탄만 하는 부인을 더 나은 생각들로 인도하려고 분투하는 동안 마거릿은 부인의 아이들 한두 명과 친해지려고 애썼다. 마거릿은 아이들이 부인보다 더 진실하고 단순하게 바우처의 죽음을 애도하고 있음을 알게 되었다. 바우처는 아이들에게 자상한 아빠였던 듯했다. 아이들이 저마다 아빠가 보여준 다정함이나 너그러움에 대해 말을 더듬으면서도 열성적으로 이야기했다.

"이층에 있는 저 사람이 진짜로 우리 아빠예요? 아빠같이 안 생겼어요. 무서워요, 아빠는 하나도 안 무서웠는데."

마거릿은 바우처 부인이 동정받고 싶은 이기심으로 아이들을 이층에 데려가 아버지의 훼손된 얼굴을 보게 했음을 알고 가슴이 아팠다. 그건 공포의 조악함과 자연스러운 슬픔의 심오함을 뒤섞는 짓이었다. 마거릿은 아이들의 생각을 다른 방향으로 돌리려고 그들이 엄마를 위해 무엇을 할 수 있는지, 더 효과적으로 표현하는 방법인 아빠가 살아계셨더라면 그들이 무슨 일을 해주기를 바랐을지에 대해 이야기했다. 마거릿이 헤일 씨보다 더 큰 성과를 거뒀다. 아이들은 주위에 자잘하게 할일이 널려 있는 걸 보고 마거릿의 제안에 따라 지저분한 집을 치우려는 노력을 기울였다. 하지만 헤일 씨는 나태하고 병약한 바우처 부인에게 지나치게 높은 기준과 추상적인 관점을 제시하고 있었다. 무기력에 빠진 바우처 부인은 남편이 극단적인 방법을 택하기 전에 얼마나 고통스러웠을지 헤아려볼 여력이 없었다. 그녀는 남편의 죽음이 자신에게 미친 결과만을 생각했다. 그녀는 개울에 엎어진 남편의 익사를 막아주지 않은 하느님의 영원한 자비를 믿지 못했으며, 그런 끔찍한 절망에 빠졌던 남편을 속으로 원망하고 남편이 그런 경솔한 선택을 할 만한 이유가 없었다고 주장하면서도 남편을 죽음으로 몰아넣은 상황과 조금이라도 관련이 있는 모든 사람에게 버릇처럼 저주를 퍼부었다. 공장주들, 특히 바우처 무리에게 공격을 당하고도 바우처에게 폭동 혐의로 체포영장이 발급된 상황에서 고소를 취하해버린 손턴, 그 불쌍한 부인에게는 히긴스로 대표되는 노조, 너무 많고, 너무 배가 고프고, 너무 시끄러운 자식들…… 이 모두가 그녀를 무력한 과부로 만들어놓은 거대한 적의 무리였다.

마거릿은 그런 억지소리에 질려 기운이 빠졌다. 그리고 바우처의 집에서 나왔을 때 그녀는 아버지의 기분을 북돋워줄 수 없다는 사실을 깨달았다.

"이런 게 도시의 삶이죠. 도시 사람들은 주위의 모든 게 급하고 바삐 돌아가기 때문에 신경이 날카로워질 수밖에 없어요. 좁은 집에 갇혀 사는 것도 문제고요. 집에만 갇혀 살면 우울증과 근심걱정이 생기기 십상이죠. 시골에서는 바깥에서 보내는 시간이 훨씬 많은데. 아이들까지도요, 겨울에도요." 마거릿이 말했다.

"그래도 사람은 도시에 살아야 해. 시골에 살다보면 타성에 젖어 숙명론자가 될 수 있지."

"네, 저도 그건 인정해요. 도시의 삶이나 시골의 삶이나 나름의 시련과 유혹은 있는 것 같아요. 도시에 사는 사람들은 인내심과 평온함을 갖기 힘들고, 시골 사람들은 활동적으로 사는 것과 예기치 못한 비상사태를 감당하기가 어렵겠죠. 양쪽 다 어떤 미래를 실현하기가 힘들 것 같아요. 도시 사람들에겐 현재가 너무도 급하고 분주히 돌아가기 때문이고, 시골 사람들은 그저 동물적 생존에 만족해 무언가를 계획하고 자제하면서 성취를 이루는 짜릿한 기쁨에 대해 알지도 못하고 신경쓰지도 않을 테니까요."

"그래서 현실에 쫓기는 삶이나 우둔하게 현재에 만족하는 삶이나 결과는 똑같은 거지. 그나저나 저 불쌍한 바우처 부인을 어쩌면 좋겠니? 우리가 해줄 수 있는 게 거의 없으니!"

"그래도 아무 노력도 안 하고 저대로 놔둘 순 없죠. 헛수고만 하게 될 것 같아도요. 아, 아버지! 세상살이가 정말 힘들어요!"

"그렇구나. 지금은 세상살이가 힘들게 느껴지는구나. 하지만 우리는 슬픈 와중에도 무척 행복했잖니! 프레더릭이 왔을 때 얼마나 기뻤는지 모른다!"

"맞아요, 그랬죠." 마거릿이 밝게 대답했다. "너무도 짜릿한 금단의 기쁨이었어요." 그러다 말을 뚝 끊었다. 자신의 비겁함 때문에 오빠의 방문과 관련한 추억이 망가져버렸기 때문이다. 다른 사람들의 결점 중에 그녀가 가장 경멸하는 것이 용기의 부족, 거짓말을 하는 비열한 마음이었다. 그런데 자신이 그런 죄를 저지른 것이다! 손턴이 자신의 거짓말에 대해 알고 있다는 사실이 떠올랐다. 손턴이 아닌 다른 사람에게 들켰다면 지금의 반만큼이라도 신경이 쓰였을까 하는 생각이 들었다. 그녀는 쇼 이모와 이디스, 아버지, 레녹스 형제, 프레더릭의 경우를 상상해보았다. 프레더릭의 경우가, 비록 그를 위해 한 거짓말일망정, 가장 고통스러울 듯했다. 오빠와는 처음으로 서로에게 뜨거운 사랑과 경의를 느끼고 있었기 때문이다. 하지만 오빠를 실망시키는 것도, 손턴을 다시 만날 생각만 해도 느끼는, 몸이 움츠러드는 수치심에 비하면 아무것도 아니었다. 그런데도 그녀는 손턴을 만나고 싶었다. 직접 만나서 그 문제를 마무리짓고 싶었다. 그가 자신에 대해 어떻게 생각하는지 확인하고 싶었다. 마거릿은 장사는 질 낮은 물건을 고급인 것처럼 속이고 소유하지도 않은 부와 자원을 소유한 것처럼 행세하는 경우가 너무 빈번해서 마음에 안 든다고 당당하게 암시했던, 손턴과 처음 알고 지낼 때의 기억이 나서 얼굴이 뜨거워졌다. 그때 손턴은 차분한 경멸을 담은 표정으로 상업이라는 거대한 제도에서 부도덕한 행위는 결국 본인에게 해를 끼치게 되어 있으며, 잘못된 성공의 기준에 따라 그런 행위들을 시도하는 건 지혜롭지 못한 어리석은 짓이라고, 다른 분야뿐만 아니라 상업에서도 기만은 그런 것이라고 몇 마디로 간단히 설명했다. 당시만 해도 거짓의 유혹에 흔들린 적이 없는지라 진실함에서는 자신만만했던 그녀는, 손턴에게 가장 싼 가격에 사서 가장 비싼 가격에 파는 일 자체가 진실과 밀접한 관계에 있는 투명한 공정성의 결여를 보여주는 것 아니냐고 물었다. 그녀는 '기사도적'이라는 단어를 사용했고, 그녀 아버지가 더 고귀한 단어인 '기독교적'으로 정정해주며 딸을 대신해 논쟁의 주자로 나섰다. 그리고 그녀는 약간의 경멸감을 느끼며 조용히 앉아 있었다.

이제 마거릿은 경멸감을 느낄 수 없었다! 기사도에 대해 논할 수도 없었다! 이제부터는 손턴 앞에서 수치심과 굴욕감을 느껴야 할 처지였다. 그런데 그를 언제 만나게 될까? 그녀는 초인종이 울릴 때마다 불안감에 가슴이 벌렁거렸지만 조용해지면 묘하게도 실망감에 슬퍼지고 상심에 빠졌다. 그녀의 아버지도 손턴을 기다렸고, 손턴이 오지 않아서 놀라워하는 게 분명했다. 사실 헤일 씨와 손턴은 일전에 대화를 나눌 때 시간이 없어서 하다 만 이야기들이 있었고 가능하면 다음날 저녁, 사정이 여의치 않으면 손턴이 시간이 나는 대로 최대한 빨리 다시 만나 토론을 이어가기로 했었다. 헤일 씨는 그날 밤 이후로 손턴과 만나기를 고대하고 있었다. 그는 아내의 병세가 악화되면서 중단했던 교습을 아직 다시 시작하기 전이어서 시간이 넉넉했고, 어제의 사건(바우처의 자살) 때문에 그 어느 때보다 더 깊은 사색에 빠져들었다. 그는 저녁내 안절부절못하며 같은 말을 반복했다. "오늘은 손턴이 꼭 올 줄 알았는데. 어젯밤에 책을 가져온 사람이 손턴의 편지도 가져왔을 텐데 깜빡 잊고 안 전한 게 분명해. 오늘은 무슨 전갈이 없었나?"

"제가 가서 확인해볼게요." 아버지가 그런 말을 한두 번 꺼내자 마거릿이 말했다. "잠깐, 초인종이 울렸어요!" 그녀는 얼른 다시 앉아 일감에 고개를 박았다. 계단을 올라오는 발소리가 들렸는데 한 사람 소리였다. 마거릿은 그게 딕슨의 발소리임을 알 수 있었다. 그녀는 고개를 들고 한숨지으며 내심 다행이라고 여겼다.

"주인님, 히긴스가 왔어요. 주인님을 뵙고 싶대요. 아니면 아가씨나. 아가씨를 먼저 만나고 그다음에 주인님을 만나겠다는 건지도 모르겠네요. 이상하게 굴어서."

"딕슨, 일단 여기로 올라오게 해요. 우리 둘을 다 본 다음에 누구와 얘기하고 싶은지 선택하면 되니까."

"오, 그게 좋겠네요. 전 정말이지 그 사람 말을 듣고 싶은 마음이 없거든요. 그런데, 주인님께서도 그 사람 신발을 보신다면 부엌에서 만나는 게 좋겠다고 하실 거예요."

"신발이야 닦으면 되니까." 헤일 씨가 말했다. 그래서 딕슨은 히긴스에게 이층으로 오라고 전하러 달려나갔다. 그녀는 히긴스가 주저주저하며 자기 발을 내려다보다가 계단 발치에 앉아 더러운 신발을 벗고 나서 말없이 계단을 올라가는 모습을 보자 마음이 좀 풀렸다.

"접니다!" 히긴스가 들어오면서 머리를 매만지며 말했다. "양말 바람으로 결례를 범한 점, 아가씨에게 사과드립니다(마거릿을 보면서). 온종일 돌아다녔는데 길이 지저분해서요."

마거릿은 그가 피로에 지쳐 평소와는 달리 조용하고 점잖아진 모양이라고 생각했다. 그는 선뜻 용건을 꺼내놓기 어려운 듯했다.

언제든 수줍어하거나 망설이거나 침착하지 못한 사람을 이해해줄 준비가 되어 있는 헤일 씨가 그를 도와주었다.

"그러잖아도 차를 마실 참이었는데, 히긴스 씨, 우리랑 차 한잔합시다. 이런 궂은 날씨에 밖에 오래 있었다니 피곤하겠구려. 얘야, 마거릿, 차 좀 빨리 가져오라고 재촉해주겠니?"

마거릿은 차를 빨리 가져가기 위해 손수 나서서 차를 준비할 수밖에 없었고 그 바람에 딕슨의 기분을 상하게 하고 말았다. 딕슨은 마님을 잃은 슬픔에서 벗어나 몹시 까다롭고 짜증스러운 상태였던 것이다. 하지만 마사는 마거릿과 접하는 사람은 모두 그렇듯이, 마거릿의 뜻대로 따르는 걸 기쁨이자 영광으로 여겼다. 마사의 그런 기꺼운 태도와 마거릿의 관대함에 딕슨도 곧 자신을 부끄럽게 여겼다.

"밀턴에 온 뒤로는 주인님이나 아가씨나 왜 항상 천한 사람들을 이층으로 올라오게 하는지 이해를 못하겠네요. 헬스톤 사람들은 부엌까지밖에 못 들어오게 했는데. 전 그중 한두 명에게는 부엌에 들어올 수 있는 것도 영광으로 여겨야 한다는 걸 알려줬죠."

히긴스는 두 사람보다는 한 사람에게 고민을 털어놓는 편이 더 쉽다는 걸 알게 되었다. 마거릿이 나가자 그는 문으로 가서 문이 제대로 닫혔는지 확인했다. 그리고 헤일 씨에게 가까이 다가갔다.

"제가 오늘 무슨 일로 온종일 돌아다녔는지 짐작하기 어려우실 겁니다. 특히 어제 제가 한 말을 기억하신다면요. 저, 일자리를 찾으러 다녔습니다. 그렇습니다. 누가 무슨 소리를 지껄이든 공손하게 대하자고 다짐하고서요. 경솔한 말이 나오지 않도록 혀를 깨물고 참기로 결심하고요. 그 인간을 위해서요…… 아시잖습니까." 히긴스는 그러면서 엄지손가락을 뒤로 젖혀 알 수 없는 방향을 가리켰다.

"아니, 모르겠소만." 헤일 씨는 히긴스가 자신이 동의해주기를 기다리는 걸 보자 '그 인간'이 도대체 누군지 알 수 없어 무척 당혹스러워하며 말했다.

"저기 누워 있는 인간 말입니다." 히긴스가 그러면서 다시 엄지손가락으로 가리켰다. "물에 빠져 죽은 불쌍한 인간요. 그 인간이 개울물에 코를 박고 죽을 때까지 버틸 배짱이 있는 그런 인간인 줄은 몰랐습니다. 바우처요."

"아, 이제 알겠습니다. 방금 하던 말로 돌아가서, 혀를 깨물고 참는다는 게……"

"그 인간을 위해서요. 아니, 그 인간을 위해서가 아니네요. 그 인간은 지금 어디에서 뭐가 되어 있든 이제 다시는 굶주림이나 추위를 못 느낄 테니까요. 그 인간의 아내와 애들을 위해서지요."

"이렇게 고마울 데가!" 헤일 씨가 놀라서 벌떡 일어나며 말했다. 그는 마음을 가라앉히며 숨가쁘게 물었다. "그게 무슨 뜻인가요? 말해보세요."

"말씀드렸잖습니까." 히긴스가 헤일 씨의 흥분하는 모습에 좀 놀라며 말했다. "저 자신을 위해서라면 일자리를 구걸하지 않겠지만, 바우처의 가족을 떠맡게 됐으니까요. 바우처를 더 나은 길로 이끌어줬어야 했는데 길에서 벗어나게 만들었으니 책임을 져야지요."

헤일 씨는 말없이 히긴스의 손을 잡고 힘차게 흔들었다. 히긴스는 어색하고 부끄러운 모양이었다.

"그만, 됐습니다! 사나이라면 마땅히 할 일이고 다들 똑같이 할 겁니다. 그럼요, 저보다 잘할 거예요. 전 일자리를 못 구했으니까요. 구경도 못했죠. 햄퍼한테 가서 서약하는 건 놔두고요, 그건 못하니까. 사정이 이래도 그것만은 할 수 없었거든요. 저 같은 일꾼은 못 구할 거라고 했는데도…… 저는 안 쓰겠답니다…… 다른 공장들도 마찬가지고요. 저는 아무 능력도 없는 불쌍한 골칫덩이예요. 제가 아무것도 못해서 애들이 굶어죽을 수도 있습니다. 목사님, 도와주시겠습니까?"

"도와달라! 어떻게 말인가요? 내 무슨 일이든 하겠어요. 하지만 내가 뭘 해줄 수 있지?"

"저기 저 아가씨가," 마거릿이 들어와서 조용히 듣고 있었던 것이다. "남부 자랑을 많이 했습니다. 거기가 여기서 얼마나 먼지는 모르겠지만, 애들을 데리고 거기 가서 살까 생각하고 있습니다. 거기는 식비도 싸고, 임금도 좋고, 모든 사람이 부자나 가난뱅이나, 주인이나 하인이나 다 친절하다니까요. 목사님께서 일자리를 구해주실 수도 있고요. 전 이제 겨우 마흔다섯 살이라 힘이 셉니다."

"하지만 무슨 일을 할 수 있겠어요?"

"글쎄요, 가래질도 좀 하고……"

마거릿이 앞으로 나서며 말했다. "히긴스, 그런 일로는, 아니 무슨 일을 해도, 아무리 열심히 일해도, 당신은 주급 9실링밖에 못 받아요. 기껏해야 10실링이죠. 식비는 여기와 비슷하게 들어요. 작은 텃밭 정도는 가꿀 수 있겠지만……"

"애들이 텃밭 일을 할 수 있을 거요. 아무튼 난 밀턴이라면 진절머리가 나고 밀턴도 나한테 진절머리가 날 거요."

"그렇다고 해도 남부로 가면 안 돼요. 그곳 생활을 못 견딜 거예요. 비가 오나 눈이 오나 밖에서 일해야 해요. 류머티즘에 걸려 죽을 고생을 할 거고요. 당신 나이에 육체노동을 하면 몸이 망가져요. 임금도 여기서 받던 것과는 차이가 아주 많이 나고요."

"난 입이 까다로운 사람이 아니오." 히긴스가 기분이 상한 듯 말했다.

"그래도 일을 하면 하루 한 번은 푸줏간 고기를 먹을 수 있다고 생각했겠죠. 주급 10실링에서 고깃값을 내고 불쌍한 애들을 키워보세요. 그럴 재주가 있다면요. 당신이 제 말을 믿고 그런 생각을 갖게 된 것이니 제가 확실하게 다 설명하겠어요. 당신은 그곳의 따분한 삶을 못 견딜 거예요. 당신은 그 실체를 몰라요. 당신을 녹처럼 좀먹는 삶이에요. 평생 그곳에서 살아온 사람들은 고인 물에서 사는 것에 익숙해요. 그들은 날이면 날마다 김이 모락모락 피어오르는 들판에서 고독하게 일만 해요. 말 한마디 안 하고 고개 한 번 못 들고요. 힘든 가래질은 머리를 멍청하게 만들고 늘 똑같은 노동은 상상력을 죽여요. 그곳 사람들은 일이 끝난 후 만나서 생각을 나누고 싶어하지 않아요. 완전히 지쳐서 오로지 먹고 쉴 생각밖에 안 하면서 집으로 돌아가죠. 불쌍한 사람들! 그들과는 친구가 되기도 힘들어요. 도시에는 친구가 공기만큼 흔하지만요. 그게 좋은지 나쁜지는 저도 모르겠어요. 하지만 다른 사람은 몰라도 니컬러스 당신은 그런 노동자들 틈에서 견딜 수가 없다는 건 확실해요. 그들에겐 평화로운 삶이 당신에겐 끝없는 조바심이 될 거예요. 니컬러스, 제발 부탁이니 그 생각은 더이상 하지 마세요. 게다가 당신은 바우처 가족을 거기까지 데려갈 돈도 없잖아요. 그거 하나는 다행스러운 일이죠."

"그 문제도 생각해놨소. 한 집에 모여 살면 되니까 나머지 한 집을 처분하면 될 거요. 그리고 그곳 사람들은 식구가 많아서 애들이 아마 예닐곱은 될 거요. 불쌍하기도 하지!" 히긴스는 마거릿이 해준 말보다 자신이 제시한 사실에 더 확신을 가지며 그렇게 말하다가, 온종일 피로와 불안에 시달려 지쳐버린 머리로 좀전에 품게 된 생각을 갑자기 포기해버렸다. "불쌍한 사람들! 북부나 남부나 문제는 다 있구먼. 거기는 일자리는 확실하고 꾸준한데 벌이가 적어서 굶어죽기 십상이고, 여기는 한석 달 돈이 잘 들어오다가도 땡전 한 푼 못 벌기도 하니. 세상이 뒤죽박죽이라서 나뿐만 아니라 다른 누구도 도저히 이해할 수가 없다니까. 깨끗이 정돈을 좀 해야 하는데, 사람들 말대로 우리 눈에 보이는 것 말고는 아무것도 없다면 그걸 누가 하느냐고."

헤일 씨는 버터 바른 빵을 자르느라 바빴다. 마거릿은 오히려 그게 다행스러웠다. 지금은 히긴스를 혼자 떠들게 놔두는 것이 나아 보였다. 아버지가 히긴스의 생각에 아무리 좋은 말로라도 의견을 내면, 히긴스는 말싸움이 붙었다고 여기고 자기 입장을 고수하려고 할 것이기 때문이었다. 마거릿과 헤일 씨는 히긴스가 본인도 거의 의식하지 못하는 사이에 제법 든든히 배를 채울 때까지 계속해서 딴 얘기를 이어갔다. 배불리 먹은 히긴스는 테이블에서 의자를 밀어내고 그들의 대화에 관심을 가져보려고 했지만 아무 소용 없었다. 그는 도로 멍한 우울에 빠져들었다. 그때 갑자기 마거릿이 말했다(사실 아까부터 생각은 하고 있었으나 도저히 말이 안 나와서 이제야 꺼낸 말이지만). "히긴스, 일자리를 구하러 말버러 공장에도 갔었나요?"

"손턴네 말이오? 그렇소, 손턴네 공장에도 갔었소."

"손턴 씨가 뭐라던가요?"

"나 같은 사람은 공장주를 만날 수도 없지. 작업반장이 나한테 꺼지라고 하더군."

"손턴을 만났더라면 좋았을 텐데. 손턴은 일자리는 안 줬을지 몰라도 그런 험한 말은 안 했을 거요." 헤일 씨가 말했다.

"험한 말이야 하도 많이 들어서 아무렇지도 않습니다. 쫓겨나도 끄떡도 안 하고요. 이제 거기나 다른 어느 공장이나 저를 원하는 데가 없는 게 사실이니까요."

"그래도 손턴 씨를 만났더라면 좋았을 걸 그랬어요. 다시 한번 가보시면요? 무리한 부탁이라는 건 알지만, 내일 다시 가서 손턴 씨를 만나보시겠어요? 그래주신다면 정말 기쁠 거예요." 마거릿이 말했다.

"그래 봐야 소용없을 것 같구나. 내가 손턴을 만나 말해보는 게 낫겠어." 헤일 씨가 낮은 목소리로 말했다. 하지만 마거릿은 히긴스를 바라보며 대답을 기다리고 있었다. 그녀의 진지하고 부드러운 눈빛은 거부하기 힘들었다. 히긴스는 땅이 꺼질 듯 한숨을 내쉬었다.

"그건 자존심 상하는 일인데. 나를 위한 일이었다면 차라리 굶어죽고 말았을 거요. 손턴에게 아쉬운 소리를 하느니 그자를 주먹으로 때려눕히는 게 낫지. 차라리 매를 맞는 게 훨씬 나아요. 하지만 아가씨는 보통 여자가 아니고 하는 행동도 남다르니, 내가 우거지상을 하고라도 내일 손턴을 찾아가리다. 손턴이 일자리를 줄 거라는 생각은 하지 마시오. 자기 뜻을 굽히느니 차라리 화형을 당할 인간이니까. 헤일 양, 당신을 위해 가는 거요. 내 평생 여자에게 져주기는 이번이 처음이오. 내 아내도, 베시도 나한테 그런 요구는 해본 적이 없건만."

"그래서 더 고마워요." 마거릿이 미소 지으며 말했다. "당신의 말을 믿진 않지만요. 당신은 그 어느 남자 못지않게 아내와 딸에게 많이 져줬을 거예요."

"손턴 말인데, 내가 편지를 써주지요. 그걸 갖고 가면 만나는 줄 겁니다." 헤일 씨가 말했다.

"말씀은 고맙지만 제 힘으로 해보겠습니다. 자초지종을 알지도 못하는 사람 덕에 혜택을 봤다고 생각하면 참을 수가 없거든요. 공장주와 노동자 사이에 끼어드는 건 부부 사이에 끼어드는 거나 같아요. 도움이 되려면 많은 지혜가 필요하지요. 수위실 앞에서 기다리겠습니다. 아침 여섯시부터 가서 손턴을 만날 때까지 서 있을 겁니다. 하지만 차라리 길거리 청소를 하는 편이 나을 겁니다. 가난뱅이들이 그 일을 다 차지해버리지 않았다면요. 아가씨, 희망일랑 품지 마시오. 부싯돌에서 우유를 짜내는 게 더 쉬운 일이지. 안녕히들 주무십시오, 정말 고마웠습니다."

"신발은 부엌 불 옆에 있어요. 말리려고 거기 갖다뒀어요." 마거릿이 말했다.

히긴스는 돌아서서 그녀를 빤히 응시하더니 야윈 손으로 눈가를 훔치고 밖으로 나갔다.

"자존심이 보통이 아냐!" 헤일 씨가 말했다. 그는 손턴에게 편지를 써주겠다는 자신의 제안을 거절한 히긴스에게 약간 화가 나 있었다.

"맞아요. 하지만 남자로서 멋진 점들을 많이 갖추고 있어요. 자존심을 포함해서요." 마거릿이 말했다.

"히긴스가 손턴의 성격 중에서 자기와 닮은 점을 존경하는 걸 보니 재미있구나."

"아버지, 북부 사람들에겐 화강암 같은 단단한 면이 있는 것 같아요, 안 그래요?"

"불쌍한 바우처에겐 없었지. 그의 아내도 마찬가지인 것 같고."

"전 그 사람들 말씨를 듣고 아일랜드 혈통인 것 같다고 생각했어요. 내일 히긴스가 어떤 성공을 거둘지 궁금해요. 히긴스와 손턴 씨가 남자 대 남자로 대화할 수 있다면…… 히긴스가 손턴 씨가 공장주라는 걸 잊고 우리에게 얘기하듯 얘기할 수 있다면…… 그리고 손턴 씨가 인내심을 갖고 공장주의 귀가 아닌 인간의 가슴으로 히긴스의 얘기를 들어준다면……"

"마거릿, 너도 이제 드디어 손턴을 제대로 평가하게 되었구나." 헤일 씨가 딸의 귀를 꼬집으며 말했다.

마거릿은 이상하게 가슴이 메어 대답을 할 수 없었다. 그녀는 속으로 생각했다. '오! 나도 남자라면 좋겠어. 그럼 손턴 씨를 찾아가 나에 대한 반감을 표현하게 하고, 내가 그런 대접을 받아 마땅하다는 걸 알고 있다고 솔직하게 말할 수 있을 텐데. 이제 막 그의 진가를 느끼기 시작했는데 친구로서 그를 잃게 되는 건 너무 힘든 일 같아. 그 사람이 우리 어머니에게 얼마나 잘해줬는데! 어머니를 생각해서라도 그가 와줬으면 좋겠어. 그럼 최소한 내가 그의 눈에 얼마나 굴욕적인 존재가 되었는지는 알 수 있을 텐데.'

13장

약속을 지키다

그러더니 그녀는 당당히, 당당히 일어섰네,
눈에 이슬이 맺혀 있었지만.
"당신이 무슨 말을 하든, 어떻게 생각하든
난 한마디도 안 할 거예요!"
—스코틀랜드 민요

손턴이 마거릿에 대해 알게 된 건 그녀의 거짓말만이 아니었다. 마거릿은 단지 그 이유 때문에 손턴이 자신을 달리 생각하게 되었다고 여겼지만 말이다. 손턴에게 그녀의 거짓말은 분명 그녀의 연인과 관계가 있었다. 그는 마거릿과 그 남자 사이에 오간 다정하고 진실한 눈길을, 확실한 애정표현까지는 아니더라도 그 친근감과 신뢰를 잊을 수가 없었다. 그 생각이 계속해서 그를 괴롭혔다. 어디에서 무얼 하든, 그 광경이 자꾸만 눈에 어른거렸다. 게다가 시간과 장소도 문제였다(그 생각만 하면 이가 갈렸다). 시간은 어스름한 황혼 무렵이었고, 장소는 집에서 너무 멀리 떨어진, 비교적 인적이 드문 곳이었다. 그는 처음엔 고결한 마음으로 그 모든 게 우연히 일어난 결백하고 정당한 일일 수도 있다고 생각했다. 그러나 마거릿에게도 사랑하고 사랑받을 권리가 있음을 인정하고 나자(그가 그녀의 권리를 부정할 이유가 있을까? 그녀는 혹독하도록 분명한 말로 그의 사랑을 뿌리치지 않았던가?), 그녀가 사랑의 유혹에 빠져 예상보다 더 멀리, 더 늦은 시간까지 산책했을 수도 있다는 생각이 들었다. 하지만 그 거짓말은! 그건 꼭 숨겨야만 할 어떤 잘못에 대한 자각이 있었다는 걸 뜻했고, 그녀답지 않은 짓이었다. 그는 마거릿을 제대로 평가하고 있었다. 차라리 그녀가 자신의 존경을 받을 만한 여자가 못 된다고 믿을 수 있다면 마음이 편해질 텐데. 바로 그것이 불행의 씨앗이었다. 그는 그녀를 뜨겁게 사랑했고, 그녀의 모든 결점에도 불구하고 그녀가 그 어떤 여자보다 사랑스럽고 탁월하다고 생각했다. 그런데 그녀는 다른 남자를 너무도 사랑한 나머지 그녀의 진실한 천성에 위배되는 행동까지 저지른 것이다. 그녀를 오염시킨 거짓말은 그녀가 다른 남자를 얼마나 맹목적으로 사랑하는지 입증해주었다. 그 까무잡잡하고, 야위고, 우아하고, 잘생긴 남자. 자신은 거칠고, 엄격하고, 투박하게 생겨먹었는데. 손턴은 스스로를 격렬한 질투의 고통 속으로 몰아넣었다. 그녀의 그 눈길과 태도가 떠올랐다! 그녀에게 그런 다정한 눈길을, 헤어지기 아쉬워하는 그 마음을 받을 수만 있다면, 목숨이라도 바칠 수 있었다. 그는 분노한 폭도로부터 자신을 지켜준 그녀의 기계적인 행동을 소중히 생각했던 자신을 비웃었다. 그녀가 진짜로 사랑하는 남자와 함께 있을 때 얼마나 부드럽고 매혹적인 모습을 보이는지 두 눈으로 똑똑히 목격했으니까. 손턴은 마거릿의 모진 말을 한마디 한마디 떠올렸다. '그 군중 속의 어떤 남자를 위해서라도 똑같이 했을 것이다. 아니, 훨씬 더 기꺼이 나섰을 것이다.' 그때 그녀는 유혈사태로부터 손턴뿐만 아니라 폭도까지도 보호해주려 했다. 하지만 그녀의 숨겨진 연인은 그녀를 독차지하고 있었다. 그녀의 눈길, 말, 손, 거짓말, 은폐까지 모두.

손턴은 자신이 평생 지금처럼 짜증이 심했던 적이 없었다는 걸 의식하고 있었다. 누가 질문을 하면 호통치듯 짧고 무뚝뚝하게 대답하기 일쑤였다. 하지만 늘 뛰어난 자제력에 자부심을 느껴온 그였기에 자신이 그런 태도를 보였다는 데 자존심이 상했다. 그래서 자제하려고 애쓰다 보니 조용하고 신중한 태도를 보이게 되었지만, 그래도 냉정하고 엄격한 편이었다. 그는 집에서도 평소보다 더 조용했다. 계속 초조하게 서성이며 저녁 시간을 보냈는데, 다른 사람이 그랬다면 불벼락을 내렸을 그의 어머니는 아무리 사랑하는 아들이라도 관대하게 참아주려 하지 않았다.

"그만 좀 서성이고 잠시 좀 앉을 수 없겠니? 너에게 할 말이 있어서 그런다. 그렇게 계속 왔다갔다하니까 얘기를 할 수가 있어야지."

손턴은 벽에 붙여놓은 의자에 얼른 앉았다.

"벳시에 대해 할 말이 있다. 벳시가 우리집에서 나가겠다는구나. 애인이 죽어서 너무 큰 충격을 받아 일에 마음을 붙일 수가 없다고."

"좋아요. 다른 요리사를 구할 수 있을 거예요."

"남자들은 저렇다니까. 요리가 문제가 아냐. 벳시는 우리집 일에 숙달돼서 따로 가르칠 게 없거든. 그건 그렇고, 벳시가 네 친구 헤일 양에 대해 해준 말이 있다만."

"헤일 양은 제 친구가 아니에요. 헤일 씨가 친구죠."

"그거 참 반가운 말이구나. 헤일 양이 네 친구였다면 네가 벳시의 말에 화를 냈을 텐데."

"들어나 보죠." 손턴이 요 며칠 보이는 아주 조용한 태도로 말했다.

"벳시 말이, 애인이 죽던 날…… 그 사람 이름이 기억이 안 나는구나, 벳시가 늘 '그이'라고만 불러서……"

"레너즈요."

"레너즈가 기차역에서 마지막으로 목격된 날 밤, 사실 그때 근무하던 중이었는데 헤일 양이 거기서 어떤 젊은 남자랑 걸어다녔다는구나. 벳시는 그 남자가 레너즈를 죽였다고 믿고 있어, 때리거나 밀어서."

"레너즈는 누가 때리거나 밀어서 죽은 게 아녜요."

"그걸 네가 어떻게 아니?"

"제가 진료소 의사한테 물어봤으니까요. 레너즈는 과도한 음주벽 때문에 생긴 오래된 내과질환이 있었대요. 그가 취한 상태에서 병이 급속히 악화되었다는 사실이, 마지막 치명적 발작을 일으킨 게 과도한 음주냐 추락이냐의 문제에 답을 제공했죠."

"추락! 추락이라니?"

"벳시가 말한 때리거나 밀어서 추락한 거요."

"그럼 때리거나 민 게 사실이네?"

"그런 것 같아요."

"누가 그랬는데?"

"의사 소견에 따라 사인 조사가 이루어지지 않아서 저도 몰라요."

"어쨌든 헤일 양은 거기 있었던 거지?"

대답이 없었다.

"젊은 남자랑."

역시 대답이 없었다. 이윽고 손턴이 대답했다. "어머니, 사인 조사가 없었다고 말씀드렸잖아요. 사인 규명 심리가 열리지 않았다는 뜻이에요."

"벳시 말로는 제닝스가, 벳시가 아는 남잔데 크램프턴의 식료품점에서 일한다더구나, 어쨌든 그 시간에 헤일 양이 역에서 젊은 남자랑 왔다갔다하는 걸 분명히 봤다고 하더라."

"그게 우리랑 무슨 상관인지 모르겠네요. 헤일 양은 자신이 원하는 대로 할 자유가 있어요."

"그것참 반가운 말이로구나." 손턴 부인이 열성적으로 말했다. "우리랑 상관은 없지. 특히 너랑은 말이야. 그런 일도 있었으니까! 하지만 난…… 난 헤일 부인에게 한 약속이 있다. 헤일 양이 잘못을 저지르면 충고하고 나무라겠다고. 그러니 난 헤일 양에게 그런 행동에 대한 내 의견을 말해줘야만 해."

"헤일 양이 그날 밤에 한 일이 무슨 문제가 되는지 모르겠네요." 손턴이 일어나서 어머니에게 가까이 다가갔다. 그런 다음 어머니에게서 고개를 돌리고 벽난로 선반 옆에 섰다.

"패니가 해진 뒤에 한적한 데서 젊은 남자랑 돌아다니는 게 사람들 눈에 띄면 용납할 수 있겠니? 하필이면 자기 어머니가 죽어 땅에 묻히기도 전에 그런 짓을 하다니. 네 동생이 그러다가 식료품점 점원한테 들키면 좋겠어?"

"저도 불과 몇 년 전에 포목점 점원 노릇을 한 적이 있으니, 단순히 식료품점 점원 눈에 띄었다는 사실 때문에 제게 그 행위의 성격이 달라질 순 없어요. 그리고 헤일 양과 패니는 달라도 많이 달라요. 헤일 양의 경우 자신의 행동이 부적절해 보일 수 있다는 점을 간과할 수 있고 또 그래야만 하는 중대한 이유가 있을지도 모르죠. 패니의 경우에는 그런 이유가 있었던 적이 없고요. 패니는 다른 사람들이 지켜줘야 하니까요. 헤일 양은 스스로를 지키는 사람이고요."

"동생을 잘도 평가해주는구나! 존, 누가 들으면 네가 헤일 양 덕분에 판단력이 명석해진 줄 알겠다. 헤일 양은 너한테 관심이 있는 것처럼 대담한 행동을 보여서 청혼까지 하게 만들었지. 너와 그 젊은 남자한테 경쟁을 붙이려고 한 거야, 틀림없어. 이제 헤일 양 속셈이 훤히 보인다. 너도 그 남자가 헤일 양 애인이라고 믿는 거지, 그렇지?"

손턴이 어머니를 향해 돌아섰다. 얼굴이 몹시 창백하고 험악했다. "그래요, 어머니. 그 남자가 헤일 양 애인이라고 믿고 있어요." 그러고는 다시 몸을 돌리면서 마치 육체적인 고통에 시달리듯 온몸을 비틀었다. 그는 손으로 얼굴을 감쌌다. 그리고 어머니가 뭐라고 대꾸하기 전에 다시 홱 돌아섰다.

"어머니, 그 남자가 누군지는 모르겠지만 헤일 양 애인이에요. 하지만 헤일 양에겐 도움이, 여자의 조언이 필요할 수도 있어요. 제가 모르는 어려움이나 유혹이 있을 수도 있죠. 아무래도 그런 것 같아요. 전 헤일 양의 고민을 알고 싶지 않아요. 그렇지만 어머니는 지금까지 제게 훌륭하고…… 그래요! 자애로운 어머니셨으니, 헤일 양에게 가세요. 가셔서 헤일 양의 신뢰를 얻고 훌륭한 조언도 해주세요. 헤일 양에게 뭔가 문제가 생긴 게 분명해요. 끔찍한 두려움에 시달리고 있다고요."

"맙소사, 존! 그게 무슨 소리니? 그게 무슨 소리야? 뭘 알고 있는 거니?" 이제 진짜로 충격을 받은 어머니가 말했다.

손턴은 대답하지 않았다.

"존! 네가 말해주지 않으면 난 무슨 상상을 할지 모른다. 넌 헤일 양에 대해 그런 몹쓸 말을 할 권리가 없어."

"어머니, 그런 뜻이 아니에요! 전 헤일 양에 대해 몹쓸 말을 할 수가 없어요."

"좋아! 넌 헤일 양에 대해 그런 말을 할 권리가 없어, 더 자세히 설명해주지 않는다면 말이다. 그런 애매한 말은 여자의 명예를 더럽힐 뿐이다."

"명예라고요? 어머니, 설마 지금……" 손턴은 고개를 돌려 이글이글 타오르는 눈으로 어머니의 얼굴을 쏘아보았다. 그러다가 똑바로 서서 결연히 평정과 위엄을 되찾으며 말했다. "이것만 말씀드리겠어요. 단순한 사실 그 이상도 이하도 아니니까요. 어머니께선 제 말을 믿어주실 거라고 확신해요. 전 헤일 양이 그녀의 인품으로 볼 때 지극히 순수하고 바른 애정 때문에 곤경에 처해 있다고 믿고 있고, 그 믿음에는 충분한 근거가 있어요. 그 근거는 말씀드리지 않겠어요. 헤일 양의 명예를 더럽히는 암시를 담은 말은 단 한 마디도 듣고 싶지 않아요. 지금 헤일 양에겐 친절하고 다정한 여인의 조언이 필요할 뿐이에요. 어머니는 헤일 부인께 그런 여인이 되겠다고 약속하셨죠!"

"아니다! 다행스럽게도 난 친절과 다정함은 약속하지 않았어. 그때 난 헤일 양 같은 성격과 기질의 소유자에겐 그런 걸 베풀 자신이 없었거든. 내 딸에게 해줄 수 있는 조언은 해주겠다고 약속했다만. 만약 패니가 밤에 젊은 남자와 쏘다닌다면 패니에게 하게 될 말을 헤일 양에게 해줄 생각이다. 네가 나에게 말해주지 않겠다는 '충분한 근거'와는 관계없이, 내가 아는 상황에 근거해서 말하마. 그럼 난 약속을 지키고 의무를 다하게 되는 거지."

"헤일 양은 그걸 못 견딜 거예요." 손턴이 열띠게 말했다.

"견뎌야지, 죽은 어머니의 이름으로 말하는 건데."

"좋아요! 그 얘기는 더이상 하지 마세요. 생각만 해도 못 견디겠으니까요. 어쨌든 어머니가 가서 무슨 말씀이든 해주시는 게 낫겠지요. 아무 얘기도 못 듣는 것보다는요." 손턴이 도망치며 말했다. 그는 자기 방으로 들어가 문을 걸어 잠그며 악문 이 사이로 웅얼거렸다. "아! 그 사랑의 눈길! 그 저주스러운 거짓말! 그 거짓말은 어둠 속에 숨겨두어야만 하는 끔찍한 수치를 암시하지. 난 그녀가 늘 빛 속에서만 살 줄 알았는데! 오, 마거릿, 마거릿! 어머니, 저를 그토록 고문하시다니! 오! 마거릿, 나는 사랑할 수가 없었던 거요? 난 거칠고 냉정한 인간이지만, 그래도 당신이 나 때문에 거짓말하게 만들지는 않을 텐데."

손턴 부인은 아들이 마거릿의 무분별한 행동에 자비로운 판단을 내려달라고 애원하며 한 말을 곱씹었고, 생각할수록 마거릿을 향한 마음이 모질어졌다. 그녀는 의무를 이행한다는 구실 아래 마거릿에게 '자신의 마음을 표현할' 생각에 격한 쾌감을 느꼈다. 마거릿이 많은 사람을 사로잡는 매력을 지니고 있다는 사실은 잘 알았지만 자신은 그 '매력'에 흔들리지 않는 모습을 보여줄 생각에 기분이 좋아졌다. 그녀는 자기 제물의 아름다운 모습을 떠올리며 코웃음을 쳤다. 그 새까만 머리도, 깨끗하고 매끄러운 피부도, 맑은 눈동자도 그녀가 밤잠을 설쳐가며 준비한 공정하고 엄격한 비난의 말을 단 한 마디도 막아주지 못할 터였다.

"헤일 양, 안에 있나요?" 손턴 부인은 마거릿이 안에 있다는 사실을 알고 있었다. 이미 창가에 있는 마거릿을 보았던 것이다. 손턴 부인은 마사가 그 질문에 반도 대답하기 전에 헤일 씨 집의 작은 현관에 발을 들였다.

마거릿은 홀로 앉아 이디스에게 어머니의 마지막 날들에 대한 편지를 쓰고 있었다. 그러다보니 마음이 약해져서 하녀가 손턴 부인의 방문을 알릴 때 자신도 모르게 흐르던 눈물을 닦아내야 했다.

마거릿이 어찌나 온화하고 숙녀답게 맞이해주는지, 손턴 부인은 좀 기가 꺾이고 말았다. 상대가 없는 자리에서 준비할 때는 너무도 쉽게만 느껴지던 말들이 막상 마거릿 앞에서는 한마디도 나오지 않았다. 마거릿의 낮고 풍부한 음성은 평소보다 부드러웠고, 태도도 더 정중했다. 손턴 부인이 찾아와준 일이 무척이나 고마웠던 것이다. 마거릿은 재미난 이야깃거리를 찾아내려고 애를 썼다. 손턴 부인이 소개해준 하녀인 마사에 대해 칭찬하고, 자신이 손턴 양에게 이야기한 그리스곡을 이디스에게 알아봐달라고 부탁했다는 말도 했다. 손턴 부인은 몹시 당혹스러웠다. 그녀의 날카로운 다마스쿠스 검*은 장미꽃잎에 어울리지 않아 무용지물이 된 것 같았다. 그녀는 의무를 이행할 기회를 찾느라 침묵을 지키고 있었다. 그러다 마침내 억지인 줄 알면서도, 헤일 양이 다른 남자와 끝나서 이미 거절했던 손턴이라도 되찾으려고 아들을 달래기 위해 그의 어머니인 자신에게 이토록 상냥하게 구는지도 모른다는 의심을 품었고, 그 의심에 자극을 받아 의무를 이행하게 되었다. 불쌍한 마거릿! 손턴 부인의 그런 의심에는 어쩌면 많은 진실이 들어 있을 수도

---

* 고대 시리아의 도시 다마스쿠스에서 주로 생산한 강철 검으로, 다른 강철 검보다 품질이 훌륭했다.

있었다. 마거릿은 자신에 대한 손턴의 평가를 중요시했고 그를 잃고 싶지 않았기에, 친절하게도 자신을 찾아와준 손턴 부인을 즐겁게 해주고 싶은 마음이 더욱 클 수밖에 없었던 것이다. 손턴 부인은 가려고 일어섰지만 할말이 더 있는 듯했다. 그녀는 목청을 가다듬고 이야기를 시작했다.

"헤일 양, 나는 이행할 의무가 있어요. 돌아가신 당신 어머니께 내 부족한 판단력이 허용하는 범위 내에서 헤일 양의 그릇되거나 경솔한 (손턴 부인은 이 부분에서 목소리가 약간 누그러졌다) 행동에 대해 그냥 넘어가지 않기로 약속했으니까요. 헤일 양이 받아들이든 안 받아들이든, 적어도 조언은 해주기로 했죠."

마거릿은 손턴 부인 앞에서 죄인처럼 얼굴을 붉히고는 동공이 확대된 눈으로 손턴 부인을 바라보며 서 있었다. 그녀는 손턴 부인이 자신의 거짓말에 대해 이야기하러 왔다고 생각했다. 손턴이 어머니를 시켜 그 거짓말 때문에 자신이 법정에서 망신당할 위험에 노출되었던 일을 설명하라고 한 모양이라고. 손턴이 직접 와서 자신을 질책하고 자신의 참회를 받아들인 다음 다시 자신을 좋게 평가해주지 않고 어머니를 보낸 것이 무척이나 실망스러웠지만, 이 문제에 대해서는 어떤 비난이라도 묵묵히, 유순하게 견디겠다는 겸허한 입장이었다.

손턴 부인이 계속해서 말했다.

"우리집 하녀한테 헤일 양이 밤 시간에 집에서 멀리 떨어진 아웃우드역에서 젊은 신사와 걸어가는 게 목격되었다는 얘기를 듣고, 처음엔 도저히 믿기 어려웠어요. 하지만 유감스럽게도 내 아들이 그 얘기가 맞는다는 걸 확인해주더군요. 그건 아무리 좋게 말해도 무분별한 행동이었어요. 지금까지 많은 젊은 여자들이 명예를 잃는……"

마거릿의 눈에서 불꽃이 일었다. 이건 새로운 문제고, 너무 모욕적이었다. 손턴 부인이 자신의 거짓말에 대해 이야기했다면 그건 어쩔 수 없었다. 수치스러움을 무릅쓰고 솔직하게 인정했을 터였다. 그러나 자신의 행동에 대해 간섭하고 명예를 들먹이는 건! 손턴 부인은 남일 뿐인데, 그런 말을 하다니 너무나 무례했다! 마거릿은 대답하지 않기로 했다. 단 한 마디도. 손턴 부인은 마거릿의 눈이 전의에 불타는 걸 보고 자신도 호전적인 태도를 취했다.

"헤일 양의 어머니를 위해서, 헤일 양에게 그런 부적절한 행동은 삼가라고 경고해주는 것이 내 도리라고 생각했어요. 그런 행동은 결국 헤일 양의 평판을 떨어뜨리게 돼 있어요. 설령 해를 입지는 않는다고 하더라도 말예요."

"제 어머니를 위해서," 마거릿이 눈물 젖은 목소리로 말했다. "많이 참겠어요. 그렇지만 모든 걸 참을 수는 없어요. 어머니도 제가 모욕을 당하는 건 원하지 않으셨을 테니까요."

"모욕이라뇨, 헤일 양!"

"네, 부인." 마거릿이 침착해진 목소리로 말했다. "모욕이죠. 부인께서 저에 대해 얼마나 아시기에 그런 의심을…… 오!" 감정이 폭발해버린 그녀는 두 손으로 얼굴을 가렸다. "이제 알겠어요, 손턴 씨가 그런 말을……"

"아녜요, 헤일 양." 손턴 부인이 말했다. 그녀는 진실한 성품의 소유자였기에, 그 고백을 듣고 싶어 좀이 쑤시는데도 마거릿이 하려는 고백을 막았다. "그만. 존은 아무 말도 안 했어요. 헤일 양은 내 아들을 몰라요. 알 자격도 없고. 내 아들은 이렇게 말했어요. 잘 들어요, 젊은 아가씨. 자신이 어떤 남자를 거절했는지 깨닫게 될 테니까. 이 밀턴 제조업자는 위대한 사랑의 마음을 그런 식으로 경멸당하고도 어젯밤 내게 이렇게 말했어요. '헤일 양에게 가세요. 그녀는 애정으로 인한 곤경에 처해 있어요. 충분한 근거를 갖고 드리는 말씀이에요. 그녀에겐 여자의 조언이 필요해요.' 아들의 말을 그대로 옮긴 거예요. 그 이상은 아무 말도 안 했죠. 헤일 양에게 나쁜 말은 단 한 마디도 안 했어요. 헤일 양이 26일 저녁에 어떤 신사와 아웃우드역에 있었다는 사실을 인정한 것 말고는요. 내 아들은 지금 헤일 양을 이렇게 울게 만든 일에 대해 알고 있는지는 몰라도, 아무 말 안 했다고요."

마거릿은 아직도 손으로 얼굴을 가리고 있었고 손가락은 눈물로 젖어 있었다. 그 모습을 본 손턴 부인은 마음이 좀 누그러졌다.

"자, 헤일 양. 피치 못할 사정이 있었을 수도 있겠네요. 사정을 설명하면 오해가 풀릴 수도 있겠지요."

그래도 대답이 없었다. 마거릿은 무슨 말을 할지 고민하고 있었다. 손턴 부인의 호감을 사고 싶긴 했지만 아무런 설명도 할 수 없었다. 손턴 부인이 조바심을 냈다.

"친분을 끊는 건 유감스러운 일이지만, 패니를 위해서라도…… 내 아들에게도 말했다시피 만일 패니가 그런 행동을 했다면 우리는 큰 망신으로 여겼을 테니까, 혹시 패니가 나쁜 본을 보고……"

"전 아무 설명도 할 수 없어요." 마거릿이 낮은 목소리로 말했다. "제가 잘못을 저지른 건 사실이지만, 부인께서 생각하시는 그런 건 아니에요. 손턴 씨는 저에 대해 부인보다 너그러운 평가를 내리는 것 같지만……" 그녀는 목이 메어 힘겹게 말을 이었다. "그렇지만 부인께서도 옳은 일을 하시려는 의도로 그런 말씀을 하신 거라고 믿어요."

"고마워요." 손턴 부인이 몸을 똑바로 펴며 말했다. "내 의도가 의심받고 있는 줄은 몰랐네요. 간섭은 이번이 마지막이에요. 애초에 헤일 양 어머니가 부탁했을 때도 마지못해 승낙한 거예요. 난 아들이 헤일 양을 마음에 두는 걸 탐탁해하지 않았어요. 나 혼자 눈치로 알고 있을 때도요. 헤일 양은 내 아들에게 어울리는 상대로 보이지 않았으니까요. 하지만 폭동이 일어나던 날 헤일 양은 의심 살 행동을 해서 하인들과 직공들 입방아에 오르게 됐고, 난 헤일 양에게 청혼하고 싶어하는 아들의 뜻에 반대하는 건 옳지 않다고 느꼈어요. 사실 내 아들은 폭동날 전까지는 헤일 양에게 청혼할 생각은 하지도 않았죠." 마거릿은 움찔하고는 후욱 소리를 내며 숨을 길게 빨아들였다. 하지만 손턴 부인은 그걸 알아채지 못했다. "그런데 아들이 와서 그러더군요. 헤일 양 마음이 바뀐 것 같다고. 어제 난 아들에게 이렇게 말했어요. 기간이 짧긴 했지만 그사이에 헤일 양이 그 다른 애인한테 무슨 소식을 들어서 마음이 바뀌었을 수도……"

"부인, 저를 어떻게 생각하시는 건가요?" 마거릿이 고개를 뒤로 젖혀 당당한 경멸감을 표하며 물었다. 그녀의 목이 백조의 모가지처럼 휘어졌다. "더이상 아무 말씀도 하지 마세요. 전 그 어느 것에 대해서도 변명할 생각이 없으니까요. 죄송하지만 이만 나가보겠어요."

그러고는 기분 상한 공주처럼 소리 없이 우아하게 밖으로 나가버렸다. 손턴 부인은 자신이 얼마나 우스꽝스러운 꼴이 되었는지 알 수 있을 만큼의 지각은 있었다. 이제 자신도 나갈 수밖에 없었다. 손턴 부인은 마거릿의 행동이 특별히 노엽진 않았다. 그럴 만큼 마거릿에 대해 신경쓰지도 않았다. 사실 마거릿은 그녀가 기대했던 대로 그녀의 질책을 가슴 깊이 예민하게 받아들였고, 마거릿의 격한 반응은 침묵이나 신중함보다 그녀의 마음을 훨씬 더 누그러뜨렸다. 자신이 한 말이 거둔 효과를 확인할 수 있었기 때문이다. 손턴 부인은 속으로 생각했다. '젊은 아가씨가 성깔이 보통이 아니군. 존과 결혼했더라면 존이 꽉 잡아놨어야 했겠어, 자기 분수를 알도록. 어쨌든 앞으로는 늦은 시간에 남자랑 급히 걸어가는 일은 없겠지. 또다시 그런 행동을 하기엔 자존심과 기백이 너무 강하니까. 아가씨가 사람들이 쑥덕거리는 대상이 되는 것에 격분하는 건 보기 좋아. 그건 천성이 경박하지도, 뻔뻔하지도 않다는 뜻이니까. 헤일 양의 경우, 뻔뻔할지는 몰라도 절대 경박하진 않지. 나도 그 점은 인정해. 그런데 패니는, 경박하지. 뻔뻔하지는 않고. 가여운 것, 도무지 용기가 없어!'

손턴은 어머니처럼 만족스러운 아침 시간을 보내지 못했다. 손턴 부인은 어쨌거나 자신의 목적을 이루었건만. 손턴은 자신이 어떤 상황인지, 파업으로 어느 정도 피해를 입었는지 파악하려 애쓰고 있었다. 비싼 새 기계에 많은 자본이 묶여 있는데다 대량 주문을 받아서 면화도 잔뜩 사놨던 것이다. 그런데 파업 때문에 작업이 엄청나게 밀리고 말았다. 원래 있던 숙련공들을 동원해도 납품 약속을 지키기 어려운 마당에, 무능한 아일랜드 일꾼들을 데려와 일일이 가르쳐가며 일을 시켜야 하니 날마다 분통이 터지지 않을 수 없었다.

히긴스가 부탁하러 찾아가기에 유리한 시기는 아니었다. 하지만 마거릿에게 무슨 일이 있어도 찾아가겠다고 약속했으니 어쩔 수 없었다.

그래서 시간이 흐를수록 더럽고 치사하다는 생각도 들고, 자존심도 상하고, 기분도 우울해졌지만, 창문 없는 벽에 기대어 이쪽 다리에 힘을 실었다 저쪽 다리에 힘을 실었다 하며 몇 시간을 기다렸다. 이윽고 날카롭게 걸쇠를 들어올리는 소리가 나더니 손턴이 나왔다.

"사장님, 드릴 말씀이 있습니다."

"지금은 시간이 없소. 너무 늦어서."

"그럼 돌아오실 때까지 기다리겠습니다."

손턴은 벌써 길을 반쯤 내려가고 있었다. 히긴스는 한숨지었다. 소용없는 짓이었다. 손턴을 만나려면 길에서 붙잡는 방법밖에 없었다. 수위실 초인종을 누르거나 집으로 올라가면 작업반장을 만나라고 할 터였다. 그래서 그는 다시 기다렸다. 점심시간이 되어 공장에서 직공들이 몰려나왔고 그중 친분이 있는 몇 사람이 말을 걸어왔지만, 그는 아무 대꾸 없이 고개만 까딱했다. 그리고 새로 불러들인 아일랜드 '파업 방해꾼'들을 험악하게 노려보았다. 이윽고 손턴이 돌아왔다.

"뭐야! 아직 거기 있었소?"

"네, 사장님. 꼭 드릴 말씀이 있어서요."

"그럼 들어와요. 잠깐, 마당을 가로질러서 가야겠소. 사람들이 아직 안 돌아왔으니 우리뿐일 거요. 착한 일꾼들이 점심을 먹으러 가서." 손턴이 수위실 문을 닫으며 말했다.

손턴이 걸음을 멈추고 작업반장과 이야기했다. 작업반장이 목소리를 낮추어 말했다.

"사장님도 아시겠지만, 그 사람 히긴스입니다. 노조 지도자 중 한 명이고, 허스트필드에서 연설한 자예요."

“아니, 몰랐네.” 손턴이 뒤따라오던 히긴스를 날카롭게 돌아보며 말했다. 히긴스라는 이름은 그에게 불온한 인물로 알려져 있었다.

손턴이 아까보다 거친 목소리로 말했다. “따라오시오.” 그러고는 속으로 생각했다. ‘이런 인간들이 상업을 방해하고 자기들이 사는 도시에 해를 입히지. 남이야 어찌되든 선동을 일삼고 권력을 좋아하는 자들.’

“자, 선생! 나한테 원하는 게 뭐요?” 공장 경리과에 들어서자마자 손턴이 히긴스를 돌아보며 물었다.

“제 이름은 히긴스……”

“알고 있소.” 손턴이 말허리를 잘랐다. “히긴스 씨, 원하는 게 뭐요? 난 그걸 물었소.”

“일자리를 원합니다.”

“일자리! 나한테 일자리를 달라고 오다니, 대단한 사람이군. 뻔뻔한 건 확실해.”

“저도 높은 분들처럼 적도 있고 험담하는 사람들도 있지만 수줍음이 지나치다는 말은 못 들어봤습니다.” 히긴스가 대꾸했다. 그는 손턴의 말보다 태도에 피가 조금 솟구쳤다.

손턴은 테이블 위에 자신에게 온 편지가 있는 걸 보았다. 그는 편지를 집어 끝까지 읽었다. 그러고 나서 고개를 들더니 말했다. “뭘 기다리고 있는 거요?”

“제가 한 질문에 대한 대답요.”

“대답은 이미 했는데. 더이상 시간 낭비 마시오.”

“사장님은 제 뻔뻔함에 대해 말씀하셨습니다. 그래도 저는 누가 정중하게 질문하면 가타부타 대답해주는 게 예의라고 배웠습니다. 사장님께서 제게 일을 주신다면 감사하겠습니다. 제가 얼마나 일을 잘하는지는 햄퍼가 말해줄 겁니다."

"당신에 대해 햄퍼에게 물어보라고 하는 건 좋은 생각이 아닌 듯하오. 당신이 원하는 것 이상을 들을 수도 있으니까."

"위험을 감수하겠습니다. 그가 저에 대해 할 수 있는 가장 나쁜 말은, 비록 잘못이라고 해도 제가 최선이라고 생각하는 일을 했다는 것일 테니까요."

"그럼 다른 공장주들한테 가서 그렇게 말하고 일자리를 주는지 보시오. 난 단지 당신네 무리를 따랐다는 이유만으로 백 명이 넘는 숙련공들을 잘랐소. 그런 내가 당신을 받아줄 것 같소? 차라리 솜더미에 횃불을 던지지."

히긴스는 돌아섰다. 하지만 바우처 생각이 나자 최대한 자존심을 숙이고 다시 돌아섰다.

"사장님, 약속하겠습니다. 해가 되는 말은 한마디도 하지 않겠습니다. 사장님께서 우리를 공정하게 대해주신다면요. 또 한 가지 약속하겠습니다. 사장님께서 잘못된 길로 빠져서 부당한 행동을 한다고 해도 먼저 사적으로 말씀드릴 것이고, 그건 공정한 경고가 될 겁니다. 사장님 행동에 대해 사장님과 제 의견이 맞지 않는다면 그 자리에서 저를 잘라버리셔도 됩니다."

"자신을 아주 대단한 사람으로 여기고 있군! 햄퍼가 당신 같은 사람을 잃다니. 어쩌다 당신같이 대단하고 지혜로운 사람을 내보낸 거지?"

"우리는 피차 마음에 안 들어서 헤어졌습니다. 저는 그쪽에서 요구하는 서약을 할 생각이 없었고, 그쪽에서는 무슨 일이 있어도 저를 받아주지 않겠다고 했지요. 그래서 이렇게 다른 일자리를 구하러 다닐 수 있게 된 거고요. 아까도 말씀드렸다시피, 제 입으로 할 말은 아니지만, 저는 일도 잘하고 성실합니다. 특히 술만 입에 안 대면요. 이제부터 술은 끊을 겁니다, 지금까지는 못 끊었지만."

"그렇게 돈을 모아놨다가 또 파업을 일으키시게?"

"아닙니다! 그럴 수 있다면 고맙겠지만, 사장님네 파업 방해꾼들 때문에 꼭지가 돌아버린 사람의 아내와 자식들을 먹여 살리려고 이러는 겁니다. 씨실 날실도 구분 못하는 아일랜드놈한테 일자리를 뺏긴 사람 말입니다."

"흠! 그런 훌륭한 의도를 갖고 있다면 다른 일을 찾아보는 게 좋겠소. 밀턴을 떠나는 게 좋을 거요. 여기서 당신은 너무 많이 알려져서."

"여름이라면 아일랜드인들이 하는 막노동이나 건초 말리기 같은 일이라도 하겠습니다. 밀턴은 두 번 다시 안 보고요. 하지만 지금은 겨울이고, 애들이 굶고 있습니다."

"막노동을 잘도 하겠군! 하루종일 땅을 파도 아일랜드인의 절반만큼도 못 팔걸."

"열두 시간 일하고 반나절 품삯만 받으면 됩니다. 절반밖에 일을 못한다면요. 제가 그런 선동가라면, 공장 말고 저를 써줄 만한 데가 있을까요? 돈은 주시는 대로 받겠습니다, 애들을 위해서요."

"그럼 당신이 뭐가 되는 건지 모르겠소? 파업 방해꾼이 되는 거요. 다른 노동자들보다 임금을 덜 받겠다는 거니까. 다른 사람의 자식들을 위해서. 자기 자식을 먹여 살리기 위해 공장에서 주는 대로 받고 일하려고 하는 불쌍한 사람을 당신이 얼마나 욕할지 생각해보시오. 당신과 노조는 득달같이 그 사람에게 덤벼들 거요. 아니, 안 되겠소! 당신이 지금까지 불쌍한 파업 방해꾼들에게 한 짓을 생각해서라도, 당신 질문에 안 된다고 대답할 수밖에 없소. 당신에게 일자리를 줄 수 없소. 당신이 일자리를 달라면서 댄 구실을 못 믿는다는 말은 하지 않겠소. 그 문제에 대해선 아는 바가 없으니까. 사실일 수도 있고 아닐 수도 있겠지. 어쨌든 믿기 어려운 얘기인 건 확실하오. 그 얘기는 넘어가고, 일자리는 줄 수 없소. 그게 내 대답이오."

"알겠습니다. 사장님도 마음이 무른 데가 있다고 생각하는 것 같은 어떤 사람이 사장님을 찾아가보라고 하지 않았다면 이렇게 성가시게 해드리지 않았을 겁니다. 그 사람이 잘못 생각한 거고 저는 잘못 인도된 겁니다. 하지만 여자에게 잘못 인도된 남자가 제가 처음은 아니지요."

"다음에는 그 여자에게 자기 일이나 신경쓰라고 하시오. 공연히 당신 시간과 내 시간을 빼앗지 말고. 무슨 일이든 항상 여자가 화근이라니까. 꺼지시오."

"사장님, 친절에 감사드립니다. 무엇보다 그 정중한 작별인사에요."

손턴은 대꾸도 하지 않았다. 그러나 잠시 후 창밖을 내다보다가 마당을 나가는 마르고 구부정한 모습에 마음이 흔들렸다. 그 무거운 발걸음은 그와 대화를 나눴던 남자의 확고하고 분명한 결의와 묘한 대조를 이루었다. 손턴은 마당을 가로질러 수위실로 갔다.

"그 히긴스라는 사람, 나를 만나려고 얼마나 기다렸지?"

"여덟시 전에 문밖에 있었습니다. 그때부터 계속 기다린 것 같습니다."

"지금 시간이……"

"정각 한시입니다."

손턴은 속으로 생각했다. '다섯 시간이군. 처음엔 희망에 차서, 그다음엔 두려움에 떨며 무작정 기다리기엔 긴 시간이야.'

14장

친구가 되다

아니, 난 끝났소, 당신은 내게 더이상 얻을 게 없지.
그리고 난 기쁘오, 그렇소, 진심으로 기쁘오.
이토록 확실하게 자유의 몸이 되어.*
—드레이턴

마거릿은 손턴 부인에게서 뛰쳐나와 자기 방에 틀어박혔다. 마음이 동요되면 나오는 오랜 습관대로 방안을 이리저리 서성이다가, 집이 약하게 지어져서 발소리가 다른 방에서 다 들린다는 걸 기억하고는 손턴 부인이 집에서 완전히 나가는 소리가 들릴 때까지 가만히 앉아 있었다. 그녀는 손턴 부인과 나눈 대화를 억지로 하나하나 다 되새겨보았다. 그런 다음 벌떡 일어나 우울한 목소리로 웅얼거렸다.

'어쨌거나 손턴 부인이 한 말은 신경 안 써. 난 떳떳하니까. 하지만 사람이, 그것도 여자가 다른 여자에 대해 그렇게 쉽게 그런 의심을 품을 수 있다니, 생각만 해도 견디기 힘들어. 힘들고 슬퍼. 내가 진짜 잘

* 영국 극작가이자 시인 마이클 드레이턴의 소네트 「이제 소용없으니 키스하고 작별하세」.

못한 것에 대해선 아무 말 없는 거 보니…… 모르는 거야. 그 사람이 말하지 않은 거야. 난 그가 말하지 않으리란 걸 알고 있었는지도 몰라!'

마거릿은 손턴이 보여준 배려에 긍지라도 느끼듯 고개를 쳐들었다. 그러고 나서 새로운 생각이 뇌리를 스치자 두 손을 꽉 맞잡았다.

'손턴 씨도 프레더릭 오빠를 내 애인으로 생각하는 거야.' (그 생각을 하자 얼굴이 붉어졌다.) '이제 알겠어. 그는 내가 거짓말한 걸 알 뿐만 아니라 나에게 다른 남자가 있고 그래서 내가…… 아, 세상에! 이럴 수가! 어쩌면 좋지? 그런데 내가 왜 이러지? 그가 어떻게 생각하든 내가 왜 신경쓰는 거지? 거짓말 때문에 그에게 좋은 평가를 받지 못하게 된 것 말고는 신경쓸 필요가 없잖아. 정말이지 알 수가 없네. 그래도 너무 비참해! 오, 지난 일 년은 얼마나 불행했는지 몰라! 어린 시절이 지나고 바로 늙어버린 기분이야. 난 청춘이 없었어. 여자의 삶도. 여자로서의 희망도 다 사라져버렸지. 난 결혼 같은 거 안 할 거니까. 늙은 여자처럼 걱정과 슬픔만 예상하고 있어. 늙은 여자처럼 근심걱정에서 헤어나질 못하네. 이렇게 계속 힘내야 하는 삶이 신물나. 아버지를 위해 힘내서 버틸 수는 있어. 그건 지당하고 경건한 의무니까. 그리고 고난도 견뎌낼 수 있고. 아까도 손턴 부인의 부당하고 무례한 의심에 분노할 힘을 낼 수 있었잖아. 하지만 그가 나를 얼마나 심하게 오해하고 있을지 생각하면 정말 힘들어. 오늘 대체 왜 이리 병적으로 우울한 거지? 정말 모르겠네. 나 자신도 어쩔 수 없다는 것만 알겠고. 나도 가끔은 무너질 수밖에 없지. 아니.' 그녀는 벌떡 일어났다. '아냐…… 나 자신이나 처지에 대한 생각은 안 할 거야. 내 감정을 들여다보지는 않을래. 지금은 그래 봐야 소용없으니까. 나중에, 할머니가 될 때까지 살아 있으

면 난롯가에 앉아 타다 남은 불씨를 응시하면서 내가 살았을 수도 있었던 삶을 보겠지.'

그런 생각을 하며 마거릿은 서둘러 외출 준비를 했다. 이따금 눈물을 닦을 때만 동작을 멈췄는데, 스스로 맹렬한 용기를 지녔음에도 자꾸만 나오는 눈물이 야속해서 눈가를 훔치는 손길에 짜증이 묻어났다.

'많은 여자들이 나 같은 한심한 실수를 저지르고 너무 늦어버린 뒤에야 그걸 깨닫지. 그날 난 얼마나 당당하고 건방지게 그를 거절했는지! 하지만 그땐 그걸 몰랐어. 나중에 서서히 깨닫게 됐고. 언제부터였는지도 모르겠어. 이제 무너지지 않을 거야. 앞으론 그에게 예전처럼 행동하기 힘들겠지. 나 자신이 이토록 한심하게 느껴지는데. 그래도 아주 차분하고 조용히 행동할 거야, 말도 거의 안 하고. 그러나 이제 다시는 못 만나게 될지도 몰라. 우리를 피하는 게 분명하니까. 그게 제일 끔찍할 거야. 하지만 그가 나를 피하는 것도 놀랄 일은 아냐, 나에 대해 그런 오해를 품고 있으니.'

마거릿은 밖으로 나가 시골을 향해 빠르게 걸으면서 급히 움직여 잡념을 잊으려 했다.

그러고는 집으로 돌아와 문간에 서 있는데 아버지가 다가왔다.

"착한 내 딸! 바우처 부인에게 다녀온 거지? 나도 시간이 나면 점심 먹기 전에 가보려고 했는데." 아버지가 말했다.

"아니에요, 아버지. 거기 안 갔어요." 마거릿이 얼굴을 붉히며 대답했다. "바우처 부인 생각은 못했어요. 점심 먹고 바로 다녀올게요. 아버지가 낮잠 주무시는 시간에요."

그래서 마거릿은 바우처 부인을 찾아가게 되었다. 바우처 부인은 많이 아팠다. 그냥 골골대는 게 아니라 심각하게 앓고 있었다. 요전날 와줬던 친절하고 현명한 이웃이 모든 걸 떠맡은 듯했다. 아이들 몇 명은 이웃에 보내진 상태였다. 메리 히긴스가 점심때 와서 어린 세 아이를 데려갔고, 그다음에 니컬러스가 의사를 부르러 갔다. 의사는 아직 안 왔고, 바우처 부인은 죽어가고 있었다. 그저 기다리는 것밖엔 할 일이 없었다. 마거릿은 의사의 의견을 듣고 싶었다. 그녀는 기다리는 동안 히긴스 가족이나 보러 가는 게 좋겠다고 생각했다. 니컬러스를 만나면 그가 손턴에게 일자리를 부탁했는지 들을 수도 있었다.

니컬러스는 어린 세 아이를 즐겁게 해주려고 서랍장 위에 동전을 놓고 돌리느라 여념이 없었다. 세 아이는 겁내는 기색 없이 그에게 매달려 있었다. 아이들뿐만 아니라 니컬러스도 동전이 오랫동안 잘 돌아가는 걸 보며 미소 짓고 있었다. 마거릿은 그가 이렇게 뭔가에 흥미를 갖고 행복한 표정을 짓고 있는 것이 좋은 징조라고 생각했다. 동전이 멈추자 '막둥이 조니'가 울기 시작했다.

"이리 오렴." 마거릿이 조니를 서랍장에서 안아 들며 말했다. 그녀는 조니의 귀에 자신의 시계를 대주고 니컬러스에게 손턴을 만났는지 물었다.

니컬러스의 표정이 돌변했다.

"그렇소! 만나서 그의 얘기를 실컷 들었지." 그가 말했다.

"거절당한 모양이네요." 마거릿이 슬프게 말했다.

"당연하지. 난 그가 거절할 걸 처음부터 알고 있었소. 공장주들에게 자비를 기대하는 건 부질없는 짓이거든. 아가씨는 외지인이라 그들의 행태를 모르겠지만, 난 알고 있소."

"공연히 그런 부탁을 해서 죄송해요. 그가 화를 내던가요? 햄퍼처럼 그렇게 말하진 않았죠, 그렇죠?"

"지나치게 정중하지도 않았소!" 니컬러스가 다시 동전을 돌리며 대꾸했다. 그는 아이들 못지않게 그 놀이에 재미가 들린 듯했다. "안달할 것 없어요. 그래 봐야 제자리니까. 내일 또 일자리를 찾아다녀야지. 나도 할말 다 하고 왔거든. 어차피 나도 당신을 두 번 찾아올 만큼 당신에 대해 좋게 생각하진 않았는데 헤일 양이 가보라고 해서 왔다고 말했소."

"제가 보냈다고 했어요?"

"이름까지 댔는지는 모르겠군. 그랬던 것 같지는 않소. 그냥, 어떤 여자가 잘 알지도 못하면서 혹시 당신이 마음이 무른 데가 있어서 받아줄지도 모르니까 찾아가보라고 충고해줬다고만 했어요."

"그랬더니……?" 마거릿이 물었다.

"아가씨한테 가서 자기 일이나 신경쓰라고 전하라고 하더군…… 얘들아, 이번 게 제일 오래 도는구나. 말 참 곱게도 합디다. 하지만 걱정할 것 없소. 우리는 제자리로 돌아온 거고, 내가 막노동을 해서라도 이 애들은 굶기지 않을 테니까."

마거릿은 버둥거리는 조니를 도로 서랍장 위에 내려놓았다.

"손턴 씨를 찾아가라고 해서 죄송해요. 저도 그 사람에게 실망했어요."

뒤에서 무슨 소리가 들렸다. 마거릿과 니컬러스는 동시에 돌아보았다. 손턴이 언짢은 듯 놀란 표정으로 거기 서 있었다. 마거릿은 갑자기 얼굴이 새하얗게 질리는 게 느껴져서 그걸 감추려고 고개를 깊이 숙이고는, 순간적인 충동에 따라 아무 말 없이 인사만 하고 손턴의 앞을 지나쳐 밖으로 나갔다. 손턴도 똑같이 고개를 깊이 숙여 인사하고 안에서 문을 닫았다. 마거릿은 황급히 바우처의 집으로 가다가 문 닫히는 소리를 들었는데, 그 소리는 굴욕의 끝을 맛보게 만들었다. 손턴 역시 거기서 마거릿을 보고 화가 났다. 그는 니컬러스 히긴스의 표현을 빌리자면 실제로 마음이 무른 데가 있었지만 그걸 숨기는 것에 얼마간의 긍지를 느껴왔다. 자신의 그런 부분을 성역처럼 안전하게 지켰으며, 그 성역이 침범당하지 않도록 경계를 늦추지 않았다. 하지만 무른 마음이 노출되는 걸 두려워하는 만큼 모든 사람에게 자신의 공정성을 인정받고 싶은 욕망도 컸다. 그는 자신을 만나기 위해 겸허한 인내심으로 다섯 시간이나 기다린 사람의 말을 그토록 멸시하는 태도로 들은 것이 부당한 짓이라고 생각했다. 상대도 건방지게 대거리를 했던 건 아무렇지도 않았다. 오히려 그 점이 마음에 들었다. 손턴은 그때 자신이 예민한 상태여서 대화가 그런 식으로 끝났을 가능성이 크다는 걸 알고 있었다. 결정적으로 그의 마음을 흔든 건 히긴스가 다섯 시간이나 기다렸다는 사실이었다. 손턴은 다섯 시간까지는 할애할 수 없었지만 한두 시간은 빼서 날카로운 지적 능력뿐만 아니라 육체노동까지 투입해 히긴스가 한 이야기가 사실인지, 그의 인품은 어떻고 인생행로는 어땠는지 정보를 모았다. 그리고 히긴스가 한 모든 말이 사실이라는, 받아들이고 싶지 않은 진실을 확신하지 않을 수 없게 되었다. 그 확신은 마치 마법처럼 그의 잠재된 무른 마음에 닿았다. 손턴은 히긴스의 인내심과 관대함(바우처와 히긴스의 불화에 대해 알게 되었던 것이다)에 감동해서, 정당한 논리들을 까맣게 잊고 그것을 초월해 더 신성한 본능에 따르게 되었다. 그래서 히긴스에게 일자리를 주겠다는 뜻을 전하려고 찾아온 것인데, 마거릿이 마지막으로 한 말보다 그녀가 그 자리에 있는 것에 더 화가 났다. 히긴스를 자신에게 보낸 여자가 바로 그녀였음을 알게 되었기 때문이다. 그는 스스로 옳다고 판단해서 행하는 일에 그녀에 대한 생각이 개입될까봐 두려웠다.

"아까 말한 여자가 저 아가씨였소? 누군지 말해줄 수 있었지 않소." 그가 히긴스에게 성난 목소리로 말했다.

"그랬다면 그 여자에 대해 좀더 정중하게 말씀하셨을 수도 있었겠네요. 사장님께도 어머니가 계신데 무슨 일이든 항상 여자가 화근이라는 말 같은 건 삼가셨어야죠."

"물론 헤일 양에게 그 말도 했겠지."

"물론이죠, 아마 했을 겁니다. 앞으로 사장님 일에 나서지 말라고 했다는 얘기는 전했습니다."

"저애들은 누구 자식이오? 당신 자식들인가?" 손턴은 그애들이 누구 자식인지 잘 알고 있었지만, 가망 없게 시작된 대화를 좋은 방향으로 돌리기 어색해서 그렇게 물었다.

"제 자식들은 아니지만 제 자식들입니다."

"아까 오전에 말한 그애들이군."

"그때 사장님은 제 얘기가 사실일 수도 있고 아닐 수도 있지만 믿기 힘든 얘기라고 말씀하셨지요. 사장님, 그 말씀을 잊지 않고 있습니다." 히긴스가 격한 감정을 숨기지 못하고 홱 돌아보면서 말했다.

손턴은 잠시 침묵하다가 입을 열었다. "나도 잊지 않고 있소. 내가 한 말을 다 기억해요. 난 이애들에 대해 내 알 바 아니라는 식으로 말했소. 그땐 당신 말을 믿지 않았으니까. 난 바우처가 당신에게 했던 것 같은 짓을 내게 한 사람의 자식들이라면 내 자식처럼 거둘 수 없었을 거요. 이제 당신 말이 사실이라는 걸 알게 됐으니 용서를 구하겠소."

히긴스는 돌아보지도 않았고 즉각 대꾸하지도 않았다. 하지만 이윽고 입을 열었을 때는 목소리가 한결 부드러워져 있었다. 말투는 여전히 퉁명스러웠지만 말이다.

"사장님이 무슨 상관이 있다고 바우처와 저 사이에 있었던 일을 캐고 다니십니까? 바우처는 죽었고 저는 후회하고 있습니다. 그걸로 됐습니다."

"그렇지. 나와 함께 일하겠소? 그 말을 하러 온 거요."

히긴스의 고집스러움이 흔들렸다가 다시 힘을 얻고 굳건해졌다. 그는 아무 말도 하지 않았다. 손턴도 다시 부탁하려 하지 않았다. 히긴스의 시선이 아이들에게 갔다.

"사장님은 저를 뻔뻔하다고, 거짓말쟁이에다 말썽꾼이라고 하셨습니다. 다 틀린 말은 아닐 겁니다. 전 가끔 술을 마시니까요. 전 사장님을 독재자에 늙은 불도그, 모질고 잔인한 주인이라고 불렀고 그건 사실입니다. 그러나 애들을 위해서, 사장님, 우리가 잘 지낼 수 있겠습니까?"

"글쎄!" 손턴이 반쯤 웃으며 말했다. "난 잘 지내자는 제안을 한 게 아니오. 그렇지만 당신 말을 들으니 한 가지 안심은 되는군. 서로에 대해 지금보다 더 나쁘게 생각할 수는 없을 테니까."

"그건 그렇군요." 히긴스가 생각에 잠긴 목소리로 말했다. "사장님을 만나고 온 후 사장님이 안 받아줘서 천만다행이라고 생각하고 있었습니다. 사장님만큼 참기 힘든 사람은 만난 적이 없으니까요. 하지만 그건 성급한 판단이었을지도 모르고, 나 같은 사람에겐 일은 일입니다. 사장님, 가겠습니다. 감사합니다. 사장님 제안을 받아들이겠습니다."
그가 갑자기 돌아서서 처음으로 손턴을 똑바로 바라보며 솔직하게 말했다.

"그럼 얘기 끝난 거요." 손턴이 히긴스의 손을 굳게 잡으며 말했다. 그러고는 사장의 위치로 돌아가서 경고했다. "시간 정확히 지키시오. 내 공장에서는 굼벵이는 안 쓰니까. 벌금을 확실히 물리지. 그리고 말썽 부리다 나한테 걸리면 즉시 해고요. 이제 당신의 현실을 잘 알겠지."

"아까 사장님께서 저의 지혜에 대해 말씀하셨는데 그것도 가져갈까 합니다. 아니면, 뇌는 빼놓고 가는 게 낫겠습니까?"

"내 일에 간섭하는 데 쓸 거면 빼놓고 오시오. 당신 일에만 쓸 거면 가져오고."

"제 일이 어디에서 끝나고 사장님 일이 어디부터 시작인지 구분하려면 뇌가 많이 필요하겠는데요."

"당신 일은 아직 시작되지 않았고 내 일은 지금 멈춰 있소. 그러니 이만 가보겠소."

손턴이 바우처의 집 앞에 다다르기 직전에 마거릿이 문을 열고 나왔다. 마거릿은 그를 보지 못했고, 그는 마거릿의 가볍고 느긋한 걸음걸이와 키 크고 우아한 뒷모습에 감탄하며 몇 미터쯤 따라갔다. 하지만 그녀의 뒷모습을 감상하는 단순한 즐거움은 갑자기 질투로 얼룩지고 오염되었다. 손턴은 그녀를 따라잡아 말을 걸고 싶었다. 다른 남자가 있다는 걸 자신에게 들켰다는 사실을 알았으니 이제 그녀가 자신을 어떻게 대하는지 확인하고 싶었다. 그리고 좀 부끄러운 바람이긴 하지만, 히긴스를 자신에게 보내 일자리를 부탁하게 한 그녀의 생각이 현명했음을 자신이 입증해준 것, 자신이 아까 히긴스를 그냥 돌려보낸 일을 후회하고 다시 찾아왔다는 것을 그녀가 알게 하고 싶었다. 그는 그녀에게 다가갔다. 그녀는 화들짝 놀랐다.

"헤일 양, 외람되지만 방금 저에게 실망했다고 하신 건 좀 성급하셨습니다. 히긴스를 고용했거든요."

"잘됐네요." 마거릿이 차갑게 말했다.

"아까 제가 한 말을 히긴스에게 들으셨다고요. 아까 제가……" 손턴이 주저하자 마거릿이 대신 말했다.

"자기 일이나 신경쓰라고 하신 것 말씀이죠. 당신은 자신의 의견을 말할 권리가 있고 그 의견은 옳아요. 그건 의심의 여지가 없죠. 하지만," 마거릿은 조금 더 열띠게 말을 이었다. "히긴스는 정확한 진실을 말한 게 아니에요." 그녀는 '진실'이란 말에 자신의 거짓말이 떠올라서 몹시 거북해하며 얼른 입을 다물었다.

손턴은 처음엔 그녀가 왜 침묵하는지 몰라 어리둥절했으나 곧 그녀의 거짓말과 지난 모든 일이 떠올랐다. "정확한 진실! 정확한 진실을 말하는 사람은 거의 없지요. 저는 그것에 대한 희망은 버렸습니다. 헤일 양, 저한테 설명할 건 없으신가요? 제가 할 수밖에 없는 생각이 뭔지는 아실 겁니다."

마거릿은 침묵을 지켰다. 그녀는 설명하는 것이 프레더릭을 위하는 일이 될지 생각하고 있었다.

"아니, 더이상 묻지 않겠습니다. 헤일 양이 저 때문에 유혹에 들게 될 수도 있으니까요. 비밀은 지켜드릴 테니 안심하십시오. 하지만 헤일 양은 그런 경솔한 행동으로 커다란 위험을 떠안게 되었습니다. 지금 저는 헤일 양 아버님의 친구로서 말하는 겁니다. 설령 다른 생각이나 희망이 있었더라도 물론 다 끝났습니다. 저는 아무 사심도 없습니다."

"알고 있어요." 마거릿이 애써 무심하고 아무렇지 않은 듯이 대답했다. "제가 손턴 씨 눈에 어떻게 보일지도 알아요. 하지만 그 비밀은 다른 사람에 관한 것이고, 그 사람한테 해를 끼치지 않고는 그것에 대해 설명할 수가 없어요."

손턴은 점점 더 화가 치밀었다. "저는 그 신사분의 비밀을 캐고 싶은 생각은 눈곱만큼도 없습니다. 헤일 양에 대한 관심도…… 단순히 친구로서의 관심이고요. 헤일 양, 제 말을 안 믿으실지도 모르지만 사실입니다. 한때 헤일 양에게 치근댄 적은 있지만, 다 포기했습니다. 다 지나간 일이에요. 헤일 양, 제 말을 믿으십니까?"

"네." 마거릿이 조용하고 슬픈 목소리로 대답했다.

"그럼 같이 걸어갈 이유가 없겠군요. 헤일 양이 저에게 할 말이 있을지도 모른다고 생각했는데, 우리가 서로에게 아무것도 아니라는 걸 알았습니다. 헤일 양에 대한 저의 어리석은 열정이 완전히 끝났다는 걸 확신하신다면, 이만 가보겠습니다." 손턴은 황급히 떠나버렸다.

마거릿은 혼자 생각에 잠겼다. '무슨 뜻으로 한 말일까? 마치 내가 지금껏 그가 나를 좋아한다고 생각해왔던 것처럼 말하다니. 그가 나를 좋아하지 않는다는 걸, 좋아할 수 없다는 걸 나도 아는데. 그의 어머니가 나에 대한 그 잔인한 말들을 아들에게도 했겠지. 그 사람에게 신경 쓰지 않겠어. 나는 이 격렬하고 묘하고 비참한 감정을 충분히 통제할 수 있는 자제력이 있어. 이 감정에 휘둘려 사랑하는 오빠를 배신할 뻔하다니. 손턴 씨에게 다시 좋은 평가를 받고 싶다는 이유만으로 말이야. 자기한테 내가 아무것도 아니라고 말하는 사람인데. 자! 가련한 나의 마음아! 힘내자, 씩씩하게. 우리는 버려져서 쓸쓸한 신세가 되면 서로에게 아주 소중한 존재가 될 테니까.'

이날 오후, 헤일 씨는 딸의 명랑함에 깜짝 놀랐다. 마거릿은 끊임없이 조잘댔고, 타고난 유머감각을 십분 발휘했다. 그녀의 말에서 신랄함이 느껴져도, 런던 할리 스트리트에 대한 이야기에서 빈정거림이 약간 묻어나도, 헤일 씨는 차마 다른 때처럼 제동을 걸 수가 없었다. 딸이 근심걱정을 떨쳐버린 것이 보기 좋아서였다. 저녁때 메리 히긴스가 찾아와서 마거릿은 아래층으로 내려갔다가 다시 올라왔다. 헤일 씨는 딸의 뺨에 눈물자국이 있는 것 같다고 생각했지만 그럴 리가 없었다. 딸은 기쁜 소식을 들고 왔으니까. 히긴스가 손턴의 공장에서 일하게 되었다는 소식이었다. 어쨌거나 마거릿은 기운이 빠져서 아까처럼 신나게 떠드는 건 고사하고 말하는 것조차 무척 힘들어했다. 그녀는 며칠 동안 기분이 들쑥날쑥했고 그걸 지켜보던 아버지가 걱정하기 시작하던 참에 그녀의 삶에 변화를 가져올 수 있는 소식들이 도착했다. 그중 하나는 벨 씨의 편지로, 밀턴에 오겠다고 전하는 내용이었다. 헤일 씨는 옛 옥스퍼드 친구와 어울리다보면 자신뿐만 아니라 마거릿도 기분좋은 변화를 맞이하게 될 거라고 생각했다. 마거릿은 아버지가 기뻐하는 일에 관심을 가지려고 애썼지만 무기력 상태에 빠져서 설령 벨 씨가 대부보다 스무 배는 중요한 존재라고 하더라도 도통 그에게 마음이 가지 않았다. 그녀는 이디스의 편지에 더 기운이 났다. 이디스의 편지에는 이모의 죽음에 대한 애도, 자신과 남편과 아이에 대한 이야기가 구구절

절 담겨 있었고, 맨 끝에는 그곳 날씨가 아기에게 안 맞아 쇼 이모가 영국에 돌아갈 생각을 하고 있으며 어쩌면 레녹스 대령도 모든 걸 정리하고 할리 스트리트 집에 들어가서 살게 될지도 모른다고, 하지만 할리 스트리트에 마거릿이 없으면 뭔가 빠진 듯한 기분을 느낄 거라고 쓰여 있었다. 마거릿은 할리 스트리트의 옛집과 그 질서 잡힌 단조로운 삶의 평온함이 그리웠다. 그곳에 살 때는 가끔 지루하기도 했는데, 그후로 격랑에 흔들리고 최근에는 자신과의 싸움으로 녹초가 되고 보니 정체된 삶도 휴식과 기분전환이 될 것 같았다. 그래서 레녹스 부부가 영국으로 돌아오면 할리 스트리트에 가서 길게 머무를 생각을 하기 시작했다. 무슨 기대가 있어서가 아니라 휴식을 취하면서 강한 정신력을 되찾기 위해서였다. 지금으로선 모든 화제가 손턴에게 쏠려 있고 아무리 애써도 그를 잊을 수 없을 것만 같았다. 히긴스의 집에 가면 손턴 얘기를 듣게 되었고, 아버지도 다시 수업이 시작되어 자꾸만 손턴의 의견을 인용했으며, 심지어 벨 씨의 방문에도 임차인인 손턴의 이름이 거론되었다. 벨 씨가 이번에 오면 손턴과 많은 시간을 함께 보내게 될 거라고, 새 임대 계약을 준비중이라 그와 계약 조건에 대해 합의를 봐야 한다고 편지에 써서 보냈던 것이다.

15장

불협화음

나 아무 권리도 주장할 수 없는 곳에서는 잘못이 없고
아무것도 가진 것 없는 곳에서는 빼앗길 것 없지만
내 비애는 그러하지가 않네.
다시 말해, 다른 사람이 그것으로 기쁨 느낄 수 있기에
그것이 비탄 속에서 나를 슬프게 하네.*
—와이엇

마거릿은 벨 씨의 방문이 자신에게 큰 기쁨이 될 거라고 기대하지는 않았지만, 그저 아버지를 생각해서 그가 올 날을 손꼽아 기다렸다. 그러나 막상 대부가 도착하자 즉시 그와 세상에서 가장 자연스러운 친구가 되었다. 벨 씨는 그녀에게 자신이 생각했던 모습 그대로라고, 하지만 그건 그녀의 공이 아니라고 말했다. 그녀가 방에 들어서자마자 자신의 마음을 빼앗은 것은 유전자의 힘이라면서. 마거릿은 그에 답하여 대학 연구원 모자와 가운 차림의 그가 무척이나 신선하고 젊어 보인다고 칭찬했다.

* 영국 시인이자 외교관 토머스 와이엇의 시 「내 사랑, 그대가 내게 한 대답」. 청혼을 거절당한 남자가 사랑하는 여인이 다른 남자를 선택했으리라고 믿으면서 슬퍼하는 내용이다.

"따뜻함과 친절함이 신선하고 젊다는 뜻이에요. 솔직히 고백하자면, 대부님의 의견들은 제가 지금까지 살면서 들어본 의견 중에서 제일 고루하고 진부하거든요."

"헤일, 자네 딸 말하는 것 좀 보게! 밀턴에 살면서 완전히 오염됐어. 민주주의자에 붉은 공화당원, 평화협회 회원, 사회주의자……"

"아버지, 제가 상업의 발전을 옹호한다고 저러시는 거예요. 대부님은 들짐승의 가죽과 도토리를 물물교환하는 수준에 머물러 있기를 바라시나봐요."

"아니, 아니, 난 땅을 파서 감자를 심고 싶네. 들짐승 털을 깎아 옷을 만들어 입고. 아가씨, 과장하지 마시지요. 하지만 이런 번잡한 삶이 신물나는 건 사실이야. 다들 부자가 되려고 앞다투어 달리고 있어."

"대학 연구실에 편히 앉아 아무 노력 없이 재산이 느는 걸 지켜보기만 해도 되는 사람은 안 그렇지요. 여기도 선생님처럼 가만히 앉아서 재산을 늘릴 수 있다면 감사히 여길 사람들이 많을 겁니다." 헤일 씨가 말했다.

"아니, 아닐 걸세. 이곳 사람들이 좋아하는 건 번잡함과 분투지. 가만히 앉아서 과거로부터 배우거나 선지자의 정신으로 충실히 연구해 미래를 만들어가는 것…… 글쎄! 흥! 밀턴에는 가만히 앉아 있는 법을 아는 사람이 하나도 없을걸. 그것도 대단한 기술이지."

"밀턴 사람들은 옥스퍼드 사람들이 움직이는 법을 모른다고 생각할 겁니다. 양쪽을 조금씩만 섞어놓으면 아주 좋을 텐데."

"밀턴 사람들한테는 좋겠지. 다른 사람들에겐 몹시 불쾌해도 그들에겐 좋을 것들이 많으니까."

"대부님도 밀턴 사람 아니신가요? 전 대부님께서 고향을 자랑스럽게 생각하실 줄 알았어요." 마거릿이 말했다.

"솔직히 고백하자면 자랑스러워할 만한 게 없구나. 마거릿, 네가 옥스퍼드에 오기만 한다면 자랑스러워할 만한 곳을 보여주마."

"흠! 오늘밤 손턴이 차 마시러 오기로 했는데, 그는 선생님이 옥스퍼드를 자랑스러워하시는 만큼 밀턴을 자랑스러워하지요. 두 분이 만나 서로를 조금 더 포용적으로 만들어줘야 할 것 같네요." 헤일 씨가 말했다.

"말은 고맙지만, 난 더 포용적이 되고 싶은 생각 없네." 벨 씨가 대꾸했다.

"손턴 씨가 차를 마시러 오나요, 아버지?" 마거릿이 작은 목소리로 물었다.

"차 마시는 시간에 올 수도 있고 그보다 좀 늦게 올 수도 있고. 본인도 확답을 못하더구나. 기다리진 말라고 하던데."

손턴은 어머니가 마거릿에게 그녀의 부적절한 행동에 대해 지적하겠다는 계획을 어느 정도까지 실행에 옮겼는지 묻지 않기로 결심한 상태였다. 그 자리에서 무슨 이야기가 오갔는지 들으면 모든 게 어머니의 마음을 거치면서 윤색되었으리란 걸 알아도 화가 날 게 뻔했기 때문이다. 그는 마거릿의 이름조차 듣기를 꺼렸다. 그는 그녀를 비난하고 질투하고 포기했지만…… 그럼에도 그녀를 몹시 사랑했다. 그는 그녀 꿈을 꿨다. 꿈에서 그녀가 두 팔을 벌리고 춤추며 그에게 다가왔다. 그녀의 밝고 쾌활한 모습은 매력적이면서도 혐오스러웠다. 사악한 정신이 그녀의 몸을 점령한 것처럼 그녀의 인격이 모두 제거된 모습이었으니까. 하지만 그 모습이 그의 마음에 너무도 깊이 각인된 탓에, 잠이 깬 후에도 우나와 두엣사*를 구분하기 힘들었다. 그리고 후자에 대한 혐오가 전자를 에워싸고 망가뜨리는 듯했다. 하지만 마거릿과의 만남을 피하며 자신의 나약함을 인정하자니 자존심이 허락하지 않았다. 그는 그녀와 만날 기회를 모색하지도, 피하지도 않을 작정이었다. 이날 오후, 그는 자신의 자제력에 대한 확신을 얻기 위해 모든 일을 미적거리며 천천히 했다. 모든 행동에 비정상적으로 뜸을 들이고 신중을 기했다. 그러다보니 여덟시가 지나서야 헤일 씨 집에 도착했다. 그곳에서 먼저 벨 씨와 서재에서 사업 문제로 협의할 일이 있었는데, 사업 이야기가 모두 끝난 뒤에도 벨 씨가 한참이나 난롯가에 앉아 주절주절 이야기를 늘어놓았다. 이층으로 올라갔어야 할 시간이었지만 손턴은 자리를 옮기자는 말을 꺼내지 않았다. 그는 속으로 안달을 내며 벨 씨가 참 지루한 말상대라고 생각했고, 벨 씨 역시 손턴처럼 무뚝뚝하고 퉁명스러운 친구는 처음 보고 지성이며 태도며 아주 형편없다고 평가했다. 이윽고 위층 방에서 나는 작은 소음이 그 방으로 옮겨야 한다는 사실을 일깨워주었다. 그 방에서는 마거릿이 개봉한 편지를 앞에 놓고 그 내용에 대해 아버지와 열띤 토론을 벌이고 있었다. 두 신사가 들어서자 그 편지는 즉시 치워졌지만 손턴의 예리한 귀는 헤일 씨가 벨 씨에게 하는 몇 마디 말을 놓치지 않았다.

"헨리 레녹스에게서 온 편지입니다. 이 편지를 보고 마거릿이 희망에 들떠 있어요."

---

* 에드먼드 스펜서의 『요정 여왕』에 등장하는 인물들로 우나는 '진실'을, 두엣사는 '거짓'을 상징한다.

벨 씨는 고개를 끄덕였다. 마거릿은 손턴이 쳐다보자 장미꽃처럼 얼굴을 붉혔다. 손턴은 당장 자리를 박차고 나가서 이 집에 발길을 끊고 싶은 마음이 굴뚝같았다.

"선생님과 손턴이 서재에 하도 오래 있기에, 마거릿의 조언을 받아들여 서로의 의견을 바꾸려고 애쓰고 있나보다 생각하고 있었죠." 헤일 씨가 벨 씨에게 말했다.

"그럼 우리 둘에게 한 가지 의견밖에 안 남았을 거라고 생각했겠군. 킬케니 고양이 꼬리처럼.* 누구 의견이 더 끈질긴 생명력을 지녔을 거라고 생각했나?"

손턴은 그들이 무슨 말을 하는지 알 수 없었지만 묻고 싶지는 않았다. 헤일 씨가 정중하게 알려주었다.

"손턴, 오늘 아침에 벨 선생님이 자신의 고향에 대해 옥스퍼드의 중세적 편견을 보여서 우리가 비난을 좀 했다네. 그리고 우리, 아니 마거릿이 벨 선생님에게 밀턴 제조업자들과 어울려보는 게 좋을 것 같다고 제안했지."

"미안하네만, 마거릿은 밀턴 제조업자들이 옥스퍼드 사람들과 어울려보는 게 좋을 것 같다고 생각한 걸세. 안 그러니, 마거릿?"

"전 양쪽 다 서로를 좀더 많이 만나보는 게 좋겠다고 생각했어요. 그게 아버지 아이디어가 아니라 제 아이디어인 줄은 몰랐는걸요."

"손턴, 우리는 아래층 서재에서 사라진 스미스 가문과 해리슨 가문에 대한 얘기를 나눌 게 아니라 서로를 개선시켜야 했던 게로군. 지금

* 아일랜드 옛이야기에 나오는 두 고양이로, 싸움이 붙으면 꼬리와 발톱만 남을 때까지 싸웠다고 한다.

이라도 하지, 뭐. 난 자네 밀턴 사람들이 언제 인생을 제대로 살려고 하는 건지 모르겠네. 재물을 긁어모으는 데 평생을 바치고 있는 것 같으니 말이야."

"인생을 제대로 산다는 게 즐거움을 뜻하시는 것 같군요."

"그렇지, 즐거움…… 무슨 즐거움인지 구체적으로 말하진 않겠네. 자네도 나처럼 단순한 쾌락은 저급한 즐거움으로 여긴다고 믿으니까."

"무슨 즐거움인지 정의해주셨으면 좋겠습니다."

"좋아! 여가의 즐거움, 돈이 주는 힘과 영향력의 즐거움이지. 자네들은 돈을 벌기 위해 애쓰고 있네. 뭐에 쓰려고 돈을 원하는 건가?"

손턴은 침묵하다가 대답했다. "모르겠습니다. 하지만 제가 추구하는 건 돈이 아닙니다."

"그럼 뭔가?"

"그건 사적인 질문이네요. 아무래도 교리문답식 질문공세를 받게 될 듯한데 전 거기 답할 준비가 되어 있다는 확신이 없어서요."

"그래요! 사적인 얘기는 캐묻지 맙시다. 선생님이나 손턴이나 두 지역 사람들의 대표는 아니니까요. 그러기엔 개성이 너무 강하잖습니까." 헤일 씨가 말했다.

"그걸 칭찬으로 받아들여야 할지 어째야 할지 모르겠군. 난 아름다움과 학식, 자랑스러운 역사를 지닌 옥스퍼드의 대표가 되고 싶거든. 마거릿, 넌 어떻게 생각하니? 칭찬으로 받아들여야 할까?"

"전 옥스퍼드를 몰라요. 하지만 한 도시의 대표와 그 도시 주민들의 대표가 되는 건 다르죠."

"지당한 말씀입니다, 마거릿 아가씨. 네가 아까 아침에 나에게 맞서 밀턴 사람들과 제조업 편을 들었던 게 이제야 생각나는구나." 마거릿은 손턴이 놀란 눈으로 흘끗 쳐다보는 걸 보았고, 그가 벨 씨의 말을 어떻게 해석할지 몰라서 화가 났다. 벨 씨가 말을 이었다.

"아! 너에게 우리 옥스퍼드의 하이 스트리트, 래드클리프광장을 보여줄 수 있다면 얼마나 좋을까. 내가 옥스퍼드의 대학 얘기를 빼는 건 손턴이 밀턴의 매력에 대해 말하면서 자신의 공장 얘기를 빼는 것과 같지. 난 내 고향을 욕할 권리가 있다. 내가 밀턴 사람이라는 걸 잊지 말아다오."

손턴은 벨 씨의 말에 필요 이상으로 부아가 치밀었다. 그는 농담할 기분이 아니었다. 다른 때 같았으면 벨 씨가 자신의 몸에 밴 습성과 달라도 너무 다른 밀턴에 대해 성마르게 비난하는 걸 즐겁게 들을 수 있었지만, 지금은 진지하게 공격할 의도가 아니었다고 해도 방어에 나설 만큼 심기가 상한 상태였다.

"저도 밀턴을 이상적인 도시로 여기진 않습니다."

"건축 면에서 말인가?" 벨 씨가 교활하게 물었다.

"네! 저희는 단순히 외관에 신경쓰기엔 너무 바쁘니까요."

"외관이 단순하다는 말은 말게." 헤일 씨가 부드럽게 말했다. "외관은 우리 모두에게 감명을 주지. 어릴 적부터 쭉, 평생 날마다."

"잠깐만요. 우리는 그리스인과 다른 종족이라는 점을 기억해주십시오. 그리스인들에겐 아름다움이 전부였지요. 벨 씨는 그들과는 여가와 평온의 즐거움에 대해 논하실 수 있을 겁니다. 그런 즐거움의 많은 부분이 그들의 외적 감각을 통해 들어왔고요. 전 그들을 흉내내고 싶은 마음도 없지만, 그렇다고 그들을 경멸하는 뜻으로 하는 말도 아닙니다.

하지만 전 게르만 혈통이고, 이곳은 영국의 다른 지역에 비해 피가 거의 섞이지 않았습니다. 그래서 게르만의 언어와 정신을 많이 간직하고 있지요. 우리는 삶을 즐거움을 위한 시간이 아닌 행동과 노력을 위한 시간으로 봅니다. 우리의 영광과 아름다움은 우리의 내적인 힘에서 나오며 우리는 그 힘으로 물질적 장애를, 그보다 더 큰 고난을 이겨냅니다. 우리 다크셔 사람들은 다른 방식으로 게르만적이죠. 우리는 멀리서 법이 만들어지는 걸 싫어합니다. 우리는 불완전한 입법에 간섭받기보다는 우리 스스로 올바르게 살고 싶어합니다. 우리는 자치를 지지하고 중앙집권에 반대합니다."

"요컨대 7왕국 시대*로 돌아가고 싶다는 거군. 아까 아침에 내가 밀턴 사람들은 과거를 숭상하지 않는다고 말했는데, 그 말을 취소해야겠어. 밀턴 사람들은 토르**의 숭배자들이네."

"우리가 옥스퍼드 사람들처럼 과거를 숭상하지 않는다면, 그건 현재에 더 직접적으로 적용할 수 있는 걸 원하기 때문입니다. 과거에 대한 연구가 미래의 예언으로 이어진다면 좋지요. 하지만 새로운 상황에서 앞길을 모색하는 사람들에겐 경험에서 우러난 말로 가장 직접적이고 즉각적으로 길을 가르쳐주는 편이 더 좋습니다. 그런 상황에는 반드시 직면해야 할 어려움이 가득하며 그 어려움들을 옆으로 밀쳐두지 않고 어떤 식으로 해결하느냐에 따라 우리의 미래가 결정되니까요. 과거의 지혜로 현재를 극복하라. 아닙니다! 내일의 임무보다는 유토피아에 대

* 10세기 초 잉글랜드 왕국으로 통일되기 전까지, 영국에는 앵글로색슨의 일곱 개 왕국이 자리잡고 있었다.

** 북유럽신화에서 천둥, 농업, 전쟁을 주관하는 신.

해 말하는 게 훨씬 더 쉽지요. 내일의 임무는 다른 사람들이 다 떠맡고요. '창피한 줄 알아라!'라고 외칠 준비가 된 사람들 말입니다."

"지금 무슨 소리를 하는 건지 모르겠군. 밀턴 사람들이 체면을 던져버리고 현재의 어려움을 옥스퍼드에 보내는 건 어떨까? 아직 우리 옥스퍼드를 시험해보지 않았잖나."

그 말에 손턴은 노골적으로 웃었다. "제가 최근에 저희를 괴롭혀온 문제에 치우쳐서 얘기한 것 같습니다. 저희가 겪어온 파업 생각을 하면서 얘기했거든요. 제가 겪어봐서 아는데 파업은 골치 아프고 막심한 손해도 끼칩니다. 하지만 가장 최근의 파업은, 그것 때문에 지금도 속이 쓰리긴 하지만, 나쁘지 않더군요."

"나쁘지 않은 파업이라! 토르에 대한 숭배가 도를 넘은 것 같군." 벨 씨가 말했다.

마거릿은 진지하게 하는 말을 벨 씨가 자꾸 농담으로 받아서 손턴이 화가 났다는 걸 느낄 수 있었다. 한쪽은 대수롭지 않게 여기는 데 반해 다른 쪽은 개인적으로 깊은 관심을 갖고 있는 화제에서 벗어나야겠다고 그녀는 생각했다. 그래서 억지로 다른 이야기를 꺼냈다.

"이디스가 그러는데 코르푸의 날염 옥양목이 런던 것보다 더 질도 좋고 값도 싸대요."

"그래? 이디스가 또 과장해서 말한 것 같은데. 마거릿, 확실하니?" 그녀의 아버지가 물었다.

"분명 그러던데요, 이디스가."

"그럼 사실일 게다. 마거릿, 난 네 진실함을 철석같이 믿으니 네 사촌까지 믿을 수 있어. 네 사촌이라면 과장할 리가 없지." 벨 씨가 말했다.

"헤일 양의 진실함이 그 정도인가요?" 손턴이 신랄하게 말했다. 그 말을 뱉은 순간 그는 자신의 혀를 깨물고 싶었다. 자신이 도대체 뭔데 이런 식으로 그녀의 수치심으로 그녀에게 비수를 꽂는단 말인가! 그는 오늘밤 너무도 사악했다. 그녀에게 바로 오지 못하고 너무 오래 지체한 것 때문에 심사가 뒤틀려 있었고, 대화중 나온 모르는 이름이 마거릿의 사랑을 차지한 다른 남자의 이름 같아서 화가 나 있었던 것이다. 그뿐만 아니라, 유쾌하고 편안한 대화로 저녁 시간을 즐겁게 보내려는 벨 씨에게 가벼운 마음으로 대응해주지 못한 것도 속이 상했다. 벨 씨는 여기 있는 모든 사람의 다정한 친구가 아니던가. 그리고 자신은 벨 씨와 오래전부터 알고 지냈으니 그의 성격을 잘 알고 있지 않은가. 거기다 결정적으로 마거릿에게 그런 말을 하기까지! 마거릿은 전에는 그의 무뚝뚝한 태도나 성깔에 화가 나면 일어나서 나가버렸으나, 오늘은 그렇게 하지 않았다. 슬픔과 놀라움이 담긴 눈으로 흘끗 쳐다보더니 가만히 앉아 있었다. 그녀는 뜻밖의 거절을 당한 어린애처럼 애절하고 책망어린 슬픔을 담아 두 눈을 천천히 크게 뜨다가 시선을 떨궜다. 그러고는 바느질에 매달렸고 다시는 입을 열지 않았다. 하지만 손턴은 그녀를 훔쳐보지 않을 수 없었고 그녀의 몸이 한숨으로 진동하는 걸 보았다. 마치 익숙지 않은 한기에 떨고 있는 듯한 모습이었다. 그는 어머니가 "아기를 어르기도 하고 꾸짖기도 하다가"* 아기 얼굴에 어머니의 사랑에 대한 완벽한 신뢰를 나타내는 미소가 천천히 번지면서 아기가 어머니를 다시 사랑하게 되었음을 증명하기 전에 방에서 불려나갈 때 느낄 법한

---

* 리처드 에드워즈의 시 「나의 헐벗은 침대로 가며」의 구절. 아기를 재우는 어머니의 사랑을 불화로 등을 돌렸던 친구들이 이룬 화해에 비유한 시다.

심정을 그대로 느끼고 있었다. 그는 짤막하고 날카로운 대답만 하고 있었다. 농담과 진담을 구분할 수 없어서 불안하고 짜증이 나 있었던 것이다. 그는 마거릿이 시선을 주거나 말을 걸면 속죄하는 겸허한 자세로 납작 엎드리려고 애타게 기다리고 있었다. 하지만 그녀는 시선을 보내지도, 말을 걸지도 않았다. 그녀의 가느다란 손가락들이 날래게 바느질을 했다. 바느질이 평생의 업이라도 되는 듯한 견실하고 민첩한 손놀림이었다. 손턴은 그녀가 자신에게 관심조차 없는 모양이라고 생각했다. 그게 아니라면 자신의 간절한 바람을 느끼고 잠시라도 눈을 들어 자신의 뒤늦은 후회를 읽었을 테니까. 떠나기 전에 그녀를 때리기라도 해서 공공연한 무례를 범했다면 그의 심장을 좀먹는 회한을 그녀에게 말할 수 있는 특권을 얻었을 텐데. 그는 밖으로 나가서 한참을 걸었다. 이런 저녁을 마무리하기에 좋은 방법이었다. 그는 냉정을 되찾고 앞으로는 마거릿을 가능한 한 적게 만나겠다는 엄숙한 결의를 굳혔다. 그녀의 얼굴과 모습만 봐도, 청아한 선율을 지닌 부드러운 바람 같은 그녀의 목소리만 들어도 마음의 균형을 잃고 마니까. 그래! 그는 사랑이 뭔지 알고 있었다. 사랑은 날카로운 고통, 격렬한 경험이었다. 그리고 그는 지금 활활 타오르는 사랑의 불길 속에서 몸부림치고 있었다! 하지만 그 용광로를 지나 중년의 평온함을 향해 꿋꿋이 나아갈 터였다. 사랑이라는 위대한 열정을 알게 되었기에 더 풍부하고 인간적인 나이를 향해.

손턴이 좀 갑작스럽게 자리를 뜨자 마거릿은 의자에서 일어나 조용히 바느질감을 챙겼다. 긴 솔기가 제법 묵직했고 팔에 힘도 빠져서 유난히 무게감이 크게 느껴졌다. 그녀의 둥근 얼굴이 길쭉해진 듯했고, 전체적인 모습이 피로에 지친 하루를 보낸 사람 같았다. 세 사람이 잠자리에 들려고 준비할 때 벨 씨가 손턴을 비난하는 말을 웅얼거렸다.

"성공이 사람을 망쳐놔도 그렇게까지 망쳐놓다니. 농담 한마디 못 받아들이잖아. 무슨 말을 해도 다 그 대단한 자존심을 건드리는 것 같아. 전에는 소탈하고 기품이 있었는데. 자만심이 없어서 무슨 말을 해도 기분 나쁘게 받아들이지 않았거든."

"지금도 자만심은 없어요." 테이블 앞에 서 있던 마거릿이 돌아서며 조용하고 분명하게 말했다. "오늘밤엔 그 사람답지 않던데요. 여기 오기 전에 안 좋은 일이 있었나봐요."

벨 씨가 안경 너머로 날카로운 눈길을 보냈다. 마거릿은 아주 차분하게 그 눈길을 받았다. 하지만 그녀가 방에서 나가자 벨 씨가 불쑥 물었다.

"헤일! 혹시 손턴과 자네 딸 사이에 프랑스인들이 탕드레스*라고 부르는 감정이 있다고 생각해본 적 없나?"

"전혀요!" 헤일 씨가 뜻밖의 말에 처음엔 놀랐다가 다음엔 당황해서 어쩔 줄 몰라하며 말했다. "아니, 잘못 보셨습니다. 잘못 보셨을 거예요. 만약 뭔가가 있다면 손턴 혼자만의 감정이겠지요. 불쌍한 친구! 전 손턴이 마거릿에게 특별한 감정이 없다고 믿습니다. 그런 감정이 없길 바라고요. 마거릿은 절대 손턴을 받아들이지 않을 테니까요."

"그래! 난 독신이고 평생 연애라곤 모르고 살아왔으니 그런 의견을 낼 자격이 없을 수도 있지. 하지만 마거릿한테 아주 분명한 징후들이 보였어!"

---

* tendresse. 프랑스어로 '애정'이라는 뜻.

"그럼 잘못 보신 겁니다. 손턴은 마거릿을 좋아할 수도 있어요. 가끔 마거릿이 무례할 정도로 심하게 굴긴 했지만요. 그렇지만 마거릿은! 마거릿은 절대 손턴을 마음에 두지 않을 겁니다. 확실해요! 그런 생각은 해본 적도 없을 거예요." 헤일 씨가 말했다.

"생각과 감정은 다르지. 아무튼 난 그럴 수도 있다는 가능성을 제기했을 뿐이네. 내 생각이 틀렸던 것 같군. 내 생각이 틀렸든 맞았든 난 지금 무척 졸리네. 시기에 맞지 않는 상상으로 자네의 잠을 방해해놓고 난 편안한 마음으로 자러 가야겠어."

하지만 헤일 씨는 그런 말도 안 되는 생각 때문에 잠을 설치지는 않으리라 결심했다. 그래서 그 생각은 하지 않겠다고 결의하느라 밤을 지새웠다.

벨 씨는 다음날 떠나면서 마거릿에게 무슨 일이 생기면 꼭 도움과 보호를 청하라고 일렀다. 그리고 헤일 씨에겐 이렇게 말했다.

"자네의 딸 마거릿이 내 마음 깊은 곳까지 들어왔네. 아주 소중한 보물이니 잘 돌보게. 밀턴에 살기엔 너무 아까운 애야. 옥스퍼드에만 어울리지. 옥스퍼드 사람들 말고 도시 자체를 말하는 거네. 난 아직 마거릿에게 어울리는 짝을 찾지 못했어. 그런 청년을 찾게 되면 데려와서 자네 딸 옆에 세울 걸세. 아라비안나이트의 지니가 요정 공주 바두라의 짝으로 카랄마잔 왕자를 데려온 것처럼 말일세."

"제발 그러지 마세요. 그 일로 어떤 불행이 따랐는지 아시잖습니까.*

* 『아라비안나이트』의 이야기에서 요정 마이모네와 다나시의 힘으로 카랄마잔 왕자와 바두라 공주는 서로를 만나고 사랑에 빠져 부부가 되지만, 우연한 사고로 헤어져 아주 오래 만나지 못한다.

그리고 전 마거릿 없인 못 삽니다."

"그래. 다시 생각해보니 십 년 후 우리가 까다로운 늙은 병자가 되면 마거릿의 보살핌을 받아야겠군. 농담이 아닐세, 헤일! 난 자네가 밀턴을 떠났으면 해. 내가 추천해서 오긴 했지만 자네에게 전혀 어울리지 않는 곳이야. 자네가 온다면 난 종교적 의심을 거두고 대학에서 주는 성직을 받아들이겠네. 자네와 마거릿은 목사관에 와서 살면 돼. 자네는 평신도 목사보가 되어 하층민들을 맡아주고, 마거릿은 주부가 되는 거지. 그래서 낮에는 마을의 바운티풀 부인* 노릇을 하고 밤에는 우리에게 책을 읽어주고. 그렇게 산다면 정말 행복할 거야. 자네는 어떻게 생각하나?"

"안 됩니다!" 헤일 씨가 단호하게 말했다. "전 이미 큰 변화를 시도했고 그 대가를 톡톡히 치렀습니다. 전 평생 여기서 살다가 여기 묻힐 겁니다, 대중 속에서요."

"그래도 난 포기하지 않겠네. 다만 지금은 이쯤 해둠세. 진주**는 어디 있지? 마거릿, 이리 와서 작별키스를 해주려무나. 내 능력이 닿는 한, 네 진정한 친구가 되어주마. 넌 내 자식이다, 마거릿. 그걸 잊지 마라. 신의 은총을 빈다!"

그리하여 그들은 다시 조용하고 단조로운 삶으로 돌아갔고, 그들에게는 앞으로도 계속 그런 삶이 이어질 터였다. 희망이나 두려움을 안겨줄 병자도 없었고, 지금까지 초미의 관심사였던 히긴스 가족에 대해서도 크게 신경쓸 필요가 없었다. 마거릿은 엄마까지 잃고 고아가 된 바

---

* 극작가 조지 파쿼의 희극 「구혼 작전」에 등장하는 돈 많고 자비로운 부인.

** '마거릿'은 '진주'를 뜻하는 고대 그리스어 '마르가리테스'에서 파생된 이름이다.

우처의 아이들을 성심껏 돌봐주었다. 그녀는 아이들을 맡아 키우고 있는 메리 히긴스에게 무척 자주 찾아갔다. 이제 두 가족이 한집에서 살고 있었는데 큰애들은 초라한 학교에 보내고 어린애들은 집에서 보살폈다. 메리가 일하러 나가고 없을 때는 바우처가 죽은 날 현명한 대처로 마거릿을 감동시킨 친절한 이웃이 아이들을 맡아주었다. 물론 그녀에게는 수고비가 지급되었다. 니컬러스는 이 고아들을 위해 세세한 계획을 세우고 조처를 취할 때 냉정한 판단력과 정돈된 사고를 보여주었는데, 과거의 괴벽스럽고 충동적인 모습과는 사뭇 달랐다. 그는 일도 아주 착실히 나가서 마거릿은 그 겨울 몇 달 동안 그를 자주 만날 수 없었다. 그리고 어쩌다 만나도 그는 자기 자식들처럼 거둬 키우고 있는 아이들의 아버지 얘기가 나오면 움찔하면서 피했다. 손턴에 대한 얘기도 그리 쉽게 하지 않았다.

"솔직히 말해서, 그는 사람을 아주 헷갈리게 합니다. 한 사람이 아니라 두 사람인 셈이죠. 제가 옛날에 알던 지독한 공장주 손턴과 공장주다운 데가 한푼어치도 없는 손턴. 그 두 사람이 어떻게 한 몸으로 합쳐졌는지 저로선 도저히 풀 수 없는 수수께끼라니까요. 그래도 포기하진 않을 겁니다. 참, 여기 꽤 자주 찾아옵니다. 바로 그래서 그의 인간미를 발견하게 된 거지요. 제가 그에게 놀라는 것처럼 그쪽도 저한테 많이 놀란 것 같습니다. 제가 어디서 새로 잡혀온 이상한 동물이라도 되는 것처럼 저를 빤히 보며 앉아서 제 말을 열심히 듣는 걸 보면 말입니다. 그래도 저는 절대 주눅들지 않지만요. 제 집에서 저를 주눅들게 만들기가 여간 어려운 일이 아니라는 걸 그도 알 겁니다. 저는 그가 더 젊었을 때 들었으면 더 좋았을 얘기도 해주지요."

"그럼 뭐라고 대꾸는 안 하나요?" 헤일 씨가 물었다.

"글쎄요! 제가 그를 좀 개선시켜준 공은 인정받아야겠지만, 그쪽만 덕을 보고 있다고는 할 수 없지요. 가끔 그도 거친 말을 한두 마디 하는데, 처음 들을 땐 마음에 안 들어도 곱씹어 생각해보면 묘하게도 옳은 데가 있거든요. 아마 오늘도 올 겁니다. 아이들 학교 문제 때문에요. 아이들 학교가 마음에 안 들어서 아이들 실력을 좀 확인하려고요."

"애들이 뭘……" 헤일 씨가 질문하기 시작했으나 마거릿이 그의 팔을 잡으며 자신의 시계를 보여주었다.

"일곱시가 다 됐어요. 이제 밤이 길어지고 있잖아요. 그만 가요, 아버지." 마거릿이 말했다. 그녀는 히긴스의 집에서 멀어질 때까지 숨도 제대로 쉬지 못했다. 하지만 냉정을 되찾자 그렇게 서둘러 나오지 말 걸 그랬다는 생각이 들었다. 요즘은 어쩐 일인지 손턴을 만나기가 무척 어려웠던 것이다. 오늘밤 그가 히긴스를 만나러 올 수도 있었고, 옛 우정을 생각해서 그를 만나고 싶었다.

그랬다! 손턴은 발길이 뜸해진 상태였다. 수업이라는 사무적인 목적면에서도 말이다. 헤일 씨는 불과 얼마 전까지만 해도 그리스문학에 그토록 뜨거운 관심을 보이던 제자가 열정이 식어버린 것에 무척이나 실망했다. 수업시간 직전에 바쁜 일이 있어서 오늘 저녁엔 책을 읽으러 올 수 없다는 급한 전갈이 도착하는 일이 빈번했다. 이제 다른 제자들에게 할애하는 시간이 손턴보다 더 많은 시간을 차지하고 있긴 했지만, 그래도 헤일 씨에게는 첫 제자만큼 소중한 제자가 없었다. 그는 자신에게 무척이나 소중해진 교류가 부분적으로 단절되자 우울과 슬픔에 빠졌고, 그런 변화의 이유에 대해 골똘히 생각해보곤 했다.

그러던 어느 날 저녁, 헤일 씨는 갑작스러운 질문으로 바느질을 하던 마거릿을 깜짝 놀라게 했다.

"마거릿! 손턴이 너를 좋아한다고 생각할 만한 이유가 있었던 적이 있니?"

그는 그런 질문을 하며 얼굴을 붉혔다. 하지만 그 자리에서 아니라고 일축했던 벨 씨의 말이 생각나 자신도 모르게 불쑥 묻게 된 것이다.

마거릿은 즉시 대답하지 않았지만 헤일 씨는 고개를 떨구는 딸을 보고 어떤 대답을 할지 짐작할 수 있었다.

"네, 그런 것 같아요…… 오, 아버지, 진작 말씀드렸어야 했는데." 그녀는 바느질감을 떨어뜨리고 손으로 얼굴을 감쌌다.

"아니다, 얘야. 내가 호기심이 지나치다는 생각은 하지 말아다오. 네가 그의 마음을 받아줄 수 있었다면 내게 말했겠지. 손턴이 그런 얘기를 하더냐?"

마거릿은 처음엔 대답하지 않다가 이윽고 마지못해 천천히 말했다. "네."

"그런데 거절한 거야?"

마거릿은 긴 한숨을 쉬고는 더욱 곤혹스럽고 무력한 태도를 보이다가 다시 "네" 하고 대답했다. 그러나 아버지가 뭐라고 말할 사이도 없이 아름다운 수치심으로 붉어진 얼굴을 들고 아버지를 똑바로 응시하며 말했다.

"아버지, 거기까지 말씀드렸으니 더이상은 말 못해요. 그 모든 것이 제게는 너무 고통스러워서요. 그 일과 관련된 모든 말, 모든 행동이 말할 수 없이 고통스러워서 그것에 대해 생각조차 할 수가 없어요. 오, 아버지, 소중한 친구를 잃게 만들어서 정말 죄송해요. 하지만 저도 어쩔 수가 없었어요…… 하지만, 아아! 정말 죄송해요." 그녀는 바닥에 주저앉더니 아버지의 무릎에 머리를 얹었다.

"얘야, 나도 미안하구나. 벨 선생님이 그런 말을 꺼내서 깜짝 놀랐는데……"

"대부님이요! 세상에, 대부님이 그걸 아셨어요?"

"조금. 벨 선생님은 네가, 어떻게 말해야 하지? 네가 손턴에게 마음이 없지는 않은 것 같다고 하시더구나. 난 그럴 리 없다는 걸 알았지. 그 모든 게 상상에 지나지 않길 바랐다. 난 네 진심을 너무 잘 아니까, 네가 그런 식으로 손턴을 좋아할 수 있으리라곤 생각하지 않았거든. 그렇지만 정말 유감스럽구나."

그들은 몇 분 동안 아무 말 없이 가만히 앉아 있었다. 잠시 후 딸의 뺨을 어루만지던 헤일 씨는 딸의 얼굴이 눈물로 젖어 있는 걸 보고 충격에 빠졌다. 마거릿은 아버지의 손길을 느끼고 벌떡 일어나 억지로 미소 지으며 레녹스 부부에 대해 얘기하기 시작했다. 화제를 돌리고 싶어 하는 그녀의 열망이 너무도 강해서 마음 착한 헤일 씨는 다시 손턴 얘기로 돌아갈 수가 없었다.

"내일, 그래요, 내일 그들이 할리 스트리트로 돌아와요. 오, 얼마나 이상할까! 어떤 방을 아기방으로 꾸밀까요? 쇼 이모님은 아기와 함께라면 행복하실 거예요. 이디스가 엄마라니! 그리고 레녹스 대령은…… 이제 군생활을 정리했으니 무슨 일을 할까요?"

그녀의 아버지는 딸이 이 흥미로운 화제에 푹 빠지기를 간절히 바라는 마음으로 말했다. "한 보름쯤 널 런던에 보내 레녹스 가족과 만나게 해줘야겠다. 헨리 레녹스와 만나서 프레더릭 일에 대해 삼십 분만 얘기해보면 승산이 얼마나 있는지는 프레더릭이 보낸 편지를 열 통 넘게 읽는 것보다 더 잘 알게 될 거야. 그러니까 런던에 가서 용무도 보고 즐기기도 하는 거지."

"아뇨, 아버지는 저 없이 혼자는 못 지내세요. 게다가 저도 가고 싶지 않고요." 마거릿은 잠시 침묵했다가 덧붙였다. "전 슬프게도 오빠에 대한 희망을 잃어가고 있어요. 오빠는 우리의 기대를 조용히 저버리고 있어요. 레녹스 씨도 몇 년 안에 증인들을 찾아낼 희망을 갖지 못하고 있을 거고요. 아녜요. 그 거품은 정말 아름다웠고 우리에게 무척이나 소중했지만, 다른 많은 거품들처럼 터져버렸어요. 오빠가 행복하게 살고 있고 우리가 서로에게 소중한 존재라는 사실에 우리 스스로 위안을 얻어야죠. 그러니 아버지, 저 없이 혼자서도 지내실 수 있다는 말로 제 마음을 아프게 하지 마세요. 아버지는 저 없이는 못 사시니까요."

하지만 변화에 대한 생각은 마거릿의 마음에 뿌리를 내리고 자라나기 시작했다. 아버지가 제안한 그런 방식의 변화는 아니었지만 말이다. 헤일 씨는 늘 마음이 약한데다 이제 너무 자주 우울에 빠졌고, 어디가 아프다는 말은 전혀 하지 않았지만 아내의 병과 죽음으로 건강에도 심각한 타격을 입은 상태였다. 그래서 마거릿은 아버지에게 모종의 변화가 필요하다고 생각했다. 헤일 씨는 정해진 시간에 제자들과 책을 읽었지만, 주기만 하고 받는 건 없는 관계였기에 손턴을 가르칠 때처럼 우정을 느낄 수가 없었다. 마거릿은 아버지가 자신도 모르게 결핍에, 남자들과 나누는 교류의 결핍에 시달리고 있음을 의식했다. 헬스톤에서는 이웃 목사들과 지속적으로 왕래했고 가난한 일꾼들과도 들판에서

나 저녁때 일을 마치고 느긋하게 터벅터벅 집으로 돌아갈 때, 혹은 숲에서 소들을 돌볼 때 자유로이 대화를 나눌 수 있었다. 그러나 밀턴에서는 모두들 너무 바빠서 조용히 이야기를 나누거나 성숙한 생각의 교류를 할 수 없었다. 하는 이야기라곤 일, 현재, 실제에 관한 것뿐이었고 일상적인 업무와 관련된 긴장이 풀리면 다음날 아침까지 휴식에 들어갔다. 노동자들은 하루일이 끝나면 각자의 취향에 따라 강연장이나 클럽이나 맥줏집에 가버리고 아무도 남지 않았다. 헤일 씨는 문화회관에서 강의해볼 생각도 했지만 그저 의무로만 여길 뿐 자신의 일과 그 목적에 대한 뜨거운 애정은 거의 품지 않았다. 마거릿은 아버지가 열정을 갖고 바라보지 않는 한, 그 일이 잘될 수는 없으리라고 확신했다.

16장

여로의 끝

새들이 길 없는 길을 보듯 나도 나의 길을 보네.
결국 도착하리라! 언제인지, 첫 순회지는 어디인지
나는 묻지 않네. 하느님께서 우박이나 눈멀게 하는 불덩이
진눈깨비, 숨막히는 눈을 내리시지 않는다면
언젠가는—하느님 좋으신 때에—나 도착하리니.
하느님은 나와 새들을 인도하시니. 하느님 좋으신 때에!
—브라우닝의 『파라켈수스』*

그렇게 겨울은 지나가고 낮이 길어지기 시작했지만, 그들에겐 2월의 햇살이 으레 가져다주는 밝은 희망이 찾아오지 않았다. 손턴 부인은 당연히 그들의 집에 완전히 발길을 끊었다. 손턴은 가끔 찾아왔지만 헤일 씨만 만나러 와서 서재에만 있다가 돌아갔다. 헤일 씨는 그에 대해 예전과 다름없이 이야기했다. 그와의 교류가 무척이나 뜸해지다보니 그에게 더 큰 가치를 두게 된 듯했다. 마거릿은 아버지에게 전해들은 손턴의 말을 토대로 그의 발길이 뜸해진 것이 노여움이나 분노 때문은 아님을 짐작할 수 있었다. 그의 사업이 파업 기간 동안 복잡하게 꼬여서 지난겨울보다 더 세심한 주의를 기울여야 했던 것이다. 아버지는 손

* 19세기 영국 시인 로버트 브라우닝의 극시집. 로버트 브라우닝은 엘리자베스 배럿 브라우닝과 부부지간이었다.

턴이 이따금 그녀 얘기도 했으며 그때마다 침착하고 우호적인 태도를 보였다고 전했다. 그녀의 이름을 언급하는 걸 굳이 피하지는 않지만, 그렇다고 일부러 그녀 얘기를 꺼내려 하지도 않았다는 것이다.

마거릿은 아버지의 마음을 밝게 해줄 기분이 아니었다. 현재의 음울한 평온함은 오래 이어진 불안과 심지어 폭풍우들까지 섞인 근심 끝에 온 감정이라, 정신적 탄력을 잃어버리고 만 것이다. 그녀는 바우처의 어린 두 아이를 가르치는 일을 맡아 잘해보려고 무척 애쓴 나머지, 그 일이 끝나면 심장이 마비된 느낌을 받기도 했다. 하지만 시간을 엄수해가면서 극도로 애를 써도 도무지 생기를 찾을 수가 없었다. 그녀의 삶은 여전히 황량하고 음울했다. 그나마 한 가지 잘하는 일은 무의식적인 효심으로 아버지를 조용히 위로하는 것이었다. 그녀는 아버지의 어떤 기분에도 기꺼이 공감해줄 수 있었고, 아버지의 어떤 바람도 열심히 예측해 이루어줄 수 있었다. 아버지는 바라는 것이 있어도 조용히 입을 다물고 있었고 어쩌다 말하게 되어도 주저하며 미안하다는 표현을 덧붙였다. 그래서 마거릿이 보이는 온순한 복종의 자세는 더욱더 완전하고 아름다웠다. 3월에 프레더릭의 결혼 소식이 날아왔다. 프레더릭과 돌로레스가 편지를 보내왔는데, 돌로레스가 에스파냐식 영어를 사용하는 건 당연했지만 프레더릭도 단어들을 살짝 변화시키거나 도치하곤 하는 것이 신부네 나라에서 쓰는 영어에 얼마나 많은 영향을 받았는지 보여주었다.

프레더릭은 사라진 증인들을 찾아내지 못하면 군법재판에서 혐의를 벗을 희망이 거의 없다는 헨리 레녹스의 통보를 받고, 마거릿에게 영국 국적을 포기하겠다는 내용을 담은 격분에 찬 편지를 보내왔다. 차라리 국적이 없는 게 낫겠고, 설령 사면된다 해도 받아들이지 않을 것이며, 영국에서 사는 것이 허용되어도 살지 않겠다는 것이었다. 그 편지를 읽고 마거릿은 몹시 울었다. 처음 편지를 읽었을 때는 오빠의 반응이 너무 비정상적인 것 같았지만, 다시 생각해보니 그런 독한 말들에는 희망이 무참히 꺾인 실망감이 들어 있었다. 마거릿은 오빠가 인내심을 갖고 견디는 수밖에 없다고 결론지었다. 다음 편지에서 프레더릭은 과거에 대해선 아무 생각도 없는 듯 즐겁게 미래 이야기를 했고, 마거릿은 오빠가 꼭 가졌으면 했던 인내심이 자신에게 필요하다는 걸 깨달았다. 그녀는 인내심을 갖고 참아야 했다. 그래도 돌로레스의 예쁘고 소심하고 소녀다운 편지들은 마거릿과 아버지를 사로잡기 시작했다. 이 어린 에스파냐 아가씨는 사랑하는 사람의 영국 가족에게 좋은 인상을 주고 싶어 애쓰는 기색이 역력했다. 편지를 지우고 고쳐쓴 부분마다 여성스러운 세심함이 엿보였으며, 결혼을 알리는 편지와 함께 화려한 검정 만티야*를 보내왔다. 한 번도 만나지 못했지만 프레더릭이 아름다움과 지혜, 미덕의 전형이라고 소개한 시누이를 위해 돌로레스가 직접 고른 것이었다. 프레더릭의 세속적인 지위도 이 결혼으로 그들이 만족할 만한 높은 수준까지 올라갔다. 바르부르 회사는 에스파냐에서 가장 큰 회사들 중 하나였고 프레더릭은 거기서 하급 동업자로 받아들여졌다. 마거릿은 미소 짓다가 예전에 자신이 장사에 대해 비난했던 게 기억나서 한숨을 쉬었다. 그녀의 프뢰 슈발리에**인 오빠가 상인이, 장사꾼이 된 것이다! 하지만 그녀는 그런 자신의 생각에 맞서며 에스파냐 상인

* 에스파냐 여자들이 머리부터 어깨까지 덮어서 쓰는 베일.

** preux chevalier. 프랑스어로 '용맹한 기사'라는 뜻.

과 밀턴 공장주를 혼동해선 안 된다고 생각했다. 흠! 장사든 아니든, 오빠는 아주, 아주 행복해. 돌로레스도 분명 매력적인 아가씨이고 만티야도 정말 아름다워! 마거릿은 그렇게 결론짓고 현실로 돌아왔다.

헤일 씨는 봄이 되면서 가끔 호흡 곤란을 겪게 되었고 그것 때문에 몹시 괴로워했다. 그런 증상은 간간이 보여서 마거릿은 아버지보다는 겁을 덜 먹었지만, 아버지가 모든 근심걱정을 떨쳐내길 바라는 마음이 너무도 컸기에 4월에 옥스퍼드로 와달라는 벨 씨의 초대를 꼭 받아들여야 한다고 아버지를 재촉했다. 벨 씨의 초대에는 마거릿도 포함되어 있었다. 아니, 특별히 그녀에게 오라고 명령하는 편지를 보내기까지 했다. 하지만 그녀는 집에 조용히 남아 있는 게 더 편안할 듯했다. 모든 책임에서 벗어난 상태로, 이 년 넘게 누리지 못한 마음의 휴식을 취할 수 있을 테니까.

아버지가 마차를 타고 기차역으로 떠나자 마거릿은 자신이 얼마나 오래, 얼마나 심하게 부담감에 시달리며 살아왔는지 새삼 느낄 수 있었다. 무한한 자유가 놀랍고 아찔하기까지 했다. 이제 그녀에게 기대어 행복까지는 아니더라도 격려어린 보살핌을 얻는 사람도 없었고, 대책을 세워줘야 하는 병자도 없었다. 빈둥거려도 되고, 침묵하고 있어도 되고, 건망증이 있어도 괜찮았다. 그 모든 특권 중에서 가장 좋은 건, 불행해하고 싶으면 마음껏 불행해해도 된다는 것이었다. 지난 몇 달 동안은 사적인 근심이나 문제를 컴컴한 벽장에 처박아두어야만 했지만 이제 그것들을 꺼내 슬퍼하고, 그 본질을 연구하고, 그것들을 억눌러 평화의 요소로 만들 진정한 방법을 모색할 여유가 생겼다. 요 몇 주 동안 그것들은 눈에 보이지 않는 곳에 숨겨져 있었지만 그녀는 둔하게나마 그 존재를 의식하고 있었다. 이제 오직 한 번 그것들에 대해 찬찬히 생각하고 자신의 삶에서 그것들이 각각 올바른 역할을 하도록 할 참이었다. 그리하여 그녀는 응접실에서 거의 미동도 않고 몇 시간씩이나 앉아 그 모든 쓰라린 기억을 결연히 되새겼다. 딱 한 번 울었는데 그 수치스러운 거짓말을 낳은 신실하지 못함이 못내 한스러워서였다.

이제 그녀는 자신이 거짓말할 수밖에 없도록 만든 유혹의 힘조차 인정할 수 없었다. 그녀가 프레더릭을 위해 세운 계획들은 모두 실패했고, 거짓말의 유혹은 죽은 조롱거리로 거기 누워 있었다. 아예 생명을 얻지 못한 조롱거리. 뒤이은 사건들을 생각하면 그 거짓말은 한심하기 짝이 없는 바보짓이었다. 진실의 힘을 믿는 건 무한히 위대한 지혜였고!

마거릿은 불안하게 동요하는 상태에서 테이블에 놓인 아버지의 책을 무심코 펼쳤다. 눈에 들어오는 글귀가 극심한 자기비하에 시달리는 그녀를 위해 쓰인 듯했다.

> '오만불손한 놈아, 하느님을 배반하고 저버렸으니 수치심으로 죽어라.' 나는 이런 식으로, 아니면 이 비슷한 말로 내 마음을 꾸짖고 싶지 않다. 연민의 말로 나를 바로잡고 싶다. '나의 가련한 마음아, 우리는 피하고자 결심한 구렁텅이에 떨어지고 말았다. 아! 우리 일어나서 이 구렁텅이를 영원히 떠나자. 하느님의 자비를 구하고, 그 자비가 앞으로는 우리를 더 결연하게 해주기를 소망하면서, 우리 다시 겸손의 길을 찾자. 용기를 내자. 앞으로는 우리가 스스로를 지킬 수 있도록. 하느님이 우리를 도우실 것이다.*

마거릿은 속으로 생각했다. '겸손의 길. 아, 내가 놓친 게 그거야! 하지만 용기를 내자, 내 마음아. 우리는 돌아갈 거야. 그리고 하느님의 도움으로 잃어버린 길을 찾게 될 거야.'

그녀는 벌떡 일어나 당장 근심을 잊게 해줄 일을 시작하기로 결심했다. 우선 위층으로 올라가려고 응접실 앞을 지나가는 마사를 불러들인 다음, 그 엄숙하고 정중하고 하인다운 태도 속에 감춰진 본모습을 알아보려는 시도를 했다. 거의 기계적인 복종의 자세가 그녀의 개성을 딱딱한 껍질처럼 덮고 있었던 것이다. 마사가 사적인 관심사를 털어놓도록 유도하는 건 쉽지 않았지만 결국 손턴 부인 얘기로 그녀의 마음을 열 수 있었다. 손턴 부인 이름이 나오자 마사는 얼굴이 환해졌고 마거릿이 조금 부추기자 긴 이야기를 꺼내놓았다. 이야기의 요지는 다음과 같았다. 마사의 아버지는 젊은 시절에 손턴 부인의 남편과 인연을 맺게 되었는데, 어떤 친절이었는지는 자신이 너무 어렸을 때 일이라 잘 모르겠지만 당시엔 손턴 부인의 남편에게 친절을 베풀 수 있는 위치에 있었다. 이런저런 사정으로 두 가족은 마사가 거의 어른이 될 때까지 만나지 못했으며 원래 창고 직원이었던 그녀의 아버지는 그동안 추락을 거듭했고 어머니는 세상을 떠나고 말았다. 그때 손턴 부인이 수소문해서 찾아와 보살펴주지 않았더라면 마사와 동생은, 마사 자신의 표현을 빌리자면 '지옥에 떨어졌을' 터였다.

"전 열병에 걸려 있었고 무척 허약했거든요. 손턴 부인이, 그리고 손턴 씨도, 제가 다 나을 때까지 그 집에서 쉬지 않고 간호해줬어요. 바닷

---

* 성 프란치스코 살레지오의 『경건한 삶에의 입문』. 원문은 프랑스어로 되어 있다.

가에 보내주기도 하고요. 의사들이 그 열병이 전염되는 거라고 했지만 그분들은 신경도 안 쓰셨다니까요. 패니 아가씨만 빼고요. 패니 아가씨는 결혼할 사람 집에 가 있었죠. 그때 패니 아가씨가 겁먹긴 했지만 다 잘 끝났어요."

"패니 양이 결혼한다고?" 마거릿이 외쳤다.

"네, 부자하고요. 신랑이 나이가 한참 많긴 하지만요. 이름은 왓슨이에요. 헤일리 너머에 공장이 있대요. 아주 잘하는 결혼이에요. 신랑이 백발이 성성하긴 하지만."

그 소식을 들은 마거릿은 긴 침묵에 빠져들었고 그사이에 마사는 예의와 짤막하게 대답하는 버릇을 되찾았다. 마사는 벽난로 청소를 하고 몇시에 차를 준비해야 하는지 묻더니 아까 들어올 때와 똑같은 딱딱한 표정으로 나갔다. 마거릿은 최근에 생긴 나쁜 습관, 손턴과 관련된 얘기를 들을 때마다 그 일이 손턴에게 어떤 영향을 미칠지, 그가 그 일을 좋아할지 싫어할지 상상하는 일에 빠지지 않도록 마음을 다잡아야 했다.

이튿날엔 바우처의 아이들에게 공부를 가르치고 나서 긴 산책을 나갔다가 메리 히긴스에게 들렀다. 놀랍게도 니컬러스가 벌써 일을 마치고 돌아와 있었다. 해가 길어져서 시간이 늦은 걸 모르고 있었던 것이다. 니컬러스 역시 태도 면에서 겸손의 길로 들어선 것 같았다. 전보다 조용해지고 자기주장도 강하지 않았다.

"아버님은 여행을 떠나셨다고요? 애들이 그럽디다. 음! 똑똑한 애들이오. 똑똑한 걸로 치면 내 딸들보다 낫다 싶다니까. 이런 말은 하면 안 되는지도 모르지만, 딸 하나는 무덤에 있고. 날씨 때문에 사람들이 싸돌아다니는 것 같소. 저기 저 우리 공장 사장도 세계를 돌아다니고 있지."

"그래서 오늘은 이렇게 일찍 집에 오신 건가요?" 마거릿이 천진난만하게 물었다.

"모르는 소리 하지 마시오." 니컬러스가 경멸적으로 말했다. "난 두 얼굴을 가진 사람이 아니오. 사장 앞에서 보이는 얼굴과 뒤에서 보이는 얼굴이 다른 사람이 아니란 말이오. 밀턴의 시계란 시계는 다 친 다음에야 퇴근했지. 그럼! 손턴은 싸울 만한 대상은 되지만 속이기에는 너무 훌륭한 인물이오. 아가씨가 나를 거기 넣어줬으니 그 점에 대해선 고맙게 생각해요. 시간이 지나면서 보니 손턴 공장은 나쁜 공장이 아니더구먼. 얘야, 거기 서서 마거릿 아가씨에게 고운 찬송가 좀 불러드려라. 그래, 똑바로 서서 오른팔을 꼬챙이처럼 쭉 뻗어. 하나 하면 정지, 둘 하면 그대로, 셋 하면 준비, 넷 하면 시작!"

꼬마는 뜻은 몰라도 흥겨운 리듬에 반한 감리교 찬송가를 국회의원 같은 능숙한 억양으로 거듭 불렀다. 마거릿이 그에 맞는 박수를 보내자 니컬러스는 다른 곡을 청하고 또 청했다. 마거릿은 그가 예전에는 거부했던 신성한 것들에 그런 식으로 이상하게, 무의식적으로 관심을 갖게 되었다는 사실을 발견하고는 큰 놀라움을 느꼈다.

마거릿은 차 마시는 시간이 지나서야 집에 도착했지만 기다리는 사람이 아무도 없는 것에 편안함을 느꼈다. 쉬는 동안 걱정스럽게 다른 사람의 기분을 살피지 않고 자신만의 생각에 빠질 수 있다는 점도 좋았다. 그녀는 차를 마신 후 커다란 편지통을 살펴보고 폐기해야 할 것들을 골라내기로 했다.

거기엔 헨리 레녹스가 프레더릭 문제와 관련해 보낸 편지가 네댓 통 있었다. 마거릿은 그 편지들을 다시 찬찬히 읽어보았는데, 처음에는 오빠의 결백을 입증할 가능성이 얼마나 되는지 확인하려는 의도밖에 없었다. 그런데 마지막 편지까지 읽고 가부를 따져보노라니 편지에 담긴 그의 성격이 어쩔 수 없이 눈에 들어왔다. 딱딱한 문체로 보아 레녹스 씨는 프레더릭 일에 관심을 갖고 있으면서도 자신과 그녀의 관계를 잊지 않고 있는 게 분명했다. 똑똑하게 잘 쓴 편지들이긴 했다. 마거릿은 그걸 한눈에 알 수 있었다. 하지만 따스하고 다정한 분위기는 찾아볼 수가 없었다. 그녀는 그래도 그 편지들을 소중히 간직하기로 하고 조심스럽게 한쪽에 모아놓았다. 이 작은 일이 끝나자 그녀는 공상에 잠겼는데, 이상하게 자꾸 아버지 생각이 났다. 혼자만의 시간(그러니까 결국 아버지의 부재)에 안도를 느꼈던 자신이 부끄럽기까지 했다. 그러나 지난 이틀간의 시간은 새로운 힘과 더 밝은 희망으로 그녀를 새로 일으켜주었다. 최근에는 의무로만 여겨졌던 여러 계획이 이제 즐거움으로 보였다. 병적인 비늘들이 눈에서 떨어져나가자 자신의 위치와 일이 더 확실하게 보였다. 손턴과의 잃어버린 우정을 되찾을 수만 있다면…… 아니, 예전처럼 가끔 집에 찾아와 아버지에게 힘을 북돋워주기만 해도 좋을 텐데. 앞으로 그를 영영 만날 수 없다고 해도, 자신의 미래는 설령 아주 멋지진 못하겠지만 분명하고 평탄할 터였다. 그녀는 잠자리에 들기 위해 일어나며 한숨을 지었다. '내게는 한 걸음으로 족하긴 하지만',* 아버지를 위한 한 가지 분명한 의무를 수행하는 것이지만 그녀의 가슴속엔 근심과 고통스러운 슬픔이 자리하고 있었다.

---

* 뉴먼 추기경의 시 「구름기둥」의 한 구절.

그 4월의 밤에 헤일 씨 또한 이상하게도 딸 생각이 머리에서 떠나질 않았다. 옛친구들을 만나고 추억의 장소들을 찾아다니느라 피곤한 상태였다. 그는 자신이 종교적 의견을 바꾼 것 때문에 자신을 맞이하는 친구들의 태도가 변했을 거라는 과장된 생각을 품고 옥스퍼드에 왔다. 하지만 몇몇 친구들은 그가 이론적 의미에서 타락한 데 충격을 받거나 슬픔을 느끼거나 분노했을지언정, 과거에 사랑했던 그의 얼굴을 보자마자 그 사실을 까맣게 잊거나 기억은 하더라도 더 다정하고 엄숙한 태도를 보일 정도였다. 사실 헤일 씨는 많은 사람들과 알고 지낸 건 아니었다. 작은 캠퍼스에 다닌데다 늘 수줍고 과묵했기 때문이다. 하지만 젊은 시절 그의 침묵과 우유부단함 속에 감춰진 섬세한 생각과 감정을 꿰뚫어본 사람들은 여자에게나 느낄 법한 보호본능에서 우러난 친절함으로 그를 대했다. 오랜 세월과 격동의 시기를 보낸 후 다시 받게 된 이 친절은 그 어떤 거친 태도나 못마땅함의 표현보다 더 그를 압도했다.

"너무 무리한 것 같군. 자네는 지금 밀턴의 공기 속에서 너무 오래 산 후유증을 겪고 있는 게야." 벨 씨가 말했다.

"피곤한 건 사실이지만 밀턴의 공기 때문은 아닙니다. 저도 이제 쉰다섯 살이에요. 그것만으로도 기력이 없는 것에 대한 설명이 되지요."

"당치 않은 소리! 난 예순이 넘었어도 짱짱하네. 육체적으로나 정신적으로나. 그런 소리 말게. 쉰다섯! 그 나이면 청춘이야."

헤일 씨는 고개를 저었다. "지난 몇 년은!" 그렇게 말하고는 잠시 침묵하다가 반쯤 누워 있던 벨 씨의 사치스러운 안락의자에서 몸을 일으켜 떨리는 열띤 목소리로 말했다.

"선생님! 저의 변심과 목사직 포기가 어떤 결과를 초래할지 미리 알았더라면…… 아니, 설령 아내가 얼마나 큰 고통을 받을지 알았다고 해도 그 일을, 제가 목사로 있는 교회의 믿음을 더이상 받아들일 수 없다는 사실을 공개적으로 인정하는 행위를 되돌리진 않았을 겁니다. 지금 생각해보니, 제가 사랑하는 사람의 고통이라는, 세상에서 가장 잔인한 순교의 고통을 미리 예견했다고 해도 저는 똑같이 공개적으로 교회를 떠났을 겁니다. 하지만 그 결과로 제 가족에게 했던 모든 일은 다르게 했을 수도 있지요. 더 현명하게요. 그런데 하느님께선 제게 과도한 지혜나 힘은 부여하시지 않은 것 같습니다." 그는 좀전의 자세로 돌아가며 덧붙였다.

벨 씨가 보란듯이 코를 풀고 나서 대꾸했다.

"하느님은 자네에게 자네 양심이 옳다고 여기는 일을 행할 힘을 주셨네. 우리에게 그보다 더 고귀하거나 신성한 힘은 필요치 않아. 지혜도 마찬가지고. 난 그 정도 힘이 없는데도 사람들은 그들의 멍청한 책들에 나를 현명한 사람으로 적어놓지. 개성이 있다느니, 심지가 굳다느니, 온갖 위선적인 말들을 다 늘어놓으면서. 하다못해 현관 깔개에 신발을 닦을 때조차 자신이 옳다고 생각하는 방식을 고수하는 사람이, 설령 그가 최고로 바보라고 해도 나보다 현명하고 강하다네. 하지만 세상 사람들은 순 얼간이들이지!"

침묵이 흐른 후, 헤일 씨가 자신이 생각하던 일을 말했다.

"마거릿 말인데요."

"그래! 마거릿. 뭔가?"

"만일 제가 죽으면……"

"무슨 그런 소리를!"

"마거릿은 어떻게 될지, 자주 생각합니다. 레녹스 부부가 같이 살자고 할 것 같아요. 그럴 거라고 생각하고 싶어요. 그애 이모도 조용히 마거릿을 사랑해줬지만, 눈에 안 보이면 잊어버리지요."

"그건 아주 흔한 결점이지. 레녹스 부부는 어떤 사람들인가?"

"레녹스는 미남에 달변이고 쾌활합니다. 이디스는 사랑스러운 응석받이 미녀고요. 마거릿은 이디스를 온 마음을 다해 사랑하고, 이디스는 마거릿에게 자신이 할애할 수 있는 만큼의 마음을 주지요."

"이보게, 헤일. 자네 딸이 내 마음을 거의 다 가졌다는 걸 자네도 알 걸세. 전에도 말했으니까. 물론 난 직접 만나보기 전에도 마거릿에게 커다란 관심을 갖고 있었네. 자네 딸이자 내 대녀니까. 하지만 이번엔 밀턴을 방문하면서 난 마거릿의 노예가 되었다네. 정복자의 마차를 기꺼운 마음으로 따라가는 늙은 제물이 되었지. 마거릿은 고난에 맞서 싸우며 살아왔고, 어쩌면 아직도 분투중일지 모르겠네만 승리를 눈앞에 둔 사람처럼 당당하고 침착해 보이거든. 그래, 그 모든 근심걱정을 견뎌내면서도 그런 얼굴을 하고 있어. 그래서 난 내가 가진 모든 걸 마거릿이 마음대로 쓸 수 있게 하겠네. 그애가 필요로 한다면 말이야. 그리고 내가 죽으면 그애가 필요로 하든 그렇지 않든 내 재산은 전부 마거릿의 것이 될 걸세. 더 나아가, 난 비록 예순 살이 넘었고 통풍까지 걸렸지만, 그애의 프뢰 슈발리에가 되어주겠네. 내 오랜 친구여, 진심이야. 자네 딸은 내가 가장 우선적으로 책임지고 보살피는 대상이 될 거고, 재치로든 지혜로든 기꺼운 마음으로든 내가 줄 수 있는 모든 도움을 주겠어. 나는 마거릿을 걱정할 대상으로 선택하는 건 아니야. 내가 옛날부터 아는데, 자네는 뭔가 걱정거리가 있어야 오히려 직성이 풀리는 사람이지. 그래도 자네는 나보다 훨씬 오래 살 걸세. 원래 마른 사람들이 늘 죽음을 유혹하면서도 잘 속여넘기거든! 나처럼 살집 좋고 혈색 좋은 사람들이 먼저 가고!"

벨 씨에게 앞을 내다보는 눈이 있었다면 거꾸로 된 횃불*과 지척에서서 친구를 손짓해 부르는 엄숙하고 침착한 얼굴의 천사를 보았을 터였다. 그날 밤 베개에 머리를 댄 헤일 씨는 다시는 베개 위의 머리를 움직이지 못했다. 아침에 그를 깨우러 온 하인이 아무 대답 없는 그에게 가까이 다가가보니 그 차분하고 아름다운 얼굴이 영원히 지워지지 않는 죽음의 봉인 아래 하얗고 차갑게 누워 있었다. 고인의 모습은 더할 수 없이 평온해 보였다. 아무런 고통도, 몸부림도 없었던 것이다. 침대에 누우면서 바로 심장이 멎은 듯했다.

벨 씨는 충격을 받아 정신이 멍해졌다가 하인의 제안에 화내기 시작하면서 정상으로 돌아왔다.

"검시? 헛. 내가 독이라도 먹였다고 생각하는 건 아니겠지! 포브스 선생이 심장질환의 자연스러운 결말이라고 했어. 불쌍한 헤일! 그 따뜻한 심장이 너무 일찍 수명을 다했군. 불쌍한 내 친구! 그래서 어제 그런 말을…… 월리스, 오 분 내로 여행가방을 싸게. 여기서 이렇게 떠들고 있다니. 당장 싸. 다음 기차로 밀턴에 가야 하니까."

그런 결심을 하고 이십 분도 안 되어 여행가방이 꾸려지고, 마차가 불려오고, 벨 씨는 기차역에 도착했다. 런던행 기차가 쌩 지나갔다가

* 삶의 소멸과 내생을 상징한다.

몇 미터를 후진했고 차장이 조바심치며 벨 씨를 급히 기차에 태웠다. 벨 씨는 좌석에 털썩 앉아 눈을 감고 어제까지 멀쩡히 살아 있던 사람이 어떻게 오늘 죽을 수 있을까 생각했다. 그러자 금세 그의 희끗희끗한 속눈썹 사이로 눈물이 새어나왔다. 그는 얼른 명민한 눈을 뜨고 결연히 밝은 표정을 지었다. 모르는 사람들 앞에서 울고 싶진 않았다. 절대로!

다른 승객이라곤 그와 같은 쪽에 멀찍이 앉아 있는 남자 하나가 다였다. 벨 씨는 자신의 감정적인 모습을 지켜봤을 수도 있는 그 남자가 어떤 태도를 취하고 있는지 슬쩍 훔쳐보았다. 활짝 펼친 〈타임스〉 뒤에 가려진 그 남자는 손턴이었다.

"아니, 손턴! 자네였나?" 벨 씨는 황급히 다가가며 말했다. 그는 손턴의 손을 잡고 격하게 흔들다가 갑자기 손을 놓았다. 눈물을 닦아내느라 손이 필요했던 것이다. 그가 손턴을 마지막으로 본 건 친구 헤일의 집에서였다.

"슬픈 용무로 밀턴에 간다네. 헤일의 딸에게 아버지의 갑작스러운 죽음을 알리려고!"

"죽음이라고요? 헤일 씨가 돌아가셨다고요?"

"그렇다네. '헤일이 죽었다'고 아무리 되뇌어도 도무지 실감이 안 나. 그렇지만 헤일은 죽었어. 어젯밤 멀쩡하게 잠자리에 들었는데 아침에 내 하인이 깨우러 가보니 차디찬 시체가 되어 있었지."

"어디서요? 무슨 말씀인지 모르겠네요!"

"옥스퍼드에서. 우리집에 와 있었거든. 십칠 년 만에 처음으로 옥스퍼드를 찾은 거지…… 그게 마지막이 되어버렸고."

십오 분 이상 침묵만 흘렀다. 이윽고 손턴이 말했다.

"그럼 그녀는!" 그러다 말을 뚝 끊었다.

"마거릿 말이겠지. 그래! 지금 마거릿에게 알리러 가는 거네. 불쌍한 친구! 어젯밤 온통 딸 생각뿐이더니! 맙소사! 불과 어젯밤 일인데. 그런데 지금은 얼마나 멀리 떠났는지! 하지만 난 헤일을 생각해서 마거릿을 내 자식으로 받아들일 걸세. 어젯밤엔 마거릿 자신을 생각해서 그 아이를 내 자식으로 받아들이겠다고 말했지. 그래, 두 사람을 다 생각해서 그렇게 할 작정이야."

손턴은 말을 꺼내려다 멈추고 꺼내려다 멈추기를 반복하다 마침내 입을 열었다.

"그녀는 앞으로 어떻게 될까요!"

"두 사람이 마거릿을 기다릴 것 같네. 그중 하나는 나지. 난 마거릿을 딸로 삼아 행복한 노년을 보낼 수 있다면 살아 있는 용이라도 집에 들여 마거릿의 샤프롱*으로 만들고 어엿한 가정을 꾸릴 생각이거든. 그렇지만 레녹스 부부가 있으니!"

"그들이 누굽니까?" 손턴이 떨리는 관심을 보이며 물었다.

"오, 런던 상류층 사람들이지. 마거릿에 대해서는 자신들에게 우선권이 있다고 생각할 거야. 레녹스 대령이 마거릿의 사촌과 결혼했지. 마거릿과 함께 자란. 훌륭한 사람들이야. 마거릿의 이모 쇼 부인도 있고. 내가 그 훌륭한 부인에게 청혼하는 방법도 있지만 그건 피잘레**지. 그리고 남동생도 있고!"

---

* 사교계에 나가는 젊은 여성의 보호자로 따라다니며 시중을 들어주는 중년 여성.

** pis aller. 프랑스어로 '최후의 수단'이라는 뜻.

"누구 남동생요? 이모요?"

"아니, 아니, 똑똑한 레녹스(대령은 바보지, 자네도 이해할 거야). 젊은 변호사. 그가 마거릿에게 구애할 걸세. 오 년 넘게 마거릿을 마음에 두고 있었거든. 그의 친구가 나한테 말해주더군. 마거릿이 돈이 없어서 그동안 망설여온 거지. 하지만 그 문제는 해결될 테니까."

"어떻게요?" 손턴은 너무 궁금한 나머지 실례가 되는 질문이라는 것도 의식하지 못했다.

"내가 죽으면 마거릿이 내 돈을 물려받을 거니까. 그 헨리 레녹스란 사람이 마거릿의 짝으로 반쯤만 만족스럽고 마거릿도 그를 좋아한다면…… 그래! 난 결혼을 통해 가정을 얻는 다른 방법을 찾을 수도 있지. 사실 난 무방비 상태에서 그 이모에게 유혹당할까봐 두렵거든."

벨 씨도 손턴도 웃을 기분이 아니어서 벨 씨가 이상한 말을 한 걸 의식하지 못했다. 벨 씨는 휘파람을 불었지만 쉬이익 하는 긴 숨소리만 나왔고, 좌석을 바꿨지만 편안히 쉴 수 없었다. 한편 손턴은 생각할 시간을 갖기 위해 집어든 신문의 한 지점만을 응시하며 미동도 없이 앉아 있었다.

"자네는 어디 갔다 오나?" 이윽고 벨 씨가 물었다.

"르아브르*에요. 면화 가격이 급등한 이유를 알아보려고요."

"윽! 면화, 투기, 매연, 잘 닦고 잘 관리한 기계, 안 씻고 방치된 일꾼들. 불쌍한 헤일! 불쌍한 헤일! 헬스톤에서 온 헤일에게 그게 얼마나 큰 변화였는지 자네는 모를 걸세. 자네, 뉴포리스트에 대해 알기는 하

---

* 프랑스 서북부의 항구도시.

나?"

"네." (무척 퉁명스럽게.)

"그럼 그곳과 밀턴이 얼마나 다른지 상상이 되겠군. 자네는 뉴포리스트 어느 지역에 있었나? 헬스톤에는 가봤나? 오덴발트*에 있는 마을처럼 작고 그림 같은 곳이지. 헬스톤을 아나?"

"본 적은 있습니다. 그곳을 떠나 밀턴으로 온 건 큰 변화였죠."

손턴은 더이상의 대화는 사절하겠다는 듯 단호하게 신문을 들었다. 벨 씨도 마거릿에게 이 소식을 어떻게 전할 것인가 하는 고민으로 돌아갔다.

마거릿은 이층 창가에 서서 벨 씨가 마차에서 내리는 모습을 보고 비보를 직감했다. 그녀는 아래층으로 달려내려가고 싶은 충동을 저지당한 듯, 그녀의 충동을 저지한 그 생각 때문에 돌로 변한 듯, 새하얗게 질린 채 응접실 한가운데 얼어붙어 있었다.

"오! 말하지 마세요! 대부님 얼굴만 봐도 알 수 있어요! 아버지가 살아 계시다면 사람을 보내셨겠죠…… 아버지만 두고 이렇게 오시진 않았겠죠! 오, 아버지, 아버지!"

---

* 독일 남서부의 고지.

17장

홀로! 홀로!

그대에게 소리이자 다정함이었던
사랑하는 이의 목소리 갑자기 사라지고,
울음으로 깰 수 없는 침묵이
독한 새 질병처럼 그대 온몸을 아프게 할 때
어떤 희망? 어떤 도움? 그 어떤 음악이
그 침묵을 물리칠 수 있으리.*
—브라우닝 부인

충격은 엄청났다. 마거릿은 탈진 상태가 되어 눈물도 흘리지 못할 정도였고 위로의 말도 귀에 들어오지 않았다. 그녀는 소파에 누워 눈을 감고 침묵을 지키다가 누가 말을 걸어야 힘없이 대답했다. 벨 씨는 난감했다. 마거릿의 곁을 떠날 수도, 함께 옥스퍼드로 가자고 청할 수도 없었다. 마거릿과의 옥스퍼드행은 그가 밀턴으로 오면서 세웠던 계획 중 하나였으나, 마거릿이 완전히 탈진하는 바람에 피곤한 여행은 무리였고 이 상태로 그곳에 가서 아버지 시신을 보는 것도 말도 안 되는 일이었다. 벨 씨는 불 앞에 앉은 채로, 어떻게 하면 좋을지 궁리했다. 마거릿은 그의 옆에서 미동도 없이, 거의 숨조차 쉬지 않고 누워 있었다.

* 갑작스러운 죽음을 노래한 엘리자베스 배럿 브라우닝의 시 「대체(Substitution)」.

벨 씨는 잠시도 마거릿의 곁을 뜨지 않았고 아래층에 식사하러 내려가는 것도 마다했다. 딕슨이 흐느껴 울면서도 식사를 준비해놓고 그가 내려오면 기꺼이 대접하려 했지만 말이다. 결국 음식이 가득 담긴 접시가 응접실로 올라왔다. 벨 씨는 까다로운 미식가라 음식맛을 음미할 줄 알았지만 지금은 맵게 양념한 닭고기에서 톱밥 맛이 났다. 그는 마거릿에게 주려고 고기를 잘게 다져 후추와 소금을 잘 뿌렸다. 하지만 그의 지시에 따라 딕슨이 고기를 먹여주려고 하자 마거릿은 힘없이 고개를 저었다. 그런 상태에서 음식을 먹여봐야 목만 메지 영양가를 줄 수 있을 것 같진 않았다.

벨 씨는 땅이 꺼질 듯 한숨을 쉬고는 편안한 자세로 있던 늙고 살찐(그리고 여행으로 뻣뻣해진) 몸을 일으켜 딕슨을 따라 방을 나갔다.

"난 마거릿 곁을 비울 수가 없네. 옥스퍼드에 편지를 보내 장례 준비가 잘되고 있는지 알아봐야겠어. 내가 도착할 때까지 잘들 하고 있을 거야. 레녹스 부인은 와줄 수 없나? 꼭 와달라고 편지를 써야겠군. 마거릿 곁에 여자가 있어줘야 해. 그래야 잘 달래서 실컷 울기라도 하게 해주지."

딕슨이 두 사람 몫은 될 만큼 울고 있었다. 그녀는 눈물을 닦고 목소리를 가다듬더니 레녹스 부인은 지금 해산 날짜가 얼마 안 남아서 여행은 무리일 거라고 말했다.

"흠! 그럼 쇼 부인이라도 오라고 해야겠군. 영국으로 돌아왔지, 그렇지?"

"네, 돌아오셨어요. 하지만 딸 곁을 떠나고 싶지 않으실 거예요. 레녹스 부인이 임신중이라." 외부인이 집에 들어와 마거릿을 돌보는 일에 참견하는 걸 달가워하지 않는 딕슨이 대답했다.

"임신중이라……" 벨 씨는 기침으로 말끝을 얼버무렸다. "지난번에 딸이 코르푸에서 임신했을 때는 베네치아나 나폴리, 어디 다른 가톨릭 도시에서 편안히 있었던 것 같은데. 불쌍한 마거릿은 집도, 친구도, 아무 대책도 없이 소파에 저렇게, 마치 소파가 제단이고 자신은 그 위의 석상이라도 되는 것처럼 누워 있는데 그 호강에 겨운 레녹스 부인의 '임신'이 뭐가 그리 중요하지? 쇼 부인은 올 거네. 내일 밤까지 방이며 뭐며 다 준비해놓게. 내가 오게 할 테니까."

그래서 벨 씨는 편지를 썼고, 쇼 부인은 펑펑 울면서 돌아가신 쇼 장군님이 통풍이 도지려고 할 때 쓴 편지와 너무도 흡사하다고, 이 편지를 소중히 간직하겠다고 선언했다. 만일 벨 씨가 거절이 가능한 것처럼 요청이나 권고를 해서 쇼 부인에게 선택권을 줬다면, 그녀는 마거릿에게 진심으로 연민을 느끼면서도 오지 않았을지도 몰랐다. 그녀가 타성에서 벗어나게 하려면 날카롭고 무례한 명령이 필요했다. 그녀는 하녀에게 여행가방을 싸고 떠날 준비를 하도록 지시했다. 이디스가 모자를 쓰고 숄을 두른 채 눈물을 흘리며 계단 꼭대기까지 나왔고, 레녹스 대령은 쇼 부인을 마차까지 모시고 갔다.

"어머니, 잊지 마세요. 마거릿은 여기 와서 우리랑 같이 살아야 해요. 숄토가 수요일에 옥스퍼드로 갈 거니까 언제 돌아오실 건지 벨 씨 편에 숄토에게 알려주세요. 밀턴에서 숄토가 필요하면 오라고 하시고요. 옥스퍼드에서 밀턴으로 바로 가면 되니까요. 마거릿 꼭 데리고 오는 거 잊지 마세요."

이디스는 다시 응접실로 들어갔다. 그곳에서는 헨리 레녹스가 새로 나온 〈리뷰〉의 밀봉된 페이지들을 뜯고 있었다. 그가 고개도 들지 않고 물었다. "형수님, 형이 너무 오래 집을 비우는 게 싫으시면, 제가 밀턴으로 내려가서 도울 일이 있으면 돕겠습니다."

"어머, 고마워요. 벨 씨가 할 수 있는 건 다 하실 테니 도울 일은 없을지도 몰라요. 대학 연구원에게 대단한 사부아르페르*를 기대하는 건 무리지만요. 오, 사랑하는 마거릿! 마거릿이 여기로 다시 오면 좋겠죠? 둘이 무척 친했잖아요, 예전에."

"그랬나요?" 헨리 레녹스가 잡지에 열중한 듯 무관심하게 물었다.

"글쎄요, 아닐 수도 있고요. 기억이 안 나네요. 그땐 숄토 생각밖에 안 하고 살아서. 하지만 어차피 이모부가 돌아가실 거라면 지금 돌아가셔서 잘된 일 아닌가요? 마침 우리가 영국으로 돌아와 옛날 집에 자리를 잡고 마거릿을 맞이할 준비가 되어 있으니? 가여운 마거릿! 밀턴에서 여기로 오는 건 큰 변화가 되겠지! 마거릿 방에 새 커튼을 달아 새롭고 밝은 분위기로 만들어야겠어요, 기운이 좀 나게."

쇼 부인도 딸과 똑같은 친절한 마음으로 밀턴으로 가고 있었다. 그녀는 가끔 처음 방문하는 밀턴을 두려워하며 어떻게 극복할까 걱정했지만, 그보단 빨리 마거릿을 '그 끔찍한 곳'에서 데리고 나와 쾌적하고 안락한 할리 스트리트로 돌아갈 계획을 세우는 데 더 많은 시간을 할애했다.

"오, 세상에! 저 굴뚝들 좀 봐! 불쌍한 우리 언니! 밀턴이 이런 곳인 줄 알았더라면 난 나폴리에서 편하게 쉴 수 없었을 거야! 진작 와서 언

* savoir-faire. 프랑스어로 '실용적 지식'이라는 뜻.

니와 마거릿을 데려갔어야 했는데." 쇼 부인이 하녀에게 말했다. 그리고 형부가 나약한 사람이라는 생각은 늘 갖고 있었지만 아름다운 헬스톤과 맞바꾼 이곳을 보고 있는 지금만큼 그 생각이 강했던 적은 없었음을 마음속으로 시인했다.

마거릿은 여전히 새하얗게 질린 채 꼼짝도 않고 누워 말도 하지 않고 눈물도 흘리지 않았다. 쇼 이모가 오고 있다는 소식을 전해줘도, 놀라지도 기뻐하지도 싫어하지도 않았다. 벨 씨는 이제 식욕이 돌아왔고 자신의 입맛에 맞추려고 애쓰는 딕슨의 노력을 고맙게 여기고 있었다. 그가 마거릿에게 굴을 넣은 스위트브레드* 스튜를 권했지만 마거릿은 어제처럼 말없이 완강히 고개를 저었다. 벨 씨는 그걸 자신이 다 먹어버리는 것으로 마음을 달래야 했다. 하지만 쇼 부인이 기차역에서 타고 온 마차가 집 앞에서 멈추는 소리를 가장 먼저 들은 사람은 마거릿이었다. 그녀의 눈꺼풀이 떨리고 입술도 혈색이 돌아오며 씰룩거렸다. 벨 씨가 쇼 부인을 맞이하러 내려갔다. 그들이 올라왔을 때 마거릿은 어지러움을 견디며 서 있었고 이모가 안아주려고 팔을 벌리자 이모에게 다가가 어깨에 기대어 처음으로 격정적인 울음을 터뜨렸다. 이모가 늘 보여주던 조용한 사랑, 몇 년 동안의 보살핌, 고인과의 관계…… 그리고 어머니와 너무나도 닮아서 어머니 생각이 저절로 나게 하는 외모와 목소리, 몸짓…… 그 모든 것이 그녀의 마비된 심장을 녹여 뜨거운 눈물이 흘러넘치게 만든 것이다.

벨 씨는 살며시 응접실에서 빠져나와 서재로 내려가서 불을 지피라

* 송아지나 양, 돼지의 췌장이나 흉선.

고 지시한 후 생각을 딴 데로 돌리려고 이런저런 책들을 빼서 들여다 보았다. 책마다 죽은 친구를 떠올리게 했다. 이틀간 마거릿을 지켜보던 임무에서는 벗어났지만 걱정에서는 헤어날 수가 없었다. 그때 문간에서 손턴의 목소리가 들리자 그는 반가운 마음이 들었다. 문간에서는 딕슨이 거만하게 손턴을 내치고 있었다. 쇼 부인의 하녀를 만나니 옛 베리스퍼드 혈통의 위엄과 자신의 젊은 아가씨가 빼앗겼다가 이제 하느님의 보살핌으로 되찾게 된 '지위'(그녀는 그렇게 부르고 싶었다)에 대한 환상이 되살아났던 것이다. 딕슨은 그 환상을 즐기며 쇼 부인의 하녀와 대화를 나누었고(마사더러 들으라고 일부러 할리 스트리트 저택이 얼마나 대단한지 보여주는 얘기들을 기술적으로 섞어가며), 그러다 보니 자신도 모르게 밀턴 사람들을 얕잡아보게 되었다. 그래서 평소에 늘 경외감을 품었던 손턴에게도 오늘밤은 이 집 사람들을 만날 수 없다고 퉁명스럽게 말할 수 있었다. 그런데 벨 씨가 서재 문을 열고 그녀의 말을 뒤집는 말을 외쳐서 그녀를 거북하게 만들었다.

"손턴! 자네인가? 잠깐 들어오게. 할 얘기가 있으니." 그래서 손턴은 안으로 들어갔고, 딕슨은 부엌으로 물러나 존 베리스퍼드 경이 주州장관으로 있을 당시의 육두마차에 대한 놀라운 이야기로 자존심을 되찾아야 했다.

"자네한테 무슨 말을 하고 싶었는지도 모르겠네. 죽은 친구를 기억나게 하는 물건들로 가득한 서재에 혼자 앉아 있기가 따분해서. 그래도 응접실엔 마거릿과 이모 둘이만 있게 해줘야지!"

"그, 이모라는 분이 오셨나요?" 손턴이 물었다.

"왔냐고? 그래! 하녀까지 달고 왔지. 이런 때엔 혼자 오는 게 정상인데! 그래서 난 이제 나가서 클래런던호텔로 가야 해."

"호텔에는 가지 마세요. 저희 집에 빈 방이 대여섯 개나 됩니다."

"환기는 잘 시켰나?"

"그 점은 제 어머니를 믿으셔도 될 겁니다."

"그럼 얼른 이층에 가서 창백한 아가씨에게 잘 자라고 말하고 그애 이모에게는 고개 숙여 인사한 후 바로 내려오겠네."

벨 씨는 이층에서 한참을 머물렀다. 손턴은 그 시간이 길게 느껴지기 시작했다. 일이 많은 중에 겨우 짬을 내어 헤일 양 안부를 물으러 크램프턴으로 달려왔던 것이다.

손턴의 집을 향해 걷기 시작했을 때, 벨 씨가 말했다.

"응접실에서 여자들한테 붙잡혀 있었네. 본인 말로는 딸 때문이라는데, 쇼 부인이 집에 돌아가고 싶어 안달이 나서 마거릿이 즉시 자신과 함께 떠났으면 하더라고. 하지만 지금 마거릿에게 여행은 불가능한 일이지. 내가 하늘을 날 수 없는 것처럼 말이야. 게다가 꼭 만나야 할 친구들도 있다고 하더군. 그 사람들을 만나 작별인사를 해야 한다고. 지당한 말이지. 그러니까 그애 이모가 옛친구들 생각은 안 하느냐고, 옛친구들은 잊은 거냐고 묻더군. 그랬더니 마거릿이 서럽게 울면서 자기도 너무 많은 고통을 겪었던 곳을 떠나는 게 기쁘다고 했고. 난 내일 옥스퍼드로 돌아가야 하는데 어느 편을 들어야 할지 모르겠어."

벨 씨는 질문이라도 하듯 말을 멈췄지만 옆 사람에게서 아무 대답도 들을 수 없었다. 손턴의 머릿속에서는 한 가지 생각만 메아리치고 있었던 것이다.

'너무 많은 고통을 겪었던 곳.' 아아! 그녀는 밀턴에서 보낸 지난 열여덟 달을 그렇게 기억할 터였다. 자신에게는 말할 수 없이 소중한 시간이었는데. 그 씁쓸함까지도, 남은 삶의 모든 달콤함만큼의 가치를 지녔는데. 아버지의 죽음도, 자신에게는 그녀만큼이나 소중한 어머니의 죽음도 그녀의 집과 자신의 집 사이의 2마일을 걷던 시간에 대한 추억을 망칠 수는 없었을 것이다. 한 걸음, 한 걸음이 그녀에게, 그 사랑스러운 모습에 가까워지기에 더없이 즐거웠으니까. 그녀를 만나고 올 때도 걸음걸음마다 그녀에게서 새로 발견한 우아한 자태나 전혀 불쾌하지 않은 신랄한 성격을 떠올리며 값진 시간을 가졌으니까. 그랬다! 그는 그녀와의 관계 밖에서 자신에게 무슨 일이 일어나든 그녀를 날마다 볼 수 있던 그 시간, 말하자면 그녀가 자신의 손이 닿는 곳에 있던 그때를 고통의 시간이었다고 말하진 않았으리라. 비록 아픔과 굴욕은 있었을지언정 그 시간은 그에게는 호사를 누린 멋진 시간이었다. 미래에 대한 기대를 서서히 갉아먹어 비참한 현실만, 희망도 두려움도 없는 삶만 남기는 빈곤의 시간에 비하면 말이다.

손턴 부인과 패니는 식당에 있었다. 하녀가 웨딩드레스용으로 나온 광택나는 옷감을 하나씩 들어 촛불에 비춰 보일 때마다 패니는 환희에 몸을 떨었다. 그녀의 어머니는 딸에게 공감하려고 무척 애를 썼지만 도저히 그럴 수가 없었다. 취향도 옷도 그녀의 관심 분야가 아니었고, 패니가 오빠의 제안을 받아들여 런던의 일류 양재사에게 결혼예복을 모두 맡겼더라면 좋았을 거라는 생각만 간절했다. 그랬다면 모든 걸 직접 고르고 감독하려는 패니의 욕망에서 비롯된 끝없는 골치 아픈 의논과 망설임을 면할 수 있었을 텐데. 손턴은 패니의 질 낮은 허세와 우아함에 마음을 빼앗긴 남자가 그저 고마워서, 패니가 판단하기에 약혼자에게 과분하진 않더라도 견줄 만은 한 화려한 옷과 보석을 장만할 수 있도록 돈을 넉넉히 주었다. 오빠와 벨 씨가 들어오자 패니는 웨딩드레스용 옷감을 고르고 있었던 것이 부끄러워 얼굴을 붉혔고, 히죽거리며 안절부절못했다. 벨 씨를 제외하면 누구의 관심이라도 끌었을 만한 태도였다. 만일 벨 씨가 패니에게, 그리고 그녀의 실크와 새틴 옷감에 관심을 가졌다면 그건 자신이 뒤에 남기고 온 창백한 슬픔, 죽어서도 사랑하는 이의 곁을 맴도는 유령이 휙 하고 움직이는 소리가 들리는 듯한 착각이 들 정도로 깊은 정적이 감도는 방에서 고개를 숙이고 두 손을 모은 채 미동도 않고 앉아 있는 사람과 비교하기 위해서였을 뿐이다. 아까 그가 위층에 올라갔을 때 쇼 부인은 소파에 누워 자고 있었고 그 방에는 완전한 정적이 흐르고 있었다.

손턴 부인은 벨 씨를 정중하고 친절하게 맞아주었다. 그녀는 아들의 집에서 아들의 친구들을 맞이할 때처럼 우아할 때가 없었고, 예고 없는 방문일수록 그녀의 감탄할 만한 살림 솜씨에 더 큰 명예를 안겨주었다.

"헤일 양은 좀 어떤가요?" 그녀가 물었다.

"이번에 결정적인 타격을 받아 완전히 무너지다시피 했습니다."

"그래도 벨 씨 같은 친구분이 곁에 계셔서 정말 다행입니다."

"부인, 전 제가 마거릿의 유일한 친구였으면 좋겠습니다. 잔인한 소리로 들리겠지만요. 하지만 전 이모라는 귀부인에게 위로자이자 조언자 자리를 빼앗겼고, 런던에서 사촌인가 뭔가 하는 사람들이 마거릿을 부르고 있죠. 마거릿이 자기네 애완견이라도 되는 것처럼요. 마거릿은 지금 너무 약하고 비참한 상태라 자기 의지를 가질 수가 없고요."

"정말 약하긴 해요." 손턴 부인이 말했다. 그녀의 아들은 그 말 속에 담긴 숨은 뜻을 알 수 있었다. "헤일 양이 친구도 없이 혼자 많은 근심을 견디는 동안 그 친척이라는 사람들은 어디 있었던 건가요?" 손턴 부인은 그렇게 물었지만 대답을 기다릴 만큼 관심이 있진 않았다. 그녀는 집안일을 하러 나가버렸다.

"그들은 해외에 살고 있었지. 그들은 마거릿에 대한 권리가 있어. 나도 그건 인정하네. 이모가 마거릿을 키웠고, 마거릿과 사촌은 자매처럼 자랐으니까. 문제는 내가 마거릿을 자식으로 들이고 싶어한다는 거야. 그래서 자기들의 특권이 얼마나 소중한 것인지 모르는 그 사람들에게 질투가 나는 거고. 프레더릭이 마거릿에 대한 권리를 주장하면 얘기가 달라지겠지만."

"프레더릭!" 손턴이 외쳤다. "그 사람이 누굽니까? 대체 무슨 권리로……?" 그는 격하게 묻다가 갑자기 입을 다물었다.

벨 씨가 놀란 목소리로 말했다. "왜, 프레더릭을 모르나? 마거릿 오빠인데. 프레더릭에 대해 들은 적이……"

"그런 이름은 들어본 적이 없습니다. 어디 있습니까? 누굽니까?"

"분명 내가 자네한테 얘기했어. 헤일 가족이 처음 밀턴에 올 때…… 선상반란에 연루된 아들 말일세."

"전 금시초문입니다. 그는 지금 어디 살고 있죠?"

"에스파냐. 영국 땅에 발을 들이면 즉시 체포될 걸세. 불쌍한 것! 아버지 장례식에도 참석 못하고 얼마나 슬플까. 레녹스 대령으로 만족해야지. 달리 부를 친척이 없으니."

"저도 가도 되겠습니까?"

"당연하지. 고맙네. 손턴, 자네는 좋은 친구야. 헤일도 자네를 좋아했지. 옥스퍼드에서도 자네 얘기를 하더군. 최근에는 자네를 만나기 너무 힘들다고 한탄했다네. 장례식에 오고 싶다니 정말 고맙네."

"프레더릭 말인데요, 영국에는 한 번도 온 적이 없나요?"

"없네."

"헤일 부인이 돌아가셨을 무렵에 여기 오지는 않았습니까?"

"아니, 그때 내가 여기 왔었지. 난 헤일과 오랜 세월 못 만나고 살다가, 자네도 기억할지 모르지만, 그때…… 아니, 그때가 아니라 얼마 더 있다가 왔군. 하지만 불쌍한 프레더릭 헤일은 그때 여기 오지 않았어. 왜 프레더릭이 왔다고 생각하는 거지?"

"헤일 양이 젊은 남자와 걸어가는 걸 본 적이 있는데 그때쯤이었던 것 같아서요." 손턴이 대답했다.

"아, 젊은 레녹스였을 거야. 레녹스 대령의 동생. 변호사인데 헤일 가족과 계속 서신 왕래를 했었지. 레녹스가 올 거라고 헤일이 나한테 말했던 기억이 나. 그거 아나?" 벨 씨가 빙글 돌아 한 눈에 힘을 모으고는 손턴의 얼굴을 예리하게 살필 수 있도록 다른 한 눈은 감으며 말했다. "내가 한때 자네가 마거릿에게 연정을 품고 있다고 생각했다는 거?"

대답이 없었다. 안색도 변함이 없었다.

"불쌍한 헤일도 그렇게 생각했지. 처음부터는 아니고 내가 그 친구 머리에 그런 생각을 집어넣어준 뒤부터."

"전 헤일 양에게 감탄했습니다. 누구라도 그럴 수밖에 없지요. 아름다운 존재니까요." 벨 씨의 끈덕진 추궁에 궁지에 몰린 손턴이 말했다.

"그게 다인가? 자네는 마거릿에 대해 그런 신중한 태도로 말할 수 있군. 그저 눈길을 끄는 '아름다운 존재'라고. 난 자네가 마거릿에게 마음을 바칠 수 있을 만큼 고결한 사람이기를 바랐는데. 그래도 마거릿은 자네를 거절했겠지만, 분명 그랬을 거야, 비록 짝사랑이라고 해도 그 사랑으로 자네는 그게 누구든 그애를 사랑할 기회가 없었던 사람들보다 더 고결해질 수 있었을 걸세. '아름다운 존재'라고! 말이나 개에게 하듯 그런 식으로 말하는 건가?"

손턴의 눈이 빨간 불씨처럼 타올랐다.

"그런 말씀을 하시기 전에 세상 모든 사람이 벨 씨처럼 자신의 감정을 자유로이 표현할 수 없다는 점을 기억해주시기 바랍니다. 다른 얘기를 하죠." 손턴은 벨 씨의 말 한마디 한마디에 심장이 집합 나팔소리에 답하듯 벌떡거렸고, 자신의 말이 차후에 늙은 옥스퍼드 연구원의 생각을 자신의 가슴속 가장 소중한 것들과 밀접하게 묶으리라는 사실을 알았지만, 그래도 강요에 못 이겨 마거릿에 대한 자신의 감정을 표현하고 싶지는 않았다. 그는 자신이 숭배하고 열정적으로 사랑하는 대상을 다른 사람이 찬미했다고 해서 그걸 능가하는 극찬을 하려고 덤비는 찬양의 앵무새가 아니니까. 그래서 그는 벨 씨와 주인 대 임차인으로 건조하고 사무적인 얘기를 나누기로 했다.

"마당에 쌓여 있는 벽돌과 회반죽은 뭔가? 어디 보수할 데라도 있나?"

"아뇨, 없습니다."

"자네 돈으로 뭘 짓고 있는 건가? 그렇다면 나로선 대단히 고마운 일이지."

"식당을 짓고 있습니다. 노동자들, 그러니까 일꾼들을 위해서요."

"난 자네가 까다로운 사람인가 했지. 총각이면서도 이 식당이 마음에 안 드는 줄 알고."

"제가 좀 이상한 사람을 알게 됐습니다. 그 사람과 관계가 있는 아이들 한둘을 학교에 넣어줬고요. 어느 날 우연히 그 사람 집 근처를 지나다 사소하게 지불할 게 있어서 그의 집에 들어갔는데 시커멓게 탄 고기를 점심이라고 먹고 있더군요. 그 기름진 숯덩이 같은 고기를 보고서 처음 그런 생각을 하게 됐습니다. 하지만 올겨울 식료품값이 급등하고 나서야 식료품을 도매로 사서 대량으로 조리하면 돈도 많이 절약되고 훨씬 편할 거라는 생각이 들었지요. 그래서 방금 말씀드린 제 친구인지 적인지에게 그런 얘기를 했더니, 사소한 부분까지 다 트집을 잡더라고요. 그래서 결국 포기했습니다. 실행 불가능한 계획인 것 같기도 하고 제 뜻대로 강행하면 직공들의 독립성을 침해하는 것이니까요. 그런데 갑자기 그 히긴스란 사람이 찾아와서는 제 계획과 거의 똑같아서 제 것이라고 주장해도 무방한 계획을 내놓으면서, 동료 몇 명에게 말했더니 다들 찬성하더라는 겁니다. 솔직히 그의 태도에 '짜증'이 나서 다 엎어버릴까 생각하기도 했습니다. 하지만 아이디어를 낸 사람으로서 모든 영광을 차지할 수 없다고 해서 애초에 현명하고 잘 짜인 계획이라고 생각했던 일을 포기하는 건 유치하게 느껴졌습니다. 그래서 담담하게 저에게 주어진 역할을 받아들였고요. 클럽 식품조달 담당자 역할 비슷한 거였지요. 식료품을 도매로 사들이고 마땅한 요리사를 대는."

"새 일을 잘해내길 바라네. 감자나 양파는 잘 고르나? 손턴 부인이 장 보는 건 도와주겠지."

"전혀요. 어머니는 그 계획 자체를 반대하셔서 어머니와 그 얘기는 절대로 안 합니다. 하지만 저 혼자 잘해내고 있습니다. 리버풀에서 식료품을 대량으로 들여오고, 고기는 저희 집 단골 정육점에서 댑니다. 요리사가 만드는 따뜻한 음식들도 결코 얕잡아볼 수준이 아니고요."

"자네 직권으로 모든 음식을 맛보나? 흰 지휘봉 하나 장만해야겠군."

"처음엔 아주 세심하게 식료품 구매에만 제 역할을 한정시켰습니다. 그 부분에서도 요리사를 통해 전달된 직공들의 의견에 따라 결정을 내렸고요. 어떤 때는 소고기가 너무 많고, 어떤 때는 양고기에 기름기가 너무 적었지요. 제가 그들 하고 싶은 대로 하게 두고 제 의견을 강요하지 않으려고 애쓰는 걸 그들도 알게 되었나봅니다. 어느 날 제 친구 히긴스까지 해서 직공들 두서너 명이 찾아오더니, 식당에 가서 간단하게 식사 좀 해보라고 하더군요. 무척 바쁜 날이었지만 거절하면 먼저 손을 내밀어준 그들이 마음의 상처를 받을 것 같아서 식당으로 갔습니다. 제 평생 그렇게 맛있는 점심은 처음 먹어봤습니다. 저는 그들에게(근처에 앉은 사람들에게요, 전 연설가는 못 되니까요) 정말 맛있게 먹었다고 말했고, 그뒤로 그 메뉴가 나올 때마다 직공들이 찾아와서 알려주더군요. '사장님, 오늘 핫팟* 나오는데 오시겠습니까?' 그들이 먼저 불러주지 않았더라면 절대 안 갔을 겁니다. 초대받지 않고는 군대 식당에 안 들어가는 것처럼요."

"그래도 자네 때문에 직공들이 대화에 제약을 받았을 걸세. 자네 있는 데서 사장들 욕을 할 수는 없으니까. 핫팟 안 나오는 날 하겠지."

"글쎄요! 지금까지는 골치 아픈 문제들은 피할 수 있었습니다. 하지만 다시 분쟁이 일어난다면 다음 핫팟이 나오는 날 제 마음을 솔직하

* 고기와 채소를 넣고 끓이는 스튜.

게 말할 겁니다. 그런데 벨 씨는 다크셔 출신이면서도 우리 다크셔 사람들에 대해 잘 모르시는 것 같습니다. 다크셔 사람들은 유머감각이 뛰어나고 자기 생각을 거침없이 표현하지요! 전 직공들 몇 명과 진정으로 알아가는 중이고 그들은 제 앞에서 아주 자유롭게 얘기합니다."

"먹는 행위만큼 사람을 평등하게 해주는 것도 없지. 죽음은 그에 비하면 아무것도 아니라네. 철학자는 점잔 빼면서 죽고, 도덕군자는 허세 부리면서 죽고, 순진한 사람들은 겸허하게 죽고, 불쌍한 바보는 아무것도 모른 채 죽어. 하지만 참새가 땅에 떨어지는 방법이 똑같듯이 철학자든 바보든, 술집 주인이든 도덕군자든 먹는 방식은 다 똑같아. 소화력만 똑같이 좋다면 말이야. 그게 자네가 적용할 수 있는 이론을 위한 이론이지!"

"전 사실 이론 같은 거 없습니다. 이론을 싫어하고요."

"미안하네. 속죄의 뜻으로 10파운드 수표를 기부할 테니 불쌍한 노동자들에게 잔치 한번 열어주겠나?"

"감사합니다만 안 그러시는 게 좋겠습니다. 그들은 제게 공장 뒤편에 있는 조리 공간과 오븐의 사용료를 지불하고 있고 새 식당에 대한 사용료도 지불하게 될 겁니다. 전 이 일을 자선으로 만들고 싶지 않아요. 기부는 원치 않습니다. 기부를 받아들이면 사람들이 이 말 저 말 보태게 되고 일을 복잡하게 만들 테니까요."

"사람들은 새 계획에 대해 이러쿵저러쿵 떠들기 마련이지. 그건 어쩔 수 없다네."

"만일 제게 적이 있다면, 제 적들은 이 점심식사 계획에 대해 박애주의니 뭐니 법석을 떨겠지요. 하지만 벨 씨는 제 친구니까 제 실험에 대해 침묵을 지켜주실 거라고 믿습니다. 지금은 새 빗자루와 같아서 깨끗하게 잘 쓸리지만 서서히 장애물이 많아질 겁니다."

18장

갑작스러운 이사

아무리 하찮은 것도 작별을 고하려 하면
소중히 여겨지네.*
—엘리엇

쇼 부인은 밀턴에 대해 그녀의 온화한 성품이 허용하는 한에서 가장 격한 반감을 품었다. 밀턴은 시끄럽고 매연도 심했다. 거리에서 보이는 가난한 사람들은 지저분했고, 부유한 여자들은 지나치게 화려한 차림을 했으며, 남자들은 신분의 높고 낮음을 막론하고 몸에 맞는 옷을 입은 사람이 없었다. 그녀는 마거릿이 밀턴에서는 기력을 절대 되찾을 수 없으리라 확신했고 본인 역시 오래전의 히스테리 발작이 도질까봐 두려웠다. 마거릿을 데리고 런던으로 돌아가야 했다, 그것도 빨리. 쇼 부인은 정확히 그런 말을 하진 않았더라도 그런 뜻으로 마거릿에게 압력을 가했고, 지치고 기가 꺾인 마거릿은 수요일이 지나면 이모와 함

* 에버니저 엘리엇의 시 「마을 원로」.

께 런던으로 돌아갈 준비를 하겠노라고 마지못해 약속했다. 청구서에 적힌 금액을 지불하고 가구들을 처분하고 집을 비우는 일은 딕슨이 남아서 처리하기로 했다. 수요일, 그 슬픈 수요일은 헤일 씨가 땅에 묻히는 날이었다. 그가 평생 살아온 고향에서도, 낯선 사람들 사이에 외로이 누워 있는 아내에게서도 멀리 떨어진 곳에서(이것 때문에 마거릿은 몹시 괴로웠는데, 아버지의 사망 소식을 접하고 며칠 동안 정신을 놓지 않았더라면 아버지를 그곳에 묻히게 하지 않을 수 있었다는 생각에서였다). 그 수요일 전에 마거릿은 벨 씨에게서 편지 한 통을 받았다.

사랑하는 나의 마거릿에게. 원래 목요일에 밀턴으로 갈 작정이었는데 공교롭게도 그날이 마침 우리 플리머스 연구원들에게 직무수행이 요구되는, 드물게 한 번씩 있는 날이라 자리를 비울 수가 없구나. 레녹스 대령과 손턴 씨가 여기 있다. 레녹스 대령은 멋쟁이에다 착한 사람 같더구나. 레녹스 대령이 밀턴으로 가서 유서 찾는 일을 돕겠다고 했어. 물론 유서는 없는 것 같지만. 유서가 있었다면 네가 지금까지 못 찾았을 리가 없지. 내 지시에 따랐다면 말이다. 대령이 너와 장모를 집으로 데려가겠다고 하더구나. 그의 아내가 몸이 무거우니 그가 금요일 이후까지 밀턴에 머물러주기를 기대한다는 건 무리겠지. 하지만 네 하녀 딕슨이 믿을 만한 사람이니 내가 갈 때까지 잘 버틸 거다. 유서가 없으면 밀턴에 있는 내 변호사에게 일을 맡길 참이다. 아무래도 멋쟁이 대령은 일처리는 잘하는 것 같지 않으니까. 어쨌거나 대령의 콧수염은 아주 근사하더구나. 가재도구들을 처분해야 하니 네가 간직하고 싶은 것들은 미리 골라놓으려무나. 아니면 나중에 목록을 보내도 되고. 이제 두 가지만 더 얘기하면 되겠다. 넌 아는지 몰라도 네 아버지는 알고 있는 일인데, 내가 죽으면 네가 내 돈과 재산을 물려받게 될 거다. 아직 죽을 때는 안 됐지만 앞으로의 일을 설명하기 위해 말해두는 거야. 레녹스 부부가 지금은 너를 무척 좋아하고 어쩌면 앞으로도 계속 그럴지도 모르지만 안 그럴 수도 있지. 그러니 정식으로 계약을 맺고 같이 사는 게 최선이다. 즉, 너와 그 사람들이 함께 살기를 원하는 동안 네가 그들에게 연간 250파운드씩 지불하는 거야. (물론 이 금액에는 딕슨도 포함되니 누가 구슬려도 딕슨 몫으로 더 지불할 생각은 하지 마라.) 그럼 언젠가 대령이 자기 식구들끼리만 살고 싶어한대도 넌 여기저기 떠돌 필요 없이 250파운드를 갖고 다른 데 가서 살 수 있겠지. 혹시 내가 내 집으로 들어와서 살아달라고 청하지 않더라도 말이다. 그리고 옷값과 딕슨 급료, 용돈, 과잣값(젊은 여자들은 누구나 나이들어 현명해질 때까지 과자를 먹으니까)은 내가 아는 부인과 의논해보고 네 아버지에게 받을 유산이 얼마나 되는지 확인한 다음에 정하도록 하마. 마거릿, 혹시 여기까지 읽기 전에 저 늙은이가 무슨 자격으로 내 일을 자기 마음대로 결정하나 싶어 화가 났느냐? 분명 그랬을 테지. 하지만 이 늙은이는 그럴 자격이 있다. 네 아버지를 삼십오 년 동안 사랑했고, 결혼식에서 들러리도 섰고, 죽은 네 아버지의 눈을 감겨줬으니까. 게다가 네 대부이기도 하고. 정신적으로는 너보다 열등하다는 걸 남몰래 의식하고 있으니 정신적으로 큰 도움은 베풀 수 없다만 물질적 기부라는 보잘것없는 도움이라도 기꺼이 주고 싶구나. 이 늙은이는 친척 하나 없는 신세이니, 그 누가 애덤 벨의 죽음을 슬퍼해주겠니? 난 오로지 이 한 가지 일만을 생각하고 있단다. 마거릿 헤일은 이 늙은이의 뜻을 거절할 아가씨가 아니지. 즉시 답장해주기 바란다. 단 두 줄이라도 좋으니 네 대답을 들려다오. 고맙지만 사양하겠다는 대답은 말고.

마거릿은 펜을 들고 떨리는 손으로 '마거릿 헤일은 대부님의 뜻을 거절할 아가씨가 아닙니다'라고 휘갈겨썼다. 무력한 상태라 다른 말이 생각나지 않았지만 그 말을 그대로 쓰는 건 괴로웠다. 그러나 그 짧은 글을 쓰는 데도 기력을 다 소진해서, 설령 다른 표현을 생각해낼 수 있었다고 해도 똑바로 앉아서 한 글자도 쓸 수 없었을 것이다. 그녀는 다시 누워서 더이상 생각하지 않으려고 애쓸 수밖에 없었다.

"사랑하는 아가, 그 편지 때문에 괴롭거나 걱정스러운 거니?"

"아녜요!" 마거릿이 힘없이 말했다. "내일이 지나면 나아질 거예요."

"얘야, 너를 이 끔찍한 공기에서 데리고 나가지 않으면 나아질 것 같지가 않구나. 어떻게 여기서 이 년이나 견뎠는지 상상이 안 된다."

"제가 어디로 갈 수 있었겠어요? 전 아버지와 어머니 곁을 떠날 수 없었어요."

"그래! 신경쓰지 마라. 넌 최선을 다한 거니까. 단지 네가 어떻게 살고 있는지 내가 몰랐던 거지. 우리 집사의 아내도 이보단 좋은 집에서 살아."

"이 집도 가끔은 아주 예뻐요…… 여름에는요. 지금 상태로만 평가하시면 안 돼요. 전 여기서 정말 행복했어요." 마거릿은 이만 대화를 마치겠다는 듯이 눈을 감아버렸다.

이제 그 집은 예전에 비하면 안락함이 넘쳤다. 저녁이 되어 쌀쌀해지면 쇼 부인의 지시에 따라 침실마다 불을 뗐다. 그녀는 가능한 모든 방법으로 마거릿을 토닥여주었고, 그녀 자신에게 위안을 주는 온갖 맛있는 음식과 사치품을 사줬다. 하지만 마거릿은 그 모든 것에 관심이 없었다. 억지로 관심을 갖는다고 해도 자신을 생각해서 너무 애쓰는 이모에 대한 감사일 뿐이었다. 마거릿은 기력이 없는 상태에서도 가만히 있지를 못했다. 그녀는 옥스퍼드에서 진행되고 있을 장례식 생각을 피하려고 온종일 이 방 저 방 다니면서 간직하고 싶은 물건들을 힘없이 챙겨두었다. 딕슨이 그녀 뒤를 따라다녔는데, 겉으론 그녀의 지시를 받기 위해서인 양 행동했지만 사실은 가능한 한 빨리 그녀를 달래서 쉬게 하라는 쇼 부인의 은밀한 명령이 있었기 때문이다.

"딕슨, 이 책들은 간직할 거예요. 나머지는 다 벨 선생님께 보내주겠어요? 아버지를 생각해서만이 아니라 그분이 귀하게 여기실 책들이기도 하니까요. 이건…… 이건 손턴 씨에게 갖다주면 좋겠어요, 내가 떠난 후에. 잠깐, 쪽지를 써줄게요." 그녀는 생각하기가 두려운 듯 황급히 앉아서 쪽지를 쓰기 시작했다.

손턴 씨께, 제 아버지께서 갖고 계시던 책이라 손턴 씨께 의미가 있을 것 같아서 보내드립니다.

마거릿 헤일 드림

그녀는 일어나서 남은 방들을 돌며 어릴 적부터 정이 담뿍 든 물건들을 어루만졌다. 구식에 낡아빠지고 초라한 물건들이었지만 작별하기엔 너무도 아쉬웠다. 그녀는 말은 거의 하지 않았다. 딕슨은 쇼 부인에게 이렇게 보고했다. "아가씨의 주의를 돌려보려고 따라다니면서 계속 떠들었는데 아가씨는 한마디도 안 들으시는 것 같았어요." 마거릿은 온종일 서서 돌아다니다보니 저녁때가 되자 완전히 녹초가 되었고, 그덕에 아버지의 죽음을 알게 된 후 처음으로 밤잠을 잘 수 있었다.

다음날 아침식사 자리에서 마거릿은 친구 한두 명에게 작별인사를 하러 가고 싶다고 말했다. 쇼 부인은 반대했다.

"얘야, 넌 상을 당한 몸이고 아직 교회에도 나가기 전이야. 여간 막역한 친구가 아니면 찾아가선 안 되는데 여기에 그런 친구들이 있을 리가 없잖니."

"하지만 시간이 오늘밖에 없잖아요. 레녹스 대령님이 오늘 오후에 오시면, 그래서 우리가…… 그래서 우리가 정말로 내일 떠나야 한다면……"

"오, 그럼. 내일 떠나야지. 이곳 공기가 너한테 안 좋고 너를 병자처럼 창백해 보이게 한다는 확신이 점점 더 강해지는구나. 게다가 이디스도 우리가 내일 간다고 알고 있고. 이디스가 날 기다리고 있을 거야. 그리고 난 너를 여기 홀로 두고 갈 수가 없어. 나이가 나이인데. 그래, 친구들에게 꼭 작별인사를 해야겠다면 내가 함께 가마. 딕슨이 마차를 불러줄 수 있겠지?"

그래서 쇼 부인이 마거릿을 보살피기 위해 동행하게 되었고, 쇼 부인의 하녀도 숄과 공기쿠션을 챙기기 위해 함께 나섰다. 마거릿은 자신이 평소에 혼자 아무 때나 갔던 두 집을 방문할 준비로 법석을 떠는 이모를 보고 미소를 지을 만도 했지만 그러기엔 슬픔이 너무 컸다. 그 두

집 중 하나가 니컬러스 히긴스의 집이라는 걸 고백하기도 두려웠다. 그녀로선 이모가 마차에서 내려 바람이 불 때마다 집과 집 사이의 빨랫줄에 널린 젖은 옷들에 얼굴을 찰싹찰싹 맞으면서 마당을 걸어가는 걸 내켜하지 않기를 바랄 뿐이었다.

쇼 부인은 편안함과 보호자로서의 도리 사이에서 조금 갈등하다가 전자를 선택했다. 그녀는 마거릿에게 조신하게 행동하고 그런 집에는 열병에 걸릴 위험이 도사리고 있으니 조심하라고 당부한 다음에야 니컬러스 히긴스의 집에 가는 걸 허락했다. 평소 마거릿이 아무런 주의도 받지 않고 허락을 받을 필요도 없이 자주 드나들었던 집이었건만.

니컬러스는 외출하고 집에는 메리와 바우처의 아이들 두어 명뿐이었다. 마거릿은 방문 시간을 잘못 택한 것 같아 마음이 좋지 않았다. 메리는 따뜻하고 친절하긴 해도 머리는 무척 아둔해서, 마거릿이 방문한 목적을 안 순간 참지 못하고 엉엉 울었다. 마거릿은 마차를 타고 오면서 생각한 수많은 자잘한 일들에 대해 얘기해봐야 소용없음을 깨달았다. 그래서 언제 어디서든 인연이 되면 다시 만날 거라는 막연한 약속으로 조금이나마 메리를 달래준 후, 아버지에게 이따 저녁에 일이 끝나고 시간이 되면 자신의 집으로 꼭 와줬으면 좋겠다고 전해달라고 말했다.

마거릿은 집을 나서다가 걸음을 멈추고는 주위를 둘러보며 조금 망설이다가 말했다.

"베시를 추억할 만한 작은 물건을 하나 가져가고 싶은데."

그러자 메리의 후한 인심이 즉각 발동했다. 뭘 준단 말인가? 마거릿이 흔한 물컵을 골랐다. 베시가 늘 곁에 두고 열에 들뜬 입술로 물을 마시던 컵이기 때문이다. 그러자 메리가 말했다.

"오, 더 좋은 걸로 고르세요. 그건 싸구려예요!"

"이거면 돼, 고마워." 마거릿은 그렇게 말하고, 그녀에게 줄 것이 있다는 기쁨으로 메리의 얼굴이 환해져 있는 동안 얼른 집을 나섰다.

마거릿은 속으로 생각했다. '이제 손턴 부인 차례야. 도리는 지켜야지.' 하지만 그런 생각을 하는 동안 얼굴이 경직되고 창백해졌다. 손턴 부인이 누구이고 왜 꼭 작별인사를 하러 가야만 하는지 이모에게 정확하게 설명하기도 여간 힘들지 않았다.

그들은(이번엔 쇼 부인도 마차에서 내렸다) 응접실로 안내되었는데 그곳은 방금 불을 때기 시작한 상태였다. 쇼 부인은 숄로 몸을 감싸고 덜덜 떨었다.

"방이 무척 춥구나!" 그녀가 말했다.

한참을 기다린 뒤에야 손턴 부인이 들어왔다. 마거릿이 떠난다는 걸 알고 마음이 좀 누그러진 상태였다. 그녀는 마거릿이 다양한 시간과 장소에서 보여준 기백을 기억하고 있었다. 마거릿이 오랜 시간 소모적인 근심걱정을 견뎌내며 보여준 인내심보다 그게 더 강한 인상으로 남아 있었다. 손턴 부인은 평소보다 순한 얼굴로 마거릿을 맞이했다. 그녀는 마거릿의 흰 얼굴이 울어서 부어 있고 목소리 역시 차분하게 내려고 애쓰고 있지만 떨린다는 걸 감지하고 다정한 태도를 보이기까지 했다.

"제 이모님 쇼 부인을 소개하겠습니다. 전 내일 밀턴을 떠나요. 알고 계시는지 모르겠지만, 마지막으로 한번 더 만나뵙고 싶어서요. 지난번에…… 그런 태도를 보인 것에 대해 사과드리고 부인께서 친절을 베풀기 위해 하신 말씀이란 걸 안다는 말씀도 드리려고요. 서로 얼마나 큰 오해가 있었든 간에요."

쇼 부인은 마거릿이 무슨 말을 하는 건지 몰라 어리둥절한 듯했다. 친절에 감사하고 태도가 바르지 못했던 것에 사과드린다니! 그때 손턴 부인이 대답했다.

"헤일 양, 나를 올바로 평가해줘서 고마워요. 내가 헤일 양에게 그런 충고를 한 건 그게 내 의무라고 믿었기 때문이에요. 난 늘 헤일 양에게 친구 역할을 해주고 싶었으니까요. 내 뜻을 알아줘서 고마워요."

마거릿이 얼굴을 새빨갛게 붉히며 말을 이었다. "그럼 저도 올바로 평가해주시겠어요? 비록 해명할 수도 없고 해명하지 않기로 했지만, 제가 부인께서 염려하시는 그런 부적절한 행동을 하지 않았다는 걸 믿어주시겠어요?"

마거릿의 목소리가 너무도 부드럽고 눈에는 애원이 가득해서, 손턴 부인은 지금까지 단 한 번도 넘어가지 않았던 그녀의 매력에 처음으로 마음이 약해졌다.

"그래요, 믿어요. 우리 그 얘기는 그만하도록 하죠. 헤일 양, 어디에서 살 건가요? 헤일 양이 밀턴을 떠난다는 얘기는 벨 씨를 통해 들었어요. 헤일 양은 밀턴을 좋아한 적이 없지만," 손턴 부인은 엄숙한 미소를 지으며 말을 이었다. "그래도, 헤일 양이 밀턴을 떠난다고 해서 내가 축하해줄 거라는 기대는 하지 마세요. 어디서 살 건가요?"

"이모님 댁에서요." 마거릿이 쇼 부인을 돌아보며 대답했다.

"제 조카는 저와 함께 할리 스트리트에서 살게 될 겁니다. 제게는 딸이나 다름없는 아이죠." 쇼 부인이 마거릿에게 애정이 담뿍 담긴 눈길을 보내며 말했다. "지금까지 마거릿에게 보여주신 모든 친절에 대해 이모로서 깊이 감사드립니다. 부군과 함께 런던에 오시면 제 사위와 딸인 레녹스 대령과 레녹스 부인이 저와 함께 힘닿는 데까지 보살펴드릴 겁니다."

손턴 부인은 마거릿이 이모에게 손턴 씨와 손턴 부인의 관계에 대해 알려주지도 않아서 저 이모라는 귀부인이 호의를 베푼답시고 저런 말을 하는구나 생각하며 퉁명스럽게 대꾸했다.

"제 남편은 죽었습니다. 손턴은 제 아들이고요. 전 런던에 갈 생각이 없으니 부인의 정중한 제안을 받아들일 수가 없을 듯합니다."

그때 손턴이 들어왔다. 옥스퍼드에서 지금 막 돌아온 것이다. 그의 상복이 그가 옥스퍼드에 간 이유를 말해주었다.

"존, 이분은 헤일 양의 이모 쇼 부인이시다. 유감스럽게도 헤일 양이 작별인사를 하러 왔다는구나." 그의 어머니가 말했다.

"그럼 떠나시는군요!" 손턴이 낮은 목소리로 말했다.

"네, 내일 떠나요." 마거릿이 대답했다.

"우리 사위가 오늘 저녁에 데리러 올 거예요." 쇼 부인이 말했다.

손턴이 돌아섰다. 그는 앉지 않고 테이블 위에 놓인 무언가를 살펴보는 듯했다. 테이블에 놓여 있는 뜯지 않은 편지를 발견하고 그것 때문에 옆에 있는 사람들을 까맣게 잊기라도 한 것처럼. 그는 마거릿과 쇼 부인이 가려고 일어나는 것도 의식하지 못했다. 하지만 곧 달려가서 쇼 부인을 마차까지 에스코트했다. 마차가 가까이 오는 동안 그는 현관 계단 위에서 마거릿과 가까이 서 있게 되었고, 두 사람 다 폭동날의 기억을 떠올리지 않을 수 없었다. 손턴에게 그 기억은 이튿날 마거릿이 한 말과 함께 다가왔다. 그녀는 그 거칠고 필사적인 군중 중에 손턴만큼 마음이 쓰이지 않는 사람은 없다고 격하게 선언했었다. 손턴은 마거릿에 대한 갈망어린 사랑으로 심장이 두근거리는 중에도 그녀가 조롱하던 말들이 떠올라 표정은 엄격해졌다. 그는 속으로 다짐했다. '아니! 난 사랑을 시도해봤고 결국 실패했어. 보내줘야지. 돌 같은 심장을 지닌 아름다운 그녀. 얼굴은 저토록 아름다운데 표정은 얼마나 끔찍하게 굳어 있는지! 그녀는 지금 내가 억눌러야 할 말을 할까봐 두려워하고 있어. 보내주자. 미인에다 돈 많은 상속녀까지 되었지만, 나보다 더 진심으로 사랑해줄 남자는 찾기 힘들걸. 보내주자!'

작별을 고하는 그의 목소리에는 아쉬움도, 그 어떤 감정도 들어 있지 않았다. 마거릿이 내민 손을 잡을 때도 결연하고 침착했으며, 악수가 끝나자 시들고 죽은 꽃을 던져버리듯 무심하게 손을 놓았다. 하지만 그날 손턴의 집에서는 그후로 아무도 그를 보지 못했다. 그는 일하느라 바빴다. 적어도 그의 말로는 그랬다.

마거릿은 두 집을 방문하고 온 후 완전히 탈진해서, 이모가 곁에 붙어앉아 토닥거리며 '내가 뭐랬니' 하고 한숨 쉬는 걸 고스란히 견뎌야 했다. 딕슨은 그녀가 아버지의 죽음에 대해 들은 날만큼 상태가 심각하다고 말했다. 딕슨과 쇼 이모가 내일로 예정된 여행을 미루는 문제를 두고 의논했다. 그러나 이모가 마지못해 마거릿에게 여행을 며칠 미루자고 하자 마거릿은 고통에 몸부림치듯 몸을 뒤틀며 말했다.

"오! 그냥 가요. 여기선 견딜 수가 없어요. 여기선 나아질 수가 없어요. 다 잊고 싶어요."

그래서 원래 계획대로 준비가 진행되었다. 레녹스 대령이 도착해서 이디스와 어린 아들 소식을 전해주었고, 마거릿은 친절하긴 하지만 지나치게 따뜻하고 자신을 염려해주는 사람은 아닌 이의 무심하고 부주의한 대화도 자신에게 도움이 된다는 걸 알게 되었다. 그녀는 기운을 되찾았고, 히긴스가 올지도 모른다는 걸 깨달았을 즈음엔 조용히 응접실에서 나가 자기 방에서 그를 기다릴 수 있었다.

그녀가 들어서자 히긴스가 말했다. "아니, 그렇게 갑자기 돌아가시다니! 난 그 소식을 듣고 넋이 나가서 지푸라기로 때려도 넘어갈 지경이었소. 사람들에게 물었지. '헤일 씨가? 목사였던 분 말인가?' 그렇다고 대답하더군요. 그래서 난 이렇게 말했소. '그럼 이 세상에서 제일 훌륭한 분이 떠나신 거야!' 그래서 아가씨를 만나러 온 거요. 내가 얼마나 슬픈지 말하려. 그런데 부엌에 있는 저 여자들이 아가씨에게 내가 왔다는 말을 전하려고 하지 않더군. 아가씨가 아프다면서. 이런, 딴사람처럼 보이오. 런던에 가서 귀부인이 될 거라던데, 맞소?"

"귀부인은 아니고요." 마거릿은 엷은 미소를 지으며 대답했다.

"손턴이 그러던데. 하루이틀 전에 그가 묻는 거요. '히긴스, 헤일 양을 만나봤소?' 그래서 말했지. '아뇨. 여자들이 떼거리로 나서서 못 만나게 막아서요. 하지만 헤일 양이 아프다면 전 기다릴 수 있습니다. 헤일 양과 저는 서로 잘 알아서, 제가 직접 가서 말하지 않아도 헤일 양은 제가 그 어르신의 죽음을 슬퍼하는 걸 의심하지 않을 테니까요.' 그랬더니 손턴이 말했소. '헤일 양을 만날 수 있는 시간이 얼마 안 남았소. 여기서 머물 시간이 하루 이상 남지 않았으니까. 헤일 양에게 대단한 친척들이 있어서 그 사람들이 데려간다는군. 그럼 우리는 더이상 헤일 양을 만날 수 없지.' 내가 대답했어요. '사장님, 헤일 양이 떠나기 전에 못 만난다면 제가 다음 성령강림절에 런던으로 찾아갈 겁니다. 그럼요, 아무리 대단한 친척도 제가 헤일 양에게 작별인사를 하는 걸 막지 못할 겁니다.' 하지만 난 아가씨가 와줄 걸 알았소. 아가씨가 나를 보지 않고 밀턴을 떠날 수도 있다고 생각하는 양 그렇게 말한 건 사장한테 맞장구쳐주려고 그런 거요."

"맞아요, 저를 제대로 평가하셨어요. 그리고 당신은 저를 잊지 않을 거예요. 밀턴의 모든 사람이 저를 잊는다고 해도 당신은 기억해주겠죠. 아버지도요. 당신은 우리 아버지가 얼마나 훌륭하고 다정한 분이셨는지 아니까요. 히긴스 씨! 이건 아버지의 성경책이에요. 드리려고 챙겨놨어요. 저도 이 책이 없으면 아쉽겠지만, 아버지는 당신이 간직하기를 원하셨을 거예요. 당신도 이 책을 좋아하게 될 거예요. 아버지를 생각해서 잘 읽어보세요."

"좋아요. 악마가 쓴 책이라고 해도 아가씨를 위해서, 그리고 돌아가신 어르신을 위해서 읽어달라면 읽겠소. 이건 뭐요? 난 아가씨 돈은 안 받으니까 줄 생각 말아요. 우리는 그동안 돈이 오가지 않아도 좋은 친구였잖소."

"아이들을 위한 거예요. 바우처의 아이들." 마거릿이 황급히 말했다. "아이들에게 돈이 필요할 테니까요. 당신은 이 돈을 거절할 권리가 없어요. 히긴스 씨한테는 한푼도 안 줘요." 그녀는 웃으며 덧붙였다. "거기 당신에게 주는 돈도 있다고 생각하면 안 돼요."

"좋소! 난 이 말밖에 할 게 없구려. 신의 은총이 있기를! 신의 은총이 있기를! 아멘."

19장

평안함은 아닌 안락함

결코 멈추지 않는 따분한 돌고 돎,
어제와 쌍둥이처럼 닮은 오늘.*
—쿠퍼

그는 각각의 형식과 규칙이 어때야 하는지 알며
그것에 도달할 때까지, 그의 기쁨은 완전할 수 없네.**
—뤼케르트

이디스가 아기를 낳고 몸조리하는 동안 할리 스트리트 저택엔 깊은 정적이 감돌았고, 그 덕에 마거릿은 꼭 필요한 자연스러운 휴식을 취할 수 있었다. 지난 두 달 사이에 갑작스럽게 달라진 자신의 처지에 대해 차분히 생각할 시간도 생겼다. 그녀는 근심걱정이라곤 모르는 호사스러운 저택에 살고 있었다. 일상이라는 기계는 기름칠이 잘되어 있어 부드럽고 기분좋게 잘 돌아갔다. 쇼 부인과 이디스는 마거릿의 집은 할리 스트리트 저택이라고 주장하며 집에 돌아온 그녀를 애지중지했다. 그래서 마거릿은 헬스톤 목사관을, 아니 심지어 밀턴의 작은 집(근심스러운 아버지와 병약한 어머니, 상대적으로 가난한 살림살이의 자질

* 윌리엄 쿠퍼의 시 「희망」.

** 독일 시인 프리드리히 뤼케르트의 『판테온』 5부 「진주 구슬」.

구레한 걱정거리들이 있었던)까지도 자신의 집으로 여기는 것이 배은망덕하게 느껴질 정도였다. 이디스는 어서 회복하고 나서 마거릿의 침실을 자신이 많이 갖고 있는 부드러운 쿠션들과 예쁜 장식품들로 가득 채워주고 싶어 안달이 나 있었다. 쇼 부인은 하녀를 데리고 마거릿의 옷장이 품격과 다양성을 갖추도록 만드느라 분주했다. 레녹스 대령은 편안하고 친절하고 신사적이었다. 그는 날마다 아내의 옷방에서 아내와 한두 시간씩 앉아 있었고, 어린 아들과 한 시간은 놀아주었으며, 만찬 약속이 없을 때는 클럽에서 나머지 시간을 한가로이 보냈다. 마거릿이 조용한 휴식이 필요한 시기를 넘기고 삶에서 부족함과 지루함을 느끼기 직전에 이디스가 아래층으로 내려와 평소의 역할로 돌아왔다. 그래서 마거릿은 예전 버릇대로 사촌을 지켜보고, 감탄을 보내고, 시중을 들게 되었다. 그녀는 기꺼이 이디스의 일들을 떠맡았다. 이디스를 대신해 편지 답장도 써주고, 약속 시간도 챙겨주고, 즐거운 일이 없어서 이디스가 몸이 아픈 듯한 기분을 느낄 때 곁에서 보살펴주기도 했다. 하지만 마거릿을 제외한 가족들 모두가 런던의 사교 시즌을 즐기느라 바빠서 그녀 혼자 남겨질 때가 많았다. 그럴 때면 그녀는 밀턴 생각을 했는데, 그곳과 이곳의 삶이 묘하게 대조적으로 느껴졌다. 그녀는 아무런 노력이나 분투가 요구되지 않는 단조로운 평안함에 물려가고 있었다. 이대로 평안함에 취해 호사의 물결이 일렁이는 삶 너머의 모든 걸 망각하게 될까봐 두려웠다. 런던에도 고생하며 악착같이 일하는 사람들이 있겠지만 그녀는 그런 사람들을 본 적이 없었다. 하인들은 그들만의 지하세계에서 살다가 주인이 필요나 변덕으로 그들을 찾을 때만 존재하게 되는 듯했고, 마거릿은 그 지하세계의 희망이나 두려움을 알지 못했다. 마거릿의 마음과 삶의 방식에는 묘하게 불만족스러운 공백이 존재했다. 그녀가 이디스에게 어렴풋이 그런 말을 비치자, 전날 밤 무도회에 다녀와 지쳐 있던 이디스는 예전처럼 이디스가 누워 있는 소파 옆 발받침대에 앉은 마거릿의 뺨을 나른하게 어루만지며 말했다.

"불쌍한 마거릿! 온 세상에 즐거움이 넘치는 이런 때 밤마다 집에 혼자 있다니 좀 슬프구나. 하지만 우리도 이제 곧, 헨리가 순회재판에서 돌아오면 바로 만찬을 열 거야. 그럼 너에게도 즐거운 변화가 좀 생기겠지. 울적할 만도 해. 가여워라!"

마거릿은 만찬이 만병통치약이 될 것 같진 않았다. 그러나 이디스는 자신의 만찬은 '어머니가 주관하던 나이든 부인의 만찬'과 완전히 다르다는 자부심을 갖고 있었고, 쇼 부인 역시 레녹스 부부의 취향에 따른 만찬 준비와 손님 초대가 격식을 중시하고 무게 있던 자신의 방식과 사뭇 다른 것에 딸과 똑같은 기쁨을 느끼는 듯했다. 레녹스 대령은 마거릿에게 늘 오빠처럼 다정했다. 마거릿도 진심으로 그를 무척 좋아했다. 그가 아내의 미모를 세상에 충분히 알리기 위해 이디스의 옷과 외모에 안달하며 집착할 때만 빼고. 그럴 때면 그녀 안에 잠재된 와스디* 다운 면이 발동해 자신의 감정을 표현하지 않을 수 없었다.

마거릿의 일과는 이랬다. 아침에 일어나면 한두 시간을 조용히 보낸 후 늦은 아침식사를 했다. 식사 시간도 불규칙한데다 다들 지치고 잠이 덜 깬 상태로 느릿느릿 먹는 바람에 길게 늘어졌지만, 마거릿은 끝까지 자리를 지켜야 했다. 식사가 끝나면 바로 이런저런 계획에 대한 의논

* 성경에 나오는 페르시아의 왕비로, 화려하게 꾸미고 연회에 참석해서 미모를 자랑하라는 황제의 명을 거부해 폐위되었다.

이 시작되었는데, 전부 그녀와는 상관없는 계획이었지만 조언은 못해도 공감은 표해야 했다. 그다음엔 끝도 없이 많은 편지들을 써야 했다. 이디스가 그녀의 엘로캉스 뒤 비예*에 달콤한 찬사를 보내며 편지 쓰는 일을 모조리 그녀에게 떠넘겼던 것이다. 그런 다음 숄토가 아침 산책에서 돌아오면 잠시 함께 어울리고, 하인들이 점심을 먹는 동안 아이들을 돌봐주고, 마차를 타고 나가거나 방문객들을 맞이했다. 이모와 사촌 부부에게 만찬이나 아침 약속이 있는 날은 좀더 한가하긴 했지만, 오히려 활동이 없을 때면 더 지치고 우울한 기분과 허약한 건강상태만 부각되었다.

마거릿은 말은 하지 않았지만 고향집 같은 존재인 딕슨이 밀턴에서 돌아오기를 손꼽아 기다리고 있었다. 그 늙은 하인은 지금까지도 밀턴에서 헤일가의 일을 정리하느라 바빴다. 마거릿에겐 오랫동안 함께 살았던 사람들에 관한 소식이 완전히 끊긴 것이 갑작스러운 정신적 기근처럼 느껴졌다. 사실 딕슨이 이따금 사무적인 편지에서 손턴이 가구는 어떻게 처분하고 크램프턴 집주인은 어떻게 다룰 것인지 조언해줬다고 전해주기는 했다. 하지만 손턴의 이름이나 밀턴 사람들 이름은 어쩌다 한 번씩 등장할 뿐이었다. 마거릿은 어느 날 저녁 레녹스 부부의 응접실에 홀로 앉아 딕슨의 편지들을 손에 든 채 생각에 잠겨 있었다. 그녀는 과거를 회상하며 자신이 떠나온, 그러나 아무도 자신을 그리워하지 않는 그곳의 분주한 삶을 그려보았다. 그곳 사람들은 자신과 아버지가 아예 존재한 적도 없었던 것처럼 분주한 삶을 이어가고 있는 건 아

* éloquence du billet. 프랑스어로 '뛰어난 편지 글솜씨'라는 뜻.

닐까 하는 생각이 들었다. 자신을 그리워하는 사람이 아무도 없는 건 아닐까 하는 의문도 들었다(히긴스는 빼고. 히긴스 생각은 하고 있지 않았다). 그때 갑자기 하인이 벨 씨의 방문을 알렸다. 마거릿은 황급히 편지들을 바느질 바구니에 넣고 나쁜 짓이라도 하고 있었던 것처럼 얼굴을 붉히며 일어섰다.

"오, 대부님! 대부님을 뵙게 될 줄은 생각도 못했어요!"

"그래도 그렇게 예쁘게 화들짝 놀라지만 말고 환영도 해주기 바란다."

"저녁은 드셨어요? 어떻게 오셨어요? 저녁 좀 차리라고 할게요."

"너도 함께 먹겠다면 그래라. 그게 아니라면, 이 세상에 나만큼 먹는 걸 안 좋아하는 사람이 없지. 다른 사람들은 어디 있니? 저녁 먹으러 나간 거니? 너 혼자 두고?"

"아, 네! 혼자 쉴 수 있어서 얼마나 좋은데요. 방금 무슨 생각을 했냐 하면…… 그래도 저녁 좀 드시겠어요? 집에 먹을 게 있나 모르겠네요."

"사실은 클럽에서 저녁 먹었다. 그런데 그곳 음식맛이 예전만 못하더구나. 그래서 네가 저녁을 먹으면 같이 먹어볼까 생각했다만, 아니 신경쓰지 마라, 신경쓰지 마! 영국엔 갑작스러운 식사 준비를 믿고 맡길 만한 요리사가 열 명도 안 되지. 솜씨와 불이 따라줘도 성질머리가 안 따라줄걸. 마거릿, 차나 좀 다오. 그런데 무슨 생각을 하고 있었다고? 좀전에 뭐라고 말하려 했잖아. 대녀야, 아까 그렇게 급히 감춘 그 편지들은 뭐니?"

"그냥 딕슨이 보낸 편지예요." 마거릿이 얼굴을 새빨갛게 붉히며 대답했다.

"어휴! 그게 다니? 나랑 같은 기차를 타고 런던에 올라온 사람이 누군지 아니?"

"모르겠어요." 마거릿이 맞혀볼 생각조차 하지 않고 대답했다.

"너의 뭐라고 불러야 하나? 사촌의 남편의 형제를 뭐라고 부르지?"

"헨리 레녹스 씨요?" 마거릿이 물었다.

"그래. 전부터 아는 사이지, 그렇지? 마거릿, 헨리 레녹스는 어떤 사람이니?"

"전에는 그를 좋아했어요." 마거릿이 잠시 눈을 내리깔며 대답했다. 그러다가 시선을 들고 자연스러운 태도로 말을 이었다. "대부님도 아시다시피 오빠 일로 그와 편지를 주고받았어요. 하지만 못 만난 지 삼 년이 다 되어가니 변했을지도 모르죠. 대부님은 그를 어떻게 생각하세요?"

"모르겠다. 그는 처음엔 내가 누군지 알아내느라 바빴고, 그다음엔 내가 어떤 사람인지 알아내느라 자기가 어떤 사람인지 내보일 틈이 없었지. 그래도 자신의 대화 상대가 어떤 사람인지 은근히 호기심을 드러내는 건 좋은 태도도 아니고 그의 성격도 나타내주지. 마거릿, 그가 미남이라고 생각하니?"

"아뇨! 절대로요. 대부님은요?"

"나도 그렇다. 하지만 넌 미남이라고 여길 수도 있다고 생각했지. 그 친구는 여기 자주 오니?"

"런던에 있을 때는 그런 것 같아요. 제가 온 후로 지금까지 순회재판 중이거든요. 그런데 대부님, 옥스퍼드에서 오신 거예요, 아니면 밀턴에서 오신 거예요?"

"밀턴. 내가 훈제된 거 안 보이니?"

"보이죠. 하지만 옥스퍼드의 오래된 물건들 때문일 수도 있다고 생각한걸요."

"이런, 사람이 분별이 있어야지! 내가 밀턴의 네 집주인 때문에 얼마나 애먹었는지 아니? 옥스퍼드의 모든 집주인을 내 맘대로 다루는 것보다 두 배는 힘들었어. 그런데도 끝내 나를 이겨먹더라. 네 집주인은 내년 6월에 일 년 기한을 채울 때까지 세를 못 빼주겠다는구나. 손턴이 새로 세입자를 구해줬으니 망정이지. 마거릿, 너 왜 손턴 안부도 안 묻는 게냐? 손턴은 그동안 네 친구 노릇을 단단히 했는데. 내 일을 반 이상 거들어줬지."

"손턴 씨는 어떻게 지내세요? 손턴 부인은요?" 마거릿이 황급히 물었다. 제대로 말하려고 했지만 자신도 모르게 속삭이는 소리가 되었다.

"잘 지내는 것 같다. 그 집에서 묵다가 손턴 양 결혼식 때문에 하도 시끄러워서 쫓겨나왔다. 손턴도 견디기 힘든 것 같더구나. 동생인데도 말이다. 자기 방에 들어가서 혼자 틀어박혀 있곤 하더라. 그런 걸 좋아할 나이는 지났으니까. 주인공으로든 보조적인 입장으로든. 난 그 집 노부인이 분위기에 휩쓸려 딸과 함께 오렌지꽃*과 레이스에 열광하는 걸 보고 놀랐다. 손턴 부인은 엄격해서 안 그럴 줄 알았는데."

"딸의 나약함을 덮기 위해서라면 어떤 감정이라도 꾸며서 보이실 분이에요." 마거릿이 목소리를 낮춰서 말했다.

"그럴지도 모르지. 손턴 부인에 대해 연구를 좀 했구나, 응? 마거릿, 손턴 부인은 너를 많이 좋아하는 것 같진 않더라만."

---

* 순결의 상징으로 신부가 결혼식 때 머리에 장식한다.

"알아요. 오, 드디어 차가 나왔네요!" 마거릿이 안도한 듯 외쳤다. 차와 함께 헨리 레녹스가 들어왔다. 늦은 저녁을 먹고 할리 스트리트로 걸어온 것이었는데, 형 부부가 집에 있으리라고 확신한 게 분명했다. 헬스톤에서 그의 청혼을 거절한 후 처음 만나는 자리여서 마거릿은 그도 자신처럼 다른 사람이 함께 있는 걸 고맙게 여길지도 모른다고 생각했다. 처음엔 그에게 무슨 말을 해야 할지도 몰랐고, 찻상을 차리느라 자신은 침묵을 지켜도 되고 레녹스 씨는 마음을 가다듬을 시간을 벌게 된 것이 다행스러웠다. 사실 레녹스 씨는 마거릿과의 어색한 만남이라는 피치 못할 일을 해치울 요량으로 억지로 할리 스트리트에 온 것이었다. 레녹스 대령과 이디스가 함께 있어도 어색했을 텐데 집에 여자가 마거릿뿐이라 부득이 그녀와 많은 대화를 나누어야만 했기에 두 배는 더 어색했다. 마거릿이 먼저 평정을 되찾았다. 어색하고 수줍은 순간이 지나가자 그녀는 제일 먼저 머리에 떠오른 화제를 꺼냈다.

"레녹스 씨, 오빠 일로 애써주셔서 정말 감사드려요."

"결과가 좋지 못해서 미안할 뿐입니다." 헨리 레녹스가 벨 씨 앞에서 어디까지 말해도 되는지 가늠하듯 벨 씨를 흘끗 보며 대답했다. 마거릿은 그의 그런 생각을 읽기라도 한 것처럼 벨 씨를 향해 말했다. 벨 씨를 대화에 참여시키고, 그도 프레더릭의 혐의를 벗겨주기 위해 행해진 모든 노력에 대해 알고 있음을 암시하기 위해서였다.

"그 호록스 말예요…… 마지막으로 찾아낸 목격자. 그 사람도 다른 사람들처럼 증인으로 세울 수 없게 됐어요. 레녹스 씨가 알아보셨는데 바로 지난 8월에 오스트레일리아로 출항했대요. 오빠가 영국에 와서 목격자들 명단을 주기 두 달 전에……"

"프레더릭이 영국에 왔었다고? 나한테 그런 말은 한 적 없잖니!" 벨 씨가 놀라서 외쳤다.

"알고 계신 줄 알았어요. 전 대부님도 반드시 들으셨을 거라고 생각했거든요. 물론 그건 극비사항이고, 지금도 말하면 안 되는 건지도 모르지만." 마거릿이 조금 당황하면서 말했다.

"전 형에게도, 사촌분에게도 말 안 했습니다." 레녹스 씨가 직업적인 냉담함이 느껴지는 어조로 나무라듯 말했다.

"신경쓸 것 없다, 마거릿. 난 말 많은 세상에 살고 있지 않으니까. 내 주위엔 나에게 꼬치꼬치 캐내려는 사람들이 없거든. 충직한 늙은 은둔자에게 무심코 비밀을 누설했다고 그렇게 겁먹은 표정 지을 것 없다. 프레더릭이 영국에 왔었다는 걸 절대 입 밖에 내지 않으마. 나한테 그런 거 물어볼 사람도 없으니 말하고 싶은 유혹도 느끼지 않을 거란다. 잠깐!" 그는 갑자기 말을 멈췄다. "그때가 네 어머니 장례식 때였니?"

"오빠는 어머니 임종을 지켰어요." 마거릿이 조용히 대답했다.

"확실하구나! 확실해! 가만, 그때쯤 프레더릭이 오지 않았느냐고 누가 물어서 내가 절대 아니라고 대답했는데, 불과 몇 주 전 일인데…… 그게 누구였더라? 아! 생각났다!"

하지만 벨 씨는 그 이름을 말하지 않았다. 마거릿은 그게 혹시 손턴이 아니었는지 묻고 싶은 마음이 너무도 간절했지만 차마 물을 수 없었다.

잠시 침묵이 흐른 뒤 레녹스 씨가 마거릿에게 말했다. "이제 벨 씨도 진퇴양난에 빠진 프레더릭의 처지를 모두 알게 되셨으니, 프레더릭에게 도움이 될 증거에 대한 조사가 현재 어디까지 진행되었는지 정확히 알려드리는 게 최선이겠군요. 벨 씨께서 내일 저와 함께 아침식사를 하는 영광을 베풀어주신다면, 사라진 목격자들 명단을 함께 검토할 수 있을 겁니다."

"저도 자세한 얘기를 다 듣고 싶어요. 여기로 와주실 수 있으세요? 제가 두 분을 아침식사에 초대할 입장은 못 되네요. 물론 두 분이 환영받으시리란 건 확신하지만요. 그래도 오빠에 관한 모든 걸 알고 싶어요. 현재로선 아무런 희망도 없다고 해도요."

"열한시 반에 약속이 있습니다. 하지만 원하신다면 꼭 오죠." 레녹스 씨가 조금 생각해보더니 아주 흔쾌히 대답했고, 마거릿은 자신도 모르게 움츠러들며 그런 제안을 한 걸 후회했다. 사실 그녀 입장에서는 자연스러운 제안이었는데도 말이다. 벨 씨가 일어나서 두리번거리며 모자를 찾았다. 테이블에 차를 놓느라 그의 모자를 딴 데 치워두었던 것이다.

"흠! 레녹스 씨는 어쩌고 싶은지 모르겠지만 난 이만 집에 가야겠어. 오늘 여행을 했더니 말이야. 이제 여행을 하면 예순이 넘은 나이가 느껴져." 벨 씨가 말했다.

"전 더 있다가 형과 형수님을 만나봐야 할 것 같습니다." 레녹스 씨는 떠날 기색을 보이지 않았다. 마거릿은 그와 단둘이 남겨질 생각을 하니 부끄러움과 어색함에 공포를 억누를 수가 없었다. 헬스톤 집 정원의 작은 테라스에서 있었던 장면이 그녀에겐 아직도 생생했기에 레녹스 씨도 역시 마찬가지일 거라고 믿지 않을 수 없었다.

"대부님, 아직 가지 마세요. 제발 부탁이에요." 마거릿이 황급히 말했다. "대부님께 이디스를 보여드리고 싶어요. 이디스한테도 대부님을 소개해주고요. 제발요!" 그러면서 벨 씨의 팔에 손을 가볍게, 하지만 단호하게 얹었다. 벨 씨는 그녀의 당혹스러운 표정을 보고 마치 그녀의 가벼운 손길이 저항할 수 없는 힘을 지닌 것처럼 도로 앉았다.

"레녹스 씨, 난 이렇게 마거릿에게 꼼짝 못한다오. 단어 선택은 또 얼마나 현명하게 하는지. 나한테는 빼어난 미인이라는 사촌 이디스를 '보여주고' 싶다고 하고, 레녹스 부인에게는 나를 '소개해주고' 싶다고 했잖소. 성격이 워낙 정직하다보니 말을 바꿀 수밖에 없었던 게야. 마거릿, 난 '보여주고' 싶은 인물은 못 되지, 그렇지?"

벨 씨는 자신이 가겠다고 했을 때 마거릿이 당황하는 걸 보고 그녀가 마음을 진정시킬 시간을 주기 위해 농담한 것이었다. 마거릿도 그걸 눈치채고 농담을 받았다. 레녹스 씨는 형인 레녹스 대령이 어떻게 마거릿에 대해 아름다운 모습을 다 잃었다고 말할 수 있었던 건지 의아했다. 하지만 차분한 검정 드레스 차림의 마거릿은 흰 상복을 입고 긴 금발을 휘날리며 춤추는, 온통 부드럽고 반짝이는 이디스와는 확실히 대조적이었다. 이디스는 벨 씨에게 소개될 때 보조개를 보이며 적절하게 얼굴을 붉혔다. 미인의 명성을 지켜야 한다는 걸 의식하고 있었을 뿐만 아니라, 아무도 들어본 적이 없는 대학 연구원의 모습을 한 벨 씨일망정 숭배하고 경탄하기를 거부하는 모르드개*로 만들 수는 없었기 때문이다. 쇼 부인과 레녹스 대령도 각자의 방식으로 진심을 다해 다정하게 반겨주어 벨 씨는 자신도 모르게 그들을 좋아하게 되었고, 특히 마거릿이 그 집에서 딸이자 자매로 자연스럽게 자리잡은 걸 보자 더욱 그들

---

* 「에스더」에 등장하는 인물로 하만에게 경의를 표하기를 거부해 처형될 뻔했다.

에게 호감이 갔다.

이디스가 말했다. "저희가 집에 없을 때 오셔서 정말 안타까워요. 헨리도요! 헨리를 위해 우리가 집에 있었어야 했는지는 모르겠지만요. 그리고 벨 씨도요! 마거릿의 벨 씨를 위해……"

그러자 그녀의 시동생이 대꾸했다. "형수님이 어떤 희생인들 마다하셨겠습니까. 만찬까지 포기하셨을걸요! 이런 아주 잘 어울리는 드레스를 입는 기쁨까지도요."

이디스는 인상을 써야 할지 웃어야 할지 알 수 없었다. 하지만 그녀가 인상을 쓰도록 몰아가선 안 되기에, 레녹스 씨는 이렇게 말을 이었다.

"내일 아침에 형수님의 희생정신을 보여주시겠습니까? 우선 제가 벨 씨를 만날 수 있도록 아침식사에 초대해주시고, 둘째로 식사 시간을 열시가 아닌 아홉시 반으로 정해주시면 정말 감사하겠습니다. 헤일 양과 벨 씨에게 보여줄 편지들과 서류들이 있어서요."

"벨 씨께서는 런던에 머무시는 동안 저희 집을 자신의 집처럼 여겨주셨으면 좋겠습니다. 침실을 하나 내드려야 하는데 그럴 수 없어서 대단히 안타깝습니다." 레녹스 대령이 말했다.

"고맙소. 정말 고마워요. 그랬다면 나를 막돼먹은 사람으로 여겼을 거요. 이렇게 좋은 분들과 함께 있고 싶은 유혹에 끌리면서도 호의를 거절해야만 했을 테니까." 벨 씨가 모두에게 절을 하며 말했다. 그래도 속으로는 말을 멋지게 돌려서 한 걸 기뻐했는데, 그의 진심을 솔직하게 표현하자면 다음과 같았다. '난 이렇게 말과 행동이 공손하고 올바른 사람들의 절제를 견딜 수가 없어. 꼭 소금 안 친 고기 같거든. 남는 방

이 없다니 다행이지. 말을 기가 막히게 돌려서 했어! 나도 훌륭한 매너의 요령을 터득했군그래.'

벨 씨는 거리로 나와 헨리 레녹스와 나란히 걸을 때까지 그런 자기만족에 젖어 있었다. 그러다 아까 마거릿이 더 있어달라고 간청하던 모습이 문득 떠올랐고, 오래전 헨리 레녹스의 지인이 그가 마거릿을 흠모하고 있다고 귀띔해준 것도 기억났다. 그것이 벨 씨의 생각에 새로운 방향을 제시했다. "헤일 양과 알고 지낸 지 오래됐지요? 오늘 보니까 어땠소? 난 창백하고 병약해 보이던데."

"전 아주 좋아 보인다고 생각했습니다. 지금 생각해보니, 아까 처음 봤을 땐 그렇지 않았던 것 같군요. 하지만 점점 생기를 찾으면서 예전과 다름없이 좋아 보였습니다."

"헤일 양은 그동안 힘든 일을 많이 겪었소." 벨 씨가 말했다.

"네! 그동안 헤일 양이 겪은 일들을 듣고 저도 안타까웠습니다. 죽음으로 인한 흔하고 보편적인 슬픔뿐만 아니라 아버지의 행동이 초래한 고통까지……"

"아버지의 행동이라니!" 벨 씨가 놀란 어조로 말했다. "어디서 뭘 잘못 들은 것 같군. 그는 가장 양심적으로 행동했소. 난 그에게 그런 대단한 결단력이 있는 줄은 몰랐소."

"어쩌면 제가 잘못 들은 건지도 모르겠습니다. 하지만 헤일 씨 후임인 똑똑하고 현명하며 대단히 활동적인 목사에게 듣기론, 굳이 성직을 포기한 후 가족을 이끌고 공업도시로 가서 개인교습을 하면서 살 필요는 없었다고 합니다. 주교께서 다른 성직을 제안하신 건 사실이지만, 종교적 회의가 생겼다고 하더라도 그 자리에 그냥 있어도 되는 상황이었으니 사직할 이유는 없었던 거지요. 하지만 사실 이 시골 목사들은 너무 고립된 삶을 살다보니, 그러니까 상대에 맞춰 자신을 통제하고 자신이 지나치게 빨리 가거나 느리게 갈 때 그걸 알 수 있게 해주는 교양 수준이 비슷한 사람들과의 교유가 단절되어 있기 때문에, 자신이 종교적 회의에 빠졌다는 상상에 사로잡히고 그런 불확실한 상상을 바로잡을 기회를 포기하기 십상이지요."

"난 의견이 달라요. 시골 목사들이 고인이 된 나의 친구 헤일과 같은 결정을 내리기 십상이라고 생각하지 않소." 벨 씨는 속으로 부아가 치밀었다.

"어쩌면 제가 '십상'이라는 표현으로 지나치게 일반화시켰을 수도 있지요. 하지만 확실히 그들의 삶은 과도한 자족이나 병적인 양심을 낳는 경우가 매우 흔합니다." 레녹스가 완벽한 냉정함을 보이며 말했다.

"그럼 변호사들에게선 자족을 찾아볼 수 없소? 병적인 양심은 확실히 찾기 힘들 것 같고." 벨 씨가 말했다. 점점 더 부아가 치밀어 방금 터득한 훌륭한 매너의 요령을 잊고 만 것이다. 헨리 레녹스는 그제야 자신이 길동무를 화나게 한 걸 깨달았다. 그는 벨 씨와 함께 걸어가는 동안 무슨 말이라도 해서 시간을 보내기 위해 그런 얘기를 했을 뿐 사실 그 문제에는 아무 관심도 없었기에 조용히 말을 돌렸다. "헤일 씨 나이에 자신의 신념을 위해 굳어진 습관들을 버리고 이십 년 산 집을 떠나는 일에도 좋은 점은 확실히 있지요. 그 신념이 잘못된 것이라고 해도 상관없습니다. 어차피 무형의 생각이니까요. 우리는 그분께 감탄을 보내지 않을 수 없습니다. 돈키호테에게 느끼는 연민 섞인 감탄 말입니다. 게다가 헤일 씨는 진정한 신사셨지요! 헬스톤에 찾아갔을 때 그분이 보여준 세련되고 소박한 환대를 잊을 수가 없습니다."

벨 씨는 화가 절반 정도밖에 누그러지지 않았지만, 자기 양심의 가책을 달래기 위해 헤일의 행동에 돈키호테적인 면이 있었다고 믿고 싶어져서 이렇게 외쳤다. "맞소! 레녹스 씨는 밀턴에 대해 모를 거요. 헬스톤과는 완전히 딴판이지! 난 헬스톤에 가본 지 오래됐지만 모든 게 그대로일 거라고 장담할 수 있소. 막대기 하나, 돌멩이 한 개도 지난 세기 그대로지. 반면에 밀턴은 사오 년마다 가고 거기서 태어나기도 했지만 길을 잃을 때가 많아요. 정말이오…… 그렇지, 우리 아버지 과수원에 지어놓은 창고들 사이에서 말이오. 여기서 헤어져야 하나? 그럼 잘 가시오. 내일 아침에 할리 스트리트에서 보지요."

20장

전부 꿈은 아니었다

나 젊을 적 공중에 떠다니던
소리들은 어디 있을까?
이제 마지막 진동마저 사라지고
들어주는 이도 없네.
아! 눈 감고 꿈꾸게 해주오.*
—W. S. 랜더

레녹스 씨와 대화하던 중에 벨 씨의 깨어 있는 머리에 떠오른 헬스톤 생각은 밤새 그의 꿈속에서 마구 날뛰었다. 그는 지금 연구원으로 있는 대학의 교수로 돌아갔고 다시 긴 방학을 맞이해 갓 결혼한 친구, 자랑스러운 남편이자 헬스톤의 행복한 교구목사인 헤일의 집에서 묵고 있었다. 그들은 조잘대는 개울들을 불가능한 도약으로 뛰어넘었으며, 마치 온종일 공중에 떠 있는 것 같았다. 시간과 공간은 진짜가 아니었지만 다른 것들은 다 진짜처럼 보였다. 모든 사건이 실제 존재가 아닌 마음속 감정으로 판단되었는데, 실제로 존재하지 않았기 때문이다. 하지만 가을빛으로 물든 무성한 나뭇잎들은 눈부시게 아름다웠고, 꽃

* 월터 새비지 랜더의 「늙은 나무에서 떨어진 마지막 열매」 중 경구 24.

과 허브의 강렬한 향기는 달콤하게 감각을 깨웠으며, 젊은 아내는 가난한 자신의 처지에 대한 짜증과 잘생기고 헌신적인 남편에 대한 자랑스러움이 뒤섞인 감정으로 집안을 돌아다녔다. 벨 씨가 이십오 년 전에 실생활에서 알게 된 사실이었다. 꿈이 어찌나 생생한지 깨어나보니 현재의 삶이 꿈 같았다. 지금 내가 어디 있는 거지? 멋지게 꾸며진 런던의 아담한 호텔방에 있었다. 방금 나에게 말을 걸고, 내 주위를 돌아다니고, 나를 만지던 사람들은 어디 있지? 죽었다! 땅에 묻혔다! 영원히, 이 세상이 끝날 때까지 만날 수 없다. 그는 좀전까지 젊음의 혈기가 충만했는데 지금은 노인이었다. 그는 자신의 고독한 삶에 대한 생각을 견딜 수가 없었다. 그래서 황급히 일어나 현실이 될 수 없는 꿈을 잊으려고 애쓰며 할리 스트리트에 아침식사를 하러 가기 위해 서둘러 옷을 입었다.

벨 씨는 변호사의 자세한 결과보고에 집중할 수가 없었다. 목격자 한 사람 한 사람의 운명이 결정되고 프레더릭의 무죄를 밝혀줄 증거가 한 조각 한 조각 땅에 떨어져 사라지면서 마거릿의 눈동자가 커지고 입술이 창백해지는 게 보였던 것이다. 마지막 희망의 소멸에 가까워지면서 레녹스 씨의 잘 절제된 직업적인 목소리마저 부드럽고 다정해졌다. 마거릿은 그런 결과를 모르지는 않았다. 하지만 연이은 실망스러운 소식들이 무자비할 정도로 세세하게 전해지면서 모든 희망이 사라지자 결국 울음을 터뜨리고 말았다. 레녹스 씨가 보고서 읽는 걸 중단했다.

그가 걱정스러운 목소리로 말했다. "이 일은 더이상 진행하지 않는 게 좋겠습니다. 제가 어리석은 제안을 했어요. 헤일 중위는," 군에서 가혹하게 쫓겨나긴 했지만 그래도 마거릿에겐 그가 오빠에게 계급명을 붙여주는 게 위안이 되었다. "헤일 중위는 지금 행복합니다. 해군에 남아 있었더라도 재산이나 장래성 면에서 지금보다 안정적일 순 없었을 거예요. 게다가 분명 부인분 나라의 국적을 취득했을 겁니다."

"맞아요. 슬퍼하는 제가 너무 이기적인 거죠. 하지만 전 오빠를 잃은 거잖아요. 너무 외로워요." 마거릿이 미소 지으려고 애쓰며 말했다. 레녹스 씨는 서류를 넘기며 자신이 언젠가는 이룰 부와 성공을 지금 이미 이루었다면 얼마나 좋을까 생각했다. 벨 씨는 코를 풀었지만 역시 침묵을 지켰다. 마거릿은 잠시 후 감정을 이겨내고 평정을 되찾은 듯 보였다. 그녀는 레녹스 씨에게 그동안 애써준 것에 대해 정중히 감사의 뜻을 표했는데, 자신이 눈물을 보이는 바람에 그가 자신에게 불필요한 고통을 줬다고 생각할까봐 한층 더 정중하고 상냥한 태도를 취했다. 하지만 그 고통은 그녀가 피할 수 있는 것이 아니었다.

벨 씨가 그녀에게 작별인사를 하러 다가왔다.

그가 장갑을 만지작거리며 말했다. "내일 고향을 둘러보러 헬스톤에 내려갈 건데, 너도 같이 가겠니? 너한텐 너무 고통스러울까? 솔직히 말해보렴."

"오, 대부님." 마거릿은 더이상 말을 잇지 못했지만 벨 씨의 통풍 걸린 늙은 손을 잡고 입술을 댔다.

"알았다, 알았어. 그걸로 충분하다." 벨 씨가 어색해서 얼굴을 붉히며 말했다. "너의 쇼 이모님이 날 믿고 보내줄 거다. 내일 아침에 출발하면 두시쯤 도착하겠지. 먼저 간단하게 요기하고 나서 거기 있는 작은 여인숙에, 이름이 레너드 암즈였지, 만찬을 주문해놓고 숲에 가자꾸나. 식욕 좀 생기게. 마거릿, 버텨낼 수 있겠니? 우리 둘 다에게 강행군이 될 거야. 하지만 적어도 난 즐거울 거다. 숲에 다녀온 다음 그래 봤자 암사슴 고기겠지만 식사하고 나서, 난 낮잠을 좀 잘 테니 그동안 넌 나가서 옛날 친구들을 만나렴. 너를 안전하게 데리고 갔다 오마. 철도사고만 나지 않는다면 말이다. 출발 전에 네 몫으로 천 파운드짜리 생명보험을 들어주면 네 친척들이 안심할 수 있을 거다. 별일 없으면 금요일 점심 때까지 쇼 부인에게 데려다주마. 네가 좋다고 하면 지금 위층에 올라가서 쇼 부인에게 말해야겠다."

"얼마나 좋은지 말로 표현할 수가 없어요." 마거릿이 눈물을 흘리며 말했다.

"좋아, 그럼 고마운 마음의 표시로 앞으로 이틀간은 너의 눈물샘을 말려다오. 네가 울면 나도 눈물샘이 근질거릴 텐데 난 그거 싫다."

"한 방울도 안 흘릴게요." 마거릿은 속눈썹에 매달린 눈물을 없애려고 눈을 깜짝거리며 억지로 미소를 지었다.

"그래야 착하지. 그럼 우리 같이 위층으로 올라가서 매듭을 짓자."

벨 씨가 쇼 이모에게 여행 계획을 얘기하는 동안 마거릿은 열의로 몸이 떨릴 지경이었다. 쇼 부인은 처음엔 깜짝 놀랐고 그다음엔 회의와 당혹감을 보이다가 결국 동의했지만, 그건 자신의 확신보다는 벨 씨의 강력한 말 때문이었다. 그녀는 그 일의 정당성이나 적절성 여부와는 무관하게 마거릿이 무사히 돌아올 때까지, 그 일이 잘 마무리되어 그녀 스스로 '벨 씨는 무척이나 큰 친절을 베풀었고 나도 마거릿에게 그렇게 해주고 싶었어. 마거릿은 그동안 고통의 시기를 보냈으니 그런 변화가 꼭 필요했지'라고 말할 수 있을 때까지 만족할 수 없었던 것이다.

21장

옛날과 지금

그 옛날 행복했던 시절
나 그 시절로 자주 찾아가지만
죽음이 내 곁에서 갈라놓은 친구들
여전히 그립기만 하네.

하지만 진정한 우정 영원하다면
마음이 찾는 것은 마음,
마음속에서 우리 지복을 찾고
마음속에서 친구들과 함께하네.*
—울란트

마거릿은 약속시간보다 훨씬 전에 준비를 끝내 아무도 안 볼 때 조용히 조금 울 시간이 있었기에 누구 앞에서든 환하게 미소 지을 수 있었다. 혹시 기차를 놓칠까봐 겁에 질리긴 했지만, 아니었다! 제시간에 기차역에 도착했다. 그녀는 기차에서 벨 씨 맞은편에 앉아서야 한숨 돌리고 행복한 기분에 젖을 수 있었다. 기차가 잘 알려진 역들을 지나가며 달렸고, 맑고 따스한 햇살 아래 잠들어 있는 남부의 오래된 크고 작은 시골마을이 보였다. 기와지붕이 햇살을 받아 더 붉게 보여서 북부

* 독일 시인 요한 루트비히 울란트의 「도강(渡江)」.

의 차가운 슬레이트 지붕과 선명한 대조를 이루었다. 새끼 비둘기들이 이 뾰족하게 솟은 고풍스러운 박공지붕 위를 맴돌다가 여기저기에 천천히 내려앉아 온몸에 태양의 달콤한 온기를 받으려는 듯 그 보드랍고 빛나는 깃털을 곤두세웠다. 기차역에는 사람들이 별로 없었다. 다들 자신이 사는 곳에 만족해서 여행하고 싶은 마음이 없는 모양이었다. 마거릿이 런던과 북서부 노선을 두 차례 여행하면서 목격했던 북적거림과 소란스러움은 찾아볼 수가 없었다. 연말이 다가오면 이 노선도 부유한 행락객들로 활기를 띠겠지만, 분주한 상인들의 왕래가 끊이지 않는 북쪽 노선들과는 늘 사뭇 달랐다. 이 노선에는 거의 모든 역에 할일 없는 구경꾼이 한두 명씩 있었다. 그들은 주머니에 손을 넣고 구경에만 열중하고 있어, 여행객들은 기차가 떠나고 텅 빈 철로와 오두막 몇 채, 먼 들판만 남겨지면 그들이 뭘 할까 궁금증을 느끼게 되었다. 금빛 정적에 싸인 대지 위로 뜨거운 열기가 일렁이고 농장들이 연이어 스쳐지나갔다. 마거릿은 그 풍경에서 「헤르만과 도로테아」* 같은 독일의 전원시들과 「에반젤린」**을 떠올렸다. 그러다 이 백일몽에서 깨어났다. 기차에서 내려 헬스톤까지 가는 마차를 타야 할 곳에 도착한 것이다. 이제 더 날카로운 감정들이 그녀의 심장을 관통했는데 고통인지 기쁨인지 구분하기 힘들었다. 마차를 타고 달리는 내내 세상 무슨 일이 있어도 놓치고 싶지 않은 추억들이 떠올랐지만, 그 모든 추억이 형언할 수 없는

---

* 요한 볼프강 폰 괴테의 서사시.

** 헨리 워즈워스 롱펠로의 서사시. 에반젤린이 연인을 찾아 헤매는 동안 지나는 풍경을 상세히 묘사하는 내용이 있다.

갈망에 젖어 '가버린 날들'*을 외치게 만들었다. 이 길을 마지막으로 지났던 것은 아버지 어머니와 함께 고향을 떠날 때였다. 그날 그 계절은 음울했고 그녀 자신은 아무런 희망이 없었지만 그래도 그때는 부모님이 곁에 있었다. 이제 그녀는 홀로 남겨진 고아였다. 부모님은 기이하게도 그녀 곁을 떠나버렸다. 지상에서 사라져버렸다. 헬스톤 길에 햇살이 가득한 게, 굽이마다 친근한 나무마다 예전과 다름없이 여름의 찬란함을 뽐내는 게, 그녀에겐 상처가 되었다. 자연은 변함없이 영원한 젊음을 누리는 듯했다.

벨 씨는 그녀가 어떤 심정일지 헤아리고 현명하고도 친절하게 침묵을 지켜주었다. 그들은 레너드 암즈로 달려갔다. 농장집이자 여인숙인 레너드 암즈는 여행객들의 돈에 크게 의존하지 않아 눈에 잘 띄는 곳에 위치해 손님을 끌 필요가 없으니, 손님들이 찾아와야 한다고 말하듯 길에서 좀 떨어진 곳에 자리하고 있었다. 여인숙은 마을 공유지에 면해 있었고 바로 앞에 태곳적부터 그곳을 지켜온 라임나무가 사방이 벤치로 둘러싸인 채 서 있었다. 그리고 그 나무의 무성한 잎에 가려진 안쪽 가지에 레너드 가문의 엄숙한 문장이 걸려 있었다. 여인숙 문은 활짝 열려 있었지만 부리나케 나와서 여행객을 맞이하는 사람은 없었다. 그들이 물건을 잔뜩 꺼낼 수 있을 만큼 시간이 흐른 후에야 안주인이 나타났다. 안주인은 그들이 초대받은 손님이기라도 한 것처럼 따뜻하게 환영해주더니, 늦게 나온 것에 대해 사과했다. 마침 건초 수확 시기라 들에 일꾼들이 먹을 걸 내가야 해서 바구니들을 꾸리느라 정신없는

* 앨프리드 테니슨의 시 「눈물, 덧없는 눈물」의 마지막 후렴구.

탓에 마차 소리를 듣지 못했다는 것이다. 게다가 마차는 큰길을 벗어난 뒤로는 짧고 부드러운 잔디 위를 달려와서 소리가 많이 나지도 않았다.

"어머나, 세상에!" 안주인이 사과를 마치면서 깜짝 놀라 외쳤다. 지금까지 어둑한 응접실에서 눈에 띄지 않던 마거릿의 얼굴에 햇살이 비쳤던 것이다. "헤일 양이잖아, 제니." 그녀는 문으로 달려가 딸을 불렀다. "이리 와, 얼른. 헤일 양이다!" 그러고는 마거릿에게 다가와 어머니처럼 다정하게 악수를 했다.

"다들 어떻게 지내고 계신가요? 목사님하고 딕슨은요? 특히 목사님요! 그분께 신의 은총이 있기를! 목사님이 떠나셔서 얼마나 섭섭했는지 몰라요."

마거릿은 아버지의 죽음에 대해 얘기해주려고 했다. 어머니 안부는 묻지 않는 것으로 보아 퍼키스 부인도 어머니의 죽음에 대해선 알고 있는 게 분명했다. 하지만 목이 메고 깊은 슬픔이 되살아나서 한마디밖에 할 수가 없었다. "아버지는요."

"설마, 그럴 리가 없어요!" 퍼키스 부인은 퍼뜩 떠오른 슬픈 의혹을 확인하려고 벨 씨를 돌아보며 말했다. "봄에 어떤 신사분이 오셨는데, 지난겨울이었는지도 모르겠네요, 그분이 헤일 씨와 마거릿 아가씨 얘기를 많이 해주셨거든요. 헤일 부인이 돌아가셨다는 소식도 전해주셨고요. 불쌍한 헤일 부인. 하지만 목사님이 아프시다는 얘기는 없었단 말이에요!"

"하지만 사실이오. 갑자기 세상을 떠났다오. 옥스퍼드에 나를 만나러 왔다가. 퍼키스 부인, 그는 훌륭한 사람이었고, 그렇게 평온한 최후를 맞이하는 건 사실 복이라고 할 수 있지. 얘야, 마거릿, 진정하렴! 마거릿의 아버지는 나의 가장 오랜 친구고 마거릿은 내 대녀라오. 그래서 마거릿을 데리고 고향을 둘러보러 온 거요. 난 예전의 퍼키스 부인이라면 우리에게 편안한 방과 최고의 식사를 제공할 수 있다는 걸 알고 있소만. 보아하니 나를 기억하지 못하는 듯한데 내 이름은 벨이오. 목사관이 꽉 찼을 때 한두 번 여기서 잔 적이 있지. 부인의 훌륭한 맥주 맛도 봤고."

"맞아요. 몰라 봬서 죄송해요. 헤일 양한테 정신이 쏠려서 그만. 마거릿 아가씨, 방으로 안내해드릴게요. 가서 모자 벗고 세수 좀 하세요. 그러잖아도 오늘 아침에 새로 꺾은 장미 몇 송이를 물항아리에 거꾸로 꽂아뒀어요. 혹시 누가 올지도 몰라서요. 사향장미향이 나는 샘물만큼 달콤한 게 없지요. 목사님이 돌아가시다니! 하긴, 사람은 누구나 죽기 마련이지만. 그래도 그 신사분 말로는 헤일 부인이 돌아가시고 힘들어하시다가 많이 좋아지고 있다고 했는데."

"퍼키스 부인, 헤일 양을 안내해주고 나한테 다시 내려와줘요. 식사 문제로 상의 좀 하고 싶으니까."

마거릿이 묵을 방의 작은 여닫이창은 장미와 포도덩굴로 뒤덮여 있었지만, 창문을 밀어서 열고 고개를 내밀자 나무 위로 목사관 굴뚝들 꼭대기가 보였고 나뭇잎 사이로 목사관 건물의 친근한 윤곽도 식별할 수 있었다.

퍼키스 부인이 침대를 정돈하고 제니에게 라벤더 향이 나는 수건을 한아름 가져오라고 시키며 말했다. "아! 세월이 변했어요, 아가씨. 새 목사님은 자녀가 일곱인데, 더 낳으려고 육아실을 짓고 있어요. 옛날에 정자와 공구실이 있던 자리에요. 벽난로들에 새로 쇠살대를 설치하고,

응접실에 판유리로 된 창문을 달았어요. 목사님과 부인은 활동적인 분들이고 좋은 일을 많이 하셨어요. 적어도 그분들 말로는 좋은 일이라고 하더군요. 그게 아니라면, 아주 작은 목적을 위해 다 뒤집어 엎어놓는 거라고 할 수 있고요. 있잖아요, 새 목사님은 금주가에다 치안판사예요. 목사님 부인은 실용적인 요리법을 많이 알죠. 이스트를 넣지 않고 빵 굽는 걸 좋아하고요. 그리고 두 분 다 말이 엄청 많은데다 둘이 동시에 떠들어서 아무도 못 당해요. 그분들이 가고 조용해져야 자기 입장에서도 할말이 있었다는 게 생각이 난다니까요. 목사님이 건초 수확하는 들에서 일꾼들 깡통을 일일이 들여다볼 거예요. 진저비어*가 아니라고 난리가 날 테지만 어쩔 수 없어요. 우리 할머니 때부터 우리는 건초 수확하는 일꾼들한테 좋은 맥아주를 먹였는걸요. 탈이 나면 소금과 센나**를 먹였고요. 난 할머니와 어머니의 방식을 따를 수밖에 없다고요. 헵워스 부인은 약 대신 호두사탕을 권하며 그게 훨씬 더 먹기 좋다고 하지만 못 믿어요. 아가씨, 난 이만 가봐야겠네요. 아가씨한테 듣고 싶은 얘기가 많은데. 금방 다시 올게요."

벨 씨는 크림을 얹은 딸기, 흑빵 한 덩어리, 우유 한 주전자(그리고 자신이 마실 포트와인 한 병과 스틸턴 치즈)를 차려놓고 마거릿이 아래층으로 내려오기를 기다리고 있었다. 두 사람은 이 시골식 점심식사가 끝나자 산책을 나섰다. 갈림길이 나왔는데, 양쪽 다 발길을 끄는 추억의 장소가 많아서 어느 길로 가야 할지 알 수가 없었다.

"목사관을 지나갈까?" 벨 씨가 물었다.

---

* 생강, 설탕, 레몬즙 등을 넣고 발효시켜 만든 음료.

** 설사가 나게 하는 약으로 쓰는 약초.

"아뇨, 아직은요. 이쪽으로 가요, 빙 돌아서 나중에 올 때 그리로 와요." 마거릿이 대답했다.

여기저기 지난가을에 베어놓은 고목들이 보였고, 무단거주자가 대충 지은 썩어가는 오두막이 사라진 것도 눈에 띄었다. 마거릿은 그것들 모두가 그리웠고 옛친구들을 잃은 것처럼 슬펐다. 곧 레녹스 씨와 스케치를 하던 곳을 지나게 되었다. 그땐 그 자리에 번개 맞은 하얀 자국이 있는 너도밤나무 고목 둥치가 있었고 그 나무의 뿌리에 레녹스 씨와 함께 앉았는데 이제 그 나무는 보이지 않았다. 쓰러져가는 오두막에 살던 노인도 죽고 없었다. 오두막을 허물고는 깔끔하고 그럴듯한 집을 새로 지어놓은 상태였다. 너도밤나무가 있던 자리에는 작은 정원이 꾸며져 있었다.

"전 제가 이렇게 나이가 많이 든 줄 몰랐어요." 마거릿이 잠시 침묵을 지키다가 말했다. 그녀는 한숨지으며 고개를 돌려버렸다.

"그래! 젊은 사람들은 친근한 것들의 변화를 처음 보았을 때 세월의 신비를 느끼지. 그러다 나중엔 신비한 느낌을 잃게 되고. 나는 보이는 모든 것의 변화를 당연하게 받아들인단다. 모든 인간사의 불안정성이 내겐 익숙해. 네겐 새롭고 압박감을 주겠지만." 벨 씨가 말했다.

"어린 수전을 만나러 가요." 마거릿이 숲속 빈터의 그늘 속으로 이어지는 풀이 우거진 도로로 벨 씨를 이끌었다.

"그러자꾸나. 어린 수전이 누군지는 모르겠다만. 하지만 난 수전은 다 좋아한단다. 순박한 수전* 때문에."

---

* 마리아 에지워스의 소설 「순박한 수전」의 주인공으로 착하고 정직한 인물이다.

"저의 어린 수전은 제가 작별인사도 못해주고 떠나서 무척 실망했을 거예요. 제가 조금만 더 애썼더라면 그런 실망을 주지 않았을 텐데. 그 일이 아직도 마음에 걸려요. 그런데 수전의 집은 여기서 멀어요. 피곤하지 않으시겠어요?"

"그럼. 네가 너무 빨리만 걷지 않는다면. 너도 알다시피 여긴 잠깐 멈춰서 한숨 돌릴 핑계가 될 만한 경치는 없구나. 내가 덴마크 왕자 햄릿이라면 넌 '땀을 흘리며 숨을 헐떡이는'* 사람과 함께 걸어가는 것도 낭만적이라고 생각할 수 있을 텐데. 햄릿을 생각해서라도 병약한 내게 연민을 가져다오."

"대부님을 생각해서 천천히 걷겠어요. 전 대부님이 햄릿보다 스무 배는 더 좋거든요."

"살아 있는 나귀가 죽은 사자보다 나은 법이니까?"

"그럴지도 모르죠. 전 제 감정을 분석하진 않아요."

"날 좋아해주는 마음을 기쁘게 받아들이마. 그 감정이 무엇으로 만들어진 것인지 꼬치꼬치 캐묻지 않고 말이다. 그런데 달팽이 걸음으로 걸을 필요는 없다."

"좋아요. 대부님 편하신 대로 걸으세요. 제가 따라갈 테니까요. 제가 너무 빨리 걸으면 멈춰 서서 명상에 잠기셔도 돼요. 대부님이 말씀하신 햄릿처럼요."

"고맙구나. 하지만 우리 어머니는 아버지를 죽이고 숙부와 결혼하지 않았으니 무엇에 대해 생각해야 할지 모르겠구나. 이따 저녁식사가 맛

---

* 「햄릿」 5막 2장에서 어머니 거트루드가 햄릿에게 한 말.

이 있을지 없을지 가늠해보는 것 빼고 말이다. 넌 어떻게 생각하니?"

"전 희망적으로 생각해요. 퍼키스 부인은 헬스톤에서는 요리를 잘하기로 유명했으니까요."

"건초 만드느라 정신이 반쯤 나가 있는 건 고려해봤니?"

마거릿은 자신이 과거 생각에 골몰하지 않도록 아무것도 아닌 일로 쾌활한 대화를 이어가려고 애쓰는 벨 씨의 친절한 마음을 느꼈다. 하지만 혼자이길 바라는 것이 배은망덕한 짓이라고 해도 소중한 추억이 깃든 이 길을 조용히 걷고 싶었다.

그들은 수전의 홀어머니가 사는 오두막에 도착했다. 수전은 집에 없었다. 교구학교에 갔다고 했다. 마거릿이 실망하는 기색을 보고 수전의 어머니가 사과하듯 뭔가 말하기 시작했다.

마거릿이 말했다. "오! 아주 좋은 일이에요. 학교에 다닌다니 정말 기뻐요. 그 생각을 했어야 했는데. 전에는 수전이 집에 있어서 미처 그 생각을 못했네요."

"네, 그랬죠. 나도 수전이 무척 보고 싶어요. 밤마다 부족하나마 내가 아는 걸 가르치긴 했지만 변변치는 않았죠. 이 어미를 많이 도와줬는데 그 아이가 없으니 정말 아쉬워요. 그러나 이제 이 어미보다 훨씬 유식해졌죠." 수전의 어머니가 한숨지으며 말했다.

벨 씨가 으르렁거리듯 말했다. "내 말은 틀린 말이니 그리 신경쓸 것 없소. 난 백 년은 뒤처진 생각을 갖고 사는 사람이거든. 하지만 내가 하고 싶은 말은, 그 아이는 집에서 어머니를 도우며 밤마다 어머니 곁에서 신약성서 한 장章씩 읽는 것으로, 세상 어느 학교에서 배우는 것보다 더 훌륭하고 단순하고 자연스러운 교육을 받아왔다는 거라오."

마거릿은 벨 씨의 말에 대꾸하면 얘기가 길어질 것 같아서 수전의 어머니를 보며 물었다.

"베티 반스는 잘 지내요?"

"몰라요. 우린 친구가 아니니까." 수전의 어머니가 좀 퉁명스럽게 말했다.

"왜요?" 헬스톤에 살 때 마을에서 싸움이 나면 늘 중재자로 나섰던 마거릿이 물었다.

"그 여자가 내 고양이를 훔쳐갔다고요."

"그게 수전네 고양이라는 걸 알고도요?"

"몰라요. 아마 몰랐을 거예요."

"그럼 수전네 고양이라고 말하고 도로 찾아오지 그랬어요?"

"그 여자가 태워버렸어요."

"태워요?" 마거릿과 벨 씨가 동시에 외쳤다.

"구웠다고요!" 수전의 어머니가 설명했다.

그건 설명이 되지 못했다. 마거릿은 꼬치꼬치 캐물은 끝에 끔찍한 사실을 알아냈다. 사건의 전모는 이랬다. 베티 반스가 집시 점쟁이의 꾐에 넘어가 남편의 주일용 외출복을 빌려줬다. 집시 점쟁이는 베티의 남편 굿맨 반스가 눈치채지 못하도록 토요일 밤에 옷을 돌려주기로 약속했지만 그 약속을 지키지 않았다. 남편에게 혼날까봐 겁이 난 베티는 고양이를 산 채로 물에 삶거나 불에 구워 고통스러운 울음소리를 내게 만들면 악마들이 찾아와 소원을 들어준다는 야만적인 미신에 의지하게 되었다. 수전의 어머니도 그 미신을 믿는 게 분명했고, 하필 자기 고양이가 제물로 선택된 것에만 화가 난 듯했다. 마거릿은 그 이야기를 들으며 소름이 끼쳤다. 그녀는 수전 어머니의 무지를 깨우쳐주려고 했으나 결국 좌절감을 느끼며 포기할 수밖에 없었다. 논리적으로 완벽하게 연결되는 몇 가지 사실을 하나씩 차근차근 인정하게 만들었지만, 결국에는 수전의 어머니는 혼란스러워하며 처음 주장만 되풀이했다. 즉, '물론 그건 아주 잔인한 짓이었고, 자신은 그런 짓을 하고 싶지 않지만, 소원을 이루는 데는 그만한 방법이 없었다. 평생 그 얘기를 듣고 살아왔다. 그래도 그건 무척 잔인한 짓이었다'는 말만. 마거릿은 그녀를 설득하는 걸 포기하고 아픈 마음으로 그 집을 떠났다.

"나를 이겨먹으려고 하지 않다니 넌 정말 좋은 아이야." 벨 씨가 말했다.

"뭐가요? 무슨 말씀이세요?"

"아까 내가 교육에 대해 한 말은 틀렸다는 걸 인정하마. 아이를 저런 미신 속에서 키우면 안 되지."

"아! 그거요. 불쌍한 수전! 가서 수전을 만나봐야겠어요. 학교에 가는 거 괜찮으세요?"

"그럼. 수전이 어떤 교육을 받는지 보고 싶구나."

그들은 더이상 많은 말을 하지 않고 숲이 우거진 골짜기들을 지났다. 그곳의 부드러운 초록빛도 잔인한 이야기가 마거릿의 마음에 남긴 충격과 고통을 씻어주지 못했다. 이야기 자체도 잔인했지만 그걸 전하는 방식에서도 상상력의 결핍을, 고통받는 동물에 대한 공감 부족을 여실히 느낄 수 있었다.

숲에서 나와 학교가 있는 마을 녹지로 들어서자마자 분주한 인간 꿀벌들이 윙윙거리듯이 웅성대는 목소리가 들려왔다. 문이 활짝 열려 있어서 그들은 안으로 들어갔다. 검은 옷을 입은 활기찬 여인이 이곳저곳을 돌아다니다가 그들을 보고 주인 같은 태도로 환영해주었다. 어쩌다 학교를 구경하러 오는 사람들이 있으면 어머니가 저런 식으로 맞이하던 기억이 났다. 물론 그보단 부드럽고 무기력하긴 했지만. 마거릿은 그 여인이 현 목사의 부인, 그러니까 어머니의 후임이란 걸 즉시 알아챘고, 가능하면 그녀와의 면담을 피하고 싶은 충동을 느꼈다. 하지만 이내 그런 충동을 이겨내고는 그녀를 알아보는 많은 반짝이는 시선을 받으며, "헤일 양이야" 하고 속삭이는 많은 웅얼거림을 들으며 얌전히 앞으로 나아갔다. 목사 부인은 그녀의 이름을 듣더니 더 친절한 태도를 보였다. 마거릿은 목사 부인의 태도가 생색을 내는 것처럼 느껴지지 않았으면 좋겠다고 생각했다. 목사 부인이 벨 씨에게 악수를 청하며 말했다.

"아버님이신가보네요, 헤일 양. 두 분이 닮은 걸 보니 알겠어요. 이렇게 만나뵙게 되어 정말 기쁩니다. 저희 목사님도 그러실 거예요."

마거릿은 아버지가 아니라고 말한 다음 더듬거리며 아버지의 죽음을 알렸다. 그러면서 목사 부인의 추측대로 벨 씨가 자신의 아버지였다면, 아버지가 헬스톤을 다시 찾아오는 걸 어떻게 견딜 수 있었을까 생각했다. 그녀는 헵워스 부인의 말을 듣지 않고 벨 씨가 대답하도록 맡겨두고는 주위를 둘러보며 낯익은 얼굴들을 찾았다.

"아! 헤일 양, 수업을 해보고 싶은 거로군요. 말하지 않아도 알겠어요. 1반은 일어나요. 헤일 양과 문장 분석 수업을 할 거예요."

불쌍한 마거릿, 시찰을 나온 게 아니라 그저 감상에 젖어서 온 것인데, 목사 부인에게 당한 듯한 기분을 느꼈다. 하지만 그녀는 마음을 다

잡고서 한때 잘 알았고 자신의 아버지에게 신성한 세례를 받았던 열성적인 작은 얼굴들을 마주했다. 1반 학생들이 책을 챙기는 동안 그녀는 의자에 앉아 소녀들의 얼굴에서 변해가는 모습을 찾아내는 데 반쯤 몰두했고, 아무도 안 보는 사이에 잠시 수전의 손을 잡아주기도 했다. 한편 목사 부인은 숙녀에게 허용되는 선에서 최대한 오래 벨 씨를 붙잡고서 음성체계를 설명하고 그것에 대해 장학관과 나눴던 대화도 전해줬다.

마거릿은 고개를 숙이고 책만 들여다봤다. 아이들이 웅성대는 소리를 듣고 있노라니 옛 시절이 떠올랐고, 그 생각을 하자 눈에 눈물이 고였다. 그때 갑자기 정적이 흐르더니…… 학생 하나가 간단한 단어 'a'를 뭐라고 불러야 하는지 몰라 더듬거렸다.

"a는 부정관사야." 마거릿이 부드럽게 말해주었다.

"죄송하지만," 목사 부인이 촉각을 곤두세우며 말했다. "우리가 밀섬 선생님께 배우기론 'a'는…… 누구 기억나는 사람?"

"절대형용사요." 여남은 명이 동시에 대답했다. 마거릿은 겸연쩍어하며 앉아 있었다. 아이들이 그녀보다 더 잘 알았다. 벨 씨가 돌아보며 미소 지었다.*

마거릿은 수업중에 더이상 말을 하지 않았다. 하지만 수업이 끝난 후 예전에 아꼈던 아이 한둘에게 조용히 다가가 잠시 얘기를 나눴다.

---

* a는 마거릿의 말대로 부정관사가 맞는데 목사 부인과 아이들이 잘못 배운 것으로 보인다. 절대형용사라는 명칭도 'absolute adjective'라고 해야 하는데 'adjective absolute'로 잘못 쓰고 있다. 마거릿은 자신이 틀린 줄 알지만 벨 씨는 그 사실을 알고 미소를 지은 듯하다.

아이들은 그동안 훌쩍 자라 어엿한 아가씨가 되어 있었다. 마거릿이 지난 삼 년간의 부재로 그들의 기억에서 사라져가던 것처럼 그들 역시 빠른 성장으로 그녀의 기억을 벗어나고 있었다. 그래도 마거릿은 그들을 다시 만나서 기뻤다. 그 기쁨에는 슬픔이 묻어 있었지만. 학교가 끝났는데도 아직 이른 여름 오후였고, 헵워스 부인이 마거릿에게 그녀와 벨 씨도 목사관으로 함께 가서 현 목사가 이룬 변화를 보라고 제안했다. '개선'이라는 말이 반쯤 나왔지만 목사 부인은 보다 신중한 단어인 '변화'로 대체했다. 마거릿은 옛집에 대한 소중한 추억에 얼룩만 남길 그 변화를 보고 싶은 마음은 눈곱만큼도 없었다. 그러나 막상 가서 보면 느끼게 될 고통에 진저리를 치면서도 옛집을 다시 보고 싶은 갈망이 너무도 컸다.

목사관이 안팎으로 너무 많이 변해서 마거릿은 예상했던 것보다는 덜 고통스러웠다. 자신이 살던 집 같지가 않았던 것이다. 예전엔 장미 꽃잎 하나만 떨어져 있어도 눈에 거슬릴 정도로 완벽하게 가꾸어져 있던 정원 잔디밭에 아이들 물건이 어지럽게 널려 있었다. 여기저기 구슬 주머니, 굴렁쇠가 보였고, 장미나무는 모자걸이라도 되는 양 밀짚모자를 푹 씌워놓아 꽃이 잔뜩 달린 길고 아름답고 연약한 가지가 망가져 있었다. 예전 같았으면 정성스레 잘 받쳐줬을 텐데 말이다. 돗자리를 깐 좁은 사각형 현관에도 즐겁게 뛰노는 건강한 아이들의 흔적이 가득했다.

"아! 헤일 양, 집이 너무 어수선한 거 이해해주세요. 육아실이 완성되면 정리를 좀 시킬 거예요. 지금 육아실로 꾸미고 있는 데가 아마 헤일 양 방이었을 거예요. 그런데 헤일 양, 육아실 없이 어떻게 살았죠?" 헵워스 부인이 물었다.

"저희는 둘뿐이었으니까요. 이 댁엔 자녀들이 많으시죠?" 마거릿이 말했다.

"일곱이에요. 여기 좀 보세요! 이쪽에 길을 향해 창문을 내고 있어요. 저희 목사님이 이 집에 엄청난 돈을 들이고 있답니다. 사실 처음 왔을 땐 거의 살기 힘든 상태였거든요…… 물론 우리 같은 대가족에게요." 새로 창문을 낸다는 방 말고도 목사관 안의 모든 방이 변해 있었다. 새로 창문을 낸다는 방은 헤일 씨 서재였던 곳으로, 헤일 씨는 그 방의 초록빛 어둠과 달콤한 정적이 명상하는 습관을 길러준다고 말하곤 했는데 행동보다는 사고에 적합한 성격을 형성하는 데 일조한다고도 볼 수 있었다. 새 창은 길을 볼 수 있게 해줘서 헵워스 부인 말대로 장점이 많았다. 헵워스 목사의 길 잃은 양들이 무리에서 몰래 이탈해 그들을 유혹하는 맥줏집으로 가는 것도 잡아낼 수 있었다. 그 양들은 목사의 눈을 피하고 싶어했지만 실상은 그럴 수가 없었다. 활동적인 목사는 가장 정통적인 설교문을 작성하면서도 여차하면 교구민을 잡으러 나가기 위해 손에 잡히는 곳에 모자와 지팡이를 두고 계속 길을 감시했다. 그래서 금주가인 목사에게 붙잡히기 전에 '졸리 포리스터'로 도망치려면 날쌘 다리가 필요했다. 목사 가족은 모두가 빠르고, 활기차고, 목소리도 크고, 정도 많고, 눈치도 없었다. 마거릿은 벨 씨가 자신의 취향에 특히 거슬리는 모든 것에 대해 감탄을 보내며 헵워스 부인을 놀리는 걸 그녀가 알아챌까봐 조마조마했다. 다행히 헵워스 부인은 완전한 선의를 갖고 벨 씨의 모든 감탄을 곧이곧대로 받아들였다. 마거릿은 벨 씨와 함께 천천히 목사관을 나와 여인숙으로 돌아가면서 그를 책망하지 않을 수 없었다.

"마거릿, 나무라지 마라. 다 너 때문에 그런 거니까. 헵워스 부인이 바뀐 데를 보여줄 때마다 훨씬 좋아진 거라고 생각하면서 우월감에 우쭐대지 않았더라면 나도 예의바르게 행동했을 거야. 그래도 계속 설교를 해야겠거든 이따 저녁 먹은 후에 해다오. 그래야 잠도 오고 소화에 도움도 될 테니까."

두 사람 다 피곤해서, 마거릿은 처음에 마음먹었던 대로 또 나가 어릴 적 살던 집에서 가까운 숲과 들판을 다시 거닐 엄두가 나지 않았다. 게다가 이번 헬스톤 방문은 그녀가 기대했던 것과 정확히 일치하진 않았다. 모든 게 변해 있었다. 사소하나마 변화의 손길이 미치지 않은 곳이 없었다. 여러 집안이 부재나 죽음, 결혼, 세월에 의한 자연스러운 변형으로 변해 있었다. 우리는 감지할 수 없는 미세한 변화들을 겪으며 유년기와 청년기, 장년기를 지나 농익은 과일처럼 조용한 어머니 대지의 품에 떨어지는 것이다. 장소들도 변해 있었다. 여기 서 있던 나무 한 그루, 저기 있던 가지 하나가 사라져 전에는 빛이 들지 않았던 곳에 긴 빛줄기가 비쳤고, 길은 다듬어지고 좁아져 있었으며, 멋대로 뻗어 있던 초록빛 오솔길은 울타리로 둘러싸인 경작지가 되어 있었다. 사람들은 그걸 대단한 개선이라고 불렀지만 마거릿은 옛 운치와 어두컴컴함, 풀이 우거진 길가가 그리워 한숨지었다. 그녀는 창가에 놓인 긴 나무의자에 앉아 수심 가득한 자신의 마음과 잘 어울리는 땅거미 지는 풍경을 슬프게 내다보았다. 벨 씨는 종일 무리한 터라 곤히 잠들어 있었다. 이윽고 하녀가 차를 들여오면서 그의 잠을 깨웠다. 그 시골 아가씨는 얼굴이 발그레한 것이, 평소에는 여인숙에서 종업원 일만 했지만 오늘은 들에 나가 건초 수확을 도운 듯했다.

"이보시오! 거기 누구요? 여기가 어디지? 저기 저 사람은 누구, 마거릿? 오, 이제야 다 기억이 나는군. 난 웬 여자가 저렇게 애절한 모습으로, 깍지 낀 두 손을 무릎에 올리고 앞만 똑바로 보며 앉아 있나 했지. 뭘 보는 거니?" 벨 씨가 창가로 와서 마거릿 뒤에 서며 물었다.

"아무것도요." 마거릿은 재빨리 일어나며 갑작스러운 상황에서 최대한 쾌활하게 말했다.

"볼 게 없긴 하구나! 나무들, 들장미 울타리에 널어놓은 흰 빨래, 습한 공기밖에 없는 황량한 배경이야. 창문 닫고 이리 와서 차 좀 만들어다오."

마거릿은 한참이나 침묵을 지켰다. 티스푼만 만지작거리며 벨 씨의 말에도 특별히 주의를 기울이지 않았다. 그가 자신의 말에 반박했는데도 마치 그가 동의한 것처럼 그의 의견에 미소를 보냈다. 그러다가 한숨을 짓고는 티스푼을 내려놓고 뜬금없는 얘기를 꺼냈다. 사람들이 한참 동안 생각하던 문제에 대해 얘기할 때 흔히 그러하듯 새된 목소리를 냈다. "대부님, 어젯밤 프레더릭 오빠에 대해 했던 얘기 기억나시죠?"

"어젯밤이라. 내가 어디 있었지? 오, 기억난다! 일주일은 된 것 같구나. 그래, 프레더릭 얘기 기억난다, 불쌍한 것."

"그리고, 레녹스 씨가 저희 어머니께서 돌아가셨을 때쯤 프레더릭 오빠가 영국에 왔었다고 했던 것도 기억나세요?" 이제 마거릿의 목소리는 평소보다 낮았다.

"기억난다. 그 얘기는 그때 처음 들었으니까."

“전…… 전 아버지가 대부님께 그 얘길 하신 줄로만 알고 있었어요.”

“아니! 안 했다. 그런데 그게 왜?”

“그때쯤 제가 큰 잘못을 저질렀는데 그 얘기를 해드리려고요.” 마거릿이 갑자기 고개를 들어 맑고 정직한 눈으로 벨 씨를 바라보며 말했다. “제가 거짓말을 했어요!” 그녀의 얼굴이 새빨개졌다.

“그래, 거짓말은 나쁘지. 그렇다고 내가 평생 거짓말을 안 했다는 건 아니지만. 너처럼 말로 한 거짓말뿐만 아니라 행동으로도 했고, 우회적인 방법으로 진실을 믿지 못하게 하거나 거짓을 믿게 하기도 했어. 마거릿, 너는 악마가 누군지 아니? 글쎄! 자신은 아주 좋은 사람이라고 생각하는 수많은 인간이 거짓말, 귀천상혼,* 칠촌과 수상한 관계를 갖고 있어. 우리 모두에게 거짓의 오염된 피가 흐르고 있단다. 너도 다른 대부분의 사람들과 마찬가지란 걸 짐작했어야 했는데. 이런! 우는 거니? 아니, 이런 식으로 끝난다면 그 얘기는 하지 말자. 넌 거짓말한 걸 후회하고 있고 다시는 거짓말을 안 할 거잖니. 오래전 일이고. 간단히 말해서, 난 네가 오늘밤에 아주 즐거웠으면 한단다. 너무 슬퍼하는 건 원하지 않아.”

마거릿은 눈물을 닦고 다른 얘기를 하려고 애쓰다가 다시 불쑥 말했다.

“대부님, 제발 그 일에 대해 얘기하게 해주세요. 대부님이 절 도와주실 수도 있고요. 아니, 절 도와주시는 게 아니라, 대부님이 진실을 아시면 어쩌면 저를 바로잡아주실 수 있을 거예요…… 아니, 그런 말이 아

---

* 귀족 남자와 신분이 낮은 여자의 결혼. 보통 아내와 자식이 남편의 지위나 재산을 물려받을 수 없다는 조건하에 이루어지며 비밀에 부쳐지는 경우도 많다.

닌데요." 마거릿이 자신이 바라는 걸 더 정확하게 표현할 수 없어서 좌절감을 느끼며 말했다.

벨 씨의 태도가 완전히 달라졌다. "얘야, 다 말해보렴."

"얘기가 길어요. 어머니가 위독하셔서 오빠가 왔을 때, 전 오빠를 위험으로 끌어들인 게 아닌가 싶어서 무척 불안하고 두려웠어요. 그리고 어머니가 돌아가신 직후에 딕슨이 밀턴에서 어떤 사람을 만났는데, 레너즈라는 사람이었거든요. 오빠를 아는 사람이었고, 오빠에게 원한이 있는 것 같았어요. 아무튼 그는 오빠에게 걸린 현상금에 욕심을 냈어요. 저희는 그 얘기를 듣고 겁에 질렸고요. 전 그 일 때문에 오빠를 빨리 런던으로 보내는 게 낫겠다고 생각했어요. 대부님도 지난밤 레녹스 씨와 제가 한 얘기를 듣고 아셨겠지만, 오빠가 법정에 서는 문제에 대해 레녹스 씨에게 상담을 받을 계획이었거든요. 그래서 저희, 그러니까 오빠와 저는 기차역으로 가게 됐어요. 저녁 무렵이었고 황혼이 지고 있었지만 사람 얼굴을 알아볼 정도의 빛은 남아 있었죠. 기차 시간보다 너무 일찍 도착해서 역 근처에 있는 들판으로 나갔어요. 전 레너즈라는 사람이 밀턴 어딘가에 있다는 걸 알고 있었기 때문에 늘 겁에 질려 있었어요. 그때 들판에서 붉은 황혼빛이 제 얼굴을 비추고 있는데 저희가 서 있던 울타리 계단 바로 아래에 있는 길로 누군가 말을 타고 지나가더라고요. 그 사람이 저를 보는 건 보였는데 전 눈에 햇빛을 정면으로 받고 있어서 처음엔 그 사람이 누군지 몰랐어요. 잠시 후 눈부심이 가시고 나서 보니 손턴 씨였고요. 저희는 목례를 하고……"

"물론 손턴은 프레더릭도 봤겠구나." 벨 씨가 자신의 생각을 보태어 이야기를 거들었다.

"네. 그리고 기차역에서 어떤 남자가 다가왔는데 술에 취해 비틀거리더라고요. 그 남자가 오빠를 붙잡으려다가 오빠가 뿌리치자 균형을 잃고 플랫폼 아래로 떨어졌어요. 그리 높은 데서 떨어진 것도 아니었어요. 3피트 높이도 안 됐거든요. 하지만 오! 대부님, 어떻게 된 건지 그 남자는 거기서 떨어진 것 때문에 결국 죽고 말았어요!"

"그것참 곤란하게 됐구나. 그 레너즈라는 사람이었지? 프레더릭은 어떻게 떠났니?"

"오! 그 사람이 플랫폼에서 떨어진 뒤 바로 떠났어요. 저희는 그 사람한테 무슨 변고가 생기리라곤 생각지도 못했어요. 별로 다친 것 같지 않았거든요."

"그럼 바로 죽은 게 아니었니?"

"네! 이삼일 있다가 죽었어요. 그리고…… 오, 대부님! 이제부터가 잘못된 부분이에요." 마거릿이 초조하게 손가락을 꼬면서 말을 이었다. "경위가 제게 찾아와서 레너즈를 밀거나 때려서 플랫폼에서 떨어져 죽게 만든 젊은 남자와 함께 있지 않았느냐고 추궁했어요. 사실 오빠가 레너즈를 죽인 건 아니었죠. 하지만 전 그때까지 오빠가 영국을 떠났다는 소식을 못 들은 상태라, 오빠가 런던에 있다가 살인죄로 체포될 수도 있다고 생각했거든요. 선상반란죄로 수배중인 헤일 중위라는 게 밝혀지면 총살을 당할 수도 있다는 생각도 들었고요. 그래서 경위에게 아니라고, 그날 밤 기차역에 가지 않았다고, 난 모르는 일이라고 대답해 버렸어요. 그땐 양심이고 뭐고 없었어요. 오빠를 구해야 한다는 생각뿐이었죠."

"잘했다. 나였어도 그렇게 했을 게다. 넌 다른 사람을 생각하느라 자신에 대해선 잊은 거야. 나도 너처럼 그렇게 할 수 있기를 바란다."

"아뇨, 대부님은 안 그러실 거예요. 그건 도리를 거스르는 나쁜 짓이었어요. 신실하지 못한 짓이었고요. 그런데 그때 오빠는 이미 영국을 무사히 빠져나간 상태였고, 전 제가 거기 있었던 걸 증언할 목격자가 있다는 사실을 까맣게 잊고 있었어요."

"누구?"

"손턴 씨요. 그가 기차역 근처에서 저를 봤고 서로 목례까지 나눴다고 말씀드렸잖아요."

"손턴은 술 취한 남자의 죽음과 관련된 소동에 대해선 전혀 몰랐을 거야. 경찰 조사도 아무 성과 없이 끝난 듯한데."

"아뇨! 사인 규명 심리가 열리려다가 취소됐어요. 손턴 씨가 모든 걸 알고 있었거든요. 그 사람이 그 사건을 담당한 치안판사였고, 레너즈의 사인이 추락사고가 아니란 걸 밝혀냈어요. 하지만 제가 거짓말한 걸 안 다음이었죠. 오, 대부님!" 마거릿은 그 기억으로부터 숨고 싶다는 듯 두 손으로 얼굴을 가렸다.

"손턴에게 그 일에 대해 설명했니? 거짓말을 할 수밖에 없었던 강력하고 본능적인 동기에 대해 말했어?"

"본능적으로 믿음이 부족해 쓰러지지 않으려고 죄를 붙잡은 거죠." 마거릿이 씁쓸하게 말했다. "아뇨! 그걸 어떻게 말하겠어요? 손턴 씨는 오빠에 대해 전혀 모르는걸요. 그의 오해를 풀기 위해 우리 가족의 비밀을, 그것도 불쌍한 프레더릭 오빠의 무죄 입증이 걸린 일을 그에게 말해줘야 했을까요? 오빠가 마지막으로 한 말이 자신이 왔던 걸 모두에게 비밀로 해달라는 거였는데. 아버지도 대부님한테 말씀 안 하셨잖아요, 대부님한테조차요. 저도 절대 말할 수 없었죠! 전 그로 인한 수치를 견딜 수 있었어요, 적어도 그럴 수 있다고 생각했어요. 실제로 견뎌냈고요. 손턴 씨는 그 이후로 저를 존중하지 않게 됐죠."

"손턴은 너를 존중한다, 분명히. 네 얘기를 들으니 납득이 되는 게 있긴 하다만…… 어쨌든 손턴은 늘 너에 대해 경의를 갖고 얘기했어. 그가 유보적인 태도를 보였던 게 이제야 납득이 된다만." 벨 씨가 말했다.

마거릿은 아무 말도 하지 않았다. 벨 씨가 계속해서 하는 얘기도 더 이상 귀에 들어오지 않았다. 잠시 후 그녀가 물었다.

"손턴 씨가 저에 대해 얘기할 때 '유보적인 태도'를 보였다는 게 무슨 뜻인지 말씀해주시겠어요?"

"오! 내가 너를 칭찬할 때 맞장구쳐주지 않아서 내 신경을 거스른 일을 말하는 거다. 난 늙은 바보처럼 세상 사람 모두가 나와 의견이 같을 거라고 생각했지. 그런데 손턴은 내 의견에 동의하지 못하는 것 같더구나. 그래서 당혹스러웠지. 하지만 손턴도 당혹스러웠겠구나. 그 일의 진상을 몰랐으니까 말이다. 우선, 네가 저녁때 젊은 남자랑 돌아다닌 게……"

"오빠잖아요!" 마거릿이 놀라서 말했다.

"맞아. 하지만 손턴이 그걸 어떻게 알겠니?"

"모르겠어요. 그런 생각은 해본 적이 없었어요." 마거릿이 얼굴을 붉히며 상처받은 표정으로 말했다.

"손턴도 그랬을 수 있지. 그 거짓말만 아니었다면. 물론 그 상황에서는 불가피한 거짓말이었지만 말이다."

"그렇지 않아요. 이제 알겠어요. 너무나 후회돼요."

긴 침묵이 흘렀다. 그러다 마거릿이 먼저 입을 열었다.

"전 이제 다시는 손턴 씨를 만나지 못할 거예요." 그녀는 거기서 말을 멈췄다.

"사람 일은 모르는 거란다." 벨 씨가 말했다.

"전 절대 못 만날 거라고 믿어요. 그래도 친구에게 나쁜 인상을 남기고 싶은 사람은 없죠." 그녀의 눈에는 눈물이 가득 맺혔으나 목소리는 흔들림이 없었고 벨 씨는 그녀를 보고 있지 않았다. "이제 오빠가 모든 희망을 버렸고, 결백을 입증하고 영국으로 돌아오고 싶은 마음도 없는 듯하니, 모든 진상을 밝히는 게 저를 위해 정당한 일이겠죠. 대부님, 부탁이 있는데 만일 가능하시다면, 그리고 좋은 기회가 생긴다면(억지로 설명하지는 마시고요, 제발요), 그에게 모든 걸 말해주시겠어요? 제가 그러시라고 했다고도 전해주시고요. 아버지를 생각해서라도 그에게 신망을 잃고 싶지 않거든요. 다시는 만날 수 없다고 해도 말예요."

"그럼, 손턴도 당연히 알아야지. 나도 네가 부도덕하다는 의심을 받는 게 싫다. 손턴도 네가 젊은 남자와 함께 있었던 일을 어떻게 생각해야 할지 모를 거야."

그러자 마거릿이 좀 오만하게 말했다. "그 문제라면, 전 '오니 수아 키 말 이 팡스'*라고 생각해요. 그래도 자연스럽게 해명할 기회가 생기면 해명하는 게 좋겠죠. 하지만 제가 손턴 씨에게 모든 걸 알려주고 싶은 건 부도덕한 행동을 했다는 의심을 벗기 위해서가 아녜요. 손턴 씨에게 그런 의심을 받고 있다고 생각했다면 그의 평가에 신경도 안 썼

---

* Honi soit qui mal y pense. 프랑스 속담으로 '나쁜 생각을 하는 자에게 화가 있으리니'라는 뜻.

을 거예요. 그럼요! 제가 어떤 유혹에 넘어가서 함정에 빠졌는지, 간단히 말하자면 왜 그런 거짓말을 했는지 알려주고 싶을 뿐이에요."

"난 네가 거짓말한 걸 탓할 생각은 없다. 너를 편애해서 하는 말이 아니야."

"다른 사람들 의견은 저 자신이 마음 깊은 곳에서 알고 있는 것, 그 거짓말이 잘못이라는 본질적 확신에 비하면 아무것도 아니죠. 하지만 그 얘기는 더이상 안 했으면 좋겠어요. 다 끝난 일이니까요. 전 이미 죄를 지었는걸요. 이제 그 일은 잊고 앞으로는 가능하면 영원히 진실하게 살아야죠."

"좋아. 그 일에 대해 불편하고 끔찍한 기분을 느끼고 싶다면 그러려무나. 난 늘 내 양심을 뚜껑을 열면 용수철 달린 인형이 튀어나오는 상자처럼 꼭꼭 닫아둔단다. 양심이 세상 밖으로 튀어나오면 그 크기에 깜짝 놀라게 되거든. 그래서 어부가 지니를 달랜 것처럼 난 양심을 살살 달래서 도로 집어넣지. '대단해. 그렇게 좁은 데서 그렇게 오래 숨어 있었다니. 난 정말 네 존재를 몰랐단다. 제발 부탁인데 점점 더 커져서 그 흐릿한 모습으로 나를 곤혹스럽게 하지 말고 예전 크기로 다시 줄어들 수 없겠니?'라고 하면서 말이다. 그렇게 양심을 다시 호리병에 집어넣으면 뚜껑을 덮고 다시는 열지 않도록, 그걸 거기 가둔 현자 중의 현자 솔로몬의 뜻을 거스르지 않도록 아주 조심하지."

하지만 그건 마거릿에겐 웃을 일이 아니었다. 벨 씨의 말을 거의 귀담아듣고 있지도 않았다. 그녀는 손턴이 더이상 자신에 대해 좋은 의견을 갖고 있지 않다는, 그가 자신에게 실망했다는 생각에 매달려 있었다. 그런 생각은 전에도 해본 적 있었지만 이제 확신으로 굳어진 상태였다. 그에게 진실을 알려봐야 그의 마음을 되찾긴 어려울 듯했다. 그의 사랑을 되찾겠다는 건 아니었다. 그녀는 그와의 사랑에 연연하지 않기로 이미 결심했고 그 결심을 굳게 지켜오고 있었다. 그녀가 되찾고 싶은 건 존중과 경의였다.

그대 내 이름을 들으면
몸을 돌려 돌아보기를.*

제럴드 그리핀의 이 아름다운 시구처럼 손턴도 자신에게 그렇게 해주기를 바랄 뿐이었다.

마거릿은 그런 생각을 하는 내내 계속 감정을 억눌렀다. 그가 자신에 대해 어떻게 생각하든 자신의 본모습은 달라질 게 없다는 믿음에서 위안을 얻으려고 애썼다. 하지만 그건 뻔한 소리에다 환상일 뿐이었으며 후회의 무게에 짓눌려 부서져버렸다. 그녀는 벨 씨에게 묻고 싶은 말이 스무 가지쯤 혀끝에서 맴돌았지만 한 가지도 묻지 않았다. 벨 씨는 그녀가 피로에 지친 모양이라고 생각해서 일찌감치 방으로 올려보냈다. 하지만 그녀는 열린 창가에 오래도록 앉아 자줏빛 하늘을 올려다보았다. 그리고 별들이 떠올라 반짝이다가 그늘진 커다란 나무들 뒤로 사라진 뒤에야 침대로 갔다. 밤새 지상에 작은 불빛 하나가 타올랐다. 목사관의 방 중 그녀의 옛 침실에 있는 촛불로, 현 목사관 거주자들이 새 육아실을 만들 때까지 육아실로 쓰고 있는 곳이었다. 마거릿은 인생

* 아일랜드 시인 제럴드 그리핀의 시 「내 사랑, 그대의 기억 속 장소」.

무상을 느꼈고 당혹감과 실망감을 주체할 수 없었다. 변하지 않은 게 아무것도 없었고, 모든 것이 조금씩 바뀌었다는 사실이 완전히 변해서 알아볼 수 없게 된 것보다 더 큰 고통을 주었다.

'이제 천국이 어떤 곳인지 알 것 같아, 오! 이 말들의 장엄함과 평안함도. "어제나 오늘이나 영원토록 동일하시니라."* 영원토록! "영원부터 영원까지 주는 하느님이시니이다."** 저 하늘은 변할 수 없는 것처럼 보이지만 그래도 변하겠지. 난 너무 지쳤어. 인생은 세속적 욕망의 소용돌이 같은 것이고 난 그 소용돌이에 휘말려 끝없이 빙빙 돌며 사는 것에 너무 지쳤어. 아무것도, 그 누구도, 그 어떤 장소도 내 곁을 지켜주지 않아. 지금 가톨릭신자인 여자들이 수녀가 될 때 느끼는 것 같은 그런 심정이야. 속세의 단조로움 속에서 천상의 불변을 추구하고 있지. 내가 만약 가톨릭신자이고 내 마음을 죽일 수 있다면, 엄청난 충격을 가해 기절시킬 수 있다면, 수녀가 될 수도 있을 텐데. 하지만 나 같은 사람들을 애타게 그리워하겠지. 아니, 그건 안 돼. 개인에 대한 사랑이 들어설 자리가 없을 정도로 인류에 대한 사랑이 내 마음을 가득 채울 수는 없을 테니까. 아마 그래야 할 거야, 아닐 수도 있고. 오늘밤에 정할 수는 없겠어.'

마거릿은 지친 몸으로 침대에 누웠다가 네댓 시간 후 지친 채로 일어났다. 그래도 아침과 함께 희망이 찾아왔고 세상을 더 밝은 시선으로 보게 되었다.

그녀는 아이들 노는 소리를 들으며 옷을 입으면서 이렇게 생각했다.

---

* 「히브리서」 13장 8절.

** 「시편」 90편 2절.

'결국 그게 맞아. 세상이 멈춰 있으면 퇴보하고 썩게 되겠지. 이치에 맞지도 않고. 변화를 고통스럽게 여기는 내 입장에서 벗어나서 보면 내 주위의 모든 변화는 올바르고 필요한 거야. 상황이 나에게 미치는 영향에만 주목하지 말고 다른 사람들에게 미치는 영향에 대해서도 생각해야 해. 그래야 올바른 판단을 내릴 수 있지. 희망과 신뢰하는 마음도 가질 수 있고.' 눈에 어린 미소가 입술로 번질 준비가 되자, 마거릿은 응접실로 들어가 벨 씨를 만났다.

"아, 아가씨! 어젯밤 늦게 자서 오늘 아침에 늦게 일어났구나. 너에게 전해줄 소식이 하나 있다. 만찬 초대를 받았는데 어떻게 생각하니? 아침부터 찾아왔더구나. 말 그대로 이슬 맺힌 아침에. 목사가 학교 가는 길에 들렀다더라. 그렇게 일찍 찾아온 것이 여인숙 안주인에게 건초 수확 일꾼들한테 술을 먹이지 말라고 설교하고 싶은 마음과 얼마나 관련이 있었는지는 모르겠다만, 내가 아홉시 직전에 내려와보니 이미 와 있더구나. 목사가 우리를 오늘 만찬에 초대했어."

"하지만 이디스가 기다리고 있어서요, 저는 못 가겠어요." 마거릿은 좋은 핑곗거리가 있는 걸 다행스러워하며 말했다.

"그래! 안다. 그래서 목사에게도 말했지. 네가 가고 싶어하지 않을 것 같았거든. 그래도 네가 원하면 갈 수는 있단다."

"오, 아녜요! 원래 계획대로 해요. 열두시에 출발해요. 만찬에 초대해주시다니 정말 친절하고 좋은 분들이네요. 그렇지만 정말로 갈 수가 없어요."

"그러자꾸나. 초조해할 것 없다, 내가 다 알아서 할 테니."

마거릿은 헬스톤을 떠나기 전에 목사관 정원으로 몰래 숨어들어가 제멋대로 뻗어나간 인동덩굴을 조금 꺾었다. 어제였다면 사람들 눈에 띄어 입방아에 오를 게 두려워 꽃 한 송이도 꺾지 않았을 터였다. 공유지를 가로질러 돌아오면서 보니 예전의 매혹적인 분위기가 다시 느껴졌다. 일상적인 삶의 소리들도 세상 어느 곳보다 음악적이고, 햇살은 더 아름다운 황금빛이고, 삶도 더 고요하고 꿈결 같은 기쁨으로 가득했다. 마거릿은 어제의 감정들을 떠올리며 자신에게 이렇게 말했다.

'나도 끊임없이 변하잖아, 이랬다가 저랬다가. 내가 상상했던 모습과 똑같지 않다고 실망하고 토라졌다가 갑자기 내가 상상했던 것보다 현실이 훨씬 더 아름답다는 걸 발견하고. 오, 헬스톤! 세상 그 어디도 너만큼 사랑할 순 없을 거야.'

며칠 후 안정을 되찾은 마거릿은 헬스톤에 가서 그곳을 다시 보게 되어 정말 기뻤다고, 자신에겐 언제나 그곳이 세상에서 가장 아름다운 장소일 거라고, 하지만 특히 아버지 어머니와 관련된 옛 추억이 가득한 곳인지라 다시 방문할 기회가 온다 해도 벨 씨와 함께 찾아갔던 것처럼 그렇게 또 가게 되지는 않을 거라고 결론지었다.

22장

뭔가 부족한 것

경험이 창백한 음악가처럼 손에
인내의 덜시머를 들고 있네.
우리가 주님의 세상에서 주님의 뜻
이해하지 못할 때면
슬프고 당혹스러운 단조들의 선율 펼쳐지네.*
—브라우닝 부인

이 무렵 딕슨이 밀턴에서 와서 마거릿의 하녀 노릇을 하고 있었다. 딕슨은 밀턴의 얘깃거리를 한 보따리 들고 왔다. 손턴 양이 결혼하면서 하녀 마사가 손턴 양을 따라가서 살게 된 얘기, 그 흥미로운 결혼식의 신부 들러리들, 드레스들, 피로연 얘기, 손턴 씨가 파업으로 막대한 손해를 보고 계약 위반으로 큰돈을 물어준 걸 감안하면 동생 결혼식을 지나치게 성대히 치렀다는 게 사람들 생각이라는 얘기. 딕슨은 자신이 오랫동안 애지중지했던 가구들이 헐값에 팔린 얘기도 했는데, 밀턴 사람들이 얼마나 부자인지를 생각하면 그건 창피한 일이라고, 하루는 손턴 부인이 와서 가구 두세 점을 싸게 사가고 그다음날 손턴 씨가 와

* 소네트 「당혹스러운 음악」. 정신적으로 힘겨운 시기에 대한 노래다. 덜시머는 피아노의 전신이 된 타현악기다.

서 한두 가지 물건에 욕심을 내며 자신이 가격을 불러놓고 그 가격보다 높은 가격을 부르는 식으로 혼자 입찰경쟁을 벌이는 바람에 구경꾼들이 얼마나 재밌어했는지 모른다고, 손턴 부인은 너무 싸게 사고 손턴 씨는 너무 비싸게 샀으니 결국 공평하게 된 셈이라고 말했다. 그리고 벨 씨가 책을 두고 온갖 주문을 했는데 도통 무슨 소린지 이해할 수 없었다고, 그분은 너무 까다롭다고, 몸소 와서 지시했다면 아무 문제 없었을 거라고, 편지란 것이 원래 그렇게 헷갈려서 탈이라고 말했다. 딕슨은 히긴스 가족 얘기는 별로 하지 않았다. 그녀의 기억력은 귀족에 편향되어 있어 자신보다 아래에 있는 사람들과 관련된 상황을 떠올리려고 할 때마다 맥을 못 췄던 것이다. 딕슨은 니컬러스가 아주 잘 지낼 거라 믿는다고 했다. 그가 마거릿 아가씨 소식을 들으려고 집에 몇 번 찾아왔었다고, 아가씨 소식을 물은 건 니컬러스뿐이었다고, 손턴 씨가 한 번 물은 걸 제외하면 그렇다고 했다. 그리고 메리? 오! 물론 그 덩치 크고 칠칠치 못한 아이는 잘 지낸다고 했다. 그 아이는 손턴 씨 공장에 다닌다고 들었다고, 그 아이 아버지가 요리를 배우라고 보냈다는데 도대체 그게 무슨 소린지 모르겠다고, 자신이 제대로 들은 건지 아니면 꿈을 꾼 건지 헷갈린다고, 하지만 자신이 히긴스 가족 같은 사람들 꿈을 꿨다면 그건 이상한 일이라고 했다. 마거릿도 그 얘기는 앞뒤가 안 맞는 게 꿈 같다고 동의했다. 어쨌든 마거릿은 밀턴에 대해, 그리고 밀턴 사람들에 대해 얘기를 나눌 상대가 생겨서 기뻤다. 딕슨은 밀턴 얘기를 그리 좋아하지 않았고 자신의 삶에서 그 부분을 어둠 속에 묻어두고 싶어했다. 벨 씨가 마거릿에게 유산을 물려주고 싶다는 뜻을 비친 일에 대해 얘기하는 걸 훨씬 더 좋아했다. 하지만 주인 아가씨는 그녀에게 고무적인 말을 해주지 않았고, 의심이나 확신에 찬 말로 위장한 그녀의 암시적인 질문들에도 만족할 만한 대답을 해주지 않았다.

이 시기 내내 마거릿은 벨 씨가 일 때문에 밀턴에 다녀왔다는 소식을 듣고 싶다는 이상하고 막연한 갈망을 품고 있었다. 헬스톤에서 벨 씨와 대화를 나눌 때, 손턴에게 진상을 알리는 건 직접 만나서 말로 해야 하고 그 경우에도 절대 강요는 없어야 한다는 내용의 양해가 이루어졌기 때문이다. 벨 씨는 편지를 자주 쓰는 사람은 아니었지만 기분이 내키면 가끔 길거나 짧은 편지를 보내왔고, 마거릿은 편지를 받을 때마다 자신이 희망을 품고 있다는 사실을 의식하지 못하면서도 늘 약간 실망하며 편지를 치우곤 했다. 벨 씨는 밀턴에 갈 계획이 없었다. 어쨌든 밀턴에 간다는 얘기는 한마디도 없었다. 그래도 인내심을 가져야 했다. 조만간 안개가 걷힐 테니까. 벨 씨의 편지들은 평소의 그답지가 않았다. 내용도 짧고 불만에 차 있었으며, 이따금 이례적으로 신랄함까지 엿보였다. 그는 미래에 대한 기대가 없었다. 과거는 후회뿐이고 현재에는 진절머리가 난 듯했다. 마거릿은 그가 몸이 안 좋은지도 모르겠다 생각하고 건강이 어떤지 묻는 편지를 보냈다. 그러자 그가 짤막한 답장을 보내왔는데 울화증이라는 구식 병이 있다고, 지금 그 병을 앓고 있다고, 그 병이 정신적인 것인지 육체적인 것인지는 네가 판단하라고, 나는 매번 용태를 보고할 의무 없이 마음껏 투덜거리고 싶다고 쓰여 있었다.

마거릿은 그 편지를 받고 나서 더이상 벨 씨의 건강에 대해 묻지 않았다. 어느 날 이디스가 벨 씨와 나눴던 대화 한 토막을 무심코 입 밖에 냈다. 벨 씨가 런던에 왔을 때 한 얘기로, 그가 가을에 마거릿을 데리고 프레더릭과 새 신부를 만나러 카디스에 갈 생각을 하고 있다는 내용이었다. 마거릿은 온통 그 생각에만 사로잡혀 이디스에게 그 일을 자꾸 캐물었다. 이디스는 대답하는 데 지쳐, 벨 씨가 한 말은 카디스에 가서 직접 프레더릭을 만나 선상반란에 대해 뭐라고 말하는지 듣고 싶다는 것과 마거릿에게도 새언니와 친해질 좋은 기회가 되리라는 것, 긴 휴가 기간에 늘 어딘가로 여행을 떠났으니 이번엔 에스파냐에 못 갈 이유가 없다는 것이 다라고, 자기도 더이상 기억해낼 게 없다고 선언했다. 이디스는 마거릿이 자신의 곁을 떠나는 게 싫어서 안달복달했다. 그러고는 특별히 끼어들 여지가 없자 울음을 터뜨리며 자기가 마거릿을 좋아하는 마음이 마거릿이 자기를 좋아하는 마음보다 훨씬 크다는 걸 자기도 안다고 말했다. 마거릿은 성심껏 이디스를 달래주었지만, 비록 샤토 앙 에스파뉴*에 불과할 수는 있어도 에스파냐에 가는 것이 자신을 얼마나 매료시키고 기쁘게 하는지 설명하기는 힘들었다. 이디스는 그녀가 자신을 떠나 기쁨을 누리는 걸 암묵적인 모욕으로, 아무리 좋게 생각해도 무관심의 증거로 여겼던 것이다. 그래서 마거릿은 그 기쁨을 혼자만 간직했고, 만찬용 옷을 입으며 딕슨에게 프레더릭 도련님과 새 신부를 만나러 가고 싶지 않느냐고 묻는 안전한 방법을 통해서만 속마음을 내보일 수 있었다.

"아가씨, 새 신부는 가톨릭신자 아닌가요?"

"그럴 거예요…… 오, 그래요. 확실해요!" 마거릿이 그 생각에 잠시 낙담하며 대답했다.

---

* Château en Espagne. 프랑스어로 '에스파냐의 성'이라는 뜻으로, 곧 '공상' '헛된 꿈'을 의미한다.

"그리고 거긴 가톨릭 국가죠?"

"맞아요."

"그렇다면 저한테는 제 영혼이 프레더릭 도련님보다 소중하다는 말씀을 드리지 않을 수가 없겠네요. 프레더릭 도련님은 제게 너무나도 귀한 존재시지만요. 아가씨, 거기 가면 개종당할까봐 계속 두려움에 떨 거예요."

"오, 사실 갈지 안 갈지도 몰라요. 만일 가게 되더라도 난 딕슨 없이는 여행을 못하는 대단한 귀부인도 아니고요. 나의 소중하고 오랜 딕슨, 만일 내가 벨 씨와 가게 되면 딕슨은 긴 휴가를 갖게 되는 거예요. 아무래도 가능성은 별로 없는 것 같지만."

딕슨은 이 얘기가 마음에 들지 않았다. 무엇보다 마거릿이 자신에게 특별한 애정을 표현할 때마다 '소중하고 오랜 딕슨'이라고 부르는 게 싫었다. 그녀는 헤일 양이 자신이 좋아하는 모든 사람에게 애칭으로 '오랜old'이란 말을 붙이는 경향이 있다는 건 알고 있었다. 하지만 이제 겨우 오십대 초반이라 인생의 전성기에 있다고 생각하는 그녀였기에 자신에게 그런 말이 붙는 건 질색이었다. 그리고 둘째로, 마거릿이 자신의 말을 곧이곧대로 받아들여 에스파냐 여행에서 제외시킨 것도 마음에 들지 않았다. 그녀는 두려움을 느끼면서도 한편으론 에스파냐에, 종교재판과 가톨릭의 신비에 호기심을 품고 있었던 것이다. 그래서 그녀는 고난을 극복할 용의가 있음을 보여주려는 듯이 헛기침한 다음, 헤일 양에게 자신이 거기 가서 가톨릭 신부를 만나거나 가톨릭교회에 들어가는 일이 없도록 조심해도 개종당할 위험이 클 거라고 생각하는지 물었다. 프레더릭 도련님도 무슨 이유에선지 넘어갔으니까.

"오빠는 무엇보다 사랑 때문에 개종했을 거예요." 마거릿이 한숨지으며 말했다.

"맞아요, 아가씨! 전 신부나 교회는 피할 수 있겠지만, 사랑은 자신도 모르는 사이에 오는 거죠! 아무래도 전 가지 않는 게 좋겠어요."

마거릿은 에스파냐 여행 계획에 지나치게 마음을 빼앗긴 게 아닌가 두려웠다. 하지만 그 덕에 손턴에게 진상을 알리는 문제에 초조하게 집착하는 데에서는 벗어날 수 있었다. 벨 씨는 당분간 옥스퍼드에만 있을 것 같았고, 밀턴에 갈 일이 없는 듯했다. 마거릿은 은밀한 제재를 받고 있기라도 한 것처럼, 벨 씨에게 밀턴을 방문할 가능성에 대해 묻거나 암시할 수가 없었다. 이디스에게 들은 에스파냐에 가는 문제에 대해서도 그에게 말하기 힘들었다. 벨 씨는 그런 생각을 오 분쯤 하다가 말았을 수도 있다. 헬스톤에서 느긋하게 화창한 하루를 즐기는 동안에 그는 그 얘기를 꺼내지도 않았다. 그러니 순간적인 공상이었을 가능성이 농후했다. 하지만 만일 진짜 에스파냐에 가게 된다면 서서히 싫증이 나기 시작한 현재의 단조로운 삶에서 탈출할 멋진 기회가 될 터였다.

이 시기 마거릿에게 가장 큰 삶의 낙 가운데 하나는 이디스의 아들이었다. 그 아이는 착하게 굴 때는 부모의 자랑이자 장난감이었다. 하지만 고집이 보통이 아니라 심통을 부리기 시작하면 이디스도 두 손 두 발 다 들고 포기하며 탄식했다. "아유, 이 아이를 어쩌면 좋아! 마거릿, 종을 울려서 핸리 좀 불러줘."

하지만 마거릿은 아이가 착하고 얌전할 때보다 이렇게 성질을 부릴 때가 더 좋았다. 그럴 때면 아이를 데리고 방으로 들어가 단둘이 끝장을 보곤 했다. 그녀는 아이를 진정시킬 확고한 힘을 지니고 있었으며,

갑작스럽게 매력을 이용하거나 속임수를 쓸 줄도 알았다. 그리하여 아이는 눈물로 얼룩진 뜨거운 얼굴을 그녀에게 비벼대며 키스를 퍼붓다가 그녀의 품이나 어깨에서 잠들곤 했다. 마거릿에게는 그 순간이 가장 달콤했다. 그런 순간에는 자신에게 영원히 허락되지 않을 거라고 믿었던 감정을 맛볼 수 있었다.

헨리 레녹스 씨는 자주 찾아와 그들 가족의 일상에 새롭고 불쾌하지 않은 요소가 되어주었다. 마거릿은 그가 전보다 더 멋진 사람이 되었지만 차가워진 면도 있다고 생각했다. 하지만 그의 강한 지적 취향과 박학다식함이 그들의 무미건조한 대화에 풍미를 더해주었다. 마거릿은 그가 형과 형수의 삶의 방식에 가벼운 경멸을 보내는 걸 언뜻언뜻 볼 수 있었다. 형과 형수가 경박하고 목적의식이 없다고 여기는 듯했다. 그는 마거릿이 있는 자리에서 한두 차례, 형을 추궁하듯 꽤 날카로운 투로 직업을 완전히 포기할 작정인지 물었다. 레녹스 대령이 자신은 직업이 없어도 먹고살 수 있다고 대답하자 그는 입을 비죽이며 물었다.
"먹고살 수만 있으면 다예요?"

그래도 두 형제는 우애가 무척 좋았다. 더 똑똑한 동생이 늘 형을 이끌었고 형은 동생에게 이끌리는 삶에 만족했다. 날카로운 눈과 선견지명을 지닌 지적이고 냉소적이고 자존심 강한 레녹스 씨는 직업적으로도 치밀한 계산하에 궁극적으로 자신에게 득이 될 인맥을 만들며 발전을 거듭하고 있었다. 마거릿과 헨리 레녹스는 벨 씨가 왔던 날 저녁에 프레더릭 일로 긴 대화를 나눈 후로 레녹스 부부의 가까운 친척으로서만 가볍게 교류하고 있었다. 하지만 그것만으로도 마거릿의 어색함과 레녹스 씨의 자존심과 허영심에 남은 상처를 지우기에 충분했다. 물론 그들은 지속적으로 만났지만 마거릿이 보기에 그는 그녀와 단둘이 있는 걸 피하는 듯했다. 그녀뿐만 아니라 그도 많은 의견과 모든 취향이 같았던 예전의 관계가 아님을 알고 있는 듯했다.

그럼에도 마거릿은 레녹스 씨가 특별히 말을 잘하거나 멋진 경구를 쓴 뒤에는 반드시 잠깐이라도 자신의 표정을 제일 먼저 살피는 걸 느낄 수 있었다. 그리고 늘 있는 가족의 대화 자리에서도 레녹스 씨는 그녀의 의견만 경청했다. 그런 경우에 그가 보이는 경의는 감추려고 애를 써도 부지불식간에 보이는 것이라 더 완전했다.

23장

"다시는 보지 못하리"

나의 친구이자 내 아버지의 친구여!
나는 당신과 헤어질 수 없습니다!
당신이 내게 얼마나 소중한 존재인지
당신에게 보여준 적이 없어, 당신은 전혀 모르시는군요.
—작자 미상

레녹스 부인이 여는 만찬의 요소들은 이러했다. 그녀의 친구들은 아름다움에 기여했고, 레녹스 대령은 그날의 주제에 대한 가벼운 지식을 제공했으며, 헨리 레녹스 씨와 그의 친구로 받아들여진 몇몇 신진 인물들은 현학적으로 보이거나 빠른 대화의 흐름에 부담이 되지 않게 재치와 영리함, 예리하고 광범위한 지식을 보여주었다.

그 만찬들은 즐거웠다. 하지만 그런 자리에서도 마거릿은 불만을 느꼈다. 모든 재능, 모든 감정, 모든 학식, 심지어 모든 선한 성향까지 불꽃놀이의 재료로 소모되었고 그 숨겨진 신성한 불은 불꽃을 튀기며 요란하게 타오르다 스스로 소멸했다. 그들은 예술에 대해서도 그저 외적인 효과만 생각하며 감각적으로 얘기했고 예술이 가르쳐주는 것을 배우려 하지 않았다. 그들은 다른 사람들과 함께 있을 때면 고상한 문제에 열의를 보이려고 부단히 애썼지만, 혼자 있을 때는 그런 문제에 대해 전혀 생각하지 않았다. 그들은 적절한 말을 찾는 것에 감상 능력을 낭비하고 있었다. 어느 날 남자들이 응접실로 올라가자 레녹스 씨가 마거릿에게 다가와 그녀가 할리 스트리트로 돌아온 후 거의 처음으로 자진해서 말을 걸었다.

"아까 식사중에 셜리가 한 말이 마음에 안 드는 것 같더군요."

"제가 그랬나요? 제 얼굴은 감정을 못 숨기나봐요." 마거릿이 대답했다.

"늘 그랬지요. 헤일 양의 얼굴은 웅변 능력을 잃지 않았어요."

마거릿이 황급히 말했다. "옳지 않다는 걸 뻔히 알면서도 그걸 옹호하는 게 마음에 안 들었어요. 농담이라도요."

"하지만 아주 재치 있었잖아요. 한마디 한마디가! 그 멋진 묘사들 기억나나요?"

"예."

"그리고 경멸한다고 덧붙이고 싶겠지요. 양심의 가책을 느낄 필요는 없어요. 셜리는 내 친구긴 하지만."

"그거예요! 당신의 그 말투, 그게……" 마거릿은 말을 뚝 끊었다.

레녹스 씨는 그녀가 말을 마저 할까 싶어서 잠시 기다렸지만 마거릿은 얼굴만 붉히다가 돌아섰다. 하지만 그전에 그가 아주 작고 분명하게 말하는 소리를 들었다.

"내 말투나 생각하는 방식이 마음에 안 드시는 거라면 그렇다고 말해주세요. 당신을 기쁘게 해줄 방법을 배울 기회를 주었으면 합니다."

그 몇 주 동안 벨 씨가 밀턴에 간다는 소식은 들려오지 않았다. 헬스톤에서는 금방 밀턴에 갈 것처럼 말했으나 편지로 일을 처리한 모양이었다. 하기야 그는 자신이 싫어하는 곳에 가는 걸 피할 수 있다면 피할 사람이었고, 손턴에게 반드시 직접 말로 진상을 밝히는 것이 마거릿에게 얼마나 중요한 일인지 알지도 못할 터였다. 벨 씨는 손턴에게 진상을 알리는 건 꼭 필요하지만 그 시기가 여름이든 가을이든 겨울이든 중요하지 않다고 여길 게 분명했다. 벌써 8월인데 이디스에게 말했다던 에스파냐 여행에 대한 얘기도 전혀 없었다. 그래서 마거릿은 그 환상이 사라져가는 걸 받아들이려고 애썼다.

그러던 어느 날 아침, 마거릿은 벨 씨의 편지를 받았다. 다음주에 런던에 가겠다는 내용이었다. 계획하는 일이 있어서 그 문제로 그녀를 만나고 싶고, 의사에게 진찰도 좀 받아볼 작정이라는 것이었다. 그는 건강에 이상이 생긴 게 아니냐는 마거릿의 의견을 받아들이게 되었다면서, 짜증스럽고 심통이 날 때 그걸 자신의 성격보다는 건강 탓으로 돌리는 게 나을 거라고 했다. 마거릿은 그 편지의 쾌활함이 억지스럽다는 걸 나중에야 발견했다. 그땐 이디스의 탄식에 정신이 없었던 것이다.

"런던에 오신다고? 이를 어째! 난 무더위에 진이 다 빠져서 만찬을 열 기운이 없는데. 게다가 다들 휴가를 떠나버려서 초대할 사람도 없어. 우리만 바보같이 갈 데를 못 정하고 있다고."

"대부님은 네가 아무리 상냥한 손님들을 초대한다고 해도 우리하고만 식사하는 걸 더 좋아하실 거야. 게다가 건강이 안 좋으시면 초대받는 걸 원하지도 않으실 거고. 대부님이 건강이 안 좋은 걸 마침내 인정하셔서 다행이야. 대부님 편지들을 보면 건강에 이상이 생기신 게 분명한데 여쭤봐도 대답을 안 해주시고 그렇다고 대부님 소식을 전해줄 사람도 없고."

"이런! 많이 아프신 건 아닐 거야. 그랬다면 에스파냐 생각은 하지도 않으셨을걸."

"대부님은 에스파냐에 대한 말씀은 없으셨어."

"그래! 하지만 너에게 제안하겠다는 계획이 아마 그걸 거야. 그런데 이런 날씨에 진짜로 갈 거야?"

"오! 이제 하루가 다르게 시원해질 거야. 가야지! 생각해봐! 다만, 그동안 내가 너무 간절히 원했던 게 아닌가 걱정스러울 뿐이야. 너무 그 생각에만 빠져 있으면 결국 실망하게 되거든. 아니면 말 그대로 기쁨을 못 느끼는 상태에서 소망이 이루어지든가."

"마거릿, 그건 미신이야."

"아니, 난 미신이라고 생각 안 해. 지나치게 열렬히 소망에 매달리지 않도록 경계심을 일깨워주는걸. '내게 자식을 낳게 하라. 그렇지 아니하면 내가 죽겠노라'* 같은. 난 '카디스에 보내달라. 그렇지 아니하면 내가 죽겠노라'라고 외칠까봐 두려워."

"나의 소중한 마거릿! 거기 가면 프레더릭이 거기서 살라고 붙잡을 텐데, 그럼 난 어쩌지? 오! 여기서 네 결혼 상대를 찾고 싶어. 그래야 네가 안 떠나지!"

"난 결혼 안 할 거야."

"말도 안 돼. 정말 말도 안 돼! 숄토가 그러는데 넌 우리집에 사람들을 끌어들이는 존재래. 내년에도 너 때문에 우리집에 오고 싶어하는 남

---

* 「창세기」 30장 1절.

자들이 얼마나 많은지 모른대."

마거릿이 거만하게 몸을 꼿꼿이 세웠다. "이디스, 가끔 느끼는 건데, 너 말이야, 코르푸에 가서 살면서……"

"말해봐!"

"천박한 걸 약간 배워온 것 같아."

그 말을 들은 이디스는 서럽게 흐느껴 울며 마거릿이 이제 자신을 사랑하지도 않고 더이상 친구로 여기지도 않는다고 격하게 외쳤다. 자신의 상처받은 자존심을 달래느라 지나치게 가혹한 말을 해버린 마거릿은 그날 남은 시간 동안 이디스의 노예 노릇을 해야만 했다. 마음의 상처를 이겨내지 못한 이디스는 소파에 제물처럼 누운 채 이따금 땅이 꺼질 듯 한숨을 내쉬다가 이윽고 잠이 들었다.

벨 씨는 방문 날짜를 두 번이나 연기해서 잡은 날에도 모습을 나타내지 않았다. 그다음날 아침 그의 하인 월리스에게서 편지가 왔는데, 주인님이 한동안 건강이 좋지 않았다고, 그게 여행을 미뤄온 진짜 이유라고, 주인님이 런던으로 출발했어야 하는 시간에 뇌졸중을 일으켰다고, 의사들 말로는 오늘밤을 넘기기가 힘들 거라고, 헤일 양이 이 편지를 받을 때쯤엔 불쌍한 주인님은 이미 세상에 안 계실 거라고 적혀 있었다.

아침식사 시간에 편지를 받은 마거릿은 편지를 읽다 얼굴이 새하얗게 질리더니 말없이 이디스에게 편지를 주고 식당에서 나갔다.

편지를 읽고 엄청난 충격을 받은 이디스는 어린애처럼 겁에 질려 흐느껴서 남편을 괴롭게 만들었다. 마침 쇼 부인은 자기 방에서 아침식사를 해서, 난생처음 죽음을 가까이 접한 듯한 아내를 위로하는 임무는 그의 몫이 되었다. 오늘 함께 식사할 예정이었던 사람이 죽다니! 이디스는 시간이 한참 지나서야 마거릿에게 생각이 미쳤다. 그녀는 벌떡 일어나 마거릿의 방으로 올라갔다. 딕슨이 화장품 몇 가지를 챙기고 있었고, 마거릿은 눈물을 흘리며 급히 보닛을 쓰고 있었는데 손이 심하게 떨려서 끈도 제대로 매지 못했다.

"오, 마거릿! 너무 충격적이야! 뭐하는 거야? 나가려고? 전보든 뭐든 숄토한테 부탁하면 돼."

"옥스퍼드에 가려고. 삼십 분 내로 떠나는 기차가 있어. 딕슨이 같이 가겠다고 했지만 나 혼자서도 갈 수 있어. 가서 대부님을 뵈어야 해. 어쩌면 나아지셔서 병간호가 필요할지도 모르고. 대부님은 내게 아버지 같았던 분이야. 이디스, 말리지 마."

"말릴 수밖에 없어. 어머니가 안 좋아하실 거야. 마거릿, 어머니한테 가서 여쭤보자. 넌 네가 가는 곳이 어딘지 모르고 있어. 벨 씨에게 집이 있다면 모르겠는데 연구원 숙소에 계시잖아! 가기 전에 어머니한테 여쭤보자. 일 분도 안 걸릴 거야."

마거릿은 이디스의 말에 따랐고 결국 기차를 놓쳤다. 쇼 부인이 갑작스러운 소식에 당황해서 히스테리를 일으키는 바람에 귀중한 시간을 그냥 흘려보낸 것이다. 하지만 두 시간 후에 또 기차가 있었고, 적절함과 부적절함에 관한 여러 의견이 오간 끝에 레녹스 대령이 마거릿과 동행하는 걸로 결정이 났다. 혼자든 아니든, 적절하든 부적절하든, 반드시 다음 기차로 옥스퍼드에 가겠다는 마거릿의 결심에는 흔들림이 없었던 것이다. 아버지의 친구이자 그녀 자신의 친구인 벨 씨가 죽음을 앞두고 있었다. 마거릿은 그 생각이 너무도 강렬해서 스스로도 놀랄 정도로 단호하게 자신의 독자적 행동권을 주장할 수 있었다. 그리고 기차가 출발하기 오 분 전, 그녀는 객차 안에서 레녹스 대령 맞은편에 앉아 있었다.

그때 옥스퍼드에 간 것이 마거릿에게는 두고두고 마음의 위안이 되었다. 그곳에 도착해보니 벨 씨가 지난밤에 세상을 떠났다는 소식이 기다리고 있었는데도 말이다. 그녀는 옥스퍼드에서 벨 씨가 썼던 방들을 보았고, 그후로 그 방들은 아버지와 아버지의 하나뿐이었던 소중하고 충실한 친구에 관한 더없이 애틋한 기억으로 남았다.

그들은 런던에서 출발하기 전에 만일 우려했던 대로 모든 게 끝나버린 상황이라면 저녁을 먹기 전에 돌아오기로 이디스에게 약속했다. 그래서 마거릿은 아버지가 돌아가신 방을 오랫동안 둘러보다가 아쉬운 발걸음을 돌려야만 했고, 유쾌한 익살과 재담을 즐기던 다정한 늙은 얼굴에도 조용히 작별을 고해야만 했다.

런던으로 돌아오는 길에 레녹스 대령이 잠들어서, 마거릿은 느긋하게 눈물을 흘리며 이 운명의 해에 자신에게 일어난 모든 슬픔에 대해 생각할 수 있었다. 하나의 죽음을 완전히 받아들이기가 무섭게 또다른 죽음이 찾아왔고, 그 죽음은 앞선 죽음의 슬픔을 대체하는 게 아니라 거의 아물지 않은 상처들을 다시 헤집어놓았다. 하지만 이모와 이디스의 다정한 목소리, 그녀의 도착에 신이 난 어린 숄토의 즐거운 목소리를 듣고 불이 환히 밝혀진 방들, 창백한 얼굴로 비탄에 찬 뜨거운 관심을 보이는 아름다운 이디스를 보자 마거릿은 거의 미신적인 절망의 늪에서 벗어나 자신 같은 사람 주위에도 기쁨과 즐거움이 모여들 수 있음을 느꼈다. 그녀는 소파의 이디스 자리에 앉았고, 어린 숄토는 마거릿 이모에게 아주 조심스럽게 차를 가져다주는 법을 배웠다. 그리하여 옷을 갈아입으러 자기 방으로 올라갈 때쯤엔 자신의 소중한 친구가 길고 고통스러운 투병생활을 면하게 해준 것에 대해 하느님께 감사할 수 있게 되었다.*

하지만 그날 밤, 엄숙한 밤이었고 집 전체가 고요한 때, 마거릿은 창가에 앉아 그런 여름밤 그런 시간의 아름다운 런던 하늘을 바라보고 있었다. 지평선을 둘러싼 따스한 어둠을 벗어나 흰 달빛 속으로 조용히 떠가는 부드러운 구름에 지상의 빛이 연분홍색으로 반사되었다. 마거릿의 방은 그녀가 사춘기에 접어들어 감정과 양심이 처음으로 왕성한 활동을 시작하던 시기에 주간 육아실로 썼던 곳이었다. 오늘과 같은 어느 밤에 로맨스 소설에서 본 주인공처럼 용감하고 고귀한 삶을 살리라 다짐했던 기억이 떠올랐다. 상 푀르 에 상 르프로슈** 삶. 그땐 의지만 있으면 그런 삶을 살 수 있을 것 같았었다. 하지만 이젠 진정한 영웅이 되려면 의지만 있어선 안 되며 기도도 해야 한다는 걸 깨닫게 되었다. 자신을 믿다가 추락하고 말았으니까. 그녀의 거짓말로 그녀를 아주 나쁘게 생각하게 된 사람에게 이제 영영 진상을 밝힐 수 없게 된 건 거짓말이라는 죄의 당연한 결과였다. 그녀는 마침내 자신의 죄와 마주섰다. 그녀는 그 실체를 알았다. 세상의 거의 모든 사람이 모호한 행동이라는 죄를 범하고 있고 악한 일도 동기만 훌륭하면 좋은 일이 될 수 있다는 벨 씨의 친절한 궤변은 그녀에게 큰 위안이 되지 못했다. 그때 프레더

---

* 초판에서는 이 장(章)이 여기에서 끝났다. 이어지는 문단은 재판에서 추가되었다.

** sans peur et sans reproche. 프랑스어로 '두려워할 것도, 부끄러워할 것도 없는'이라는 뜻.

릭이 이미 영국을 떠난 걸 알았더라면 두려움 없이 진실을 말했을 거라는 자신의 처음 생각도 구차한 핑계 같았다. 벨 씨의 죽음을 통해 삶이 어때야 하는지 새롭게 깨달은 지금, 손턴에게 자신의 진실함을 부분적으로나마 밝히고 싶어 안달하는 것조차 매우 소심하고 쩨쩨한 짓으로 여겨졌다. 그녀는 언제나 진실하게 말하고 행동할 힘을 갖게 해달라고 기도했다. 온 세상 사람들이 속이려는 의도로 말하거나 행동하거나 침묵한다 해도, 가장 사랑하는 사람의 이익이 걸려 있거나 가장 사랑하는 사람의 목숨이 위태롭다고 해도, 아무도 그녀가 진실을 말했는지 거짓말을 했는지 몰라서 그것으로 그녀를 평가할 수 없다고 해도, 하느님 앞에 혼자 서 있다고 해도.

24장

평온을 즐기다

그녀가 햇살 가득한 해변을 천천히 걸으며
의혹에 차서 수없이 걸음을 멈추네.
슬픔은 너무도 고요하고 신성한 영향력을 지녔으니.*
—후드

"마거릿이 상속녀 아닌가요?" 슬픈 옥스퍼드 여행에서 돌아온 남편과 밤에 단둘이 방에 있게 되었을 때 이디스가 속삭였다. 그녀는 키 큰 남편의 머리를 아래로 잡아당기고 자신은 뒤꿈치를 들고 서서 남편에게 충격받지 말라고 간청한 다음 과감히 질문을 던졌다. 하지만 레녹스 대령은 아무것도 몰랐다. 설령 그런 말을 들었다고 해도 잊어버렸으리라. 작은 대학 연구원이 재산을 남겨봐야 얼마나 남겼겠는가. 사실 대령은 마거릿이 하숙비를 내는 것도 원치 않았고, 그녀가 술을 마시지 않는다는 점을 감안하면 연 250파운드의 하숙비는 터무니없이 많다고 여겼다. 이디스는 환상이 무참히 깨지자 슬퍼하며 발꿈치를 내렸다.

* 토머스 후드의 시 「헤로와 레안드로스」.

일주일 후, 그녀가 남편에게 의기양양하게 다가가서는 무릎을 살짝 굽혀 절을 했다.

"더없이 고귀하신 대령님, 내가 맞고 당신이 틀렸어요. 마거릿이 변호사의 편지를 받았어요. 마거릿이 잔여 재산 상속자래요. 유산이 2천 파운드 정도 되고, 잔여 재산은 밀턴에 있는 부동산의 현 가치로 따지면 4만 파운드 정도래요."

"정말이오? 본인은 그 행운을 어떻게 받아들이고 있소?"

"오, 유산을 물려받으리라는 건 전부터 알고 있었나봐요. 하지만 그렇게 어마어마할 줄은 몰랐고요. 지금 얼굴이 새하얗게 질려서는 두렵다고 얘기하더라고요. 하지만 말도 안 되는 소리죠. 곧 그런 말은 쏙 들어갈걸요. 어머니가 마거릿에게 축하의 말을 쏟아붓는 사이에 당신에게 말해주려고 몰래 빠져나왔어요."

레녹스 씨가 마거릿의 법률고문이 되는 게 가장 자연스러운 일이라는 데 모두의 의견이 일치했다. 마거릿은 법에는 완전히 무지해서 거의 모든 걸 레녹스 씨에게 맡겨야 했다. 레녹스 씨는 그녀의 변호사를 뽑아주고, 그녀의 서명을 받을 서류들을 들고 왔다. 그는 마거릿에게 암호와도 같은 난해한 법률용어들을 가르쳐줄 때만큼 행복했던 적이 없었다.

어느 날, 이디스가 장난스럽게 물었다. "헨리, 제가 두 사람의 이 긴 대화들이 어떤 결과로 이어지기를 희망하고 기대하는지 아세요?"

"아니, 모르겠습니다. 그리고 제발 말하지 마세요." 레녹스 씨가 얼굴을 붉히며 대답했다.

"오, 좋아요. 그럼 숄토한테 몬터규 씨를 집에 너무 자주 부르지 말아달라고 부탁하려 했는데 그럴 필요 없겠네요."

"마음대로 하세요." 레녹스 씨가 억지로 침착하게 말했다. "형수님 생각대로 될 수도 있고 안 될 수도 있지만, 이번엔 제 입장을 확실히 안 후에 행동을 취하고 싶습니다. 누구에게든 물어보세요. 이런 말은 실례가 될지도 모르지만, 형수님이 끼어들면 일을 망치기만 할 겁니다. 마거릿은 오랫동안 저를 멀리했고 이제야 제노비아 여왕* 같은 태도가 좀 누그러지기 시작했어요. 마거릿은 클레오파트라가 될 자질이 있죠. 조금만 더 이교적이라면요."

"전 마거릿이 기독교인이라서 얼마나 기쁜지 몰라요. 제가 아는 기독교인이 너무 적거든요!" 이디스가 좀 심술궂게 말했다.

그 가을에 마거릿은 에스파냐에 가지 못했다. 프레더릭이 운좋게 파리에 갈 일이 생겨, 자신이 호위대를 이끌고 쉽게 가서 만날 수 있었으면 좋겠다는 희망을 끝까지 놓지 못했지만 말이다. 그녀는 카디스 대신 크로머에 만족해야 했다. 쇼 이모와 레녹스 부부가 그곳으로 휴가를 떠나게 된 것이다. 그들은 줄곧 마거릿이 함께 가주기를 원했고, 그들의 성격대로 마거릿의 개인적인 소망을 이뤄주려는 노력은 게을리했다. 어쩌면 크로머는 그녀에게 최상의 장소일 수도 있었다. 그녀에겐 휴식뿐만 아니라 몸과 마음의 보양도 필요했으니까.

그녀의 사라진 희망 중에는 벨 씨가 레너즈의 죽음으로 이어진 불행한 사고 이전에 있었던 그녀의 집안 사정을 손턴에게 전해주리란 희망 혹은 믿음도 있었다. 손턴이 자신에 대해 어떤 의견을 갖게 되었든, 그

---

* 팔미라제국의 여제로 영토를 크게 확장하고 나라를 크게 발전시켰다. 로마의 침략으로 최후를 맞았기에 역사가들은 클레오파트라와 함께 언급하곤 했다.

녀는 그 의견이 자신이 한 행동의 실상을 알고 그런 행동을 하게 된 이유를 진정으로 이해한 다음 만들어지길 원했다. 그렇게 되었다면 기뻤을 텐데. 더이상 생각하지 않겠다고 결심할 수 있는 날이 오지 않는 한, 평생 마음에 걸릴 문제에 대해 편안해질 수 있었을 텐데. 그러나 이제는 시간이 많이 흘러서 벨 씨의 죽음으로 불가능해진 방법 말고는 진실을 전할 길이 없었다. 그녀도 다른 많은 사람들처럼 오해받는 걸 받아들여야만 했다. 하지만 세상에 오해받고 사는 사람들이 흔하다는 사실을 스스로에게 납득시켜도 언젠가, 많은 세월이 흐른 다음에라도 어쨌든 그가 죽기 전에 진실을 알게 되었으면 좋겠다는 갈망 때문에 마음은 여전히 아팠다. 그가 알게 되리라고 확신할 수만 있다면 그에게 모든 진실이 전해졌다는 사실을 듣지 않아도 될 것 같았다. 하지만 이 역시 헛된 소망이었다. 다른 많은 소망들이 그러하듯이. 마거릿은 그런 확신이 굳어지자 당면한 삶에 온 마음과 온 힘을 바쳐 최선을 다해 살겠다는 결의를 굳혔다.

마거릿은 오랜 시간 해변에 앉아 파도가 조약돌 깔린 해변에 끊임없이 부서지는 모습을 골똘히 바라보거나, 더 멀리 시선을 던져 파도가 하늘을 배경으로 넘실대며 반짝이는 광경을 보며, 계속해서 울리는 영원의 찬송가를 듣고 있다는 의식도 없이 들었다. 그녀는 어떻게, 왜 위로받고 있는지는 몰라도 위로를 받았다. 쇼 이모가 자잘한 물건들을 사러 다니고 이디스와 레녹스 대령이 해안과 대륙 멀리까지 말을 타고 달리는 동안, 그녀는 깍지 낀 손으로 무릎을 안고 땅에 힘없이 앉아 있었다. 아이들을 데리고 산책을 나온 유모들이 그녀를 지나쳐갔다가 다시 지나쳐오면서, 날마다 뭘 찾으려고 저렇게 하염없이 바다를 바라보는지 모르겠다고 속닥거렸다. 가족이 저녁 식탁에 모였을 때 마거릿은 조용히 자신만의 생각에 빠져 있었고, 그 모습을 본 이디스는 그녀가 의기소침해졌다고 판단했다. 그래서 헨리 레녹스가 10월에 스코틀랜드에서 돌아오면 일주일 동안 크로머에 초대하자는 남편의 제안을 쌍수를 들고 환영했다.

하지만 이 사색의 시간 동안 마거릿은 여러 사건의 원인과 중요성을 과거와 미래를 모두 고려해 판단하면서 정리할 수 있었다. 바닷가에서 보낸 시간은 헛되지 않아, 그녀의 표정을 읽고 이해할 수 있는 통찰력과 관심을 지닌 사람이라면 그녀의 얼굴에 서서히 나타나는 변화를 볼 수 있었다. 헨리 레녹스는 그 변화에 지나치리만큼 큰 감동을 받았다.

"바다가 헤일 양에게 엄청나게 큰 도움이 된 것 같네요. 할리 스트리트에서보다 열 살은 어려 보여요." 헨리 레녹스가 도착한 첫날 마거릿을 보고 그녀가 먼저 방에서 나가자 한 말이었다.

"내가 사준 보닛 덕분이에요! 첫눈에 마거릿에게 잘 어울릴 줄 알았죠." 이디스가 의기양양하게 말했다.

그러자 레녹스 씨가 이디스를 대할 때 흔히 내는 반쯤은 경멸적이고 반쯤은 너그러운 목소리로 대꾸했다. "죄송하지만, 전 제가 옷의 매력과 사람의 매력을 구분할 줄 안다고 믿습니다. 보닛 하나 때문에 헤일 양의 눈이 그토록 반짝이면서도 부드럽고, 입술이 그토록 붉고 도톰하고…… 얼굴 전체가 그토록 평온하고 빛이 날 수는 없지요. 마치," 그는 목소리를 낮추어 말을 이었다. "헬스톤의 마거릿 헤일 같군요. 아니, 그보다 더 아름다워요."

이때부터 영리하고 야심만만한 레녹스 씨는 마거릿의 마음을 얻는

데 전력을 다했다. 그는 마거릿의 사랑스러운 아름다움을 좋아했다. 그는 마거릿에게 잠재된, 자신이 세운 목표들을 쉽게 포용할 수 있을(그는 그렇게 생각한) 정신적 폭을 보았다. 그녀의 재산에 대해서는 완벽한 그녀 자신과 그녀가 지닌 지위의 한 부분에 지나지 않는다고 생각했지만, 그 재산이면 가난한 변호사인 자신이 일약 출세의 길로 접어들 수 있다는 것도 잘 알고 있었다. 물론 엄청난 성공과 명예를 이루고 나서, 처음에 그녀에게 받은 금전적 지원을 이자까지 쳐서 갚을 작정이었다. 그는 스코틀랜드에서 돌아오는 길에 마거릿의 재산 문제로 처리할 일이 있어서 밀턴에 들렀다. 그리고 늘 만일의 사태까지 알아보고 재볼 준비가 되어 있는 노련한 변호사의 날카로운 눈으로, 그 번성하고 커져가는 도시에서 마거릿이 소유한 땅과 건물에 해마다 새로운 가치가 누적되는 걸 보았다. 그는 고객과 법률고문이라는 마거릿과 자신의 현 관계가 헬스톤에서의 그 불운하고 서툴렀던 날의 기억을 점차 밀어내고 있는 것이 기뻤다. 그 관계를 통해 친척으로서 나누는 교류 외에도 그녀와 가까이 접할 흔치 않은 기회를 갖게 된 것이다.

마거릿은 그가 밀턴 얘기를 할 때면 열심히 경청했다. 그는 그녀와 친분이 있었던 사람들은 만나본 적이 없었지만 말이다. 이모와 이디스는 밀턴에 대해 혐오와 경멸이 담긴 어조로 말했고, 부끄럽지만 마거릿 역시 처음 거기로 살러 갈 때 그런 감정을 느끼고 표현했었다. 하지만 레녹스 씨는 밀턴과 밀턴 사람들을 마거릿보다 더 좋게 평가했다. 그들의 활력, 힘, 분투하고 싸우는 불굴의 용기, 강렬하고 생생한 존재가 그의 마음을 사로잡은 것이다. 그는 밀턴 사람들에 대해 지칠 줄 모르고 얘기했는데, 그들이 그런 엄청난 불굴의 노력을 쏟은 결과로 스스로에게 제시하는 목표들이 이기적이고 물질적인 경우가 얼마나 많은지는 전혀 깨닫지 못했다. 그래서 마거릿은 그의 얘기에 흐뭇해하면서도 그 고귀하고 찬양받아 마땅한 밀턴 사람들에게도 죄가 만연해 있음을 솔직히 지적하지 않을 수 없었다. 어쨌거나 헨리 레녹스는 그녀가 다른 화제에 싫증이 나서 그의 많은 질문에 짤막한 대답으로 일관할 때 다크셔의 특성에 대해 물으면 그녀의 눈이 다시 반짝이고 뺨에 홍조가 생긴다는 사실을 깨닫게 되었다.

런던에 돌아온 마거릿은 바닷가에서 한 결심 하나를 실행에 옮겨 독자적인 삶을 살게 되었다. 그녀는 크로머에 가기 전까지는 할리 스트리트에 처음 와서 울다가 지쳐 잠들었던 겁먹은 어린애의 정신에서 벗어나지 못한 것처럼 이모의 여러 규칙을 순하게 따랐었다. 하지만 바닷가에서 엄숙한 사색의 시간을 보내며 언젠가는 스스로 자신의 인생을 책임져야 한다는 걸 깨달았고, 여자들에게 가장 어려운 문제인, 얼마나 권위에 복종하고 얼마나 자유를 누릴 것인지를 결정하고자 했다. 쇼 부인은 더할 수 없이 성격이 좋았고, 이디스도 그 매력적이고 가정적인 성품을 그대로 물려받았다. 그래서 셋 중에는 마거릿이 제일 성격이 나쁘다고 볼 수 있었다. 빠른 통찰력과 지나치게 왕성한 상상력 때문에 성급한 면이 있었고, 어릴 때부터 부모의 품을 떠나 살다보니 자존심이 강했던 것이다. 하지만 예전부터 뭐라고 표현할 수 없는 아이 같은 다정함 덕에 어쩌다 고집을 부려도 거부할 수 없는 매력이 있었던데다, 이제 소위 행운이라는 것에 순화되기까지 해서 선뜻 내켜하지 않는 이모의 마음을 사로잡아 자신의 뜻을 묵인하게 만들었다. 그리하여 마거릿은 자신의 생각에 따라 의무를 지킬 권리를 인정받게 되었다.

"너무 드세지지만 말아줘." 이디스가 애원했다. "어머니는 네가 따로 남자 하인을 두길 원하셔. 하지만 넌 사양하고 싶겠지, 하인들은 아주 성가신 존재니까. 내 사랑 마거릿, 한 가지만 부탁할게. 제발 드세지지 말아줘. 하인을 두든 안 두든, 드세지면 안 돼."

"이디스, 걱정 마. 하인들 식사 시간이 되면 바로 네 품에서 졸도해버릴래. 어린 숄토가 불장난을 하고 아기까지 울어대면 넌 어떤 비상사태에도 대처할 수 있는 드센 여자를 원하게 될걸."

"너무 훌륭해져서 농담도 안 하고 즐거워하지도 않을 건 아니지?"

"그럼. 그 어느 때보다 더 즐거워질 거야. 내 마음대로 할 수 있게 됐으니까."

"그렇다고 남의 구경거리가 될 옷차림을 하진 않을 거지? 내가 드레스 몇 벌 사줘도 돼?"

"사실은 나도 사려고 했어. 원한다면 같이 가도 되지만, 내 마음에 드는 걸로 고를 거야."

"오! 난 네가 온갖 데서 묻힌 때가 안 보이도록 갈색과 먼지색 드레스를 고를까봐 걱정돼서 그랬던 거야. 네가 인간답게 한두 가지 허영을 부릴 생각이라니 정말 기뻐."

"이디스, 너와 이모님은 그렇게 생각할 수도 있지만 난 예전과 똑같을 거야. 다만 난 남편도 없고 자식도 없어서 아내나 어머니로서 지는 의무가 없으니 일거리를 좀 만들어야지. 드레스도 주문하고."

이디스와 그녀의 어머니, 그녀의 남편이 모인 비밀 가족회의에서 마거릿의 그런 모든 계획이 그녀가 헨리 레녹스와 맺어질 확률을 더 높여줄 수도 있다는 결론이 내려졌다. 그 계획들은 마거릿의 신랑감이 될 만한 아들이나 형제를 가진 친구들이 마거릿에게 접근하지 못하도록 만들었기 때문이다. 또한 그들은 마거릿이 그들 가족과 헨리 말고는 그 누구와의 교유도 즐거워하지 않는 것 같다는 데 모두 동의했다. 마거릿의 외모나 재산에 반한 다른 구혼자들은 그녀의 미소에 어린 무의식적인 경멸에 떨어져나가 그녀보다 덜 까다로운 미인들이나 더 많은 재산을 물려받은 상속녀들이 모이는 곳으로 갔다. 헨리 레녹스와 마거릿은 서서히 가까워져갔으나, 둘 다 남들이 그에 대해 조금이라도 신경쓰는 걸 용납할 사람들은 아니었다.

25장

밀턴에서 생긴 변화들

자, 올라간다, 올라간다, 올라간다.
자, 내려간다, 내려간다, 내려간다아!
—자장가

한편 밀턴에서는 굴뚝들이 연기를 내뿜고 기계들이 쉼없이 굉음을 토해내며 분투를 이어가고 있었다. 끊임없이 움직이는 나무와 쇠, 증기는 아무런 의식도 목적도 갖고 있지 않았지만, 그 단조로운 노동의 끈기는 의식과 목적을 지닌 강인한 인간들의 지칠 줄 모르는 인내에 필적하는 것이었다. 밀턴 사람들은 목표를 향해 분주히, 쉴새없이 나아가고 있었다. 그 목표란 무엇인가? 거리에는 어슬렁거리는 사람이 거의 없었고 단순히 즐기기 위한 목적으로 걷는 사람은 아예 없었다. 모두들 열성이나 불안 탓에 얼굴에 주름이 잡혀 있었고 탐욕스럽게 뉴스에 집착했다. 사람들은 시장이나 거래소에서, 삶에서 그러하듯 경쟁의 철저한 이기심에 사로잡혀 서로를 거칠게 밀쳐댔다. 도시 전체에 어둠의 그림자가 드리워져 있었다. 구매자가 거의 없었고 그 얼마 안 되는 구매자마저 의심의 눈초리를 받았다. 신용이 불안정하거나, 설령 신용이 좋다고 해도 근처에 자리한 거대 항구의 선박회사들이 한꺼번에 망해 넘어가면서 재산상의 타격을 입었을 가능성이 있었기 때문이다. 아직까지 밀턴에서는 망한 사람이 없었지만 막대한 규모의 투기들이 미국에서, 그리고 더 가까운 곳에서 실패로 끝났다는 게 밝혀지면서 밀턴의 일부 사업체들도 심각한 위기를 맞게 될 듯 보였으며, 사람들은 날마다 대놓고 말로 묻지만 않을 뿐 얼굴로 질문을 던졌다. "무슨 소식 없나? 누가 망했지? 그게 나한테는 어떤 영향을 미칠까?" 두셋이 모여서 얘기할 때면 망할 것 같은 사람들보다는 안전한 사람들 이름을 댔다. 이런 시기에는 고비를 넘길 수도 있었을 사람이 쓸데없는 말 한마디로 인해 몰락할 수도 있는데, 하나가 망하면 줄도산이 나기 때문이었다. "손턴은 안전하지. 사업이 크잖아, 해마다 사업을 확장해나가서. 머리도 비상하고 대담하면서도 아주 신중한 사람이니까!" 그들이 말했다. 그러자 한 사람이 다른 한 사람을 옆으로 끌고 가더니 귀에 대고 속삭였다. "손턴의 사업이 크긴 하지만 그동안 번 돈을 사업 확장에 다 써서 따로 챙겨놓은 자본금이 없어. 기계들도 최근 이 년간 새로 들여놨고, 거기 돈이 얼마나 들어갔는지는…… 말 안 해도 알 수 있지!" 하지만 그 말을 한 해리슨 씨는 비관론자였다. 아버지가 사업으로 일군 재산을 물려받은 그는, 그 재산을 잃게 될까봐 두려워서 사업을 키우지 못하면서도 자기보다 대담하고 선견지명이 있는 사람들이 돈을 버는 걸 배 아파했다.

하지만 사실 손턴은 엄청난 압박감에 시달리고 있었다. 자신의 취약점인, 스스로 확립한 상업적 성격에 대한 자부심이 흔들리고 있음을 느꼈다. 그는 자수성가했지만 그 성공이 자신의 특별한 장점이나 자질 덕이라고 생각하지 않았다. 상업이 모든 용감하고 정직하고 끈기 있는 사람들에게 부여하는 힘이 자신을 세속적인 성공이라는 거대한 게임을 보고 읽을 수 있는 수준으로 끌어올려준 덕에 그 선견지명으로 남들보다 더 큰 힘과 영향력을 행사할 수 있었던 거라고 믿었다. 인간 존 손턴을 모르는 머나먼 동방과 서방에서도 그의 이름이 존경의 대상이 되고, 그의 소망들이 이루어지고, 그의 말이 금처럼 통하는 것. 그것이 손턴이 상인의 삶을 시작할 때 품었던 포부였다. '그 상인들은 고관들이요.'* 그의 어머니는 이 성경 구절이 아들을 전쟁터로 부르는 나팔소리라도 되는 것처럼 큰 소리로 읽어주었다. 하지만 그는 다른 많은 사람들, 남자나 여자, 아이들처럼 멀리 있는 것에 민감하고 가까운 것들에 무관심했다. 그는 외국과 먼바다에서 이름을 떨치고, 여러 세대 동안 알려질 기업의 수장이 되는 길을 추구했다. 그러면서도 정작 지금, 자신이 사는 이 도시, 자신의 공장, 자신의 노동자들에게 자신이 어떤 존재인지는 알지 못했고 그걸 어렴풋이 깨닫는 데만도 긴 침묵의 세월이 필요했다. 그는 히긴스와 친분을 맺는 사건(그렇게 부를 만한 일이었다)이 있기 전까지는 노동자들과 매우 가깝지만 절대 만나지 않는 평행선을 그리며 살아왔다. 자신을 둘러싼 노동자 집단의 한 개인과 주종관계를 떠나 인간 대 인간으로 대면하게 된 다음에야 '우리 모두가 똑같은 인간의 마음을 지녔다'**는 사실을 인식하게 되었다. 히긴스도 마찬가지였다. 그것이 장차 중대한 결과를 초래할 작은 발단이 되었다. 그는 지

---

* 「이사야」 23장 8절.

** 윌리엄 워즈워스의 시 「컴벌랜드의 늙은 거지」의 한 구절.

금까지, 그러니까 최근에야 인간적으로 알게 된 노동자 두세 명과 맺은 관계가 단절될지 모른다는, 마음에 소중히 품은 한두 가지 계획을 시도도 못해보고 포기해야 할지도 모른다는 불안감이 이따금 엄습하는 두려움을 더 섬뜩하게 만드는 지금 이 순간까지, 최근 자신이 제조업자라는 자신의 위치에 얼마나 크고 깊은 관심을 갖게 되었는지를 제대로 깨닫지 못하고 있었다. 지금 그에게 제조업자라는 위치가 중요한 건 기이하고 약삭빠르고 무식한, 그리고 무엇보다 개성과 인정이 넘치는 노동자라는 종족과 가까이 접하고 그들에게 엄청난 영향력을 행사할 기회를 가질 수 있기 때문이다.

손턴은 밀턴의 제조업자로서 자신의 위치를 재점검했다. 일 년 반 전, 아니 늦은 봄인데 계절에 맞지 않게 아직 겨울 날씨가 이어지고 있으니 그보다 더 오래되었다고 볼 수 있을 텐데, 이제는 나이든 그가 젊었을 때 일어난 그 파업으로 인해 그는 당시 받아놓은 대량주문의 일부를 맞출 수가 없었다. 새로 들여놓은 비싼 기계들에 막대한 자본금이 묶여 있었고 이 주문을 맞추기 위해 면화도 대량으로 구입해놓은 상태였다. 그가 주문을 맞추지 못한 데는 어느 정도는 아일랜드에서 불러들인 일꾼들의 기술 부족 탓도 있었다. 그들이 만든 제품의 상당량이 일류 제품만을 생산하는 걸 긍지로 여기는 회사가 내놓을 만한 품질이 못 되었다. 수개월 동안, 파업으로 말미암은 곤란한 상황은 손턴의 앞길을 가로막는 장애물이 되었다. 그래서 히긴스에게 시선이 갈 때면 히긴스가 연루되었던 파업이 야기한 피해가 얼마나 심각한지 생각나, 이유 없이 그에게 화난 어조로 말했을 수도 있었다. 하지만 그는 이 갑작스럽고 즉각적인 분노를 의식하자, 억제하기로 결심했다. 히긴스를 피한다고 만족을 얻을 수 있는 것도 아니었다. 그랬기에 손턴은 자신이 분노를 이기는 사장이라는 확신을 얻기 위해 엄격한 여러 업무 규칙이나 자신의 여가 시간이 허락할 때마다 히긴스가 자신에게 접근할 수 있게 하려고 특별히 신경을 썼다. 그리고 머지않아, 같은 업계에서 먹고살고 같은 목적을 위해 서로 다른 방식으로 일하는 자신과 히긴스가 서로의 지위와 의무를 어떻게 그토록 기이하리만큼 다르게 볼 수 있는지 의아해하며 분노의 감정을 완전히 잊게 되었다. 그러자 둘 사이에 교유가 이루어지게 되었는데, 그것으로 장차 일어날 모든 의견과 행동의 충돌을 막을 수는 없다 하더라도 그런 사태가 발생했을 때 주인과 노동자가 더 큰 관용과 연민을 갖고 서로를 바라보며 더 참을성 있고 친절하게 서로를 참아내도록 해주긴 할 터였다. 이런 감정적 개선이 이루어졌을 뿐만 아니라, 손턴 사장과 그의 노동자들은 지금까지 한쪽에만 알려져 있고 다른 쪽은 모르는 엄연한 사실들에 대해 자신들이 얼마나 무지했는지 깨닫게 되었다.

하지만 불경기가 찾아오고 시장 하락이 모든 대형 자본의 가치를 떨어뜨리자 손턴의 자본 가치도 반 가까이 추락했다. 더이상 주문이 들어오지 않아 기계에 묶인 자본의 이자를 챙길 수 없게 되었으며, 사실 납품 대금을 받기도 어려웠다. 그런데도 사업을 운영하는 데 필요한 경비는 계속 빠져나갔다. 그러다 면화 대금을 지급해야 할 날짜가 다가왔고, 돈이 귀하다보니 터무니없는 이자를 물며 돈을 빌려야 했다. 재산을 처분할 수도 없었다. 하지만 그는 좌절하지 않고 밤낮으로 모든 비상사태를 예견하면서 그에 대비하기 위해 애썼다. 집에서는 여자들에게 늘 침착하고 온화한 태도를 보였다. 공장 노동자들에게 많은 말을 하지는 않았지만 이제 그를 아는 노동자들은 그가 무뚝뚝하고 단호히 대답해도 예전처럼 억눌린 적대감을 품지 않았다. 오히려 그의 고뇌에 연민을 느꼈으며, 어떤 경우에든 그의 가혹한 말이나 평가를 수용할 준비가 되어 있었다. "사장님이 심란한 일이 많은가봐." 어느 날 손턴이 왜 자신이 지시한 일을 해놓지 않았느냐고 날카롭게 추궁하는 소리와 노동자들이 일하는 작업장을 지나가며 억눌린 한숨을 토해내는 소리를 들은 히긴스가 말했다. 그날 밤 히긴스는 다른 직공 하나를 데리고 아무도 모르게 야근해서 손턴의 노여움을 산 그 일을 해놓았다. 하지만 손턴은 애초에 자신의 지시를 받은 작업반장이 그 일을 한 것으로만 알았다.

'음, 우리 사장님이 저렇게 우중충한 옥양목 같은 꼴을 하고 있는 걸 봤으면 누가 안타까워했을지 난 알지! 그 늙은 목사님이 우리 사장님의 저 비통한 얼굴을 봤다면 여자 같은 마음으로 애를 태웠을 거야.' 어느 날 히긴스는 말버러 스트리트에서 손턴에게 다가가며 그렇게 생각했다.

"사장님." 히긴스가 불러세우자 빠르고 결연한 걸음으로 걸어가던 손턴은 깊은 생각에 빠져 있었던 것처럼 흠칫 놀라며 짜증이 담긴 눈으로 쳐다봤다.

"요새 헤일 양 소식 들으셨습니까?"

"누구?" 손턴이 물었다.

"마거릿 아가씨요, 헤일 양, 늙은 목사님 딸. 조금만 생각하시면 제가 누구를 말하는 건지 잘 아실 텐데요." 히긴스는 그렇게 말했지만 무례한 어조는 아니었다.

"아, 그래!" 갑자기 손턴의 얼굴에서 한겨울처럼 냉랭하던 근심의 표정이 사라졌다. 여름 돌풍이 그의 마음속 근심걱정을 모두 날려버린 듯했다. 그의 입은 언제나처럼 굳게 다물어져 있었지만 두 눈은 히긴스의 질문에 부드럽게 미소 지었다.

"히긴스, 알다시피 헤일 양은 이제 내가 임대한 땅의 주인이오. 그래서 가끔 여기 있는 헤일 양 대리인을 통해 소식을 듣지. 친구들과 어울려 잘 지내는 것 같더군…… 고맙소, 히긴스." 손턴이 망설임 끝에 말한, 그러나 따뜻한 마음이 담긴 '고맙다'는 인사는 예리한 히긴스에게 새로운 생각을 갖게 만들었다. 그건 그저 도깨비불에 지나지 않을 수도 있었지만, 그는 일단 따라가서 어디로 가는지 알아봐야겠다고 생각했다.

"사장님, 헤일 양은 결혼은 안 했습니까?"

"아직." 손턴의 얼굴이 다시 어두워졌다. "그 가족의 친척과 결혼 얘기가 있는 것 같더군."

"그럼 밀턴에는 이제 안 오겠네요?"

"그럴 거요!"

"잠깐만요, 사장님!" 히긴스가 손턴에게 은밀하게 다가가며 말했다. "그 젊은 신사는 혐의를 벗었나요?" 그는 그 비밀을 잘 알고 있다는 듯 눈을 찡긋했으나 그것 때문에 손턴은 더 어리둥절해졌다.

"그 젊은 신사요. 그러니까, 프레더릭 도련님이라고 부르던데. 헤일 양 오빠분이 여기 왔었잖습니까."

"여기?"

"네, 분명 헤일 부인이 돌아가셨을 때 왔었죠. 제가 이런 말 하는 걸 겁내실 필요는 없습니다. 메리와 저는 처음부터 알고 있었는데 입 다물고 있었거든요. 메리가 그 집에서 일할 때 알게 됐죠."

"그가 왔었다. 그 남자가 오빠였다!"

"그렇지요, 전 사장님도 아시는 줄 알았는데요. 안 그랬으면 이런 얘기 안 꺼냈지요. 헤일 양에게 오빠가 있다는 건 아셨습니까?"

"그래요, 나도 그에 대해 다 알고 있소. 그런데 헤일 부인이 돌아가셨을 때 그가 왔었다고?"

"아닙니다! 그 얘기는 더이상 안 하겠습니다. 어쩌면 이미 그분들에게 피해를 입혔는지도 모르겠네요. 철저히 비밀로 해온 일인데. 전 그냥 그분이 혐의를 벗게 됐나 알고 싶어서 한 말입니다."

"그건 나도 모르겠소. 전혀. 이제 내 임대인이 된 헤일 양 소식은 그녀의 변호사를 통해 듣고 있을 뿐이니까."

그는 원하는 답을 얻지 못한 히긴스를 뒤로한 채, 아까 히긴스가 다가와 말을 걸었을 때 골똘히 생각하고 있었던 일로 돌아갔다.

손턴은 자신에게 말했다. '그녀의 오빠였군. 기쁜 일이야. 이제 다시는 그녀를 못 만날지도 모르지만, 그래도 그 사실을 알게 되니 위안이 돼. 그녀가 정숙하지 못한 사람일 수는 없다는 걸 알고는 있었지만, 그래도 확신이 필요했지. 정말 기뻐!'

그건 점점 더 암울해져가는 현실의 검은 거미줄을 가로지르는 작은 황금실과도 같았다. 그의 대리인이 미국과 교역하는 한 회사와 대규모 신용거래를 했는데, 하나가 망하면 도미노처럼 연쇄 도산이 일어날 수밖에 없는 이 시기에 그 회사가 다른 몇몇 회사들과 함께 무너지고 만 것이다. 손턴의 부채는 얼마나 될까? 과연 버틸 수 있을까?

손턴은 밤마다 장부들과 서류들을 들고 자기 방으로 들어가서 가족이 잠자리에 들고도 한참 후까지 책상 앞에 앉아 있었다. 그는 자야 할 시간에 자신이 이러고 있다는 걸 아무도 모를 거라고 생각했다. 그러던 어느 날 아침, 덧문 틈으로 햇살이 들어오고 있었고, 뜬눈으로 밤을 지새운 그는 절망적인 무관심 상태에서 다시 하루 일과가 시작되기 전에 휴식을 취할 수 있을 시간이 한두 시간밖에 없긴 하지만 그마저도 필요 없으리라는 생각을 하고 있었다. 그때 문이 열리고 어머니의 모습이 보였다. 손턴 부인은 어제 옷을 그대로 입고 있었다. 아들처럼 한숨도 자지 못한 것이다. 모자의 눈이 마주쳤다. 그들의 얼굴은 차갑고 엄격했으며 잠을 자지 못한 탓에 창백했다.

"어머니! 왜 안 주무셨어요?"

"내 아들 존, 네가 밤새워 고민하고 있는데 내가 편안한 마음으로 잘 수 있겠니? 무슨 일인지 말을 안 하고 있다만 벌써 여러 날 고민에 시달리고 있잖아."

"사업이 안 좋아요."

"그래서 두려워서……"

"두려운 건 없어요." 손턴이 고개를 똑바로 들고 대답했다. "저 때문에 고통받을 사람이 없다는 걸 알게 됐으니까요. 그게 걱정이었죠."

"하지만 너는 어떻게 견디려고? 혹시…… 망하는 거니?" 그녀의 침착한 목소리가 평소와 달리 떨리고 있었다.

"망하는 건 아니에요. 사업은 포기해야겠지만 사람들에게 줄 돈은 다 줄 거예요. 다시 일어설 수 있을지도 몰라요, 꼭 그러고 싶고……"

"어떻게? 오, 존! 명예는 꼭 지켜야 한다, 어떤 위험을 감수하고라도.

어떻게 다시 일어설 건데?"

"투기 제안을 받았어요. 위험성이 높긴 한데 만약 성공하면 위기를 넘길 수 있어요. 그럼 제가 지금 곤경에 처한 걸 아무도 모르고 넘어갈 수도 있고요. 하지만 만약 실패하면……"

"만약 실패하면." 손턴 부인이 열성적인 눈빛으로 다가와 아들의 팔에 손을 얹으며 말했다. 그녀는 아들의 말을 들으려고 숨을 죽였다.

"정직한 사람들이 사기꾼 때문에 망하는 거지요." 손턴이 침울하게 말했다. "현재로서는, 제 채권자들의 돈은 안전해요. 하지만 제 돈은 어디 있는지 모르겠네요…… 다 써버렸겠죠. 그래서 지금 무일푼이고요. 그러니까, 채권자들의 돈으로 투기를 해야 하는 거죠."

"하지만 성공한다면 그 사람들은 모를 거 아니니. 그렇게 위험한 투기니? 물론 그렇진 않을 거야. 그랬다면 고려조차 안 했겠지. 만약 성공한다면……"

"전 부자가 되겠죠. 양심의 가책에 시달리게 될 거고요."

"왜! 아무에게도 해를 안 끼칠 텐데."

"그야 그렇지만, 보잘것없는 제 지위를 지키기 위해 많은 사람들을 망하게 할 수도 있는 모험을 걸어야 하니까요. 어머니, 이제 결심했어요! 이 집을 떠나게 되어도 많이 슬퍼하시진 않을 거죠, 그렇죠, 사랑하는 어머니?"

"그럼! 하지만 네가 지금과 다른 처지가 된다면 무척 가슴이 아플 거야. 넌 어떻게 되는 거니?"

"전 어떤 상황에서든 늘 똑같은 존 손턴일 거예요. 옳은 일을 하기 위해 애쓰고, 큰 실수들도 저지르지만 용감하게 다시 시작하는. 하지만 힘드네요, 어머니. 전 그렇게 일해왔고 계획도 세웠어요. 제 지위가 가진 새로운 힘을 너무 늦게 발견했고요…… 이제 다 끝났어요. 예전과 같은 열정으로 다시 시작하기엔 너무 늙어버렸어요. 힘들어요, 어머니."

그는 어머니에게서 고개를 돌리고 두 손으로 얼굴을 감쌌다.

그녀가 음울하면서도 도전적인 목소리로 말했다. "어떻게 이럴 수가 있는지 이해가 안 된다. 내 아들이, 효자에다 정의롭고 다정하기까지 한 내 아들이 마음에 두는 일마다 전부 실패하다니. 사랑하는 여자를 발견했는데 그 여자는 내 아들의 사랑에 관심도 안 주고, 열심히 일했는데 그 모든 노력이 허사가 되고. 다른 사람들은 잘도 성공하고 부자가 되어 그 하찮은 이름을 수치로 더럽히지 않는데."

"저는 수치를 당한 적은 없어요." 손턴이 낮은 목소리로 말했다. 하지만 손턴 부인은 말을 이었다.

"그동안 난 가끔 정의는 도대체 어디로 간 건지 모르겠다고 생각하며 살아왔는데, 이젠 세상에 정의 같은 건 없다고 믿는다. 네가 이 지경이 됐으니까. 너와 내가 거지 신세가 된다고 해도, 존 손턴, 너는 내 귀한 아들이다!"

어머니는 아들의 목을 껴안고 눈물을 흘리며 키스했다.

아들은 어머니를 조심스럽게 안고 말했다. "어머니! 누가 제 삶에 좋은 운, 나쁜 운을 내려주셨죠?"

손턴 부인은 고개를 저었다. 지금은 종교에 대해 생각하고 싶지 않았다.

그녀가 대답하지 않으려는 걸 보고 손턴이 말을 이었다. "어머니, 저도 반항적인 생각을 품었어요. 하지만 이제 그러지 않으려고 애쓰고 있어요. 도와주세요, 제가 어렸을 때 도와주셨던 것처럼요. 그때는 제게 좋은 말씀을 많이 해주셨잖아요. 아버지가 돌아가셨을 때나 가끔 너무 고생스러웠을 때요. 이젠 그런 고생은 안 할 거예요. 어머니는 그때 용감하고 고귀하고 믿을 만한 말을 많이 해주셨고 전 그 말씀들을 잊어본 적이 없어요. 마음속에 잠재해 있기만 할지라도요. 어머니, 옛날처럼 다시 말씀해주세요. 세상이 우리 마음을 너무 모질게 만들었다는 생각이 들게 하지는 마세요. 어머니께서 옛날처럼 좋은 말씀을 해주시면 어렸을 때의 경건하고 단순한 감정을 느낄 수 있을 거예요. 제가 저에게 말해주기도 하지만, 어머니가 해주시면 느낌이 다르겠죠. 어머니가 견디셔야 했던 온갖 근심과 시련이 생각나니까요."

손턴 부인이 흐느끼며 말했다. "내가 숱한 시련을 겪었지만 이렇게 마음 아팠던 적은 없었다. 네가 마땅히 있어야 할 자리에서 밀려나는 걸 보다니! 존, 좋은 말은 나 자신한테는 해줄 수 있어도 너한텐 못해주겠구나. 너한테는! 하느님이 너에겐 모질게 굴기로 작정하신 거야. 아주 모질게 굴기로."

그녀는 몸을 떨며 흐느꼈다. 노인의 발작적인 울음이었다. 그러다 이윽고 주위의 정적을 느끼고 울음을 그쳤다. 아무 소리도 없었다. 그녀는 고개를 들었다. 아들이 책상에 두 팔을 올리고 고개를 푹 숙인 채 앉아 있었다.

"오, 존!" 그녀는 그렇게 외치며 아들의 얼굴을 들었다. 그 침울한 얼굴이 너무도 기이하고 창백해서, 순간적으로 이게 죽음의 전조라는 생각이 들었다. 하지만 경직이 풀리고 자연스러운 얼굴색이 돌아오면서 아들은 원래의 모습을 되찾았다. 아들의 존재 자체가 자신에게 얼마나 큰 축복인지 깨닫는 순간 세속적인 굴욕은 아무것도 아닌 것이 되었다. 그녀는 아들의 존재에 대해 하느님께 감사했고 그 열렬히 감사하는 마음으로 인해 반항적인 감정은 눈 녹듯 사라졌다.

손턴은 선뜻 말을 꺼내지는 않았지만 창가로 가서 덧문을 열어 붉은 새벽빛이 방안에 쏟아져 들어오게 했다. 하지만 날씨가 몇 주째 그랬던 것처럼 동풍이 불었고 살을 에는 듯한 추위가 느껴졌다. 올해는 얇은 여름 제품에 대한 수요가 없을 듯했다. 경기가 회복되리라는 희망은 완전히 접어야 했다.

어머니와 그런 대화를 나누고 나니, 앞으로 어머니와 자신이 모든 근심걱정에 대해 침묵을 지킨다고 해도 서로의 마음을 이해할 수 있을 것이며 현실을 보는 시각에서도 서로 조화를 이루지는 못한다고 해도 최소한 불화를 일으키진 않으리라는 확신이 생겨서 커다란 위안이 되었다. 패니의 남편은 손턴에게 함께 투기를 해보자는 제안을 했다가 거절당하자 화가 나서, 자기 수중에 있는 돈으로 손턴을 도와줄 수도 있을 법한 가능성을 완전히 차단해버렸다. 게다가 실제로 그는 그 돈을 투기에 쓸 작정이었다.

결국 손턴이 몇 주 동안 두려워하던 결과가 닥쳤다. 그는 큰 명예와 성공을 누리며 오랫동안 투신해온 사업을 접고 남의 밑에 들어가 일해야 했다. 말버러 공장과 집은 장기임대에 묶여 있어서 가능하다면 재임대를 해야 하는 상황이었다. 그는 바로 일자리 제안을 받았다. 햄퍼 씨가 아들에게 큰 자본을 들여 사업체를 옆 도시에 차려주면서, 손턴이 믿음직스럽고 경험 많은 동업자로 함께 일해주기를 간절히 원한 것이다. 하지만 햄퍼 씨의 아들은 사업 지식도 별로 없는데다, 돈 버는 것 외에는 책임감에 대해 무지했으며, 자신의 쾌락과 고통이 엮인 일에서 짐승처럼 굴었다. 사업을 접은 후에도 포기하지 않은 몇 가지 계획을 실행할 수 없었기에, 손턴은 동업을 사양했다. 몇 달 안에 싸울 게 뻔한 돈 많은 동업자의 폭군 기질을 받아들이느니 차라리 단순한 돈벌이에 그치기보다는 어느 정도 권력을 쥘 수 있는 관리자가 되는 게 나았다.

그래서 잠자코 기다렸다. 그리고 제부가 과감한 투기로 어마어마한 돈을 벌게 되었다는 소식이 거래소를 뒤흔들 때 그는 겸허한 마음으로 한쪽 구석에 서 있었다. 그 사건은 일시적으로나마 세상을 떠들썩하게 했다. 왓슨 씨는 그 성공으로 사람들의 극단적인 찬양을 받게 되었다. 세상에 그보다 현명하고 선견지명이 뛰어난 사람은 없는 듯 보였다.

26장

재회

힘내라, 용감한 마음이여! 우리는 침착하고 강해지리라.
아무렴, 우리는 눈도 뺨도 혀도 억제할 수 있으니
아무런 낌새도 내비치지 않을 것이니라.
그녀는 과거에도 지금도 앞으로도 소중하리니.
—압운 시극

무더운 여름 저녁이었다. 이디스가 마거릿의 침실로 들어왔다. 처음엔 승마복 차림이었고 그다음엔 만찬용 드레스를 입고 있었다. 처음엔 방에 아무도 없었는데, 두번째로 와보니 딕슨이 마거릿의 드레스를 침대에 펼쳐놓고 있었고 마거릿은 보이지 않았다. 이디스는 안절부절못했다.

"오, 딕슨! 그 칙칙한 금색 드레스에는 그런 끔찍한 푸른 꽃을 달면 안 돼요. 취향하고는! 잠깐 기다려요, 내가 석류꽃을 가져다줄 테니까."

"이건 칙칙한 금색이 아니에요. 밀짚색이죠. 밀짚색은 원래 푸른색과 잘 어울리고요." 하지만 딕슨의 항의가 반도 끝나기 전에 이디스가 눈부신 진홍색 꽃을 가져왔다.

"우리 헤일 양은 어디 있죠?" 이디스가 꽃 장식의 효과를 확인해보고 나서 물었다. 그러고는 심통 난 목소리로 말을 이었다. "이모님은 왜 마거릿이 밀턴에서 아무데나 쏘다니는 버릇을 붙이도록 내버려두신 건지 모르겠어! 이상한 동네에 함부로 들어갔다가 끔찍한 일이라도 당할까봐 늘 조마조마하다니까. 난 하인 없이는 그런 동네에 절대 못 가요. 숙녀가 갈 만한 데가 아니잖아요."

이디스가 자신의 취향을 무시해서 골이 난 딕슨은 퉁명스럽게 대꾸했다.

"놀랄 일도 아닌 게, 숙녀분들이 숙녀가 대단한 것처럼 얘기하시면서도 이렇게 겁 많고 연약하고 까다로운 걸 보면, 이 세상에 더이상 성자가 없는 것도 놀랄 일이 아니라는……"

"오, 마거릿! 왔구나! 얼마나 기다렸는지 몰라. 더워서 얼굴이 빨갛게 익었네. 불쌍한 것! 성가신 헨리가 무슨 일을 벌였는지 알아? 시동생으로 도를 넘는 행동을 했다니까. 내 파티를 콜서스트 씨에게 딱 맞게 아주 멋지게 계획해놨는데, 헨리가 오더니 네 핑계를 대면서 밀턴의 손턴 씨를 데려와도 되느냐고 묻는 거야. 네 임차인 말이야. 그 사람이 법률 문제로 런던에 왔대. 그러면서 진심으로 미안해하긴 했지만, 그럼 인원이 안 맞잖아."

"난 저녁 안 먹어도 돼. 먹고 싶지 않아." 마거릿이 조그맣게 말했다. "딕슨한테 차나 갖다달래서 여기서 마시면 돼. 네가 올라올 때쯤 응접실에 가 있을게. 난 정말로 좀 눕고 싶어."

"아니, 안 돼! 그건 절대 안 돼. 안색이 너무 안 좋긴 한데 그건 단지 더위 먹어서 그런 거야. 너 없이는 안 되지. (딕슨, 그 꽃들 더 낮게 달아요. 마거릿, 꽃들이 네 검은 머리에서 타오르는 눈부신 불꽃 같아.)

네가 콜서스트 씨에게 밀턴에 대한 얘기를 해주기로 우리가 계획을 다 짜놨잖아. 어머! 맞아! 손턴 씨도 밀턴 사람이지. 오히려 잘됐네. 콜서스트 씨는 밀턴에 대해 궁금한 걸 손턴 씨에게 다 물어볼 수 있을 거고, 콜서스트 씨의 다음 의회 연설에서 네 경험과 손턴 씨의 지혜를 찾아내는 것도 꽤 재미있겠어. 헨리가 생각을 잘한 거네. 아까 헨리에게 손턴 씨가 창피스러운 인물은 아닌지 물었더니 이렇게 대답하더라. '지각 있는 사람이라면 그를 창피스럽게 여기지 않을 겁니다, 형수님.' 다른 다크셔 사람들처럼 'h' 발음을 못하지는 않나봐. 그렇지, 마거릿?"

"손턴 씨가 왜 런던에 왔는지 레녹스 씨가 얘기 안 해줬어? 땅과 관련된 법률 문제 때문인가?" 마거릿이 부자연스러운 목소리로 물었다.

"아! 그 사람 망했대나, 어쨌다고 했잖아. 헨리가 너한테 말해줬잖아. 너 두통 심했던 날. 뭐랬더라? (그래요, 멋져요, 딕슨. 헤일 양이 우리 체면을 세워주네요, 안 그래요?) 마거릿, 난 여왕처럼 키가 크고 집시처럼 피부가 갈색이었으면 좋겠어."

"손턴 씨가 왜 왔다고?"

"이런! 난 법에 대해선 정말 모르겠어. 헨리에게 물어보면 잘 설명해줄 거야. 너한테 그런 얘기를 해주는 걸 무척 좋아하잖아. 내가 헨리와 얘기하면서 받은 느낌은, 그 손턴 씨라는 사람이 지금 형편이 몹시 안 좋지만 대단히 존경스러운 인물이니 아주 예의바르게 대접해야 한다는 거야. 그런데 어떻게 대접해야 할지 모르겠어서 너한테 도움을 청하러 온 거지. 지금 나랑 같이 내려가서 십오 분만 소파에서 쉬자."

특권을 가진 시동생이 일찍 도착했다. 마거릿은 얼굴을 붉히면서도 그에게 손턴에 대해 궁금한 것들을 물었다.

"말버러 공장과 집, 이웃 건물의 전대轉貸 문제로 왔어요. 그것들을 유지할 수가 없어서요. 건물 권리증과 임대차 계약서를 확인하고 계약서도 작성할 겁니다. 형수님이 손님 대접을 잘해주셨으면 좋겠는데, 제가 실례를 무릅쓰고 그를 초대해달라고 부탁하는 바람에 화가 좀 나셨더군요. 하지만 헤일 양은 그에게 관심을 보여줄 거라고 생각했지요. 몰락해가는 사람에게는 특별히 세심하게 모든 경의를 표해야 하니까요." 레녹스 씨는 마거릿 옆에 앉아 목소리를 낮추고 말했다. 하지만 말을 마치자마자 벌떡 일어나서는, 마침 그 순간 들어온 손턴을 이디스와 레녹스 대령에게 소개했다.

손턴이 레녹스 대령 부부와 인사를 나누는 동안 마거릿은 걱정스러운 눈빛으로 그를 바라보았다. 그와 못 만난 지 일 년이 훌쩍 넘었고, 그사이 그는 이런저런 사건을 겪으며 많이 변해 있었다. 손턴은 키가 보통 남자들보다 크고 체격이 당당했는데, 거기에서 나오는 자연스럽고 편안한 동작이 위엄을 풍겼다. 나이들고 근심걱정의 풍파를 맞았어도 얼굴에는 고결한 평정심이 자리하고 있었으며, 그의 바뀐 처지에 대해 방금 들은 사람들에게 타고난 위엄과 남자다운 힘은 깊은 인상을 주었다. 그는 처음 방안을 둘러보았을 때 마거릿이 거기 있는 걸 알게 되었다. 그녀가 헨리 레녹스의 말을 열심히 경청하는 모습을 보았던 것이다. 손턴은 감정을 완벽하게 절제하고 옛친구의 태도로 그녀에게 다가갔다. 그가 처음 건넨 차분한 말에 마거릿의 얼굴에 홍조가 돌았고 그 홍조는 저녁내 가시지 않았다. 그녀는 손턴에게 할말이 많지 않은 듯했다. 손턴은 밀턴의 지인들에 관한 안부만 조용히 묻는 그녀에게 실망감을 느꼈다. 이 집 사람들과 친분이 더 두터운 다른 손님들이 들어오자 손턴은 배경으로 밀려나 그곳에서 이따금 레녹스 씨와 대화를 나눴다. 레녹스 씨가 말했다.

"헤일 양이 건강해 보이죠? 밀턴이 헤일 양에겐 맞지 않았나봅니다. 헤일 양이 처음 런던에 왔을 때, 전 사람이 그렇게 많이 변한 건 처음 본다고 생각했지요. 오늘밤엔 빛이 나네요. 많이 건강해졌어요. 지난가을에는 몇 마일만 걸어도 피곤해했거든요. 우리는 금요일 저녁에 햄스테드까지 걸어서 다녀왔죠. 그런데도 토요일에 지금처럼 건강해 보이더군요."

'우리라고!' 누구 말이지? 둘이서만?

콜서스트는 매우 똑똑한 사람이었고, 의회에서 떠오르는 인물이었다. 사람 보는 눈이 뛰어난 그는 손턴이 만찬 자리에서 한 말에 감동을 받았다. 그는 저 신사가 누구냐고 이디스에게 물었고, 이디스는 '정말인가요!' 하고 대답하는 그의 어조로 밀턴의 손턴이 자신이 생각했던 것처럼 그가 전혀 모르는 이름이 아니었다는 사실을 깨닫고는 놀랐다. 그녀의 만찬은 순조롭게 흘러갔다. 헨리는 기분이 좋아서 천연덕스럽고 신랄한 기지가 넘쳤다. 손턴과 콜서스트는 한두 가지 공통 관심사를 찾아내고는 식사 후 더 조용한 자리에서 이야기를 나눌 수 있도록 살짝 맛만 보고 아껴두었다. 석류꽃으로 장식한 마거릿은 아름다웠다. 그녀는 의자 등받이에 기대앉은 채 말을 거의 하지 않았지만 이디스는 화가 나지 않았다. 마거릿 없이도 대화가 잘 흘러갔기 때문이다. 마거릿은 손턴의 얼굴을 바라보고 있었다. 그가 그녀에게 눈길을 주지 않아서, 그가 눈치채지 못하도록 지켜보며 짧은 기간에 그에게 일어난 변화들을 관찰할 수 있었다. 손턴은 레녹스 씨가 불시에 재담을 던졌을 때

순간적으로 예전의 유쾌한 표정을 보였다. 눈이 즐겁게 반짝거렸고 입술이 살짝 벌어지며 예전의 환한 미소가 어렸다. 그리고 그 순간 마거릿의 공감을 원하듯 본능적으로 그녀에게 시선을 보냈다. 하지만 눈이 마주치자마자 표정이 확 바뀌어 다시금 심각하고 걱정어린 얼굴이 되었으며, 그후로는 식사중에 그녀의 근처를 보는 것조차 결연히 피했다.

손님 중에 여자는 둘뿐이었고, 식사를 마치고 응접실로 올라간 그들은 이모와 이디스와 대화를 나누느라 여념이 없었다. 마거릿은 힘없이 일감을 손에 들었다. 곧이어 신사들이 올라왔는데, 콜서스트와 손턴은 깊은 대화를 나누고 있었다. 레녹스 씨가 마거릿 옆으로 와서 작은 소리로 말했다.

"형수님이 저한테 고마워하셔야겠네요. 파티에 큰 기여를 해드렸잖아요. 헤일 양도 자신의 임차인이 얼마나 친절하고 현명한 사람인지 모르실 겁니다. 콜서스트가 알고 싶어하는 모든 것을 가르쳐주고 있어요. 저런 사람이 어떻게 사업을 그르쳤는지 이해가 안 되네요."

"당신이었다면 그의 능력과 기회로 분명 성공했겠죠." 마거릿이 대답했다. 레녹스 씨는 그녀의 어조가 마음에 들지는 않았지만 자신도 그런 생각을 한 건 사실이었다. 그가 침묵을 지키자 벽난로 근처에서 콜서스트와 손턴이 큰 소리로 나누는 대화가 들려왔다.

"사람들이 그 문제에 지대한 관심을 갖고 얘기하는 걸 들었습니다. 그 결과가 궁금해서겠지요. 그 동네에 잠깐 머물면서 손턴 씨 이름을 여러 번 들었습니다." 그다음 대화는 들리지 않았고 이번엔 손턴의 목소리가 들렸다.

"전 인기를 끌 만한 사람이 아닙니다. 그들이 저에 대해 그렇게 얘기했다면 잘못 알고 얘기한 겁니다. 전 새로운 계획에 서서히 돌입하는 사람입니다. 사람들에게 저 자신에 대해 알리는 걸 어려워하고요. 심지어 제가 간절히 알고 싶고 기꺼이 마음을 터놓고 싶은 사람들에게도요. 하지만 그 모든 결점을 지녔음에도 전 바른 길을 가고 있다고 생각합니다. 한 사람과 우정 비슷한 걸 맺으면서 많은 사람들과 친분을 갖게 됐지요. 그 관계는 서로에게 이로웠습니다. 저희는 의식적으로, 무의식적으로 서로에게 가르침을 줬거든요."

"과거형으로 말씀하시는군요. 지금도 같은 길을 걷고 계실 듯한데."

"콜서스트의 말을 막아야겠군." 헨리 레녹스가 황급히 말했다. 그는 손턴이 사업에 실패해 처지가 바뀐 일을 시인하는 굴욕을 면하도록, 갑작스럽지만 적절한 질문으로 화제를 돌렸다. 그러나 새로운 화제가 마무리되자 손턴은 이전의 화제로 돌아가 콜서스트의 질문에 답했다.

"제가 사업에 실패해서 사장 자리에서 물러나게 되었습니다. 현재 밀턴에서 일자리를 찾고 있지요. 그런 문제들에 대해 제 방식대로 밀고 나갈 수 있도록 해줄 곳으로요. 저는 경솔하게 실행에 옮길 진취적인 이론 같은 건 없습니다. 그저 노동자들과 단순한 '금전적 관계'를 넘어선 교류의 기회를 갖고 싶을 뿐이지요. 하지만 그것이 아르키메데스가 지구를 들어올리기 위해 찾던 받침점*이 될 수도 있잖습니까. 우리 제조업자들 중 일부가 그것에 중요성을 부여하는 걸 보면 말입니다. 그들은 제가 시도하고 싶은 한두 가지 실험에 대해 말하면 심각한 표정으로 고개를 젓지요."

---

* 고대 그리스 수학자 아르키메데스는 지레의 원리를 발견하고 증명하면서, 자신에게 충분히 긴 지레와 서서 받칠 수 있는 공간을 준다면 지구도 들어올릴 수 있다고 말했다.

“손턴 씨는 그걸 ‘실험’이라고 부르시는군요.” 콜서스트가 조금 더 정중한 태도를 보이며 말했다.

“전 그렇게 믿으니까요. 그 결과에 대해선 확신할 수 없지만 시도는 이루어져야 한다고 확신합니다. 전 아무리 현명하게, 아무리 고심해서 만든 제도라고 해도 그 제도의 실행이 서로 다른 계급에 속한 개인들의 개별적인 접촉을 가져오지 않는 한, 계급과 계급의 바람직한 화합을 이룰 수 없다는 결론에 도달했습니다. 그런 교류는 생명처럼 소중한 것입니다. 노동자는 고용주가 직원을 위한 계획을 마련하기 위해 서재에서 얼마나 고심했는지 알기 어렵습니다. 하나의 완성된 계획은 하나의 기계처럼 그 어떤 비상사태에도 잘 들어맞는 것처럼 보이거든요. 하지만 노동자들은 그걸 기계를 다루는 일처럼 받아들여요. 그 계획이 완성되는 데 필요한 집중적인 정신노동과 숙고는 이해하지 못한 채로요. 그러나 전 실행하는 과정에서 개별적 교류가 요구되는 아이디어를 채택할 겁니다. 처음엔 순조롭지 못할 수도 있지만 문제가 생길 때마다 더 많은 사람들이 관심을 갖게 될 테고, 결국 모두가 그 계획이 성공하길 바라게 될 겁니다. 그 계획의 형성 과정에 모두가 참여했으니까요. 하지만 그 과정에서 공동의 이해가 빠지게 되면 그 계획은 즉시 생명력을 잃고 삶을 멈추게 될 겁니다. 사람들은 공동의 이해가 있어야 서로를 만나고 서로에 대해, 심지어 성미나 말투까지도 알아가기 위한 수단과 방법을 찾기 마련이거든요. 우리는 서로를 더 잘 이해해야 하며, 그러면 서로를 더 좋아하게 될 거라고 감히 말씀드립니다.”

“그럼 파업의 재발을 막을 수도 있다고 생각하시나요?”

“전혀요. 제가 기대하는 최선은, 파업이 지금까지 그래왔던 것처럼 격렬하고 원한에 찬 증오의 근원이 되지는 않는 것입니다. 낙관주의자라면 계급간의 더 가깝고 다정한 교류가 파업을 없앨 수 있다고 생각할지도 모르겠습니다. 하지만 전 낙관주의자가 아닙니다."

손턴은 갑자기 무슨 생각이라도 떠오른 듯 마거릿이 앉아 있는 곳으로 성큼성큼 다가오더니 그녀가 그동안 오간 대화를 모두 듣고 있었다는 사실을 안다는 양 아무 설명도 없이 이렇게 말했다.

"헤일 양, 제 직공 몇 명이 제게 탄원서를 보내왔습니다. 히긴스 필체 같은데, 제가 다시 직공들을 고용할 수 있게 되면 저를 위해 일하고 싶다는 내용이었습니다. 좋은 일이지요, 안 그렇습니까?"

"네. 맞아요. 기쁜 일이네요." 마거릿은 표정이 풍부한 눈으로 그의 얼굴을 똑바로 쳐다보다가 그가 웅변적인 시선을 보내자 눈길을 떨구었다. 손턴은 자신이 뭘 하고 있는지도 모르는 것처럼 잠시 그녀를 응시했다. 그러더니 한숨을 쉬며 말했다. "좋아하실 줄 알았습니다." 그런 다음 돌아서서 가버렸고 나중에 정식으로 '작별'인사를 할 때까지 다시는 그녀에게 말을 걸지 않았다.

레녹스 씨가 작별인사를 할 때 마거릿은 상기된 표정을 감추지도 못하며 주저하는 목소리로 말했다. "내일 얘기를 좀 할 수 있을까요? 당신의 도움이 필요해요."

"물론이죠. 난 언제든 좋으니 시간을 말해주세요. 내 도움이 필요하다니, 나에겐 더없는 기쁨입니다. 열한시요? 좋습니다."

그의 눈이 환희에 차서 반짝거렸다. 그녀가 그에게 의존하는 법을 배우고 있었다! 확신 없이는 그녀에게 절대로 다시 청혼하지 않겠다고 결심했는데, 이제 곧 확신이 생길 것 같았다.

27장

“저멀리, 구름을 몰아내라”*

기쁘거나 슬프거나, 희망에 차 있거나 두려워하거나.
여기에서처럼 영원히
평화로이 지내거나 싸우거나, 폭풍우 속에서나 햇살 속에서나.
—작자 미상

이튿날 아침, 이디스는 응접실에서 벌어지는 회담에 방해가 될까봐 발꿈치를 들고 살금살금 걸어다녔고 숄토가 큰 소리로 떠드는 것도 제지했다. 두시가 되었는데도 응접실 문은 열리지 않았다. 이윽고 아래층으로 달려내려가는 남자 발소리가 들리자 이디스는 문을 빼꼼 열고 내다보았다.

“저, 헨리?” 그녀가 취조하는 표정으로 물었다.

“네!” 레녹스 씨가 무뚝뚝하게 말했다.

“들어와서 점심 드세요!”

“아니, 사양하겠습니다. 이미 여기서 시간을 너무 많이 뺏겼어요.”

* 영국 시인 토머스 헤이우드의 시 「저멀리, 구름을 몰아내라」.

"그럼 그 일이 다 해결된 게 아니네요?" 이디스가 낙담해서 말했다.

"네! 전혀요. '그 일'은 해결될 수 없을 겁니다. 제가 짐작하는 일이라면요. 그러니 그 생각은 포기하세요."

"하지만 우리 모두에게 너무 좋은 일인데." 이디스가 애원했다. "마거릿이 내 곁에 눌러앉아 살게 되면 우리 애들을 편하게 키울 수 있을 텐데. 전 사실 마거릿이 카디스로 떠나버릴까봐 늘 불안하단 말이에요."

"결혼하게 되면 아이들을 잘 다루는 여자로 찾아보도록 하겠습니다. 제가 할 수 있는 건 거기까지예요. 헤일 양은 저를 받아들이지 않을 겁니다. 저도 청혼하지 않을 거고요."

"그럼 지금까지 무슨 얘기를 한 거예요?"

"형수님은 잘 모르는 수많은 얘기요. 투자, 임대, 지가地價 같은."

"세상에, 그게 다라면 가보세요. 둘이 지금까지 그런 따분한 얘기만 했다면, 둘 다 지독한 멍청이들이에요."

"그러지요. 내일 다시 오겠습니다. 손턴 씨를 데리고 올 거예요. 헤일 양과 할 얘기가 더 있어서요."

"손턴 씨라고요! 그 사람이 무슨 상관이 있는데요?"

"손턴 씨는 헤일 양의 임차인입니다." 레녹스 씨가 돌아서며 말했다. "그가 임대를 포기하고 싶어해요."

"오! 알았어요. 자세한 건 말해줘도 못 알아들으니까 말하지 마세요."

"한 가지만 알아두시면 됩니다. 오늘처럼 아무 방해도 받지 않고 뒤쪽 응접실을 쓸 수 있게 해주세요. 평소에는 아이들과 하인들이 하도 들락거려서 조용히 사업 얘기를 하기 힘드니까요. 내일 할 얘기는 중요한 겁니다."

이튿날 레녹스 씨가 왜 약속을 지키지 않았는지 아무도 알지 못했다. 손턴은 약속 시간에 도착했다. 마거릿은 그를 한 시간 가까이 기다리게 한 뒤에야 몹시 창백하고 근심어린 얼굴로 들어왔다.

그녀가 황급히 말을 꺼냈다.

"레녹스 씨가 이 자리에 안 계셔서 정말 유감이에요. 레녹스 씨가 저보다 훨씬 더 잘하실 텐데. 제 법률고문으로서 이 일에 대해……"

"제가 와서 불편하시다면 죄송합니다. 제가 레녹스 씨 사무실로 찾아가볼까요?"

"아뇨, 괜찮아요. 손턴 씨와의 임대 계약이 끝나게 된 걸 알고 얼마나 슬펐는지 모른다는 말씀을 드리고 싶었어요. 하지만 레녹스 씨 말이, 분명 사정이 좋아질 거고……"

"레녹스 씨는 모릅니다." 손턴이 조용히 말했다. "남자가 추구하는 모든 걸 이룬 행복한 행운의 사나이니 알 수가 없지요. 더이상 젊지 않은 나이에 젊음의 희망에 찬 에너지가 필요한 출발점으로 다시 밀려난다는 게 어떤 건지…… 벌써 반평생이 지났는데 이룬 게 아무것도 없다는 게, 기회를 날려버리고 남은 건 통한뿐인 게 어떤 건지. 헤일 양, 제 문제에 대한 레녹스 씨 의견은 듣지 않는 게 낫겠습니다. 행복한데다 성공을 이룬 사람들은 타인의 불행을 가볍게 여기기 쉬우니까요."

"그건 오해예요." 마거릿이 부드럽게 말했다. "레녹스 씨는 당신이 잃은 걸 되찾을, 아니 그 이상의 성공을 거둘 가능성이 크다는 말을 했을 뿐이니까요. 제 얘기를 끝까지 들어주세요. 제발, 부탁이에요!" 그녀는 다시 마음을 가라앉히며 떨리는 손으로 황급히 법률 관련 서류들과 계좌 거래내역서들을 뒤적였다. "오! 여기 있네요. 레녹스 씨가 제안서를 만들어줬어요. 레녹스 씨가 이 자리에서 직접 내용을 설명해주면 좋을 텐데. 지금 은행에 2.5퍼센트 이자밖에 못 받으며 묵혀둔 제 돈의 일부, 즉 1만 8057파운드를 가져다 쓰시라는 내용이에요. 말버러 공장을 재가동해서 당신은 제게 더 높은 이자를 주실 수 있을 테니까요." 그녀의 목소리가 맑고 차분해졌다. 손턴은 아무 말이 없었다. 마거릿은 이 일을 자신에게 유리한 사업적인 거래로만 볼 수 있게 되기를 바라는 마음이 간절한 나머지, 담보에 관한 내용을 적어놓은 서류를 찾기 시작했다. 그러다 서류를 찾는 와중에 들려온 손턴의 목소리에 심장이 멎는 듯했다. 손턴이 열렬한 사랑으로 전율하는 갈라진 목소리로 그녀를 불렀던 것이다.

"마거릿!"

마거릿은 순간적으로 시선을 들었다가 반짝이는 눈동자를 감추려고 고개를 숙이고는 두 손으로 얼굴을 가렸다. 손턴이 그녀에게 다가오며 또다시 떨리는 열띤 목소리로 이름을 불렀다.

"마거릿!"

마거릿은 테이블에 얼굴이 닿을 정도로 고개를 더 깊이 숙였다. 손턴이 다가왔다. 그는 그녀 옆에 무릎을 꿇고 앉아 그녀의 귀 옆까지 얼굴을 대고는 헐떡이는 소리로 속삭였다.

"조심해요. 당신이 아무 말도 안 하면…… 주제넘게 제 마음대로 당신을 제 여자로 여길 테니까요. 저를 보낼 거면 지금 당장 내보내세요. 마거릿!"

세번째 부름에 마거릿은 작고 흰 손으로 여전히 가린 얼굴을 그에게로 돌려 그의 어깨에 얹었다. 그녀의 새빨갛게 달아오른 뺨과 다정한 눈을 보고 싶은 생각도 들지 않을 정도로 그녀 뺨의 부드러운 감촉은 달콤했다. 손턴은 그녀를 꽉 안았다. 둘 다 침묵을 지켰다. 이윽고 그녀가 목멘 소리로 웅얼거렸다.

"오, 손턴 씨, 전 당신에게 부족한 사람이에요!"

"부족하다니요! 제 자격지심을 그런 식으로 놀리지 마세요."

잠시 후 손턴은 그녀의 얼굴을 가린 두 손을 떼어내더니, 전에 폭도들로부터 자신을 보호해줄 때처럼 자신의 목을 끌어안게 했다.

"그날 기억나세요, 내 사랑? 그다음날 제가 무례로 갚은 일도요?" 그가 웅얼거렸다.

"그때 제가 당신에게 말실수를 한 것만 기억나요…… 그것만요."

"여기 좀 봐요! 고개 들고요. 당신에게 보여줄 게 있어요!" 마거릿은 부끄러움에 얼굴을 붉히며 천천히 고개를 들었다.

"이 장미를 알아보실까요?" 손턴이 수첩을 꺼내 소중히 간직한 말린 꽃을 보여주었다.

"아뇨! 제가 당신에게 드린 건가요?" 마거릿이 아무것도 모르는 얼굴로 말했다.

"아니요! 당신이 준 건 아니에요. 아마 이것과 같은 장미를 꽂긴 했을 테지만."

마거릿은 장미를 보며 잠시 생각하다가 미소를 머금고 말했다.

"헬스톤 장미군요, 맞죠? 잎 가장자리의 굴곡이 깊은 걸 보니 알겠어요. 오! 거기 가셨어요? 언제요?"

"마거릿, 당신이 자란 곳에 가보고 싶었습니다. 당신을 가질 수 있을 거란 희망이 전혀 없던 최악의 시기였는데도요. 르아브르에서 돌아오는 길에 들렀지요."

"그 꽃, 제게 주셔야 해요." 마거릿이 그의 손에서 부드럽게 꽃을 빼앗으려 들면서 말했다.

"좋습니다. 대신 값을 치러주셔야 하는데요!"

"쇼 이모님께 어떻게 말씀드리죠?" 잠시 달콤한 침묵이 흐른 뒤 마거릿이 속삭였다.

"제가 말씀드리지요."

"오, 아네요! 제가 말씀드려야 해요…… 하지만 이모님이 뭐라고 하실까요?"

"전 짐작이 되네요. 첫마디가 이런 탄식이겠지요. '그 남자라고!'"

"쉿! 자꾸 그러시면 저도 당신 어머니의 성난 목소리를 흉내낼 거예요. '그 여자라고!'" 마거릿이 말했다.

빅토리아시대의 소설적 초상

빅토리아여왕이 재위한 시기(1837~1901)는 영국 역사상 가장 화려했던 대영제국의 황금기였다. 무엇보다도 산업혁명이 진행됨에 따라 생산성이 비약적으로 증가하면서 경제적 풍요를 누리게 되었고, 정치적으로도 안정되어 의회민주주의를 꽃피웠다. 지구상의 4분의 1에 해당하는 영토를 지배하여 온종일 대영제국 내의 어딘가는 낮이었기에 '해가 지지 않는 나라'로 불리기도 했다.

사회적으로는 18세기 중반에 시작된 산업혁명으로 전통적인 농경사회에서 기계화와 대량생산을 토대로 한 산업자본주의사회로 이행하며 자본가와 노동자 계층이 부상하고 인구의 도시 집중이 본격화되었다. 노동자들이 법의 보호를 받지 못하던 철저한 자본가 우위의 노동환경이었기에 자본주의의 가장 심각한 폐단인 빈익빈 부익부의 문제가 검은 그림자를 드리운 시기이기도 했다. 노동자들은 주 80시간 이상의 중노동과 저임금, 열악한 근무환경을 견디며 극도로 비참한 삶을 살아야 했던 반면, 생산성 향상의 과실을 독점한 자본가들은 부를 축적해서 신분 상승을 이룰 수 있었다. 이 부르주아 계층은 영지를 소유한 전통적 상류층인 귀족과 노동자들 사이의 중산층을 형성했고, 산업화의 진전과 함께 그 수가 급속히 증가하면서 막강해진 사회적 위상과 영향력을 바탕으로 영국 사회 전반의 문화 규범과 생활양식, 가치관, 도덕관의 변화를 주도하기에 이르렀다.

귀족이 선대로부터 물려받은 특권을 누린 데 반해 스스로 부를 이룬 부르주아 중산층은 자립과 개인적 성취를 중시했으며 도덕적 기준이 높았다. 그들은 지식과 자기개선, 오락거리에 대한 지칠 줄 모르는 왕성한 욕구를 지녀서 이 시대의 주요 독자층으로 떠올랐다. 이 새로운 중산층의 기호에 맞추어 현실보다는 이상의 세계를 추구하며 주관적 감정과 상상을 중시한 낭만주의가 퇴조하고 이지적으로 현실을 정확하게 반영하는 것을 문학의 목적으로 삼은 사실주의가 득세했다. 그리고 이 사실주의에 가장 적합한 문학 장르는 소설이었기에 찰스 디킨스, 윌리엄 새커리, 브론테 자매, 조지 엘리엇 같은 영국을 대표하는 소설가들이 대거 등장하여 소설의 시대를 열었다.

엘리자베스 개스켈은 이런 시대상을 그 누구보다 잘 그려낸 빅토리아시대의 상징적 작가로 평가받고 있다. 「집안의 천사」라는 코번트리 팻모어의 시를 통해 알 수 있듯이 가정에 헌신하는 천사 같은 여성을 이상화한 시대에 유니테리언 목사의 아내로서 교구민의 교육과 자선

활동에 적극적으로 참여했을 뿐만 아니라, 엘리자베스 개스켈이라는 정식 이름 대신에 '개스켈 부인'이라는 필명을 사용해야 했던 젠더적 제약을 딛고 산업화, 계급, 종교, 페미니즘 등의 묵직한 주제를 다룬 소설들을 사실주의적 작법으로 써냈다. 이 작품들은 빅토리아시대의 지배적인 의식(특히 여성 문제)에 과감히 반기를 들고 자본가들과 노동자들의 갈등을 심층적으로 다루는 데 그치지 않고, 휴머니즘에 입각한 설득력 있는 해결 방안까지 제시했다는 점에서 후대 사회비평가들의 주목을 받았다. 또한 제인 오스틴에 비견되는 뛰어난 이야기꾼으로 인정받게 해준 『크랜퍼드』 『북과 남』 『아내들과 딸들』은 BBC 미니시리즈로 만들어져 인기리에 방영되기도 했다.

엘리자베스는 1810년 런던에서 8남매 중 막내로 태어났다. 영아 사망률이 높던 시대였던지라 오빠 존과 엘리자베스만 살아남았다. 엘리자베스의 아버지 윌리엄 스티븐슨은 랭커셔에서 유니테리언 목사로 재직하다가 양심상의 이유로 사임하고 1806년 런던으로 이주하여 공직에 몸담았다. 엘리자베스는 생후 13개월 만에 어머니가 세상을 떠나자 체셔주 너츠퍼드에 사는 이모에게 맡겨졌다. 아버지가 재혼하여 새 가정을 꾸리면서 아버지를 몇 년씩 못 만나기도 했지만 그녀는 효심 깊은 딸이었다. 오빠 존은 너츠퍼드에 자주 찾아와 엘리자베스와 남매의 정을 나누었는데, 나중에 동인도회사 소속 선원이 되어 1827년에 인도로 떠났다가 안타깝게도 실종되었다. 엘리자베스는 가족의 품을 떠나 이모 손에서 컸으나, 단순한 시골 생활을 즐기며 온화하고 차분하며 순수하고 배려심 깊은 아름답고 단정한 소녀로 성장했다. 열 살 때부터 육 년간 젠트리 계층의 기숙학교에서 전통적인 교육을 받았고, 고전과 현대문학을 아우르는 독서에 탐닉했다.

엘리자베스는 22세에 유니테리언 목사인 윌리엄 개스켈과 결혼하여 면직공업의 중심도시 맨체스터에 정착했다. 엘리자베스 개스켈은 사산한 첫딸과 일 년밖에 살지 못한 아들을 포함해 여섯 자녀를 낳아 키우며 전통적인 여성의 역할인 어머니와 목사의 아내 노릇에 충실했다. 그러면서도 1837년에는 남편과 함께 쓴 시집 『가난한 사람들의 스케치』를, 1847년에는 첫 단편집 『리비 마시의 세 시대』를 선보였다.

그녀가 작가로서 세간의 주목을 받게 된 건 아들을 잃은 슬픔을 견디며 쓴 첫 장편소설 『메리 바턴』이 세상에 나온 후부터였다. 1848년에 출간된 이 소설은 가난한 노동자의 관점에서 자본가와 노동자의 관계를 조명하며 맨체스터 빈민가의 삶을 생생히 그려내어 커다란 반향을 일으켰다. 이후 자신이 어린 시절을 보낸 너츠퍼드를 배경으로 한 삽화적 구성의 소설 『크랜퍼드』, 혼외자식을 낳은 "타락한 여인"의 삶을 다룬 『루스』, 북부 공업도시와 남부 시골의 삶이 대비된 『북과 남』, 아내와 사별한 지방도시 의사의 외동딸 이야기를 그린 『아내들과 딸들』 등의 장편소설들을 통해 빅토리아시대 여러 계층의 삶을 밀도 있게 그려냈다.

엘리자베스 개스켈은 당대의 문인들과도 활발히 교류하여 찰스 디킨스, 브론테 자매, 존 러스킨과 같은 영국 작가들뿐만 아니라 해리엇 비처 스토, 찰스 엘리엇 노턴 같은 미국의 문인들까지 맨체스터 플리머스 그로브에 위치한 그녀의 집에 드나들었다. 특히 샬럿 브론테와는 돈독한 우정을 쌓아, 샬럿 브론테가 1855년에 세상을 떠났을 때 그녀의 아버지 패트릭 브론테의 부탁으로 샬럿 브론테의 전기를 집필하기까지 했다. 1857년에 출간된 『샬럿 브론테의 생애』는 소설가보다는 여자로서 샬럿 브론테가 살아온 삶에 초점을 맞추어 샬럿 브론테의 인간적인 면모를 상세히 담아낸 귀중한 자료가 되어주었으며, 2017년 〈가디언〉지가 선정한 '역대 최고 논픽션 100권'에 들었다.

엘리자베스 개스켈은 1865년 마지막 작품 『아내들과 딸들』의 완성을 앞두고 햄프셔에서 심장마비로 갑자기 세상을 떠날 때까지 8편의 장편소설과 8권의 중편 및 단편집, 5편의 논픽션, 2권의 시집을 발표하며 빅토리아시대를 상징하는 작가로서 왕성한 활동을 펼쳤다.

엘리자베스 개스켈의 대표작 『북과 남』은 찰스 디킨스가 발간한 문예지 〈하우스홀드 워즈〉에 1854년부터 1855년까지 20편으로 나뉘어 매주 연재된 후 1855년에 단행본으로 출간되었다. 작가는 작품 제목을 주인공의 이름을 따서 '마거릿 헤일'로 정하고 싶어했으나 북과 남의 대조적인 삶의 양식에 초점을 맞춰야 한다는 찰스 디킨스의 뜻에 따라 '북과 남'으로 결정했다고 한다. 이 소설은 "산업적 『오만과 편견』"이라는 평을 얻기도 했는데, 산업혁명 이후 사회적 변화의 소용돌이에 휘말린 맨체스터를 모델로 한 가상의 공업도시 밀턴을 배경으로, 오만할 정도로 당당한 여자와 독선적 카리스마를 지닌 남자의 대립과 갈등이 이해와 사랑으로 승화되는 여정을 그리고 있기 때문이다.

『북과 남』의 주인공이자 작가 엘리자베스 개스켈의 대변자이기도 한 마거릿 헤일은 백옥같이 흰 피부와 장미꽃 봉오리처럼 작은 입을 지닌 일반적인 미인상과는 거리가 먼 상앗빛 피부와 큰 입을 가졌지만, 이지적이고 당당하며 기품 있는 아름다움이 돋보이는 열여덟 살의 미혼 여성이다. 부유한 귀족 가문의 딸이었지만 오직 사랑만 보고 가난한 시골 목사와 결혼하여 현실에 만족하지 못하던 마거릿의 어머니는 딸이 화려한 사교계에 진출할 수 있도록 사랑보다는 조건과 인품을 보고 결혼하여 런던에서 상류층의 삶을 누리는 동생의 집으로 어린 마거릿을 보낸다. 마거릿은 런던 상류층의 허영과 위선에 환멸을 느끼고 테니슨의 시에 등장할 법한 고향 헬스톤을 늘 그리워한다. 그러다가 십 년간의 런던 생활을 끝내고 헬스톤으로 돌아가자 더할 나위 없이 만족스러운 나날을 보낸다. 그러나 그런 행복도 잠시, 국교회 목사였던 아버지가 교회의 권위에 회의를 품고 성직을 떠나면서 마거릿은 다시 헬스톤에 작별을 고하게 된다. 아버지가 옥스퍼드에서 공부하던 시절의 은사이자 마거릿 남매(마거릿의 오빠 프레더릭은 해군에 복무하다 선상 반란을 일으켜 해외에 도피해서 사는 중이다)의 대부이기도 한 벨 씨의 소개로 북부의 밀턴에서 개인교사로 일하게 된 것이다.

마거릿에게는 매연에 찌든 잿빛 공업도시 밀턴이 도저히 사람이 살 만한 데로 보이지 않는다. 그녀는 밀턴의 가난한 노동자들을 보며 그 무력한 존재들이 자본가라는 정복자의 길에서 무참히 짓밟히고 있는 건 아닐까 하는 우려 섞인 연민을 느낀다. 남부에 살 때부터 제조업자들을 돈만 아는 장사치들이라고 경멸했던 그녀는 아버지의 첫 제자인 공장주 손턴에 대해서도 강한 반감을 품는다. 자수성가한 인물 특유의 강인함과 자부심, 독선으로 똘똘 뭉친 손턴은 마거릿의 세련되고 우아한 아름다움에 매료되지만 자신을 멸시하는 듯한 그녀의 냉랭하고 오만한 태도에 불쾌감을 느낀다.

두 사람은 북부와 남부, 자본가와 노동자에 대해서도 상반된 의견을 고수한다. 마거릿은 남부 시골의 조용하고 목가적인 삶을 그리워하며 거칠고 황량한 북부에 거부감을 보이고, 손턴은 북부 도시의 역동성을 찬양하며 낡은 틀에 갇힌 남부의 느리고 지루한 삶을 비판한다. 가난한 포목점 점원에서 스스로의 힘으로 부유한 기업가의 위치에 오른 손턴이 누구든 자신처럼 노력하면 성공할 수 있는 것이 자본주의 체제의 위대한 아름다움이라고 주장하며 노동자들의 빈곤을 개인의 방종 탓으로 돌리자, 마거릿은 자본가들의 끝없는 탐욕으로 인해 노동자들이 가난과 무지의 늪에서 헤어나지 못한다고 반박하기도 한다.

한편, 길에서 우연히 만난 히긴스 부녀와 친해진 마거릿은 공장 노동자이자 노조위원인 니컬러스 히긴스, 방직공장에서 일하다가 폐결핵에 걸린 베시 히긴스를 통해 노동자들의 고된 삶을 가까이에서 접한다. 얼마 후 밀턴에서는 임금 인상을 요구하는 노동자들의 대대적인 파업이 벌어지고, 마거릿은 폭도들의 공격을 받게 된 손턴을 몸으로 막아주다가 돌에 맞는다. 그 순간 마거릿에게 뜨거운 사랑을 느끼게 된 손턴은 다음날 그녀를 찾아가 청혼하지만 마거릿은 손턴이 아니라 다른 누구였어도 그런 위험에 처해 있었다면 마땅히 도왔을 거라며 차갑게 거절한다. 소설의 중반부에서 시작된 손턴의 운명적인 사랑은 피치 못할 거짓말, 오해, 실망, 반전이 숨가쁘게 이어진 끝에 마지막 페이지에 이르러서야 결실을 맺게 되며, 두 사람의 로맨스는 강한 흡인력으로 독자들을 사로잡는다. 이렇듯 당대 사회에 대한 비판적인 문제의식과 흥미진진한 로맨스가 잘 어우러진 이 소설은 시대를 초월한 인기를 누리며 BBC에서 1966년과 1975년, 2004년 세 차례에 걸쳐 드라마로 제작되기도 했다.

『북과 남』이 사회소설로서 갖는 특별한 가치는 전통사회와 산업사회, 자본가와 노동자의 충돌과 갈등을 한쪽으로 치우치지 않은 공정한 시각으로 바라볼 뿐만 아니라, 접점을 찾기 위한 노력을 그치지 않았다는 점에 있다. 작품 곳곳에서 마거릿과 손턴, 히긴스를 필두로 한 인물들이 진지하고 열띤 논쟁을 통해 자신이 믿는 가치를 주장하는 한편 상대의 이야기를 경청한다. 그 과정에서 냉철한 자기반성이 이루어지고 상대에게서 존중할 만한 점을 발견하면서 화해와 타협의 길이 열린다.

특히 자본가의 전형이라고 할 수 있는 손턴과, 노동자들을 대표하는 히긴스의 관계가 눈길을 끈다. 노동자들은 어린애와 같아서 그들에겐 불가피하게 전제군주가 되어야 한다는 인식을 지닌 손턴과 자본가들의 억압과 착취에 맞서 싸워야 한다는 사명감에 불타는 히긴스는 파업으로 충돌하고 그 결과 적개심과 원한이 더 깊어지지만, 마거릿의 중재를 통해 함께 일하고 교류하면서 서로가 정직하고 신뢰할 만한 인물임을 깨닫게 된다. 그리하여 인간 대 인간으로 서로를 이해하고 존중하게 된 두 사람은 자본가의 이익은 곧 노동자들의 이익이고 노동자들의 이익은 곧 자본가의 이익이 되는 유토피아를 향해 함께 나아간다.

이렇듯 소설적 재미와 사회참여적 문학의 가치를 두루 지닌 『북과 남』은 빅토리아왕조 시대 영국의 풍경 속으로 들어가 그 시대 인물들의 삶과 고뇌, 사랑과 희망을 생생히 체험할 수 있는 소중한 기회를 제공해준다.

민승남

1810년	9월 29일, 영국 런던 첼시에서 윌리엄 스티븐슨과 엘리자베스 스티븐슨(결혼 전의 성은 홀랜드) 사이에서 8남매 중 막내로 태어남. 아버지는 유니테리언 목사로 재직하다 사임하고 1806년 런던으로 이주해 공직에 종사하던 중이었음. 1799년에 태어난 오빠 존을 제외하고 나머지 형제자매는 모두 유소년기에 사망함.
1811년	10월 29일, 생후 13개월 만에 어머니가 사망하자 체셔주 너츠퍼드에서 살던 이모 해나 럼에게 맡겨져 자라게 됨.
1814년	아버지가 캐서린 톰슨과 재혼함. 이 부부는 1815년 아들 윌리엄을, 1816년 딸 캐서린을 얻음.
1821~1826년	워릭 근처의 바퍼드에 있다가 스트랫퍼드어폰에이번으로 이사한 젠트리 계층의 기숙학교에서 전통적인 교육을 받음. 이때 라틴어, 프랑스어, 이탈리아어를 익히고 독서에 탐닉함.
1822년	오빠 존이 해군에 입대함.
1826~1829년	기숙학교에서 너츠퍼드로 돌아온 후 런던에 가서 아버지, 새어머니와 함께 지냄.
1828년	동인도회사 소속 선원이 되어 인도로 떠났던 오빠 존이 실종됨.
1829년	3월 22일, 아버지 사망. 뉴캐슬에 있는 윌리엄 터너 목사의 집으로 가서 이 년간 머무르게 됨.
1831년	리버풀 근처의 우드사이드에 머무는 동안 맨체스터에 있는

크로스 스트리트 채플에서 일하던 유니테리언 목사 윌리엄 개스켈(1805~1884)을 만남.

1832년 너츠퍼드에서 윌리엄 개스켈과 결혼. 웨일스로 신혼여행을 떠났다가 돌아와 맨체스터의 도버 스트리트 14번지에서 살기 시작함.

1833년 7월 10일, 첫딸을 사산.

1834년 9월 12일, 둘째 딸 매리언 출산.

1837년 1월, 남편과 공동으로 쓴 시집 『가난한 사람들의 스케치 *Sketches among the Poor*』를 〈블랙우즈 에든버러 매거진 Blackwood's Edinburgh Magazine〉에 발표함.

2월 7일, 셋째 딸 마거릿 에밀리(일명 '메타') 출산.

5월 1일, 해나 럼 이모 사망.

1841년 남편과 함께 독일 라인란트 지역을 방문함.

1842년 10월 7일, 넷째 딸 플로렌스 엘리자베스 출산. 얼마 후 맨체스터 어퍼 럼퍼드 스트리트 121번지에 있는, 보다 넓은 집으로 이사함.

1844년 10월 23일, 첫아들 윌리엄 출산.

1845년 8월 10일, 가족 휴가를 보내던 중 아들 윌리엄이 성홍열로 사망. 이로 인한 슬픔과 상실감을 달래기 위해 본격적으로 글을 쓰게 됨.

1846년 9월 3일, 다섯째 딸 줄리아 브래드퍼드 출산.

1847년 첫 단편집 『리비 마시의 세 시대*Libbie Marsh's Three Eras*』를 〈호윗 저널Howitt's Journal〉에 발표함.

1848년 10월, 가난한 노동자들의 열악한 삶을 그린 첫 장편소설 『메리 바턴*Mary Barton*』 출간.

1849년 런던 방문중에 찰스 디킨스를 처음으로 만남.

맨체스터 플리머스 그로브 84번지로 이사함. 이곳은 현재

'개스켈 하우스'로 복원, 개조되어 개스켈의 삶과 문학에 관한 전시를 여는 공간으로 공개되고 있음.

1850년 1월 31일, 디킨스가 편지를 보내, 자신이 발행하는 주간지 〈하우스홀드 워즈Household Words〉에 글을 기고해달라고 요청해옴.

3~4월, 『리지 리*Lizzie Leigh*』를 〈하우스홀드 워즈〉에 발표함. 이후로 1859년까지 〈하우스홀드 워즈〉에 작품을 지속적으로 선보임.

8월 19일, 『제인 에어*Jane Eyre*』로 널리 알려진 작가 샬럿 브론테를 처음으로 만남.

1851년 6월 27일, 샬럿 브론테가 엘리자베스 개스켈을 만나러 맨체스터를 방문함.

12월, 너츠퍼드를 배경으로 한 삽화적 구성의 소설 『크랜퍼드*Cranford*』를 〈하우스홀드 워즈〉에 연재하기 시작함.

1852년 9월, 찰스 디킨스가 엘리자베스 개스켈을 만나러 맨체스터를 방문함.

1853년 1월, 혼외자식을 낳은 여인의 삶을 그린 『루스*Ruth*』를 세 권으로 출간.

4월 22일, 샬럿 브론테가 엘리자베스 개스켈을 만나러 맨체스터를 방문함.

6월, 『크랜퍼드』를 한 권으로 출간.

9월, 샬럿 브론테를 만나러 하스를 방문함.

1854년 5월, 샬럿 브론테가 엘리자베스 개스켈을 만나러 맨체스터를 마지막으로 방문함.

9월, 『북과 남』을 〈하우스홀드 워즈〉에 연재하기 시작함.

1855년 1월, 『북과 남』 연재 완료.

3월 31일, 샬럿 브론테 사망.

9월, 『북과 남』을 두 권짜리 단행본으로 출간.

1857년 1~3월 무렵 샬럿 브론테의 아버지 패트릭의 의뢰를 받아 집필한 『샬럿 브론테의 생애*The Life of Charlotte Brontë*』를 출간.

2월, 파리와 로마를 방문하고, 그곳에서 만난 미국 작가 찰스 엘리엇 노턴과 우정을 쌓음.

1859년 독일과 파리를 방문함.

1861년 1월, 공포소설 「회색 여인The Grey Woman」을 〈올 더 이어 라운드All the Year Round〉에 발표함.

1863년 2월, 18세기 말 영국 해변 마을을 배경으로 한 사랑 이야기 『실비아의 연인들*Sylvia's Lovers*』을 세 권으로 출간.

다시 파리와 로마를 방문함.

11월, 영국 시골을 무대로 펼쳐지는 한 소녀의 이야기 『사촌 필리스*Cousin Phillis*』를 〈콘힐 매거진Cornhill Magazine〉에 연재하기 시작함.

1864년 8월, 아내와 사별한 지방도시 의사의 외동딸 이야기를 그린 『아내들과 딸들*Wives and Daughters*』을 〈콘힐 매거진〉에 연재하기 시작함.

1865년 10월, 단편집 『회색 여인』을 출간.

11월 12일, 햄프셔 홀리본의 별장에서 지내던 중에 심장마비로 갑작스럽게 사망. 『아내들과 딸들』은 미완으로 남게 됨.

1866년 2월, 미완성 유고 『아내들과 딸들』이 두 권으로 출간됨.

문학동네 세계문학전집 발간에 부쳐

세계문학은 국민문학 혹은 지역문학을 떠나 존재하는 문학이 아니지만 그것들의 총합도 아니다. 세계문학이라는 용어에는 그 나름의 언어와 전통을 갖고 있는 국민문학이나 지역문학의 존재를 인정하면서 그것을 넘어서는 문학의 보편적 질서에 대한 관념이 새겨져 있다. 그 용어를 처음 고안한 19세기 유럽인들은 유럽문학을 중심으로 그 질서를 구축했지만 풍부한 국민문학의 전통을 가지고 있는 현대의 문학 강국들은 나름의 방식으로 세계문학을 이해하면서 정전(正典)의 목록을 작성하고 또 수정한다.

한국에서도 세계문학 관념은 우리 사회와 문화의 변화 속에서 거듭 수정돼왔다. 어느 시기에는 제국 일본의 교양주의를 반영한 세계문학 관념이, 어느 시기에는 제3세계 민족주의에 동조한 세계문학 관념이 출현했고, 그러한 관념을 실천한 전집물이 출판됐다. 21세기 한국에 새로운 세계문학전집이 필요하다는 것은 명백하다. 우리의 지성과 감성의 기준에 부합하는 세계문학을 다시 구상할 때가 되었다.

문학동네 세계문학전집은 범세계적으로 통용되는 고전에 대한 상식을 존중하면서도 지난 반세기 동안 해외 주요 언어권에서 창작과 연구의 진전에 따라 일어난 정전의 변동을 고려하여 편성되었다. 그래서 불멸의 명작은 물론 동시대 세계의 중요한 정치·문화적 실천에 영감을 준 새로운 작품들을 두루 포함시켰다.

창립 이후 지금까지 한국문학 및 번역문학 출판에서 가장 전문적이고 생산적인 그룹을 대표해온 문학동네가 그간 축적한 문학 출판 경험을 바탕으로 새로운 세계문학전집을 펴낸다. 인류가 무지와 몽매의 어둠 속을 방황하면서도 끝내 길을 잃지 않은 것은 세계문학사의 하늘에 떠 있는 빛나는 별들이 길잡이가 되어주었기 때문이다. 우리가 자부심과 사명감 속에서 그리게 될 이 새로운 별자리가 독자들의 관심과 애정에 힘입어 우리 모두의 뿌듯한 자산이 되기를 소망한다.

세계문학전집 229
북과 남

초판 인쇄 2023년 4월 20일
초판 발행 2023년 4월 28일

지은이 엘리자베스 개스켈 | 옮긴이 민승남

책임편집 이단네 | 편집 이미영 박신양 손예린 오동규
디자인 김하얀 최미영 | 저작권 박지영 형소진 최은진 오서영
마케팅 정민호 김도윤 한민아 이민경 안남영 김수현 왕지경 황승현 김혜원 김하연
브랜딩 함유지 함근아 박민재 김희숙 고보미 정승민 배진성
제작 강신은 김동욱 임현식 | 제작처 영신사

펴낸곳 (주)문학동네 | 펴낸이 김소영
출판등록 1993년 10월 22일 제2003-000045호
주소 10881 경기도 파주시 회동길 210
전자우편 editor@munhak.com | 대표전화 031)955-8888 | 팩스 031)955-8855
문의전화 031)955-1927(마케팅), 031)955-1916(편집)
문학동네카페 http://cafe.naver.com/mhdn
인스타그램 @munhakdongne | 트위터 @munhakdongne
북클럽문학동네 http://bookclubmunhak.com

ISBN 978-89-546-9234-2 04840
978-89-546-0901-2 (세트)

잘못된 책은 구입하신 서점에서 교환해드립니다.
기타 교환 문의 031) 955-2661, 3580

www.munhak.com

1, 2, 3 안나 카레니나 레프 톨스토이 | 박형규 옮김
4 판탈레온과 특별봉사대 마리오 바르가스 요사 | 송병선 옮김
5 황금 물고기 르 클레지오 | 최수철 옮김
6 템페스트 윌리엄 셰익스피어 | 이경식 옮김
7 위대한 개츠비 F. 스콧 피츠제럴드 | 김영하 옮김
8 아름다운 애너벨 리 싸늘하게 죽다 오에 겐자부로 | 박유하 옮김
9, 10 파우스트 요한 볼프강 폰 괴테 | 이인웅 옮김
11 가면의 고백 미시마 유키오 | 양윤옥 옮김
12 킴 러디어드 키플링 | 하창수 옮김
13 나귀 가죽 오노레 드 발자크 | 이철의 옮김
14 피아노 치는 여자 엘프리데 옐리네크 | 이병애 옮김
15 1984 조지 오웰 | 김기혁 옮김
16 벤야멘타 하인학교 - 야콥 폰 군텐 이야기 로베르트 발저 | 홍길표 옮김
17, 18 적과 흑 스탕달 | 이규식 옮김
19, 20 휴먼 스테인 필립 로스 | 박범수 옮김
21 체스 이야기 · 낯선 여인의 편지 슈테판 츠바이크 | 김연수 옮김
22 왼손잡이 니콜라이 레스코프 | 이상훈 옮김
23 소송 프란츠 카프카 | 권혁준 옮김
24 마크롤 가비에로의 모험 알바로 무티스 | 송병선 옮김
25 파계 시마자키 도손 | 노영희 옮김
26 내 생명 앗아가주오 앙헬레스 마스트레타 | 강성식 옮김
27 여명 시도니가브리엘 콜레트 | 송기정 옮김
28 한때 흑인이었던 남자의 자서전 제임스 웰든 존슨 | 천승걸 옮김
29 슬픈 짐승 모니카 마론 | 김미선 옮김
30 피로 물든 방 앤절라 카터 | 이귀우 옮김
31 숨그네 헤르타 뮐러 | 박경희 옮김
32 우리 시대의 영웅 미하일 레르몬토프 | 김연경 옮김
33, 34 실낙원 존 밀턴 | 조신권 옮김
35 복낙원 존 밀턴 | 조신권 옮김
36 포로기 오오카 쇼헤이 | 허호 옮김
37 동물농장 · 파리와 런던의 따라지 인생 조지 오웰 | 김기혁 옮김
38 루이 랑베르 오노레 드 발자크 | 송기정 옮김
39 코틀로반 안드레이 플라토노프 | 김철균 옮김
40 어두운 상점들의 거리 파트릭 모디아노 | 김화영 옮김
41 순교자 김은국 | 도정일 옮김
42 젊은 베르테르의 슬픔 요한 볼프강 폰 괴테 | 안장혁 옮김
43 더블린 사람들 제임스 조이스 | 진선주 옮김
44 설득 제인 오스틴 | 원영선, 전신화 옮김
45 인공호흡 리카르도 피글리아 | 엄지영 옮김
46 정글북 러디어드 키플링 | 손향숙 옮김
47 외로운 남자 외젠 이오네스코 | 이재룡 옮김
48 에피 브리스트 테오도어 폰타네 | 한미희 옮김
49 둔황 이노우에 야스시 | 임용택 옮김
50 미크로메가스 · 캉디드 혹은 낙관주의 볼테르 | 이병애 옮김

51, 52 염소의 축제 마리오 바르가스 요사 | 송병선 옮김
53 고야산 스님·초롱불 노래 이즈미 교카 | 임태균 옮김
54 다니엘서 E. L. 닥터로 | 정상준 옮김
55 이날을 위한 우산 빌헬름 게나치노 | 박교진 옮김
56 톰 소여의 모험 마크 트웨인 | 강미경 옮김
57 카사노바의 귀향·꿈의 노벨레 아르투어 슈니츨러 | 모명숙 옮김
58 바보들을 위한 학교 사샤 소콜로프 | 권정임 옮김
59 어느 어릿광대의 견해 하인리히 뵐 | 신동도 옮김
60 웃는 늑대 쓰시마 유코 | 김훈아 옮김
61 팔코너 존 치버 | 박영원 옮김
62 한눈팔기 나쓰메 소세키 | 조영석 옮김
63, 64 톰 아저씨의 오두막 해리엇 비처 스토 | 이종인 옮김
65 아버지와 아들 이반 투르게네프 | 이항재 옮김
66 베니스의 상인 윌리엄 셰익스피어 | 이경식 옮김
67 해부학자 페데리코 안다아시 | 조구호 옮김
68 긴 이별을 위한 짧은 편지 페터 한트케 | 안장혁 옮김
69 호텔 뒤락 애니타 브루크너 | 김정 옮김
70 잔해 쥘리앵 그린 | 김종우 옮김
71 절망 블라디미르 나보코프 | 최종술 옮김
72 더버빌가의 테스 토머스 하디 | 유명숙 옮김
73 감상소설 미하일 조셴코 | 백용식 옮김
74 빙하와 어둠의 공포 크리스토프 란스마이어 | 진일상 옮김
75 쓰가루·석별·옛날이야기 다자이 오사무 | 서재곤 옮김
76 이인 알베르 카뮈 | 이기언 옮김
77 달려라, 토끼 존 업다이크 | 정영목 옮김
78 몰락하는 자 토마스 베른하르트 | 박인원 옮김
79, 80 한밤의 아이들 살만 루슈디 | 김진준 옮김
81 죽은 군대의 장군 이스마일 카다레 | 이창실 옮김
82 페레이라가 주장하다 안토니오 타부키 | 이승수 옮김
83, 84 목로주점 에밀 졸라 | 박명숙 옮김
85 아베 일족 모리 오가이 | 권태민 옮김
86 폭풍의 언덕 에밀리 브론테 | 김정아 옮김
87, 88 늦여름 아달베르트 슈티프터 | 박종대 옮김
89 클레브 공작부인 라파예트 부인 | 류재화 옮김
90 P세대 빅토르 펠레빈 | 박혜경 옮김
91 노인과 바다 어니스트 헤밍웨이 | 이인규 옮김
92 물방울 메도루마 슌 | 유은경 옮김
93 도깨비불 피에르 드리외라로셸 | 이재룡 옮김
94 프랑켄슈타인 메리 셸리 | 김선형 옮김
95 래그타임 E. L. 닥터로 | 최용준 옮김
96 캔터빌의 유령 오스카 와일드 | 김미나 옮김
97 만(卍)·시게모토 소장의 어머니 다니자키 준이치로 | 김춘미, 이호철 옮김
98 맨해튼 트랜스퍼 존 더스패서스 | 박경희 옮김
99 단순한 열정 아니 에르노 | 최정수 옮김

100 열세 걸음 모옌 | 임홍빈 옮김
101 데미안 헤르만 헤세 | 안인희 옮김
102 수레바퀴 아래서 헤르만 헤세 | 한미희 옮김
103 소리와 분노 윌리엄 포크너 | 공진호 옮김
104 곰 윌리엄 포크너 | 민은영 옮김
105 롤리타 블라디미르 나보코프 | 김진준 옮김
106, 107 부활 레프 톨스토이 | 박형규 옮김
108, 109 모래그릇 마쓰모토 세이초 | 이병진 옮김
110 은둔자 막심 고리키 | 이강은 옮김
111 불타버린 지도 아베 고보 | 이영미 옮김
112 말라볼리아가의 사람들 조반니 베르가 | 김운찬 옮김
113 디어 라이프 앨리스 먼로 | 정연희 옮김
114 돈 카를로스 프리드리히 실러 | 안인희 옮김
115 인간 짐승 에밀 졸라 | 이철의 옮김
116 빌러비드 토니 모리슨 | 최인자 옮김
117, 118 미국의 목가 필립 로스 | 정영목 옮김
119 대성당 레이먼드 카버 | 김연수 옮김
120 나나 에밀 졸라 | 김치수 옮김
121, 122 제르미날 에밀 졸라 | 박명숙 옮김
123 현기증. 감정들 W. G. 제발트 | 배수아 옮김
124 강 동쪽의 기담 나가이 가후 | 정병호 옮김
125 붉은 밤의 도시들 윌리엄 버로스 | 박인찬 옮김
126 수고양이 무어의 인생관 E. T. A. 호프만 | 박은경 옮김
127 맘브루 R. H. 모레노 두란 | 송병선 옮김
128 익사 오에 겐자부로 | 박유하 옮김
129 땅의 혜택 크누트 함순 | 안미란 옮김
130 불안의 책 페르난두 페소아 | 오진영 옮김
131, 132 사랑과 어둠의 이야기 아모스 오즈 | 최창모 옮김
133 페스트 알베르 카뮈 | 유호식 옮김
134 다마세누 몬테이루의 잃어버린 머리 안토니오 타부키 | 이현경 옮김
135 작은 것들의 신 아룬다티 로이 | 박찬원 옮김
136 시스터 캐리 시어도어 드라이저 | 송은주 옮김
137 고독한 산책자의 몽상 장자크 루소 | 문경자 옮김
138 용의자의 야간열차 다와다 요코 | 이영미 옮김
139 세기아의 고백 알프레드 드 뮈세 | 김미성 옮김
140 햄릿 윌리엄 셰익스피어 | 이경식 옮김
141 카산드라 크리스타 볼프 | 한미희 옮김
142 이 글을 읽는 사람에게 영원한 저주를 마누엘 푸익 | 송병선 옮김
143 마음 나쓰메 소세키 | 유은경 옮김
144 바다 존 밴빌 | 정영목 옮김
145, 146, 147, 148 전쟁과 평화 레프 톨스토이 | 박형규 옮김
149 세 가지 이야기 귀스타브 플로베르 | 고봉만 옮김
150 제5도살장 커트 보니것 | 정영목 옮김
151 알렉시 · 은총의 일격 마르그리트 유르스나르 | 윤진 옮김

152 말라 온다 알베르토 푸겟 | 엄지영 옮김
153 아르세니예프의 인생 이반 부닌 | 이항재 옮김
154 오만과 편견 제인 오스틴 | 류경희 옮김
155 돈 에밀 졸라 | 유기환 옮김
156 젊은 예술가의 초상 제임스 조이스 | 진선주 옮김
157, 158, 159 카라마조프가의 형제들 표도르 도스토옙스키 | 김희숙 옮김
160 진 브로디 선생의 전성기 뮤리얼 스파크 | 서정은 옮김
161 13인당 이야기 오노레 드 발자크 | 송기정 옮김
162 하지 무라트 레프 톨스토이 | 박형규 옮김
163 희망 앙드레 말로 | 김웅권 옮김
164 임멘 호수 · 백마의 기사 · 프시케 테오도어 슈토름 | 배정희 옮김
165 밤은 부드러워라 F. 스콧 피츠제럴드 | 정영목 옮김
166 야간비행 앙투안 드 생텍쥐페리 | 용경식 옮김
167 나이트우드 주나 반스 | 이예원 옮김
168 소년들 앙리 드 몽테를랑 | 유정애 옮김
169, 170 독립기념일 리처드 포드 | 박영원 옮김
171, 172 닥터 지바고 보리스 파스테르나크 | 박형규 옮김
173 싯다르타 헤르만 헤세 | 권혁준 옮김
174 야만인을 기다리며 J. M. 쿳시 | 왕은철 옮김
175 철학편지 볼테르 | 이봉지 옮김
176 거지 소녀 앨리스 먼로 | 민은영 옮김
177 창백한 불꽃 블라디미르 나보코프 | 김윤하 옮김
178 슈틸러 막스 프리슈 | 김인순 옮김
179 시핑 뉴스 애니 프루 | 민승남 옮김
180 이 세상의 왕국 알레호 카르펜티에르 | 조구호 옮김
181 철의 시대 J. M. 쿳시 | 왕은철 옮김
182 카시지 조이스 캐럴 오츠 | 공경희 옮김
183, 184 모비 딕 허먼 멜빌 | 황유원 옮김
185 솔로몬의 노래 토니 모리슨 | 김선형 옮김
186 무기여 잘 있거라 어니스트 헤밍웨이 | 권진아 옮김
187 컬러 퍼플 앨리스 워커 | 고정아 옮김
188, 189 죄와 벌 표도르 도스토옙스키 | 이문영 옮김
190 사랑 광기 그리고 죽음의 이야기 오라시오 키로가 | 엄지영 옮김
191 빅 슬립 레이먼드 챈들러 | 김진준 옮김
192 시간은 밤 류드밀라 페트루셉스카야 | 김혜란 옮김
193 타타르인의 사막 디노 부차티 | 한리나 옮김
194 고양이와 쥐 귄터 그라스 | 박경희 옮김
195 펠리시아의 여정 윌리엄 트레버 | 박찬원 옮김
196 마이클 K의 삶과 시대 J. M. 쿳시 | 왕은철 옮김
197, 198 오스카와 루신다 피터 케리 | 김시현 옮김
199 패싱 넬라 라슨 | 박경희 옮김
200 마담 보바리 귀스타브 플로베르 | 김남주 옮김
201 패주 에밀 졸라 | 유기환 옮김
202 도시와 개들 마리오 바르가스 요사 | 송병선 옮김

203 루시 저메이카 킨케이드 | 정소영 옮김
204 대지 에밀 졸라 | 조성애 옮김
205, 206 백치 표도르 도스토옙스키 | 김희숙 옮김
207 백야 표도르 도스토옙스키 | 박은정 옮김
208 순수의 시대 이디스 워턴 | 손영미 옮김
209 단순한 이야기 엘리자베스 인치볼드 | 이혜수 옮김
210 바닷가에서 압둘라자크 구르나 | 황유원 옮김
211 낙원 압둘라자크 구르나 | 왕은철 옮김
212 피라미드 이스마일 카다레 | 이창실 옮김
213 애니 존 저메이카 킨케이드 | 정소영 옮김
214 지고 말 것을 가와바타 야스나리 | 박혜성 옮김
215 부서진 사월 이스마일 카다레 | 유정희 옮김
216 사람은 무엇으로 사는가 레프 톨스토이 | 이항재 옮김
217, 218 악마의 시 살만 루슈디 | 김진준 옮김
219 오늘을 잡아라 솔 벨로 | 김진준 옮김
220 배반 압둘라자크 구르나 | 황가한 옮김
221 어두운 밤 나는 적막한 집을 나섰다 페터 한트케 | 윤시향 옮김
222 무어의 마지막 한숨 살만 루슈디 | 김진준 옮김
223 속죄 이언 매큐언 | 한정아 옮김
224 암스테르담 이언 매큐언 | 박경희 옮김
225, 226, 227 특성 없는 남자 로베르트 무질 | 박종대 옮김
228 앨프리드와 에밀리 도리스 레싱 | 민은영 옮김
229 북과 남 엘리자베스 개스켈 | 민승남 옮김

● 문학동네 세계문학전집은 계속 출간됩니다